中华文学的最高成就　终生受益的传世经典

唐诗宋词元曲鉴赏

宋　涛　主编

第二卷

辽海出版社

行宫

元稹

寥落古行宫，宫花寂寞红。
白头宫女在，闲坐说玄宗。

【赏析】

　　元稹这首《行宫》就是为呼应白居易的《上阳白发人》而作，两首诗交相映照，通过白发宫女的遭际，讲述了唐代自天宝末年起近半个世纪的兴衰变迁。

　　"寥落古行宫"，"行宫"指天子出行时居住的宫室，是皇帝在京城之外的宫殿，此句中的"古行宫"指洛阳行宫上阳宫。首句对上阳宫的全貌进行了缩影式的描写，"寥落"二字尽显了其破败和衰落。

　　"宫花寂寞红"，宫中的花朵在"寥落"的宫中"寂寞"地绽放着，无人问津。本句中的"红"字值得玩味。"宫花"虽然"寂寞"，仍然独自"红"着，似乎努力想呈现出繁荣绽放的景象。这样一种热烈而奔放的"红"，却被放置在以"寂寞"为主调的行宫里，诗人的反讽之意含蓄而尖锐。诗人采用了以乐情写哀情的手法，并埋下伏笔，用花"红"来反衬后文的人"闲"，于繁华中浸润着深刻的凄凉，于红艳中反衬着寂寥的沧桑，并且能引导读者展开想象：如果连古行宫中"红"的花朵都这样孤单、凄凉，生活在里面的人又是怎样一种状态呢？

　　"白头宫女在，闲坐说玄宗。""白头宫女"就是白居易在《上阳白发人》中着力表现的"白发人"，也就是于天宝末年被遣送到上阳宫的宫女们。她们孤独地在这里慢慢老去，一待就是四十余年。由于不能离开，失去自由的宫女们只能无聊地坐在冷清的行宫中，闲聊玄宗时代的往事。

　　全诗仅二十字，清楚地交代了时间、地点、人物和事件。"宫花"、"红"说明时间大致是在春天，地点是"古行宫"，人物是"白发宫女"，事件是"说玄宗"。所有元素相互连缀，构成了一幅完整的画面：在春日凄清的行宫中，一群无聊的宫女们你一言我一语地正在闲聊昔日旧事，她们闲聊的内容可能有风起云涌的军国大事，也有缠绵悱恻

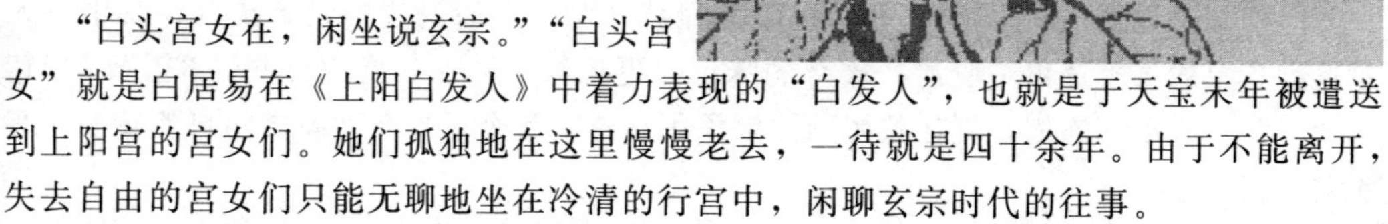

的爱恨情仇，不过这一切都像昔日繁华鼎盛的汉阳宫，早已成了过眼云烟。

本诗的诗眼在"说"字。一方面，这些"白发宫女"是时代的见证者和经历者，她们把自己的经历娓娓道出，就能展现出一个时代的缩影；另一方面，她们是当时地位卑贱的宫女，且是皇帝不常来的行宫中的宫女，对于玄宗的了解相当有限，又因没有自由，长期与世隔绝，可能连"今夕是何夕"都不甚清楚，她们能说的内容本应十分贫乏。恰恰是这种悖论式的存在，扩展了此诗的语境，给读者更多揣摩、玩味的空间。

诗人未作任何价值引导和情感抒发，只用零星的几个词语的组合，就渲染出了社会变迁、昔盛今衰的气象，进而慨叹沧桑巨变中人的无奈和悲哀。此诗秉承了元稹一贯的传统，寓情于景，情景交融，在清冷的画面里，融入了时事的变迁感与个人浓重的悲哀，读来一览无遗，品之内蕴深厚。

雪晴晚望

贾岛

倚杖望晴雪，溪云几万重。樵人归白屋，寒日下危峰。野火烧冈草，断烟生石松。却回山寺路，闻打暮天钟。

【赏析】

《雪晴晚望》是诗人与从弟释无可寄居长安西南圭峰草堂寺时所作，当时诗人还俗科考，但屡试不第，心情惆怅愤懑，后和从弟共居，暂时缓解了焦虑的情绪，又萌生了再出家与从弟围炉而居的念头。除这首《雪晴晚望》外，诗人在圭峰草堂寺还曾作一首《送无可上人》，是无可南游庐山西林寺前，诗人为其送别饯行之作："圭峰霁色新，送此草堂人。麈尾同离寺，蛩鸣暂别亲。独行潭底影，数息树边身。终有烟霞约，天台作近邻。"此诗直接表达了诗人渴望与从弟"作近邻"的愿望。参照《送无可上人》，更可见《雪晴晚望》中的深意。

"倚仗望晴雪，溪云几万重。"这两句诗呼应了诗题中的"雪"、"晴"、"望"三字，紧扣中心，诗人在出游中，倚着手杖向远处眺望晴天的白雪，溪水上空的白云重重叠叠，好像有几万重似的。"樵人归白屋，寒日下危峰。"一位采樵人劳累了一天，夜晚回到自己的白屋子里，白屋后是奇险的山峰，森寒的夕阳缓缓坠落到山峰之下。

前四句是近景描写，是诗人"望"夜"晚""晴雪"时身边的景象描摹，其中诗人对这种景象的再现透出一股清冷雄奇的味道，更见缥缈秀丽、变幻莫测。"望"、"归"和"下"三个动词连用，更让整幅画面增添了动感。整个场景在动静之间自然转换，有流动之美。

随后诗人视线一转，望向远处，"野火烧冈草，断烟生石松"，野火焚烧着冈草，日暮的炊烟断断续续地生于石松之间。"生"字用得极好，烟和石松本是两个独立的景物，可是诗人在这里用一个"生"字将两者结合起来，让炊烟的缭绕成为了石松的一部分，放眼望去，俨然炊烟从石松间生成似的，独辟蹊径，别有一番味道。"冈草"再生能力十分旺盛，"野火"根本烧不尽，"石松"非常坚韧，"断烟"也无法完全遮蔽，诗人有意识地用这两个不可能实现的景象来表现这幅远景，其间自有一份愚公移山的坚持和执着，以物代人，暗喻诗人坚持不懈的品质。

最后诗人从景物描写回归自身，"却回山寺路，闻打暮天钟"，诗人在"望"尽这险妙的景色后，徜徉在回山寺的路上，突然听到了山寺里传出的晚钟声。前文已经描摹出了一幅有山有雪、有云有人、有烟有日的静谧画面，在这样安静的场景中，突然乍闻"暮天钟"响，沉寂瞬间被打破，钟声被无限地放大，绵延悠远而显得越发振人心扉。笔墨至此收尾，钟声在山间回荡，既震醒了一派静景，又震撼人心，退出科考再回山寺之念在贾岛心中骤然升起，虽措辞委婉，仍可见其归隐意图。

由近及远，由静及动，由景至人，无一费词，无一涩语，诗人在动静交织间充分调动了读者的视觉和听觉，让人在观赏美景的同时有醍醐灌顶之感。

题兴化寺园亭

贾岛

破却千家作一池，不栽桃李种蔷薇。
蔷薇花落秋风起，荆棘满亭君自知。

【赏析】

唐代孟棨在《本事诗·怨愤》中曾说："岛《题兴化寺园亭》以刺裴度。"这首《题兴化寺园亭》是针对裴度兴建兴化寺园亭一事而作，当时裴度是朝中的中书令，位高权重，贾岛在此诗中只字未提裴度，也不曾明言自己对他建兴化寺园亭有丝毫的不满，但却在这二十八个字中尽显了他作为一个普通百姓关注现实、讽刺权贵的意图。

裴度要大肆修建兴化寺园亭，自然要迁移甚至破除周边的居家，因此诗人在开篇就写道"破却千家作一池"，破除千家的居所只为了兴建一个园亭，可见该园亭所占面积之大，同时反衬出百姓住家之小，需要"破却千家"方可"作一池"，由此贫富悬殊立显。

随后诗人没有着力于书写这个园亭的规模和摆设，反而选取了其中一个极其细微的部分，就是"不栽桃李种蔷薇"，园亭的主人不栽种桃李反而种蔷薇。对于普通百姓而言，若有这么大面积的土地，肯定会种植一些既有观赏性又能有产物的植物，例如桃李，可这里的主人却不是这样，他选择了华而不实、徒有其表的蔷薇。对于百姓而言，这是一种奢侈的浪费，但是对于有权有势的园亭主人而言，却恰好显示了他附庸风雅和财富累累之态。

第一、二句，诗人用"千家"对"一池"，用"桃李"对"蔷薇"，两种物象的对照中将当时社会的贫富差距之大，富人对百姓贫苦生活的置若罔闻，刻画得入木三分。同时以"破却"和"不栽"引领各句，结合当时的社会环境，于动态中表现出园亭主人的果断和残忍。

紧承"种蔷薇"而来，诗人写道"蔷薇花落秋风起，荆棘满亭君自知"，这两句诗是转写时间，给人"来日"之感，描写的是蔷薇花落后的景象：当蔷薇花落后，秋风吹过，整个庭院都将是荆棘一片，可是这种景象也只有园亭主人自己知道。一般而言，当花朵凋零后，到处都将是萧条一片，尤其是带刺的蔷薇，那肯定是"荆棘满亭"，因此在最后一句诗中诗人有意将书写主体还原回"君"，即园亭主人，让他自己去看他昔日所种之因，得到的今日之果。

诗人没有明确表示出对裴度兴建兴化寺园亭的不满，可是读者却能从中清楚地读出诗人的讽刺之意。全诗语言平实浅白，以"破却"起，以"自知"收，其间自有一股"种瓜得瓜，种豆得豆"的意味；最后以"花"连"刺"，暗喻其悲剧的下场终将降临。

在贾岛的诗歌中，像这样反映社会现实、讽刺权贵的作品极少，可恰是这仅有的作品首首直指要害，切中心腹，让人读后大快人心，于"险僻"之外，另有一种独特的美。可见贾岛风格之多变，动静皆宜，确实是一位优秀的诗人，难怪贾岛去世后，韩愈高度赞誉其曰："天恐文章中断绝，再生贾岛在人间。"

李凭箜篌引

李贺

吴丝蜀桐张高秋，空山凝云颓不流。江娥啼竹素女愁，李凭中国弹箜篌。昆山玉碎凤凰叫，芙蓉泣露香兰笑。十二门前融冷光，二十三丝动紫皇。女娲炼石补天处，石破天惊逗秋雨。梦入神山教神妪，老鱼跳波瘦蛟舞。吴质不眠倚桂树，露脚斜飞湿寒兔。

【赏析】

箜篌也称"坎侯"或"空侯"，是一种十分古老的弹弦乐器。在古代，它多用于宫廷雅乐中，后来也在民间流传。唐人的箜篌演奏达到了极高水平。本篇诗题中的"李凭"便是一位善弹箜篌的梨园子弟。

李凭的箜篌弹奏技艺精湛，以至于"天子一日一回见，王侯将相立马迎"。当时很多人都描写过李凭的箜篌演奏，但李贺的这首诗意象出奇，意境奇幻，在所有描写李凭演奏的诗作中脱颖而出。清代方扶南在他的《李长吉诗集批注》中，将李贺的这首诗与白居易的《琵琶行》、韩愈的《听颖师弹琴》并推，说："白香山'江上琵琶'，韩退之'颖师琴'，李长吉'李凭箜篌'，皆摹写声音至文。韩足以惊天，李足以泣鬼，白足以移人。"

《李凭箜篌引》全诗共十四句，每句七言。在用韵上，李贺每一句都用韵，其中四次换韵，因此全诗也有了节奏起伏，而李凭乐声的情绪变化也在这种节奏变化中得到了展现。据此，我们可将诗歌分为三段。

开篇四句"吴丝蜀桐张高秋，空山凝云颓不流。江娥啼竹素女愁，李凭中国弹箜篌"为第一段。

第一句"吴丝蜀桐张高秋"直入主题。"吴丝蜀桐"说明这次演奏中所用的箜篌由吴地的丝弦和蜀地的桐木制成，质地精良。诗人开篇便突出乐器的精良，也为音乐的高雅情调奠定了基础。

"高秋"二字点明了这次弹奏是在秋高气爽的九月深秋。"高"字用得极妙，它在点明时间的同时也铺展开了一幅高远澄明的画面。因此如果将"高"字换作"深"或"暮"字，虽然也能表达时间，但在意境上不如"高"字。

第二句"空山凝云颓不流"，化用了《列子集释·汤问篇》里"秦青抚节悲歌，声振林木，响遏行云"的典故，写出了李凭箜篌之声的绝妙境界：当乐声一起，空旷山野上的浮云都被吸引，颓然凝滞，仿佛正凝神倾听这天籁之声。"颓"字与前句中的"张"字，构成了一组对比。"张"字形容的是李凭开始弹奏，丝弦张开，乐声饱满，直上云天，气势非凡，而天边流云在刹那间被这美妙的琴声击中，因此"凝"、"颓"，情态生动。

第三句"江娥啼竹素女愁"从侧面描写琴声所表达的情绪"愁"。"江娥"是中国上古帝王舜的妃子，亦称"湘夫人"；"素女"是古代传说中擅长鼓瑟的神女。那幽咽低回的琴声仿佛能牵起湘夫人与素女的愁情。诗人用这两位神话中的人物来衬托，再次渲染了琴声的感染力。

李贺在这三句中并没有对"李凭弹箜篌"这件事情进行直接的叙述。他从一把质地精良的琴落笔，接着烘托琴声的高妙，并在其中穿插着时间。

本段第四句"李凭中国弹箜篌"中，李贺才点出人物与地点。这种叙事手法是李贺的巧妙安排。他并没有因循传统人物——时间——地点的写法，而是从琴声入手，描摹琴声带给人的震撼，最后才点出人物与地点，达到了先声夺人的效果。开篇即显不同凡响。

"昆山玉碎凤凰叫，芙蓉泣露香兰笑。十二门前融冷光，二十三丝动紫皇。"四句为全诗的第二段。本段是对李凭箜篌之声所达到的音色与境界的描写。

"昆山"在中国古代被称为"群玉之山"。"昆山玉碎"便是乐声乍起，箜篌众弦齐开，琴声嘈嘈切切，激越起伏。此时音乐带着山崩地坼的压倒性气势。而"凤凰叫"三字，却将琴声转入了另一境界。"凤凰"是传说中的神鸟。《韩诗外传》中说，凤凰的鸣叫，"其声若箫"，如怨如慕，因此，"凤凰叫"三字生动地表达了琴声的哀婉动人。此时的音乐弥漫着哀婉的情绪。

"玉碎，状其声之清脆；凤叫，状其声之和缓。"（王琦《李贺诗歌集注》）从"昆山玉碎"到"凤凰叫"，李贺在一句之中运用两种意象间的转换，"以声写声"，将琴声的高低起伏，强弱相间，表达得淋漓尽致，同时也令抽象的音乐具有了形态一般，动态十足。

"芙蓉泣露香兰笑"同样是对音乐的描写，但此句与上句不同，乃是"以形状声"。王琦点评此句时说："蓉泣，状其声之惨淡。兰笑，状其声之冶丽。"这种描写方式令无形的音乐更具形象感：乐声到悲抑处，人们仿佛看见朵朵残荷挂着露珠；乐声到欢愉处，人们又仿佛能见到盛开的兰花笑靥般的花盘。如果说"昆山"句是对音乐声调变化的描写，那么此句就是对音乐情调转折的渲染，从"芙蓉泣"到"香兰笑"将音乐的悲喜转换诉诸视觉，形神兼备，极富表现力。

在"香兰笑"的欢愉之后，琴声的情绪再一次转向，此次为清冷，因此诗人写道："十二门前融冷光。"

"十二门"指的是古长安城的十二座城门，在这里诗人用十二门指代整座长安城。

"十二门前融冷光"，意即整座长安城的清冷之气似乎都消融在李凭的琴声中。"融"字巧妙地传达了音乐的感染力与渗透力，通过它李贺将整个长安城都沉浸在李凭的箜篌声中的难状之境传达得生动而富于情致。清空之下，除了李凭的箜篌之声回荡外，再无其他。

一句"二十三丝动紫皇"竟将全诗的意境载体从人间写到了天上。李凭的琴声不仅感动了人间，还上达天界，感动了"紫皇"。这一实一虚间的过渡，也将全诗的意境扩大到了无限的宇宙。

最后六句为诗篇第三段。从这里开始，李凭的音乐进入了高潮。乐曲穿透云霄，直达天庭，连女娲补天用的五色石都被乐音震撼，一时间，石破天惊，秋雨倾泻而下；当神山上的神妪听到李凭的箜篌声后，竟然想让李凭传授他弹箜篌的绝技；而那衰老瘦弱的蛟龙听到乐音，也开始追波逐浪，翩翩起舞。月宫里，吴刚倚在桂花树下，倾听这美妙的音乐，一夜未眠。玉兔也陶醉在这乐声中，以至于露水打湿了它的身体，它也浑然不觉。

李贺从始至终都没有正面描写音乐的悠扬动人，而是用各种意象，从侧面进行烘托、渲染。如"老鱼跳波瘦蛟舞"明为写老鱼与瘦蛟，但实际是对音乐产生效果的形容。本来衰老乏力的鱼龙，听了李凭的音乐却能腾舞，可见其音乐感物至深。这种侧面的描写不但没有削弱诗篇对音乐的表现，反而令音乐显得更加丰满。

本诗最大的出彩处，即在于他避开了难以形状的箜篌之声，而是从各种具体意象着笔，以实写虚，极富表现力。

李贺在创作时的主要特点，即想象出奇。李贺从人间写到天庭，再写到神山、月宫，运用了一系列非现实的意象。尤其是最后一段，一系列神仙，神话意象的排列，令人产生李凭不在人间演奏的错觉。在诗人想象翅膀的带领下，读者如进入梦幻瑰丽的世界中，其想象可谓大胆。也因此，诗中充满了浪漫主义色彩。

除了想象出奇，李贺在诗歌创作过程中，其遣词用句也锐感尽显。如他用"冷光"、"紫皇"、"玉"、"芙蓉"、"补天石"等语汇，尽显其高贵富艳，而"碎"、"叫"、"泣"、"笑"、"融"、"逗"等一系列动词的使用则将人们的视觉感受与听觉感受进行复合，诗文的表现力由此得到极大彰显。

虽然李贺在诗中想象夸张，用词奇险，但他所表达的却是他对音乐的真实感受。他没有正面抒发这些感受，而是随着音乐声调与情绪的高低起伏，通过一系列意象的叠加来实现。如"昆山"的激越、"凤凰"的哀婉、"芙蓉"的悲；"冷光"的凄冷，"秋雨"的忧愁，此外"啼"、"愁"、"碎"、"泣"、"冷"、"破"、"湿"、"寒"等情感类词语，更是渲染了乐曲悲伤基调。诗人也没有漏过音乐中表达出的稍纵即逝的欢快情绪，即"香兰笑"。

全诗意象无一不是诗人对音乐的感受与评价，也正是这种表现手法，令诗歌的外在意象与诗人的内在情思达到完美的统一，提升了全诗的艺术审美价值。

李贺 27 岁便去世，人生阅历不够丰富，音乐修养也未达到白居易与韩愈的境界，因此他的这首《李凭箜篌引》与同题材的白、韩二人诗作相比，"缺少像韩白二人那种琴是琴、琵琶是琵琶，界线分明的乐感"（郭扬《唐诗学引论》），但也许正是这种"残缺"给了李贺的诗另一种别致的风貌。

示弟

李贺

别弟三年后，还家一日余。醽醁①今夕酒，缃帙②去时书。病骨犹能在，人间底事无？何须问牛马③，抛掷任枭卢④！

【注释】

①醽醁（lù líng）：也作"醁醽"、"绿酃"、"醹渌"，美酒名。②缃帙：用于包书的黄色布。③牛马：古代赌具"五木"（一名"五子"）上的名色，赌博时按名色决定胜负。④枭卢：古代博戏樗蒲的两种胜彩名。幺为枭，最胜；六为卢，次胜。杜甫《今夕行》："冯陵大叫呼五白，袒跣不肯成枭卢。"

【赏析】

唐代的科举制度虽然没有限制应试者的门第，但又严格遵守着"避讳"规定。如果应试的题目中出现了考生的家讳，考生则不得再参加考试。李贺作《示弟》一诗的背景即与唐代科举制的这一规定有关。

唐元和八年（公元813年），李贺"以父名'晋肃'不得举进士而归"（清代方扶南语）。意即，李贺父亲的名字"晋肃"中的"晋"字与"进士"的"进"字同音，这是犯讳之事，所以李贺失掉了他的考试资格。因"避讳"一事而断了仕途，这种打击对李贺而言着实沉重。这种沉重的心情便表现在他的这首《示弟》中。

诗中讲到，李贺为应试离家三年，而今归来，弟弟拿出了甘醇的美酒。李贺面对久别的亲人心中自然欣喜。看着自己带回来的书仍然是三年前离家时所带的书时，诗人又不禁伤怀。他面上没有表现出愁绪，而是故作旷达地说："我拖着多病的身体活着回来，已经算是幸运了。"当弟弟问他关于考试的情况时，李贺说："考试成败听天由命，不必在意。"

尽管《示弟》是失意之作，但李贺通篇不着一字悲语便令诗境沉郁。这归因于李贺创作的遣词与构思之妙。

第一联，"别弟三年后，还家一日余"，讲述离家三年，今日归来。"三年"与"一日"的对仗运用，透出浓重的悲怨之情。

第二联，"醽醁今夕酒，缃帙去时书"只是平静地讲述久别重逢的兄弟互诉衷肠，自己带着原来的书归来而已。句中的"今夕酒"与"去时书"这一对意象，已将诗人悲喜交加的心绪浓缩在寥寥数字中。此处诗人虽不用任何情感性词语，却已经通过对简单意象的组合运用，将复杂的情感矛盾表达得淋漓尽致。

第三联与第四联，"病骨犹能在，人间底事无？何须问牛马，抛掷任枭卢"，读来俨然是一副洒脱的口气。但"病骨犹能在"是自嘲，"人间底事无"实是诗人对时弊的指责，为愤世之语，亦是自怜之语。

　　在最后两句中，李贺运用借代手法，以"枭卢"喻应试成败。李贺因应举失败悲愤不已，但他却说出应试考试不过如博彩一般，"抛掷任枭卢"。这样通达的话实际上是诗人"悲极无泪"的情绪外化。在李贺平淡的语言下，涌动着激越的悲愤之情。李贺在这首诗中通篇运用对仗，前一句与后一句意象或相对，或相反，这种修辞技巧令全诗极富张力，传达了他的矛盾心绪。

　　清人黎简对李贺的诗评价说："昌谷于章法每不大理会，然亦有井然者，须细心寻绎始见。"不过，本诗却是李贺在章法上精心剪裁的作品。

　　首先在体式上，诗人选择了五言律诗，而没有选择最适于表达情感的歌行体，将隐痛难言的苦涩情感彰显出来。其次，谋篇工巧。诗的第四联与第五联实际上是诗人回答弟弟的询问语，但将弟弟询问的部分省去，只将自己的答语写出，这样一来，便与诗题"示弟"紧紧相扣，充分体现了唐诗"简洁蕴藉"的艺术特点。

咏怀二首（其一）

李贺

　　长卿怀茂陵，绿草垂石井。弹琴看文君，春风吹鬓影。梁王与武帝，弃之如断梗。惟留一简书，金泥①泰山顶。

【注释】

　　①金泥：用于涂封祭造天地时用的文章。由金屑和水银混合而成，为泥状。

【赏析】

　　李贺在本诗第一句中提到的"长卿"是指西汉辞赋家司马相如。司马相如字"长卿"，他在汉景帝时任武骑常侍，及至汉武帝，拜孝文园令。这两个职位在当时都是闲职，司马相如觉得二者"非其所好也"，于是辞官回到茂陵家中。

　　第一联"长卿怀茂陵，绿草垂石井"描写的正是司马相如当时的生活环境。在那里，石栏上静静垂着绿意幽然的绿草，一派静谧超尘之景。"弹琴看文君，春风吹鬓影"描写司马相如身边有妻子卓文君陪伴。夫妻二人相知相守，用琴声互诉心曲。当司马相如看着立于春风中的妻子，那美丽的鬓影令他无比陶醉。

　　在前四句中，李贺着力渲染司马相如在茂陵的悠然生活，在后四句中，他扭转了诗歌情绪，写梁王与汉武帝都不识司马相如的才华，视他如断梗一般，弃之不顾。一直到他死后，他作的《封禅书》才被汉武帝奉为至宝。

　　这四句与前四句的意境相反，前四句扬，后四句抑。在情绪的转换中，一股愁怨溢出纸间。李贺写这首诗时，正是应试不成回到家乡之时。他在诗中正是借司马相如的遭遇，来抒发自己的愤懑之情。

咏怀二首（其二）

李贺

日夕著书罢，惊霜落素丝。镜中聊自笑，讵^①是南山期。头上无幅巾，苦蘗^②已染衣。不见清溪鱼，饮水得相宜。

【注释】

①讵（jù）：岂，怎。②蘗（bò）：指黄蘗，一种落叶乔木，木材坚硬，茎可制黄色染料，树皮入药。也叫"黄檗"。

【赏析】

李贺有《咏怀》组诗，共两首，此为第二首。这首诗的情感基调承接了第一首的悲愤，并在此基础上进行了发展与深化。

李贺是个勤奋的诗人。《新唐书·李贺传》序载："（李贺）每旦日出，骑弱马，从小奚奴，背古锦囊，遇所得，书投囊中。未始先立题然后为诗，如他人牵合课程者。及暮归，足成之。非大醉、吊丧日率如此，过亦不甚省。"可见李贺勤奋。苦读诗书，意在入仕，却因"避讳"不得举进士，其苦闷可想而知。正是这种愁苦令他未老先衰。

诗的第一句"日夕著书罢，惊霜落素丝"，写他在某个傍晚写书之后，一丝白发落下。李贺一见，便朝镜中看去，只见一张未老先衰的脸。当时李贺还不到 30 岁，于是他感慨道："讵是南山期！"——我恐怕不是长寿之人。这句话是诗人的自嘲之语。虽然表面看来语气轻松，却是诗人痛苦之情的曲折表露。

"头上无幅巾，苦蘗已染衣"将全诗的愁苦之情推向了高潮。"幅巾"是儒士们用于束头的帛巾。"苦蘗"即是黄蘗，可用于染衣。李贺头上没有幅巾，身上穿着粗布衣，生活贫苦，加上仕途不顺引，身心皆苦。

苦到极处，李贺却折转情绪，在尾联写到清溪里怡然自得的鱼儿。它们饮食简单，所求不多，却也生活得惬意。于是，诗的意境变得超然。但这种超然的态度，却令读者对李贺的悲苦感受得更加深切，而这正是全诗最具张力之处。

雁门太守行

李贺

黑云压城城欲摧，甲光^①向日金鳞^②开。角^③声满天秋色里，塞上燕脂凝夜紫。半卷红旗临易水^④，霜重鼓寒声不起。报君黄金台上意，提携玉龙^⑤为君死。

【注释】

①甲光：铠甲迎着太阳发出的闪光。②金鳞：本处指铠甲闪闪发光，如同金色鱼鳞。③角：古代军乐器，亦是军中号角，多用兽角制成。④易水：河名，源出今河北省易县，大清河上源支流。⑤玉龙：指一种珍贵的宝剑，这里代指剑。

【赏析】

《雁门太守行》是一首描写战争场面的乐府旧题诗。全诗共展现了三个场景。

第一个场景"黑云压城城欲摧，甲光向日金鳞开"写的是兵临城下，敌军好似乌云压近，整座城似乎要被摧垮。本联中的"黑云压城"与"甲光向日"是两对矛盾的意象。北宋王安石曾经质疑此句："是儿言不相副，方黑云如此，安得耀日之甲光也？"诗歌所反映的是诗人对外在世界的心理感受，加之李贺诗歌一向具有浓重的浪漫主义色彩，因此这两句中的矛盾意象自然不能简单地用自然界规律来解释。

"黑云"的运用，是为渲染敌军围城时的紧张气氛与危急的形势。"甲光"句，实是为了凸显唐朝战士的高昂士气。面对来势汹汹的敌人，战士们身披铠甲，列队整齐。铠甲反射着太阳的光辉，道道金光突破"黑云"。这里正是借着日光与金鳞来凸显唐朝军队的阵营与战士的豪情。

开篇两句即写景，又写事，在读者面前展开了一幅开阔的战前画卷。"角声满天秋色里，塞上燕脂凝夜紫"则描写战争的规模与战斗的激烈。这是本诗的第二个场景。

"角声"即"画角声"，一般在黄昏鸣响。"角声满天秋色里"意即号角的声音响彻秋日的天空。本句为无声的画面加入了激昂的音符，于是第一联所表现的静态画面，到此流动起来。正如宋代刘辰翁对此句的点评："有此一语，方畅。""塞上燕脂凝夜紫"则从颜色方面渲染战斗的惨烈。"夜"字点明这场战从黄昏开始，一直打到深夜。战斗中，塞上的泥土被鲜血染成了胭脂般鲜红。这红色在夜色中浓艳如紫。整句读来，一股凝重的气息扑面而来。

"半卷红旗临易水，霜重鼓寒声不起"是本诗的第三个场景：驰援部队中夜行军。"半卷红旗"为的是不惊动敌军，出其不意。"易水"暗含"风萧萧兮易水寒，壮士一去兮不复还"的悲壮。战士们一到前线即刻投入战斗。此时，虽已擂动战鼓，却因秋霜浓重，战鼓"声不起"。此联意境苍凉凝重。

最后一联："报君黄金台上意，提携玉龙为君死"以抒情为全诗作结。

相传战国时期燕昭王为招揽天下贤士，在今天河北易县东南修筑了一座高台，并在上面放了大量黄金，诗中"黄金台"即为此。"玉龙"在古代指宝剑。此联意为，将士们为报答国君，手持宝剑奋勇杀敌，决心誓死为国。李贺在最后并没有交代战争的结果，而是以死作结，"结得决绝险劲"（清黎简语）。这种留白也为读者留下了想象空间。

综观全诗，李贺在造境上可谓奇诡。这种奇诡来自于他在诗中运用的浓艳色彩。如首联用黑色与金色，刻画战事之紧张与将士之豪情；而在描写战斗的惨烈时，他运用了胭脂色与紫色两种艳丽的色彩；在最后表明将士誓死决心时，李贺则用玉色突出其苍凉之感。无论哪一种颜色，用在一篇描写悲壮战斗的诗中都显得过于鲜亮，然而李贺却将这些颜色运用于浑融。这些斑驳的色彩准确描绘了战场上的风云变幻，读来给人以瑰丽之感，同时令全诗画面感更加突出，意境更加鲜明。

苏小小墓

李贺

幽兰露，如啼眼。无物结同心，烟花不堪剪。草如茵，松如盖，风为裳，水为珮。油壁车，夕相待。冷翠烛，劳光彩。西陵①下，风吹雨。

【注释】

①西陵：位于杭州钱塘江以西。

【赏析】

据说苏小小是："南齐时钱塘名妓。貌绝青楼，才空士类，当时莫不艳称。以年少早卒，葬于西泠之坞。"（张岱在《西湖梦寻》）。历代诗人都曾吟咏过苏小小墓，李贺也是其中之一。

"幽兰露，如啼眼"那带露的幽兰仿佛苏小小含泪的眼睛。此句以景开篇，运用"兴"的手法由景及人。"幽"和"啼"为全诗定下了哀怨的情感基调。"幽"字与诗题"墓"字相扣，营造了凄冷的鬼魂活动环境。

"无物结同心，烟花不堪剪"则是对苏小小内心世界的描写。这两句不仅承接了上文的哀怨情绪，而且更深一步地揭示了苏小小满腔愁怨的内在根源。苏小小生前曾有相恋的爱人，她的愿望是"我乘油壁车，郎乘青骢马。何处结同心，西陵松柏下"（古乐府《苏小小歌》），但美好的东西总是易逝，如同凄迷的烟花无法剪来相赠一般。苏小小香消玉殒，再没"结同心"的可能。

"草如茵，松如盖，风为裳，水为珮。油壁车，夕相待。"写苏小小的服饰与用度，与前文的"无物结同心"相呼应：如今苏小小绿草为茵褥，青松做伞盖，清风为裳，流水当佩。她已化作一缕轻魂，非人间之物。虽然西陵松柏下的油壁车仍在等待苏小小及其爱人，但再不会有人来到这里"结同心"。"待"字道尽了物是人非的凄凉。

最后四句"冷翠烛，劳光彩。西陵下，风吹雨"描绘风雨西陵的愁惨景象。王琦注解："翠烛，鬼火也，有光而无焰，故曰冷翠烛。"凄风苦雨中，淡绿的鬼火正发出冰冷的光，就连这光也不过是陡费光彩而已，因为人已逝，所有的希望也都随之破灭，一切都化为虚无。这四句将前文中营造的凄凉情绪推向了高潮，烘托了人物内心的无限孤寂。

李贺在诗中运用了幽兰、啼眼、烟花、草、松、风、水、油壁车、翠烛、西陵、风雨等意象。李贺将这些简单的意象情感化，每写一景，便是写一情。于是，景、情、人三者巧妙地融合在一起，读者见景如见人，观景即是读情。

唐代吟咏苏小小墓者众多，如罗隐有《苏小小墓》、张祜有《苏小小歌》、白居易《杨柳枝词八首》中亦有"若解多情寻小小，绿杨深处是苏家"之语。这些诗或对苏小小的遭遇表示同情，或仅将苏小小作为兴怀的媒介，只有李贺的《苏小小墓》真正触及了苏小小的内心世界，因此读来最为动人。

　　李贺之所以能达到其他诗人所不能达到的境界，也因其内心感受与苏小小有几分相似。苏小小痴守着爱情，却终化为春梦一场。李贺一心入仕，却因"犯讳"而落空。诗中苏小小墓前的阴惨与凄冷，正如李贺所感受到的冰冷现实，同时也是李贺对人世失望的折射。于是，鬼境与现实在李贺笔下得到了统一。

梦天①

李贺

　　老兔寒蟾②泣天色，云楼半开壁斜白。玉轮轧露湿团光，鸾佩③相逢桂香陌。黄尘清水三山④下，更变千年如走马。遥望齐州⑤九点烟，一泓海水杯中泻。

【注释】

　　①梦天：即在梦中游天上。②老兔寒蟾：神话中有玉兔与蟾蜍住在月宫中。此处指代月亮。③鸾佩：雕刻着鸾凤的玉佩，此代指仙女。④三山：指海上的三座神山蓬莱、方丈、瀛洲。⑤齐州：《尚书·禹贡》中称中国有九州。

【赏析】

　　李贺的诗作一向以想象出奇称著，其诗中的意象大多为神仙鬼怪。这首《梦天》便是代表。诗题中的"梦"字说明诗中场景或是诗人梦境。李贺在这首诗里将想象力发挥到极致，为我们打造了一个浪漫仙境。全诗充满了浪漫主义的瑰丽想象，意境怪谲。这正是李贺诗的特点所在。

　　前四句"老兔寒蟾泣天色，云楼半开壁斜白。玉轮轧露湿团光，鸾佩相逢桂香陌"写月宫之景。

　　"老兔寒蟾"指月亮。中国古代神话中提到，月亮中有白兔捣药。汉乐府《董逃行》有"白兔捣药长跪虾蟆丸"；晋傅玄《拟天问》中亦有"月中何有？白兔捣药"之语。除了白兔外，月宫中亦有蟾居住，因此古人也称月亮为"冰蟾"。首句"老兔寒蟾泣天色"意即，晚间落雨，仿佛月中的白兔与寒蟾在落泪。不一会儿，云层散开，一座高楼显在云端。月光斜斜照在高楼的墙壁上，即"云楼半开壁斜白"。

　　"玉轮轧露湿团光"意为：由于刚下过雨，因此远远望去，如玉的月亮浸在水汽弥漫的空气中，仿佛连光都被打湿。之后，诗人变换场景，写到月宫内部的情景："鸾佩相逢桂香陌。""鸾佩"指代仙女。此句意为，诗人在月宫中的桂花小径上与戴着鸾凤玉佩的仙女相遇。李贺没有直写月宫之景，也没有细写仙女样貌，而只是通过"桂香"与"鸾佩"两处细节描写，便将月宫的美概括，同时也给读者留下了极大的想象空间。

　　以上为全诗第一段，余下四句为第二段。

　　在第二段中，李贺的视角由天上转向人间，描绘了世间的沧桑变化："黄尘清水三山下，更变千年如走马。遥望齐州九点烟，一泓海水杯中泻。"诗人从月宫中向下看，看见东海中的三座神山，经历了沧海桑田变幻。人间千年，天上不过一日。因此，诗人眼中的人间变化此时只如白驹过隙。在天上回望人间，九州大地亦不过如烟尘九点，浩渺的东海看起来也不过一杯水。

　　后四句体现了李贺的时空辩证意识。他将千年变幻寓于一瞬之间，将九州与四海之阔也包含进更为广阔的空间。这种哲理的升华，正是诗人内心情感的体现。广袤如九州都显得渺小，更何况个人；桑海沧田的轮转在永恒的时间中，也不过短短一瞬，更何况人的一生。因此，虽然后四句的诗境在表达上有旷达出尘之感，实际上却交织着诗人内心的孤寂与怀才不遇，理想不得实现的苦闷。同时，借着梦境的描写，李贺寄寓了超脱苦闷现实的愿望。

天上谣

李贺

　　天河夜转漂回星①，银浦②流云学水声。玉宫桂树花未落，仙妾采香垂佩缨。秦妃卷帘北窗晓，窗前植桐青凤小。王子吹笙鹅管长，呼龙耕烟③种瑶草。粉霞红绶④藕丝裙，青洲⑤步拾兰苕⑥春。东指羲和⑦能走马，海尘新生石山下。

【注释】

　　①回星：运转的星星。②银浦：银河。③耕烟：在云烟中耕耘。④绶：丝带。⑤青洲：南海仙洲，传说那里草木茂密。⑥兰苕：泛指香花香草。⑦羲和：给太阳驾车的神。

【赏析】

　　《天上谣》是一首游仙诗。本诗想象瑰丽，充满了深厚的浪漫主义色彩。诗人建构了一个奇幻仙境。全诗十二句，可分为三个意象群。

　　第一个意象群为前两句"天河夜转漂星回，银浦流云学水声"，讲诗人夜望星空，看见星光璀璨多姿，汇聚成河。诗人凝神静听，仿佛能听到流水声。在这样的感受指引下，诗人展开想象虚构了一个梦幻缥缈的仙境。

　　"玉宫桂树花未落，仙妾采香垂佩缨。秦妃卷帘北窗晓，窗前植桐青凤小。王子吹笙鹅管长，呼龙耕烟种瑶草。粉霞红绶藕丝裙，青洲步拾兰苕春。"第二个意象群，展现仙境生活。

　　天上的仙女，正在采摘桂花制作香囊。那桂树从不枯萎，桂花也常开不败。"秦妃"即传说中的与丈夫萧史一同飞仙的秦穆公之女弄玉。此刻，她正卷起窗帘向外望去。只见晨光之中，一只娇小的青凤立在窗前的梧桐树上。这青凤正是当年引导弄玉与萧史升仙的神鸟。远处传来了笙箫声，那是仙人王子晋在吹笙。一只神龙正在烟云里翻腾，那是王子晋吆喝它耕云种仙草。青洲仙山上，林木秀美，仙女们正在赏春。她们身着仙裙，配着粉霞制成的绶带，漫步寻芳，采摘兰花。

　　这个意象群中的事物仿佛电影蒙太奇般不停切换。表面上看这些画面之间似乎没有联系，但在这些意象群背后却有一条暗线，即仙人生活，将所有的画面串联成整体。因此本处虽意象繁多，读来却不觉凌乱，反而和谐统一。

　　诗人在这里描写的虽是仙境，却运用了大量俗世之景。无论是桂树仙草，还是弄玉晨起卷帘；不管是王子晋吹笙，还是神龙耕云，无一不是在俗世意象的基础上加之以个人想象加工后的产物。这种表现手法将神仙虚境与人间现实结合起来，令仙境变得有形可见，给人以奇妙观感的同时，又不失隽永深刻。

　　最后两句"东指羲和能走马，海尘新生石山下"讲青洲仙山漫步赏春的仙女们，低头看见人间的情景。太阳神羲和正驾着天马，载着太阳奔驰。随着时间的推移，原来东海的位置现在变成陆地。这两句笔调雄浑，意境开阔，是全诗的第三意象群。这一意象群与第二个意象群形成了鲜明对比，同时也是诗人从梦幻般的理想到现实的回归。

　　第二个意象群中的神仙世界仿佛不受时间影响。那里的花草四季繁茂。弄玉，王子晋升仙已有千年，但时间并没有令他们产生任何变化。那只青凤也还如当年引领弄玉飞升时那样娇小，仿佛永远不会长大；但是人间却是日月轮转，沧海桑田。这样的对比，一来是以神仙生活的闲适与安稳凸显尘世的无常，表达诗人对时光易逝、岁月短暂的感叹；二来表达了诗人对美好生活的向往。这也是诗人对现实失望，对其遭遇不满的曲折表现。全诗的主旨在此也得到了体现。

浩歌

李贺

　　南风吹山作平地，帝①遣天吴②移海水。王母桃花千遍红，彭祖巫咸几回死？青毛骢马参差钱，娇春③杨柳含细烟。筝人劝我金屈卮④，神血未凝身问谁？不需浪饮丁都护，世上英雄本无主。买丝绣作平原君，有酒惟浇赵州土。漏⑤催水咽玉蟾蜍，卫娘⑥发薄不胜梳。看见秋眉⑦换新绿，二十男儿那⑧刺促⑨。

【注释】

①帝：天帝。②天吴：水神名。③娇春：初春，新春。④金屈卮（zhī）：古代的酒器。⑤漏：刻漏，古时计时器。⑥卫娘：卫子夫，汉武帝皇后。⑦秋眉：白色的眉毛。⑧那：同"哪"，意为"怎么"。⑨刺促：急迫，劳碌。

【赏析】

　　李贺有许多感慨岁月短暂的作品。钱锺书先生在《谈艺录》中说："日月逾迈，沧桑改换，而人事之代谢不与焉。他人或以吊古兴怀，遂尔及时行乐，长吉独纯从天运着眼，亦其出世法、远人情之一端也。"《浩歌》即为其中代表。

　　"浩歌"语出《楚辞·九歌·少司命》中有："望美人兮未来，临风怳兮浩歌。"意为放声高歌。见此诗题，人常以为当以写景或叙事入手，然而李贺却用奇丽的幻想意象开篇："南风吹山作平地，帝遣天吴移海水。王母桃花千遍红，彭祖巫咸几回死？"这四句用宋代刘辰翁的话说，是"佚荡宛转，真侠少年之度"。"佚荡"是指前一、二句意象雄浑，情境开阔，情调激昂。

　　"王母桃花千遍红，彭祖巫咸几回死"中"王母"是仙界意象，"彭祖"和"巫咸"

是俗世人。

彭祖是传说中的长寿者。巫咸相传是商王祖乙的大巫，他发明了筮占卜，在当时权势极大。这两句意为，当天上王母的蟠桃树花开千遍时，人再长寿也已经死去，权势再大也无法永留人世。诗人运用对比的手法，强调了千年倏忽，人生短暂，也于无形中表达了对流年易逝的伤感。刘辰翁所谓"宛转"即在此。

从第五句起，诗人才转入对具体事件的描写。在一个晴朗的春天，诗人与朋友骑着"青毛骢马参差钱"出外赏春。"青毛骢马"即是青骢马；"参差钱"即连钱骢，一种名贵的马。时值初春，杨柳含烟。但这盎然春意，却引起诗人的冥想："神血未凝身问谁？"春光易逝，韶华难留。自己虽有满腔热血却难遇知己，这一身才华不知道何时才能施展。想到这里，诗人的心情变得沉痛，而诗意也转入沉郁。

"不需浪饮丁都护，世上英雄本无主"这是诗人在自我宽慰，意思是世上英雄大都不受重用，不必因此借酒浇愁。他在自我宽慰的同时，还表达了对当权者的不满，因此才有了后两句"买丝绣作平原君，有酒惟浇赵州土"。平原君即赵胜，以礼贤纳士称著于世。李贺说，有酒何不浇到赵国平原君的土地上去呢？这是借着对赵国平原君的缅怀，来表达对当权者忽视人才的不满，抒发自己怀才不遇的愤懑。

此番宽慰之后，诗人似乎有所释怀，于是开始及时行乐："漏催水咽玉蟾蜍，卫娘发薄不胜梳。看见秋眉换新绿，二十男儿那刺促。"听着滴漏声声，良辰尽逝。眼前的妙龄女子黑发如云，正当青春，但她终有老去的一天。到那时，这满头黑发将会渐渐稀疏。因此，青春时光更当珍惜。二十岁的男子怎么能这样劳碌？应该及时行乐才不辜负眼前的春光美酒与歌女的盛情美意。

尽管诗人在字句上力图营造行乐欢畅的气氛，但"咽"字却泄露了诗人的内心感受。它是对滴漏声音的形容，李贺在描述时间流逝时，用到意境深沉的字，表达了他对自己怀才不遇、青春虚度的感叹。这一切欢乐的情绪背后是诗人对黑暗现实的深深控诉。因此，诗人在诗句的遣词上越是明快，其悲愤之情则愈浓烈。

秋来

李贺

桐风①惊心壮士②苦，衰灯络纬③啼寒素④。谁看青简⑤一编书，不遣花虫⑥粉空蠹⑦？思牵今夜肠应直，雨冷香魂吊书客。秋坟鬼唱鲍家诗⑧，恨血千年土中碧。

【注释】

①桐风：秋风。②壮士：心怀壮志的人。③络纬：虫名，俗称纺织娘。④寒素：寒衣。⑤青简：指著作。⑥花虫：称蠹鱼，喜食书。体形小，身上有银色细鳞，尾有三毛，和身等长。因其形美，古人称为"花虫"。⑦蠹（dù）蛀蚀。⑧鲍家诗：指南朝宋鲍照的诗。

【赏析】

李贺之所以被称为"诗鬼"的原因之一，是因为他十分善于以"鬼"写人。本诗即是其极具代表性的"鬼"诗。

诗人在开篇中即写到自己在深秋雨夜，坐在窗前慨叹岁月流逝。诗人有才却无处施展，只得虚度光阴，而他当初的雄心壮志也随着逝去的日子一天天消磨，所以，当诗人意识到秋节又至时，心中震动，有了"惊心"之感。

"衰灯络纬啼寒素"意为诗人在残灯下，听见络纬鸣叫。络纬，虫名即纺织娘，它的振羽之声如同纺线声，听起来就像是它正为自己织冬衣。王琦在《李长吉歌诗汇解》中注："络纬，莎鸡也。其声如纺绩，故曰啼寒素。或曰络纬，故是蟋蟀鸣则天寒而衣事起……"络纬鸣叫，提醒诗人岁暮将至，此句是对上句中"惊心"情绪的补足。"衰灯"与"寒素"又将诗境推向了悲苦，承接了上句中的"苦"字。

李贺在开头两句由景入情，用桐风、衰灯、寒素营造了"苦境"。在下文中，这种凄清阴冷的意境得到了进一步展开。

"谁看青简一编书，不遣花虫粉空蠹？思牵今夜肠应直，雨冷香魂吊书客。"王琦对这四句的注释是："苦心作书，思以传后，奈无人观赏，徒饱蠹虫之腹。如此即令呕心镂骨，章锻句炼，亦有何益？思念至此，肠之曲者亦几牵而直矣。不知幽风冷雨之中，乃有香魂愍吊作书客。"知音难觅，自己呕心创作的诗篇最终只落得被虫蠹啃食的下场，正是其孤独、无望至极。

诗人在表达其愁情时，运用了极新颖的方式，将前人惯用的"九曲回肠"改成"肠应直"，意为其心头的愁情之重，竟能将曲肠牵直。这种表达方式正是李贺用词奇险、想象奇诡的体现。但是，真正的妙笔还不在此。作为生者，李贺在人世没有知音，便将希望寄托于阴间，于是他让一个死魂来凭吊自己，以此凸显其悲苦之深重，可见其构思之新颖。

最末两句"秋坟鬼唱鲍家诗，恨血千年土中碧"中，"鲍家诗"是指南朝鲍照《代蒿里行》一诗。其诗"到情真之处，鬼亦能唱"（钱饮光语）。"土中碧"，典出《庄子·外物》的"苌弘血碧"。周敬王的夫人苌弘蒙冤而死，传说她死后三年，化血为碧。

诗人辗转难眠，隐约听得坟上鬼魂正唱着鲍照的《代蒿里行》："赍我长恨意，归为狐兔尘。"鲍照的"长恨"也是诗人的"长恨"。这种恨，就如同苌弘之血，即使入土也不泯，化为碧玉。李贺引用了两个典故，是借古喻今，以表达自己胸中的悲怨。这些瑰丽形象也与诗人内心的悲愤达到了统一。

秦王饮酒

李贺

　　秦王骑虎游八极，剑光照空天自碧。羲和敲日玻璃声，劫灰飞尽古今平。龙头①泻酒邀酒星②，金槽琵琶夜枨枨③。洞庭雨脚来吹笙，酒酣喝月使倒行。银云栉栉④瑶殿明，宫门掌事⑤报一更。花楼玉凤声娇狞，海绡⑥红文香浅清，黄娥跌舞千年觥⑦。仙人烛树⑧蜡烟轻，青琴⑨醉眼泪泓泓。

【注释】

①龙头：柄端刻成龙头形的酒勺。②酒星：也称酒旗星，古星名。③枨枨（chéng chéng）：象声词，形容弦声。④栉栉（zhì zhì）：形容繁密。⑤掌事：此指掌管事务的人。⑥海绡：鲛绡。传说为海中鲛人所织，本诗指舞女的衣裳。⑦觥（gōng）：古代酒器，多用兽角制成，亦有木制或铜制。其腹椭圆，上有提梁，底有圈足，兽头形盖，并附有小勺。⑧仙人烛树：仙人形的烛台。仙人手擎多支蜡烛，像树一样，故称仙人烛树。⑨青琴：传说中的女神名。此指姣美的歌姬或宫女。

【赏析】

李贺生活的年代，正是唐德宗李适在位时期。李适即位以前，曾率军平定叛乱，有功于唐代。但在他即位后，却沉湎于歌舞享乐之中。唐德宗的行为表现与本诗中的秦王，即秦始皇相类。因此，这首诗可看成李贺的借古讽今之作。

诗的前四句描写秦王扫六合，英武勇猛的形象。从第五句开始，诗人描写平定天下后的秦始皇不思进取，耽于歌舞声色的生活。李贺明写秦始皇，暗讽唐德宗，对当时的社会现实进行抨击，同时表达自己的悲抑之情。

本诗再次体现了李贺造境之奇丽。在描写秦始皇英武时，李贺为秦王设置了"骑虎"形象。仅仅这一形象的设置，便将秦王的威仪刻画得入木三分。虎为百兽之王，能骑虎之人自然是威武的。"游八极"则进一步塑造了秦王的威严之姿。古人眼中，八极为极远之地，能挥斥八极的人为"至人"（《庄子·外篇·田子方》），他们能"覆天载地，廓四方"（《淮南子·原道训》）。这两种意象的叠加将原本抽象的"威严"概念塑造得鲜明具体。

"剑光照空天自碧。羲和敲日玻璃声"二句中，李贺驱遣着瑰丽的意象，运用夸张手法，将秦王的勇武形象刻画得丰满传神。秦王的剑光直上云天，连日神羲和都为之动容，惊慌地敲着太阳。"剑光"、"羲和"、"玻璃声"等，又给秦王的形象上增加了奇幻色彩。在幻象纷呈中，秦王的形象不但没有虚化，反而更显其英气勃发。

李贺在前四句中对秦王的威仪与功劳进行了赞颂，特别是"劫灰飞尽古今平"句中的"劫灰"二字，更是表达了李贺对秦王功绩的认可。"劫灰"意为"劫火的余灰"，原属于佛教用语。佛教将经过大水、大风、大火劫难后重生的世界称为"一劫"。本诗中的"劫灰"指秦王统一六国。李贺将秦王结束分裂局面称为结束一场劫难，可见他对秦王的颂扬之意。

但在其后的描写中，全诗的气氛突然转折。第五句至第九句写秦王在统一中国后恣情沉湎，残暴恣睢。

秦王在平定天下后，夜夜笙歌，通宵饮酒。他的享乐持续了整整一夜，直到东方发白。但秦王仍不满足，还试图喝止月亮，以延迟白天的到来。宫人为了讨好秦王，因此将五更谎报成一更。于是宴饮继续，歌女轻柔的歌声缭绕在宫殿中。舞者漫舞，宫女妃嫔衣香鬓影。在描写秦王享乐时，李贺运用了许多华美意象，如金槽、花楼、玉凤、海绡、红文、黄娥、烛树轻烟等，令整个宴乐场面显得豪华奢靡。

在这五句中，"宫门掌事报一更"中的"一更"是全诗的点睛之处。它即表现了秦王无休止的享乐，也暗指宫人畏惧秦王，以至于不得不谎报时辰来迎合秦王的喜好，同时也从侧面反映了秦王的残暴。

在描写了秦王享乐的场面后，李贺用"青琴醉眼泪泓泓"作结。此句将全诗的氛围由热烈转为清冷，诗歌的情绪也一下跌入沉郁中。李贺正是在这种起伏的情感中，含蓄表达了对宫人的同情、对秦王的讥讽，同时也有深深的惋惜。

南园①十三首（其一）

李贺

花枝草蔓眼中开，小白长红越女②腮。
可怜日暮嫣香③落，嫁与春风不用媒。

【注释】

①南园：李贺昌谷住处有南北二园。南园为其读书之处。②越女：美女。古代越地多出美女，因西施为越女，故后世以越女泛指美女。③嫣香：娇艳芳香，代指娇艳芳香的花。

【赏析】

《南园十三首》是李贺举士不成，回到昌谷家乡后的作品。本诗为《南园十三首》第一首，描写李贺昌谷家中的景色。

李贺在这首诗中采用了"赋"的写作手法，开篇即铺陈景物："花枝草蔓眼中开，小白长红越女腮。"春暖花开，南园里百花竞相开放。园里鲜花姹紫嫣红，白花开得娇俏，红色花朵格外艳丽，如同越女的面颊。

前两句描绘了生机盎然的花园春景，但在第三句中，李贺一笔荡开写到了百花凋零。"可怜日暮嫣香落，嫁与春风不用媒"，早上开得再艳丽的花朵，到了日暮时分都纷纷凋落。一阵风吹来，花瓣随风飘零，仿佛一点儿也不眷恋枝头一般。

"可怜"二字表明了诗人从赏写到惜花、叹花的转折，将全诗的意境由活泼带入了沉郁。末句中的"嫁"字，运用拟人手法，呼应了第二句中的"越女"，抒发了对年华易老的感叹。"不用媒"写花瓣随风飘零，看似毫无阻力实际上是盛时难长久的身不由己，与盛开枝头时的娇艳相比，尽显凄苦。本句诗调婉曲，为全诗注入了辛酸之感。

本诗看似伤春，其实是诗人自悼。他看到百花空娇艳，盛时一过则枯萎凋谢，容颜不再，由此他想自己空有才华，却无处施展，年华虚掷，于是倍感惆怅。

南园十三首（其五）

李贺

男儿何不带吴钩①，收取关山五十州②。
请君暂上凌烟阁，若个书生万户侯③？

【注释】

①吴钩：钩兵器，形似剑。②五十州：《资治通鉴》载唐宪宗元和七年李绛云："今法令所不能制者，河南北五十余州。"③万户侯：汉代级别最高的侯爵，食邑万户以上。本诗指极高的官爵。

【赏析】

本诗为《南园十三首》组诗第五首。与这组诗中的其他诗不同，本诗不以咏景状物为内容，而是慨叹家国之痛与身世之悲。

从语言结构上看，本诗实际为两个问句。

一、二句为第一问：男子汉大丈夫为什么不身配宝剑到战场上杀敌，将被藩镇割据的五十州收回来呢？两句一气呵成，节奏流畅明快，透露了诗人急于为国杀敌、在沙场上立功的情绪。然而，在"收取关山五十州"的豪情中，也带着李贺的紧迫与焦虑。"取"字是他书生意气的表现。藩镇割据的五十州，又岂是轻"取"可以实现的。但当时的李贺，面对纷乱的时局，有心报国却因入仕无望而抱负不展，其郁闷可想而知。故"男儿何不带吴钩"是他仕途受阻后的无奈之语；"收取关山五十州"亦是他急于建功立业的焦急心情。

三、四句为第二问：你看那封侯拜相的凌烟阁上二十四开国功臣，他们中又有哪一个是书生出身？

此二句为设问句，看似表达了"投笔从戎"的志向，但仔细分析则可知，李贺在诗中抒发的依然是怀才不遇、壮志难酬的忧愤之情：功成名就的都是军中出身，自己身为一介书生，空有才华与抱负，却因"避父讳"被挡在庙堂之外。因此，"投笔从戎"愈是必要，则自己身为书生的遭遇则愈显得悲凉。

与一、二句的昂扬情绪相比，三、四句中李贺的情绪则转入了怨愤。情绪的跌宕，正是他复杂情感的体现。全诗两处问句的运用，令诗歌的张力得到了最大体现。

南园十三首（其六）

李贺

寻章摘句老雕虫，晓月当帘挂玉弓。
不见年年辽海上，文章何处哭秋风？

【赏析】

李贺的《南园十三首》组诗多为其表达怀才不遇的悲叹之作，此诗亦不例外。在本诗中，李贺同样在表达"读书无用"。本诗与《南园十三首》组诗中其他表达相同主旨的诗歌相比，在思想上更深一步，即他揭示了文人遭冷遇的社会根源。

第一句中"寻章摘句老雕虫"意为，我将所有的时光都浪费在推敲文字这样的雕虫小技上了。"寻章摘句"语出赵咨对孙权的评价："志存经略，虽有余闲，博览书传历史，藉采奇异，不效书生寻章摘句而已。"后世用"寻章摘句"形容读书写作时对文字的过分推敲；"雕虫"典出汉代辞赋大家扬雄。当年有人问扬雄："吾子少而好赋?"扬雄回答："然，童子雕虫篆刻，壮夫不为也。"（扬雄《法言·吾子》）此后，人们便用雕虫小技比喻微不足道的技能。

李贺身为文人却说出"寻章摘句老雕虫"这样轻视文章、自贱的话来，实为书生不得志的怨恨之语。他写此诗时正当青年，诗中却用了"老"字，大有老死纸堆之意，在怨恨之中又平添了无限辛酸。这种辛酸在下一句中又得到了进一步表达。

"晓月当帘挂玉弓"是对李贺发奋苦读、倾力创作的描绘：天将破晓，他仍在窗前苦苦雕琢辞章。抬头望去，那一弯残月好似一把玉弓正当帘而挂。"残月"意象的运用，为全诗增添了几分落寞。这种落寞也正是李贺此时的心境投影。"玉弓"二字也暗指兵戎，为下文写辽海战事的引线。

三、四句揭示李贺辛酸落寞的根源所在："不见年年辽海上，文章何处哭秋风。"句中提到的"辽海"，属唐代河北道。公元 809 年起，这里一直为藩镇割据。唐宪宗继位后，为讨伐叛乱，连年对此地用兵，却毫无效果，只落得民生凋敝。而朝廷为解决藩镇割据定然重武轻文，儒生在这样的社会背景下得不到重用，于是李贺便有了"文章何处哭秋风"的悲叹。

"哭秋风"是身为文士的李贺对时运的慨叹，更是对时事的感伤，恰如当年屈原在《九章·悲回风》中所叹："悲回风之摇蕙兮，心冤结而内伤。……鱼茸鳞以自别兮，蛟龙隐其文章。"本句笔法含蓄，在叙事过程中暗合了议论，揭示了文人受轻视的社会根源，同时将诗人自身的境遇与国家命运结成一体，深化了文章的主题。

南园十三首（其十三）

李贺

小树开朝径，长茸湿夜烟。柳花惊雪浦，麦雨涨溪田。古刹疏钟度，遥岚破月悬。沙头敲石火，烧竹照渔船。

【赏析】

一首优秀的唐诗，能在有限的文字中表达丰富的内容与感情。这首五言律诗为李贺《南园十三首》组诗最后一首，体现了唐诗语言蕴藉而表意丰富的特点。本诗在时间上，从清晨写到夜晚；空间上，从林间写到麦田，从到古刹写到江边，全景展现了南园一带的晨昏之景。

"小树开朝径，长茸湿夜烟"写夜色渐褪，晨曦中的林间渐渐在林间显出它蜿蜒的形态来。晨露蒙上了路边初生的幼草，令它们显得愈发青翠动人。李贺炼字功力极深，首句中的"开"字不仅生动地写出了天色由暗转明的光景变化，同时也传神地描绘出林间小路在随着天光渐亮而前路开朗的景象。

李贺清晨出游，沿着林间小路向前来到溪边。在这里，他看到"柳花惊雪浦，麦雨涨溪田”，雪白的柳絮仿佛因他的到来而受了惊，纷扬飞舞。溪边的浅滩上，落满了柳絮，远远望去仿若铺上一层细雪。今年雨水丰沛，溪水涨满，流进了麦田。

“古刹疏钟度，遥岚破月悬”表明时间流逝，天色将晚。远处隐隐传来古刹的钟声，远山腾起了雾气，将山头悬月隐去了一角。此二句中，“度”、“遥”表明古刹和山都与李贺相距遥远。这两句不但由清晨转入夜晚，在时间上有了变化，而且由近景写远景，在空间上也有了转移。这种时空的移位，增加了景物的立体感与层次感。

最后两句，李贺将描写的视角重新转回了近处。“沙头敲石火，烧竹照渔船。”这是写沙滩边，渔家敲石取火，点燃竹枝扎成的火把照明，充满了生活气息。这两句是全诗唯一写到“人”的地方。在工笔画般的写景中，李贺此处的用笔素淡许多，但这淡淡写意的描绘从前六句单纯的绘景转入，全诗便顿时充满了生活气息，也充满了人的情思。

这首诗没有李贺惯用的华丽意象与瑰丽色调，极尽清淡。李贺作此诗时，正是仕途失意回到家乡之际，由此也可以推断李贺在本诗中寄寓了归隐之意。

苦昼短

李贺

飞光飞光，劝尔一杯酒。吾不识青天高，黄地厚；惟见月寒日暖，来煎人寿。食熊则肥，食蛙则瘦。神君何在？太一安有？天东有若木，下置衔烛龙。吾将斩龙足，嚼龙肉，使之朝不得回，夜不得伏。自然老者不死，少者不哭。何为服黄金，吞白玉？谁是任公子，云中骑碧驴？刘彻茂陵多滞骨，嬴政梓棺费鲍鱼。

【赏析】

作为中唐时期浪漫主义诗人的代表，李贺诗作的特点之一是古体诗居多。《苦昼短》就是一篇节奏自由奔放、内容借古讽今的歌行体佳作。

唐宪宗李纯迷信长生不老，喜好求仙求药，更荒唐到委任江湖术士为台州刺史。而朝野更是上行下效，一时间追求长生不老之风盛行。《苦昼短》正是酝酿于此种社会背景之中，借古讽今，针砭时弊，叹时光之珍贵，嗤不老之荒唐。

全诗共 24 句，分三个部分。

“飞光飞光”至“太一安有”为第一部分，内容主旨为感慨时光飞逝，人生短暂。诗题“苦昼短”直白表达了诗人对时间流逝的感叹。诗的前六句紧跟题目，以“飞光”称呼“时间”。“飞”字将时间流逝之快表达得活灵活现，与“昼短”相呼应，开门见山，直接点题。

诗人运用拟人的手法，亲切地呼唤“飞光”并劝其饮一杯酒，并对“飞光”倾诉：且不说天多高地多厚，单单这月寒日暖就把人生消磨殆尽。“月寒日暖”描述的是极为简单的昼夜更替，而诗人恰是从这种简单反复的更替中看到了时间的逝去、生命的消磨。富贵之人吃得好就胖一些，贫苦之人吃得差就瘦一些，然而不论贵贱、不论胖瘦，生死都是不可操控之事，又有谁真的见过保佑人们长生不老的神君、太一呢？

“天东有若木”至“吞白玉”为第二部分，紧承第一部分，描写了诗人的畅想——

如何解决"昼短"的苦恼。既然世上没有能够佑人长生不老的神仙，那么就只好自己去想办法。诗人在此借用"幽冥无日之国"的传说，幻想自己斩杀天东若木下衔着蜡烛的神龙，并把它吃掉。这样一来昼夜就不会交替，人们也就不必再为生死担忧了。

最后四句为第三部分，也是全诗的主旨所在——借古讽今，抨击迷信神仙之道，追逐长生不老的荒唐世风。服黄金、吞白玉都是白费力气，因为求仙服药并不能固寿延年、长生不老。传说中骑碧驴腾云成仙的任公子自是无从考证；现实中枭雄如秦皇汉武亦无法操控生死——好神仙之道的汉武帝刘彻遍访名山大川、尽尝神药无数，陵墓中照样留下一堆白骨；秦始皇多次遣术士入海求仙寻不死之药，死后还要费尽心思用鲍鱼来掩盖尸骨的腐臭。

《苦昼短》一诗构思巧妙，"神君何在？太一安有"、"何为服黄金，吞白玉"这四句既承上总结前文，又启下引出后文，三部分层层深入、环环相扣；诗人把对现实的细腻描写、对神化的大胆创想、对史实的尖锐批判灵活地揉进诗句中，虚实相间、虚中有实；善用歌行体字数、韵律灵活多变的特点，配合以排比、反问等利于感情抒发的句式，读来情感回旋跌宕，营造出余音绕梁的独特意境。

金铜仙人①辞汉歌并序

李贺

魏明帝②青龙元年八月③，诏宫官牵车西取汉孝武捧露盘仙人，欲立置前殿。宫官既拆盘，仙人临载，乃潸然泪下。唐诸王孙④李长吉遂作《金铜仙人辞汉歌》。

茂陵刘郎秋风客⑤，夜闻马嘶晓无迹。画栏桂树悬秋香，三十六宫⑥土花⑦碧。魏官牵车指千里，东关⑧酸风射眸子。空将汉月出宫门，忆君清泪如铅水。衰兰送客咸阳道⑨，天若有情天亦老。携盘独出月荒凉，渭城已远波声小。

【注释】

①金铜仙人：汉武帝刘彻听信方士之言，在建章宫造神明台，上有金铜仙人，手托巨盘，承接空中露水。②魏明帝：曹睿，曹操的孙子。③青龙元年：据南朝裴松之考证，这种说法不正确。魏明帝搬拆金铜仙人的时间是当为景初元年四月，即公元237年。④唐诸王孙：因李贺是唐代郑王李亮的后代，故自称唐诸王孙。⑤刘郎秋风客：指汉武帝刘彻。他写过《秋风辞》，故称。⑥三十六宫：指汉朝长安上林苑的36所离宫别馆，此处泛指长安的宫殿。⑦土花：苔藓。⑧东关：指长安东门外。⑨咸阳道：咸阳故城位于长安西北，是秦国的都城。咸阳道指长安城外的道路。

【赏析】

《金铜仙人辞汉歌并序》一诗充分显示了李贺诗作联想丰富、遣词造句精心锤炼的特点，是其代表作之一。

魏明帝青龙元年八月，皇帝下诏，欲将汉武帝刘彻建造在汉宫神明台上的金铜仙人迁至洛阳。诗人借此段历史情节以及"金狄或泣"的传说，看似是仙人在倾诉对刘汉王朝衰亡的心痛，实则是诗人在倾诉对唐王朝日渐没落这一现实的担忧。

全诗共十二句，分为三个部分。

前四句以仙人的视角，用简洁的言语描述了汉宫的变迁。昔日威风凛凛的汉武帝早已逝去，时间是如此转瞬即逝，夜里听到嘶叫的马儿在拂晓时便已到达天迹。画栏中的桂树繁花盛开，香气袭人，而三十六宫早已荒凉破败，满地青苔。诗人巧妙地运用拟物、夸张、对比的手法，烘托出一种悲凉景致，感叹韶华易逝。

五到八句为第二部分，描写仙人离开汉宫时凄婉的感受。魏官将仙人拆离汉宫运往洛阳，这一去路途遥远，恰逢寒风凛凛的季节，风如枪箭般吹得仙人眼眸发酸。离去时看到那熟悉的明月，回忆往昔，不禁潸然泪下。

最后四句描写出城后，仙人在去往洛阳途中的悲凉感受。咸阳道旁送客的只有枯萎的兰花。兰花的枯萎不仅是由于秋风的摧残，更是情之使然。如若有情之物皆会老去，那亘古不变的苍天若是有情也照样会衰老。在荒凉的月色中，仙人手捧巨盘只身离去，渐行渐远，传入耳中的渭城河水的流淌声越来越小了。尾联营造出绵延不绝的凄凉、孤寂感，把仙人恋恋不舍的悲凉心境表达得淋漓尽致。

朱自清在《李贺年谱》中推断该诗大约作于元和八年（公元 813 年）。当时李贺因病辞官前往洛阳。途中他感叹唐王朝藩镇叛乱不断，边陲烽烟四起，民不聊生，满目疮痍的社会实景，再联想自己仕途的坎坷，李贺"百感交并，故作非非想，寄其悲于金铜仙人耳"。

诗人以拟人的手法赋予铜人生命和情感，大胆而富有创意地描写了金铜仙人在被搬离汉宫过程中所看到的种种凄凉景象以及所产生的依依不舍的悲伤心情。遣词造句形象生动："秋风客"喻指落叶，比喻巧妙；"酸"、"射"二字巧妙地将客观的酸风与主观的眸子联系起来，不仅描写出寒风的凛冽，也映射铜人内心的酸楚，更为后文的"清泪如铅水"埋下伏笔。诗中的"铅水"将拟人化的铜人又物化还原。铅水是铜铸的仙人悲痛至极而流下的泪水，这泪水沉重且落地有声，悲伤之情溢于言表；"衰"字既描绘了兰花的外形，同时更表达了一种愁苦的情感；被司马光称为"奇绝无对"的"天若有情天亦老"一句，更展现了诗人设想的大胆狂野、无拘无束，因而广为流传。

昌谷北园新笋四首（其二）

李贺

斫取青光写楚辞，腻香春粉黑离离。

无情有恨何人见？露压烟啼千万枝。

【赏析】

《昌谷北园新笋四首（其二）》是一首咏物诗。李贺出生在福昌昌谷，那里竹林繁茂，随处可见。李贺对竹子情有独钟，留有多首咏柳诗。

相传李贺赏竹至兴之时，曾将诗作直接写在竹子上。这首七言绝句前两句描写的就是诗人自己在竹子上题诗时的情景，用词生动，语势顺畅，含义深厚。首句中"青光"

代指竹子的表皮，"青"是色彩，"光"是色泽，形象而不俗地写出了竹子的新鲜、翠绿；"楚辞"代指诗人自己的诗作。李贺深受《楚辞》影响，诗作充满浪漫主义情怀。此处借用《楚辞》不仅仅是由于诗人对《楚辞》的推崇，更含蓄地用屈原的遭遇映射自己的状况，表达悲愤之情。

次句采用对比的手法，承接首句，写出题诗前后竹子的变化。"腻"写出竹子香气的浓厚；"春"既写出时节又表达新鲜的意思。题诗前散发着浓郁香味的竹子布满白色的粉末，题诗后却被墨汁污损了。

后两句借着在竹子上题诗一事，表达了诗人怨恨的情感。"无情有恨何人见"为疑问句，这种句式的变换使诗富有节奏感，且巧妙地衔接了咏物与抒情。"无情有恨"看似承前写诗人题诗于竹上之事，实则抒发了诗人怀才不遇，偏居乡间，无人知、无人见的怨愤之情。

尾句生动地刻画出竹子凄楚的形象，露水沉重，烟雾缭绕，一种悲怨之情油然而生，将诗人的心境含蓄却又淋漓地表达出来。

全诗采用"比"、"兴"的手法，移情于物，借物抒情。通篇处处写竹却又处处非竹，诗人的身影幻化其中，看似写竹的愁苦，实为抒发诗人怀才不遇的愤懑。表面上竹为实、情为虚，寓意里情为实、竹为虚，虚实相结，意味深远。

老夫采玉歌

李贺

采玉采玉须水碧①，琢作步摇②徒好色。老夫饥寒龙为愁，蓝溪水气无清白。夜雨冈头食蓁③子，杜鹃口血老夫泪。蓝溪之水厌生人，身死千年恨溪水。斜山柏风雨如啸，泉脚挂绳青袅袅。村寒白屋④念娇婴，古台石磴悬肠草⑤。

【注释】

①水碧：碧玉名，产于水中。②步摇：妇女的首饰。③蓁：同"榛"。④白屋：简陋的房屋。⑤悬肠草：即思子蔓，又名离别草。本诗用此喻生死离别。

【赏析】

《老夫采玉歌》是一首以现实社会生活为题材的诗作，描写了采玉工艰苦劳动的场景和怨愤的心情。唐朝时，在长安附近蓝田县县西30里的蓝田山以产玉闻名，故又名玉山。玉山溪水中出产一种被称为蓝田碧的名贵碧玉。山势险峻，玉石开采起来十分困难，采玉工常常遭遇危险。《老夫采玉歌》即以此为背景。

一、二句开门见山，统领全诗，揭露统治阶级强迫工人采玉不过是为了雕琢成首饰，增添些许美色而已。"采玉"二字重叠，写出采玉工人重复、繁重的劳动。"水碧"指碧玉，既写出玉色又写出玉产自水中。"徒"字一针见血地表达出诗人对此的讥讽，一语双关，既惋惜采玉工人的劳动，又讥讽贵族生活的奢华不实。

三、四句开始进入对主人公——"老夫"的描写。老夫忍饥耐寒、日复一日地下水采玉，溪水被搅得浑浊不清，就连溪水中的龙都被叨扰地发了愁。"龙为愁"是诗人大胆的想象，连龙这样的神物都难以忍受，采玉工人的劳苦可见一斑。

五、六句更是将"老夫"工作的艰辛描绘得生动、感人。雨夜只能露宿山头，饥饿唯以榛子果腹。以"杜鹃口血"修饰"老夫泪"，采玉老夫的生活就如杜鹃啼血般悲惨。

七、八句更进一步描写"老夫"采玉时的危险处境。采玉工人常常丧生于溪水之中，而诗人把原因归结为"蓝溪之水厌生人"，好像是溪水讨厌生人的打扰才故意索其性命。而那些丧命水中的工人对溪水恨之入骨，千年都不得消解。诗人以拟人的手法将溪水人格化，联想丰富，寓意深远。哪里是溪水索去采玉工人的性命，惨死的采玉工人恨的也并非溪水，诗句中暗含诗人对统治者的不满。

九、十句形象地叙述了"老夫"采玉的危险。山峰陡峭，风雨咆哮，周围环境十分险恶。山泉汇成溪流，一条绳索摇摇晃晃沿峭壁垂落在泉水入溪处，这绳索就是"老夫"采玉时唯一的保护。想象"老夫"身子系在摇曳的绳索上入水的情景，十分危险。

最后两句描写了"老夫"在险境中采玉时的内心活动。"老夫"看着石阶上的悬肠草，遂想到自己寒舍中幼小的孩子。诗句结束于此，而"老夫"的心理活动却并没有终止，读者也有了想象的空间："老夫"的工作如此危险，一旦丧命，年幼的孩子就没了依靠，生活要如何继续？其句意味深远，读来令人动容。

诗歌结构巧妙，层层递进，给人以强烈的震撼。诗句对"老夫"采玉的描写细致、鲜活，措辞独具匠心，体现了李贺诗浪漫瑰丽的特点。

姚秀才爱予小剑因赠

刘叉

一条古时水，向我手心流。
临行泻赠君，勿薄细碎仇。

【赏析】

本诗描写的主体是"剑"，但全诗不见一剑字，而用"水"这个意象替代"剑"。古人虽多有以水代剑的构思，但如刘叉将水的指代意义贯彻通篇的写法并不多见。

虽然刘叉诗风向来以险怪幽僻著称，但他有时也会写出语言简单浅显的诗篇。如本诗开篇两句"一条古时水，向我手心流"即十分通俗，甚至带有口语化倾向。一柄古传的宝剑握在诗人的手中，犹如流淌了千古的流水贯注手心。"流"字，将原本属于静物的宝剑，描写得动感十足。第三句"临行泻赠君"中，"泻"字更是紧贴以水代剑的构思方式，将原本平常的"赠送"动作描写得极富韵致。前三句以"水"、"流"、"泻"贯穿联结。水样的宝剑"流"到诗人手里再"泻"入友人手中，宝剑仿佛有了生气，有了自主的意识，构思巧妙。

末句"勿薄细碎仇"是全诗主旨。刘叉在赠剑后，向友人殷殷劝道，不要为了一己私仇而使用这柄宝剑。与解决私人仇怨相比，还不如用它来建功立业，含有"劝君慎所愿，无作神兵羞"（白居易《李都尉古剑》）之意。这是诗人对友人的劝语，亦是诗人的抱负所在，体现了他的豪迈性格与博大胸怀。

忆扬州

徐凝

萧娘①脸薄难胜泪，桃叶②眉长易觉愁。
天下三分明月夜，二分无赖③是扬州。

【注释】

①萧娘：南朝以后，诗中多将男子所恋的女子称为萧娘，女子所恋的男子常称为萧郎。②桃叶：代指所思念的佳人。③无赖：可爱、可喜。

【赏析】

由诗题《忆扬州》可知，徐凝此诗当为怀念扬州之作，然通篇观之，此诗的主旨实为忆扬州故人。

既为"忆"，自然有往日情状的描述。开篇二句便是诗人回忆离别之日。他没有写当时风物，只写到佳人的愁惨："萧娘脸薄难胜泪，桃叶眉长易觉愁。"扬州少女总是以笑脸迎人，诗人往日所见亦大多是她们无忧无虑的明媚脸庞。这样娇美的脸上，一点哀愁也都藏不住。只要她们的眉梢挂上哪怕一点忧愁，也很容易被人察觉。

诗人在这两句中运用了对仗的表现手法，"萧娘"对"桃叶"，二者均代指诗人怀念之人；"脸薄"对"眉长"，形容佳人清丽可爱；"难胜泪"对"易觉愁"，极言离别心情惆怅。对仗在诗歌中往往能增加抒情效果，这两句将"难胜泪"与"易觉愁"作对，用"泪"与"愁"重复强调悲情，由此产生惆怅萦怀、不得片刻疏解之感，情思细腻。

诗人遥忆佳人，抬眼望云见天边明月。那月光还是当年扬州所见之月光，它就像故意引逗思念正浓的诗人一样，令他更添几分愁绪。于是，徐凝生出"天下三分明月夜，二分无赖是扬州"的嗔怪语。正是这两句诗，使徐凝这篇《忆扬州》成为千古名篇。

在第一、二句中，徐凝营造了极愁的氛围。就在这种情绪还可进一步深入时，他的笔锋从"怀人"中转出，不再言愁，曲笔将愁绪寄于明月中。正是这种转折，产生了言有尽而余韵回旋的效果。

"月"在唐诗中，多为思念的寄托物，因此，虽然后两句表层含义上不再有"忆"，实际上却将怀念之情渗于深层含义中。所以，三、四句虽表面上看与一、二句间有断隔，但实际上仍然挂在"怀念"的主线上，并未脱离，不仅如此，其思念之情在实质上要比前二句更强。

在这两句中，"无赖"二字最为出彩。此二字为贬义词，但读来却无贬义。联系诗人此时的心境，"无赖"二字实是诗人相思不得解的无奈之语，是情人怨语，由此明月便带上了几分人情味，带上了几分情致。在诗人眼中，明月有二分是照着他记忆中的扬州，因此才显得"无赖"，于是这两句便照应了诗题"忆扬州"。由此可见，诗人构思之大胆奇险与精妙。

另外，"天下三分明月夜，二分无赖在扬州"的设置影响了后世，如"春色恼人眠不得，月移花影上栏杆"（王安石《夜直》）；又如"春色三分，二分尘土，一分流水"（苏轼《水龙吟》）。

本诗情思婉转，构思新颖。其扬州月色无赖的创新之举为后世称道，实为唐诗中不可多得的怀人名篇。

自君之出矣

雍裕之

自君之出矣，宝镜为谁明？
思君如陇水，长闻呜咽声。

【赏析】

东汉末年，徐幹有《室思》组诗，其第三首中有以下四句："自君之出矣，明镜暗不治。思君如流水，无有穷已时。"这四句中"自君之出矣"成为汉乐府题。雍裕之的《自君之出矣》即为汉乐府"自君之出矣"拟作。雍诗的主旨与徐诗同为表现思妇对丈夫的想念。在写作手法上，雍诗也与徐诗相类，但在其情感表达上却是对《室思》的进一步深化。

雍裕之在诗中刻画了一位思妇形象。前两句写丈夫自离家以来，思妇便少了对镜装扮的心情，于是明镜仿佛也不再如往日般明亮。这与《诗经·卫风·伯兮》中"自伯之东，首如飞蓬。岂无膏沐，谁适为容"有异曲同工之妙。徐幹在《室思》中写道"明镜暗不治"，采用直叙手法，而雍裕之则反问："宝镜为谁明？"语气的变化，令情感表达更为婉转多姿，意味深长。

后两句"思君如陇水，长闻呜咽声"用流水比喻思念，渲染了思妇相思之情。这里，"思君如陇水"化用了北朝乐府民歌《陇头歌辞》："陇头流水，鸣声幽咽。遥望秦川，心肝断绝。"她的相思如同陇头的流水一样，终日无绝。那流水的呜咽声，也正如她相思的凄切之音。

雍裕之在这两句中，延续了徐幹用流水比喻思念的写作手法。这种比喻十分贴切，巧妙。它不仅表达了思妇相思日日不绝，同时也表达了思妇的情意之绵长。在延续前人手法的同时，雍裕之在徐幹的基础上增加了"陇头"这一具体情景，诗歌的画面感因此较《室思》更加丰富。

其次，徐诗"思君如流水，无有穷已时"直写思念如水不绝，但雍裕之却不然，他用流水的呜咽声来比喻思妇内心的凄楚，其情思更加含蓄，诗歌的情感层次也因此更加丰富，韵味无穷。

江边柳

雍裕之

袅袅^①古堤边，青青一树烟。
若为丝不断，留取系郎船。

【注释】

①袅（niǎo）：同"褭"。

【赏析】

唐人赠别诗常以"柳"为惜别之寄托，如"伤见路旁杨柳春，一重折尽一重新。今年还折去年处，不送去年离别人"（施肩吾《折杨柳》）；"渭城朝雨浥轻尘，客舍青青柳色新。劝君更尽一杯酒，西出阳关无故人"（王维《送元二使安西》）；"曾栽杨柳江南岸，一别江南两度春。遥忆青青江岸上，不知攀折是何人"（白居易《忆江柳》）等。《江边柳》为雍裕之所作赠别诗，同样以柳入诗。

"袅袅古堤边，青青一树烟。"诗人的送别处在古堤边。"袅袅"与"青青"两处叠字，在增加诗歌音乐感的同时，形象地传达了柳树的婀娜身段。"一树烟"三字写出了春意正浓，杨柳含烟之景。诗人用十个字便勾出了如下图景：明丽的春天里，送别的堤边杨柳青翠，它们身形曼丽，在风中轻盈舒展。

虽然同是以杨柳赋离情，但雍裕之的这首诗与前人大为不同。他脱离前人"折柳"窠臼而写道："若为丝不断，留取系郎船。"前人折柳以表挽留之意，但诗人却想让条条柳丝系住友人离去的船。他不写"留"，却字字挽留意，不写"愁"，但"柳系郎船"这样不可能实现的天真愿望，却已透露了离愁之情。"留取系郎船"句，展现出风中江柳拂过堤边停泊的船只的画面。它虽未直写"江边柳"，却表达出了江边柳的典型特点。同时，它与首句中"古堤"二字照应，如此一来，一幅杨柳堤边的送行图便完整而生动地呈现出来。

本诗语言清丽，构思巧妙，虽为杨柳赋别的旧题，却写出前人未写之语，独具匠心。

柳絮

雍裕之

无风才到地，有风还满空。
缘渠偏似雪，莫近鬓毛生。

【赏析】

用五言绝句状物，极考验创作者的语言功力与艺术表现手段，雍裕之在《柳絮》诗中所体现的正是深厚的炼字功力与精妙的状物笔力。他用二十字便描绘出柳絮的情态与特征，简洁传神。

本诗的独特之处在于，诗人在描绘柳絮时没有一字透露其描摹之物为柳絮，但读完全诗后，柳絮形态立现，这得益于诗人对柳絮典型特征的着力描写。

首先是对柳絮轻盈特征的刻画。雍裕之构思巧妙，他不直写"轻"，也不用其他事物作比，只描写柳絮在有风与无风时的不同状态："无风才到地，有风还满空。"只要有哪怕一丝微风，柳絮都会迎风而舞，只有在风止息时，它才会落到地面。这种对比手法，将所讲之物的典型特征展现，可谓精妙。

柳絮的另一特征是白。古人咏柳絮惯用"雪"作比，雍裕之在本诗第三句柳絮的颜色形容中同样不离旧旨，他写道："缘渠偏似雪。"单看此句，似乎并无出彩之处，平淡无奇，但若将其与后句"莫近鬓毛生"置于一处，便可知其妙处。那雪白的柳絮如果落到鬓边，人便像生出了白发一样。因此，诗人虽觉得它轻盈可爱，却不愿它飞近。所以前句"缘渠偏似雪"一是为了刻画柳絮洁白的颜色，二是为后句的"莫近鬓毛生"做铺垫。

末句"莫近鬓毛生"令人联想起"三月尽是头白日"（白居易《柳絮》）的画面。这是本诗题眼所在。文人咏柳絮，或抒伤春之情，或表惜别之意，或寄相思之辞，但雍裕之在诗中并未抒发以上情感，他有自己独特的情思，即他不鬓生白发，对青春有无限眷恋。

前人咏柳絮或着意于对柳絮形态的细致描摹，而雍裕之咏柳絮不刻意追求形象上的精细，而只注重神似。这也是本诗与其他同题材诗作的区别所在。

农家望晴

雍裕之

尝闻秦地西风雨，为问西风早晚回？
白发老农如鹤立，麦场高处望云开。

【赏析】

本诗是对农民生活片段的描写，描绘的重点落于老农望云的动作中，意象集中，形象丰满有力。

同农家生活关系最为密切的便是天气。因此诗人在开篇便表示出对天气的关切：田地里，农民正在打谷晒场。突然起了西风。诗人曾听说陕西一带有这样的农谚，只要西风一起，便要下雨了。现在他只想替农夫们问一问西风："您究竟什么时候离开呢？"

打谷晒场时最忌雨水。因为一场雨将直接影响农民当年的收成。在这里，诗人替农民发出"为问西风早晚回"的疑问。这一问给本无生命的自然现象赋予了人格化特征，加之语势低弱，表现了农家收成受制于天气的无力感。于是西风在诗人笔下，成了掌控农家生计的权力象征。诗歌开篇便渲染了一种紧迫、压抑的气氛。

后两句写西风一起，大雨将至，一位正在打谷的白发老农直起身来，如鹤一般立在麦场高处。他翘首望向天边渐积的云层，希望云能散开，天能复晴。诗人在这里设计了老农"望云开"时的姿态：鹤立。身体语言往往是心理动态的反映，"鹤立"形象给人以持久站立之感。这种形态是老农内心的渴望与焦虑的外在反映。他盼望云层散开的愿望违背了自然规律，并不能实现，却依然"麦场高处望云开"。站在"高处"透露了人物的心理活动：对即将到来的雨天充满了担忧，对晴天有着无比的渴望。

全诗仅是对"望晴"这一细节的着力描写，笔尖不落任何情感性词语，但在集中的意象描绘中，字里行间都包含着诗人对农民的同情。于凝练意象中传达诗意，正是绝句的特色所在。

学仙

许浑

心期仙诀意无穷，采画云车起寿宫。
闻有三山未知处，茂陵松柏满西风。

【赏析】

唐代皇帝热衷于道家的炼丹术。晚唐时期，这种风气更甚。这首诗明里讽刺汉武帝学仙的愚妄，暗里讥刺晚唐帝王一心追求长生不老、不理朝政的昏庸行为。

首句"意无穷"三字体现了汉武帝学仙的决心。"采画云车起寿宫"写汉武帝为了学仙，而打造画着云彩的车，修建供奉神灵的宫殿。他一心想着能与神仙联通心意，因此顾不得民生疾苦，大兴土木，劳民伤财。

三、四两句承接上文，道出汉武帝一心学仙的结果。"闻有三山未知处，茂陵松柏满西风。""三山"是古代传说中的三大仙山。在《史记·秦始皇本纪》中有记载："齐人徐市等上书，言海中有三神山，名曰蓬莱、方丈、瀛洲，仙人居之。请得斋戒，与童男女求之。于是遣徐市发童男女数千人，入海求仙人。""闻有三山未知处"意为：听说海上有这样三座仙山，可是寻遍了还是没有找到。其中"闻有"与"未知"暗示汉武帝求仙的结局。"闻有"极言虚妄。作者没有说汉武帝学仙虚妄，却说传说中的仙山不知在何方。说仙山虚妄，委婉表达了作者认为求仙愚妄的态度。

"茂陵松柏满西风"中的"茂陵"指汉武帝坟墓。此句写汉武帝的坟墓上的松柏已经长得十分茂盛。诗人虽然没有直写汉武帝求仙不成而终成白骨，而托言坟上松柏繁茂。语意曲折，但讽刺意味浓厚。这两句看似信笔拈来，却着力甚重。许浑正是以汉武帝求仙的结局来劝谏晚唐统治者，意味深长。

汴河亭

许浑

广陵花盛帝东游，先劈昆仑一派流。百二禁兵辞象阙，三千宫女下龙舟。凝云鼓震星辰动，拂浪旗开日月浮。四海义师归有道，迷楼还似景阳楼。

【赏析】

隋炀帝为游广陵（今扬州）特地开凿了通济渠，并在其东段的汴河上修建了行宫，即"汴河亭"。许浑南游时途经此地，有感而所作《汴河亭》。全诗用词优美，大气磅礴，用对隋炀帝时期的讽刺鞭笞，影射晚唐统治者的奢靡与腐败。

首联记汴河亭的由来："广陵花盛帝东游，先劈昆仑一派流。"隋炀帝为了游玩方便，开渠将昆仑山上流下的黄河水引来，修建了运河。

第二联"百二禁兵辞象阙，三千宫女下龙舟"写运河修好后，隋炀帝便带着大量卫兵与众多宫女离开皇宫，乘船朝广陵驶去。句中"百二"语出《史记·高祖本纪》："秦，形胜之国，带河山之险，县（悬）隔千里，持戟百万，秦得百二焉。""百二"与"三千"都是虚指，意指数量之多。

许浑通过艺术想象，将没有见过的事物描绘得形象生动。他经过汴河亭，想到两百年前隋炀帝修建的运河。无论是开渠，还是卫兵和宫女，都是他的想象。通过他的想象，一幅修建大运河的图景便生动地显现在读者眼前。

第三联"凝云鼓震星辰动，拂浪旗开日月浮"继续递进，写隋炀帝从运河下广陵的场面：一路上锣鼓震天，旗帜飘扬，非常热闹。句中"劈昆仑"、"下龙舟"、"星辰动"、"日月浮"等动态词汇的使用，让静止的风物充满了动感。同时，夸张的表现手法，将隋炀帝东临广陵的壮观声势写得活灵活现。

尾联"四海义师归有道，迷楼还似景阳楼"从之前的客观叙事转入诗人的议论和评价，但又不是直言描写，而是把隋炀帝为了玩乐而修建的"迷楼"与南朝陈后主的"景阳楼"相提并论，引人深思。直到这里，诗人才流露了他要表达的思想情感。诗人在前三联中只对景致做客观描写，但是尾联突然一笔转入对事件的看法和评价，讽刺了隋炀帝的奢靡，以感叹当今。这种收尾手法巧妙。它将诗作中所要表达的情绪延伸到了意象之外，极富韵味。

塞下曲

许浑

夜战桑乾北，秦兵半不归。
朝来有乡信，犹自寄寒衣。

【赏析】

唐代边塞诗数量繁多。许浑的这首《塞下曲》当属佳品之一。他用简短精练的语言道出了边塞战争的残酷和沉重。前两句描写发生在桑乾河北的战争。这场战争发生在夜晚，半数的士兵在战场上失去了生命。后两句写战争结束后，从一位战死士兵的家乡寄来了家信。信中说，给他御寒的冬衣已经寄出来了。寥寥几字，便谱出了一支悲曲。战争的残酷溢出纸面。

整首诗以客观的语气来叙事，从文字本身来看，作者似乎对边塞的战事并无特别的情感倾向，但是最后两句中的"犹自"二字，却让全诗带上一层伤感与凄凉意味。由此可见，作者平淡的语词背后所蕴含的对士兵的同情。这种情绪从更深层次来分析，正是诗作反战思想的体现，同时也是晚唐边塞诗的一大特征。当时的边塞诗已经失去了盛唐的激昂，多谱哀伤凄婉之调。

诗人由面到点，先叙述战争中有成千上万的人牺牲，而后便从众多牺牲者中抽出一位作为例子，用典型情节概括了战争的残酷和悲哀。全诗语言自然质朴，但意蕴深沉。

谢亭送别

许浑

劳歌一曲解行舟，红叶青山水急流。
日暮酒醒人已远，满天风雨下西楼。

【赏析】

谢亭，即宣城北面的谢公亭，建于南齐诗人谢朓任宣城太守时，为著名的送别之地。本诗即写诗人谢亭送别友人之景。首句"劳歌一曲解行舟"紧扣"送别"题旨。古人送别常常唱歌送行，这里的"劳歌"是送客时唱的歌。"劳歌一曲"便解开缆绳让木舟离去，可见离别之匆匆与无奈。

第二句"红叶青山水急流"写江上景色。因为时值深秋，两岸青山的枫叶已经变红，呈现出一幅色彩浓烈的秋日山水图。这种美丽的景色似乎与离愁别绪并不相匹配。但诗人正是以乐景写哀情，凸显离别的忧伤。"水急流"看似是说水，其实是在说友人所乘木舟的急。诗人眼睁睁看着友人越来越远，伤感随之越浓。

在友人乘舟远走之后，诗人因为之前喝了点小酒，有些醉意，便在谢公亭休息。等到清醒过来时，已是夕阳西下。"日暮酒醒人已远，满天风雨下西楼。"诗人一觉醒来，发现天空下起了雨。放眼望去，一片茫茫，青山红叶被蒙蒙雨雾包裹，暮色沉沉，而朋友的船自然是早就不见了踪影。这样的描写透露出作者淡淡的惆怅。在这种愁绪之中，作者只能黯然地在风雨之中，走下西楼。

作者并没有直接抒发离愁，而是用景色的转换表达自己的愁绪。风雨萧瑟正是作者心绪的写照。这种手法含蓄委婉，更具感染力。

途经秦始皇墓

许浑

龙盘虎踞树层层，势入浮云亦是崩。
一种青山秋草里，路人唯拜汉文陵。

【赏析】

秦始皇是历史上有着较大争议的人物。他统一了六国，统一了文字与度量衡，被明代思想家李贽称为"千古一帝"。但他又是历史上有名的暴君。本诗为许浑途经秦始皇墓时有感而作。

秦始皇陵位于陕西省西安临潼区东，与骊山渭水相依，陵上长满了树木，气势宏伟。首句写诗人许浑在墓前停下脚步，驻足观看，视线从陵墓的底部移向墓顶，他看到了长得葱茏的层层绿树直冲向云霄。然而"势入浮云亦是崩"。这既是写秦始皇陵今日的颓势，也指强大的秦王朝于短短数十年间覆灭。前句的"虎踞龙盘"之势与"崩"字形成强烈对比，极富讽刺意味地写出了秦灭亡的事实。

第三句诗人似乎离开了诗题，写"一种青山秋草里，路人唯拜汉文陵"。本写始皇陵墓，又写到了汉文陵。这两句看似离题，却是作者的匠心独具。

汉文帝是历史上有名的明君，开创了文景之治。前文中，"崩"字已然不着痕迹地写出了秦始皇在后人心目中的形象彻底毁灭。此处写路人只去参拜汉文帝。这样就在人民对帝王的不同态度中，体现了文帝的俭朴、仁爱、开明与秦始皇的残暴奢侈，对比鲜明。

这首诗也有着劝谏统治者的意图。晚唐统治者昏庸无能的，而且大行奢靡之风。许浑通过历史上两位君主在后人心目中的地位进行对比，劝诫统治者不要像秦始皇那样，而是要学习汉文帝的仁爱和节俭，笔法含蓄，意味深长。

咸阳城西楼晚眺

许浑

一上高城万里愁，蒹葭杨柳似汀洲。溪云初起日沉阁，山雨欲来风满楼。鸟下绿芜秦苑夕，蝉鸣黄叶汉宫秋。行人莫问当年事，故国东来渭水流。

【赏析】

许浑这首七言，名为写景，实则是由景色引发乡愁，再由乡愁抒发千古忧思。全诗以"愁"开始，以忧思结束，首尾呼应，构思巧妙。

起笔"一上高城万里愁"便写满怀愁绪，奠定全诗基调。虽是说登上城西楼引起愁绪，但作者早已积郁多时，今日登高，愁绪变得更加强烈。"万里"即表达了这种强烈愁绪。"蒹葭杨柳似汀洲"道出作者烦恼的因由。作者登上城楼，看到眼前的"蒹葭"和"杨柳"就和远方的江南一样。这样的景色一方面让作者感到惊喜，一方面又令他触景生情，竟起乡愁。

颔联"溪云初起日沉阁，山雨欲来风满楼"脍炙人口。此联写作者登高远眺，只见云雾笼罩，红日西下，秋风乍起，风雨将至，城楼在这山雨欲来中飘摇，咸阳城楼外之景在诗人笔下尽显凄凉。这种意境正好和上句的万里愁绪相互辉映。其中"山雨欲来风满楼"一语双关。它一说城楼的飘摇，二则暗喻了晚唐时局危机四伏，一触即发。

颈联"鸟下绿芜秦苑夕，蝉鸣黄叶汉宫秋"从眼前景色的描写转到抒情。昔日繁华的秦宫汉苑，现今早已荒废，只剩下黄叶满林，虫鸟凄鸣的萧条状况。此时的时节，正是秋日，再加上夕阳西下，更是衬托出了眼前的萧条。这两句，也将作者的感情升华。

之前的愁绪是乡愁，这里则是在感怀秦汉兴亡之事，并由秦汉兴亡隐喻如今的唐王朝。如今的唐王朝也正是如暮秋时节，如夕阳西下，往日的强盛早已不复存在，未来飘摇不定。

尾联"行人莫问当年事，故国东来渭水流"是本诗的点睛之笔，道出了作者面对自然更替、历史变迁、王朝衰败的无奈叹息。"当年事"是指秦汉兴亡之事。而"渭水流"则是作者眼前看到的景色，隐喻作者身处的时代和时局，一古一今，前后呼应，相互衔接。而一个"流"字更是表达了作者对唐王朝不可逆反的衰败感叹，有一种无可奈何的悲痛。

许浑本诗以景寓情，层层递进，首尾呼应，将作者的忧思表达得淋漓尽致。

山行①

杜牧

远上寒山②石径斜③，白云生处有人家。
停车坐④爱枫林晚，霜叶红于二月花。

【注释】

①山行：在山中行走。②寒山：指深秋时候的山。③斜：为"伸向……"的意思。④坐：因为。

【赏析】

此诗描绘了深秋山林的美丽风光。第一句诗人通过三个形容词再现了山貌：远上的"远"写出了山路的曲折蜿蜒；"寒"点明了此时是深秋时节，也显示出了山体硬、冷的特点："斜"指山的陡峭、险峻，表明诗人心生畏意，与第二句诗人突然在一片荒凉的景色中看到人间烟火的惊喜形成鲜明对比。

白云缭绕的远处诗人望见一些人家。"白云生处"句有版本作"白云深处"。二者各有其妙，但"生"字更具情景感。它表现出了山的高峻，白云层层叠叠缭绕弥漫，仿佛是流动的画面，充满了动态感。"有人家"三个字淡淡拈出，既自然又贴切，让人联想到远处深山里飘出的袅袅炊烟与鸡鸣狗吠声，同时照应了前文的"石径"二字。那些弯弯曲曲的小路原来就是深山人家日常行经之路，于是深山便不再荒凉。

第三句"停车坐爱"表明诗人并没有因为路远而着急赶路。"停"字写出了旅途中走走停停的乐趣，与诗题"山行"中的"行"字相映成趣。"坐"意为"因为"。诗人停下了匆忙的脚步，只是因为傍晚时分的枫叶林在晚霞的照映下流光飞舞，秋山夕照的美景让人流连忘返。

这时诗人仿佛已经不是一个过客，而是一个归人，完全沉醉于美景之中。其中的"晚"蕴意无穷。它点明时间现在已经是傍晚，展现了时间从白天到晚上的消逝过程，同时还表明了诗人对枫林美景依依不舍、不忍离去的流连之情。

末句"霜叶红于二月花"是全诗主旨。"红于"指明经霜的枫叶比二月的花还要艳丽。在一系列清冷意象的铺陈后，诗人在这里用浓重的笔墨写出了枫叶之绚丽。行笔至此，前文所有的景物都虚化成背景，成了枫叶的陪衬。这种表现手法，将枫林的美丽衬托得更加鲜明。

"霜叶红于二月花"是客观描写，也是诗人的内心感受。一切景语皆情语，末句一反古代诗文中在描写秋天时的萧瑟冷清，用火红的枫叶让读者感受到一个充满了热烈生机的秋天，同时也体现出诗人豪迈爽健、积极乐观的感情。其构思新颖，具有启发的意义。

赤壁

杜牧

折戟沉沙铁未销，自将磨洗认前朝。
东风不与周郎便，铜雀春深锁二乔。

【赏析】

杜牧写过很多首咏史诗，《赤壁》是其中最优秀的篇章之一。在诗人出任黄州刺史时，曾游览黄州赤壁，因对三国的历史有感，写下了这首怀古咏史诗。诗中写到的战争即是三国时期著名的战役赤壁之战。它扭转了当时的政治格局，也改变了历史的走向，奠定了魏、蜀、吴三足鼎立的局面。

当年，势力范围不断扩大的曹操率兵南下试图攻吴，曹操虽然满腹韬略，但是从小在北方长大的他对水战一窍不通。因为北方士卒不习惯坐船，他下令将战船首尾连接以防晃荡，这给吴蜀以可乘之机。当时正刮东南季风，孙权和刘备联手采取火攻的办法击败曹操。而这场战争的火攻计策的决策者便是诗中提到的"周郎"，即周瑜。

第一句中的"折戟"即被折断的兵器铁戟。诗人路过古战场时，在泥沙中发现了一支被折断的戟。但是历时久远，铁戟已生锈。诗人亲手把它洗净，发现它是三国遗物。拿着这件前朝战争的遗物，诗人顿生感慨，这为后面诗人的抒情奠定了基础。"认"字起到了承前启后的作用，以一支小小的"折戟"开篇，发怀古之幽思，以小见大，层层深入，充满了层次感和纵深感。

一、二句写实叙事，三、四句则写虚抒情。三、四句用了咏史诗中少见的假设手法。

在诗人看来，如果当时没有东风的帮助，这场战役将会是另一种结局，历史也将会改写。杜牧此诗立意新颖，有自己独到的见解。但也有学者提出，杜牧把赤壁战争的胜利完全归功于客观因素"东风"并不妥当，因为战争胜利的因素"天时、地利、人和"缺一不可；也有学者赞赏地认为这是诗人看到了历史是偶然性和必然性的结合。事实上，杜牧突出东风在战争中的作用，另有用意。

"东风"事实上指"机遇"。"东风不与周郎便，铜雀春深锁二乔"实际上是杜牧借周瑜得遇良机赢得战争胜利的旧事，以抒其生不逢时、壮志难酬的感慨。

诗篇尾句中的"春深"二字既是指时间上的春深，也指在铜雀台上把二乔深深锁住。二乔的身份有其独特的象征意味。《四库提要》中言："许凯讥杜牧《赤壁》诗为不说社稷存亡，惟说二乔，不知大乔乃孙策妇，小乔为周瑜妇，二人入魏，即吴亡可知。此诗人不欲质言，故变其词耳。"杜牧将历史兴亡的感叹落脚于美人锁深宫的意象中，在气势磅礴、沉郁悲怆的咏史诗中注入一丝了风情。杜牧的这种创作构思晚唐诗人少有能及。

润州二首（其一）

杜牧

向吴亭东千里秋，放歌曾作昔年游。青苔寺里无马迹，绿水桥边多酒楼。大抵南朝皆旷达，可怜东晋最风流。月明更想桓伊在，一笛闻吹出塞愁。

【赏析】

润州在今天的江苏省镇江市。诗人路过润州时见景伤怀，触动了情思，发出了今是昨非、世事无常的感叹。

首联中提及的"向吴亭"位于江苏省丹阳市。诗人用"千里"来表达秋色的寥廓旷达，给人以极目望去尽是秋色之感。望着这满目的秋色，诗人想到自己曾经也在这里游玩过，但是一别经年，逝者如斯，当时的青春韶华已经是过眼云烟。"放歌"写出了年少时诗人的狂放不羁。那时少年不识愁滋味，而今识得愁滋味的他不由得感慨万千。

第二联中，诗人的思绪由过往回到了眼前。诗人举目望去，青苔遍布前朝遗寺，荒凉斑驳，再也找不到当年车马的痕迹。然而绿水匆匆流过的桥边酒家，依然人来人往热闹非凡。诗人运用对仗手法，将寺庙和酒楼作比，道出盛衰难定的无奈。在描述完眼前实景后，诗人的思绪再次转向了往昔："大抵南朝皆旷达，可怜东晋最风流。"

润州在南北朝时期一度为南方重镇。许多文人骚客曾在此停驻游玩，诗人正是从现在的润州想到它在当时曾盛极一时。"大抵"即大概；"可怜"含有可惜之意，饱含着诗人无可奈何花落去的失落。当时众多名士的风流和旷达曾经风靡一时，引得无数人仰慕，可是现在也只剩得垒垒黄土，就如同那被青苔覆盖的寺庙。诗人思前人追往事，对于人世的代谢唏嘘不已，哀婉无限。

尾联中，"更"字表达出诗人低回婉转的情思。"桓伊"是东晋时期闻名一时的吹笛人，时人赞其："尽一时之妙，为江左第一。"在明月依稀的夜里，诗人耳边传来了《出塞》的笛声，如泣如诉，悠悠不绝，诗人想到如果东晋时的桓伊还在，那笛声怕是会更加凄惨悲凉。这一曲《出塞》让诗人更入愁城。诗人的愁绪也仿佛由悲怨的笛声牵引，悠悠不绝。

本诗览物思古，诗人的思绪在现实与往事中穿梭，用想象将历史与现实进行勾连。时空跳跃闪烁，情感表达跌宕回环。全诗语言清俊通脱，把物是人非的变迁与人世无常的慨叹表达得淋漓尽致。

题扬州禅智寺

杜牧

雨过一蝉噪，飘萧松桂秋。青苔满阶砌，白鸟故迟留。暮霭生深树，斜阳下小楼。谁知竹西路，歌吹是扬州。

【赏析】

这首诗写于唐开成二年（公元 837 年），当时杜牧的弟弟患了眼疾，在扬州东北的禅智寺寄居。杜牧此时任监察御史。在得知弟弟患病的消息后，杜牧立刻请假前往禅智寺照看弟弟。尽管杜牧请来了当时著名的眼医为弟弟治病，但是弟弟的病情并不见好转。根据唐代官制，官员请假超过一百天就要被停职。或许是杜牧为了照顾弟弟，因此假期满百天后他并没有回到任上，故而离职。这是本诗的写作背景。

首联第一句写雨后的蝉声。在初秋响起的蝉声，显得哑咽凄楚。然而在蝉鸣声中，禅智寺更显寂静。第二句写松树和桂树纷纷落叶，给寂静的寺庙又增加了一份凄凉冷寂。

颔联写到青苔爬满了寺院的台阶，可见寺内人迹稀少，也因此才有了"白鸟迟留"。"青苔"与"白鸟"两种意象，很好地烘托了幽寂的寺院环境。

颈联同样是景物描写：日渐西沉，透过寺中茂盛的树丛，可见楼宇边有一抹斜阳余晖。句中的"深"字勾勒出了寺中树木的繁茂，同时突出了环境的幽深压抑，隐隐透露出诗人对弟弟病情的担忧以及对日后仕途的无望，可谓情随景生。

因为禅智寺在扬州的东北，所以竹西路的另一头就是扬州城。正当诗人感慨于夕阳时，又听到了扬州城传来的丝竹之声。这让诗人想起自己年轻时在扬州偎红倚翠、诗酒助兴、放浪形骸的情形。而今潦倒半百，只能"赢得青楼薄幸名"。末句以扬州城的"乐"衬诗人所处的禅智寺的"哀"，同时也引出诗人过去的"乐"来衬诗人现在的"哀"，以乐景显哀情，一箭双雕。

整首诗通过各种对比来描绘禅智寺的幽，构建精妙。杜牧融情于景，提到了"蝉"、"青苔"、"白鸟"、"暮霭"和"斜阳"等一系列意象，提取出来的是"青"、"白"、"暗红"等暗淡的色彩。这一组带有消沉凄凉感觉的意象群，烘托了杜牧此时无助黯然的心境。

江南春

杜牧

千里莺啼绿映红，水村山郭①酒旗风。
南朝②四百八十寺③，多少楼台④烟雨中。

【注释】

①郭：外城。②南朝：东晋后在建康（今南京市）建都的宋、齐、梁、陈四朝合称南朝。③四百八十寺：南朝皇帝和大官僚好佛，因此当时佛寺大兴。此处为虚指。④楼台：指寺庙。

【赏析】

杜牧在这首诗中，用短短 28 字描绘了风光无限、绚烂多姿的江南春天。虽然用语简洁，意象精致，但塑造了一个大江南。

首句中用"千里"这一概括性词语，道出了江南地域的广大开阔，把整个江南都囊括其中。"莺啼"二字有先声夺人的效果，诗中春景未现，读者就听见了春天的声音。诗人正是用莺啼把"犹抱琵琶半遮面"的春天唤了出来：在广袤的江南大地上，春天来临，四处是抽了嫩芽的绿树和刚刚舒展开的花朵，有鸣叫的鸟儿穿梭于绿柳红花之中，好一派姹紫嫣红的热闹景象。

第二句当中有"水"，有"山"，有"酒旗"，有"风"，还有"人家"。句中的"酒"字让整首诗瞬间充满了生活气息，这里没有写酒馆、酒栈，而是选择了一个更小的意象——"酒旗"，以小见大，让人想见依水的村庄、临山的城郭不时有酒帘闯入眼帘。这里的"风"也只是单独地罗列，并没有写风吹动或者拂动酒旗，留与读者想象酒旗如何迎风招展。

杜牧在前两句中只是简单地把几个意象组合起来，做文学典型化概括，但这几个意象组合以后蕴含的意义远远超过了它们原来意思的总和，与"枯藤老树昏鸦"有异曲同工之妙，如此一来江南农家欣欣向荣、春意盎然的生活气息犹在眼前。

三、四句中，诗人的视角从自然景观到人文景观，既有空间的延伸，也有时间的历史追溯，忽而从明丽的景物转向了朦胧迷离的春的世界里，丰富了江南春天的色彩感和层次感，向读者传达着江南的春是多姿多彩的。

"南朝"为此诗增添了历史的色彩，"四百八十"是唐代人强调数量之多的概括说法。诗人眼中，南朝修建的寺庙在烟雨缥缈之中显得格外迷离深邃，为江南的春增添了一份朦胧的古典美。

在这份美中，杜牧也抒发了历史感慨。杜牧的年代，亦是唐代大兴佛教的时期，而且与南朝一样，当时的佛教进入了恶性发展状态中。杜牧在诗中，通过"南朝"二字引出了南朝统治者因大兴佛教，劳民伤财而最终加速其灭亡的历史旧事。诗人透过"南朝四百八十寺"的"烟雨"，吊古的同时亦在伤今。最后两句为诗篇加入了历史兴亡之思，让诗境从单纯的写景中超脱，全诗的主旨由此得到了升华。

对于这首诗，杨慎曾经在《升庵诗话》里提出了质疑："千里莺啼，谁人听得？千里绿映红，谁人见得？若作十里，则莺啼绿红之景，村郭、楼台、僧寺、酒旗皆在其中矣。"他认为"千里"用得不切实际，应该改为"十里"。

针对杨慎的批判，清人何文焕在《历代诗话考索》中作出了回答："'千里莺啼绿映红'云云，比杜牧《江南春》诗也。升庵谓'千'应做'十'。盖'千里'已听不着、看不见矣，何所云'莺啼绿映红'耶？余谓作'十里'，亦未必听得着、看得见。"他认为诗人在诗歌中最主要的目的是要表达自己的真实感受，如果过分客观地实际描写会折损诗歌的意境。杜牧诗中的美景只要让读者读来感到身临其境便是好诗。何文焕正是从文学典型艺术概括的角度肯定了杜牧的创作。

题宣州开元寺水阁，阁下宛溪，夹溪居人

杜牧

六朝文物草连空，天淡云闲今古同。鸟去鸟来山色里，人歌人哭水声中。深秋帘幕千家雨，落日楼台一笛风。惆怅无因见范蠡，参差烟树五湖东。

【赏析】

清代薛雪曾在《一瓢诗话》中称赞此诗"直造老杜门墙"。可见这首诗笔力沉郁雄健。杜牧在七言律诗的创作上拥有极高成就。他的七律跌宕而有佳致，这首诗便是其中的名篇。本诗中，低落悲伤与明丽欢快的情感交错，将杜牧诗歌的"拗峭"特色彰显无遗。

此诗作于唐开成三年（838 年），诗人正出任宣州（今安徽宣城）团练判官，这已经是诗人二度游览开元寺水阁（开元寺又名永乐寺，建于东晋时期），距他第一次游览此地已有十年之隔。诗人站在水阁上向下望去，溪水淙淙。诗人览今怀古，遂成此诗。

首联两句，描写诗人站在水阁上，放眼望去，只见无边无际的青草绵延，与天相接，而六朝的文物古迹现在已经无处可寻。沧海桑田的变幻中，碧蓝的天空和悠闲漂浮的云亘古不变。风景的变化与时间的永恒，深深触动着诗人。此时的他对世态沉浮、人世易变的道理已经有了很深的体悟。在天地之中，一切事物都很渺小；在时间面前，人也十分脆弱。

颔联中的"山"指宣州东北面的敬亭山，"歌哭"典出《礼记·檀弓》："晋献文子成室，晋大夫发焉。张老曰：'美哉轮焉！美哉奂焉！歌于斯，哭于斯，聚国族于斯。'"本联两句意为：敬亭山的翠色掩映中，鸟儿飞进飞出；在溪边居住的人们经历着生老病死。这些都是诗人目睹的当下景，也是历史变换、人事代谢的永恒景。诗人将眼前景象与历史典故融进一句中，道尽了人世沧桑。

颈联描绘了落日和深秋之景。诗到此处才点明时间为"深秋"，凄凉的气氛陡增一层。本联下半句色彩忽而转明，从深秋的雨到了晴天，不过已是夕阳西下，还有一曲笛声来送走夕阳。

颔联和颈联都是上联写视觉的景，下联感听觉的音。颔联用鸟的来去对人的生死，用亘古不易的山对亘古不易的溪水；颈联以深秋对落日，秋是一年的迟暮，而落日是一天的迟暮，以千对一，以雨声对笛声，雨中笛，该是何等的悲怆。

尾联里诗人又从眼下景色跳到对历史的遐想中。春秋时越国大夫范蠡在助越王勾践灭吴后功成身退，有传言其与西施泛游于五湖。五湖即太湖与它周边的几个小湖的总称。诗人缅怀范蠡，感到失落惆怅。远远望去，在五湖以东的广阔地带，只有参差不齐的树干在一片烟雾缭绕之中，如梦似幻，缥缈难辨，就好像诗人的仕途和唐朝社会的前

景令人担忧。

宣州送裴坦判官往舒州，时牧欲赴官归京

杜牧

日暖泥融雪半消，行人芳草马声骄。九华山路云遮寺，清弋江村柳拂桥。君意如鸿高的的，我心悬旆正摇摇。同来不得同归去，故国逢春一寂寥！

【赏析】

从题目即可知本诗的写作背景。唐开成四年（839 年）春天，原在安徽宣州任职的杜牧离任归京。他的朋友裴坦也将去舒州任判官。临行前，杜牧写下了这首赠别诗。

诗歌起句的"暖"、"融"、"消"三个字道出了当时的季节：时值初春，气温刚刚回暖。冰雪消融大半，冬天冻住的泥土开始解冻。"行人芳草马声骄"，意为草木都开始抽芽，驮着临别友人的马匹不时地踢踏着马蹄，显得欢快而兴奋，全然无法感受离别友人的哀愁。虽是赠别诗，但杜牧在首联二句，却用明快的笔调描绘初春冰雪消融芳草见长的清新之景。

颔联同样写景。起句提到的"九华山"是中国佛教四大名山之一。裴坦从宣州去舒州，必须由此经过。"九华山路云遮寺"是杜牧在遥想好友经过九华山时，前路烟雾弥漫，寺庙在烟雾中时隐时现。此处的"云遮寺"为想象之景，其中透出杜牧对好友此去路途遥远、吉凶难卜的隐隐担忧。

次句中，杜牧把思绪拉回到送别的地点"清弋江村"。清弋村旁一排排刚抽芽的嫩柳，在微风中轻轻迎送，不时有柳枝拂打在石板桥面上，仿佛是在对友人进行挽留。"柳"是唐代赠别诗中最常用到的意象。"柳"为"留"字谐音，唐人赠别诗常用柳表达留恋之情。"柳拂桥"三字笔调婉曲，却将杜牧对裴坦的依依不舍之情传达得淋漓尽致。

首联和颔联都是在描绘离别时诗人眼中所见的初春美景。风轻云淡，草长莺飞，但这美好的景色却是离别的底色。在一系列的景物描写之后，接下来的颈联和尾联中杜牧由景入情，抒发离情。

"君意如鸿高的的，我心悬旆正摇摇"写出了面对离别，裴坦与杜牧的不同心绪。此时的裴坦刚中进士，因此他就像鸿雁高飞，壮志昂扬。而杜牧在宦海沉浮中，并不得意。与友人宏达无量的前程相比，杜牧的心就像摇摇晃晃的旌旗一般，无所依凭。他的离愁于是变得更加浓烈。本联中"的的"和"摇摇"两个叠声词的运用，生动地描摹了两人的内心表现。

杜牧在本诗的结构安排上先写景，后抒情。面对眼前的美丽景色和分别时沉重的心情，诗人在尾联发出了由衷的感慨：当年和友人一起来到宣城，现在却不能够一起回到京城，剩下我独自一个人赶路，哪怕是满眼明丽的春色，也只有让我觉得更加寂寞和怅然。

杜牧在起句时写初春景色的欢快盎然，到了末句已经成了满腹的寂寥，正是以景反衬情。在明快的景色中，萦绕着低回惆怅，其构思巧妙，尽显杜牧诗歌的拗峭。

赠别二首

杜牧

娉娉袅袅十三余，豆蔻梢头二月初。春风十里扬州路，卷上珠帘总不如。

多情却似总无情，唯觉樽前笑不成。蜡烛有心还惜别，替人垂泪到天明。

【赏析】

杜牧三十多岁"流落"扬州时，曾结识一位美丽年轻的歌女，此诗就是他为这位歌女所作。据考证，唐文宗大和九年（835 年），杜牧离开扬州，赴京任监察御史，与这位歌女惜别，并为其写下此诗。本诗主要描述的是歌女的美丽，以此来表达诗人的惜别之情。

第一首中，首句"娉娉袅袅十三余"说的是歌女娇俏秀美的身姿及少女的芳龄。第二句"豆蔻梢头二月初"紧接着以花喻人，描述这位十三四岁的少女就如同含苞待放的豆蔻，这样的比喻生动贴切，成为流传后世的经典之句。豆蔻年华，因此成为后世对少女的代称。

三、四句"春风十里扬州路，卷上珠帘总不如"意为，虽然扬州美人如云，但是都不及她。以众星拱月的手法，来烘托这位少女的独特和美丽。

短短四句，语言简练，情感真挚，仿佛让读者看到了一个豆蔻年华的美丽少女。从中可见作者对这位美丽少女的依依不舍。

与第一首相比，第二首重在表离情。杜牧在这首诗中用了极婉转缠绵的笔调，读来令人黯然销魂。

"多情却似总无情"，意为当人的情感到了深处却像是没有情感的人。诗人和歌女之间已经有了很深的感情，这是"多情"。但诗人又写"总无情"，这并非指没有感情，而是指在送别的宴席上，两人本来应该互诉衷肠，互慰离殇，可两人却像是没有感情的陌生人一样，漠然相对。因为人在多情的时候却往往表现出毫不在意的

冷漠，甚至要装出陌路人般不曾相识。诗人对这种情感深有体会，所以他用一个"总"字，语气强烈地道尽了天下有情人离别的苦处。但这种"无情"只是表面，所以杜牧用了"却似"二字，道尽内心的百转千回。杜牧在诗歌开篇即将多情与无情的矛盾铺展于读者眼前，全诗张力于开始便至顶端，实为绝妙开篇。

第二句中的"唯觉樽前笑不成"将情人离别时万般无奈的感情表达得淋漓尽致。在别离的宴席中，杜牧原想把酒言欢，用欢笑舒解二人间的离愁，可是他最终"笑不成"。想笑却笑不出来的矛盾冲突，实是情至深处的体现。它强烈而准确地表现了两人之间刻骨铭心的情感。

三、四句采用了拟人的手法，把蜡烛比喻成人，寄情于物。诗人在此宕开一笔，不再继续写离别时两人的表现，而是转到桌上的蜡烛。"蜡烛有心还惜别，替人垂泪到天明。"诗句中的"心"喻蜡芯；"惜别"为舍不得离别；"垂泪"则是把蜡烛燃烧时滴落的蜡水比喻成人的眼泪；"天明"写出了离别前时间缓慢流逝的过程，也表现出天亮了，离别在即，情人间不舍离别的感情又增了一分。蜡烛就像是有情感的人，舍不得离别，代替即将离别的情人一直流泪到天亮。

杜牧把自己的情感赋予在一支短短的蜡烛上，仿佛蜡烛也成了有泪有笑具有真情实感的人。这时候，物我两融，早已分不清哪个是物，哪个是人。刘勰在《文心雕龙·物色》中说"属采附声，亦与心而徘徊"。诗人带着伤感的心去看物，一切事物都蒙上了一层感伤的色彩，连燃烧的蜡烛都像是在流泪。

行笔至此，蜡烛恣意流泪与人因爱到深处反而"无情"的情感体验构成了两对鲜明的情感表达意象。杜牧在这两处意象的描绘中，不着一字"悲"却能让人深刻体会离别的心酸痛苦，体会何为"黯然销魂者，惟别而已矣"。

诗人用坦率真诚的语言，将离别时的真实感情娓娓道来，不扭捏不做作。一向以清丽豪爽见长的杜牧，其赠别诗又多了情致婉约、悱恻缠绵的一面，但这种蕴藉中又不乏深沉情感，让人窥探到他丰富的内心世界。

泊秦淮

杜牧

烟笼寒水月笼沙，夜泊秦淮近酒家。
商女不知亡国恨，隔江犹唱《后庭花》^①。

【注释】

①《后庭花》：南朝陈后主所作《玉树后庭花》的简称。陈后主耽于声色，终致亡国。后将其《玉树后庭花》视为亡国之音。

【赏析】

秦淮河是六朝以来商旅的集散地，耸立着许多秦楼楚馆，热闹繁华。杜牧夜经此地，听到歌伎的唱词，感时伤世，悲从中来，写下了这首传唱千古的名作。不少学者也认为此诗为唐人七绝的压卷之作。

第一句描绘烟水朦胧、凄凉迷离的景象，通过两个"笼"字把"烟"、"水"、"月"、"沙"四者巧妙地联系起来。此句运用了互文见义的表现手法。诗意为：烟和月色笼罩着秦淮河的水和岸边的沙。这里，诗人借着景物描写，暗示唐王朝危机四伏，使后文诗人听到隔江的歌声有感有了一个环境烘托。这里没有直接交代事件，而是先婉转地写了诗人周边的环境，给读者增添了无限的想象空间。

第二句承接了第一句，写景之后紧接抒情，交代了时间、地点。时间是"夜"，地点是"秦淮"，并且印证了诗题。"近酒家"三字开启了后文。正因为诗人离秦楼楚馆近，才能听清歌伎演唱的《后庭花》。"近"在不远不近之间，暗含热闹是他们的，自己却凄凉孤独之意。

"商女"是指以唱曲来谋生的女子，也被称为歌伎。第三句明写"商女"不知亡国恨，其实暗指统治者和大多数国民仍沉迷于歌舞声色之中，不谙国事，没有"亡国"的意识。暗讽的表现手法突出了诗人的痛心和无奈。

末句中的"后庭花"为用典。传说南朝陈后主作歌曲《玉树后庭花》给歌女演唱。那时隋兵已经在江北陈师，而陈后主依然耽于声色不问国事，最终亡国。此句中的"隔江"二字将历史与现实串联在一处，既是对当时局势的暗示，也是对当权者的讽刺。

本句中的"犹"字用得尤其绝妙。"犹"即"还"，这一字意味深长。它将南朝的旧事与现实情景进行对比，吊古的同时也在讽今。警示统治者如果继续沉迷声色，那么南朝亡国的悲剧将会重演，同时流露出诗人无限的隐忧和沉重的悲痛。

整首诗融写景、叙事、抒情为一体，寓情于景，情景交融，委婉浑然，意蕴无穷，表达了对山河落魄却声色依然的深切哀思。

过华清宫绝句三首（其一）

杜牧

长安回望绣成堆，山顶千门次第开。
一骑红尘妃子笑，无人知是荔枝来。

【赏析】

《过华清宫绝句三首》是杜牧咏史诗中最著名的一组，本诗为第一首，乃是杜牧经过华清宫时触景生情、有感而发，诗人截取唐明皇为满足杨贵妃嗜吃荔枝这一历史故事，直接抨击唐玄宗的昏庸无道，也借史喻今，写出了诗人对晚唐政治黑暗的无奈和伤感。后代也有很多诗人写过以华清宫为主题的咏史诗，而杜牧的这首绝句尤为精妙绝伦，脍炙人口。

起句"长安回望绣成堆"，既是实写景物，用重笔叙写诗人在长安回首南望华清宫时所见到的骊山不同于他处的景色，写景之余又有启下的效果。"绣成堆"用远景的手法写出诗人在京城眺望骊山看到一篇佳木葱茏，花繁叶茂，无数叠嶂有致、富丽堂皇的建筑遮掩其间，宛如一堆锦绣。这三个字表面上看是指骊山两旁的东绣岭、西绣岭，但诗人在此却巧妙地运用双关语暗示坐落于骊山优美环境之中雄壮奢华的华清宫的亭台楼阁。此情此景，常怀天下、有感时事的诗人想到当时晚唐帝王的靡乱，不禁发出了无限的历史感慨。

"山顶千门次第开"以下三句紧承上句，回顾历史。骊山"山顶千门"洞开写出了唐玄宗、杨贵妃当年生活的奢华。"山顶千门次第开"近景描写华清宫，这一句既向世人展示了山顶那座行宫的雄伟壮观，也是在告诉读者，华清宫平日严密关闭着的层层宫门早早全部打开，只是为了不延误荔枝运送的时间。"千门"巧用夸张的手法写出宫门之多、宫殿之大以及戒备的森严。"次第开"则写出门逐个打开要让"一骑"畅通无阻。虽然只是一句场景描写，却为下文唐玄宗为了杨贵妃的口腹之欲而不惜劳民伤财的描写埋下伏笔。读完此句，不禁使读者疑惑："山顶千门"为何要"次第"大开？末两句"一骑红尘妃子笑，无人知是荔枝来"即是答案。

不是因为传送紧急公文，不是为了生民社稷，仅仅是君王为博红颜一笑。吴乔《围炉诗话》说："诗贵有含蓄不尽之意，尤以不著意见声色故事议论者为最上。"杜牧这首诗恰恰就巧妙地体现了"含蓄"的艺术魅力，诗并未直说唐玄宗的荒淫好色，杨贵妃的恃宠而骄，而是将"一骑红尘"与"妃子笑"进行对比，妃子轻松一笑的背后却是多少人担着性命之忧的劳累奔波，这就有了比直抒己见更强烈的艺术效果。

前三句接连给读者以悬念，末句本应该给出解释，但诗人匠心独运，出人意料地用了一个否定句："无人知是荔枝来。"确实，风卷尘埃，人困马惊，千门次开，谁会想到竟是不为天下为红颜呢？"无人知"三字画龙点睛，蕴含深广，把全诗的思想境界提升到惊人的高度。诗的结句作为全诗的点睛之笔，真正揭示出了"安史之乱"的祸根。其实诗人写"无人知"并非真正着意在无人知晓，而是强调出乎所有人的料想，如此耗费人力物力的行为竟不是为了军国大事，只是为了美人一笑，盛唐由盛转衰也就在所难免了。

全诗不用难字，不使典故，不事辞藻，前两句用朴素自然的语言由远及近地渲染华清宫的富丽奢华，后两句则寓意精深，含蓄有力地写出君王不事天下事美人的荒唐，是唐人咏史绝句中的佳作。

过华清宫绝句三首（其二）

杜牧

新丰绿树起黄埃，数骑渔阳探使回。
霓裳一曲千峰上，舞破中原使下来。

【赏析】

这首诗是杜牧绝妙名作《过华清宫绝句三首》的第二首，是杜牧在路过当年歌舞升平的骊山华清宫时，有感于如今的断壁残垣而作，吊古伤今，充满了历史兴亡之感。

整首诗建立在"安史之乱"的历史大背景下。唐玄宗时期，安禄山任平卢、范阳、河东三镇节度使，伺机谋反。唐玄宗派璆琳去探安禄山的底，谁知璆琳背地里却倒向了安禄山。第一、二句即写唐玄宗派去刺探安禄山的使节回来时的景况。

第一句中的"新丰"为唐代陕西的新丰县，距离骊山华清宫不远，开篇不直接写探使回来，而用了婉转笔触，绿树丛中，一对飞奔而回的马骑扬起滚滚尘埃。这样的设置给读者留下想象的空间。接着第二句，诗人才把马骑飞奔的原因娓娓道来：原来是派去的探使回来了。这黄尘滚滚的画面预示着一场充满硝烟的战争已经迫在眉睫。

三、四句从探使转到了华清宫里统治者醉生梦死的生活，看似转得陡急，却十分合理。诗人把外面战事将要拉开的紧张和内部沉迷在温柔乡里的享乐对比，情节跌宕分明，而且使历史具有了鲜活的画面感。

"霓裳一曲"指的是由唐玄宗改编的"霓裳羽衣曲"。"千峰"即指骊山。唐玄宗晚年在骊山建立了华清宫，那里是帝王家的酒池肉林。"霓裳一曲千峰上"意为，直到中原被叛军占领了霓裳羽衣曲才停下来，暗讽统治者的昏庸堕落、麻木糊涂。通过"上"和"下"的对比，夸张的意味凸显，而夸张更有利于表现诗人对统治者的强烈讽刺。特别是末句中的"破"字更是绝妙，有诙谐的讽刺，也有深沉的痛，道出了诗人面对山河破碎的愤怒与悲哀。

晚唐社会民生凋敝，写满历史的华清宫让诗人感触丛生。本诗既是对晚年唐玄宗的讽刺，也是对晚唐统治者的不满和警示。"舞破中原"无疑是对社会敲响了警钟。

沈下贤

杜牧

斯人清唱何人和，草径苔芜不可寻。
一夕小敷山下梦，水如环珮月如襟。

【赏析】

沈下贤即中唐著名文人沈亚之，下贤是他的字。沈下贤工诗善文，尤擅长作传奇小说。他的《湘中怨辞》、《异梦录》、《秦梦记》等极负盛名。李贺赠诗称其为"吴兴才人"。杜牧此诗表达了对沈下贤文学造诣和高洁人品的仰慕之情，同时也感慨其身前身后的寂寞冷清，特别是在身前落拓这点上，诗人是有鸣而和。

本诗写于杜牧探访沈亚之旧址时。首句中"斯人"为沈亚之，"清唱"代指其作品的清隽超俗和人格上的高洁孤拔。正是因为他的曲高和寡，所以才有了"何人和"。何人和意味着没有人可和，在世间缺少可表衷情的知音，身前寂寞，和现在诗人的心境十分相似。第二句的"不可寻"照应了"何人和"，通往他的旧居的小路早已经长满了苔藓，荒草丛生，无法辨识。这一句写出了沈下贤死后的荒芜冷清，与其身前的孤独寂寞相呼应，让人悲叹不已。

第三句"一夕小敷山下梦"中的"小敷山"即"福山"，位于湖州乌程县西南二十里。沈下贤旧居即位于此。有观点认为，这里的"梦"是沈亚之的梦，也可能是诗人的梦。沈亚之曾在小敷山下居住，他的那段生活就好像是一场梦境，似真似幻，且沈亚之爱写梦境类的作品，多狐仙鬼怪，以《异梦录》对后世影响最大；另有人提出，"梦"

也可解释为诗人探访沈亚之的旧居，在那里酣梦一场，并与其心神相通。无论何种观点，总之诗人凭吊沈亚之并没有从其相貌、身世、学识和经历入手，而是选择了空灵迷离的梦境，为全诗笼上了一层幽幻色彩。

末句"水如环佩月如襟"与首句相呼应。世上难有知音与他相和，是因他格调清高。泉水叮咚仿佛他走路时佩玉相击时发出的声响，皎洁的月色是他衣襟的颜色。此句是对梦境的描绘。杜牧从听觉和视觉两方面设喻：在听觉上，用佩玉相撞发出的清脆响声作比，突出沈亚之的清音高洁；视觉上他把沈亚之的胸襟比作洁净的月色，表现沈亚之的品性高洁。在这个迷幻的梦境里，有沈亚之笔下的山妖狐媚。只有大自然的精灵来和沈亚之孤寂的灵魂做伴，也只有它们才能够与他相和。

整首诗既有诗人对沈亚之高洁品质的神往，也充满对其不为世俗所重的身世而唏嘘感慨，最后通过梦境作结，诗人与其灵魂获得片刻的神会，算是这场追思的一点慰藉。

长安秋望①

杜牧

楼倚霜树②外，镜天③无一毫。

南山与秋色，气势④两相高。

【注释】

①秋望：在秋天远望。②霜树：指深秋时节的树。③镜天：像镜子一样明亮、洁净的天空。④气势：景象、气派。

【赏析】

"秋望"既秋天登高望远。杜牧诗中的秋天与其他诗人的不同，即不带一丝悲秋气氛。诗人用豪迈遒劲的笔触描绘了一座秋高气爽的长安城，意境与气势并举，乐观奋发的精神洋溢其中，让人心情为之一振。于是，杜牧眼中的长安的秋便格外地与众不同，饱含了诗人的无限赞美之情。在晚唐柔艳诗风主导的形势下，杜牧的这首诗可谓不可多得的刚健之作。

"霜树"即深秋的树，秋天的树在人的印象里应该是树叶落尽，难免萧索。但诗人在诗中的设景却将"霜树"带出的肃杀之气冲淡。诗人写道："楼倚霜树外。"点明了"秋望"的地点为一高楼。在大树旁有高楼，并且还高出了树干。诗人以此来形容自己所处地势之高。也只有地势高峻，才能更好地把秋色一览无余，同时也照应了题目中的"望"。同时，这种巍然的情境也奠定了诗境的清健格调。

第二句中，"镜天"用一"镜"字便写出了秋季天空的明亮干净，就好像一面可以照出影儿的镜子一样。"毫"是细小的事物，这里用来形容天空一尘不染的洁净。这时可以想象，在天高云淡的天空之下，只有高大挺拔的枝干屹立在大地之上，实为令人心旷神怡的高远景象。

在占据了有利的望秋位置后，诗人理应细细地品味秋之美景，但诗人此时被长安秋季所呈现的寥廓高远所震撼，他无法用细致的语言一一表达，转而用概括性的词句表达："南山与秋色，气势两相高。"

"南山"即终南山，诗人将"南山"与"秋色"作比，看似风马牛不相及，但仔细推敲，"南山"作为形象化的具体意象是秋色的一部分，而"秋色"是对秋天整体的概括，涵盖了所有的秋天景色，是虚化了的抽象概念。诗人将二者并置一处，是因为他抓住了二者的共同点：气势。凸显抽象事物的最好方法即是用一个具化的实物与之相比较，让人把虚化的事物投影在实物上，所以写"南山"也是为了衬托秋色，达到以实衬虚的效果。

秋天的终南山该是峻拔硬朗、雄伟英豪地耸立在天地之间，似乎要与秋色一比高低，这时山的品质也就是诗人心中秋色的品质，高远爽朗又充满豪情，因此本诗最后两句即是全诗的主旨所在。

登九峰楼①寄张祜

杜牧

百感衷来不自由，角声孤起夕阳楼。碧山终日思无尽，芳草何年恨即休。睫在眼前长不见，道非身外更何求？谁人得似张公子，千首诗轻万户侯。

【注释】

①九峰楼：亦作九华楼。清《一统志》云："池州九华楼有二：一在贵池县九华门上，唐建；一在青阳县东南二里。"

【赏析】

张祜字承吉，清河人（在今河北）。家世显赫，人称"张公子"，有"海内名士"的盛誉。张祜是与杜牧同时期的著名诗人，他的《宫词二首》中，有"故国三千里，深宫二十年"句，流传千古。令狐楚赏识他的诗才，曾上表推荐他。结果张祜受到元稹排挤，仕途受阻。

长庆年间，白居易为杭州刺史。一次张祜请他贡举自己去长安应进士试，然而面试完后，白居易把张祜置于徐凝之下。这让很早就盛名在外的张祜感到极其难堪。张祜与杜牧是知交好友。杜牧在池州任职时，张祜特意从江苏丹阳到池州看望他。两人曾一起把酒郊游，可谓知己。作为张祜的好友，杜牧在这首诗中巧妙表达了他对友人的同情与对白居易的不满。

首联两句是为倒装句。"百感衷来不自由"是为结果，接下来的一句"角声孤起夕阳楼"交代了这种百感交集不自由的感情的缘由：在夕阳西下的傍晚，让人猛生寒意的角声陡然地吹响了。"角声"指画角之声。在古代军营中，吹角以召集士兵。此二字突兀奇警，让人顿生寒意，而"孤"字则倍显凄凉。

诗人终日面对着遥遥的青山，思念远方的友人；青青芳草碧连天，就像是自己的愁绪不断地滋长，与友人不得相见的遗憾不知道何时才能够消逝。颔联把自己对友人深深的思念寄托在"碧山"与"芳草"上，把连绵不绝的想念具体化。

"睫在眼前长不见，道非身外更何求？"诗人针对白居易压制张祜的事件表示了自己的不满，也是为友人抱不平。诗人说白居易目不见睫，不能任人唯贤，为上面举荐有才能的人，这是白居易也是国家的损失。这里也算是对朋友失意的劝慰。

张祜才华横溢，虽誉满四海却被埋没终生。这也与张祜性情不羁，不愿攀附权贵有关。在这首诗的尾联，杜牧表达了对张祜诗作成就和高尚品性的肯定。他说，四海之内没有人能够像张公子一样，把写诗这件事看得比官场名利还要更加重要。

当然，赞扬友人有"千首诗轻万户侯"的狷介性情和豪迈的侠气，不过是对现在友人的抚慰。诗人更多地还是对于友人不能被重用的不满和愤恨不平，不然杜牧后来也不会"可怜故国三千里，虚唱歌词满六宫"的感慨之词。

九日齐山登高

杜牧

江涵秋影雁初飞，与客携壶上翠微。尘世难逢开口笑，菊花须插满头归。但将酩酊酬佳节，不用登临恨落晖。古往今来只如此，牛山何必独沾衣？

【赏析】

古代有九月九日登高插萸饮菊花酒的习俗。此诗作于唐武宗会昌五年（公元 845 年）杜牧任池州刺史时。时值九月初九，诗人的好朋友张祜从江苏丹阳赶来看望他。两人登上位于池州城南的齐山，把酒赏秋，遂作此诗。

首联第一句写景，第二句叙事。"江涵秋影"四字表现了江水的澄明，仿佛有的秋景都映入了波光中。在大雁南飞之时，诗人与来客一起携带着酒壶登上了仍透出翠色的山峰。"翠微"借代齐山，此二字在形容秋景的词句中别具一格。它不但写出秋季齐山的深碧之色，同时也流露出诗人对眼前景物的喜爱之情。

颔联引用了两个典故。"开口笑"语出《庄子》："上寿百岁，中寿八十，下寿六十，除病瘦死丧忧患，其中开口而笑者，一月之中，不过四五日而已矣。""菊花"典出《艺文类聚》："陶潜尝九月九日无酒，宅边菊丛中摘菊盈把，坐其侧，久留，见白衣人至，乃王弘送酒也。即便就酌，醉后而归。"

这两句是诗人的自我安慰，也是对朋友张祜的劝慰语。晚唐的政治环境让诗人的抱负难以施展，而好友张祜也因被排挤而仕途受阻。一个"难逢"道尽了尘世的艰辛。难得秋景迷人，诗人想忘却烦恼，开怀一笑，但"菊花须插满头归"的夸张举动泄露了诗人心头的郁结难解。正是这种"愤激之思，以旷达出之"的表现手法赋予诗句以丰富的表现力和极大张力，正如宋代吴仲复在《齐山》中云："却自牧之赋诗后，每逢秋至菊含情。"

颈联中，诗人进一步自慰与劝客。杜牧与张祜盛年已逝，却仍不被重用。面对夕阳西下，二人难免会产生光阴易逝人易老的情绪。何不来个一醉方休呢？这样即不会辜负眼前美景，也不会因看到落日而惆怅。正是这种近似自嘲的话，听来更觉悲凉。诗人表面的洒脱正是内心激愤的外化。

《晏子春秋》："景公游于牛山，北临其国城而流涕曰：'若何滂滂去此而死乎！'艾孔、梁上据皆从而泣。"尾联的"牛山沾衣"即化用此典故。古往今来，人世代谢，盛衰无常，诗人原想用此进一步疏解心中郁结。但是从"只"与"何必"中可以看出诗人的旷达不过是表面，其内心的抑郁一直没有得到排遣。

全诗除首联写景外，全为诗人的自劝与劝客之语。因是劝慰之语，故在语调上自然明快爽朗，但字里行间又时时流露着凄恻。因此，在抑郁与旷达的交织中全诗的情感便有了跌宕起伏，诗人的艺术修养也尽显其中。

早雁

杜牧

金河秋半虏弦开，云外惊飞四散哀。仙掌月明孤影过，长门灯暗数声来。须知胡骑纷纷在，岂逐春风一一回。莫厌潇湘少人处，水多菰米岸莓苔。

【赏析】

晚唐时期，中原地区与边地少数民族时有冲突发生。会昌二年（公元 842 年）八月，唐王朝与北方少数民族之间又爆发了冲突，导致北方边地百姓流离失所，无家可归。那年战争爆发时，杜牧时任黄州刺史。他看到南飞的大雁牵动了思绪，想到了还生活在水深火热之中的边地百姓，于是写下此诗。诗中表达了他对饱受战争之苦的百姓的同情。

诗歌首联点明了地点、时间和事件。"金河"在今内蒙古自治区呼和浩特市南，此处泛指北方边地。"秋半"点明事情发生在农历八月之际。照应了题目中"早雁"中的"早"。唐人诗歌有"悲秋情结"。秋季是容易引起人们愁思的季节，因此"秋半"二字除了点明时间外，也为全诗铺设了悲凉的情感底色。

"虏弦开"三字为双关语。明指射猎大雁，暗指北部少数民族对边地的骚扰，由此引出了第二句："云外惊飞四散哀。"本句实写大雁因突然袭击而哀叫着四散逃开，实际上是以大雁借代边地百姓的流离失所。此外，本句的"惊"、"散"、"哀"分别从情态、动作、声音三方面，将大雁的仓皇与受惊后的凄楚表现得十分传神，同时也从侧面描写了猎雁者的张狂与残忍，表达了诗人对边地百姓的深切同情与对战争的谴责。

颔联是对上文的承接，写四散惊飞的大雁飞过宫殿。"仙掌月明孤影过"中的仙掌指长安建章宫内托举承露盘的铜铸仙人。这里用于指代长安城。

"仙掌月明"可解为秋夜月光笼罩着长安。杜牧用 4 个字便为我们营造出了清冷孤寂的意境，足见其用语之精准凝练。但这并不是最凄凉的景况，一只孤雁从空中掠过更添悲凉。而汉武帝时陈皇后失宠幽居的长门宫里，灯光黯然，不时传来大雁发出的悲鸣，让失意人更添愁绪。

在这里，"孤影"和"数声"从形象和声音两方面，细腻传神地表现了离散百姓的现状；同时，诗歌的意境也因这几声孤雁的哀啼而备显冷漠。"仙掌"、"长门"则暗指统治者，可见杜牧在对百姓寄予同情的同时，也讽刺了统治者的腐朽与无能。

首联和颔联都是写实，颈联和尾联则为写虚。颈联写胡骑一直守在原地，致使秋去春来时的大雁还不能返回自己的家乡。这里，诗人表达了对边地被侵百姓的关怀以及对他们以后生活的担忧。尾联是杜牧对失散百姓的深情抚慰。"潇湘"为现在的湖南中、南部一带，据说南飞的大雁飞到这里就不再继续南飞，而是停驻下来等待来年春天北归。"菰米"和"莓苔"都是大雁的食物。这两句意为：请大雁不要嫌弃潇湘一带人烟稀少。那里有足够的水和食物可以供你们生活下去。诗人在此表达了希望流离的百姓可以在南方重新寻找归宿，也暗示着对唐王朝统治者的深深失望。

全诗通篇托物言志，将百姓喻为大雁，采取虚实结合的手法，先实后虚，表虚里实，隐而不晦。杜牧的笔调婉郁深沉，与他其他诗作的清俊爽朗相比，别有韵致。

过勤政楼^①

杜牧

千秋佳节^②名空在，承露丝囊^③世已无。
惟有紫苔偏称意，年年因雨上金铺^④。

【注释】

①勤政楼：唐玄宗开元八年（公元 720 年）所建，全称"勤政务本之楼"，是唐玄宗处理政务、国家举行重大典礼的地方。②千秋佳节：开元十七年（公元 729 年）八月五日，唐玄宗为庆祝自己的生日，批准宰相奏请，将此日定为千秋节。③承露丝囊：千秋节时唐玄宗举行盛典，大宴群臣，《唐会要》载当日"士庶以结丝承露囊更相问遗"。④金铺：宫门门环的金属底托。

【赏析】

"勤政楼"位于长安城兴庆宫的西南角，建于唐玄宗开元八年（公元 720 年），为唐玄宗用来处理朝政和举行重大典礼的地方。由于此楼南面有"勤政务本之楼"题，因此称"勤政楼"。本诗旨在吊古伤今，讽刺了唐玄宗好勤政之名，最终却是有名无实。

开元十七年（公元 729 年）农历八月五日，是唐玄宗的生日。他为了给自己庆祝生日，在勤政楼里将这天定为"千秋节"，而后在勤政楼里大宴群臣，举行了盛大的仪式，"士庶以结丝承露囊更相问遗"（《唐会要》）。晚年的唐玄宗纵情声色，荒废政务。在安史之乱爆发之时，他弃都而逃。杜牧路过勤政楼时，看到长满了苔藓的勤政楼，想起前朝旧事，于是感叹勤政楼"名空在"和王朝的昔日盛世"世已无"。诗人用承露丝囊已无的事实补证千秋节的已成空名，同时也暗指晚年唐玄宗的"勤政"虚名。

诗歌三、四句从历史的冥想中回到了现实。诗人在一片荒凉的景象中看到了肆意生长的紫色苔藓。苔藓一直长到门上的兽形门环上。"金铺"是宫门上的门环兽形底托。尽管杜牧在诗中没有正面写勤政楼的荒凉破败之景，但"紫苔"与"金铺"意象的并列足以让读者对那里的景况有了直观的感受。

"偏称意"三字反衬了诗人悲伤惨淡的心情。在早已失去往日繁华的宫殿前，紫色苔藓却能任意生长，这在失落的诗人看来那苔藓却是得意满满。诗人此处正是以喜景衬衰情。

末句提到"年年"雨，这既是对苔藓生长繁密的现实描写，也暗示了唐王朝风雨飘摇的现状。诗人见勤政楼现今之衰而回想往昔之盛，写紫苔生长的繁盛与勤政楼如今之衰败，在鲜明的对比中，读者见到了一幅凄凄惨惨的破败景象。

诗人在吊古的同时表达了对唐王朝前途深深的担忧。昔日英主唐玄宗也因晚年荒于政事而令王朝败落。在今日昏庸君主的统治下，王朝的未来又将走向何处？在这里，隐隐透露着诗人的"末世情结"。

念昔游三首（其一）

杜牧

十载飘然绳检外，樽前自献自为酬。
秋山春雨闲吟处，倚遍江南寺寺楼。

【赏析】

《念昔游》组诗一共三首，由诗题可知其内容为杜枚回忆往昔在外的漂游。杜牧一生仕途不平，长期漂游于江南一带。组诗回忆漂游是虚，自伤怀才不遇是实。

本诗为第一首，旨在抒发百无聊赖的空虚感和不被重用的抑郁之情。

首句中的"十载"点明了杜牧在外漂游的时间之长。正因为远离家乡，在南方漂泊十余年，才会滋生空虚之感，无法一展抱负的抑郁也才会堆积。这两个字为全诗的情感奠定基础，杜牧在后文中也不断地印证着"十载"。

"绳检"是指俗世间的各种清规戒律和束缚。诗人现在回想起来，那段漂游在外的时光脱离了世间种种束缚，逍遥悠闲。"飘然"有一种超然物外的旷达，然而这种超然在怀才不遇的诗人面前，着实难以实现。诗人正是以旷达之笔，道苦闷之情。

诗人的漂游生活中总有诗酒相伴，但是他的"自献自为酬"更多的是在借酒消除心中的块垒。第二句通过两个"自"来写自己的自斟自饮、自得其乐不受任何约束的快意，但其中也透露出孤独往来无人为伴的凄凉处境。

第三句为诗人对江南风景的描绘，但诗人不详写美景，而只用了"秋山春雨"四字来代替。这种对景色的淡化，突出了时序的变化，同时照应了开篇"十载"二字。读此句，我们仿佛能感觉诗人内心的痛苦之重，令他在享受美景时也难以超然。这里的"闲"既有生活的清静悠闲，又充满了被迫当闲人的不甘。秋往春来，时间匆匆流逝而自己的才能却迟迟不得舒展，那种抑郁之情可想而知。最后一句，诗人用夸张的手法表现自己已行遍江南，而"寺寺"正传达出"栏杆拍遍"无人会得的寂寞心声。

全诗通过写自斟自饮自吟自登楼的一系列漂游时的活动，用闲来之笔写沉郁之情，突出自己悠闲生活时的苦闷心情和无可奈何。"言在此而意在彼"，余味无穷。

念昔游三首（其三）

杜牧

李白题诗水西寺，古木回岩楼阁风。
半醒半醉游三日，红白花开山雨中。

【赏析】

这是杜牧《念昔游》组诗中的第三首，内容为其游览水西寺所感。杜牧在第一句就提到了"李白"。诗仙李白放荡不羁，一生仕途多坎坷，常常寄情山水，也曾被迫离开长安有过十年漫游的生活。这与杜牧的身世出奇相似，况且他们也都有着浪漫主义的情怀，因此在见到李白当年的题诗时，杜牧会心有戚戚焉。

"水西寺"即安徽天宫水西寺，位于宣州泾县水西山中。其寺横跨两山之间。《江南通志》中记载："凡十四院，其最胜者曰华岩院，横跨两山，廊庑皆阁道，泉流其下。"李白当年游览水西寺时，曾题诗《游水西简郑明府》，中有"清湍鸣回溪，绿竹绕飞阁；凉风日潇洒，幽客时憩泊"句。杜牧在见了李白当年的题诗，认为自己与李白一样是憩泊的幽客。

接着杜牧用"古木回岩楼阁风"概括了水西寺的美景，简洁明了且生动形象。寺庙建造在两山之间，不时有山风穿楼阁而过，甚至还有"古木"来增添一份古香古色的美感。

第三句中的"半醒半醉"写出了诗人游览水西寺时的心情。诗人"醉"可能是因为眼前的美景而被陶醉，也可能是因为饮酒而乐。无论哪种，都能让诗人暂时抛开政治场上的失意潦倒而获得片刻的安宁。在"半醉"中，诗人眼中的景色也欲发俏丽可爱，清丽的花朵在山雨中肆意生长，红白相间，引人怜爱。

与《念昔游》组诗的第一首相比，本诗语言清丽而不失雄俊，更显出作者漫游时的闲适心情，好似沉醉在了如诗如画的美景之中，少了许多百无聊赖的苦闷。唯有一个"醉"字让人可以窥见他没有言及的心事。

初冬夜饮

杜牧

淮阳多病偶求欢，客袖侵霜与烛盘。
砌下梨花一堆雪，明年谁此凭栏杆？

【赏析】

如题可知，此诗为初冬深夜饮酒有感而发。杜牧中年时被朝廷宰相李德裕排挤，流放到黄州、池州、睦州一带为刺史，本诗就写于诗人在离故乡长安十分遥远的睦州，失意的心情中又有一份游子思乡的眷念。

第一句化典，"淮阳多病"用的是西汉淮阳的汲黯太守，因直谏多次被放外地，向皇帝哀求留在京师却遭到拒绝。汲黯曾治理过淮阳，淮阳政清人和，他自己却晚节凄凉，最后病死淮阳并葬于此地。此处诗人拿汲黯自比，自己与他同病相怜，有才能而不能被重用，而被放任到此地做官，身世孤寂凄凉。正因为如此凄凉，才想要借酒消愁，暂去烦忧。"求欢"就是指借酒消愁，用此二字，能够反衬出诗人心中日积月累不能排除的积郁，从"求"字可见诗人想要获得片刻的欢愉是多么困难，甚至可能是求而不得。

"客袖"诗人把自己看作是此处的客乡，由此可见游子思乡之意。"霜"既是点明时间指初冬深夜下的寒霜，又指路人染上的风尘，可见在外时间之长，一语双关。"与"比"对"更能显出孤寂，仿佛这世界里只剩下诗人和这个烛盘，再无其他。此时夜饮图已经完全呈现出来了，初冬的深夜，倍感抑郁寂寥的他乡游子独坐灯下，对着燃着微弱火光的烛盘，感到凉意浸透体内，想到了西汉时与自己身世相仿的汲黯，黯然神伤。

前两句描绘出了一幅初冬夜饮图，三、四句的穿插为这次夜饮图添置了一个小插曲，把夜饮的情感呈现得更丰富饱满。初冬，窗外大雪纷飞，诗人饮酒求欢不成，罢置酒杯，来到了窗前，眼前飘飞的白雪成了一朵朵洁白无瑕的梨花盘旋飞转，诗人突发情思，想到明年又是哪个可怜人会在这里独自凭栏眺望深夜的雪景呢？三十年河东三十年河西，其中既有人世浮沉之感，又暗指自己的归期遥遥，不一定明年此时自己又会在另一个类似的异乡的角落里独自品尝寂寞。

末句通过问句发出，有一吐为快的倾泻，语带悲凄，顿挫抑扬。此处问而不答，不答而答案自明，问的是自己，也是这个把握不定的尘世。当中饱含了诗人积聚起来的各种情感：游子思乡之苦、政治失意之悲、无人对饮之寂以及对于宦海浮沉人世沧桑的嗟叹。

将赴吴兴登乐游原一绝

杜牧

清时有味是无能，闲爱孤云静爱僧。
欲把一麾江海去，乐游原上望昭陵。

【赏析】

乐游原位于长安城南，地势高，登上它即可望见长安。京城居民到此赏景，文人墨客则在此遣怀抒情。在晚唐文人的诗歌中，乐游原通常作为诗人盛衰慨叹的依托，如李商隐名篇《乐游原》："向晚意不适，驱车登古原。夕阳无限好，只是近黄昏。"杜牧这首《将赴吴兴登乐游原一绝》亦是如此。唐宣宗大中四年（公元 850 年）秋天，年近半百的杜牧即将离开长安到湖州出任刺史。杜牧离开京城前登乐游原，心有所感而作此诗。

这首七绝采取"兴"的写法，看似简单的景物描写，却言在此而意在彼。全篇没有一字与诗人所要表达的感情有关，却处处体现诗人波动的情绪，言有尽而意无穷。

开篇提到的"清时"指政治清明的时代。事实上，宣宗时期的唐王朝宦官专权，藩镇割据。可见，诗人说"清时"是反讽。"有味"指生活极富趣味。诗人认为在政治清明的时代，像自己这样无才之人能够尽情地享受清闲安宁的生活，反而可以让自己藏拙。

"闲爱孤云静爱僧"紧承首句的"有味"，道出诗人的生活之味：清闲的时候喜欢天上飘浮的云朵，安静的时候就想成为心境淡泊宁静的僧人。此时云的闲显示出了诗人的闲，僧人的静也表达出诗人的静。在古代诗歌的意象中，"云"和"僧"都是心无旁骛的士大夫追求闲情逸致的象征，这里通过"云"、"僧"来展现自己的生活情趣。

第三句中的"麾"是旌麾，古代把外出任郡守称作"建麾"。此时指将出任刺史，自己在京城抑郁无聊，现在欲远调湖州，也就可以手持旌麾，去江海远游。古时文人都难免在"出世"和"入世"两种心境上挣扎，此时诗人虽有出世的闲情，也有要挥麾而去的决心，但"入世"而不能的遗憾却又让他内心苦闷，为引出末句反语做铺垫。

第四句并没有接着写远游的事情，而是转而写现在诗人眼前的景色。

诗人站在高高的乐游原上，望向昭陵方向。"昭陵"是唐太宗的陵墓，唐太宗一代明君，礼贤下士，任人唯贤，文治武功，开创大唐盛世局面。而杜牧所处的时代，唐王朝正值风雨飘摇，且日渐衰败。当时的统治者昏庸无能，只知粉饰太平。杜牧空有一身才华，却不受重用。他在遥望先世的明主之墓时，深觉自己生不逢时，着实可叹。

最后一句推翻了前面三句的正话。"清时"、"无能"、"闲静"、"江海去"都是诗人的障眼法，亦是诗人的牢骚语。因为社会现实黑暗，自己满腔热血和才能却无处可使，娴静的处境只是因为没有贤明君主的重用，身处朝廷却不能为国效力，故而萌发江海远游之意。诗人写"望昭陵"后，不再多着一语，但读者已然能够体会他的沉郁心境。这种表达方式可谓怨而不怒，哀而不伤。

南陵道中

杜牧

南陵水面漫悠悠，风紧云轻欲变秋。
正是客心孤迥处，谁家红袖凭江楼？

【赏析】

由诗题推断，本诗应为杜牧任职宣州时期所作。因为"南陵"为宣州下属之县，而杜牧曾任宣州团练判官，故此推知。

从"南陵水面"，我们可以认为诗人这次旅途走的是水路。他乘坐的船从平静的水面上滑过，"水面漫悠悠"，此时诗人的心情似乎也像这河水一样宁静而惬意。但就在此时，"风紧云轻欲变秋"，天空中厚厚的云层也被吹散，变得稀少而轻盈，让人可以看见天高云淡的秋天的天空。"欲变"二字写出了江面气候变化之快，同时诗人的心情也随着天气在变化，原本还算平静的心情也开始变得骚动与不安，生出了客心的"孤迥"。

"孤迥"指孤立、孤单，道出了诗人身在他乡形单影只的寂寥心情。

正当诗人感到孤寂的时候，抬起头望见了江边不远处的高楼上，有位年轻貌美的女子凭栏而望，百无聊赖中散发出无限春思。诗人好像瞬间被这幅女子望江的画面吸引住了。

她可能是在打发无聊的时间，也许是在等待迟迟不见的归人，或许此时她的眼神也正好和诗人的眼神刹那相遇。诗人写女子，也因他们的心情在某些方面相通。女子在百无聊赖中有无法驱走的愁绪，诗人羁旅的途中也日夜忍受着这样的煎熬。

此句可与温庭筠的"梳洗罢，独倚望江楼。过尽千帆皆不是，斜晖脉脉水悠悠"互见。诗人见此情此景，想到自己不过是个过客而不是归人，顺而想到在自己遥远的家乡，是否也有这样一位红袖在凭栏眺望着自己归去的身影。

此诗描写诗人在一次旅途中偶然遇见的一幅画面，诗以问句作结，引人联想，耐人寻味，丰富了诗歌的内涵。

题情尽桥

雍陶

从来只有情难尽，何事名为情尽桥。
自此改名为折柳，任他离恨一条条。

【赏析】

这首诗是雍陶出任简州刺史时所作。据说一日他送客到城外的情尽桥，向随从问起桥名的由来。随从告诉他，因为送别的人们通常就在这里止步，所以叫情尽桥。雍陶不以为然，在桥柱上题下"折柳桥"，并即兴作下了这首诗。全诗短短四句，简单明了，一气呵成。

作者在第一句就直抒胸臆："从来只有情难尽。"古往今来，无论是友情、爱情都不可能轻易就割断。此句从桥名引出本诗，又表达了作者的观点。第二句"何事名为情尽桥"承接上句。既然世上万事最难以尽的就是情，为什么这座桥要叫作情尽桥呢？于是将桥名否定。

经过前两句的置疑，作者大笔一挥，很快道出"自此改名为折柳"。既然"情尽桥"的名字遭到否定，那么就改名叫"折柳桥"吧。古人离别时，有折柳赠别的习俗，既然这里是送客止步的地方，那么改名"折柳"更符合送别之景。

最后一句从"折柳"延展开来，也是本诗最富艺术色彩的句子。"任他离恨一条条"。离恨本无形，不可见。作者却将其比拟成柳条，将那些缠绵悱恻的离别情愁变得更形象具体。

作者将"情尽桥"更名为"折柳桥"表达了他宁愿人们"折柳"伤别离恨，也不愿意"情尽"。因为世间最珍贵的就是"情"字，最难尽的也是"情"字。

题君山

雍陶

烟波不动影沉沉，碧色全无翠色深。
疑是水仙梳洗处，一螺青黛镜中心。

【赏析】

君山是位于洞庭湖中的一座小岛，民间流传着许多关于那里的动人传说，文人墨客也曾以它入诗，留下过不少诗文墨迹。这首诗用纤柔的笔墨描绘出君山美丽的湖光山色。

全诗起笔"烟波不动影沉沉"勾勒出清丽的君山景色图，但诗人没有从正面描写，而是从君山在湖中的倒影写起。湖面宁静的水波倒映着君山的身影，构思新颖，角度独特。

"碧色全无翠色深"句进一步勾描山水模样：因为君山的绿色浓烈，便显得湖水的绿色微不足道了。用君山倒影与碧水的对比突出了君山的浓烈翠色，也让这幅湖山倒影图显得更为生动。

君山凝重神秘的绿色，激起了作者的联想，于是有了第三句"疑是水仙梳洗处"。君山又名湘山，古代神话舜妃娥皇女英死后在这里化作湘水女神。末句则解释将这里看成"水仙梳洗处"的原因："一螺青黛镜中心。"这水就像一面镜子，而水中君山的倒影就像是仙女青色的发髻。

全诗将君山的湖光山色描写得生动逼真，君山风光跃然纸上。诗歌的最后两句，将美丽的景色转为虚幻的想象，多了一份浪漫瑰丽的情思，将君山的秀美以一种洒脱轻盈的姿态呈现在读者面前。

访城西友人别墅

雍陶

澧水桥西小路斜，日高犹未到君家。
村园门巷多相似，处处春风枳壳花。

【赏析】

本诗为雍陶春天郊外访友时有感而作。诗人用随笔式的写作方法，将澧水边上的村园春日风光描绘得活灵活现。澧水位于湖南北部。本诗的写作地点即当时的澧州城（今湖南北部的澧县），澧水即从城边经过。

首句"澧水桥西小路斜"描述作者见到的乡间曲折蜿蜒的小路，也交代了他已经出城过了澧水桥，正在去往郊外友人家的路上。"日高犹未到君家"则包含了两层意思，一是说作者走了许久，到了太阳高照，也还没有到达友人家；二则表达了作者在途中急切的心情。他渴望早点赶赴友人家，见到朋友。作者仅用"日高"和"犹如"二词就将作者在路上的心境表达得淋漓尽致。

当雍陶到达友人所在的村庄时，发现"村园门巷多相似"。村庄里院舍看起来都很相似，于是他不得不在村里搜寻友人的住所。本来他很急切地想见到朋友，但没想到村庄里的房子都差不多，这让他既惊讶又新奇。于是在最后一句中，他写道"处处春风枳壳花"。雍陶没有写他是否找到了朋友的住处，而是继续写村庄内的风景：在春风的吹拂下，这里到处都盛开着白色的枳树花。这种自然风光吸引着身居城内的作者，让他全然陶醉在美景之中。

本诗虽题为访城西友人别墅，但是全诗四句友人和友人的别墅自始至终都没有出现。诗人将笔墨集中于风景的描写中，但是他所描写的风景正是友人生活的环境。由此，读者似乎能见这位友人平日的风采。这种延伸与篇外的意境，极具表现力。这正是诗人的匠心所在。

侠客行

温庭筠

欲出鸿都门，阴云蔽城阙。宝剑黯如水，微红湿余血。白马夜频嘶，三更霸陵雪。

【赏析】

"侠客行"是乐府旧题。温庭筠这首《侠客行》借物象光、色的变换，以遒劲的笔锋塑造了一位豪气冲天、行侠仗义的侠客形象。诗歌通篇没有从侠客正面处落笔，笔笔皆落在侠客的周遭，通过映衬的笔法使侠客豪迈的气概和雄武的英姿跃然纸上。

首句交代地点，"鸿都门"位于洛阳。第二句表明天气。侠客正欲出鸿都门时，突然阴云密布，整座城池都被黑暗笼罩。"阴云蔽城阙"是对恶劣环境的渲染，既隐喻侠客此行危机重重，吉凶未卜，又衬托出侠客大义凛然、义无反顾的豪迈气概。

三、四句描写侠客手中的宝剑极其锋利。剑客剑客，侠客与剑几乎是分不开的，见剑即如见其人。这柄宝剑凛凛寒光如水般透彻，上面微微湿红的地方是杀敌时残留的血痕。阴云下的昏暗、剑刃上游走的寒光、鲜红的滴血，这些色彩冲撞成一幅生动的画面，试想阴霾中手持这柄利剑的侠客是何等英姿。

五、六句描写侠客的马。马亦是侠客必不可少的伴侣。"白马夜频嘶"一句，马毛色的白与夜色的黑形成鲜明的对比。黑漆漆的夜幕下，一匹白马一边疾驰一边频频嘶鸣，打破了黑夜的寂静，也为暗淡无光的天地间注入一股活力。"三更霸陵雪"一句即承上句，又与开篇两句呼应。"霸陵"是汉文帝之墓，在今陕西省西安市长安区东。侠客从洛阳出发，快马加鞭、连夜疾驰，三更时分就到达了霸陵。"三更霸陵雪"以雪景结尾，与"阴云蔽城阙"相呼应，渲染了侠客所行之处的萧瑟气息；同时此句也点出侠客此行的目的地——霸陵，汉文帝是西汉时代开创"文景之治"的一代明君，侠客由阴云密布的洛阳来到白雪皑皑的霸陵，其中暗含别样诗意。温庭筠一生仕途坎坷，怀才不遇，诗人借自己钦羡的侠客形象，寄托了无尽的感慨。

开圣寺

温庭筠

路分溪石夹烟丛，十里萧萧古树风。出寺马嘶秋色里，向陵鸦乱夕阳中。竹间泉落山厨静，塔下僧归影殿空。犹有南朝旧碑在，敢将兴废问休公。

【赏析】

《开圣寺》以写景为主，通过对开圣寺周围景物的描写，循历史遗迹，言古今兴衰，立意深刻。

首联"路分溪石夹烟丛，十里萧萧古树风"描写了诗人在通往开圣寺途中所见的景致。山中烟雾迷蒙，一条通向开圣寺的山间小路穿行其中，路的两旁满是散乱的山石；一路上尽是参天古树，阵阵山风吹过，树叶发出瑟瑟之声。首联通过山景的描写，为开圣寺构筑了一个偏僻、萧瑟的空间环境。

颔联"出寺马嘶秋色里，向陵鸦乱夕阳中"写寺外。秋天的傍晚，天色黯淡，落日凄冷。诗人骑来的马拴在寺外，此刻正在仰头鸣叫，嘶哑的叫声为秋色更添几分萧瑟；夕阳的余晖映红了遍山的树木，林间归巢的乌鸦飞来飞去。简单几笔，一幅秋意浓浓的山间图景便呈于眼前。

颈联"竹间泉落山厨静，塔下僧归影殿空"写寺内种植着竹子，泉水在竹子间肆意流淌无人打理，已是傍晚时分，寺院里的厨房仍然静悄悄；原来寺内的僧人已经圆寂，埋葬在古塔之中，如今影殿中早已空空荡荡。此联选取寺内极具表现力的事物，进一步渲染了开圣寺的寥落、衰败。

尾联"犹有南朝旧碑在，敢将兴废问休公"直抒胸臆。面前的开圣寺破败不堪，诗人不禁想起寺院香火旺盛的旧时风貌。南朝修建开圣寺时镌刻的石碑依然矗立在寺中。今昔对比，开圣寺的兴衰已是不言而喻，怎敢再去询问休公？南朝时佛教盛行，朝廷耗费人力、物力、财力修建众多庙宇，结果伤国力、耗民脂、失民意，导致其迅速灭亡。尾联以反问点出全诗的主旨，表达了诗人对历史兴衰的思考。

利州南渡

温庭筠

澹然空水对斜晖，曲岛苍茫接翠微。波上马嘶看棹去，柳边人歇待船归。数丛沙草群鸥散，万顷江田一鹭飞。谁解乘舟寻范蠡，五湖烟水独忘机。

【赏析】

利州在今四川广元，南临嘉陵江，唐代为山南西道。本诗即描写诗人南渡利州时在渡口的所见、所闻、所思、所感。全诗写景、抒情紧扣"渡"字，句句有水，且形式多样，不单调不索然。写景远近富于层次感，动静富于节奏感，意境幽远，气韵不凡。诗篇通过对渡口周围景致的描写，渲染气氛，最后落笔于自身，以天地浩然气势衬托心中的愤懑失意。

首联"澹然空水对斜晖，曲岛苍茫接翠微"总写渡口处的风景。诗人打算南渡去往利州，日暮时分来到位于江畔的渡口，夕阳的余晖倾斜着洒在宽阔的江面上，江水波光粼粼；蜿蜒起伏的江中岛屿在苍茫的天色中仿佛与岸上青翠的峰峦相接。此联写诗人在傍晚之时渡江，从侧面点出其颠沛流离的近况。

颔联"波上马嘶看棹去，柳边人歇待船归"由远及近地描写渡口处的精致。渡船载着人马货物行至江上，马的嘶鸣声远远地从水面传来；岸边的柳树下歇着等待渡船返回来好过江去的人们。诗人从听觉、视觉细致入微地描绘出渡口井然有序的画面。

颈联"数丛沙草群鸥散，万顷江田一鹭飞"描写诗人过江时的情景。船过浅滩，惊散了草丛中一群群已经落日回窠的水鸟；回头遥望岸上辽阔无垠的江田之上，一只白鹭在纵情飞翔。此联以工整的对仗，创造出一幅空阔、清幽的江景图，渲染出寂静、萧瑟的气氛，为尾联诗人抒发胸臆做铺垫。

诗人一生政治上不得志，怀才不遇，空有满腹经纶。此时他立于渡船之上，环顾辽阔江景，不禁想到辞官乘舟而去的范蠡，顿时感慨万千，发出"谁解乘舟寻范蠡，五湖烟水独忘机"的感叹，慨叹自己若追随范蠡，淡泊明志，乘一叶扁舟隐匿于江湖，怕也无人能理会这番心志。范蠡是春秋时期的楚国人，后为越大夫，帮助越王勾践灭吴国后罢官离开，泛舟于五湖之上，不知所终；"五湖"是太湖和它附近几个湖泊的统称。此处诗人引取了范蠡泛舟五湖的典故，蕴含了一种淡泊遗世的归隐之志，实则是诗人极端失意无奈情绪的宣泄。

马嵬驿

温庭筠

穆满曾为物外游，六龙经此暂淹留。返魂无验青烟灭，埋血空成碧草愁。香辇却归长乐殿，晓钟还下景阳楼。甘泉不复重相见，谁道文成是故侯。

【赏析】

这首《马嵬驿》是根据"马嵬之变"这一历史事件而创作的咏史诗。诗篇通篇用典，以叙事为主，兼有抒情与议论，笔墨侧重于描写"马嵬之变"后杨贵妃与唐玄宗生离死别的悲惨结局。

首联"穆满曾为物外游，六龙经此暂淹留"引用了周穆王驾骏马游历仙境的传说。"穆满"即周穆王，因周穆王名满故作此称；"物外"指世俗之外，即仙境；"龙"指马，古代天子车驾六马故以"六龙"指代周穆王的座驾；"暂淹留"即指短暂的停留。据《穆天子传》和《拾遗记》记载，周穆王曾驾马巡游至西王母国仙境。诗人引用周穆王的典故代指潼关失守后，唐玄宗在逃往西蜀途中，曾驻留马嵬驿。

颔联"返魂无验青烟灭，埋血空成碧草愁"诗意紧承首联，写贵妃之死。杨贵妃已香消玉殒，魂飞魄散，纵然此刻有返魂树也无法将其起死回生；曾洒下贵妃鲜血的地方，如今已长成茂密的草丛，似乎是她在倾诉哀愁。"返魂无验青烟灭"一句引用返魂树的传说，据《十洲记》载"聚窟洲有大树，与枫木相似，花发香闻数百里，名返魂树。死者在地，闻香即活"；"埋血空成碧草愁"取典于《庄子》"苌弘死，藏其血，三年化为碧"。诗人妙用典故，将贵妃之死刻画得如泣如诉、憾恨绵绵。

颈联"香辇却归长乐殿，晓钟还下景阳楼"与颔联相对，描写贵妃死后唐玄宗的生活图景。"长乐殿"即汉代长乐宫，这里用来借指"马嵬之变"后唐玄宗的住处；"景阳楼"指南朝陈景阳殿，是陈后主和宠妃宴乐之所，这里指代唐玄宗和杨贵妃曾住的皇宫御苑。两句写出杨贵妃已死，唐玄宗犹存。杨贵妃作为"马嵬之变"的牺牲品，唐玄宗却得以返回长安，留有两人诸多美好往事的楼宇中拂晓的钟声依旧，但人去楼空，幽幽的钟声似乎道出无尽的哀叹。

尾联"甘泉不复重相见，谁道文成是故侯"化用汉武帝请齐人少翁以方术在夜间招引已故的宠姬李夫人的典故。据《史记·武帝本纪》记载，齐人少翁以方术在夜间招引李夫人，使汉武帝在帷幔中望见，于是武帝封少翁为文成将军，并建造甘泉宫以招天神，过一年多，方术逐渐失灵，少翁遂被诛杀。陈鸿的《长恨歌传》中也有言杨贵妃死后，唐玄宗极为思念于是命方士寻找杨贵妃魂魄。

诗人借典故嘲讽唐玄宗重蹈汉武帝覆辙，残酷地直言世上本无死而复生之事，纵有甘泉殿也不可能招来杨贵妃的亡魂。此处为这场悲剧画上了一个完整的句号，昭示命运的不可挽回。

全诗夹叙夹议，对仗工整，语调婉转。全篇用典，以古喻今，抒发了诗人对杨贵妃的深切同情。

早秋山居

温庭筠

山近觉寒早，草堂霜气晴。树凋窗有日，池满水无声。果落见猿过，叶干闻鹿行。素琴机虑静，空伴夜泉清。

【赏析】

这首《早秋山居》既无华丽的辞藻又无炫目的色彩，而是以平实的措辞、白描的手法，构建出一幅初秋居于山中、四周景色怡然、居者悠然自得的美好图景，映衬出作诗之人愉快、轻松的心情，读来仿佛置身其中，心旷神怡。借用王安石的"看似寻常最奇崛，成如容易却艰辛"来评价最贴切不过。

首联"山近觉寒早，草堂霜气晴"交代山中气候以应"早秋山居"之题意。"寒"与"霜"皆点"早秋"之意。诗人以山中自然而独特的变化，写出早秋时节山居气候的特点：早早就能察觉到秋天寒爽的气息，清晨看到下霜了便知这一天都是晴天。

颔联"树凋窗有日，池满水无声"亦选择了秋天气候变化的代表之物，突出"早秋”的感觉。窗边的树木枝叶凋零，渐渐遮挡不住阳光照进窗棂；塘中的水悄无声息地涨满了。凋木、池水，似信手拈来却饱含诗人对生活细致入微的观察。

颈联“果落见猿过，叶干闻鹿行”进一步渲染早秋山林的氛围。树上的果实成熟了，猿猴采食过后，掉落一地；从林中叶子碎碎作响中可以得知有鹿出来觅食了。此联不仅写秋意，还衬托出寂静无声、人烟稀少的山中之景。

尾联“素琴机虑静，空伴夜泉清”写夜晚伴着清澈的山泉，山居之人抚弄素琴，随着舒缓的音律渐渐忘却烦恼和忧愁。通过首、颔、颈三联对优雅静谧的山居景色的渲染，此处山居之人忘却凡尘、怡然自得之举便与周围的山景浑然一体了。

新添声杨柳枝词二首

温庭筠

一尺深红蒙曲尘，天生旧物不如新。合欢桃核终堪恨，里许元来别有人。
井底点灯深烛伊，共郎长行莫围棋。玲珑骰子安红豆，入骨相思知不知？

【赏析】

这两首诗为诗人在宴席中为所唱小曲填写的词。

第一首嘲讽了感情上喜新厌旧之人。

“一尺深红蒙曲尘，天生旧物不如新”借衣裳旧不如新喻指情感中的喜新厌旧。酒曲生出的菌颜色黄似尘土，故称“曲尘”，此处用来形容衣色淡黄。少女爱美，穿衣打扮颇为讲究，在深红的裙裾外罩上浅黄的衣衫，红黄相映，色彩炫目。不仅是新衣服色彩明艳人人喜欢，这世上的物件也总是旧的不如新的好。

“合欢桃核终堪恨，里许元来别有人”两句笔锋一转，写情感世界里的喜新厌旧。“合欢桃核”，核桃由对称的两半组成，故以“合欢核桃”喻指男女结合。诗人奇巧地写合欢核桃因为另一半壳里装的是别的核桃仁而“终堪恨”，比喻已有爱情盟约的两人中，一人发现对方心里原来还另有他人后的愤恨之情。

诗歌通篇以物喻人，尾句巧妙地运用了“人”与“仁”的谐音，将虚写与实写融会贯通，点明诗意。

第二首描写了女子缠绵的相思之情。

一、二句“井底点灯深烛伊，共郎长行莫围棋”从字面上看，诗人仿佛描写的是女子与其郎在灯下博戏。“长行”，古代一种博戏，唐李肇《国史补》中记载“今之博戏，有长行最盛，其具有局有子，子有黄黑各十五，掷采之骰有二。其法生于握槊，变于双陆”。实则是诗人以谐音将文字偷梁换柱，“烛”即“嘱”，“长行”指出远门，“围棋”即“违期”。通过文字游戏，诗人将画面转换成一幅女子深切祝福要远行的郎君莫要违期不归的送别画面。

三、四句“玲珑骰子安红豆，入骨相思知不知”将女子的相思之情表露无遗。“红豆”是爱情或相思的象征物。唐朝时，贵族女子闺闱中流行一种嵌有红豆的骰子，是将红豆镶嵌在剖开的象牙中，然后把象牙再合起来制成骰子状，六面骰点镂空露出中心的豆为红色。尾句"入骨相思"亦映照此举，一语双关。

诗人奇思妙想，借用当时坊间流行的游戏、玩意儿，生动而形象地刻画出女子对情郎的殷殷嘱咐和深切思念，立意新颖，含蓄委婉。

弹筝人

温庭筠

天宝年中事玉皇，曾将新曲教宁王。
钿蝉金雁今零落，一曲伊州泪万行。

【赏析】

本诗通过对比描写弹筝之人的今昔，抒发了对人生无常、事多变故的慨叹。

一、二句讲述弹筝人昔日的辉煌经历。天宝年中弹筝人曾为唐玄宗李隆基献艺。"事"即侍奉；"玉皇"代指唐玄宗李隆基。"曾将新曲教宁王"写弹筝人还教过唐玄宗的兄长宁王弹奏新曲。这两句读来平平，却衬托出弹筝人的技艺超群。玄宗、宁王皆是通晓乐理、精通乐器之人，弹筝人能在高手云集的长安城中脱颖而出，受到二位的赏识，可见弹奏技艺之卓尔不凡。

第三句写弹筝人如今潦倒的境遇。"钿蝉"指镶嵌珍宝的蝉形首饰；"金雁"指筝柱。诗人没有直接描写弹筝人如何落魄，而是借配饰、乐器的破落、残败状映衬弹筝人今日凄凉、飘零的落寞处境。细细品味，"钿蝉"、"金雁"上仿佛还留有昔日繁盛的影子，更添几分悲凉。

尾句"一曲伊州泪万行"营造出悲痛至极的气氛。"伊州"指商调大曲。还未等一曲商调大曲弹完，弹筝人早已是老泪纵横。这滂沱的泪水中既含有弹筝人对世间沧桑变化、人情世态炎凉的怨愤，也暗藏诗人对自身怀才不遇、命运多舛的悲悯。

重过圣女祠

李商隐

白石岩扉碧藓滋，上清沦谪得归迟。一春梦雨常飘瓦，尽日灵风不满旗。萼绿华来无定所，杜兰香去未移时。玉郎会此通仙籍，忆向天阶问紫芝。

【赏析】

李商隐这首诗意境迷离，解说纷纭。有人认为诗人是在以圣女自喻，来表达自己怀才不遇、底层漂泊的抑郁；有人提出，此诗实际上是诗人为自己情人——一位女道士所作；更有人指出，此诗为讽刺唐朝女道士偷情之事而作。程梦星在《李义山诗集笺注》中就指出："圣女祠集中凡三见，皆刺当时女道士者。"诗难解如谜，也因此别具一格。

首句"白石岩扉碧藓滋"为诗人在圣女祠前所见：白岩石门上长出碧绿的苔藓。由此让诗人联想到"上清沦谪得归迟"：这祠中圣女似是遭到贬谪沦落人间迟迟不能返还。首句以"白石"、"苔藓"勾勒出独居圣女所在的清冷幽静，也暗示出祠前人迹罕至，进而引出次句，也是全诗主旨"上清沦谪得归迟"，即圣女被贬谪人间未能归。

接下来，诗人将目光从祠门前移开，只见"一春梦雨常飘瓦，尽日灵风不满旗"如梦似幻。这丝丝春雨悄然飘洒在这祠堂石瓦之上，如此飘忽迷离；灵风轻抚神旗，始终未能将之托起。古时以云雨象征爱情，颔联这一句似是在为那沦谪难归的圣女表达对爱情的朦胧期待和希冀。然而"灵风不满旗"又似是在暗示这期待和希冀的无所依托。

诗人再一联想，从这位圣女想到"萼绿华"和"杜兰香"两位仙女。然而两位却与这圣女命运不同：一位自觉到人世来引渡他人；一位谪降人世后又早早归去。颈联以这两位仙女的不同境地来反衬圣女沦谪人间、长处幽寂境地的哀凉。

尾联"玉郎会此通仙籍，忆向天阶问紫芝"，是诗人以圣女的口吻在追忆从前。玉郎是在天上管理神仙仙籍的仙官。圣女当初就是在玉郎的帮助下进入仙界。当初她悠闲自在地在天界过活，还曾在天宫的台阶上采紫芝。与往昔对比，再次衬托出圣女现在的困苦境遇。

全诗从各个层面丰满地塑造了一个沦谪人间不能归还的圣女形象。一个如此悲苦孤寂的形象，使得诗人重过圣女祠仍不禁唏嘘感叹。这也让人们看到这圣女和诗人分明是一体，只有走过同一遭境遇才能写出如此深切悲情的诗句。

霜月①

李商隐

初闻征雁已无蝉②，百尺楼高水接天③。
青女④素娥⑤俱耐冷，月中霜里斗婵娟⑥。

【注释】

①霜月：《礼记·月令》："孟秋之月寒蝉鸣，仲秋之月鸿雁来，季秋之月霜始降。"②本句出自陶渊明《己西岁九月九日》："哀蝉无留响，征雁鸣云霄。"③水接天：水指月光，即月华如水。④青女：《淮南子·天文训》："至秋三月，地气不藏，乃收其杀，百虫蛰伏，静居闭户，青女乃出，以降霜雪。"高诱注："青女，天神，青腰玉女，主霜雪也。"⑤素娥：谢庄《月赋》中有"集素娥于后庭"语，李周翰注："常娥窃药奔月，……月色白，故云素娥。"⑥婵娟：左思《吴都赋》："檀药婵娟，玉润碧藓。"吕向注："檀药婵娟皆美貌。"斗婵娟即比美。

【赏析】

北宋词家范元实赞李商隐咏史诗的杰出时说道："义山诗，世人但称其巧丽，至与温庭筠齐名。盖俗学只见其皮肤，其高情远意，皆不识也。"清初诗论家叶燮又特别指出，李商隐的七言绝句乃"寄托深而措辞婉"，意指李商隐在遇景起兴的小诗里也写出了"高情远意"，这首《霜月》便是此类佳作的代表。

　　整首诗描写了深秋时节，诗人在水边楼宇遥望月空，看到霜月相映。诗中的意象简单明了，却又不失其丰满内涵；让人心旷神怡，却又有深切超出这所指实景可以带来的美的享受。全诗四句表意清晰：从深秋已至，只闻雁阵惊寒声，不闻聒噪蝉鸣写起，诗人思绪轻起，绝俗离尘；如此秋夜，诗人独倚高楼，只见水光一片，不胜美好；继而诗人魂灵似飞入这天际，想起那"高处不胜寒"的"青衣"、"素娥"，而那佳人正是迎着这清寒才显得如此仙姿绰约。

　　诗人从霜月写到佳人"青衣"、"素娥"，这就超脱了景色本身，提炼出了这清秋的美之所在。若以"青衣"、"素娥"为诗人的自喻，略显狭隘，诗人寄兴寓情，也许另有所思所指。无论诗人在此指意为何，可以肯定的是，此句反映了诗人身处浊世，对清丽脱俗的美好追求和向往。

　　李商隐在诗中采用的艺术表达方式令人赞叹。全诗即景寓情，因象寄兴，通过实景与幻想的交织创造了出尘的意境。平常可见的景色，通过他杰出的艺术手法加工后，产生了超越实景的审美体验。

锦瑟

李商隐

　　锦瑟无端五十弦，一弦一柱思华年。庄生①晓梦迷蝴蝶，望帝②春心托杜鹃。沧海月明珠有泪③，蓝田日暖玉生烟。此情可待成追忆，只是当时已惘然。

【注释】

　　①庄生：庄周。②望帝：相传蜀帝杜宇，号望帝，死后其魂化为子规，即杜鹃鸟。③珠有泪：传说南海外有鲛人，其泪能泣珠。

【赏析】

　　这首千古绝唱的《锦瑟》是李商隐诸多诗篇中的代表作，最负盛名。此诗也历来为人乐道，揣测纷纷。元好问在《论诗绝句三十首》中就曾说此诗是"一篇锦瑟解人难"。

　　全诗以"锦瑟无端五十弦，一弦一柱思华年"作为总起。《汉书·郊祀志》记载："泰帝使素女鼓五十弦瑟，悲，帝禁不止，故破为二十五弦。"不曾想"五十弦"之"锦瑟"比之琴、筝更是附着深情悲切的情绪。诗人更是用"无端"一词将锦瑟拟人化，似是在嗔怪锦瑟为何如此多弦。"一弦一柱思华年"，似乎每一弦、每一柱的抚弄都会引起诗人对往事的追忆。"华年"二字与前面的"锦瑟"相应，听着锦瑟的繁富琴音，不禁怅然往昔"华年"已逝，唯有思忆而不可言说。

　　《庄子》中有一典故：说庄周忘却自身，在梦中幻化为蝶仙然飞舞；倏忽梦醒，庄周仍是庄周，而蝴蝶却不知去向。颔联上句"庄生晓梦迷蝴蝶"则是引用此典故。诗人借此似是言说锦瑟一曲繁富惊醒梦景，不复寐已，而那蝴蝶如同过往华年已然离逝。下句"望帝春心托杜鹃"此句则是借由望帝之故——望帝死后化作杜鹃，生生把嗓子啼出鲜血以抒发心中困苦疑惑。对于李商隐来说，往事难以回首，少年意气风发，却不幸涉入晚唐的政党斡旋中举步维艰。有才情志气却无处发挥而竟致终生潦倒抱憾，而挚爱的妻子也早逝于当年。此句寄情于物，将"晓梦"、"春心"之情借"蝴蝶"、"杜鹃"之物来表现，写出了诗人在孤独凄凉中对往事的追忆。

"沧海月明珠有泪，蓝田日暖玉生烟。"沧海中的珍珠只有在月明疏朗之夜，才能流下晶莹涕泪；蓝田里的美玉只有在旭日回暖之时，才会飘生如梦烟霞。神话中亦有这样的说法：月满之日即是珍珠珠圆的时候，然而茫茫沧海的珍珠即使月圆也珠珠带泪——蓝田产玉，但美玉却处在烟霭袅袅中无人赏识。物犹如此，人当如是。"沧海月明"与"蓝田日暖"优美意境的创设，不仅仅是诗人精妙绝伦艺术素养的表现和挥洒，更是诗人回答人生价值的标准和尺度。这两句，诗人以物比人，升华了全诗主题。

"此情可待成追忆，只是当时已惘然。"句中，"此情"与首联的"年华"呼应，收拢全篇。追忆过去，尽管自己以一颗浸满血泪的真诚之心，付出巨大的努力，去追求美好的人生理想，可"五十弦"如玉的岁月、如珠的年华，值得珍惜之时却等闲而过；面对现实：恋人生离、爱妻死别、盛年已逝、抱负难展、功业未建，幡然醒悟之日已风光不再。寥寥数语中，含情婉曲，表达出内心的愁苦失落。

此诗主旨历来为后人揣度有加，诗题"锦瑟"也是众说纷纭。有人认为此诗是咏物之诗，诗的前四句即分别写了瑟的适、怨、清、和四种乐调；后又有注解家主张此诗是借"锦瑟"为题的"无题"之作，是诗人在冷清孤寂中思念亡妻的悼亡之作；还有人认为，此诗是诗人自伤身世、寄托君臣遇合等。

简而言之，整首诗约作于作者晚年，他一生经历，以潦草郁结。而他在诗中略去生平具细，以缘情造物的手法，从侧面多个角度感叹年华流逝、际遇坎坷的深切悲凉。

蝉

李商隐

本以高难饱，徒劳恨费声。五更疏欲断，一树碧无情。薄宦梗犹泛，故园芜已平。烦君最相警，我亦举家清。

【赏析】

本诗是李商隐借咏蝉来自喻，以示自己的高洁亮丽。全诗前半部分咏物起兴，后半部分直抒胸臆。诗人抓住蝉的特点，结合自身的情思层层深入，抒发对自己身世坎坷的感叹。此诗更是被清代词人朱彝尊赞为"传神空际，超超玄著"，誉为"咏物最上乘"。

诗题为"蝉"，全诗即以闻蝉鸣起兴："本以高难饱，徒劳恨费声。""高"暗示诗人高傲孤绝，如同这蝉在高树上风餐露宿而"难饱"。蝉"难饱"而发出"声"来，但是这叫声却又徒劳无用，不能使它摆脱"难饱"的困窘。开篇两句明里写蝉，但暗指诗人自身为人清高，生活拮据，虽向他人陈情求助，却最终落得徒劳"费声"。

颔联写道：蝉的名声待到五更天亮时分，已趋于断绝，稀疏难闻，即"五更疏欲断"，但蝉鸣的"疏欲断"没有引来同情，树叶依旧那么碧绿，全然不为所动。诗人将全无关联的蝉鸣和树叶联系起来，责怪树叶充耳不闻、冷漠无情，用这种反衬的方式进一步抒发自己不得志的心情以及控诉人们的无动于衷。这正是诗人借物咏志的高超功力所在。

钱锺书在点评此处时认为树无情，蝉亦无情，是更为错综复杂的关系。他说："蝉饥而哀鸣，树则漠然无动，油然自绿也。树无情而人（'我'）有情，遂起同感。蝉栖树上，却恝置（犹淡忘）之；蝉鸣非为'我'发，'我'却谓其'相警'，是蝉于我亦'无情'，而我与之为有情也。错综细腻。"

颈联中，"薄宦梗犹泛"从蝉说回自身。诗人认为自己官职卑微，经常流转于各地，如同在大河中四处漂流的梗枝。这浮萍般的游荡生活令诗人倍觉思乡，但是"故园芜已平"，家乡田园已布满杂草，因此诗人更加迫切地想要回到家乡打点田园。颔联这一转折使得诗人在上文咏蝉时抒发的情感变得更为明确。

尾联再次聚焦咏蝉，用拟人的方法来写蝉。"烦君最相警，我亦举家清"，诗人把蝉与自身联系起来，与开头呼应。蝉的"难饱"与诗人的"举家清"是如此相像，蝉鸣声声提醒诗人作为一介"薄宦"，与蝉身世相通，更加激起诗人的归乡之情。

此首《蝉》是李商隐的咏物佳作。在此诗中，诗人将人、蝉对比，借蝉鸣声来警示自己梗枝漂流、故园难归的悲惨境地，表明了对自身壮志难酬、身世凄迷的哀虑。

无题（相见时难别亦难）

李商隐

相见时难别亦难，东风无力百花残。春蚕到死丝方尽，蜡炬成灰泪始干。晓镜但愁云鬓改，夜吟应觉月光寒。蓬莱此去无多路，青鸟殷勤为探看。

【赏析】

李商隐是我国第一个大量生产爱情诗的诗人。他的爱情诗以含蓄隐晦为最大特征，表达出的诗情具有朦胧性和多意性，因此经常被解读为虽写艳情实有所指的本事诗。这也从侧面体现出李诗义丰之美。《无题》作为他的爱情诗代表作之一，以凄美朦胧、感情真挚胜出。

全诗以一个多情恋人的口吻婉转道出，遇见而不能，令人思穷欲绝，极尽绵延曲折。首句两个"难"字连用，缠绵缱绻之态婉转可见。它道出了极度渴望与情人相见的心态，也表现出相见无期的内心痛苦让人难以自持，情重意深，极细极真。

写完主人公的心境，第二句转为窗外的景色，只见"东风无力百花残"。"无力"二字既是写春风，也是情人之间对于分离的无能为力，可见这是被迫分离，双方都无可奈何。"残"既是春花的凋落，也是情人自伤，暗指因为深深的思念而在时间里逐渐萎谢。诗人寄情于物，以物来表现主人公内心的情感，使物皆着我之色彩，达到物我交融。

颔联化用古诗，却不是简单模仿。李商隐在继承借鉴的基础上有创新，变原本朴素的描写为精细曲折的推敲，以表达更复杂丰富的情感。这里选取了"春蚕"、"蜡炬"两个平常的意象，以其喻人。春天的蚕要把丝吐尽至死才罢休，"丝"与"思"谐音，表明自己对恋人的思念至死方休。哪怕是一支蜡烛也要一直燃烧掉最后一滴蜡油，把蜡油比作眼泪，逼真贴切。此句可见其无穷尽的痛苦，对爱情执着的追求，无望地固守，哪怕最终只是没有任何出路的绝望，主人公至死不渝的高尚情感令人唏嘘。

颈联从恋人缠绵的内心转为其外在活动。她清晨起床梳妆，只见满面愁容，"改"指云鬟的乱，也指意外地发现青丝变成白发。乱只因为无心打理，女为悦己者容，那个悦己的情人不在身边当然是聊无心绪；青丝变成白发只因相思之愁，"白发三千丈，缘愁是个长"。面容的变化体现了主人公内心深层的哀痛，无心睡眠使她憔悴，而憔悴却令自己更加难过，青春流逝年华不在，担心远方的恋人是不是还能依然爱着自己。

"夜吟应觉月光寒"为主人公揣想远方恋人心思的心理活动。"应"有恐怕之意，那身在远方的恋人恐怕此时同样愁深难遣，只能在寒冷的月光下通过吟诵来排遣一点哀痛之意。此处的"寒"，既是触觉也是视觉，既是主人公的感受又是其料想远方恋人的感受，语简义丰。本句状千里之外如在眼前。主人公能如此料想远方情人的近况，见其情感之深切。

人间既然不能相见，唯有把愿望寄托在蓬莱仙山以待重逢。但是蓬莱路途遥远渺茫，因此相见无期。尾联的"青鸟"出自《山海经》，为有三足的神鸟，是传说中西王母的使者，又被称为信使。"无多路"道出了恋人栖身两地的悲痛。情深无可寄才最可悲，为了让远方的恋人了解到自己的心意，末尾两句中，主人公将绵绵不断的思念寄托在了能传信的青鸟身上，同时也是寄托着诗人对天下有情人的美好祝愿。

无题（昨夜星辰昨夜风）

李商隐

昨夜星辰昨夜风，画楼西畔桂堂东。身无彩凤双飞翼，心有灵犀一点通。隔座送钩春酒暖，分曹射覆蜡灯红。嗟余听鼓应官去，走马兰台类转蓬。

【赏析】

这首恋情诗作于唐文宗开成四年（公元 839 年），写追忆前夜在宴席上见到的意中人，分离的惆怅哀伤流露诗中。当时诗人在京城任秘书省校书郎，是一个九品小官。有着极高政治抱负的诗人仍然在政治上沉沦。

首联借景抒情，通过对今宵宴会席上的种种情节，触发了诗人的回忆。他绕开了直叙昨夜一见钟情的情景的普通笔法，而是通过渲染铺垫，自然而然地引出对昨夜相逢的回忆。

宴会上一片祥和景象，浩瀚的夜空中闪烁着点点繁星，伴随着和煦的春风，令人沉醉的花香在空气中渐次弥漫，布满天地之间，这简直就是昨夜景象的重现。然而，回首之间，却蓦然想起昨夜在酒席之上，花楼之畔、桂堂东边与意中人相逢的一幕却永远成为回忆。晚风、星辰、画楼、桂堂等意象的出现，烘托出了昨夜静谧柔和的旖旎氛围。措辞华丽，流转于唱叹之间，将回忆描写得温馨而深情。

颔联接续首联的文意，顺水推舟地刻画自己对意中人的思念。在诗人看来，就算没有凤凰那一双美丽的翅膀，不能飞越万般阻碍到意中人面前，也是不足悲伤的。因为他相信两人彼此顾念眷恋的心情相同，就像灵异的犀角一样相通。这两句的比喻不仅恰当熨帖，而且极为新奇，充满浪漫色彩。"身无"与"心有"二词构成一组巧妙的对比，一进一退间互相照应，使诗歌的节奏变得跌宕起伏，同时体现了诗人既喜悦又怅惘的心绪。用以己度人的写法，表现了对这段缘分的珍视和自信，体现了李商隐对微妙心理变化的把握与掌控。

额联从思念之情写到了对当时宴会情形的回忆。诗人将思情与回忆穿插起来描写，是为了更进一步推进感情。这一联的场景描写，反衬了他孤寂忧郁的情怀。昨夜席间，欢声笑语一派欢乐景象，觥筹之间，笑语欢歌。赴宴的人们玩着藏钩射覆的游戏。环境的铺叙，为下文无奈各自分散的凄凉做好铺垫，以乐景写哀情，反衬诗人的无望、无奈。

尾联继续额联的描写，摹写宴会散后诗人只能离开意中人后的落寞与悲哀，是对离散赴任的慨叹。昨夜宴乐欢愉，持续通宵。桂堂内的宫商之音还未落下，楼外的钟鼓之声就已经响起，催促诗人去秘书省应差。诗人认为自己的人生只是一丛蓬草，随风摆布身不由己。想到自己这一走，与意中人后会无期，因此他的心中满布愁绪，相思之情溢于言表。结尾两句在绮丽流动的风格中有着沉郁悲慨的自伤意味。

本诗情感缠绵真切，以流动华丽的语句抒写诗人内心的思念之情，同时交汇自己沉沦的身世、功业未成的叹息，意韵耐人寻味。该诗的主旨历来带有多义性和歧义性，但是也给读者留下了宽广的解读空间，余味无穷。

无题二首

李商隐

凤尾香罗①薄几重，碧文圆顶②夜深缝。扇裁月魄羞难掩，车走雷声语未通。曾是寂寥金烬暗，断无消息石榴红。斑骓只系垂杨岸，何处西南待好风？

重帏深下莫愁堂，卧后清宵细细长。神女生涯原是梦，小姑居处本无郎。风波不信菱枝弱，月露谁教桂叶香？直道相思了无益，未妨惆怅是清狂。

【注释】

①凤尾香罗：指织有凤纹的轻薄罗布。②碧文圆顶：指绘有青碧花纹的圆顶罗帐。

【赏析】

李商隐的七律无题，是诗人在诗歌创作上最为成熟的题材，最能够完整代表其无题诗的艺术风貌。这两首闺怨诗，内容都是描写女子经历了坎坷的爱情后，其内心的悲怨。李商隐以回忆的方式进行叙事，铺叙了女主人公的心理独白。在回忆中，女主人公的一生遭际、爱情困苦如电影般呈现在读者眼前。

第一首描写的是女主人公怀念心中所爱之人的场景。深夜之中，孤枕难眠的女主人，只能依靠回忆当年两人相遇的情景，聊以慰藉，抒发内心的渴望与惆怅。

首联与额联描写女主人公思念情人的背景环境。夜已深沉，辗转反侧，彻夜难眠的女主人公只好缝制罗帐。这时回忆起当时两人相遇的场景：当时对方驱车而过，行色匆匆，而自己感到害羞，只能用团扇遮面，惊鸿一瞥，并没有言语交流。李诗讲究暗示，往往给读者广阔的想象空间，任读者去体味。这一联通过描绘女主人公深夜不寐的情形，委曲地表达了女主人公对往事的追思，怅惘惋惜与期盼相逢的感情兼而有之。

颈联借景抒情，情景交融，写出女主人公分别之后深沉的思念之情和内心孤苦寂寞百无聊赖之感，将内省情感与现实生活融为一体，具有浓烈的生活气息和象征色彩，抒情更为浓郁。女主人公想到一别经年，陪伴自己的只有残灯永夜，这样日复一日，又道了石榴花开的季节。残灯渲染了凄美的环境，是女主人公孤寂无望的象征。石榴花红则说明了时光消逝，生机勃勃的春天已经过去，主人公哀伤不已。

末联回归女主人公深情的期待。她思念情切，幻想也许两人只是咫尺天涯，无缘相见罢了，可能意中人正在杨柳岸边系马，但愿这时有一阵长风吹过，能将自己吹送到对方身边。两句化用了两个典故。"斑骓"化典乐府《神弦歌·明下童曲》"陆郎乘斑骓……望门不欲归"。末句取典于曹植《七哀》诗"愿为西南风，长逝入君怀"一句。

这首诗体现了贯穿于李商隐爱情诗的一个主要特点：即便无望，也要对爱情的执著追求，这也是他爱情诗情真意切、感人至深的地方。

第二首诗描写女主人公种种遭遇，不免黯然神伤。然而女主人公并不放弃，仍然坚定地追求爱情与幸福。同第一首相比，第二首诗则以女主人公的人生遭际为主体。

首联描写生活环境。帷幔沉沉垂下，卧室里一片静默。孤身一人的女主人公难以入眠，倍感漫漫长夜无所依靠的凄凉。诗人通过孤寂长夜的氛围塑造，渲染了女主人公内心的幽怨悲哀。

颔联描写辗转难眠的女主人公无奈之下，对自己爱情经历的回想。回想往事，尽管自己有着像巫山神女一样对爱情的遥想，却只是心中美好的梦幻。而如今，我还能像清溪小姑一样，无处寄托。这一联用了两个典故，上句化典巫山神女梦遇楚王的故事，下句化用《神弦歌·清溪小姑曲》："小姑所居，独处无郎。"诗人化典于无痕，典故与诗意天衣无缝地结合在一起，熨帖自然。"原"字描写出女主人公原有追求但终成空的无可奈何，情感表达隐约不露，耐人寻味。

颈联继续叙述自身经历，从爱情转为身世。女主人公自叹身世，感觉自己就像在遭受狂风暴雨摧残的柔弱菱枝；又像缺少月露滋养、无法吐露芬芳的桂叶。一联连用两个比喻，隐晦地道出女主人公所处的逆境，既受恶势力的欺凌又无处寻求帮助。"不信"、"谁教"则加重了语气，使情绪更为悲痛。

尾联是女主人公饱受痛苦折磨后的最后诉求。尽管爱情如同梦幻般可遇而不可求，就算身世不幸，她也坚定而执着地坚持自己的追求。因此她说，明知道相思没有任何意义，但也会终身留有这份痴情。在如此绝望的情况下，仍然守着这份相思，可见女主人公对爱情的诚挚之心。

无题诗的寄托问题，一直备受关注。有时诗人会在无题诗中寄托自己的身世之感，思想意念。但是如果仅仅抓住一些细枝末节便做索引式的猜测则未免牵强。因此，应该根据具体内容加以细致地分析，不能随意附会。

李商隐的爱情诗，以抒情为主，将抒情与细节描写融为一体，融抒情与议论为一

唐诗鉴赏

体。借助比喻、典故、象征等手法，通过暗示来完成诗歌创作，不仅诗歌跳跃性强，而且朦胧含蓄，细腻婉转。这与中唐以来的爱情、艳情诗以叙述为主的诗歌创作手法有很大的不同。因此，李诗也更耐人咀嚼玩味。

无题四首（其一）

李商隐

来是空言去绝踪，月斜楼上五更钟。梦为远别啼难唤，书被催成墨未浓。蜡照半笼金翡翠，麝熏微度绣芙蓉。刘郎已恨蓬山远，更隔蓬山一万重！

【赏析】

这首诗是李商隐《无题四首》的第一首，也是李商隐爱情诗的代表作之一。这首诗读起来，就犹如一出忧伤的默剧，让读者感受到诗中人（作者）在寂静中诉说相思成灾、求而不得的感慨。

首句"来是空言去绝踪"，以"我"的身份感叹——情人曾经承诺会来相会只是一句空话，实际自从分别之后，她就再也没有了音讯。第二句"月斜楼上五更钟"说的是，虽然情人没有前来赴约，但是"我"却满怀期待，一直在楼上苦苦等待到五更钟响。这两句表达的是作者在与情人分别后，对情人的期盼以及不能相见的惆怅。

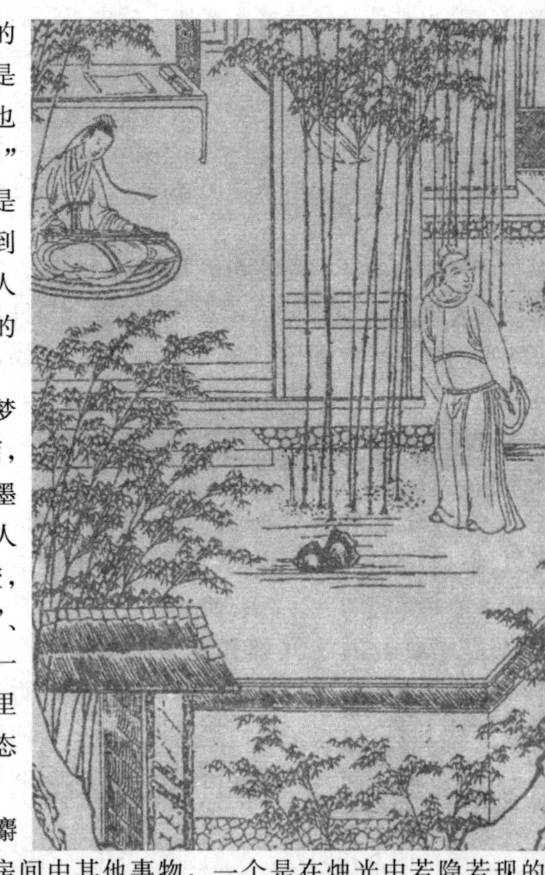

"梦为远别啼难唤"则是因为相思而梦见了情人，只是在梦中依然是离别的场面，让人悲伤不已，止不住哭泣。"书被催成墨未浓"，梦醒之后，便马上磨墨准备给情人写信，以诉相思之苦，但是因为心急如焚，墨还未研浓就等不急动笔了。"啼难唤"、"墨未浓"都表达了相思难挨的心境。这一段中的"梦"字成为整首诗的焦点，梦里和梦醒后的情景，为下文半梦半醒的状态做好铺垫。

紧接着的两句"蜡照半笼金翡翠，麝熏微度绣芙蓉"，则是从案头笔墨转向了房间中其他事物，一个是在烛光中若隐若现的翡翠鸟帷帐，一个是散发着淡淡麝香香气的芙蓉花被褥。"金翡翠"和"绣芙蓉"在古代象征爱情，而此情此景之下，李商隐借由这两种爱情象征的事物，传递了一种亦真亦幻、半梦半醒的心境。半明半暗的帷帐和留有余香的被褥，就像是情人刚刚才来过，表达出作者因为相思而到了出现幻觉的境地。

最后一段是幻觉消失，回归现实。现实中的情景就像"刘郎已恨蓬山远，更隔蓬山一万重"。这里引用了一个典故：刘郎即东汉时期的刘晨。传说他前往蓬莱山采药，途中遇见一位仙女，并与其结为夫妻，半年后回到人间探亲，再想重返仙境时，却因为隔得太远，从此只能与仙女天上地上，无法再相见。诗中的"我"和情人就如同这个典故中的主人公一样，隔着千重万重的距离，见面遥遥无期。这一段与首段的离别遥相呼应。

整首诗最出彩的地方是，作者将梦与现实结合，幻觉与真实相互转换，营造出一种亦真亦幻、迷离恍惚的氛围，用这种婉转温柔的情绪来传递出相思成灾的浓烈情感，最后的"更隔蓬山一万重"，更是道出爱情被阻隔的哀伤，让人感叹。

无题四首（其二）

李商隐

飒飒东风细雨来，芙蓉塘外有轻雷。金蟾啮锁烧香入，玉虎牵丝汲井回。贾氏窥帘韩掾少，宓妃留枕魏王才。春心莫共花争发，一寸相思一寸灰。

【赏析】

"一寸相思一寸灰"，令这首诗成千古名篇。"相思成灰"成为后世比喻爱情中相思的象征。本诗描述的是深闺女子向往爱情，却又不可得的哀怨。

首联"飒飒东风细雨来，芙蓉塘外有轻雷"以景物的描写来渲染气氛：此时此刻，天空吹着飒飒东风，下着绵绵细雨，荷塘外响起阵阵轻雷。这样的景致看似平常，但是在爱情诗中却别有深意。东风细雨，可以看出是春日情景，春日即能代表女子春心萌动的心思，而芙蓉在古代有象征爱情的意思。于是，作者便用这种写景的平常手法，将诗的意境引入到爱情中。

"金蟾啮锁烧香入，玉虎牵丝汲井回"从景致转到人：深闺中的女子开启香炉的金蟾锁，放入香料点燃，缭绕香烟在室中缭绕升起，又摇着玉虎装饰的轱辘，拉着井索从井中打水上来。作者用这些简单细微的动作，来衬托深闺女子的孤寂。"香"、"丝"二字，与"相"、"思"谐音。这两个字暗示了寂寥女子的内心，正被情丝牵动。

李商隐作诗的惯用手法，即引用典故来表达诗中的情感。"贾氏窥帘韩掾少，宓妃留枕魏王才"即用了两个典故。它们都是古时非常著名的爱情故事。前句是说，西晋大臣贾充幼女贾午爱上父亲的幕僚韩寿。贾午通过帘子偷偷看他，两人因此相恋。后句是说曹植与甄宓的爱情。曹植梦见甄宓送给他玉枕，醒来后写下名垂千古的《洛神赋》，将甄宓比作洛神。作者用这两个故事来比喻爱情的美好，表达出深闺女子对爱情的向往。

尾联"春心莫共花争发，一寸相思一寸灰"则是将诗作的情感推向高潮，将之前那种压抑宣泄，这是一种悲愤感慨的爆发：对爱情向往的心境千万不能像春天的花一样竞相开放，因为所有的相思最终都会化成灰烬。将"春心"比爱情是很常见的比喻，但是作者将春心萌动，即对爱情的向往，与"花争发"相联系，则是隐含着春心难抑之意。最后的奇句"一寸相思一寸灰"，将抽象的相思与具体的灰相联系起来，既与首句的香炉焚香相呼应，又能用灰烬表现相思的破灭，让人唏嘘感叹，更让整首诗有了一种凄美感。

本诗最大的成功之处，就是将爱情的美好与不可得之间的纠结情绪表达得淋漓尽致，再联系作者的生平则会发现，实际作者也是在借由感叹爱情的失意，来抒发其仕途不得志的感慨。

无题四首（其四）

李商隐

何处哀筝随急管，樱花永巷垂杨岸。东家老女嫁不售，白日当天三月半。溧阳公主年十四，清明暖后同墙看。归来展转到五更，梁间燕子闻长叹。

【赏析】

清人薛雪在《一瓢诗话》中评"此是一副不遇血泪，双手掬出，何尝是艳作"。诗把背景设在美好的初春三月，其中谈及了两个身世相异的女子，一个年老仍待字闺中一个婚姻美满如意。她们迥异的结局让诗人感慨万千，他觉得自己便是那个朱颜凋落的老妇受尽冷落。故薛雪叹道字字看来皆血泪。

首联写景，以"何处"平地一起，扣人心弦。诗人随意漫步，突然听到管弦声，故寻思究竟是哪里传来急管繁弦，如此撩动人心。此时未见景而先闻声，既引人循声而去，又为整首诗铺垫了激烈的心绪。第二句答第一句的问，原来管声就在那樱花飘落的深深永巷中和那杨柳依依垂着的江畔。

诗人在寻声的途中，发现了东家的老女："东家老女嫁不售，白日当天三月半。"她因为家境不佳，无人做媒，错过了最好的婚嫁年龄，现今仍待字闺中。"不售"既体现出贫苦家儿女的廉价，也表明了她急待嫁出而不能的困境。古诗中有"老妇不嫁，呼天抢地"。可见在古代婚姻对于一个女子而言是一生中最重要的事，婚姻的失败几乎就等于人生的失败，而这位东家的女子错过了婚龄，再也无人问津，足见悲哀。第四句写景，以"三月半"的春光迟暮来形容东家老女青春已过半。此时又与下句中的"清明暖后"对比照应。

颈联中提到的"溧阳公主"是梁简文帝的女儿，嫁侯景，为景所宠。本诗以溧阳公主喻富贵人家的女儿，她正当青春，家境颇好，嫁了一个疼爱她的夫婿，在春天刚刚转暖的时候一同出来郊游。

颔联与颈联通过两个身世不同女子的迥异遭遇所产生的对比，昭示了社会不公，昭示一些人只凭家世就可平步青云，而另一些人无论怎么奋斗却总不能够如愿，永远地沉沦。

尾联作结，诗人漫步回到家，夜里想到白日里看到的景象，辗转而不能眠，梁间的燕子都听见了他连连不断的叹息声。诗人是一个有良心且充满了责任感与正义感的人，对于社会上不公平的现象难免报以不平，更重要的是，他从东家之女的遭遇想到了自己的景况，自己何尝不是因无"良媒"的举荐而终生抱憾，伤时未遇，托兴可哀。

汉宫词

李商隐

青雀①西飞竟未回，君王长在集灵台②。
侍臣最有相如渴③，不赐金茎露④一杯。

【注释】

①青雀：西王母"所使"的青鸟，出自《山海经》。②集灵台：汉武帝为求仙专门建造的高台。③相如渴："相如"指汉代著名文人司马相如。"渴"指"消渴病"，即糖尿病。④金茎露：汉武帝在建章宫神明台立有金铜仙人，仙人手中承露盘接贮的露水即为"金茎露"，又称"云表之露"。

【赏析】

这是一首咏史诗，意在讥讽汉武帝求仙之事。然而李商隐在创作中，插入了神话传说的情节，使之与史实巧妙地融合在一起。因此，整首诗歌充满了浪漫色彩。

前两句取典于《山海经》。"青雀西飞竟未回，君王长在集灵台"中的"青雀"，即指西王母的使者"青鸟"。青鸟作为汉武帝与西王母沟通的使者，向西方飞去已有多时，迟迟不归。而汉武帝求仙心切，竟然长久地守候在集灵台，等待青鸟的回转。

其中，"竟"与"长"形成了一组鲜明的对比，将求仙无果的现实同执迷迫切的心情之间的矛盾诠释出来。"竟"字充分表达出汉武帝对神仙世界的迷信程度和求仙若渴的迫切心情，汉武帝坚信神仙的存在，等待青鸟带来飞升仙界的好消息，而出乎意料的是，青鸟竟然一去不回。紧接着，诗人又用一"长"字，刻画出汉武帝执迷不悟的求仙状态，青鸟不归，他非但没有幡然悔悟，反而时刻守在"集灵台"，一个妄想飞升仙界的帝王形象跃然纸上。诗人以轻松幽默的笔触，极尽揶揄讽刺之能事，对汉武帝的求仙活动进行了一番嘲讽。

汉武帝求仙心切，却不懂得珍惜人才。诗人在三、四句中对这种本末倒置的现实问题进一步加以讽刺。"侍臣最有相如渴，不赐金茎露一杯"两句，写文学侍臣司马相如——汉武帝时期最负盛名的饱学之士，有盖世之才。当时他患有严重的糖尿病，水对他来讲十分重要，可谓救命之物。但是，汉武帝为求得自己长生，竟然舍不得将金铜仙人承露盘中接得的一杯露水赐给司马相如。只是因为他认为"金茎露"可以帮助他升仙，便弃司马相如的生死于不顾。

两句中的"最"字和"一"字又构成一组对比，衔接自然，前后呼应。"最"字写出贤才渴望得到明君的赏识，"一"则描绘出汉武帝执着求仙、不访贤臣的可笑、可叹，辛辣地讽刺了汉武帝"不问苍生问鬼神"的行径。

　　本诗虽吟咏汉代旧事，实则借古讽今，表达了诗人对当时统治者的不满和自己怀才不遇的愤懑心情。唐武宗迷恋神仙方术，追求升仙、炼丹、长生这类虚无缥缈的事件，并于会昌五年筑望乡台求仙。这样迷信昏庸的统治者让李商隐十分失望。李商隐自负有经世之才，常在诗歌中以司马相如自比，却得不到朝廷的重用，政治上的屡屡失意，便于诗歌中感叹自己仕途坎坷，君王昏聩无道。

　　此诗用典手法巧妙，融神话、历史与现实为一体，以古讽今、以神话喻现实，对现实政治进行了讽刺，曲折婉转，情味隽永。

马嵬（其二）

李商隐

　　海外徒闻更九州，他生未卜此生休。空闻虎旅①传宵柝②，无复鸡人③报晓筹。此日六军同驻马，当时七夕笑牵牛。如何四纪④为天子，不及卢家有莫愁⑤？

【注释】

　　①虎旅：皇帝随行禁军。②宵柝：又名金柝，夜间用来敲击报警的木梆。③鸡人：官名，皇宫中报时的卫士。汉代官中不允许养鸡，因此由专门的卫士候在朱雀门外传鸡唱。④四纪：古时一纪为十二年，四纪即四十八年。唐玄宗实在位将近四纪。⑤卢家有莫愁：出自萧衍《河中之水歌》："河中之水向东流，洛阳女儿名莫愁，十五嫁作卢家妇，十六生儿字阿侯。"这里指平民女子的婚嫁生活。

【赏析】

　　《马嵬》共两首，此为第二首。本诗是继杜甫以来吟咏马嵬之变的杰作。它通过抒写唐玄宗和杨玉环的故事，对唐玄宗沉迷女色、腐败荒淫导致国家危亡的昏聩行径进行了讥讽。

　　首联"海外徒闻更九州，他生未卜此生休"。借用白居易《长恨歌》"忽闻海上有仙山"的典故，写自缢身亡后的杨贵妃魂飞海外仙山，而唐玄宗则派人四处寻找。终于有一天和尚方士带回了消息，说在海外仙山找到杨玉环的踪迹。古人认为，除中国之外还有"九大洲"。杨玉环死后，就居住在海外九洲中的仙山上。然而方士之言都是虚无缥缈的，因此只是"徒闻"，这样的传说只是空欢喜一场，只能让唐玄宗更为悲伤。唐玄宗不禁想起当年二人情深之时，立下世世相随的誓言。而如今来世能否重结连理尚是未知之数，但今生的缘分却已经完结。

　　诗人着一"徒"字，写明唐玄宗再续前缘的期盼，不过是自欺欺人的幻想。通过"未卜"与"休"，诗人对今生来世的梦想双双加以否定，在这种徒劳之上增添了一层绝望，使二人的情感不得不面对现实，走向终结。

　　颔联"空闻虎旅传宵柝，无复鸡人报晓筹"采用倒叙的手法，叙述了当时唐玄宗逃往蜀地，事变之后，夜宿马嵬坡的仓皇景象。漫漫长夜，在逃亡的军队中，只能听到禁军中频繁报警的敲梆之声，让人心惊胆战，再不能像在长安城里皇宫中，听到卫士传唱报晓的声音了。此时国家危亡、杨贵妃已死，好不凄惨。这两句将出逃时的狼狈景象和皇宫中声色犬马的生活两相对照。"空闻"二字，在这里进一步渲染了唐玄宗的悲伤情绪。

"此日六军同驻马，当时七夕笑牵牛"二句，继续采用倒叙的手法，描写李、杨二人的爱情悲剧。这一日，马嵬坡上，众军哗变，终于迫使唐玄宗赐死杨贵妃。而回想当年，他们还曾在七夕之夜嘲笑那天上的牛郎织女一年只能相见一次，并从此订下海誓山盟，生生世世永不相离。"此日"与"当时"构成鲜明的对比，通过创作手法上的跳跃，描写出音容笑貌犹在，却已人鬼殊途的悲情。

颔联、颈联运用倒叙逆转的手法，将宫中迤逦之情同逃亡路上仓皇景象加以对照，情绪跌宕有致。名才子金圣叹曾赞其为"随手相合，不费雕饰"。

尾联"如何四纪为天子，不及卢家有莫愁"二句，再次运用了一组强烈的对比，嘲讽唐玄宗。李隆基贵为天子，在位四十几年，却不得不赐死自己心爱的宠妃。连自己的爱人都不能保护，这尚且不及平民百姓。将平民家与帝王身进行对比，是对唐玄宗的讥讽，也是对二人爱情悲剧的哀叹惋惜。

这首咏史诗，以唐玄宗荒淫无道荒废朝政险成亡国之君的历史教训，惊醒当时的统治者。虽然以古鉴今为本诗的主旨，蕴含讽刺与劝诫。诗人用倒叙手法，使作品情节跌宕，一波三折，读之幽然婉转，意味深长。

富平少侯^①

李商隐

七国^②三边^③未到忧，十三身袭富平侯。不收金弹抛林外，却惜银床在井头。彩树转灯珠错落，绣檀回枕玉雕锼^④。当关^⑤不报侵晨客，新得佳人字莫愁。

【注释】

①富平少侯：汉代张安世被封为富平侯。此处指汉代张放。他幼年继承其祖张安世富平侯爵位。汉成帝刘骜与富平侯张放交好，骄奢享乐，荒废政事，自称"富平侯家人"。②七国：汉景帝时，所分封的七个诸侯国发生叛乱。此处喻指藩镇叛乱。③三边：指汉代幽州、并州和凉州。这里借指边疆不稳定。④雕锼：镂刻。⑤当关：看门的人。

【赏析】

这是一首作者早年创作的政治讽喻诗，借汉代富平侯事讽刺当时的唐敬宗李湛，对贵族中的纨绔子弟放浪形骸、荒诞淫逸的行为加以揭露，并将矛头直指统治阶级的最高权威——皇帝。

首联介绍了主人公的身世地位。"七国三边未到忧，十三身袭富平侯。"藩镇叛乱、边疆告急，身居高位的侯爵却不知道为国家感到忧愁，原来他只是一个 13 岁就承袭侯爵的无能之人。次句着重强调这些身份显赫的权贵只是一群少不更事的纨绔子弟，并不知道要报效国家。作者着意作势，突出了承袭爵禄的宦门子弟只知享乐，却不知为国家分忧的意旨。

  颔联"不收金弹抛林外，却惜银床在井头"意在描写少侯的骄奢淫逸。承接首联，是对少年侯爵行为上的叙写。上句写少侯为了逞一时之兴，连贵重的金弹也不知道珍惜，随意地抛弃到树林外，足见其奢侈。"不收金弹"用韩嫣典故，据《西京杂记》载，韩嫣喜爱玩弹子游戏，便用黄金做弹，每天丢失金弹十余枚。下句则写他对井上看似用银做成的辘轳架却又几分爱惜。上下两句构成鲜明的对比，传神地写出了贵公子的无知与憨态，诗人蕴讽刺于幽默的笔调中，揶揄之意耐人玩味。

  诗人在颈联对主人公的室内陈设进行了描述，从物质角度刻画其奢侈。少侯家中华丽的灯就如同夜晚的明珠，交相辉映，错落有致。而他那用纹理精美的檀香木做的枕头上，雕刻着镂空的花纹，回环精美，仿佛是用上好的美玉做成的。这两句虽然只是纯粹客观的景物描写，却通过"灯"、"枕"这两件微不足道的小物件的细致刻画，写出了少侯家的极度奢靡。同时也通过"灯"和"枕"不落痕迹地引出尾联的描写。

  尾联写少侯家守门的人不为清晨到来的客人进行通报，是因为少侯刚刚得到了一位名叫莫愁的丽人。这里看似直白地叙述了主人公沉湎美色的行径，实则以"莫愁"二字呼应首联的"未到忧"，在讽刺少侯骄奢荒淫的同时，暗喻今日的不知愁，必定给将来带来更大的祸患。以"莫愁"暗喻"深愁"，表现了诗人对国家的深深忧虑。

  此诗虽讽刺的是"富平少侯"，但另具寓托。据载，唐敬宗本为少年天子，每天沉醉在声色犬马中，不问政事，不知忧心。可见，本诗是借对少年子弟的批判，来讽刺唐敬宗。作为帝王，在其位却不以国事为重，这正是李商隐所担心的，因此诗人将矛头指向了唐敬宗。作为咏史诗，本诗虽以史讽今，但所引用的典故庞杂，题目也与内容联系得并不紧密。所托之"古"只与所讽之"今"大体相似，是诗人早期的作品。

离亭赋得折杨柳二首

李商隐

暂凭樽酒送无憀^①，莫损愁眉与细腰。人世死前惟有别，春风争拟惜长条？
含烟惹雾每依依，万绪千条拂落晖。为报行人休尽折，半留相送半迎归。

【注释】

①无憀：形容惶恐不安。

【赏析】

  这是两首送别诗。作品描写主人公与心仪的姑娘折柳惜别的感人场景。折柳送别是古时风俗，而诗人在这里别开生面，全诗着眼于柳，写尽离别愁绪。

  第一首诗首句开门见山，直接将读者带入送别之时的情境中，描写当时送别双方的心情。深深爱恋的双方，却不得不道出离别二字。面对离别，所依赖的人即将分开，心里顿感落寞惶恐不安，却又无计可施。因此只能凭借杯中酒，聊以告慰离别的悲伤。

  主人公万分难过，但是更加珍惜眼前的人，只怕一去之后，受尽相思折磨，便劝慰对方"莫损愁眉与细腰"，一定要万分珍重，照顾好自己，不要让自己的眉头再添愁绪，身形更为消瘦。这一句看似牢骚的话语，胜过千叮万嘱。此处"细腰"一语双关，既指柳树的纤细，也指女主人公的眉毛、腰肢，以物状人，恰到好处，自然流畅。诗人以平实的手法，写出了主人公对爱侣的珍惜与不舍。

随着情感的进一步发展，第三句一改前两句的委婉哀怨，直截了当地将生死引入离别的场景，使人读之黯然神伤。既然是生离，自会想到死别。如果说人生在世还有什么能比分别的痛苦更让人难以忍受的，恐怕只有死亡了。此处笔锋一转，情感由婉转到浓烈，可见双方情真意切。

第四句紧承前文，并与第二句构成了呼应。"春风争拟惜长条"一句，看似诘问春风：你怎能因爱惜修长的柳条，而阻止饱受离别之苦的人们去攀折呢？而其中更多的是同情，人若有情，不忍情人徒憔悴。春风有情，更护纤纤细柳。"折"与"损"相互辉映，含蓄婉转之中蕴含深情。

第一首诗半写离情，半写柳树，用暗喻的方式，劝告世间离人莫折柳枝，惜别之意跃然纸上。而第二首则全写柳树，但处处含情，既有送别的不舍，也有盼归的急切。四句寓意接续前文，一气呵成。

前两句描写柳树风姿绰约，无论是在蔼蔼烟雾中，还是在落日余晖中，总是矗立离亭旁，千条万绪，袅袅婷婷，仿佛在等待着远游之人，早早归来。杨柳如此多情，送行的人又何必将它全部折掉。相思的人儿还是手下留情，只折掉一半，送走离人，留下一半迎接游人的归来，充分叙写了即将分别的人等待再次重逢的心理。

两首诗歌之间，从惜别到盼归的情感脉络自然相承。第一首想到将要各自散去充满悲观，第二首想到重聚又夹一丝安慰。诗歌用字缠绵曲致，以简单的意象、清新的语句表现情感上的跌宕错落、幽远深刻。这样有新意的构思，来自诗人对人生的领悟，让人为之赞叹。

宫妓①

李商隐

珠箔轻明拂玉墀，披香新殿斗腰支。
不须看尽鱼龙戏②，终遣君王怒偃师。

【注释】

①宫妓：唐代宫廷教坊中的歌舞女。唐代长安设有左、右教坊。左教坊中的女乐多善歌，右教坊中的女乐多工舞。此诗中的宫妓，指内教坊中的女乐。②鱼龙戏：古代百戏中由人装扮成珍异动物进行种种奇幻的表演。

【赏析】

《宫妓》是一首吟咏宫廷生活的讽喻诗。诗歌描写了宫廷女乐表演时的旖旎场景，前两句辞藻华丽，后两句用典巧妙，讽刺了当时宫廷生活的腐败和宫人争相邀宠的畸形生存状态。

　　开头两句摹写宫人们跳舞时的情景。宫殿外的珠帘，轻巧晶莹，垂拂在白玉雕砌的台阶上面，这番景象华美灵动，飘逸轻盈。掀开珠帘，目光也随之移入室内，一片轻歌曼舞的景象映入眼帘。身影曼妙的宫人们正在披香殿中蹁跹起舞，取悦君主。

　　起首两句，直接扣题，展现出一片歌舞升平的浓艳场景。首句歌舞场所的描写，可以看出宫廷生活的奢靡。次句"披香新殿"不仅点出了歌舞的地点，同时，这一殿名香艳浓丽，且富于历史感，烘托出宫廷歌舞的氛围。"斗腰支"三字，不仅写出宫人娜娜的身材，高超的舞技，同时着一"斗"字，传神地刻画出宫人之间相互争奇斗艳、邀宠献媚的心理。此处不仅描写宫人们的生活常态，还在寓意上与后两句的"鱼龙戏"、"偃师"故事相一致，是全诗的诗眼。

　　后两句笔锋急转，目光不再关注绮丽动人的宫廷乐舞，而是通过典故的罗列，对这种奢靡的宫廷生活进行了抨击，表达了诗人对宫廷现状的思考与不满。

　　这两句诗人接连用了两个典故，"鱼龙戏"取典于《汉书》，指那些由人装扮成珍异动物进行种种奇幻的表演。这种表演虽然精彩，诗人却说不用等到表演结束，帝王就要对这些有着超群技艺的"偃师"大发雷霆了。"偃师"是周穆王时期的能工巧匠，能够制造用革木胶漆制造的假人当作倡优。偃师投机取巧，用这种假倡取悦周穆王。谁知表演还没结束，这个假倡却向周穆王的妃嫔招手。周穆王被假倡的这一举动所触怒，偃师险遭杀身之祸。

　　李商隐取"偃师"的典故，喻指宫妓之间的争斗。指出宫妓与帝王之间的关系，正如偃师和周穆王的关系，尽管她们善弄机巧，苦心钻营，但终会触怒帝王，咎由自取。"不须"、"终遣"两词语气强硬，态度坚决，不同于李商隐婉转朦胧的诗风，足见诗人对这种行为的不耻和批判。

　　宫妓在深宫之中，处于底层。她们的种种行为也是为了生存，是不得已而为之。联系李商隐郁郁不得志的政治生涯，对宫妓的指责实际上表达了诗人对那些四处钻营的弄臣的极度不满。诗人只是在诗歌中借乐舞之事，隐喻整个政治生活的不堪，表达了对那些虚与委蛇、讨好皇帝奸佞小人的鄙夷，相信他们此时的荣耀只是暂时的，他们终将像偃师一样，自取其辱。

宫辞

李商隐

君恩如水向东流，得宠忧移失宠愁。
莫向樽前奏《花落》，凉风只在殿西头。

【赏析】

　　《宫辞》是一首宫怨诗，主要描写了深宫之中妃嫔们的悲剧命运。她们一生竭尽全力取悦君王，但对于君王的宠幸患得患失，她们的命运掌握在帝王的手里，难以快乐幸福地生活。

　　首句"君恩如水向东流"，运用比喻的手法，将君王的恩宠比作流水，恰当贴切。君王的宠爱正向流水一样，日夜变化，摇摆不定。对被困在深宫之中的女子而言，君王的恩宠是她们唯一的生活期盼。但是，君心难测，长久的宠爱只是幻想。得宠失宠只在一夜之间，她们每天期盼着得到君王的恩宠，又时刻担心着恩宠的忽然消失。就在这种巨大的心理压力之下，她们心力交悴，愁眉难展。于是，她们发出了自己的哀叹，得宠并不能让她们看到生活的希望，她们担心哪一天忽然君恩不再；而失宠则更让她们心中充满哀愁。

　　第二句对后宫女子矛盾痛苦心理进行淋漓尽致的刻画，两个"宠"字的叠用，一方面着意强调了君王的青睐对后宫女子命运的重要影响，另一方面为这些女子不能主宰自己命运的悲剧人身感到悲哀。

　　后两句诗人转换角度，以失宠人的口吻劝诫那些正当得宠、看似风光的人。也许你们现在能够在酒席宴前陪伴君王左右，为君王演奏一曲《梅花落》。但这也是一时的欢愉，不要得意忘形。鲜花再美，一旦凉风吹过，就会瓣瓣凋零。而你也如同这些可怜的花朵一样，一旦君王恩尽，就会被无情地抛弃。其中"花落"既指得宠的女子与君王宴乐时所吹奏的古曲，同时联系下一句的凉风，暗喻人遭君王冷落如同花被凉风吹落。在这里诗人巧妙地将班婕妤团扇遭弃、君恩断绝的典故和"花落"这一双关意象融合在一起，暗示宫中女子恩宠难以持久的结局。

　　此诗虽然通篇议论，哀叹后宫女子的凄楚命运，但诗人并没有直白道出，而是运用比喻、双关，结合典故，使议论中饱含深切的同情，读之意味深长，含蓄委婉。

代赠二首（其一）

李商隐

楼上黄昏欲望休，玉梯横绝月如钩。
芭蕉不展丁香结，同向春风各自愁。

【赏析】

　　这是一首代拟赠人的佳作，诗人模拟女子的口吻，写出了两情相悦的情人不得相见的离愁别绪。全诗人、情、景浑然一体，全无斧凿造作痕迹，为读者呈献出一幅优美的月夜相思图。

　　首句"楼上黄昏"简洁明了地点明了时间及地点，黄昏时分，绣楼之上的痴心女子依旧守候在这里等待意中人的出现。女子本想走上高楼，凭栏远望，最终还是无奈作罢。"欲望休"三字入木三分地将女主人公既充满期盼又无奈作罢的矛盾心理刻画出来，一个欲望还休的女子跃然纸上。而"楼上黄昏"四字不仅极力地渲染了这一份离情别绪，并为下一句做好了铺垫。

　　楼上之人欲望还休缘起何故呢？诗人在第二句做了解答。原来上楼的阶梯已经横断，形同虚设，情人已然受到阻隔，因此即使遥望也无济于事，不能盼到心上人的到来。此处借用江淹《倡妇自悲赋》中的"网罗生兮玉梯虚"一句，句中"玉梯虚"指无人登门，玉梯虚设。玉梯横绝暗指情人遇到了阻挠，不能按时相会。主人公本是按捺不住焦急的心理，才要上楼眺望。及至手扶栏杆，才蓦然记起他不能到来，于是作罢。此时主人公沉浸在无限的相思与愁绪之中，举头看去，天上的一弯新月已然如钩。诗人以景衬情，月如钩既交代了时间的推移，烘托了孤寂失望、相思难遣的氛围。同时月缺难圆，也象征了这对人间情人难以团圆。

看着满眼的凄然景象，主人公内心的凄凉更添几分。三、四句诗人继续通过景物的描写，状写主人公的愁绪。远观天际，一轮新月难圆。那么低头近看，又是一片萧索。诗人的笔触从天边到地上，整个画面富于镜头感。跳跃性的创作手法，增添了诗歌的节奏感，情感抒发也显得错落有致，逐步加深。主人公细细观详着庭院中的景物：芭蕉树的叶子蜷曲不展，丁香树上的花蕾也都怨郁成结，一派了无生趣的景象。在深受相思之苦的主人公眼中，自然是毫无半点生机可言。

芭蕉、丁香本为无心之物，更没有任何愁绪而言。但对于主人公来讲则是触物伤情，这些景象仿佛在诉说她的心事，描画她的哀愁，此情此景，愈添感伤。因此她说，芭蕉及丁香也和她一样深陷在无尽的愁绪之中，对着黄昏清冷的春风，抒发各自的惆怅。

诗人避开了直白露骨的表达方式，而是寓情于景，娓娓道来，含蓄曲折，使这份相思显得绵绵不尽。特别是"同"与"各自"两词，犹如神来之笔，将离情别绪表现得婉转悠扬，情人间的万缕相思尽含其中，读之神伤。清人陆鸣皋赞此句为"他人累言不能尽者，此以一语蔽之"。

三、四句以"芭蕉"、"丁香"比人，"芭蕉"喻情人，"丁香"喻女子，二人尽管不能相见，却心心相印，都为不能相见而感到忧伤。以物状人的同时，诗人巧妙地结合了"起兴"手法，以物之愁为"兴"，深化人之愁，"比""兴"结合，不费矫饰之功，自然天成。

此诗将离愁写得情致幽远，意境优美，历来为人称道。特别是后两句的构思，匠心独运，含蓄无穷，在构思与意境上引人入胜，是叙写相思诗作中的佼佼者。

楚吟

李商隐

山上离宫宫上楼，楼前宫畔暮江流。
楚天长短黄昏雨，宋玉无愁亦自愁。

【赏析】

在这首七绝中，诗人借吟咏古时楚国之事，抒发内心的愁苦情绪。整首诗明白晓畅，构思精巧，引人深思，寄托了诗人深厚的情感。冯浩称此诗为"吐词含味，妙臻神境，令人知其意而不敢指其事以实之"，可见对其评价之高。

前两句诗人选取了大气磅礴的几个意象，楼、宫等意象反复重叠出现，紧扣诗题，深化诗旨。首句诗人的目光由上自下，从山上到离宫，再到离宫上的楼阁，目光直到最高处。次句则跌宕直下，由下自上，从楼上到离宫，再由离宫到滔滔江水，目光远眺至最低处。这种笔法使读者始终处于诗人构建的环境空间中，恍若无法逃脱。诗人在这两句中密集地运用四个景象，丝毫不言他物，仿佛天地之间只有这一组景物经久不变，尽是历史的苍凉感和厚重感。诗人又着一"流"字感叹时光的飞逝、物是人非。岁月匆匆，大江东去，尽管楼山依旧在，但是楚国已在历史中销声匿迹，只留下这空荡荡的巫山、楚宫，和亘古不变的寂寥。

第三句又继续对这种历史荒凉感重笔渲染。诗人的目光再次转移，从茫茫大江上转移到更为宏大的景象上——天空。然而诗人见到的也只是一线青天。"楚天长短黄昏雨"中"长短"一词单取"长"意。

巫江两岸壁立千仞，顿生一股压迫感。高耸入云，因此从高峡的缝隙中只能看到狭长的一线青天，旷远苍茫之感油然而生。在两岸峭壁之间，可以看见天色已近黄昏，萧萧暮雨从空隙之间纷纷坠落。"长"字不仅形容诗人所见之天空，也恰好形容黄昏雨的似断似续。"黄昏雨"与上一句的"暮江"相合，构成了时间上的一致性。这一句既传神地描绘了眼前的现实景象，又取典于宋玉《高堂赋并序》"旦为行云，暮为行雨"句，暗合楚王幽会巫山神女之事。因此，这场黄昏雨给偌大的楚宫披上了一层似真似幻的轻纱。同时"黄昏雨"语带双关，还指当时楚王荒淫无度，隐含了诗人的政治态度。

前三句写景，勾勒出一幅凄风苦雨的景象。暮色巫山，天高江阔，苍茫江水一去不回，当初恢宏的楚宫已经人去楼空，荒芜落寞。这样的画面，自然惹人愁情。诗人的旷古情怀喷薄欲出，经过前三句的渲染与铺垫，到第四句便顺理成章地咏叹出来。诗人在此处作结，指出当年宋玉就算胸中没有哀愁，面对这样的凄凉景象，也会被勾起无尽的悲愁，从而点明主旨。"无愁"与"亦自愁"看似矛盾，实则诗人故意为之，以对比的手法将内心的悲愁写得跌宕起伏，更为引人深思。

李商隐多写缠绵之情，朦胧之意，所吟咏之意象也多为柔弱纤美之物，而这首诗却描写了一组荡气回肠的景物，抒发郁结胸中的悲愁，给读者带来了截然不同的审美体验。这与李商隐一生的经历有着极大的关联，诗人一生仕途失意，久经宦海蹉跎，却仍是一介寄人篱下的小小幕僚，有志难伸。他对统治者这种不纳贤臣的昏聩行径十分不满，而时光匆匆，自己终将一事无成。因此诗人以宋玉自比，通过宋玉之口，发泄心中对统治者的愤懑之情。

这首诗写了宋玉触景生情之愁，感慨国家身世之愁，更是写诗人的愁。而将这三重愁苦融合为一体的是数个宏大景象的镜头转换，不见斧凿而意味深长，情思旷远。整首诗沉浸在面对历史的无力之中，悲从中来，在艺术构思上堪称完美。

瑶池

李商隐

瑶池阿母绮窗开，《黄竹》歌声动地哀。
八骏日行三万里，穆王何事不重来？

晚唐时期，唐王痴迷道教，为追求长生不死，发动道士炼制丹药，发生了皇帝服金丹以致中毒而死的闹剧。面对这样的政治现状，诗人创作了这首诗对当时的帝王进行了讽刺，指出了长生不老都是子虚乌有的虚妄之谈，对这种荒诞的行为进行了抨击。

对求仙之事的讽刺，本是需要大段的议论来言明主旨，而诗人聪明地运用虚实相辅的手法，将对此事的讽刺完全化入穆天子见王母的神话传说中。这样不着一墨于议论，讽刺之意尽显。

首句，诗人构拟了居住在瑶池的西王母倚窗遥望，等待穆王到来的情节。周穆王西游至昆仑山时，曾与西王母相会于瑶池，并约定三年后再相见。诗人以这则神话为背景，便有了首句西王母候人的描写。这一情节本是虚构，典籍上并无记载，但笔者营造了一种宛若身临其境的氛围，令读者不会感到突兀。读到此处，读者仿佛能看到西王母翘首企盼却久等不至的失望神色。然而，约定好的人终究没有到来，西王母却听到了《黄竹歌》这哀恸大地的悲苦歌声。

起首两句，作者运用了一组强烈的对比。首句"瑶池"、"绮窗"等描写了仙境的华美景象，而次句则以《黄竹歌》来描写人间疾苦。相传周穆王西游到黄竹时，天降大雪，人民不堪其扰，因此周穆王作《黄竹歌》来表达对人民的同情。作者以仙境之美，反衬民间疾苦，一方面指出百姓处于水深火热之中，哀鸿遍野，统治者却一味追求长生不老的虚妄方术，置人民的生死于不顾，是作者对只徒安逸享乐的统治者的抨击。另一方面，这两句暗指作歌之人已然撒手人寰，只剩下他所作的歌谣徒留人间。

作者在这里指出，即使仙术高超如西王母，尚且不能使得周穆王逃脱生死轮回，足见长生之术尽是虚妄之谈。所谓仙人尚且不能助人长生，凡人又能奈何？通过仙家的无奈，加重了说理的力度，足见作者构思之奇。

三、四句，诗人着重描写了西王母久等周穆王而不见其到来时的所思所想。周穆王拥有八匹神马，奔驰如风，可以日行三万里。要来此处易如反掌，是为了什么原因没有如约而至呢？这里作者虽以诘问的语气结束全诗，看似没有答案，而实际上诗旨尽现。周穆王为何没有赴约，已经不言自明，那就是周穆王已经不在人世，因此不能来赴约会，只留下了满怀希望的西王母在瑶池边独自守候。尽管西王母希望周穆王能够逃脱生死轮回，但是仍然无能为力。

三、四句诗人再次运用了一组对比，先写周穆王的神骏速度惊人，尾句却以"何事不重来"重敲。不明写求仙之事的荒唐，但劝讽之意尽含其中。诗人到此处忽然收笔，戛然而止，而其意尽在诗外，给读者留下了深思的空间。

晚唐时期，统治者为求长生做下了许多荒唐事，这是心忧国家的诗人所不愿看到的，因此作此诗加以讽喻。但是诗人并没有以激烈的言辞直接责问、批评统治者，而是以咏史的手法，附会了西王母与周穆王故事，映射社会现实，从侧面提醒统治者求长生之事的不合理性。诗歌虽然写得幽怨曲折，但讽刺抨击却犀利刻薄，直指痛处，寄托深意。这样的艺术效果，源于作者独运匠心的艺术构思，因此叶燮称李商隐七绝"可空百代"。

落花

李商隐

　　高阁客竟去，小园花乱飞。参差连曲陌，迢递送斜晖。肠断未忍扫，眼穿仍欲稀。芳心向春尽，所得是沾衣。

【赏析】

　　这首小诗写于会昌六年（公元 846 年），当时李商隐陷入牛李党争中，境况不佳，郁郁寡欢，只能闲居在家。诗人作此诗，借物抒怀，感伤身世，无尽悲凉，流露出诗人满腹的幽恨怨愤之情。

　　首句描写园中花落的情景。园中早已落英缤纷，但是由于诗人有客来访，因此无暇顾及这些细微的变化。直到客人走后，人去楼空，这里重归寂静，他才看到残花已经铺满花园。诗人送客离去，已有惆怅之感，又看到这满园残花，顿生同病相怜的情愫。

　　这一联上句叙事、下句写景，小园落花的情景并不新奇，然而诗人用笔巧妙，将首联上下两句巧妙地联系起来。客人离去与庭院花落并没有什么必然联系，但诗人却说是因为客人走了，花瓣才纷纷落下，这样的联系出人意表，奇思妙想引人入胜。

　　颔联在诗意上紧承上联，只是从不同的角度描绘了落花的种种情态。

　　第三句写飘落的花瓣在空中恣肆飞舞，铺满园中蜿蜒的小路。"参差"二字从空间落笔，写出了花瓣纷乱的景象。第四句写花瓣飘落时绵绵不绝，仿佛没有休止。"迢递"二字着眼于时间，描绘花瓣飘落时的延绵情态。此时，诗人立于高阁，花园内的景象一览无余，尽收眼底。本来此时景物的刻画应该以客观、写实为主，但是不料点点"斜晖"勾起了诗人心中不安的情绪。在诗人看来，此时的"落花"、"斜晖"都和自己一样，本来有着旺盛的生命气息，却早早地落下帷幕，与青春年华告别。余晖下的落花始终笼罩在一股低沉阴暗的情绪中，凄美哀伤，为后文的抒情做好了铺垫。

　　颈联是诗人内心情感的宣泄。诗人不仅怜花惜花，断肠人每逢花落则更添哀愁，自然倍觉伤情。无可奈何的诗人，只有望眼欲穿，盼望着有朝一日花期常在，无花再落。可是诗人的愿望落空，只望见树梢枝头越来越稀疏，残花绝情地飘落，无意停留。"眼穿"二字传神地写出了诗人惜花护花的痴情和执着。

　　尾联写花朵穷其一生，热烈地开放，用生命点缀春天。然而一片芳心付诸东流，时间并不挽留它。片片花瓣只能凋零飘落，沾人衣裾，好不凄凉。尾句借花伤己，诗人一生壮志凌云，却屡屡受挫，报国无门，正如这残花一样，将一生奉献给朝廷，而朝廷却不珍惜他，他此时只剩下愁苦失望，黯然慨叹。

　　李商隐将身世遭际与咏物题材不着痕迹地结合在这首惜花之诗里，摒弃了前人落花诗或单纯地怜花惜花，或抒发及时行乐感慨的传统，不落前人窠臼，另辟蹊径。整首诗基调低回凄凉，哀怨动人，抒发了诗人的无限感慨。

曲江

李商隐

望断平时翠辇过，空闻子夜鬼悲歌。金舆不返倾城色，玉殿犹分下苑波。死忆华亭闻唳鹤，老忧王室泣铜驼。天荒地变心虽折，若比伤春意未多。

【赏析】

位于长安东南郊的曲江，是唐代长安城最重要的景点。在开元时，唐玄宗曾对曲江大肆扩建，彼时楼亭绵绵，宫殿起伏，一度繁盛无比，因此成为唐朝鼎盛的象征。安史之乱后，繁盛的曲江逐渐荒废。唐文宗时期，曾意欲在曲江恢复盛唐的升平景象，于是在大和九年（公元 835 年）二月派神策军重修曲江。同年十月，唐文宗在此宴请百官。紧接着十一月，"甘露之变"发生，曲江重修工作就此搁浅。李商隐的这首《曲江》就是作于"甘露之变"的第二年春天。

全诗第一句"望断平时翠辇过，空闻子夜鬼悲歌"，渲染当时曲江的荒凉疮痍状：放眼望去，从前帝王乘车出游曲江的盛况，已经不复存在，现如今只能在夜半时分听到鬼魂的哀号。前句中"平时翠辇过"代指曲江荒废前，唐文宗乘车游玩曲江的繁盛景象（也有人认为指代开元盛世）；后句"子夜鬼悲歌"则是指"甘露之变"后，曲江荒凉的现状。"鬼悲歌"也暗示了"甘露之变"的惨况。前后两句形成鲜明对比，表达了作者面对曲江时的悲凉心境。

第二句"金舆不返倾城色，玉殿犹分下苑波"与上句相承接，依旧是说曲江今日和往昔两种不同的景况：那些搭载着美丽宫妃的马车如今再也没有回过曲江，现如今只剩下曲江水一如既往地从上往下，流向玉殿旁的御沟。前句的"不返"与后句的"犹分"形成对比，渲染出曲江物还在、人已非的凄凉感。无论是这一句的"金舆"、"玉殿"，还是上一句的"翠辇"，都是与天子、皇廷相关的事物，作者一方面借此渲染曲江从前的繁华，另一方面则从侧面引出整个唐王朝的局势，为全诗要表达的中心埋下伏笔。

紧接着的"死忆华亭闻唳鹤，老忧王室泣铜驼"两句分别引用了两个典故：前句"死忆华亭闻唳鹤"是说西晋文学家陆机被奸臣所害，临死前感叹"欲闻华亭鹤唳，可复得乎"，后人以"华亭闻鹤"来比喻时局黑暗；后句"老忧王室泣铜驼"是说西晋书法家索靖，其年迈时，仍心忧天下，指着洛阳宫门铜驼叹"会见汝在荆棘中耳"，"铜驼荆棘"后来便成为世道衰败的象征。作者用这两个典故暗示"甘露之变"期间，大批朝臣惨遭宦官迫害，事变之后，天朝衰微，国将不国，与前文"鬼悲歌"相呼应。

末句话锋一转，写道"天荒地变心虽折，若比伤春意未多"。虽然"甘露之变"摧人心肝，但是比起伤春的感伤还不算多。作者的"伤春"，表面是作者在感怀春天的将逝，实际暗喻唐王朝的春日——大唐的春日已经逝去，前路茫茫一片，未来遥遥无期。"伤春"是李商隐众多诗作的创作主题，与其他伤春题材不同的是，李商隐本诗的伤春并非是文人伤春悲秋的一己之怀，而是感叹世事，忧心已致强弩之末的大唐衰败命运。

整首诗在构思上，最显著的特点是用曲江今昔的对比，一个繁华景，一个凄凉意，以此来折射大唐的时局变化，用曲江的命运暗喻王朝的命运。而后层层推进，在末句点明本诗的中心——"伤春"。作者写曲江在"甘露之变"的前后变化，目的并非只哀叹事变本身，而是引入"伤春"来感叹国运，立意深远。

日高

李商隐

　　镀镮故锦縻轻拖，玉笙不动便门锁。水精眠梦是何人，栏药日高红髲鬇。飞香上云春诉天，云梯十二门九关。轻身灭影何可望，粉蛾帖死屏风上。

【赏析】

　　诗题《日高》取自诗句中的"日高"二字。诗作意在表达作者对一位身在深宅大院的深闺女子的渴望和相思。

　　诗作开头两句"镀镮故锦縻轻拖，玉笙不动便门锁"，描述女子身居的环境：镀金大门门环上的旧锦在风中轻轻摇曳，周遭一片寂静。精美的门锁静静地挂在门上一动不动，便门更是紧紧关闭。在这两句中，旧锦与紧闭的大门传达出幽静清冷的感觉。

　　"水精眠梦是何人"句则从环境中走出。那水精帘内酣睡入梦的是谁呢？但是第四句并没有回答该疑问，却写道"栏药日高红髲鬇"，描述盛开的芍药在阳光之下所呈现的娇艳之姿。这两句看似没有关联，但实际上芍药的美丽与帘内美人的美丽有着内在关联。诗人正是用芍药喻美人，但他手法高妙，将这种比附写得不着痕迹，但又能引人遐思。

　　五、六句"飞香上云春诉天，云梯十二门九关"是作者在表达自己对爱慕之人的期盼以及他在追求过程中所受到的阻隔。"飞香"承接上句"栏药"。作者想象芍药的香气缭绕飘散，升上天空，而他的春思也跟着飞上了天，想要一诉衷肠。但是因为云梯有十二重，天门有九道关，无法到达。这种幻想式的描写，极言期盼之切与阻隔之严，同时为诗境增添了浪漫色彩。

　　作者在描述完自己情思遭到重重阻隔之后，发出感叹"轻身灭影何可望，粉蛾帖死屏风上"。他轻身飞到佳人身边，却不可望，只能化成飞蛾撞死在屏风上。末句中的"粉蛾"和"屏风"实际是一种象征，作者对心上人的爱慕与追求，就如同向着目标飞去的粉蛾，因为心上人是身居深宅大院的女子，两个人之间的阻隔就好像是阻断粉蛾去路的屏风一样。这样的比拟，象征了作者追求爱情的执着以及受阻的无奈。

　　全诗就像是一出短剧：水精帘外的男子，爱慕高墙大院水精帘内的娇贵女子，却因为现实的阻隔，男子只能独自怀春爱慕，不能亲近，这让男子又哀又怨。作者用比拟的手法，将这种无望表达得深刻又贴切，其想象之富丽，令人称道。

骄儿诗

李商隐

　　衮师我骄儿，美秀乃无四。文葆未周晬，固已知六七。四岁知姓名，眼不视梨栗。交朋颇窥观，谓是丹穴物。前朝尚器貌，流品方第一。不然神仙姿，不尔燕鹤骨。安得此相谓？欲慰衰朽质。青春妍和月，朋戏浑甥侄。绕堂复穿林，沸若金鼎溢。门有长者来，造次请先出。客前问所须，含意不吐实。归来学客面，闭败秉爷笏。或谑张飞胡，或笑邓艾吃。豪鹰毛崭屼^①，猛马气佶傈。截得青筼筜^②，骑走恣唐突。忽复学参军，按声唤苍鹘。又复纱灯旁，稽首礼夜佛。仰鞭罥蛛网，俯首饮花蜜。欲争蛱蝶轻，未谢柳絮疾。阶前逢阿姊，六甲颇输失。凝走弄香奁，拔脱金屈戌。抱持多反倒，威怒不可律。曲躬牵窗网，衉唾拭琴漆。有时看临书，挺立不动膝。古锦请裁衣，玉轴亦欲乞。请爷书春胜，春胜宜春日。芭蕉斜卷笺，辛夷低过笔。爷昔好读书，恳苦自著述。憔悴欲四十，无肉畏蚤虱。儿慎勿学爷，读书求甲乙。穰苴司马法，张良黄石术，便为帝王师，不假更纤悉。况今西与北，羌戎正狂悖。诛赦两未也，将养如痼疾。儿当速成大，探雏入虎穴。当为万户侯，勿守一经帙。

【注释】

①崭屼：形容挺拔。②筼筜：一种皮薄、节长而竿高的生长在水边的大竹子。

【赏析】

　　《骄儿诗》作于大中三年（公元 849 年）春天。当时的李商隐已入中年。虽入仕途已久，但因他受党争所累，无奈沉沦下僚。在这首《骄儿诗》中，李商隐将自己的期望寄托在爱子身上。

　　诗分三段。第一段从首句"衮师我骄儿"到"欲慰衰朽质"描写衮师的聪慧灵敏。"美"和"秀"分别指骄儿俊秀的外貌和灵秀的内在。"文葆未周晬，固已知六七。四岁知姓名，眼不视梨栗"出自陶渊明《责子诗》中的"雍端年十三，不识六与七；通子垂九龄，但觅梨与栗"四句。不过，李商隐将原本的责子，转为夸儿的材料。

　　"交朋颇窥观"至"不尔燕鹤骨"是作者转述亲朋好友对骄儿的夸赞：亲朋好友看到相貌堂堂的衮师后，都夸他有神仙之姿，有贵人相，不是池中物。诗人觉得这只是亲朋好友的客套话，所以他接着写道"安得此相谓？欲慰衰朽质"，意为亲朋好友对骄儿的过分夸赞，似乎只是为了安慰他这个衰朽的庸人。但是这种看似自谦的口吻，恰好反映了作者因骄儿出色而感到自豪的心理。"欲慰衰朽质"是自谦，亦是诗人因不得志而产生的悲哀。本句为诗歌末尾的寄望做好铺垫。

　　第二段从"青春妍和月"到"辛夷低过笔"。这长长的一段，着重描写骄儿平日的天真聪慧之态以及所做出的各种趣事。

　　从"青春"到"含意"八句，讲骄儿在亲朋好友面前的表现。客人来了他要争着去迎接，当客人问他要什么礼物时，他又羞怯地不肯说实话。

从"归来"到"稽首"这十二句，描述爱子模仿日常生活中的各种趣事，比如模仿急匆匆来拜访的客人，模仿大胡子的张飞和口吃的邓艾，模仿雄鹰和骏马的气势，模仿参军戏里的参军和苍鹘，模仿大人们在纱灯旁拜佛。这几句写出了骄儿的灵巧活泼。爱子的这种童真亦给作者的生活增添了许多乐趣。骄儿也有调皮捣蛋的时候，作者一一记录了他在室外"冒蛛网"和"饮花蜜"，在室内"赛六甲"输了后耍赖。其中无不透漏了他对爱子的爱怜和宠爱。

本段最后十句，则写骄儿进入书房之后的活动：他静静地在一旁看着父亲临帖，要父亲裁锦缎包书，取玉轴做书轴，请父亲在纸上写字。这些活动既表现了骄儿的天真和他对诗书文章及音乐的爱好。这十句同时也是诗篇从叙事转向议论的转捩所在。

诗歌最后一段从"爷昔好读书，恳苦自著述"起至结尾，转入作者对爱子的期望。

本段前四句中，李商隐先对自己的境况进行阐述：喜欢读书，又勤于著述，但到了快四十岁还是穷困潦倒，一无所成。"无肉畏蚤虱"表面看是说作者因为困顿而身体消瘦，实际是以"蚤虱"喻排挤攻击贤者的小人，准确地概括了他在党争之中艰难生存的境况。诗人不希望骄儿将来像自己一样，于是劝他不要一门心思读书考科举，而是要读兵书，学习如何能够真正辅佐帝王的本事。以上是诗人对骄儿个人前途的关注，同时希望骄儿能够将自己的志向上升至对家国命运的关切。于是，他在最后八句中联系唐王朝的现实，期望爱子能快点长大，平定边乱，立功封侯。

最后一段中，李商隐对科举之道提出了质疑。这是他作为落魄文人不满时政的牢骚语与不平气。

作者用细腻笔法记录了爱子的日常活动，语言质朴，情感真挚。其中既透出他对爱子的娇宠怜爱，又暗含着对自己生平际遇的感叹。

偶成转韵七十二句赠四同舍

李商隐

沛国东风吹大泽，蒲青柳碧春一色。我来不见隆准人，沥酒空余庙中客。征东同舍鸳与鸾，酒醋劝我悬征鞍。蓝山宝肆不可入，玉中仍是青琅玕。武威将军使中侠，少年箭道惊杨叶。战功高后数文章，怜我秋斋梦蝴蝶。诘旦九门传奏章，高车大马来煌煌。路逢邹枚不暇揖，腊月大雪过大梁。忆昔公为会昌宰，我时入谒虚怀待。众中赏我赋高唐，回看屈宋由年辈。公事武皇为铁冠，历厅请我相所难。我时憔悴在书阁，卧枕芸香春夜阑。明年赴辟下昭桂，东郊恸哭辞兄弟。韩公堆上跋马时，回望秦川树如荠。依稀南指阳台云，鲤鱼食钩猿失群。湘妃庙下已春尽，虞帝城前初日曛。谢游桥上澄江馆，下望山城如一弹。鸥鸪声苦晓惊眠，朱槿花娇晚相伴。顷之失职辞南风，破帆坏桨荆江中。斩蛟破璧不无意，平生自许非匆匆。归来寂寞灵台下，著破蓝衫出无马。天官补吏府中趋，玉骨瘦来无一把。手封狴牢屯制囚，直厅印锁黄昏愁。平时赤帖使修表，上贺嫖姚收贼州。旧山万仞青霞外，望见扶桑出东海。爱君忧国去未能，白道青松了然在。此时闻有燕昭台，挺身东望心眼开。且吟王粲从军乐，不赋渊明归去来。彭门十万皆雄勇，首戴公恩若山重。廷评日下握灵蛇，书记眠时吞彩凤。之子夫君郑与裴，何甥谢舅当世才。青袍白简风流极，碧沼红莲倾倒开。我生粗疏不足数，梁父哀吟鸲鹆舞。横行阔视倚公怜，狂来笔力如牛弩。借酒祝公千万年，吾徒礼分常周旋。收旗卧鼓相天子，相门出相光青史。

【赏析】

公元 849 年，即大中三年，李商隐入武宁节度使卢弘止幕下任节度判官。本诗即作于他任该职时期。本诗以李商隐与卢弘止及同僚的情谊为中心，表现了作者的胸襟抱负。全诗情感激昂，大气磅礴，充分显示出了李商隐在驾驭长诗上的才华。

诗可分为三段。第一段从开篇至"路逢邹枚不暇揖，腊月大雪过大梁"，写卢弘止奏请李商隐入幕的经过。

在入幕之前，诗人非常失意，"我来不见隆准人"即写他对时局感到失望，同时引出友人及同僚对他的劝解，即"征东同舍鸳与鸾，酒酣劝我悬征鞍"。这一段描述，为其后入幕出仕做了铺垫。不久之后，卢弘止"诘旦九门传奏章"邀请作者入幕，并用"高车大马"来迎接他，描写了作者对同僚举荐及对幕主卢弘止知遇之恩的感激。

第二段是作者回忆其入幕前的遭遇，包括在桂林、京兆等地的仕途生涯。"憔悴在书阁"、"赴辟下昭桂"、"失职辞南风"、"补吏府中趋"都说明了作者在仕途上所遇到的种种不平事，以此道出了他对现实的抱怨和不满。但是尽管如此，作者并未对未来失望，他仍怀有远大的抱负，期望有朝一日能有所作为。这一段，以自叙手法塑造了豪情满怀的诗人形象。可见，他并非只懂读书著述的迂腐诗人，也有着从戎卫国的豪情。

最后一段，作者通过描述自己在卢幕中的生活，来赞美志同道合的同僚和对自己有着知遇之恩的幕主，并抒发出自己的胸襟和抱负。

尾句"且吟王粲从军乐，不赋渊明归去来"指作者立志从戎，不愿像陶渊明一样遁世，说明作者虽然际遇坎坷，但胸襟博大，希望为国家作出贡献。"彭门十万皆雄勇，首戴公恩若山重"则是对同僚的称赞以及对卢弘止的感激。"我生粗疏不足数，梁父哀吟鸲鹆舞。横行阔视倚公怜，狂来笔力如牛弩"生动地勾画出作者自身的形象，并在最后表达出自己的愿望，希望同僚和幕主能协助天子保卫祖国，名垂青史。

全诗采用叙述的手法讲述了自己的平生以及作者与同僚和幕主卢弘止的交情。风格豪迈，诗篇包含的内容有人生际遇，有友情恩情，有胸襟抱负，表达了作者即使处于逆境也积极乐观的生活态度。诗作写出了人与人之间弥足珍贵的情谊，塑造了与李商隐在其他诗作中所体现的文弱书生形象，因此清代田兰芳评价此诗："傲岸激昂，儒酸一洗。"

放鱼

李群玉

早觅为龙去，江湖莫漫游。
须知香饵下，触口是钻钩！

【赏析】

这首五绝是一首趣味与哲理兼具的咏物诗。表面上看，诗人写的是将鱼放生时对鱼的嘱托之语，实际上诗人是言在此而意在彼，由鱼而及人，意在使读者感受到蕴含其中的暗示和启发。

"早觅为龙去"，写诗人嘱托将要放生之鱼早日抓住机会，化身为龙。龙在古代神话传说中是一种能够呼风唤雨的神奇生物，是地位高贵的象征。诗人在这里运用了"鲤鱼跃龙门"的典故，据《水经注·河水》说："鳣鲤出巩穴，三月则上度龙门，得度者为龙，否则点额而还。"鱼与龙的地位虽不可同日而语，但诗人此处运用这一典故并不是期盼鱼可以飞黄腾达，而是希望其能早日进入一个清明澄澈、相与为善的世界。

次句"江湖莫漫游"写诗人告诫鱼儿不要随随便便在江湖之中游荡。这不禁令人心生疑惑，"漫游"乃是鱼的天性，历代诗歌中也多以鱼游大海来形容自由无碍之境，诗人却反其意而行之，令读者不禁质疑诗人究竟有何意旨。

"须知香饵下，触口是铦钩"，前两句诗人是设置悬念，最后两句诗人则给予了解答：要知道那香饵之下，处处隐藏着锋利的鱼钩。"铦"，是锋利的意思，"香饵"与"铦钩"点明了江湖之中生存环境的险恶令人触目惊心。

这首诗虽然篇幅短小，但意味隽永。诗人用鱼比喻世上的良善正直之人，而充满"香饵"和"铦钩"的江湖则意味着充满尔虞我诈和相互倾轧的社会生活。诗人以小见大，借对鱼的嘱托抒发了自己对社会人生的感叹，这也是封建社会中善良正直之人的普遍感受，因而容易引起共鸣，使读者不禁对诗人以及其他像诗人一样因为正直而遭受迫害之人的遭际产生同情。

火炉前坐

李群玉

孤灯照不寐，风雨满西林。
多少关心事，书灰到夜深。

【赏析】

这首五绝乃诗人的身世之作，虽然诗人的用语十分含蓄委婉，但仍有掩饰不住的寂寥之意与孤愤之情。

首句"孤灯照不寐"与诗题相结合，描写房内的情景：夜已深沉，诗人无法入睡，孤零零地坐在火炉前面，只有一盏孤灯陪伴着他。"孤"字已经透露出一股深深的寂寥，而夜深难寐、独坐炉前的诗人的形象更是染上了一层凄清沉重的色彩。

"风雨满西林"，诗人的笔触延伸出去，由室内转向了室外：风声、雨声以及它们和落木纠缠在一起的萧萧声，都传进了诗人的耳朵。"满"字的运用恰到好处，一方面言简意赅地描绘了风狂雨急的天气，另一方面也描摹出了诗人心绪之烦乱郁塞。西林的风雨无情地撩拨起了诗人的愁思，而诗人的心境也令他觉得今夜的风雨格外恼人。如果说首句的描写侧重于视觉，这一句则主要是从听觉入手。

"多少关心事，书灰到夜深"解释了深夜不能寐的原因：关心的事情太多了，诗人在炉火燃烧后的灰烬上写写画画，反反复复持续到了夜深。"多少"在这里并非疑问，而是一种无奈的感慨。他的忧愁而愤怒全都借由"多少"二字传达了出来。

李群玉没有明写自己所忧心的到底是何事，但我们大致可以从"书灰到深夜"推测出一二。据《世说新语·黜免》记载："殷中军被废，在信安，终日恒书空作字。扬州吏民寻义逐之，窃视，唯作'咄咄怪事'四字而已。"后世因此用"书空咄咄"来表明惊诧、愤慨、叹息之意。诗人在此将其化用为"书灰"，已经含蓄地向我们展示了自己的内心世界。末句的作用还不限于此，它同时照应了"火炉前坐"的诗题和首句中的不寐，结构严谨。

赠人

李群玉

曾留宋玉旧衣裳，惹得巫山梦里香。
云雨无情难管领，任他别嫁楚襄王。

【赏析】

这首诗是诗人赠予朋友之作，具体赠予何人现在已不可考，但可以确定的是对方是一位因被恋人抛弃而郁郁不乐的男子。劝慰失恋之人，最忌直露，需要将劝慰之语写得委婉含蓄，因此诗人在这里借用了宋玉《神女赋》和《高唐赋》中的典故。

"曾留宋玉旧衣裳"将失恋的男子比作宋玉，而将女子比作巫山神女，"衣裳"在这里则用来比喻才华。首句的意思是赞叹男子的风流文采如同当年的宋玉一般出众。

"惹得巫山梦里香"，写女子为男子的才华而倾心，来到男子梦中相会，这一句仍然是借用了宋玉《神女赋》中所描写的神女入宋玉之梦自荐的典故。"惹得"两字颇值得玩味，说明男子是因为才华太高才引来了女子的主动追求，十分体贴地保留了对方的体面。

"云雨无情难管领，任他别嫁楚襄王"，写诗人劝解朋友，情爱之事本就难以把握，既然这个女子如此无情，不如随她另嫁他人吧！"云雨"指代男女之间的私情，出自《高唐赋》中的"且为朝云，暮为行雨"。而据宋玉赋中描写，神女先是倾心于怀王，后来却又移情于襄王，因而后世常以"别嫁襄王"来隐喻女子移情别恋。

此诗层次分明：前两句将男子比作宋玉重生，盛赞其才华过人；后两句则以旷达之语劝说朋友不必留恋薄情的女子。尤其是议论，十分诚挚恳切，显示出诗人对朋友深切的关心。

这首诗之所以在诗史上如此有名，很大一部分来源于诗人缜密的心思和细致的体验。对诗歌尤其是赠人诗来说，应当针对不同人的心理采取不同的写法。而这首诗的目的在于抚慰劝解一位失恋的朋友，应当尽量在劝慰的同时保持对方的体面。因此，诗人采用通篇用典的手法，以巫山神女与宋玉和楚王之间的纠葛来隐喻朋友恋人的移情别恋，句句写宋玉楚王的旧事又句句紧扣朋友的情况，曲折隐晦地表达了自己的劝慰之情，既含蓄得体又富有成效。

黄陵庙

李群玉

黄陵庙前莎草春，黄陵女儿蒨①裙新。
轻舟短棹唱歌去，水远山长愁杀人。

【注释】

①蒨：一种植物，其根可制绛红色染料。亦有"艳丽"之意。

【赏析】

此诗刻画了一位船家女儿的动人身姿，表现了诗人对这位的姑娘的倾慕爱恋之情，可以称得上是一首情诗。

"黄陵庙前莎草春"写诗人眼前所见之景，黄陵庙前，春意盎然，莎草蓬勃，欣欣向荣，到处是一派万物复苏、生机勃勃的春日之景，为下文船家姑娘的出场做铺垫。

"黄陵女儿蒨裙新"，"蒨"指姑娘所着之裙颜色鲜艳，夺人眼球。这一句可见诗人描摹人物的功力，不直写穿裙女子的脸面妆容、衣饰钗环，而仅仅是从一抹鲜艳亮丽的红色入手，已经给人留下了挥之不去的印象。碧翠浓绿的草地上突然出现一抹鲜亮的红色，两相映衬，不难想象绿草之上那女子的身影有何等妩媚动人。

诗人虽惊艳于船家女儿的美丽，却无奈相遇短暂，转瞬之间女子驾轻舟而去，身后唯遗留下一串悠远动人的歌声。"轻舟短棹唱歌去，水远山长愁杀人"，诗人怅然而立，目光追随女子而去，只见水远山长，女子的身影早已消逝不见，只留下怅惘不已的诗人。

"轻舟短棹"四字似是写女子所驾之船，却将女子摇橹快行、身姿轻盈的景象展现了出来。"水远山长"则形象地表现出诗人伫立时间之久，心情失落之深，对那位驾舟女子的喜爱之情也就自然而然地蕴含其中了。

此诗的特点可以用"淡"字形容，诗人笔下，描摹春景只从莎草翠色着笔，刻画女子也只写其衣裙颜色，干净简约，不多赘笔，即使最后描写怅惘失落之情，也并不过逾，只以"水远山长"四字一笔带过。全诗意味虽淡，却并不乏味，春色的生机、船家女儿的婀娜多情以及诗人敏感细致的情思，都令读者感到意蕴深长、回味无穷。

宫怨

司马札

柳色参差掩画楼，晓莺啼送满宫愁。

年年花落无人见，空逐春泉出御沟。

【赏析】

此首宫怨诗全写景，寄情于景，以景喻人，含蓄深婉，细腻传神地展现了深宫中目睹青春渐渐消逝的女子的痛苦与怨恨。

一、二句写宫内之景。重重的柳色明暗难辨，掩映着高墙深院，外面的世界仿佛已远在天边；那黄莺用啼叫声送走了一个又一个清晨，却只能让深宫之人的愁绪更添一分。

"参差"不但体现了柳树的浓密茂盛，也道出了柳枝的参差不齐与明暗重叠，重柳深宫，道出了皇宫的沉寂无聊；莺啼送晨，诗人却曰为"送满宫愁"，深宫之人欲让莺啼声把自己的满腹愁绪带走，可是那婉转的声音在失意之人耳中也变得悲凉，更添愁绪。

第一句写静景，第二句写动景，莺啼之声更显深宫的沉寂，以动显静。那清脆婉转的声音在死寂的深宫中显得异常刺耳，扰动着人心。

三、四句写落花流水。自古有如花美眷，总敌不过似水流年，此处以"花落"比喻深宫美人青春的消逝。深宫美人只得年复一年地看着落花满地，看到这些曾绚烂一时的鲜花却无人欣赏，联想到自己相似的身世，常年幽禁深宫无人宠幸，悲从中来。

第四句写飘零的花瓣随着流水流出了皇宫深沟，"空"体现了深宫美人对青春白白消逝的哀怨，"逐春泉"暗指时间的流逝，比喻美人在深宫中渐渐老去却无人知晓。

然而这些落花还尚可随着流水飘向外面的世界，自己却只能终老深宫之中，不知何时才有重获自由之日。花犹如此，人何以堪，深宫之人对景伤怀，悲婉微至，蕴藉吞吐，言短意长。

宫词

薛逢

十二楼中尽晓妆，望仙楼上望君王。锁衔金兽连环冷，水滴铜龙昼漏长。云髻罢梳还对镜，罗衣欲换更添香。遥窥正殿帘开处，袍袴宫人扫御床。

【赏析】

历代诗作中，闺怨尤其是宫怨题材并不少见，前有西汉司马相如的《长门赋》，后有与薛逢时代相距不远的白居易的《上阳白发歌》，佳作可谓层出不穷。薛逢的这首《宫词》，胜在情致委婉，风格独特，人物心理的描写细致逼真。

首联开门见山，点出人物的身份以及全诗的主旨：人是"望君王"之后妃，诗则是为描写"宫怨"而作。"十二楼"、"望仙楼"均代指宫妃住处，写的是身居后宫的妃子们一大早就起床精心打扮，梳洗完毕后登楼翘首期盼着君王临幸。

颔联着意刻画周围环境，以衬托人物内心的心理活动。冰冷的铜锁紧紧地扣住那宫门上的兽形门环，龙形漏壶中传来的滴滴答答的滴水声显得白昼格外漫长。"冷"、"长'

二字，虚实兼备，一方面实写金兽门环触感之凉、水滴落下时间之长；一方面虚写宫妃们等待君王来幸时的心理感受，宫门紧闭，心内凄冷，昼长难耐，孤寂无聊。

颈联进一步描写宫妃百无聊赖的情状。云鬓本来早已梳齐盘好，这时却又忍不住到镜子面前细细打量，唯恐有一点不妥帖的地方；早上精心挑选出来的衣裳这时却觉得不够鲜艳，上面似乎也应该再添一些香气。宫妃们已等待许久，却迟迟见不到君王的踪影，失望之情可想而知。从宫妃反复地装扮与修饰中可以看出，这失望之中又隐隐包含着期待。

尾联隐晦曲折地描写了宫妃之怨。其中，"袍袴"指的是穿短袍绣袴的宫女。透过正殿那拨开的帘子，宫妃遥遥地看身着短袍的宫女正洒扫龙床——皇上今晚临幸正宫。宫妃的心情十分微妙，纵使自己身份尊贵，却还不如那些卑贱的宫女更能接近皇帝。

《宫词》作为薛逢传世的代表作，写法上有诸多出众之处。一是注重用典。比如"十二楼"、"望仙楼"均指宫妃住处。此典出处有二：一出《史记·封禅书》"黄帝时为五城十二楼，以候神人于执期"；另有《旧唐书·武宗本纪》载："会昌五年作望仙楼于神策军。"本诗写法的另一特色表现在用词精当，如"尽"晓妆之"尽"，表明此诗并不单独刻画某一宫妃，而是试图表达所有幽禁后宫的女子的心声；三是心理刻画纯熟细腻，将踟蹰等待的心情融会于对周围景物的刻画以及对人物动作的描写之中，深切反映了宫妃们寂寞焦灼的心境。

长安秋望

赵嘏

云物凄清拂曙流，汉家宫阙动高秋。残星几点雁横塞，长笛一声人倚楼。紫艳半开篱菊静，红衣落尽渚莲愁。鲈鱼正美不归去，空戴南冠学楚囚。

【赏析】

《长安秋望》又名《长安晚秋》。深秋某日拂晓之时，诗人突然被眼前的长安景色触动了愁肠，牵扯出浓浓的羁旅思乡之情，而作此诗。这一主题也是以"长安秋望"为题的诗作常见的表现内容。

首联气势恢宏，总览长安秋景。诗人站在高处远眺，凄清高远的秋空中，云朵在远方缓缓飘动，拂晓的阳光被遮蔽在云彩后面模模糊糊地透出一点光亮，而汉家原本恢宏壮阔的宫阙此刻则在脚下浮动。"凄清"二字，既形容晚秋景色之肃杀，也表现诗人旅舍心境之凄凉，虚实兼备。景物本不含情，却被诗人的心境渲染上了几分凄清的色彩，诗人移情入景，赋予了客观风景以人的感情色彩。也正是这两个字，为全诗定下了感情基调。

颔联诗人的视角发生变化，由俯视转成仰视。此时正是拂晓，天色将明未明，空中还残留着几颗没有落下的星星，一行由塞外飞往南方避寒的大雁正途经此处。远处突然传来了一阵悠扬的笛声，借着模糊的星光，诗人看到高楼上正有人倚着栏杆横吹玉笛。"归雁"、"笛声"是唐诗中用来描绘乡愁的典型意象。诗人设想，那远处独倚高楼的吹笛人，大概和自己一样是个漂泊在外的游子，于是那悲切的笛音使得本就愁肠百结的诗人更加黯然神伤。

颈联是诗人俯视所得的景象，此时夜色已经远去，诗人眼前的景色清晰起来。深秋时节，万物肃杀，水塘里原本十分鲜艳的莲花，此时早已经褪去了红晕，只有满面愁容的枯叶还立在那里，丛丛菊花静穆优雅。赵嘏在表现这一景色时别出心裁，以"静"赋菊，彰显其"花中四君子"之风；以"愁"状荷，使人难免生出流光易逝、红颜易老的凄凉之情。

尾联切入正题，直抒胸臆，表现了诗人不可抑制的思乡之情。此时正是家乡鲈鱼味道最为鲜美的时刻，我不能归乡，却像囚徒一样滞留在繁华多事的长安。"鲈鱼"处是虚写，借用了西晋张翰"莼鲈之思"的典故。《晋书·张翰传》有载："翰因见秋风起，乃思吴中菰菜、莼羹、鲈鱼脍曰：'人生贵适志，何能羁宦数千里，以要名爵乎？'遂命驾而归。"诗人引用此典，表明其有隐退之意；"南冠"出自《左传·成公九年》："晋侯观于军府，见钟仪，问之曰：'南冠而絷者谁也？'有司对曰："郑人所献楚囚也。"后世以"南冠"代"囚徒"。诗人借此表明自己身不由己；"空"更是辛酸地说明了自己徒留长安之无谓。

《长安秋望》最突出的地方在于写景。一是景色不断随视角转换，有俯视之景、仰视之景，有远景、有近景，全面包罗了长安的秋景；二是随着时间的推移，天色由暗变明，诗人描写景物的方法随之改变，由注重联想转为实写为主；第三，诗人注重典型意象的提取，归雁、秋菊、残星，既丰富了诗的景象层次与色彩，也赋予了全诗更大的感情容量。

总之，全诗的意境深远含蓄，于不着痕迹的景物描写之中表达了深切的故园之情与归隐之意。其中，颔联因为选景典型、意蕴清新尤为出色，成为千古流传的名句，赵嘏也因此被称为"赵倚楼"。

寒塘

赵嘏

晓发梳临水，寒塘坐见秋。
乡心正无限，一雁度南楼。

【赏析】

关于此诗的真正作者，文学界历来存在争议，有人认为这是唐"大历十才子"之一的司空曙所作。不过，目前学术界一般将其认定为赵嘏的作品。

此诗是一首五言绝句，以短短五句二十字的容量传达了亘古不变的"乡愁"主题，诗名取自次句中两字。思乡是诗歌中最为常见的题材，古往今来的诗人们几乎每人都有这么一两首作品。正因为此，这类作品易落俗套，极难出彩。但赵嘏的《寒塘》却能在同题材诗作中胜出，其原因在于，首先其剪裁得当，逐层深入，别具匠心；二是因为其浑然天成，用语清新，丝毫不见刻意雕饰的痕迹。

"晓发梳临水，寒塘坐见秋"化用了李白的诗句"羞将白发照渌水""不知明镜里，何处得秋霜"句，说诗人早起，坐在水塘一侧临水梳发，突然感受到了无尽的秋意。但诗人如果仅限于此，就失去了味道。细细分析，我们至少可以体察到三层深意：一是点明节气，说明此时乃是初秋，秋风萧瑟，秋水寒凉，正是容易触动离愁别绪的时节；二则作者在此暗示了自己生活的窘迫，只能以水为镜，在塘边梳洗；三则暗示年华易逝，人生迟暮。

"乡心正无限，一雁度南楼"则更进一层。"乡心"一方面点出全诗思乡主题，一方面则与前文的"见秋"相对应，指出正是"风也萧瑟雨也长"的秋日景色让游子心中郁积的羁旅思乡之情蔓延开来。"无限"看似夸张但并非虚设。诗人心中的忧愁苦闷无边无际，令读者也为之动容。而此刻，偏偏还有一只归雁从眼前的南楼飞过。雁已归而人未归，这在诗人原已沉重的乡愁上又增添了新的刺激。

《寒塘》一诗在文学史上极为有名，后世许多诗句都化用了此诗的意境或语句，南宋陈允平《塞垣春》中的"渐一声雁过南楼也，更细雨，时飘洒"即是化用此诗末句而来。

江楼感旧

赵嘏

独上江楼思渺然，月光如水水如天。
同来望月人何处？风景依稀似去年。

【赏析】

正如题目所言，这是一首"感旧"诗，诗的主旨在于"怀人"。全诗风格含蓄淡雅，意味深远，将浓烈的感情蕴藉于不动声色的描述之中。

寂静的夜晚，诗人独自登上了江边的小楼，思绪仿佛不受控制般悠悠地在天地间飘荡。皎洁的月光倾泻在江面上，波光粼粼的水面上映照着夜空的影子，江天似乎融为了一体。去年此时，曾与我一起赏月的朋友已不知漂泊到了何处？那江边风景却依稀还是去年的模样。

"独上江楼思渺然"一句至少可以体味到以下几层意思：首先是"独"字的运用，写诗人处境之寂寞，身边无人陪伴因而在这样一个月凉如水的夜晚独自出行；其次是"上江楼"，在古人的传统中，"登高"和愁思似乎不可分割，诗人此刻一定是有什么忧心之事；第三，"思茫然"，诗人的心境显然并不安宁。

"月光如水水如天"，作者在这里运用了顶针手法，回环往复间为我们勾勒出了一幅美妙的江楼夜景图：银白色的月亮播撒着清澈的月光，映照在波光粼粼的江面上，皎洁的月光在流动的江水中似乎显得格外耀眼。月光、江面，二者一静一动，静中有动，动则衬静，波光流动间显得格外幽美恬静。诗人仿佛置身于幽深浩瀚的苍穹之上，尽情陶醉在清丽绝俗的景色之中。

最后两句，"同来望月人何处？风景依稀似去年"，诗人在此点出了全诗的"怀人"

主题，对月嗟叹的诗人原来是故地重游——去年此刻，诗人携朋伴友前来登高，他们凭栏远望，饮酒作诗，何等的欢快与恣意。今年此时，风景依稀可辨，而人事早已蹉跎，昔日一起饮酒赏月的朋友已不知去了何方，只留下诗人独自一人追念往事，遥忆旧友。

作为一首七言绝句，此诗的成功之处在于给读者留下了丰富的联想空间。诗人没有告诉我们作诗的季节和月份，因此，究竟是萧瑟凄迷的秋景激发了作者心中的凄苦，还是春日欣欣向荣、万物复苏的繁茂景象刺激了诗人敏感的神经我们无从得知；而去年伴诗人一起登高望月的是男是女，是亲人、情人还是朋友，他们究竟是因为什么原因而离散两地，诗人都语焉不详。

落日怅望

马戴

孤云与归鸟，千里片时间。念我何留滞，辞家久未还。微阳下乔木，远烧入秋山。临水不敢照，恐惊平昔颜！

【赏析】

马戴的诗名并不显于后世，但这首《落日怅望》却是晚唐诗坛上难得一见的好诗。这首五律不论在谋篇布局还是思想感情上都达到了一定的艺术成就。就谋篇布局来说，诗人将情景交融的手法运用到了炉火纯青的地步。景中含情正是本诗在艺术上最重要的特色。就思想来说，全诗表现"怀乡"主题，其中穿插了诗人自己的不幸遭遇。

"孤云与归鸟，千里片时间"，云彩在天上游荡，倦鸟飞回到旧巢，千里的距离对于它们来说不过是片刻间的事情。但对于深层含意，不同学者有不同的解释。有人认为这是纯粹的起兴手段的运用，以倦鸟归巢等意象引出自己所要表达的主旨；也有人认为这是诗人实写自己当时"怅望"所见的景物。眼前所见的"孤云"与"归鸟"使诗人想起了自己漂泊在外的身世，"千里"与"片时"之间又形成了强烈的对比，表现了诗人对云、鸟可以自由飞行的羡慕之情，归心似箭的心情虽未明言却已跃然纸上。

"念我何留滞，辞家久未还"，诗人因眼前的景象而联想到自己滞留他乡的境遇，已经离开家乡很久了，也没有回去探望过自己的亲人。"何"字，说明诗人对遭际的不满：离家多年却还是一事无成，异乡并没有什么值得自己留恋的事物。这一句纯粹写情，直抒胸臆，将自己思念家乡的心情展露无遗。

日已将暮，夕阳渐渐没入了树梢，它的余晖将秋山映照得一片火红，如同秋山被野火引燃了一般。"微阳下乔木，远烧入秋山"似在写景，又似在写人，虚实结合，情景兼备，刻画出了"日薄西山"的图卷，那渐渐隐没到山后的夕阳也正是垂暮之年的诗人的写照。

"临水不敢照，恐惊平昔颜"是全诗最沉痛的一联。诗人站在山谷中的溪流之侧，却不敢低头察看自己的容颜，唯恐已不是年轻时的相貌。久居他乡，一事无成，年华却已慢慢老去，当初意气风发、俊朗洒脱的少年脸上早已爬满了皱纹。也正是在这一联，诗人点明除了怀乡之外的另一主题，也就是对年华易逝、青春不再的感伤。

清人沈德潜在《唐诗别裁》评论此诗说："意格俱好，在晚唐中可云轩鹤立鸡群矣。"所谓"意格"，即思想感情和谋篇布局。马戴以精密的构思恰如其分地承载了作品的主题，因而作品在一千多年之后仍能叩响后人的心灵。

出塞

马戴

金带连环束战袍，马头冲雪过临洮。
卷旗夜劫单于帐，乱斫胡兵缺宝刀。

【赏析】

《出塞》是马戴现存作品中较为特殊的一篇：首先，马戴的诗风近于贾岛、姚合一派，内容主要是描写自然山水以及酬唱应答，但此诗却是马戴为数不多的以边塞生活为题材的作品；其次，马戴精于五律，而《出塞》却是以七言绝句的形式写成。

从整首诗所体现的风貌可知，《出塞》超越了晚唐衰飒颓靡的风致，反而更多地继承了盛唐雄浑阔大的气韵风度。当然由于马戴个人气质和审美取向的影响，这首诗除了具有一般盛唐边塞诗那种豪迈的气度和激越的感情之外，也特别注重在琢字炼句、谋篇布局上下功夫，使得该诗的形式和内容得到了完美的整合。

"金带连环束战袍"，首句形容战士的装束。"金带连环"四字，极言战士所着战袍之精美华贵，将士们俊朗挺拔的身姿和饱满高昂的神态跃然纸上。"马头冲雪过临洮"，写战士们策马奔腾的勇猛。一个"冲"字充满张力和画面感，将战士们一往无前的英雄气概和视死如归的壮烈情怀展露无遗。

马戴炼字的工夫在前两句中得到了极佳体现，"金"、"冲"简练传神，以外形和动作的描写展现人物内心风貌，摆脱了对边塞将士简单粗犷、不拘小节的描写套路。

"卷旗夜劫单于帐"，此句点出战士夜行的目的。两军交战，必有旗帜亮明身份。"卷旗"二字，一则以风沙滚石突出边疆环境的险恶，二则凸显战士作战时的心细，避免风吹旗帜发出的声音惊动敌人。

"乱斫胡兵缺宝刀"，正面描写战争之惨烈和将士之勇猛。战士们手握宝刀，奋力与胡兵厮杀，宝刀甚至因此缺了刃口。"缺"字用得极好，战争之激烈、将士们杀敌之多、夜战持续时间之长、最终取得的胜利，都凭借这一个字精准地传达了出来。

《出塞》的成功，一在丰富充沛的情感表达，二是静谧严谨的结构谋篇。诗歌的这种精神气质在盛唐边塞诗中并不少见，高适、岑参以及王昌龄等人的作品中俯拾皆是，但在晚唐衰颓萎靡的时代中，这样的作品振聋发聩。马戴以其独特的艺术风貌丰富了晚唐诗歌略显苍白的画卷。

就布局而言，全诗结构紧密，层层深入：首句状人物外貌，次句写将士行动，第三句以环境险恶衬托将士之无畏，第四句以细节传神，收束全诗。马戴还很注意语言的精美，以细致的笔触和精当的语言进行勾勒，使边疆战士的形象变得立体丰满。

总之，此诗之所以成为名篇，与其艺术上的匠心独运密不可分，可以称之为"意"、

楚江怀古（其一）

马戴

露气寒光集，微阳下楚丘。猿啼洞庭树，人在木兰舟。广泽生明月，苍山夹乱流。云中君不见，竟夕自悲秋。

【赏析】

《楚江怀古》共有三首，写于唐宣宗大中初年。原本担任山西太原幕府掌书记的马戴因为直言上谏被贬为龙阳尉。这对于一向以天下为己任的马戴来说是个严重的打击。由北入南的诗人终日徘徊于洞庭湖畔和湘江一侧，感怀自己的身世而写下了这一组诗。

关于这首诗的风格，俞陛云在《诗境浅说》中以"清微婉约"四个字进行了很好的概括。"清微婉约"，即内容上表现为情感的真挚内联、细腻婉转；艺术上体现为手法质朴含蓄，用词清丽淡雅。诗人以极强的自制力克制自己的笔触，原本波涛汹涌的情感奔流在诗人的笔下化作缓缓溪流，波澜不惊。

"露气寒光集，微阳下楚丘"写景。傍晚时分，江上雾气出生，寒气袭人，夕阳也渐渐隐没到了群山之后，到处都是一派秋日的衰败景象。这里既可以说是萧瑟的景色激发了诗人内心的愁绪，也可以说诗人心中原本就十分沉重的愁思给周围的景物染上了衰败的色彩。"感时花溅泪，恨别鸟惊心"正是这个道理。

"人在木兰舟"上的诗人心境本就十分凄凉，偏偏又有"猿啼洞庭树"。颔联没有明写悲秋怀古之情，而是渲染了一幅淡淡的画卷，情致婉约，清远动人。

"广泽生明月，苍山夹乱流"，夜色低垂，广阔的洞庭湖面上升起一轮明月；群山环绕，已褪去颜色的山峦间夹泻着汩汩而下的乱流。颈联写诗人远望看到的景色，气势十分宏大。但"泽生明月"的阔大和静谧，只能衬托出谪居僻地的诗人的孤单处境和凄凉心绪；"苍山乱流"亦是诗人内心的迷茫与纷扰。

"云中君不见，竟夕自悲秋"，诗人想要寻找一个知己，但四周不见屈原的踪影，只好在这深沉暮色中独自悲秋。"云中君"在此处可以做两种理解，云神或者屈原，显然做后一种理解更能照应题目中的"怀古"之义。诗在这里以欲寻屈原而不见的遭遇表现了对渴求知音而知音难觅的失落心情。

总体来说，这首诗所表现的思想感情十分丰富，追慕前圣先贤，感怀知音难觅，欲求明君赏识，悲叹怀才不遇等，都在马戴的笔下得到了巧妙的融合和统一。

题报恩寺上方①

方干

来来先上上方看，眼界无穷世界宽。岩溜②喷空晴似雨，林萝碍日夏多寒。众山迢递皆相叠，一路高低不记盘。清峭关心惜归去，他时梦到亦难判。

【注释】

①上方：指住持所居之室。②岩溜：即瀑布。

【赏析】

方干擅长律诗，清润小巧，且多警句，往往独辟蹊径，出奇制胜。此诗即是明显一例。

"来来先上上方看，眼界无穷世界宽"，诗人一来到报恩寺，便登上山顶观看风景，顿时觉得眼前为之一亮，脚下的世界似乎格外广阔。诗人的兴奋之情溢于言表。而"来来"、"先上"等口语化词汇的采用更是给诗作带上了强烈鲜明的感情色彩。

首联是总写，诗人站在报恩寺之上，视角开阔，胸怀坦荡，正准备好好欣赏这山间风光。到了中间两联，随着视角的转换，诗人开始仔细描写自己眼中所见的点点滴滴的美景，远近结合，动静相衬。

"岩溜喷空晴似雨，林萝碍日夏多寒"，诗人为我们描绘了一幅悬岩飞瀑、林荫绿萝图。瀑布激流直下，在岩石上迸射出朵朵水花，迷蒙的水雾使山间看起来仿佛像是晴日下雨一般；而小道两侧，藤萝茂盛葳蕤，相互缠绕着遮蔽了阳光，那投下的绿荫使人们在炎炎夏日也感到十分凉爽。"喷空"二字极具力度，写出了水流之大，水势之急，形象生动，使读者感到自己仿佛正站在那飞流直下的瀑布旁边。这两句一静一动，互相衬托，湍急的瀑布和静谧的林间小道相映成趣。

"众山迢递皆相叠，一路高低不记盘"，诗人的目光突然望向远方，看到群山环绕，重峦叠嶂，青碧的绿色宛如翻滚的波涛一般令人目眩神迷；诗人回顾来时走过的盘旋小路，只记得它们高低起伏、曲折回环，却已经记不清自己经过了多少盘旋。迢递的群峰在世人笔下似乎被赋予了生命，显得活灵活现，而翻滚的绿海更给人一种气势磅礴之感；而对盘旋小道的描写更是突出了上山之路的艰辛，唯因如此，诗人才更加珍惜眼前的风光。

"清峭关心惜归去，他时梦到亦难判"，这山间的美景是如此动人，以至于诗人不忍归去；他日假若有幸能够在梦中重游此地，只怕也不会就这么轻易离去。"清峭"一词，语含蓄而意无穷，概括了诗人登山所见之景："清"，指的是悬岩飞瀑、林荫绿萝；"峭"则指迢递群峰和盘旋小道。"惜"字恰如其分地表达了诗人此时的感受，他对着山间美景的喜爱，流连忘返。

方干此诗，似乎是为报恩寺所提，但通篇既不见寺庙建筑的描写，也没有出现高僧住持的形象，更没有枯燥的佛理说教，而是单纯描写风景，以景色取胜。但这正是方干的高明之处，试想，面对隐藏在如此曼妙风光中的一座古寺，又有谁会不心生向往呢？

题君山

方干

曾于方外见麻姑，闻说君山自古无。

元是昆仑山顶石，海风吹落洞庭湖。

【赏析】

君山，乃神仙洞府之意，又名湘山，洞庭山，传说娥皇、女英也即屈原口中的"湘君"远游之时曾降落于此山。这首七言绝句诗乃诗人为记游君山所作，但诗人并没有正面描写君山的秀色山光，而是借助一个奇幻神妙的想象展现了君山的奇美。

开头一句似乎十分突兀。"曾于方外见麻姑"即指诗人在方外仙境游荡，曾经与仙女麻姑偶遇。方干当然不可能到方外之境游荡，更不会与仙姑相遇，但他的语气十分笃定，仿佛真有其事一般。"麻姑"在中国古代是高寿的象征，据《神仙传》记载，麻姑"年十八九，貌美，自谓'已见东海三次变为桑田'"，见识十分广博。

诗人向麻姑打听过君山的来历，经历过沧海桑田变化的麻姑则告诉诗人"君山自古无"。第二句的手法十分高明，从虚处着笔。"君山自古无"设置了一个悬念，既然君山并非自古就有，那到底来自什么地方呢？

"元是昆仑山顶石，海风吹落洞庭湖"，结尾诗人借麻姑之口为君山的来历做出了解释。君山原本是昆仑山顶上的一块巨石，后因被海风吹落而来到了洞庭湖中。昆仑山是古代著名的仙山，上有瑶池阆苑，乃仙人居住之福地，并且盛产美玉。诗人把"君山"想象为昆仑山顶吹落的珍奇美玉，对君山的喜爱可想而知。

"游仙"一体，并非方干首创，这种起自晋人的诗体曾被许多诗人运用，唐代大诗人李白的《梦游天姥吟留别》即是一例。但方干的特别之处在于并非借游历仙境的遭遇来讽刺现实，以寄托自己的思想感情，而是借奇崛的传说和瑰丽的想象来歌颂山水自然之美。

官仓鼠

曹邺

官仓老鼠大如斗，见人开仓亦不走。
健儿无粮百姓饥，谁遣朝朝入君口？

【赏析】

这是一首富有战斗性的诗歌。诗人生于晚唐，有感于百姓生活的艰辛，因而写下这首诗，表达对朝政昏暗及吏治腐败的不满。

正如题目所说，本诗写的是官仓里的老鼠以及作者由此发出的疑问。

"官仓老鼠大如斗，见人开仓亦不走"描述了官仓老鼠的特征和习性：生活在官仓里的老鼠体形如斗一般大，见到有人开仓也不慌不忙。这两句运用夸张的手法，形象地描写出了官仓老鼠不同于一般老鼠的地方：民间老鼠瘦小病弱，官仓老鼠却肥硕强壮一般老鼠胆小猥琐，而官鼠"见人开仓亦不走"。诗人前一句描述官鼠之体形，后一句说明官鼠之习性，而对于它们为何会有如此特点则并未明言。但读者不难明白，肥硕是因为终日饱食官仓中的稻米；而它们之所以毫不惧人，则是因为从未受过整治惩罚。

"健儿无粮百姓饥"由写鼠转入写人，官仓里的粮食把老鼠们喂得肥肥壮壮，而在边疆奋力作战的将士和后方终日劳作的百姓却仍然食不果腹。诗人看似平淡的语气中隐含着强烈的对比，向我们揭示了一个人不如鼠的社会现状，令人瞠目结舌。

"谁遣朝朝入君口"，面对硕鼠脑满肠肥而百姓将士却饥肠辘辘的社会现实，诗人的责问脱口而出，到底是谁天天把粮食送到了这些老鼠口中？诗人虽然气愤难耐，却仍然十分含蓄，一个"谁"字，指引着读者自己去寻找造成这一畸形状况的根源。

全诗看似写鼠，但背后隐藏着深刻的寓意。"官仓鼠"，指在其位不谋其政的贪官污吏；而他们日日侵吞的"稻米粮食"则都是民脂民膏；"官鼠见人亦不走"谓官吏对贪赃枉法的行为毫无顾忌；最后一句的隐含意义则直接指向封建帝王，正是最高统治者的纵容才导致了吏治的腐败。这种以鼠喻人的写法并非曹邺首创或独有，前代作品中已可以读到不少。

《诗经·硕鼠》中说"硕鼠硕鼠，无食我黍"、"硕鼠硕鼠，无食我麦"、"硕鼠硕鼠，无食我粟"，但是《诗经·硕鼠》的作者想表达的是对希望中的"乐土"、"乐国"、"乐郊"的渴求，是对残酷现实的消极逃避；而《官仓鼠》却引导人民积极地去探求造成这一现状的根源，明显是一种进步。

就本诗的叙述套路来看，更多的是受到了司马迁《史记·李斯列传》的影响：李斯年少时在郡中做一个管理仓库的小官，看到茅厕中的老鼠"食不洁"、"近人犬，数惊恐之"，而官仓中的老鼠则"食积粟"、"居大庑"、"不忧人犬"，李斯因而感叹"人之贤不肖譬如鼠矣，在所自处耳"。李斯在这里表达的是对仓中之鼠的羡慕，与《官仓鼠》的思想倾向当然不同。

虽然这首诗的成就主要是其思想性，但艺术上不可否认也有一些独到之处，比如诗人的语言质朴洗练，多采用民间口语，浅近易懂，但譬喻妥帖，加深了诗作的讽刺效果。

山亭夏日

高骈

绿树阴浓夏日长，楼台倒影入池塘。
水精帘动微风起，满架蔷薇一院香。

【赏析】

这首七言绝句描写的是夏日午后的风光。山亭夏日的宁静在诗人的笔下得到了传神的描绘，诗人对乡村宁静风光的热爱和赞美溢于言表。

首句"绿树阴浓夏日长"写树木茂盛，绿荫下显得格外凉爽，而炎热的夏日也比往日要漫长。"浓"，指树木投下的阴影很深，在此处用得极好，一方面表明树木繁茂，另一方面点明时节，说明此时乃夏日午后，午后乃阳光最为强烈之时，在这种对比下，诗人才感到树荫似乎格外浓密。"长"和"浓"一样点明了时间，诗人因为情思恍惚而感到白昼似乎格外漫长。

　　第二句"楼台倒影入池塘"，诗人站在山亭之上，看到池水清明澄澈，映在其中的楼台倒影显得分外清晰。此句的动词选用得十分恰当。"入"字以拟人化的手法赋予倒影以生命，仿佛连楼台也感觉到了夏日的炎热，因而躲到池塘之中避暑，读来令人感觉十分俏皮轻快。

　　第三句"水精帘动微风起"写池水在阳光的照耀下显得格外晶莹明澈，平静的水面仿佛水晶做成的帘子那般精美；突然，波光粼粼，碧水潋滟，微风吹拂着平静的湖水起了波澜。此句是本诗的名句，颇见诗人用词炼句的工夫。

　　首先，"水精帘"用得十分精妙，原本是形容质地精细而色泽莹澈的帘，诗人用其来比喻水面，表达了池水的清澈与在阳光照耀下闪动的光泽之晶莹；其次，"帘动"之后诗人才感觉到微风吹来，正说明诗人沉醉于美景之深，若是将"帘动"与"风起"反过来，则丧失了这种效果。

　　前三句描写的景色均是诗人眼中所见，末句"满架蔷薇一院香"从嗅觉入手：沉醉于优美而又静谧景色的诗人忽然嗅到了一阵醉人的芬芳，原来是风吹拂着墙角那一架蔷薇的香气布满了整个院落。"一院"的效果十分传神，一方面是形容蔷薇花香之芬芳动人，一方面照应上文的"微风起"，正是在微风的吹拂下花香才布满了小院。

　　本诗传达了诗人对夏日风光的喜爱之情，但诗人却只将感情隐藏在对山亭风光的描画之中：茂树浓荫，亭阁倒影，水波粼粼，花香满园，这样一幅色彩鲜艳、情调悠远的画卷惹人喜爱。

赠妓云英

罗隐

钟陵醉别十余春，重见云英掌上身。
我未成名君未嫁，可能俱是不如人？

【赏析】

　　这首五言绝句的风格十分诙谐，看上去似乎是简单的狎妓之作，但实际上，这亦庄亦谐的语言背后隐藏着作者自己终生仕途蹭蹬、沉沦下僚的郁郁不平之气。

　　诗题中提到的"云英"是罗隐初次应考路过钟陵时认识的一位乐妓。12年后，数次落榜的罗隐再次路过钟陵时，竟意外与云英重逢，而惊诧的云英竟直言问道："怎么罗秀才仍在布衣？"罗隐有感于此，写下此诗赠予云英。

　　首句"钟陵醉别十余春"单纯叙旧，讲述自从上次与云英醉饮分别后已经过了十几年。此句看似波澜不惊，却有深意。首先，"醉"字表明诗人与云英的关系曾十分亲密，常常欢会宴饮；其次，当初两人相逢时诗人还是个英气勃发的少年，而云英也正当妙龄，诗人有感于韶光不再、年华易逝，更增添了全诗的感伤气氛。

　　"重见云英掌上身"写重逢后云英的舞姿体态仍如当年那般轻盈。"掌上身"的典故来自于汉成帝的皇后赵飞燕。据载，赵飞燕体态轻盈，能在人掌上作舞，因此后人常用"掌上身"来形容女子体态轻盈绰约。诗人十余年后再见云英，对方仍能够于掌上翻翩起舞，可见当年舞姿如何动人。

"我未成名君未嫁，可能俱是不如人"，前句点出云英已人到中年却至今未嫁；而当年一身抱负、意气风发的诗人也至今没有成名。诗人没有直接解释个中原因，而是以一句"可能俱是不如人"作结。既然前面已经盛赞过云英的美貌，这个答案就当然不能令人信服。诗人实际是在向这个社会发出抱怨与控诉：自己明明空有一身才华，却不得明主赏识，至今仍然科场失意，这正如云英空有美貌舞姿而不得知心人一般。此句看来平淡，读来却令人倍感心酸，诗人对自己怀才不遇的悲愤以及对同病相怜的云英的同情跃然纸上。

此诗的优点在于笔致曲折，跌宕起伏，具体看来，造成这一艺术效果的主要有三点：一是手法独特，欲扬先抑，诗人原本是要悲叹云英孤独终老的命运，却先夸赞其美貌，令读者心生怜悯；二是善用比喻，诗人实际上是自比为女子，而女子空有美貌不得良人象征着诗人虽有满腹才华却至今无缘功名；三是作者善于自嘲，将满腔的悲愤寓于调侃诙谐的语言之中，化庄为谐，引人深思。

黄河

罗隐

莫把阿胶向此倾，此中天意固难明。解通银汉应须曲，才出昆仑便不清。高祖誓功衣带小，仙人占斗客槎轻。三千年后知谁在？何必劳君报太平！

【赏析】

这首七律的意义较为隐晦，虽名为《黄河》，但诗人并非真的吟颂黄河，而是借黄河的曲折浑浊来讽刺当时为权贵把持的科举制度。

首联"莫把阿胶向此倾，此中天意固难明"中的"阿胶"乃一种药材，有澄清浊水的作用。本联的意思是黄河之水十分浑浊，即使将所有的阿胶倒进去也无济于事。作者以黄河之水的浑浊不清来比喻当时黑暗腐朽的科举制度，指出其已经到了无可救药的地步。而"天意固难明"更是将矛头直指当朝皇帝，辛辣大胆。

颔联"解通银汉应须曲，才出昆仑便不清"意思是黄河之所以能够通达银河天际，是因为他的曲折；而黄河之水从发源地昆仑出来便已经浑浊不清。"银汉"在这里具有双重意思，一是实指银河苍穹；二是代指皇帝或者是宫廷。"曲"也有虚实两层含义，一是实指黄河河道之蜿蜒曲折，也隐晦地指手段的不正当。所以这句话实际是在讽刺那些通过不正当的曲折的手段接近皇帝的人，而科举制度之所以如此腐败，是因为它的源头也即最高统治者皇帝那里已经出现了问题。

颈联"高祖誓功衣带小，仙人占斗客槎轻"因为包含两个典故而显得更加婉曲。第一句是说，高祖曾经向功臣承诺除非黄河消失、泰山磨平，才会削减他们的爵位；第二句则说西汉张骞奉命寻找黄河源头时曾偶遇牛郎织女。诗人在此引用这两个典故同样别有深意，正是在讽刺封建贵族们世代簪缨，把持朝政；而那些想要求得一官半职的人只有由"仙人"援引便可青云直上。

尾联"三千年后知谁在？何必劳君报太平"同样化用了典故。王嘉《拾遗记·高辛》中曾说"黄河千年一清，至圣之君以为大瑞"。诗人说："三千年后黄河由浊转清的时候自己只怕已经不在了，到时也不必劳烦你们向我转达消息。"他从自己多年科考失败的教训中已经明白，朝廷的腐败已经深入骨髓，自己无权无钱，只怕再也没有金榜题名的希望。作下这首诗后不久，罗隐就归隐故乡杭州，以为他人做幕僚为生。

这首诗在思想内涵和艺术手法上都有值得称道的地方。就思想内容来说，它远比一般表现怀才不遇的诗赋要深刻得多，矛头直接指向封建士子赖以晋身的科举制度，从根源上揭示了它的腐朽性，表现了与之决裂的态度。

就艺术手法而言，罗隐以浑浊的黄河来比喻腐朽不堪的科举制度，本身就颇有创意。更加难得的是，这一比喻贯穿诗作整体，全诗四联句句紧扣黄河之特性，又句句暗讽科举之弊端，足见作者经营之用心。

自遣

罗隐

得即高歌失即休，多愁多恨亦悠悠。
今朝有酒今朝醉，明日愁来明日愁。

【赏析】

这首七绝名为《自遣》，确实是在遣发罗隐因仕途坎坷而产生的失意之情。全诗情绪十分消极颓废，但细细看来，也可发现其中隐隐包含着诗人的愤世嫉俗之意。

"得即高歌失即休"的语气看似十分洒脱，得到功名当然值得高歌一曲，但失去也就失去了，不必纠缠不休。诗歌一开篇，狷介洒脱的狂士形象已经出现在了读者面前。

次句"多愁多恨亦悠悠"是罗隐在告诫人们，多愁善感只会让人感到这样的日子永无尽头。"悠悠"在这里用得很好，一是补充韵脚，使音韵调和；二是具有形象性，使人仿佛看到愁情恨意仿佛天上的云彩那样绵延不绝。

"今朝有酒今朝醉，明日愁来明日愁"，这两句与第一句的意思相近，劝告人们要及时享乐，不必为日后的事情忧愁。诗人的本意是要作旷达之语，却隐隐地透露出一股凄凉无奈之情，令人心绪沉重。

这首诗所表现的其实是封建时代失意知识分子一种典型的人生观念，历代诗歌中多有表现。罗隐此诗之所以能从众多同类作品中脱颖而出，关键在于其艺术上的独到之处。

首先，此诗塑造抒情主人公形象的方法十分独特。全诗无一处描画风景，无一处描写外貌，句句都是情语。但是直率放纵的抒情在诗人笔下并不空洞抽象，而是被赋予了具体的形态。前两句展现的是一个纵情豁达、恣意享乐的形象，后两句却在这一形象上添加了几抹凄迷、沉重的色彩。这一抒情主人公的形象，并非诗人刻意为我们描绘出的，而是随着情感的不断加深使之浮现于读者面前，性格也不断饱满充实。

其次，罗隐此诗更为成功的地方在于情感上重叠往复、回环变化，有一唱三叹、犹未尽的韵味。首句诗人告诫大家放开得失；次句则从反面对第一句进行补充，警告世人多愁善感只会让日子难熬；三、四两句又重新从正面对第一句的意思进行加深："今朝有酒今朝醉"是对"得即高歌"的意思的进一步具体和深化；"明日愁来明日愁"则是对"失即休"的反复与推衍。从第一句到最后一句，诗中的感情经历一个升华与回旋，也因此更加浓郁和打动人心。

柳

罗隐

灞岸晴来送别频，相偎相倚不胜春。
自家飞絮犹无定，争解垂丝绊路人？

【赏析】

古人习惯以"折柳"送别，寓含惜别怀远之义，这首七绝也不例外，虽名为"咏柳"，实际上是写送别之景，抒不舍之意。不过，诗人描写的长安城外灞水送别的场景并非是自己所亲历，而是妓女送别相好士子，在思想和艺术上都颇有新意。

"灞岸晴来送别频"，首句点出时间与地点：暮春之时，天气渐暖，灞水岸边，送别的场景一次又一次上演。这一句看似用的是赋的手法，直接铺陈其事。而一个"频"字，更隐隐显露了诗人作为旁观之人为之惋惜和无奈的心境。

次句"相偎相倚不胜春"转入写柳：春风吹拂，柳条随风摆动，依偎在了一起。这一句表面上是描画柳的婀娜姿态，实际上则是描写男女送别之景：那春风中柳条相拂的场景正如那亲昵地依偎在一起的男女一般难分难舍。次句借柳喻人，使人在想见男女送别之时依依不舍场景的同时，也明白分别的双方既非亲人，也非朋友，而是热恋中的女子和情人。

最后两句"自家飞絮犹无定，争解垂丝绊路人"仍是借柳喻人，柳絮漫天飞舞，虽然不知道春风将要把它们吹往何处，却还争抢着要用柳丝来绊住行人。"飞絮"一词，既描写出柳絮漫天飞舞之情态，也进一步点明女子身份，暗喻她们无法掌握自己的命运。而"争"字则表现了诗人对这些女子的一种委婉同情：她们并不懂得那些士子们的心思，徒劳地卖弄风情，却无论如何留不住他们。一个"争"字，将这些处于下层社会的身不由己的女子们渴望情爱的心情抒写得十分透彻。

这首诗看似句句写柳，实则处处喻人，比的手法运用得十分贴切，借春柳的形象来写春日暖阳下士子与妓女相约于灞水之畔送别的场景，将妓女多情难分的心理比之于垂坠的柳丝缠绕路人，笔到意到，发人兴味，避免了情感有余而含蓄不足的问题。

在这首诗中，诗人在调侃他人离别场景的同时，也有意无意地流露出一股自我嘲弄的心情：妓女固然如飞絮般身不由己，自己又何尝能够把握自己的命运；一厢情愿的妓女尽管卖力地卖弄着风情，却仍然留不住情人，而诗人虽有满腹才华，同样不为朝廷或皇帝所赏识。这灞上送别的场景中一定深深寄托了一种"同是天涯沦落人"的同情与自伤。

雪

罗隐

尽道丰年瑞，丰年事若何？
长安有贫者，为瑞不宜多。

【赏析】

罗隐的这首五绝，虽然题名为"雪"，却并不单纯是为咏物或描绘雪景而发，而是一反"瑞雪兆丰年"的说法，描写了大雪给贫苦百姓带来的困窘，对那些不识民间疾苦的富贵人家进行了揭露与讽刺。

首句"尽道丰年瑞"，写大雪降落，大家议论纷纷，都认为这是丰收的兆头。这一句看似纯是叙事，感情毫无波澜，实际上"尽道"二字已经隐含了诗人的无限讥讽：若说出这话的是那些辛勤劳作的农民，自然十分合情合理；但事实上，这是那些身居华屋美厦、身着暖裘皮衣的人酒足饭饱之后观赏风雪时发出的议论，这又如何能令人信服？

"丰年事若何"更是将讽刺和批判的矛头指向了豪贵之人背后的封建制度。面对瑞雪兆丰年的议论，诗人发出了自己的疑问：即使是丰年那又怎么样呢？诗人没有回答，这也无须回答。唐代末年繁重的税赋以及高昂的地租使得农民无论是丰年还是灾年境遇都同样悲惨，这是尽人皆知的事实。本句虽未点破，但它如同一记巴掌那样打在那些自以为悲天悯人的富贵者们脸上。

"长安有贫者，为瑞不宜多"回到开篇的问题，反驳了视大雪为瑞兆的那些人的观点，给那些高谈阔论之人指出了一个冷冰冰的社会现实：这长安城中除了达官显贵，还有许多食不果腹、衣不蔽体的贫民，这瑞雪不但不会给他们带来什么好处，反而有可能让他们冻死街头。"不宜多"三个字，看似是轻描淡写，不着痕迹，实际上却蕴含了深沉的愤怒。用舒缓的语调和略显平淡的语言表达冷峻的讽刺与犀利的揭露，正是罗隐的风格。

诗人的本意并不真的是要进行一场关于大雪究竟是不是瑞兆的辩论，而是想要揭露那些长安城中的达官贵人的真实面目：这些衣食无忧的富贵者们明明和那些贫苦之人没有任何的共同感受，对他们的生活一无所知，却偏偏要做出一副悲天悯人的面孔，口口声声地讨论着是否丰收的问题，这令诗人感到愤慨。

除了思想上的深度，罗隐的这首五绝在其他方面也不乏可取之处，首先是诗人控制情感的能力，这首诗乍读之下平淡无奇，给人一种质木无文之感，结构上也并没有什么曲折回环之处，但读完全篇我们却能感受到诗人隐藏在平淡的语句之后的愤怒之情；其次，诗人无疑扩大了绝句这种体裁表达的容量，一般说来，五绝受篇幅的限制主要用来抒情，然而诗人却能够在如此狭小的篇幅中进行了一次完整严密的议论，体现了诗人操控文字的能力。

蜂

罗隐

不论平地与山尖，无限风光尽被占。

采得百花成蜜后，为谁辛苦为谁甜？

【赏析】

这首七绝可以看成是一首寓言诗，简单明白的诗句下面隐藏着深刻的人生哲理。罗隐正是想借这样一则故事来寄托自己对于人生的喟叹。

前两句"不论平地与山尖，无限风光尽被占"以极度夸张的口吻说明，不论是平坦的原野还是高耸的山岭，只要有花朵的地方，蜜蜂都可以轻易地到达。这两句用的是赋的手法，单纯进行叙述，而"不论"、"无限"以及"尽"等程度副词的运用以及夸耀的口吻，会使得初读此诗的人以为诗人是在赞叹或者说羡慕"占尽无限风光"的蜜蜂们。

"采得百花成蜜后，为谁辛苦为谁甜"是一个问句，蜜蜂终日在"平地"与"山尖"之间穿梭，辛辛苦苦地采花酿蜜却不知道这份甘甜将由谁享有。诗人表面是在发问，实际上却是在慨叹蜜蜂辛劳而无所得的命运。这两句前后相连发出议论，但诗人将议论的重点放在了后一句上。"采得百花"与"辛苦"相对，"成蜜"则照应后文的"甜"，前后两句虽然意思上有反复，却并不令人感到多余，反而让人对蜜蜂产生深深的怜悯同情。

就艺术手法而言，这首诗的出色之处在于其欲抑先扬的手法，此诗的原意是想对"蜜蜂"虽辛劳一生却毫无所得的命运表示同情或者善意的讽刺，但是诗人在一、二两句极力赞扬了蜜蜂四处穿梭的"占尽风光"，至三、四两句才引入正题。前面蜜蜂越是风光，后面其劳动成果被他人占有的悲凉也就越加深重。这种蓄势待发的写法无疑极大地加深了诗作的表达效果，跌宕有力。

就思想内涵而言，诗人希望读者能够从这则咏物小诗中悟出人生真谛：终日穿梭于花朵之间的"蜜蜂"，实际上指的是那些醉心于功名利禄的世人；而"为谁辛苦"一句试图告诫那些终日汲汲于富贵之人，即使是古往今来那些封官拜侯、风光无限的将相们，也只是为他人作嫁衣，不可能在身后还享有凡间的功名利禄。诗作在这里或许带有讽刺的味道，但诗人的善意也是显而易见的。

感弄猴人赐朱绂

罗隐

十二三年就试期，五湖烟月奈相违。

何如学取孙供奉，一笑君王便着绯。

【赏析】

十数年间多次应举不第，乃诗人心中最大的隐痛，罗隐的这首七言绝句正是要抒发自己这种怀才不遇的愤懑，并对朝政的腐败和君王的昏庸进行尖锐的讽刺和揭露。

诗题中的"弄猴人"指的是一位杂耍艺人，因善于驯养猴子而得到唐昭宗宠爱，赐予其五品官职，准其身着红袍，这就是题目中的"赐朱绂"的来历。后来这位五品艺人甚至在黄巢起义唐昭宗逃难时也一直被带在身边。诗人正是有感于此才写下此诗，也因此才题名为《感弄猴人赐朱绂》。

"十二三年就试期，五湖烟月奈相违"总结了诗人十多年间屡次应试不举的坎坷经历，悔恨自己为了可笑的功名利禄而错失了家乡的风光。"五湖"，指的是诗人的家乡余姚。"奈"字则将诗人复杂矛盾的心理展露无遗，若非为了赶考，诗人也不会忍心离开风景秀丽的家乡。而诗人一旦醒悟到自己指望通过科举获取功名的无知与无望时，这种悔恨也就更加深重。

"何如学取孙供奉，一笑君王便着绯"，"孙供奉"也即前面提到的被赐予五品官职的驯猴艺人，"孙"并不是他的姓氏，而是"猢狲"之"狲"的谐音；"着绯"也即染上红色，这里指笑容。表面上看，诗人似乎想向孙供奉学些经验，学习如何才能逗君王开心。实际上，他是在自嘲虽有满腹的才华与经国致世之志，却连一个耍猴的艺人都比不上。这自然也是对昏庸的君王贪图享乐、不理国事的讽刺。

这首七绝在艺术表现手法上有其独到之处。

首先，本诗的主题十分严肃，但是诗人采取了诙谐风趣的语言，将自己十年应举不第的辛酸经历当作笑料，借以自嘲；将耍猴人以杂耍之技换取官职这样的荒诞之事作为正经，于嬉笑怒骂之中表达自己的讽刺和规诫。

其次，诗人要表达自己对国家埋没人才的不满，却并不从正面进行描写，并不写自己才华如何出众，而是将自己与一个耍猴之人进行对比：诗人应试多年没有得到一官半职，杂耍艺人却凭借自己能够逗皇上发笑的本领获得五品官职。诗人和孙供奉的不同遭遇形成了鲜明对比，国君的昏庸、朝政的腐败以及诗人对此的忧愤之情自然也就显露无遗。

橡媪叹

皮日休

秋深橡子熟，散落榛芜冈。伛偻黄发媪，拾之践晨霜。移时始盈掬，尽日方满筐。几曝复几蒸，用作三冬粮。山前有熟稻，紫穗袭人香。细获又精舂，粒粒如玉珰。持之纳于官，私室无仓箱。如何一石余，只作五斗量！狡吏不畏刑，贪官不避赃。农时作私债，农毕归官仓。自冬及于春，橡实诳饥肠。吾闻田成子，诈仁犹自王。吁嗟逢橡媪，不觉泪沾裳。

【赏析】

《橡媪叹》是一首描写社会现实的诗作。"橡媪"指的是以橡子为食的老妇人，诗人通过对这一形象的刻画，深刻反映出了唐末农民衣食无着的悲惨生活以及官吏们贪得无厌的丑态。

　　全诗共十三句，可以分为四层，前四联为一层，五、六两联为一层，七至十一联为一层，余下为一层。四层之间各有侧重又层层递进，逐步将此诗的主题揭露出来。

　　第一层描写的是老妇人深秋拾橡的场景以及其冬日以橡子为粮的悲惨生活：深秋时节，橡子已经成熟，散落在荒芜的山岗上；一位驼背的年老妇人，踏着晨霜来捡拾橡子，整整耗费了一天才捡满一筐；老妇人将橡子带回家反复蒸煮，准备留作冬日的口粮。

　　第二层则描写山下丰收的场景：稻子已经成熟，饱满的稻穗上散发着袭人的香气；农民精心地收割、细细地春碎，颗颗都饱满晶莹如同玉坠一般。乍看之下，人们会以为这是一幅农民秋日喜获丰收的美好画卷。但是，联想到上一层所描绘的场景，人们就不禁会质疑，为什么在稻米丰收的情况下老妇人要拾橡充饥呢？

　　第三层诗人便解释了老妇人生活贫苦的原因：第七联写朝廷租税的繁重，几乎农民收获的所有稻米都被作为赋税缴到了官府，以至于农民自己家中没有粮食；第八联写贪官污吏对农民的勒索，明明一石的粮食官吏却偏偏算作五斗，"如何"二字，表现了诗人对官吏明目张胆的行为的惊诧；第九联则是高利贷对农民的盘剥，官吏利用官仓中的粮食私自牟利，在青黄不接之际高价卖给农民，等到收获时节再将本钱还到官仓，利用差价从中牟取暴利。

　　正是这三重剥削，使得农民在丰收之年夜食不果腹，只好一年到头以橡子充饥。如果说前三层是对客观事实的描述，最后一层则是诗人情感激烈的抒发：诗人感到当时的统治者连古代"诈仁称王"的田成子都不如，而现实的残酷也不禁令诗人为拾橡媪这样的贫苦农民洒下了同情之泪。诗人在这里运用了对比的手法，将当朝的统治者与历史上臭名昭著的田成子进行对比，指出他们彻底撕掉了仁义道德的遮羞布，连田成子都比不上。诗人对现实的愤慨和痛恨令人动容。第十一联的"诳"字用得极好，橡子的味道明明难以下咽，贫苦百姓们却因为饥饿而不得不哄骗自己吞下去，农民的悲惨处境可见一斑。

　　唐末吏治的腐败以及农民生活的悲惨，令皮日休在偶遇橡媪的契机下写下了这样发聋振聩的诗篇。不管是对农民处境的同情，还是对官吏贪污腐败的痛恨，诗作传达出来的感情都十分真挚，使人感到这是他的情感的自然流露，毫无矫揉造作之感。

馆娃宫怀古（其一）

皮日休

绮阁飘香下太湖，乱兵侵晓上姑苏。
越王大有堪羞处，只把西施赚得吴。

【赏析】

这首七绝是皮日休《馆娃宫怀古》组诗中的第一首，乃皮日休任职苏州，寻访馆娃宫遗址时所作。由诗名明显可以看出，这是一首怀古诗，诗人遥想勾践灭吴的史实，对荒淫误国的吴王夫差进行了含蓄的指斥与讽刺。

馆娃宫位于苏州西南的灵岩山上，乃春秋时期吴王夫差所建，因西施曾居住于其中而得名。据《吴越春秋》和《越绝书》记载，越国为吴国所败后，越王勾践采纳了大臣文种的建议，将浣纱美女西施进献给了吴王夫差，致使夫差沉醉于女色，而越国则趁机袭吴，大败吴国。

"绮阁飘香下太湖"，写的是馆娃也即西施的服饰、相貌：馆娃宫前的栏杆上倚站着一位美人，身上的香气顺着风漂到了太湖之中。一个"绮"字，写出了馆娃宫陈设之精美华丽；一个"飘"字，则将美人身上馥郁的香气表现了出来。如此华美豪奢的宫殿，兼之里面住着一位罗裙翩跹、香气馥郁、袅袅娜娜的美女，吴王又如何不沉溺于其中呢？

"乱兵侵晓上姑苏"，写的是越国军队趁夜潜入姑苏大败吴国之事。吴王自从战胜越国之后志得意满，沉浸于美色，完全没有想到越国军队会卷土重来，因此对越国毫无戒备。故当越国于黎明之时登上姑苏台时，吴国才仓促迎战，来不及防备的吴国一夜之间土崩瓦解。

"越王大有堪羞处，只把西施赚得吴"意为，越王仅仅是送给吴王一个美女西施，就轻轻松松地得到了整个吴国。这其实是一件令人感到羞耻的事。"堪羞"的"堪"字，颇值得玩味：众所周知，越王勾践自从兵败之后卧薪尝胆，十年生聚，十年教训，励精图治，显然并不仅仅是以美色贿赂吴王而已。诗人如此写法，实是正话反说，表面上讽刺越王，实则矛头是指向吴王，指桑骂槐，含沙射影，反而比直接支持更加具有讽刺效果。

这首怀古诗的最大特点，一是善用对比，尤其是一、二两句将吴越两国的不同表现放置在了鲜明的对比之下，一个耽于享乐，一个秣马厉兵，一边醉生梦死，另一边则伺机而动，诗人以这样的事实来说明吴衰越兴的必然趋势，有利反驳了越王以西施定乾坤的论调；二是含蓄委婉，曲笔传意，不落俗套，明嘲勾践，暗讽夫差，以弦外之音来传达诗作的真正意旨，避免了直白外露。

春夕酒醒

皮日休

四弦才罢醉蛮奴，醹醾余香在翠炉。
夜半醒来红蜡短，一枝寒泪作珊瑚。

【赏析】

这首诗写的是春日诗人夜半酒醒后的感受，意象丰富、辞采华丽，并曲折隐晦地表现了诗人的自怜之意与自伤之情。

在一声宴饮结束后，"四弦才罢醉蛮奴"。弹奏乐曲的声音刚刚停下，诗人就不胜酒力，醉倒在了一旁。"蛮奴"在这里是诗人的自称。"蛮"字写出了诗人一杯接一杯地不停畅饮；而"醉"字在这里用得也别有趣味，仿佛不是诗人自己喝醉了，而是酒主动灌醉了诗人，酒的醇厚甘美可见一斑。本句虽不正面入手，但宴饮时气氛的热烈、乐曲的美妙动听以及朋友们推杯换盏、痛饮美酒的欢乐场景，已经通过宴饮后的场面暗示出来。

诗人夜半醒来，发现"醽醁余香在翠炉"。那醇厚的香气仍然萦绕在翠绿色的水炉上。"醽醁"是古代的一种美酒，酒味醇厚，颜色翠绿，极为少见；而"翠炉"则是用来烫酒的水炉。饮美酒，用美器，这一句从视觉、嗅觉上衬托出了已经结束的宴会的豪华与奢侈。

"夜半醒来红蜡短，一枝寒泪作珊瑚"，醉眼蒙眬的诗人依稀看到，照明的红烛烧得只剩下了一半，若有若无地散发着微弱的光亮；而那融化的腊脂，点点滴滴如同悲戚的泪水般沿着蜡烛流下，竟凝结成了珊瑚的模样。"寒泪"两字在此处蕴有深意，含蓄地展现了诗人凄凉的心绪："寒"既指诗人夜半醒来身体感受到的寒意，也指诗人仕途、官场屡遇挫折的心境之寒；"泪"字运用了拟人手法，同样是寓情于景，正所谓"感时花溅泪"，诗人心情的低沉使得眼前所见之物都蒙上了一层凄迷的色彩。那燃烧殆尽的红烛正是已步入中年的诗人的自况，诗人半生飘零、壮志未酬的凄凉之感都体现在了短短的十四个字中。

本诗含蓄蕴藉，言近旨远，情感内敛。诗人十分善用侧面描写，从旁进行烘托，比如前两句，诗人意在描写宴会场面的热烈豪华，却从宴饮结束后诗人的表现入手，既节省笔墨又含蓄委婉。此外，他还善用典型意象。如他欲表现心情的苦闷，却不明写，只说自己沉醉于美酒宴饮，而饮酒在古代则正是抒发愁绪的象征，这种手法可谓极尽曲折隐晦。

汴河怀古（其二）

皮日休

尽道隋亡为此河，至今千里赖通波。
若无水殿龙舟事，共禹论功不较多？

【赏析】

诗题中的"汴河"，即通济渠。隋炀帝时期征调大量民夫，将谷、洛二水由洛阳西郊引入黄河，开掘了称为通济渠的运河，因其主干在汴水，故也称为"汴河"。

此诗意在咏史，以古事讽时事。诗人首先借汴河怀古曲折地表达了对同样昏庸腐败的晚唐统治者的不满，其中的议论十分精辟。

"尽道隋亡为此河"写唐人对汴河的评价。唐代关于隋炀帝开掘运河的诗歌很多，大都说开掘汴河劳民伤财、耗费国力，甚至将隋朝的灭亡归结于此河的开凿上。

但诗人反驳道："至今千里赖通波。"大运河的开通极大地便利了南北交通，至今南北之间的往来还依赖于汴河的通达。"至今"表明汴河福泽后世之深远；"千里"则表明受益于运河开通的地域之广大；而"赖"字则含有赞许之意，说明其对国计民生、南北通联的重大作用。诗人一反前代诗人的论调，以确凿的事实为运河翻案，立意新奇，可谓推陈出新，自有机巧。

"若无水殿龙舟事，共禹论功不较多"则将讽刺的矛头直接指向了隋炀帝：若是没有在运河之上行驶龙舟水殿的事情，隋炀帝修建运河的功绩只怕可以和禹相媲美。"水殿龙舟事"指的是运河竣工之后，隋炀帝命人建造了高达四层的龙舟和九艘高达三层的水殿，称为"浮景"，率领二十多万人马乘坐前后绵延三百多里的船只沿运河巡游，耗费人力物力无数。

对于这种极端奢靡浪费的行为，诗人当然痛恨至极。但他只说假如没有这种行为的话，隋炀帝的功绩只怕胜过大禹。隋炀帝是历史上有名的无道之君，大禹则是世所传诵的先贤圣人，这样两相对照，诗人的比较似乎过于荒诞。但他之所以这么写是为汴河所遭受指责翻案，同时为荒淫无道的隋炀帝定罪：毕竟汴河作为一项水利工程确实造福了后世，只是隋炀帝将其作为了满足一己私欲的工具。诗人在这里运用了欲抑先扬的手法，批判讽刺的效果远比正面入手、直抒胸臆要好。

作为一首咏史怀古之作，此诗的主旨绝不会局限于对前代君王的批判，而是希望能够以历史上的教训为当朝统治者提供鉴戒。诗人生活的年代，正是晚唐统治最为黑暗、君王最为昏庸的时期，这首诗的意味也就格外发人深省。

别离

陆龟蒙

丈夫非无泪，不洒离别间。杖剑对尊酒，耻为游子颜。蝮蛇一螫手，壮士即解腕。所志在功名，离别何足叹。

【赏析】

大凡别离，多是触痛伤情，自古咏叹离情别绪的诗歌多带黯然情绪。但这首别离诗却写得慷慨激昂，别具一格。此诗是给友人离去的赠送之作抑或是作者离去送给友人的咏怀之作已无从考证。但从内容上看，应该是作者离去写给友人的诗。

"丈夫非无泪，不洒离别间。"首两句直抒大丈夫并非铁血无情，只不过是有泪不轻弹，不能洒在离别的时候。离别自然不是件欢乐的事，但大丈夫应该志存高远，放眼四方，不为小事所羁，不为凄情所染，即便离别失落也不能在这个时候洒泪。诗的首联下笔慷慨豪迈，气势磅礴。

"杖剑对尊酒"续写豪情。"杖剑"也作"仗剑"，手执利剑之意。"尊"今作"樽"，是古代的一种大中型盛酒器。"游子"指离家远游的人。这一句气势犹盛。"杖剑对尊酒"描绘了这样一个画面：一个威武雄壮的男人，一手执长剑，一手高举巨杯，与友人大笑话别，然后一饮而尽，弃杯插剑而去。若非任侠壮士，便是沙场将军，气势直可以吞吐山河，读来振奋人心。"耻为游子颜"接前句，为什么会以大剑巨觥作别呢？是因为不能像普通游子离别时那样的悲悲切切，若是那样会让人感到耻辱。

"蝮蛇一螫手，壮士即解腕。"颈联是用了一句成语。《三国志·魏书·陈泰传》说：

"古人有言，蝮蛇螫手，壮士解其腕。"意思是：手腕被腹蛇咬伤，便立即截断，以免毒液延及全身，危及生命。比喻事到紧要关头，应该痛下决心，当机立断。诗在此处生动地表达了做人要有远大理想，为了实现理想达到目标，必当不怕牺牲，勇往直前。

最后"所志在功名，离别何足叹"以立志作结。意思是，大丈夫的志向应该是建功立业做一番大事，离别只是人生一次小小的波澜，不足以为之叹息忧伤。尾联与首联相互照应，全诗一气呵成。

作者写的是与友人作别的情景，却别样的感人，一个飞扬果敢的英雄形象仿佛晃动在读者眼前。虽是送别的场面，却让人感到具有沙场风云之慨，声情超拔，气势夺人。

和袭美春夕酒醒

陆龟蒙

几年无事傍江湖，醉倒黄公旧酒垆。
觉后不知明月上，满身花影倩人扶。

【赏析】

从诗题看，这是一首唱和之作。春天的一个晚上，诗人大醉，醒来已是夜阑。酒后月下花前，情致感发，写下这首诗送给友人袭美。袭美是诗人皮日休的表字，二人是诗友。有几年时间陆龟蒙在苏州做刺史幕僚，皮日休做军事判官，二人经常在一起以吴中山水为题材吟诗相互唱和。

"几年无事傍江湖。"诗歌开头追述了近几年无忧无虑的江湖生活。一个"傍"字形象夸张地描述了自己几年来混迹世俗的情景。诗人聪颖能文，虽有才名，却没考中进士，曾任湖、苏二州刺史的幕僚，后隐居松江甫里。仕途波折导致他追求闲散生活，自号天随子、江湖散人。此诗应是诗人在苏州做幕僚期间的作品，"几年无事"，是对数年来官场闲职犹如在江湖混迹一样荒废时光的形象描述，字里行间流露了不得志的怨意。

"醉倒黄公旧酒垆。""黄公酒垆"是西晋时嵇康、阮籍等"竹林七贤"经常聚在一起开怀畅饮的地方。后七贤之一的尚书令王戎穿着华贵的衣服，乘车经过黄公酒垆，不禁感慨万千且十分悲伤，对身后客人说："嵇康夭折，阮籍亡故，我被俗务缠身，再也不能一起喝酒了！"诗人用这个典故是有深意的：一是想说自己与皮日休等人如晋时的竹林七贤一样是知交好友；二是隐喻诸人都有七贤一样的才能，自负之情表露无露；三是包含了对怀才不遇的怨尤，如七贤中多数人一样没有得到好的际遇。

"觉后不知明月上，满身花影倩人扶。"这两句有景有情，描绘了明月当空、月照花影、光怪陆离的迷人景致，抒发了闲适生活的惬意美好：醉酒之后睁开眼来明月已经挂在天空，月照花影扑满一身犹如一群美人把我搀扶。"觉后不知明月上 满身花影倩人扶"的情景描写十分醉人。醉眼迷离中的明月和迷离的花影以及恍惚的情人，诗人把自己的酒后醉态描写得颠倒魂神，形象生动。

这是一首闲适诗。诗人与皮日休志同道合，相互唱和，确有闲适之情。但这首诗中透露了诗人不得志的郁闷情怀，诗的首句即表露了喝酒出于无所事事的无聊及无奈。再者，从后期他亲自农耕、改良农具、著作农书的情况看，诗人壮年时并非狂放不羁之人，做闲人、散人是不得已之举。

白莲

陆龟蒙

素葩①多蒙别艳欺，此花端合在瑶池。
无情有恨何人觉，月晓风清欲堕时。

【注释】

①葩（huā）：同"花"。

【赏析】

这首《白莲》，托物言志，通过对白莲清丽绝俗的描写，抒发了品行高洁的人不为世俗所容纳的感慨，表露了诗人对官场浊流的不屑。

"素葩多蒙别艳欺。""葩"字古时是"花"的别字，"素葩"即白莲。这句意思是：白莲花常常被其他娇艳的花所欺，那些红粉之色总是要以艳光冶容遮住雪白的光彩。"多蒙"是经常遭到之意；"欺"是欺凌、掩盖、排挤之意。诗人用"多蒙"、"欺"两个词，形象拟人地描绘了白莲为其他花所嫉妒的客观情势，较为明显地道出了清白被俗艳所不容。但不管怎样，白莲仍是那样依然故我地默默开放着，不与之同流合污。诗中"别艳"两个字，突出表明了清丽绝俗的白莲是最美的花魁，其他的如红莲等花卉只是陪衬在白莲身旁的"别艳"罢了，任何时候都取代不了白莲的高尚位置。

"此花端合在瑶池。"白莲花绝不浓妆艳抹，以色事人，它清水出芙蓉，天然去雕饰，出淤泥不染，濯清涟不妖，淡雅绝伦，美丽天成。这样的花清高守节，纤尘不染，自非凡品，因而此花便如仙子一样应出现在瑶池。相传瑶池是西王母等成群的仙子居住的地方，诗人以白莲绝世的清丽将它推上了仙境，是极赞白莲的高贵。

"无情有恨何人觉，月晓风清欲堕时。"按语境顺序应当是"月晓风清欲堕时，无情有恨何人觉"，诗中因顾及韵律才做这样的安排。整联的意思是：待到秋肃来临清风吹至、晓月寒照、百花将谢时，独自寂寞开放、似乎与世无争的白莲花对秋的来袭是有所怨恨的，只不过是没人注意觉察它的幽怨。如此洁白美丽高贵的白莲，也要经历寒霜的凌杀，太过残忍了。

文人咏物，总是与自己的情感分不开的。诗人在唐末混乱的年代里无法施展才华，找到一处水乡过起了躬耕田亩的隐居生活，但仍关注天下之事。他的《杂讽九首》、《村夜二篇》是关心民生的；《新沙》是讽刺官员剥削百姓的；《筑城词》是揭露将军以平民生命换取高功的。这首《白莲》便可看成是对小人当道、正直遭排、清白被染、混乱黑暗的官场世俗所做的揭露。

怀宛陵旧游

陆龟蒙

陵阳佳地昔年游，谢朓青山李白楼。
唯有日斜溪上思，酒旗风影落春流。

【赏析】

宛陵是汉代的一个古县城，当时在此设宛陵郡，南北朝时在宛陵置宣城郡，隋时设宣州，唐开元年间改宣州为宛陵郡，至德年间又撤郡。这首诗是作者对往年游览宛陵（宣州）情景的怀念之作。

诗的开头"陵阳佳地昔年游"交代了本诗是回想以往游览陵阳（陵阳山）的情景。陵阳山三面环抱宛陵城，中有句溪、宛溪的潺潺缓流，青山绿水，风景如画。"佳地"二字表明此处的佳妙美好，也是怀念那次游览的原因之一。第二句"谢朓青山李白楼"直接说明更加怀念那次游览感怀的谢朓、李白两位前人。南北朝时齐国诗人谢朓任宣城太守，建造一座高楼，世称谢公楼。后诗人李白来游宣城，多次登上谢公楼饮酒吟诗。"谢朓的青山"、"李白的楼"，仿佛整个宛陵的风光都被这两人占尽，诗人由此道出了对谢、李二人的倾怀仰慕。

"唯有日斜溪上思"是写当时被那里的前人遗迹感动痴想的情景。"溪上"指在"句溪"、"宛溪"上。此句突出游览当时凝神深思的一刻，实是提示所思之事的重要，以提起对下文的关注。然而下文四句却淡淡地告诉你："酒旗风影落春流"，望着溪水想的是什么呢？原来是风摆酒旗的倒影落在春溪里被水流冲动把人都看呆了。酒旗倒影为什么如此深深吸引人，诗人没有说明，但也不难猜想：春日傍晚诗人在溪旁散步，谢朓楼仍高高屹立，楼上的酒旗迎风招展。低头间，发现楼与旗的倒影由夕阳映进水中，随波轻轻荡漾。酒旗仍在，可流水悠悠，送走了时光，楼上前代两个喝酒吟诗的人却早已不见。诗人怀古之情由此可知。

魏晋时宛陵便是江左郡城，但后来因谢朓和李白更增盛名。谢朓文名显赫，仕初得意，后受排挤来做宣城太守，到任在陵阳山郡衙附近建"高斋"，在这里过上了"江海虽未从，山林于此始"（《始之宛陵郡》）"虽无玄豹姿，终隐南山雾"（《之宛陵出新林浦向板桥》）的亦官亦隐生活，以舒缓蹉跎带来的不快。谢朓之后，李白也以朝廷放逐之臣来游宛陵，吟唱了"抽刀断水水更流，举杯销愁愁更愁，人生在世不称意，明朝散发弄扁舟"（《宣州谢朓楼饯别校书叔云》）的诗句，以发散心中的不满。相近的经历和对山水的同样癖好，李白与谢朓有一种心灵上的共鸣，对"谢公亭"、"谢朓楼"、"谢公青山"、谢朓数次登览的敬亭山都流连忘返，吟咏出许多瑰丽的诗篇。

诗人也曾参考进士却落第，想做官一展抱负却两任幕僚的闲职，最终在乡间过上了隐居生活。某些方面他与谢、李两人也有相像之处。诗人对在宛陵留下胜迹佳篇两位的怀思恐怕不仅仅是倾慕嘉许，虽游此地却不如前贤般为它添增誉美而生惭愧也未可知。

忆昔

韦庄

昔年曾向五陵游，子夜歌清月满楼。银烛树前长似昼，露桃花里不知秋。西园公子名无忌，南国佳人号莫愁。今日乱离俱是梦，夕阳唯见水东流！

【赏析】

韦庄是唐初宰相韦见素后人，诗人韦应物四世孙。至韦庄时，其族已衰，父母早亡，家境寒微，虽才敏力学，但时运迟来。45岁到长安应试，正赶上黄巢起义攻破长安。京城混乱，繁华褪去，目击兴衰更替，写下这首《忆昔》。

首联"昔年曾向五陵游，子夜歌清月满楼"是遥想以往贵族生活的浮华。"五陵"指五陵原，以西汉皇室在这里设立的五个陵邑而得名，唐时是豪族的聚居地。诗人早年在长安附近居住，后迁走，因而说昔年曾经游过武陵，见识过豪族的生活。"子夜歌"是古乐府曲子名，歌词多写男女四时行乐的生活，此处一语双关，既指歌唱"子夜歌"，也指夜半仍在歌舞。昔年五陵居住的豪族夜间在桂楼绣阁中狂歌乱舞尽情玩乐，这是诗人以往常见的场面。

颔联"银烛树前长似昼，露桃花里不知秋"深入描写豪族生活的奢靡。黑夜银烛高照明亮如白日，分不出昼夜；露井旁的桃花四季开放，分不出冬夏。这里形象地描绘了豪族不分白天黑夜、春夏秋冬日日穷奢极欲的生活。"露桃花里不知秋"是化用王昌龄《春宫曲》"昨夜风开露井桃，未央前殿月轮高。平阳歌舞新承宠，帘外春寒赐锦袍"的首句。王诗中"平阳"指汉朝平阳公主，作者借用王诗的句子，是有意以此来暗讽宫廷皇室。

颈联"西园公子名无忌，南国佳人号莫愁"既用典故又一语双关地讽刺皇室、贵族的醉生梦死。"西园公子"指魏文帝曹丕及其弟曹植等，"无忌"是战国魏公子信陵君的名字。诗人由一个"魏"字把史上魏国与曹魏几名公子联系起来引出"无忌"二字。既用古代有作为的公子反衬现实王宫贵胄的无能，又以"无忌"讽刺今人的不管死活"无所忌惮"。下句中的"莫愁"，是传说的一位能歌善舞的美貌女子。诗人以能歌善舞来讽

刺日日笙歌的奢靡，同时"莫愁"二字又讽刺豪族的"不知国危之愁"。

尾联"今日乱离俱是梦，夕阳唯见水东流"抒写对家国离乱的忧愁。诗人来京考试，却陷于战乱，弟妹失散。忆昔豪族的腐朽导致百姓造反，抚今家人失散自身遭害，慨叹家国乱离转瞬之间，犹如一场梦般使人困惑。看看那渭水在夕阳下兀自向东流去，心中充满了无限愁苦。

从修辞角度看，尾句的"夕阳"、"水东流"应是象征唐末国运已如日薄西山、渭水东流般去势难挽。从全诗角度看，尾句是总揽，也是归结，表现了诗人对国乱家离的深深忧虑。

送日本国僧敬龙归

韦庄

扶桑已在渺茫中，家在扶桑东更东。
此去与师谁共到？一船明月一帆风。

【赏析】

佛教于汉代传入我国，再传入日本。唐玄宗天宝年间，鉴真和尚六次东渡日本传播佛教，带去了中华的灿烂文化，对日本的佛教、医药、建筑、文学、艺术、文字、出版印刷等诸多方面都产生了深远的影响。整个唐代，日本僧侣频繁航海来学佛求经，敬龙就是晚唐时期学佛有成的一个。这首诗是敬龙和尚学成回国时诗人为他送行所作。

"扶桑已在渺茫中。""扶桑"是日本的代称。首句的"在渺茫中"，是说扶桑国在极为遥远的地方。《梁书·扶桑国传》说"扶桑国在大汉国东二万余里"，诗人受此影响，想象着扶桑的渺茫难以到达。

"家在扶桑东更东"，本来扶桑已经十分遥远，敬龙的家比扶桑还在东边，还更远，已经无法具体表述该有多远，仿佛已在天边的尽头。一切充满了神秘感，来自于那遥远天际的佛法传播者的友人，则也是神话般让人敬慕。这句还隐含了这样一层意思：如此遥遥，往来不易，能否再见已成梦想，此一分别相见无期，依依不舍之情隐于字里行间。

"此去与师谁共到？一船明月一帆风。"敬龙是修佛之人，因而诗人以"师"称。这两句的意思是：此一去有谁与你一同行走一同到达家乡呢？那便是满载一船的明月和满兜船帆的顺风。船行大海中，最怕狂风暴雨，大雾迷航。过去日本遣唐使乘坐的大船，就常遇风暴在海上漂流，甚至失事。对于敬龙航海的风险韦庄是知道的，但诗人说"与师谁共到"，一个"到"字肯定了此行毫无疑问必能到达，暗合绝不会出事。不做任何叮嘱，祝愿的话也许都是忌讳的，一个"到"字用得巧妙，多少风险都被抖落掉，代表的是最美好的祝福。第三句"谁与共到"是一句问话，第四句"一船明月一帆风"则极为巧妙地回答了是明月和春风与友人一起到。船行出海最忌雷雨，诗人告诉友人，明月与你同行，与你共到，有明月就有一路晴天，不会有暴雨狂风；船行更需顺风，诗人告诉友人，清风送你回家，一路的风会随着你的心愿，吹着你的船帆，陪你顺利到家。

　　船行大海，风险难测，送别友人，给他什么也没有"一船风雨一船风"更为珍贵。诗人的构思十分巧妙。

金陵图

韦庄

谁谓伤心画不成？画人心逐世人情。
君看六幅南朝事，老木寒云满故城。

【赏析】

　　《金陵图》是彩绘故都金陵南朝六代的六幅图画，诗人观看了这些图画后写下这首诗。

　　六幅画到底画的是什么呢？诗的三四句明确回答了这个问题："君看六幅南朝事，老木寒云满故城。"

　　南朝六代分别是东吴、东晋、宋、齐、梁、陈。六代都定都金陵，都曾有过繁华鼎盛，又都经历了衰败，都有扬鞭立马的英雄，也都有懦弱投降的帝君。可多少风流及耻辱都被历史所湮没，要绘画记录的何止万千。而这六幅彩绘的金陵城充满了枯老的树木、凝冷的残云，尽是一派凄凉。正是画里这些枯树残云的凄凉令诗人伤心，引发了对六朝繁华早已成空的哀思，更勾起了对当下大唐风雨飘摇势如六朝晚景的深深忧虑。

　　因而诗人联想起一首吟咏六朝的诗："曾伴浮云归晚翠，犹陪落日泛秋声。世间无限丹青手，一片伤心画不成。"

　　这是另一位诗人高蟾以《金陵晚望》为题写的一首感怀诗。高蟾所处年代略早，已见大唐颓势。他把国家的危机归结为"一片伤心"，又说这"一片伤心"是难以用画笔表达出来的，抒发的是对无能为力挽救国危的无奈。

　　诗人观看了六幅《金陵图》后颇为伤心，对高诗的"世间无限丹青手，一片伤心画不成"提出了质疑：谁谓伤心画不成？画人心逐世人情。

　　诗人的意思是说："真的是画不成吗？"你看眼前这六幅图，不是把"伤心"画得一塌糊涂吗！为什么画不成"伤心"呢？只是因为画人只想迎合世人麻木不仁的心态，去描绘赏心悦目的风花雪月罢了。

　　诗人是观画而引起深度感慨。南国六朝末代皇帝，尽是昏庸无道，最后落得个亡国的下场。六幅《金陵图》个个枯木凋败，冷云凄罩，一派荒凉，那是对六朝惨淡亡国的形象写照。

　　诗人观画而触痛，见唐王朝无可挽回地与六朝晚景一样正在走向崩溃而感到苦恼。他说起高蟾的诗尾，只是要引发感慨而已，并不是要否定别人；对画人"心逐世人情"也不是要批评别人，只是眼前的六幅画所表达的思想符合诗人现在的口味和心境罢了。

　　诗人不是在评诗或者评画，他是在抒怀，抒发对大唐衰败之势不可抑、亡国的现实不可免的伤心哀痛之情。

台城

韦庄

江雨霏霏江草齐，六朝如梦鸟空啼。

无情最是台城柳，依旧烟笼十里堤。

【赏析】

台城是南朝六国的皇城，旧址在今南京市鸡鸣山南。三百多年间，此处宫殿毗连，亭台秀立，廊桥傍水，柳郁花浓。然而六个王朝都在短暂的繁盛过后相继崩倾，最终台城废弃，到唐时已是"万户千门成野草"的荒园。诗人此时来到这里，眼前的景色更是凄凉，不仅产生赋诗的冲动。

这是一篇吊古之作，诗人的起笔却在古迹之外。"江雨霏霏江草齐"描绘出了一幅大江微雨、草色青青的暮春图。江水东流，浩浩荡荡，细雨蒙蒙，飘洒而下，春草茸茸，平展如茵，铺落在江的两岸。雨雾笼锁江面与两岸，迷蒙的景象，如梦如幻，令人心生伤感。这幅图景似乎与台城没有什么关联，但这悠悠东逝的江水不正是台城历史的见证吗？六国的兴衰不正如这江水东流一去不复返吗？

首句如烟的图景引出次句如梦的六朝。"六朝如梦鸟空啼。"东吴、东晋、宋、齐、梁、陈尽在台城坐拥国土，各有鼎盛时期的繁荣，又都更替衰败亡国，其间多少叱咤风云的人物，多少昏庸无能之君，多少宫廷欢宴美人妙舞，多少刀光剑影烈马骄兵，如今尽已被眼前的断壁颓垣掩埋。以往的皇帝威仪尽皆悠悠灭去，进入梦幻，诗人的心魂也渐入冥思。此时，叽叽喳喳的鸟鸣使之从梦幻中惊醒，眼前凄凉依旧，梦本是空，鸟啼也是空。

"无情最是台城柳，依旧烟笼十里堤。"十里长堤，雨落烟笼，台城的柳树在雨雾中依依摇曳，仍是一番梦幻般的景象。台城的柳是有情的，迎春而发，年年为台城这颓垣危墙增添一些生机；台城的柳又是无情的，故国萧条，人去楼摧，柳树却不为之伤情，仍旧悠然自得地年年如是。因而诗人说柳"无情最是"，它哪管来此凭吊的人面对着野草丛生、死气沉沉的城垣在伤心落泪。诗中拟人地以柳的"无情"与"依旧"，反衬人的有情与伤感，形成更具感染力的情境。

这首诗采取侧面烘托的手法，造成一种虚幻的场景，散发出淡淡的哀愁，味淡而情浓，撩人心意。眼前的台城是六国衰景，后人回看今人，不也如今人回看古人一样叹息兴亡有数吗？与其说诗人站在台城旧址是怀念六朝古事，不如说他是在品味多少年以后人们会对大唐的盛衰作何评判。

与东吴生相遇

韦庄

及第后出关作。

十年身事各如萍，白首相逢泪满缨。老去不知花有态，乱来唯觉酒多情。贫疑陌巷春偏少，贵想豪家月最明。且对一尊开口笑，未衰应见泰阶平。

【赏析】

依诗题的注解，这首诗是韦庄在进士及第后出潼关或函谷关遇到友人东吴生在一起饮酒时所作。

首句"十年身事各如萍"，道出了分别已十年。诗人进士及第的时间是在唐昭宗乾宁元年（公元 894 年），回推十年是唐僖宗中和年间，此时他由长安流落江南，与东吴生相识。"身事各如萍"，表明自己与东吴生分别后为了生计和功名四处奔波的状态，犹如水上浮萍一样颠沛流离。次句"白首相逢泪满缨"更增愁意。诗人考中进士时已是 59 岁的年龄，因而说"白首相逢"。同时也表明了年龄大，悠悠十年，沧桑累人，再一次相逢之时，两人相望已经苍颜皓首，不免感慨华年已逝，因而泪满冠缨。此时他虽考中进士，但人已届花甲，回首数十年的坎坷，没有了欢喜的兴致，自顾老态，反觉心酸。

"老去不知花有态，乱来唯觉酒多情。"三、四句进一步写自己对白首的感受。回想起当年在一起赏花饮酒的情景，感触很深。今日自己已经变老，对花也提不起兴趣，即便面对艳花名卉也没有感觉，不见它的美态；离乱的生活使人已经习惯了借酒浇愁，现在也只有酒知道人的心情，与自己一起长醉，酒成了自己最亲近的东西。诗句里既有对人生步入老年的慨叹，也含有借酒浇愁的无奈。

"贫疑陌巷春偏少，贵想豪家月最明。"五、六句是对十年间生活情况的概括性描述。那段期间，东奔西走，颠沛流离，贫困潦倒，吃尽了苦头。躲进陌巷里，没有御寒衣，春天来了却不知暖，常恨寒冷的时光太长。那时常常暗忖，富豪之家该是什么样子呢？头上的明月都该比外面的明亮许多吧，真的让人艳羡。一个生活无着的贫士形象呼之欲出。

"且对一尊开口笑，未衰应见泰阶平。""泰阶"是古星座名，有上台、中台、下台共六星，两两并排斜上，如阶梯，故名"泰阶"。古人认为，泰阶出，阴阳和，风雨顺，社稷神祇皆获宜，天下太平。结尾两句是说，暂且举杯笑饮吧，趁着年岁仍不算太老再做一番事业，风调雨顺、国泰民安的前景等待着我们。

诗以感叹身世洒泪起，以举杯畅饮欢笑结。蹉跎大半生，一把辛酸泪。诗人进士及第后仍对以往耿耿于怀，好在心情有所转变，末尾抒发了壮心未已的情怀。

秦妇吟

韦庄

中和癸卯春三月，洛阳城外花如雪。东西南北路人绝，绿杨悄悄香尘灭。路旁忽见如花人，独向绿杨阴下歇。凤侧鸾欹鬓脚斜，红攒黛敛眉心折。借问女郎何处来？含颦欲语声先咽。回头敛袂谢行人，丧乱漂沦何堪说！三年陷贼留秦地，依稀记得秦中事。君能为妾解金鞍，妾亦与君停玉趾。前年庚子腊月五，正闭金笼教鹦鹉。斜开鸾镜懒梳头，闲凭雕栏慵不语。忽看门外起红尘，已见街中擂金鼓。居人走出半仓皇，朝士归来尚疑误。是时西面官军入，拟向潼关为警急。皆言博野自相持，尽道贼军来未及。须臾主父乘奔至，下马入门痴似醉。适逢紫盖去蒙尘，已见白旗来匝地。扶赢携幼竞相呼，上屋缘墙不知次。南邻走入北邻藏，东邻走向西邻避。北邻诸妇咸相凑，户外崩腾如走兽。轰轰崑崑乾坤动，万马雷声从地涌。火迸金星上九天，十二官街烟烘炯。日轮西下寒光白，上帝无言空脉脉。阴云晕气若重围，宦者流星如血色。紫气潜随帝座移，妖光暗射台星折。家家流血如泉沸，处处冤声声动地。舞伎歌姬尽暗捐，婴儿稚女皆生弃。东邻有女眉新画，倾国倾城不知价。

长戈拥得上戎车，回首香闺泪盈把。旋抽金线学缝旗，才上雕鞍教走马。有时马上见良人，不敢回眸空泪下。西邻有女真仙子，一寸横波剪秋水。妆成只对镜中春，年幼不知门外事。一夫跳跃上金阶，斜袒半肩欲相耻。牵衣不肯出朱门，红粉香脂刀下死。南邻有女不记姓，昨日良媒新纳聘。玻璃阶上不闻行，翡翠帘间空见影。忽看庭际刀刃鸣，身首支离在俄顷。仰天掩面哭一声，女弟女兄同入井。北邻少妇行相促，旋解云鬟拭眉绿。已闻击托坏高门，不觉攀缘上重屋。须臾四面火光来，欲下回梯梯又摧。烟中大叫犹求救，梁上悬尸已作灰。妾身幸得全刀锯，不敢踟蹰久回顾。旋梳蝉鬓逐军行，强展蛾眉出门去。旧里从兹不得归，六亲自此无寻处。一从陷贼经三载，终日惊忧心胆碎。夜卧千重剑戟围，朝餐一味人肝脍。鸳帏纵入岂成欢？宝货虽多非所爱。蓬头垢面眉犹赤，几转横波看不得。衣裳颠倒语言异，面上夸功雕作字。柏台多半是狐精，兰省诸郎皆鼠魅。还将短发戴华簪，不脱朝衣缠绣被。翻持象笏作三公，倒佩金鱼为两史。朝闻奏对入朝堂，暮见喧呼来酒市。一朝五鼓人惊起，叫啸喧呼如窃语。夜来探马入皇城，昨日官军收赤水。赤水去城一百里，朝若来兮暮应至。凶徒马上暗吞声，女伴闺中潜生喜。皆言冤愤此时销，必谓妖徒今日死。逡巡走马传声急，又道官军全阵入。大彭小彭相顾忧，二郎四郎抱鞍泣。汛汛数日无消息，必谓军前已衔璧。簸旗掉枪却来归，又道官军悉败绩。四面从兹多厄束，一斗黄金一斗粟。尚让厨中食木皮，黄巢机上刲人肉。东南断绝无粮道，沟壑渐平人渐少。六军门外倚僵尸，七架营中填饿殍。长安寂寂今何有，废市荒街麦苗秀。采樵斫尽杏园花，修寨诛残御沟柳。华轩绣毂皆销散，甲第朱门无一半。含元殿上狐兔行，花萼楼前荆棘满。昔时繁盛皆埋没，举目凄凉无故物。内库烧为锦绣灰，天街踏尽公卿骨！来时晓出城东陌，城外风烟如塞色。路旁时见游奕军，坡下寂无迎送客。霸陵东望人烟绝，树锁骊山金翠灭。大道俱成棘子林，行人夜宿墙匡月。明朝晓至三峰路，百万人家无一户。破落田园但有蒿，摧残竹树皆无主。路旁试问金天神，金天无语愁于人。庙前古柏有残枿，殿上金炉生暗尘。一从狂寇陷中国，天地晦冥风雨黑。暗前神水呪不成，壁上阴兵驱不得。闲日徒歆奠飨恩，危时不助神通力。我今愧恧拙为神，且向山中深避匿。寰中箫管不曾闻，筵上牺牲无处觅。旋教魔鬼傍乡村，诛剥生灵过朝夕。妾闻此语愁更愁，天遣时灾非自由。神在山中犹避难，何须责望东诸侯。前年又出扬震关，举头云际见荆山。如从地府到人间，顿觉时清天地闲。陕州主帅忠且贞，不动干戈唯守城。蒲津主帅能戢兵，千里晏然无戈声。朝携宝货无人问，暮插金钗唯独行。明朝又过新安东，路上乞浆逢一翁。苍苍面带苔藓色，隐隐身藏蓬荻中。问翁本是何乡曲？底事寒天霜露宿。老翁暂起欲陈辞，却坐支颐仰天哭。乡园本贯东畿县，岁岁耕桑临近甸。岁种良田二百廛，年输户税三千万。小姑惯织褊绅袍，中妇能炊红黍饭。千间仓兮万丝箱，黄巢过后犹残半。自从洛下屯师旅，日夜巡兵入村坞。匣中秋水拔青蛇，旗上高风吹白虎。入门下马若旋风，罄室倾囊如卷土。家财既尽骨肉离，今日垂年一身苦。一身苦兮何足嗟，山中更有千万家。朝饥山上寻蓬子，夜宿霜中卧荻花。妾闻此老伤心语，竟日阑干泪如雨。出门惟见乱枭鸣，更欲东奔何处所。仍闻汴路舟车绝，又道彭门自相杀。野色徒销战士魂，河津半是冤人血。适闻有客金陵至，见说江南风景异。自从大寇犯中原，戎马不曾生四鄙。诛锄窃盗若神功，惠爱生灵如赤子。城壕固护教金汤，赋税如云送军垒。奈何四海尽滔滔，湛然一镜平如坻。避难徒为阙下人，怀安却羡江南鬼。愿君举棹东复东，咏此长歌献相公。

【赏析】

广明元年（公元 880 年），诗人到长安应进士考试，适值黄巢起义军攻占长安，羁陷未能脱走。中和二年（公元 882 年）春，始得逃往洛阳，次年作《秦妇吟》。

这是一首长篇叙事诗，诗中通过一名从长安逃难出来的女子即"秦妇"的叙说，描写了黄巢起义军攻占长安、称帝建国、与唐军反复争夺长安以及最后城中被围绝粮等情形，深刻揭示了百姓在动乱中惨遭巢军和唐军双重蹂躏的现实，倾诉了帝国末世民众深重的灾难。此诗内容丰富，思想复杂，艺术上推陈出新，在古代叙事诗中堪称扛鼎之作。

全诗分为六段：

一句至十六句为第一段，写与从长安东奔洛阳的"秦妇"在途中相遇。第一句"中和癸卯春三月"，交代了时间；"凤侧鸾欹鬓脚斜，红攒黛敛眉心折"，写"秦妇"发乱蓬头、愁眉苦脸的形态；"含辈欲语声先咽"，"依稀记得秦中事"，写"秦妇"将要讲述黄巢起义军引发动乱的诸项事情。第一段是全诗的引言。

十七句至四十二句为第二段，本段由"秦妇"之口描述了起义军给长安城造成的一派混乱。"忽看门外起红尘，已见街中擂金鼓。居人走出半仓皇，朝士归来尚疑误"，听到义军要来，官、民顿时大乱；"皆言博野自相持，尽道贼军来未及"，得知义军尚在郊外僵持，又稍心安；"适逢紫盖去蒙尘，已见白旗来匝地"，见到皇帝逃跑，敌军已来；"扶羸携幼竞相呼，上屋缘墙不知次。南邻走入北邻藏，东邻走向西邻避。北邻诸妇咸相凑，户外崩腾如走兽"，把百姓为逃生扶老呼幼、邻里之间乱串、妇女不知如何藏身的惊恐、焦急等慌乱情景描述得真实具体，兵乱给黎民百姓带来的惧怕甚于洪水猛兽。

四十三句至九十句为第三段，叙述了巢军初入城时百姓受到的涂炭。"家家流血如泉沸，处处冤声声动地。舞伎歌姬尽暗捐，婴儿稚女皆生弃"，家家在流血，处处是冤声，美女被辱，婴儿被弃，场面十分悲惨；"西邻有女真仙子，一寸横波剪秋水。妆成只对镜中春，年幼不知门外事。一夫跳跃上金阶，斜袒半肩欲相耻。牵衣不肯出朱门，红粉香脂刀下死"，从头到尾讲述了一名美丽少女因强奸不从惨遭屠杀的过程；"南邻有女不记姓……身首支离在俄顷""北邻少妇行相促……梁上悬尸已作灰"，具体记述了妇女在乱军的追迫下身首分离、梁上悬尸的惨状；"仰天掩面哭一声，女弟女兄同入井"，又是一幕姐妹一同自尽的惨象；而"上帝无言空脉脉"，则是诗人对苍天漠视人间惨剧的悲怨。

九十句至一百四十六句为第四段，写秦妇在围城义军中三年触目惊心的各种见闻。"夜卧千重剑戟围，朝餐一味人肝脍""尚让厨中食木皮，黄巢机上刜人肉"，展示了战士无粮，以人肉充军食的乱世魔相；"衣裳颠倒语言异，面上夸功雕作字……还将短发戴华簪，不脱朝衣缠绣被。翻持象笏作三公，倒佩金鱼为两史"，描绘了大齐高官沐猴而冠，军人行为的鄙俗丑陋；"夜来探马入皇城，昨日官军收赤水。""逡巡走马传声急，又道官军全阵入""簸旗掉枪却来归，又道官军悉败绩"，表述的是黄巢军和唐军之间长时间的殊死相搏；"东南断绝无粮道，沟壑渐平人渐少。六军门外倚僵尸，七架营中填饿殍"，讲述的是战乱中没有粮食来源，百姓和士卒饿死无数，到处饿殍，沟壑填平；从"长安寂寂今何有"到"天街踏尽公卿骨"十二句，又把长安城满是荆棘、狐兔横行、繁盛皆没、举目凄凉的情景全面加以描绘；"内库烧为锦绣灰，天街踏尽公卿骨"，堪称精绝之句。

一百四十七句至二百二十四句为第五段，写秦妇东奔途中的所见所闻所感。"霸陵东望人烟绝……摧残竹树皆无主"，尽言"秦妇"东行路上见到的已是人烟断绝，几年的战乱，黎民百姓被杀死、饿死，四处逃亡，长安至洛阳一带已成空域；"路旁试问金天神……何须责望东诸侯"，连续用二十句，构造了一个与唐玄宗所封的金天神问答的故事，通过金天神之口，说出了神仙对这场大乱都毫无办法，需要到深山里去躲灾，并通过"秦妇"说出了既然神仙都无奈，便无法再责怪东诸侯了；"明朝又过新安东"到"夜宿霜中卧荻花"共二十八句，写"秦妇"途中遇到的一名老翁陈述一家在战乱中的悲惨遭遇。老翁家里的财物在黄巢军过后尚存一半，官军来了竟然"罄室倾囊如卷土"。

最后老翁落个"家财既尽骨肉离，今日垂年一身苦"。"仍闻汴路舟车绝，又道彭门自相杀。野色徒销战士魂，河津半是冤人血。"这几句在写唐军内部的自相残杀，造成了新的冤魂。

二百二十五句至最后为第六段，写"秦妇"听说金陵一平如砥，打算去江南寻求平安。诗尾作者表露了心曲：对刚刚平定的江南寄予一线希望。

《秦妇吟》在思想内容与艺术特色两方面都达到了很高的水平：

作为一首长篇故事歌行，它继承了乐府诗的表现手法，并吸纳了白居易《长恨歌》、《琵琶行》的叙事风格。整个诗篇重笔铺陈渲染，叙事流畅自然，情、景、理完美结合，语句骈散叠加，音节舒展和谐。它在杜甫"三吏三别"、白居易《长恨歌》之后，为唐代叙事诗树起了第三座丰碑。

诗的叙事真实，产生了强烈的感染力。艺术的真实是艺术品的生命，诗中所写长安的战火、劫掠、烧杀都有载于史书，是真实的。这首诗因涉事丰广、多方犯忌等原因，被作者避祸讳言，造成失传一千余年，20世纪20年代初打开敦煌藏经洞才重见天日。

这样一部史诗之作，将黎民百姓的丧乱漂沦写得惊心动魄，给人感官与心灵以强烈的冲击。

三堂东湖作

韦庄

满塘秋水碧泓澄，十亩菱花晚镜清。景动新桥横蝃蝀，岸铺芳草睡鸡鹢。蟾投夜魄当湖落，岳倒秋莲入浪生。何处最添诗客兴？黄昏烟雨乱蛙声。

【赏析】

这首《三堂东湖作》是诗人居住虢州时所作。当时高仙芝、黄巢起兵不久，虢州还未受到波及，诗人得以有宁静的心情欣赏湖山美景。

"满塘秋水碧泓澄，十亩菱花晚镜清。""泓"指清水一道或一片。"澄"比喻水静而清。满塘碧蓝的秋水平静而清澈，十亩方圆的池塘开满了菱花，在晚霞的映照下水面如镜，反照着花儿投下白色的身影。诗人所居的山间草堂东边有座池塘，称之为东湖。秋日傍晚来到此处，被这一塘菱花吸引。

"景动新桥横蝃蝀，岸铺芳草睡鸡鹢。""蝃蝀"，是彩虹的别称。"鸡鹢"即池鹭。诗人发现一件奇怪的事：近来未曾注意，东湖边谁给搭了座新桥呢？再注目细瞧：原来是雨后的彩霓搭的一座虹桥。三句对雨后彩虹的描写可谓是别出心裁。那么还有更细致的发现：在岸边浓密的水草中，几只池鹭潜在那里香甜地睡着。这更是一种十分有趣的景致，难怪诗人沉醉其中。

"蟾投夜魄当湖落，岳倒秋莲入浪生。"传说月中有蟾蜍，所以古人以蟾代月。"岳"指山。晚霞落去，彩虹消散，新的美景又再出现。明月见到明净的水面欢喜地跳下来，沉入清澈的湖底，洗濯一身尘土；山峦也爱凑热闹，在这里倒映下自己的情影，像朵朵盛开的莲花逐浪生。整个东湖水面呈现出光怪陆离的景象，犹如梦幻般使人迷惑。

"何处最添诗客兴？黄昏烟雨乱蛙声。"以上林林总总的美景早该使人心醉，但诗人还是没有满足，仍要期冀和等待着更好的出现。此时蒙蒙细雨落下，池塘里的青蛙听雨一声"呱"叫，随后蛙声此起彼伏，逐渐连成一片。诗人要等的就是这个情调，因而十分兴奋地说道：到底是什么让我这个喜欢吟诗的人最欢喜呢？就是这下着毛毛细雨的黄昏时满塘青蛙的"呱呱"乱叫声。

傍晚乃至入夜，在那碧绿深凝的湖水上，诗人让各种景色次第展现出来：一池明镜般的清水，十亩白色的菱花，湖上横跨一条彩虹，静静香睡的池鹭，本来就好美；月亮也投下它的身影，秀峦也来赶集，"莲花"在水中涌起，景致更为多彩缤纷；但这些作者都将之作为陪衬，最后要的是"听取蛙声一片"的佳妙听觉。整个诗篇的构思精巧而蕴藉，实是写景诗的上乘之作。

上元县

韦庄

南朝三十六英雄，角逐兴亡尽此中。有国有家皆是梦，为龙为虎亦成空。残花旧宅悲江令，落日青山吊谢公。止竟霸图何物在，石麟无主卧秋风。

【赏析】

上元县是金陵的属地，在今南京市的江宁区。唐时也以上元县代指金陵。这首诗大约作于唐僖宗光启三年（公元 887 年），诗人过相州至金陵。光启年间唐王朝在黄巢军和藩镇势力的双重冲击下，已经岌岌可危，诗人面对大唐的没落联想到金陵六朝的兴替，感慨顿生于心。

"南朝三十六英雄，角逐兴亡尽此中。""三十六英雄"不是实写，是虚指整个南朝六国一时称名的豪杰之士，当然其中不乏如孙权、刘裕、萧衍等霸君和周瑜、陆逊、谢安等名将。诗人首先想到的是南朝三百多年历史中林林总总的英雄人物，他们大都在历史上写下了光辉的一页，在成名过程中哪一个不是叱咤风云天下逐鹿或带领大军败敌无数。然而先代英豪尽都是在那朝代的更替中角逐弄潮而已，终究也都淹没在历史的长河中。英雄难觅、往事如烟，面对古老的石头城，物是人非的沧桑感袭上诗人的心头。

"有国有家皆是梦，为龙为虎亦成空。"诗的第二联流露了看破家国世情的出尘情者。无论坐拥多么强盛的国，还是拥有钟鸣鼎食之家，随着时间的流逝，国破家无都成春梦；即便你做皇帝为龙，做大将为虎，到头来不过一场空。这一联仍是接首句的三十六英雄而言，也是对"兴亡"的慨叹，进一步申论——兴必归于亡的定局。诗人沉浸在'有国有家'若短促一梦、龙虎之威也皆是空的冥想之中。

"残花旧宅悲江令，落日青山吊谢公。"第三联具体咏写南朝的两个卓越的历史人物。"江令"指大才子江淹，南朝历仕宋、齐、梁三朝的文学家；"谢公"指谢安，东晋名士、宰相，曾作为东晋一方的总指挥在淝水之战以八万兵打败号称百万的前秦军队，为东晋赢得数十年的安静和平。江淹常借残花、旧宅写别恨离愁，因而诗人以"残花旧宅悲江令"来慨叹江淹随旧国而逝去；谢安一生耽爱山林，因而诗人以"落日青山吊谢公"来伤悼一代奇人谢安的作古。这两句表面上是在叹江、谢，实则是在伤怀六朝衰亡。

"止竟霸图何物在，石麟无主卧秋风。"石麒麟是古人放在墓中的祥兽。末两句的意思是：算起来六朝英雄的宏图伟业至今都留下了什么？只有那石麒麟卧倒在秋风惨惨野草丛生的古墓旁。

这首吊古诗，诗人一改含蓄的格调，整篇直抒对六朝英雄家家国国最终成空的慨叹，明显流露了对大唐绝望、对自身前景无望的情绪。

西塞山下作

韦庄

西塞山前水似蓝，乱云如絮满澄潭。孤峰渐映溢城北，片月斜生梦泽南。爨①动晓烟烹紫蕨，露和香蒂摘黄柑。他年却棹扁舟去，终傍芦花结一庵。

【注释】

①爨（cuàn）：烧火做饭。

【赏析】

西塞山，是三国时期东吴的江防边塞，历代文人经此多发怀古忧思。这首诗大约是唐昭宗大顺元年（公元 890 年）诗人坐船行走长江经过西塞山下时所作。此时与黄巢起义期间相比时局较为稳定，并且诗人早过天命之年，上述两种原因使他心境趋于平和恬淡，轻轻写下这首描叙景致的七律，没再触动伤感六朝的神经。

"西塞山前水似蓝，乱云如絮满澄潭。"首句开门见山，直写所见。"西塞山前的水像是蓝色的"，首句普通的交代透出了此处的水不同寻常。"水似蓝"，表明水深莫测，是因深而沉凝；并且西塞山势高峻的映衬使得江水的颜色深蓝。第二句赞扬景致：此地处长江的拐弯处，水流缓慢平稳，因而说水是"澄潭"。映在"澄潭"上的是天上如絮的乱云，在风的吹动下翻卷着悠悠而过。此联山和水相映，静静的澄潭与翻动的飞云搭联，描画出了"山碧水蓝相映衬""天光云影共徘徊"的妙境。

"孤峰渐映溢城北，片月斜生梦泽南。""溢城"在西塞山近处，奇秀的庐山在溢城北面，宋代诗人方回《溢城客思》有"怅望庐山但愁绝，万重云锁几禅扉"句子，写的是浓云障隔看不见庐山。"梦泽"在今洞庭湖一带。古称"楚地有云、梦二泽，云泽在江北，梦泽在江南"。第二联是说，此时近晚，但天气晴朗，船行远望溢城以北，庐山依稀可见；再看南天，一片明月在梦泽以远的天际，渐远渐斜，令人遐想。这两句把西塞山"襟匡庐而带云梦"的重要地理位置突出起来，增添了此地的气势和魅力。

"爨动晓烟烹紫蕨，露和香蒂摘黄柑。""爨"意为烧火做饭。"蕨"是多年生草本植物，野生，嫩叶可食。三联笔锋一转，离开了西塞山去描绘两种食物，一是紫色的蕨菜，一是黄色的柑橘，似乎离题太远。而且蕨菜采食的时间在春季，柑橘采摘时间在秋后，放到一起也显得风马牛不相及。但细细品味，诗人另有深意。首联诗人是欣赏这里的山水美，颔联是赞叹与此地接近的风景名胜，颈联又进而贪馋这里的特产美食，该是有意在此地居处。如此，引出诗的尾联。

"他年却棹扁舟去，终傍芦花结一庵。"诗人对西塞山的风光物产尽都洋溢出真切的爱恋，因而说出：终有一天将持着船桨驾着扁舟来此，依傍岸边的芦荻结庵而居，享受此处安闲自得的生活。

李白《宣州谢朓楼饯别校书叔云》有"人生在世不称意，明朝散发弄扁舟"句，抒发的是生不逢时怀才不遇的感慨；韦庄此处表达的却是世事疲累人将老去，该当驾扁舟结庐闲居的心愿。刘禹锡在《西塞山怀古》唱出的是"故垒萧萧芦荻秋"的苍凉；韦庄的《西塞山》却是要傍芦荻长住，美美消受这里的春夏秋冬。

题菊花

黄巢

飒飒西风满院栽，蕊寒香冷蝶难来。
他年我若为青帝，报与桃花一处开。

【赏析】

"采菊东篱下，悠然见南山"是陶渊明的名句，咏出了隐逸者的心怀。黄巢作为冤句贩盐人，却怀有并吞八方之心，咏菊唱出了高昂的战意。

"飒飒西风满院栽。"首句是说"满园菊花昂首挺立，绝不在意凛冽的秋风袭击。""西风"点明了是秋的时节，"飒飒"是形容风吹动树木枝叶发出的声音。"飒飒西风"，显示了菊花在劲烈的寒风中不屈不挠，傲然而立。而"满院"是极言其多。"栽"字则形象地道出了菊花直立的身姿。满园的菊花傲霜迎风挺立盛放，表现出一种坚如磐石、强如钢铁的不屈精神。

"蕊寒香冷蝶难来。"此句意为，花蕊含香却裹挟着寒气，令娇弱的蝴蝶不敢靠近。秋日的菊花迎霜开放，自然带着寒气，况且秋肃临天下，蝴蝶怎还能来。与花为伴的蝴蝶"难来"，不免有些扫兴。然而尽管菊花生不逢时，没有春风，缺少蝶伴，有几分冷清，但它的幽香不减，冷艳不消，傲骨不变。

"他年我若为青帝。"意为："有朝一日我坐上青帝的位置，成为掌管春天的神祇。"此句紧承一、二句，所爱的菊花得到的是不平等的待遇，既遭受冷寒，又无蝶为伴，诗人想要改变这种不平等，因而设想自己成为掌春的天神，才有权力去改变它。

末尾一句回答了结果："报与桃花一处开。"意思是"要改变自然的安排，使菊花与桃花一起盛开。"作者想象有朝一日自己做了"青帝"，就能掌握大众的命运让菊花去享受春天的阳光。

唐懿宗以来，皇室奢侈过度，赋税越来越沉重，加上连年发生水、旱之灾，以致民不聊生，盗匪四起。唐僖宗乾符元年（公元 874 年），王仙芝率众起事，第二年黄巢随之起兵。乾符五年（公元 878 年）王仙芝败死湖北，黄巢被推举为冲天大将军，率众攻掠江、浙、闽、粤等地。广明元年（公元 880 年）攻占洛阳、长安，唐僖宗逃奔成都，黄巢自号为帝，国号大齐。

黄巢举事以图天下，这首《题菊花》表达了他的抱负。诗中的菊花，可看做是当时底层黎民百姓的化身，他既赞赏它们的顽强生命力，又为其所处环境、所遭命运不平；所谓"为青帝"，不妨看作是其将要逐鹿天下的雄心披露。他后来能够攻战长安，建立大齐政权，也算是达到了目标。

菊花

黄巢

待到秋来九月八，我花开后百花杀。
冲天香阵透长安，满城尽带黄金甲。

【赏析】

黄巢自少胸怀大志，曾经数次参考进士不第，屡次科场的失利使他深知考场的黑暗和吏制的腐败，抑郁之情凝结于心。这首诗就是在一次落第后所写，借咏菊花来抒写自己的怨怒和怀抱。

"待到秋来九月八"意思是：待等到那清秋如期而至，迎来九月盛大的重阳节。首句道出了等待的急迫。人们欣赏花的美，大都现场观花咏唱，或者事后怀花余香，这首咏菊却是等待于花未开时。作者预设了花期，表达了其对菊花盛放的急切心情。按风俗"重阳节"赏菊，这天成了菊花的节日，作者不写"九月九"而写"九月八"，既是为了押韵，更透出迫不及待的意味。他期待那肃杀的清秋到来，其实是隐喻经风雨侵蚀的大唐很快将被新的力量摧垮。

"我花开后百花杀"意为：我可爱的菊花就会尽情怒放，笑看那百花纷纷凋谢化作尘泥。一方面展示了节日时万千的菊花将会一起盛开，尽显芳华；另一方面，其他花类便都会无可抗拒地被秋天的肃杀所屠戮而香消玉殒，整个世界都将被金菊傲霜盛开所取代。诗中明显透出了一种叛逆的精神和去旧图新改变世界的冲动。在作者眼里，腐败的唐王朝即将会如"百花"遇霜一样变成枯枝败叶退出历史。

"冲天香阵透长安"意为：浓郁的菊花香气直冲云天，再覆盖浸满整个长安。这是对重阳节时菊花会覆盖长安城的预见。菊花节里，时值仲秋，百花已谢，自然菊花此时是花海的主角。它是以众多、盛大而登上节日的舞台，犹如军阵一样显得有气势。此时是菊花战胜百花的胜利时刻，因而作者用"冲天香阵透长安"极其豪壮的语句形容这一场菊花的胜利，显示了菊花香气喷薄、直冲云天的非凡气势。

"满城尽带黄金甲"意思是：待到菊花遍地时，满城便披上了金黄铠甲。"满城"是说京都遍地都是；"尽带"是说长安的菊花处处都是。"黄金甲"则一语双关：一方面形容菊花像黄金甲一样绚丽灿烂；另一方面作者已经较为明显地道出了这占据长安的菊花就是无数身披铠甲的战士，表明作者已有揭竿而起之心。

黄巢的这首诗托物言志，借咏菊以抒抱负，境界瑰奇，气势恢宏，刚健豪迈，诗风别具一格。同时此诗表现了他高远的志向，数年后黄巢率领几十万农民军围困并攻占长安，实现了自己"冲天香阵透长安，满城尽带黄金甲"的夙愿。

续韦蟾句

武昌妓

悲莫悲兮生别离，登山临水送将归。

武昌无限新栽柳，不见杨花扑面飞。

【赏析】

韦蟾，字隐珪，下杜（今陕西省西安市）人。晚唐大中年间进士，官至尚书左丞。

有一次韦蟾察访鄂州（武昌），离去时在地方士绅为其办的饯行宴上，写了"悲莫悲兮生别离"（屈原《九歌·少司命》）与"登山临水兮送将归"（宋玉《九辩》）二句集成联语，并邀在座宾僚续完此诗。当时，一名歌伎继道："武昌无限新栽柳，不见杨花扑面飞。"满座皆惊。

江淹《别赋》道："黯然销魂者，唯别而已矣。"首联连用两个"悲"字将这种离别时依依不舍的场景刻画得入木三分。"兮"是语气词，较虚，作用是将诗歌的抒情节奏稍放平缓，形成一种缠绵悱恻的氛围。颔联则撇开了这种"生别离"的具体感慨，转而投向了就景写意，以一个送行者的身份"登山临水"，仿佛对于稍后的"将归"，山水一时也充斥了无尽惆怅，空怀着满腹的离情别意。《唐诗别裁》称此诗道"上二句集得好，下二句续得好"，好就好在上二句能集百家之长，浑成佳妙。

下二句，也就是武昌妓所续的。韦蟾以"赋"始，武昌妓以"兴"结，非平日之博学加上临场一点灵犀断不能续得如此天衣无缝。由于前二联已然离情具出，后二联若再续写伤春悲秋，未免有狗尾续貂之嫌。故为迎合上联意境，下二句据景写情，恰是一种补充。"无限新柳"、"扑面杨花"，语境尤美，言辞典雅，千百年后读之依然含英咀华，唇齿留香。一向脍炙人口的"春风不解禁杨花，蒙蒙乱扑行人面"（晏殊《踏莎行》）以及后来的"沾衣欲湿杏花雨，吹面不寒杨柳风"（僧志南《绝句》）等就脱胎于此。

伤田家

聂夷中

二月卖新丝，五月粜新谷。医得眼前疮，剜却心头肉。我愿君王心，化作光明烛。不照绮罗筵，只照逃亡屋。

【赏析】

安史之乱后，盛极一时的大唐帝国走到了崩溃的边缘。《旧唐书·郭子仪传》记载："宫室焚烧，十不存一，百曹荒废，曾无尺椽。中间畿内，不满千户，井邑榛荆，豺狼所号。既乏军储，又鲜人力。东至郑、汴，达于徐方，北自覃、怀经于相土，为人烟断绝，千里萧条。"在这种情况下，统治者不思安抚百姓，反而提高各类苛捐杂税，这首诗便是在这个背景下写出的。

开篇就直接点明田家的"伤"。二月蚕种始生，五月新苗始种，在这个时候要卖"新丝"粜"新谷"，其实是百姓为沉重赋税所迫，而"卖新"，即预先将尚未产出的农产品贱价抵押。这对于普通百姓而言，无异于"医得眼前疮，剜却心头肉"。医疮剜肉的比喻，将百姓遭受的残酷剥削刻画得入木三分。

"我愿君王心"由"伤"过渡到了"愿"，表达了希望有明君改良现实的愿望。诗人对君主的希望在今人看来固然有其局限性，但作者对"君王心"的讽刺与谲谏在当时那个万马齐喑的社会值得肯定。"我愿君王心，化为光明烛"，说明"君王心"还不够圣心烛照，一种"怒其不争"的无奈跃然纸上。当只顾眼前不顾将来的统治者们在"绮罗筵"上歌舞升平时，"逃亡屋"中又将是一番怎样血淋淋的现实呢？此中真意，发人深省。

聂夷中的诗，善于巧妙运用质直的语言，采取白描的手法，往往寥寥数笔，就能将触目惊心的社会现象暴露在人们眼前，简洁却不失大气，所以《唐才子传》谓其"伤俗闵时"、"警省之辞，裨补政治"，这是对一个有良心诗人的最好评价，千百年后，人们还在研究他，评析他，便是对他品格的肯定。

归王官次年作

司空图

乱后烧残数架书，峰前犹自恋吾庐。忘机渐喜逢人少，览镜空怜待鹤疏①。孤屿池痕春涨满，小栏花韵午晴初。酣歌自适逃名久，不必门多长者车。

【注释】

①鹤疏：也称"鹤书"、"鹤头书"，即用于招贤纳士的征聘诏书。

【赏析】

这首诗是作者隐居王官谷的第二年所作。公元 884 年，黄巢所领导的农民起义虽被平息，但战后所留下的疮痍却难以抚平，"乱后烧残数架书"体现的正是这一点。一个"乱"字、一个"烧"字带给人们的是强烈的视觉感受。虽遭此横祸，但毕竟是自己的家乡，苦心经营一年后，诗人又重建了自己的小庐，"峰前犹自恋吾庐"，这句转折表达了诗人对自己故乡的热爱。

他隐居后，"忘机渐喜逢人少，览镜空怜待鹤疏"。这两句大有"逐名利长安日下，望乡关倦客天涯"（张可久《红绣鞋·洞庭道中》）之意。诗人远离了丝竹乱耳、案牍劳形的官场生涯，一切贵贱荣辱抛诸脑后，因此"渐喜"，从中我们也可以读出诗人对归隐前尔虞我诈、机关算尽的政治生活的憎恶。急流勇退后的诗人回想过去的自己，不过只是无谓空等朝廷的召唤而已。"怜"字带有强烈的情感倾向，表明诗人对往日生活进行了深刻反省。它也与前句的"渐喜"二字形成反衬，烘托了司空图归隐后心情之愉悦。

　　颈联向读者描绘了一番别样景致，让我们对作者的"恋吾庐"产生了更多共鸣。"孤屿池痕春涨满，小栏花韵午晴初。"试想，作者饱经数十年的沧桑后，终于回到了故园，况且又是这么一幅如画的美卷：正午初晴，小岛翠染，看春池新涨，岸边百花竞艳，香护玉栏。一上午的春雨浣尽了人世的尘垢，也洗清了作者的心头。这般景致，作者归隐前是不可多见的，只有一个人超然坐在凡尘之外，怡然自乐才能写得出这样的佳句。

　　"酣歌自适逃名久，不必门多长者车。"所谓"逃名"者，逃避声名而不居也，不以功名累己身的意思。作者自适于眼前的生活，不愿也没有勇气再面对晚唐官场上的钩心斗角，也再无那份心力去管社稷的安危。"长者车"来源于陶渊明的《读山海经》："穷巷隔深辙，颇回故人车。"在此指达官贵人之车，这里的"长者"照应了"忘机渐喜逢人少"中的"人"，这是诗人再次宣告自己终老山林的愿望，委婉而坚决地表明不再出仕之心。

二十四诗品·含蓄

司空图

　　不著一字，尽得风流。语不涉难，已不堪忧。是有真宰，与之沉浮。如渌满酒，花时返秋。悠悠空尘，忽忽海沤。浅深聚散，万取一收。

【赏析】

　　唐代是中国诗歌文化发展的巅峰，不论是从诗人规模还是作品质量上，再没有哪个时期能望其项背。这一时期，诗歌理论发展也达到了一个巅峰，司空图的《二十四诗品》便是唐人诗论的经典之作。这部着重探讨诗歌美学问题的理论著作在中国文学史上占有重要地位。

　　"含蓄"一则是《二十四诗品》的第十一品，为全书最具文采的篇章之一，向来为人所称道。既名曰"含蓄"，下笔就不能太露骨，因此司空图提出，要"不著一字，尽得风流"。作诗也好，行文也罢，应将神韵摆在第一位，从而令读者品出"韵外之致"和"味外之旨"来。为具体阐述这种思想，作者举了个例子："语不涉难，已不堪忧。"在诗歌中不带怨深恨重的句子，但蕴含在字间的忧患就足以让人唏嘘不已，以文已尽而意有余，回味无穷为上。

　　"是有真宰，与之沉浮。如渌满酒，花时返秋"四句，在前文基础上有了递进，主要是想说明含蓄所要达到的境界。"真宰"语出《庄子·齐物论》，即指事物发展变化的内在规律，在此则是指作品的内容和情感。同时，司空图认为，"含蓄"不是一成不变的，要根据作品的"真宰"而"沉浮"，即作品的内存情感基调不同，其含蓄的运用方式与表现技巧也应该有所不同，这样方可自然。这就好比酒之溢出于器，虽已积满，而仍不休；又如花之将绽，遇有秋寒之气，则必放慢其速，含而不露。这两个比喻，不仅切合命题，而且给人以美的享受，文采超群。

最后四句境界始大。司空图在这四句中提出，空中之尘、海中之沤，无穷无尽，变化无穷。人们只要取其九牛之一毛，也就理解它们的特质了。在此，司空图不仅将"含蓄"进行了总结，同时对其进行伸发：以一驭万，笼天地于形内，挫万物于笔端。而末句之"万取一收"与首句"不著一字，尽得风流"这一纲领性判断相照应，这也正是一种含蓄的笔法。以含蓄之笔写含蓄之辞，才情尽显，且意蕴无穷。

二十四诗品·豪放

司空图

观化匪禁，吞吐大荒。由道返气，处得以狂。天风浪浪，海山苍苍。真力弥满，万象在旁。前招三辰，后引凤凰。晓策六鳌，濯足扶桑。

【赏析】

清王士禛《香祖笔记》卷九："词家绮丽、豪放二派，往往分左右祖。"伴随着隽永的"不著一字，尽得风流"而来的便是豪放一品。这则出自《二十四诗品》第十二品的篇章开场就给人以大气磅礴之感。

"观花匪禁，吞吐大荒"，说的是豪放的特色。"观化匪禁"，"观，洞观也，洞若观火。化，造化也。禁，滞窒也。能洞悉造化，而略无滞窒也"（孙联奎《诗品臆说》）；"吞吐大荒"，据《山海经》载，大荒之中有大荒山，是日月出入之处。此句意谓浮游于宇宙之间，以天地养浩然之气。

"天风浪浪，海山苍苍。真力弥满，万象在旁"是对前四句的引申说明，以写实手法极力书写豪放气势所应带来的震撼效果，满卷充斥着白云大风，高山骇浪，自然任我驱使，拥有无尽的权力，形成了一种"日月星辰，唯吾独尊"的霸气。

为进一步刻画这种强烈的视觉效果，诗人更进一步夸张。就连自然中最大气的场景都不能表达出豪放所应达到的境界，于是就从神话传说中借来了"三辰"、"凤凰"、"六鳌"和"扶桑"来助阵。前招日月星辰，后引翔凤飞凰。晓策巨鳌东游，濯足日出扶桑。

前招、后引、晓策、濯足，形象而又富有强大气场，故孙联奎在《诗品臆说》中评："非六鳌不足鞭策，足征有胆；非扶桑不屑濯足，足征有识。妙在下一'晓'字：金乌乍跃，彩彻云衢。总言豪放之作，磊落光明，无一语不惊人，无一字不夺目耳。相此二语，乃真放乎四海矣。腰缠十万，骑鹤扬州，想头未免于俗，惟此晓策六鳌，濯足扶桑，足以乘万里风破三千浪也。学者读此，不惟洗去尘俗万斛，且足长人无限志气。"

语贵精警，司空图此作以如此宏大之气魄作结，将议论与形象有机统一，交织成篇，"如千钧劲弩，矢发弦收。又妙在语不欲尽"（孙联奎《诗品臆说》），足见集诗人与理论家于一身的司空图对诗理解之深。

司空图是唐末诗人，从小苦读，各类诗歌细心研读，加上日后长年累月的创作，所以才能写出这部"所列诸体毕备，不主一格"（《四库总目提要》）的美学著作来。

退居漫题七首（其一、其三）

司空图

花缺伤难缀，莺喧奈细听。惜春春已晚，珍重草青青。

燕语曾来客，花催欲别人。莫愁春已过，看着又新春。

【赏析】

司空图所处的时代，正是唐王朝走向衰弱的时期。尤其在黄巢起义后，诗人深感国势"难缀"，却又无力改变现实，只好寻了一个"泉石林亭，颇称幽栖之趣"的地方隐居，过着"将取一壶闲日月，长歌深入武陵溪"的遁世生活。其间，他作《退居漫题七首》。

其第一首，以"花缺伤难缀，莺喧奈细听"这两个对仗极为工整的句子开头，抒写了春逝的惆怅。句中刻意描写了两个极具代表性的意象："花缺"和"莺喧"。将这春意阑珊之际满地的落英与自身回天乏术的悲伤联合起来，表达出了一种别样的情感。第二句"莺喧奈细听"，情感色调明丽许多，与前句明暗相映。"莺"是春之语者，古来为诗人所喜爱，以其哀怨萧瑟，故为怨春之象。在这里却一反常态，成了愉悦的标志，究其缘由，无非诗人过惯了"疏钟泛沕寥"的日子，间或传来鸟鸣，便是要"细听"的，其哀怨之声，也与诗人心境达成了共鸣。

诗的前两句在风格上微显伤感，后两句笔锋一转，诗风稍振，"惜春春已晚"是对"花缺"和"莺喧"的总结，无可奈何花已落去，珍重芳姿莺喧且听，虽欲惜春，难遂人愿，和"夕阳无限好，只是近黄昏"有异曲同工之妙。好在还有青青芳草可供留恋，为全诗突增亮色，有拨开云雾见天明之功效。落花之身，松竹之骨，不尽之意，溢于言表。

《退居漫题七首》中的第三首同样以对仗开头，首句和次句以时间入对。春燕甫归，香巢初垒，细语呢喃，而今俱成昨日云烟，一个"曾"字将过去之欢与今时之愁和盘托出。春光旖旎，花香四溢，本是一番和谐的景象，但在其中却氤氲着别离之痛，"花催欲别人"，在这个即别而未别之际，一边回忆着三月新燕，一边又悬念着令人难堪的春去花催，将匆匆而逝的春光渲染得更加凄凉，令人深惋。

司空图的诗有一大特点，就是在前两句极尽伤感之能事后，"莫愁"两字峰回路转，体现了一种"不堪寂寞对衰翁"的人生态度，使人看到了诗人对于未来的希望和信心。虽然"春已过"，眼看美好景物的逝去，这的确是一个巨大的悲剧，但"惜春"的最终目的就是等待"新春"重返人间。这一句实践了他自己的诗歌理论："生气远出，不着死灰"（《二十四诗品·精神》）。

可以想象，经过唐末长时间的战火，人民正期待一个和平时期的降临，就像诗人渴望春天。一场战争结束了上一个"曾来"的盛世，下一场战争又迫在眉睫，四面连角，正在催生"又新春"的曙光。诗人在此号召人们摒弃颓萎之气。

　　穆旦的《赞美》中有这样一句"当不移的灰色的行列在遥远的天际爬行；我有太多的话语，太悠久的感情"，司空图也有这样一种感情，他"踟蹰着为了多年耻辱的历史，仍在这广大的山河中等待"，他等待是因为他有一个"看着又新春"的信念。

故都

韩偓

　　故都遥想草萋萋，上帝深疑亦自迷。塞雁已侵池籞①宿，宫鸦犹恋女墙啼。天涯烈士空垂涕，地下强魂必噬脐。掩鼻计成终不觉，冯驩无路学鸣鸡。

【注释】

①籞（yù）：苑囿的墙垣、篱笆。

【赏析】

　　唐朝末年，宦官专权，藩镇割据。唐王朝风雨飘摇。河南宣武节度使朱温为了夺得大权，于天祐元年（公元 904 年）把唐昭宗赶到洛阳。同年八月，昭帝被弑，改立哀帝。又三年，废哀帝而自立，唐亡。韩偓一直以来深受唐昭帝的青睐，所以朱温占领洛阳之后，韩偓被排挤。这首诗也就是韩偓此时写下的，他身在遥远的异乡想象故都长安如今模样，哀痛而悲慨。

　　首联从整体上描绘了故都长安的现景。"草萋萋"形容诗人想象中的故都景象。现在那里恐怕已经是杂草疯长，荒芜一片。"遥想"是此刻诗人的思想活动，体现了其对故都的关心和思念。第二句为猜想，意为哪怕是天上的神仙看到了这幅凄惨的景象，也会怀疑这是否真的是曾繁华一时的长安都城，这是以神明的迷惑夸张地道出了自己的心痛。

　　颔联从细节上加以修饰。在那荒凉的故都里，路过的边塞大雁怕是已经占据了池塘边的竹篱笆，而宫里的乌鸦依旧在矮墙上啼叫，久久留恋不忍离去。"侵"与"恋"拟人化地把大雁与乌鸦写活了，塞雁侵池即是暗示藩镇的叛乱，而宫鸦恋墙即意味着自己对故都的留恋。

　　颈联转而抒情，"天涯烈士"为诗人自指；"地下强魂"指唐昭宗时宰相崔胤，他本想靠着引进的朱温兵力来铲除宦官，结果不料朱温倒戈，不但自己惨遭杀戮，唐王朝也因此覆灭。"空"即徒劳，深含报国无门的无力感。"必"是诗人借崔胤的悔来抒发自己的悲愤。远在异地的诗人有心报国，却无能为力，只有徒劳地流着悲戚的眼泪，而地下的崔胤现在怕也是追悔莫及。

　　尾句用典，虽繁而不滞。"掩鼻计成"典出《韩非子》：楚王的夫人郑袖妒忌得宠美人，心生一计，骗宠妃大王讨厌她的鼻子，嘱咐她要遮掩好鼻子，但回头却告诉楚王美人掩鼻是怕闻你身上的臭气，楚王愤怒之下割下了其鼻子，郑袖终于获宠。诗人用此典借指朱温伪装效忠唐室却倒戈反叛，夺得天下。"学鸣鸡"，指门客冯驩学鸡叫助孟尝君夜间逃脱函谷关的故事，此处是诗人拿冯驩自比，责备自己没有像冯驩那样设计保护君主。

　　整首诗充满了亡国之悲，前两联写景，寄情于物，含而不露；后两联抒情，或暗指或用典，婉转深微，沉郁顿挫，见大家气魄。

自沙县抵龙溪县，值泉州军过后，村落皆空，因有一绝

韩偓

水自潺湲日自斜，尽无鸡犬有鸣鸦。
千村万落如寒食，不见人烟空见花。

【赏析】

　　此诗作于唐亡后不久后梁开平四年（公元 910 年），诗人自沙县到泉州，途中路过龙溪县，目睹被泉州军洗劫过的村庄空无一人，深感国破家亡的悲戚，以侧面衬托的方式尽数战争残酷，令人扼腕痛心。

　　首句写诗人路过山间时见流水依旧潺潺细流，而太阳也如往昔一般挂在天空上。此句中两个"自"连用，塑造了村落如今凄凉空旷的景象。写流水与白日的无情，反衬出诗人的多情，饱含物是人非之感。

　　第二句从自然景物过渡到动物，现在已经没有往昔的鸡鸣狗吠，只有啼叫的乌鸦依然在嘶哑地哀鸣。"尽无"二字倍增荒凉。《孟子·公孙丑上》有"鸡鸣狗吠相闻而达乎四境"。鸡犬之声彼此呼应，用以比喻聚居处人口稠密。此处诗人写无鸡犬之声，暗指村落的荒无人烟，比直笔写来更觉辛酸。

　　寒食，即寒食节。这一天，人们都禁烟火，只吃冷食，故称"寒食"。第三句写诗人眼前的村落都仿佛到了寒食节一般没有烟火升起，暗示着村落的荒芜。点出无人烟之后，继之又用"空见花"来衬托，更显村落如今的寂静凄凉。

　　全诗皆写村落之景，无一句抒情，却句句含情，字字血尽。诗中以流水、白日、鸣鸦、花灯景物的依旧"有"，反衬人烟鸡犬的"无"，含蓄绝妙，隐而不露，却让人深感言外的大悲痛。诗人以小见大，以一村之荒道出了一国之破，婉中有直，痛心中有悲愤，满怀乱世之哀。

深院

韩偓

鹅儿唼喋栀黄嘴，凤子轻盈腻粉腰。
深院下帘人昼寝，红蔷薇架碧芭蕉。

【赏析】

此诗描绘出了庭院深深的景色，笔触细腻，色彩丰富，动静皆宜，其幽寂的景色下

却隐藏着一颗并不平静的心。世事艰难，诗人笔下的这个深院仿佛就是他自己塑造出来的世外桃源，欲逃入以避乱世。

诗中一二句写院中的鹅与蛱蝶，一在水中，一在空中，交相辉映。鹅在水中互相嬉戏，它们用栀子黄的嘴吸水。诗人仿佛能听见它们吸水之声。白粉色的蝴蝶正在空中翻飞着它的身姿，翩翩起舞。"鹅儿"与"凤子"两个较口语化的词显出了景色的活泼可爱，同时也饱含诗人的喜爱之情。

上两句中，颜色缤纷。"栀黄"即栀子的黄，把黄色具体化，体现了诗人细致的观察力与感悟力。"腻粉"形容白色。而在写其动作上，所用"唼喋"与"轻盈"叠韵词，丰富了声韵美的同时又增添了象形功能。诗人仿佛是位工细笔的画家，笔笔精细，见其遣词造句的功力之深。

第三句写深院中的人影。诗人并不直接写人，人物的出现好像只如一个影子般飘过，让读者惊鸿地匆匆一瞥。在夏日的午后，院中鹅儿戏水蝴蝶翩飞，而人却拉下了门帘，在房间里睡觉，更显其静。

尾句以景语作结。与前三句相比，这句营造的诗境愈发安静，既没有鹅的戏水声，没有蝴蝶纷飞，也没有人沉睡时的鼻息声，只有红色的蔷薇架的上方遮着碧绿的芭蕉叶，在烈烈夏日下相互映衬着。

在古诗中许多结尾皆以红绿搭配的景色呈现，如"红了樱桃，绿了芭蕉"、"碧鹦鹉对红蔷薇"、"应是绿肥红瘦"等，红与绿的搭配使颜色浓烈，到达了一种极致的美，带着不易察觉的细微伤感。因此，诗中颜色的浓烈恰恰反衬出景色的静美与庭院的幽寂。气节刚烈的诗人经历了失意之悲与亡国之痛，而浓烈的色彩也是诗人激烈冲突的内心不经意的表露。

安贫

韩偓

手风慵展八行书，眼暗休寻九局图。窗里日光飞野马，案头筠管长蒲卢。谋身拙为安蛇足，报国危曾捋虎须。举世可能无默识，未知谁拟试齐竽？

【赏析】

此诗写于诗人南下定居闽南泉州南安的第二年，即乾化元年（公元 911 年）。是时，朱温已建立了梁朝，曾十分看重韩偓的唐昭帝也已遇害。被朱温逐出朝廷的诗人在南部地区颠沛流离，生活与精神都处于极度消沉中。题目中的"贫"既是指经济上的穷困，也指政治仕途上的潦倒，"安贫"不过是诗人的自我安慰，从而使心灵寻得暂时的平息。

首句诗人点题"安贫"，写自己贫困潦倒的日常生活。"手风"指四肢患了风痹，不能灵活地活动；"八行书"即信笺；"暗"指老眼昏花；"九局图"为棋谱。诗人晚年年老独居，生活异常寂寥。他的四肢开始渐渐地变得不灵活，于是便不愿写信，与人联系；由于老眼昏花，也懒得下棋娱乐。由首联可见诗人对于生活已经失去热情。

领联写室内活动。野马语出《庄子·逍遥游》，指空气中的埃尘；筠管，即竹管，此处指毛笔筒；蒲卢，为螺赢，一种细腰蜂，喜产卵于小孔穴中。在百无聊赖的日子里，诗人几乎每天都坐在窗前，看着灰尘在阳光下翻飞浮游，摆放在桌上的毛笔筒也已是久久不摸，上面甚至长出了细腰蜂。

首联与领联叙事，全写诗人现在贫困潦倒且百无聊赖的生活与万念俱灰的心情，接下来颈联与尾联在上文的铺垫下抒情，表达了诗人在居于贫困生活中波动而矛盾的感情。

颈联中的安蛇足，出自"画蛇添足"的典故。诗人在此自比为做事节外生枝、弄巧成拙的人，其实是无力的自嘲。"捋虎须"典出《庄子·盗跖》。孔子游说盗跖却被赶出来，于是孔子说："丘所谓无病而自灸也。疾走料虎头，编虎须，几不免虎口哉！"捋虎须，比喻触犯凶恶残暴的人，此处暗指诗人敢于冒犯节度使朱温而再三被迫害的事情，在自嘲中可见诗人仍有以身报国的勇气。

尾联中，诗人表达了得遇贤主以展其才的期望。"试齐竽"，即"滥竽充数"之成语典故，出自《韩非子·内储说上》据说齐宣王爱听吹竽，要三百人合奏，不会吹竽的南郭处士也混在乐队里装模作样以骗取俸禄。但后来，宣王崩，湣王立，新王喜欢听独奏，南郭处士害怕泄露，只得逃之夭夭。

本句引用此典，是希望能够有像齐湣王这样的君主出现，挽救国危，同时可以辨别贤愚，重用自己。这样的愿望却以"未知谁拟"问句问出，可见诗人对此虽抱希望，但他对这一希望能否实现亦存疑虑。安贫与报国之间，希望与绝望之间，诗人有着千般不甘愿不得已，日夜在如此矛盾的心情中辗转徘徊，可见乱世文人欲安贫却永不得矣。整首诗形似颓废，神却遒劲，动人心魄。

惜花

韩偓

皱白离情高处切，腻红愁态静中深。眼随片片沿流去，恨满枝枝被雨淋。总得苔遮犹慰意，若教泥污更伤心。临轩一盏悲春酒，明日池塘是绿阴。

【赏析】

花开犹喜，花败犹怜，自古都有不少咏花的名作，诗人韩偓更是一个喜爱描写花的诗人，在他现存的诗集中，专门描写花的如《梅花》、《哭花》等就有十多首。此诗围绕"惜"字逐一描写了花将落、花已落和送花的过程，逐渐展开，笔触细腻传神，虽为写花却为寄慨，言有尽而意无穷。

首联写花将落，分为将落与未将落描写，层次分明，内容丰富。处于花枝高处的白色花朵，花瓣都已枯皱色衰，即将落败，显得十分悲伤；而比白色花朵稍微矮一点的红色花朵，在枝头上默默无语，仿佛知道自己不久也将经历白色花朵的命运，哀愁婉转。

"皱"与"腻"不但使花的形象更生动传神，同时寄托了诗人的情感，变景语为情语。"高处切"道出了白花即将离枝的微微欲坠之感；"静中深"，把红花静静绽放，默默无言的静态美传神地表达了出来。

颔联较首联更进一层，写花朵的飘逝与被雨水摧残的景象。诗人的眼睛随着片片飘落的花瓣而去，看着它们无情地被流水带走，而这个时候，枝头上的花也正被雨水淋打，充满了哀怨愤懑。"眼随"为诗人眼睛追随着片片落花，满怀依依不舍之情；"恨满"即诗人因花的摧毁而起无限惆怅。

颈联为诗人对花落之后的想象。如果那些落败的花朵落在了青苔上，那还可算欣慰，但如果落在了泥潭里，被污泥弄脏，将令惜花人伤心。本联收放自如，写花瓣的日后命运多舛，也象征着人的命运难测。

诗人看见落花起了愁绪，于是借酒浇愁，临轩把盏，掬一把悲春的眼泪在自伤中得以自慰。再过几日，这个现在仍在飘着落花的池塘，怕是花已凋尽，只剩得一片绿荫遮天，绿肥红瘦了。尾句是诗人遥想来日的景象，满溢对今日之花的无限留恋与惋惜。

诗中上两联为写实，而后两联则是诗人想象之词。诗歌由现实之景遥想到日后之景，哀情步步加深，结尾更是含蓄委婉。诗人的惜花其实也是对自己身世与国家命运的悲怆，就好似那些花朵已经到了快萎谢的地步，日后命运难测，穷凶未卜，只得一壶酒借以浇愁，愁更甚矣。

春尽

韩偓

惜春连日醉昏昏，醒后衣裳见酒痕。细水浮花归别涧，断云含雨入孤村。人闲易有芳时恨，地迥难招自古魂。惭愧流莺相厚意，清晨犹为到西园。

【赏析】

本诗为韩偓晚年寓居南安之作，所以诗中之景也为典型的南方暮春之景。本篇题为"春尽"，既指季节上春光将尽，春去夏来，也为诗人自伤之情，感叹自己形将迟暮，潦倒萧索。此时国家也已破败，大好河山再也难寻，剩得自己报国无门，寄予着诗人深深的亡国之痛。

首联叙事。诗人因流逝的春光而起愁，于是借酒浇愁，连日里醉昏昏，醒来之后，只见得衣服上还尚余酒痕，更加愁苦。其实让诗人如此之愁的并不单单是流逝的春光，还有自己独身南居，形单影只又漂泊不定，而亲朋久无音讯，国家已亡，仿佛孤魂野鬼般的诗人不过是拿春愁当幌子，更是聊以自慰。

颔联写景。潺潺细流的流水与水面上的落花都一起流入其他的山涧之中，而天空上的孤云正孕育着雨滴将落到荒凉的小山村里。此联中诗人用了大量如"细"、"浮"、"断"、"孤"等带有薄弱、荒凉、孤寂感的字眼，充满了人生无常、漂浮难定的思绪，寄情于景，含蓄蕴藉。

颈联抒情。"芳时"指春天，"迥"为遥远之意。诗人感叹人在闲适无聊的时候更容易因为春光的流逝而心生哀怨，而自己身边无亲朋可语，欲寻而音讯难通，欲招古魂来与自己为伴，但人鬼殊途。句中的"闲"表面上写生活闲适，却满含百无聊赖人生虚度之情；"难"道出了诗人欲寻知音而不得，两处茫茫皆不见。

尾联却从别处写来，情感有了转折。前文一直都在抒发诗人的春尽愁绪，但是诗人在尾联因为清晨园子里的流莺的探望，而感到一点点的欣喜和安慰。虽然是流莺的殷勤让诗人感受到一点点暖意，以流莺的"有"反衬知音亲朋的"无"，含蓄委婉中加深了悲痛的力量。

诗人从春尽联想到自己的身世与祖国的命运，继而借景抒情，寓情于景，抒发伶仃漂泊的羁旅中无知音的痛苦，仿若洋葱被层层剥开，情感也逐渐深婉，结尾宕开一笔，别有洞天。

寒食夜

韩偓

恻恻轻寒翦翦风，小梅飘雪杏花红。
夜深斜搭秋千索，楼阁朦胧烟雨中。

【赏析】

此诗写寒食夜之景，犹如一幅小小的剪影，凄迷中透着香艳，惨淡中渗着浓烈。在不露声色的景色描写中，饱含着对于逝去人事的留恋。

寒食节为中国的传统节日，亦称"禁烟节"、"冷节"、"百五节"，于每年四月四日，即清明节的前一天。寒食这天，家家户户禁烟火，吃冷食，故称"寒食节"。

诗中前两句写寒食夜的风与花。寒食正值春寒乍暖的时候，让人感觉到一丝寒意，还有轻柔的风吹拂着，梅花已经开始凋谢，就好似在飘着雪花一样，杏花慢慢绽放，吐出红色的花瓣。这里的奇妙之处在于"恻恻轻寒翦翦风"营造了一个凄寒的气氛，而"小梅飘雪杏花红"却用"白"、"红"色给气氛里注入了些许温馨。

第三句承接一、二句，同时引出第四句，点题的同时暗示着本诗的主旨。《佩文韵府》有"北方寒食为秋千戏，以习轻。后乃以彩绳悬木立架，士女坐其上推引之"。此处"秋千"则暗点寒食。寒食节的深夜里，远处的斜塔空对着寂静的秋千。

这空无一人的景色里暗示着人去楼空之意，往昔此日，怕是有美丽的女子在此荡着秋千嬉戏，而诗人此时与那个人儿已经分离，睹情伤怀。此处与"人面不知何处去，桃花依旧笑春风"有异曲同工之妙，不过是人面不知何处去，秋千依旧对寒夜，景色之凄凉更甚前者。

尾句依旧写景，把人去楼空的感觉愈加深化。只见朦朦胧胧的细雨中耸立着亭台楼阁，那里也许正是诗人心里那个人儿居住过的地方，如今却只见楼阁。景语作结，余韵悠然。

已凉

韩偓

碧阑干外绣帘垂，猩色屏风画折枝。
八尺龙须方锦褥，已凉天气未寒时。

【赏析】

韩偓是香奁诗的创作名家，有不少记闺情的诗。这首《已凉》被长期传诵，全诗只以房间四周景物烘托气氛，女主人公从未露面，却把女子感慨光阴流逝又渴望爱情的幽深心理细腻地表达了出来。其妙在说与不可说之间，曲折委婉，默默无言"情"却是情有千千万万。

前两句从室外之景逐渐写到室内之景，镜头缓慢地朝着房间里拉近，就仿佛一双缓缓窥视的眼睛。翠绿色的阑干外有绣着团花的帘子静静地垂在地上，而再往房间内部望去，只看见猩红色的屏风上画着遒劲的枝丫。

第三句中的"龙须"，即灯芯草，茎可织席，这里指有八尺长的用灯芯草茎织成的席子。视线转过屏风，就可看见那八尺长的席子以及闪着锦缎光泽的被褥，如此富贵的装点，可见是个富贵人家。

尾句却跳出室内陈设，转述隐藏在暗地的女主人对于天气的感受，就仿佛是一句沉重的叹息声，而这声叹息便会在这间华丽的闺房里久久绕梁，形成强烈的反差。句中道出现在的气候是天气已经转凉，但是还有更寒冷的时候。四季的变化之际是最容易让人感受到时间流逝的时候，无论是草木逢春还是枯树凋零，都让人感叹，也最易惹人伤怀。

整首诗与"不闻机杼声，惟闻女叹息"有异曲同工之妙，诗中不描写女主人对于爱情的渴望，而只描写四周华丽寂静的景色与天气的变化，仿佛顾左右而言他，让人有搔痒之感，言外之意深亦浓。

卷二　宋词鉴赏

北　宋

玉楼春

钱惟演

城上风光莺语乱，城下烟波春拍岸。
绿杨芳草几时休，泪眼愁肠先已断。
情怀渐觉成衰晚，鸾镜朱颜惊暗换。
昔时多病厌芳尊，今日芳尊惟恐浅。

【赏析】

钱惟演一生为仕途奔波，趋炎附势、阿谀奉上，几十年来宦海浮沉，最终也没有完成官至宰相的心愿，晚年在仕途上更是屡受打击。宋仁宗明道二年（1033 年），与钱惟演有姻亲关系的刘太后宾天。仁宗亲政，开始肃清刘氏党羽，一直受到刘太后庇佑的钱惟演随即被贬谪汉东。本词就创作于这种历史背景下，词人用凄婉哀凉的笔触，抒发了晚年衰颓愁苦、仕途屡屡受挫的感怀。宋代黄昇《花庵词选》曰："此词暮年所作，词极凄婉。"

起首两句以春景开篇，分述城楼上下之景：城墙上莺歌燕语，一片喧闹；城下烟波濛濛，水浪击岸。这两句描写声色兼备，"风光"、"烟波"写目中所见，意蕴委婉，颇有朦胧之美；"莺语"、"拍岸"，写耳中所闻，言辞真切，莺语、涛声仿佛回响耳畔。作者炼字工巧，首句中"乱"字用得极妙，仅一字将春景渲染得生动热闹。后人宋祁亦有《玉楼春》一阕，其中"红杏枝头春意闹"中"闹"字或效钱词"乱"字而成。黄莺乱啼，暗示春色已暮。面对着易逝的春光，词人心中不禁起了凄婉感伤。

"绿杨芳草"本是明丽春色，然而无奈"春色恼人恨不得"，眼前美景更加令人愁思满怀。词人不禁责问"绿杨芳草几时休"，也就是在叱问这恼人的春天何时才能过去。古典诗词中，"芳草"这一意象常被用以指代伤春愁绪、别离感伤。钱惟演情由景生，由景入情，感情逐步升华，面对"绿杨芳草"这触动愁情的景象，情感达到了一个高潮，"泪眼愁肠先已断"，满腹心事无从说起，最终化作愁泪千行。

"情怀渐觉成衰晚"，愁情如此难耐，词人也觉察到了自己情志萎靡、身体衰老的景况，有大势已去之感，又无可奈何。"鸾镜朱颜惊暗换"，他对镜自照，只见镜中"朱颜"已随年华的逝去变得十分苍老，不禁暗暗惊叹。着一"惊"字，词人把看到镜中苍老容颜时心中一颤的瞬间景况挥洒而出，用一"暗"字，又把岁月悄然流逝、年华暗自老去这一长时间的情态表达得极为精准，一长一短，相融相彰，却都抒写出了暮年衰晚的情怀。

然而，词人心中的感伤还是无所依、无所寄的，只能借酒浇愁，由此，愁绪更深一层。"昔时多病厌芳尊"，早年多病厌恶饮酒，而今满腹愁肠，"今日芳尊惟恐浅"，却唯恐杯中酒浅。词人对"芳尊"前后态度的变化，对比鲜明，反差强烈。一个绝望于仕途、无望于生命的垂暮老人，以酒消愁愁更愁的形象跃然纸上，有点睛之效果。

写完这首词不足一年，词人即溘然长逝。情知生命与仕途都行将就木，钱惟演创作此词来抒发内心的无限愁苦，读来令人唏嘘。

点绛唇

林逋

金谷年年，乱生春色谁为主？余花落处，满地和烟雨。

又是离歌，一阕长亭暮。王孙①去。萋萋无数，南北东西路。

【注释】

①王孙：本指贵族公子，常用来指代远游之人。

【赏析】

这是咏草词中的佳作。词人用清丽的笔触，幽远的意象，寓情于景，以咏春草抒发满怀的伤春惆怅，寄托着绵绵离愁。整首词作风格澄澈淡远，语境柔美凄楚，堪称咏草词之绝唱。

"金谷"，指金谷园，是西晋巨富石崇在洛阳建造的一座奢华别墅，相传"高百丈"，可"极目南天"。昔日石崇曾在金谷园中为征西大将军祭酒王诩践行，后南朝江淹在《别赋》中有"送客金谷"句，所以"金谷"蕴涵了送别之意。曾经繁华奢丽的金谷园，如今人去楼空，满目凄凉，然而草木依旧逢春而生、年复一年。

"乱生春色谁为主？""乱生"二字，既描绘出金谷园风华不再、荒芜凄楚的情状，也道出了词人心中烦乱的离愁别恨。"谁为主"三字有明知故问，引起读者重视之意，其实荒园现在早已无主，此处抒发了世事无常、人生沧桑的感叹。

"余花落处，满地和烟雨。"绵绵烟雨中，春色凋零，曾经灿烂灼灼的花朵纷纷告别枝头、摇摇坠落，连枝头仅剩的点点余花，也不堪这凄凄暮春细雨的哭诉，飘逝而去。这满目烟雨，加深了词人的惆怅情怀。唐代诗人杜牧《金谷园》诗中有"日暮东风怨啼鸟，落花犹似坠楼人"之句。石崇有一爱妾名为绿珠，为石崇坠楼而死。"余花"二字情调哀伤，令人感怀红颜薄命、春色易逝、人生变幻无常。

"又是离歌，一阕长亭暮。"折柳送别是古诗词中的经典送别场景，这一幕情景又常发生在长亭之中，"长亭"意象也蕴涵惜别之意，有"送君十里长亭，折枝灞桥垂柳"之语。过片两句把离情惹出：夕阳西下，暮色中的长亭更显离愁悠远，再唱离歌一曲，情意绵绵的人还是不忍分离。

结尾三句进一步渲染离情。"王孙去"，亲友渐行渐远，此时送别之人心中难免会有"莫要一去不归"的祈愿。宋代梅尧臣《苏幕遮》词中也曾云"堪怨王孙，不记归期早"。"萋萋无数，南北东西路。"这两句写人已远去，唯见春草铺满四方道路，无边无涯。"萋萋"二字，既写芳草之貌，也写词人心境。词人胸中的离情，恰似这蔓延而去的芳草，绵延无际。

长相思

林逋

吴山青，越山青。两岸青山相送迎，谁知离别情？
君泪盈，妾泪盈。罗带同心结未成，江头潮已平。

【赏析】

林逋用清丽柔美的笔触，在这首相思词中抒写了女主人公爱情生活的不幸，把她被迫与心上人在江边诀别的场景写得凄离惘然。

开头两句"吴山青，越山青"，采用了起兴手法。"吴山"、"越山"看似与离情没有明显的关系，但又隐有某种联系。吴越山水秀美多姿、清丽宜人，然而这无情山水也阅尽世间百态、看遍悲欢离合，由此引出后文"离别情"之说，是谓借物言情、以此引彼。叠用"青"字，展现出色彩明丽的山水景色，构成叠章复唱的形式，音韵轻快，循环往复，扣人心弦。

前两句的感情如涓涓溪水流出，后两句的情感则如深海浓厚深沉。"两岸青山相送迎，谁知离别情？"这两句借自然之景倾诉衷肠。两岸连绵的青山年年如是、岁岁如是，迎来无数归乡客、又送走多少远游人，可这青山又怎能懂得离愁、怎能纾解别情？词人用拟人手法，嗔问青山，看似责怪山水无情，实际在说离人有恨。

"君泪盈，妾泪盈"，在离别之际，几多不舍、几多留恋、几多无奈、几多伤悲，都化作滴滴清泪，无声而落。过片两句由景入情，此中情味，后人柳永在《雨霖铃》一词中也曾写出："执手相看泪眼，竟无语凝噎。"

"罗带同心结未成"，这一句道出女主人公与心上人泪眼相对、凄苦难言的心事。古代男女常用绸带打成心形结扣，寓意"永结同心"。"罗带同心"是说二人情深意切，有执手偕老之愿，但却陷入"结未成"的悲苦境遇。词人没有明言拆散这对情侣的原因，只是把他们的满腔哀怨付诸江水。

"江头潮已平"，潮平之时便是离舟远航之时。江面平阔，但这对情人心中却波澜起伏。他们心怀悲戚，挥泪告别，绵绵的相思离愁好似一江恨水，无尽无涯。词人用"潮已平"反衬"心难平"，突显主旨。

渔家傲

范仲淹

塞下秋来风景异，衡阳雁去无留意。四面边声①连角②起。千嶂③里，长烟落日孤城闭。

浊酒一杯家万里，燕然未勒归无计。羌管④悠悠霜满地。人不寐，将军白发征夫泪！

【注释】

①边声：马嘶风号之类的边地荒寒肃杀之声。②角：军中的号角。③嶂：像屏障一样并列的山峰。④羌管：羌笛。

【赏析】

范仲淹不仅是北宋著名的政治家、文学家，还是一位杰出的军事家。宋仁宗时期，西夏大军时常侵犯宋朝延州（今陕西省西安市附近）等地，宋军节节败退，边关告急。康定元年（公元1040年），仁宗任命范仲淹为陕西经略副使兼知延州。词人此时已年过半百，他毅然奔赴边地，领兵戍守4年之久。几乎家喻户晓的《渔家傲》便是他在边塞军中所作，表达了守边将士保家卫国的英雄气概，以及思念家乡的凄苦心情。

上阕勾勒出辽远萧瑟的边地秋日风光，用"雁去"、"边声"、"连角"、"长烟"、"落日"等富有边塞特征的意象，含蓄地表达出词人沉郁、苍凉的心境。

"塞下秋来"四字点明时间地点。秋风扫过边塞，词人眼前呈现出一幕与内地迥异的秋日风光，故而用"风景异"三字概括而出。"异"字用得极好，首先，明示边塞内外风景有异，含有惊异之情；其次，当时正处于两军交战的危急情势下，此时的边塞与其他时候也有异；再者，词人在边关的心境与在内地为官时也有异，揭示出词人关心时局、无法平静的心情。

"衡阳雁去"是"雁去衡阳"的倒文。诗词中，鸿雁意象常用来寄托思乡之情，词人选用鸿雁入词，可见其内心对家乡深切的思念。雁是候鸟，每逢秋季，北雁南飞，相传至衡阳时"歇翅停回"，故衡阳又雅称"雁城"。词人用展翅南飞，毫"无留意"的鸿雁，象征戍边将士的盼归之心，十分形象。

"四面边声连角起。千嶂里，长烟落日孤城闭。"这几句描写了傍晚时分塞外战地的萧凉景象。雁鸣、马嘶、风吼、胡笳等多种边声与军中号角声交织在一起，更显战地沉重的苍凉氛围。崇山峻岭环绕着城门紧闭的延州，只见狼烟直冲天空，落日垂落天际，

"长烟落日"四字，颇有唐代诗人王维"大漠孤烟直，长河落日圆"之神韵。"千嶂里"的宏阔意境与"孤城闭"的封闭环境形成鲜明的对比，隐隐显现出战争形势的危急。

下阕由景转情，抒发思乡之情。此时范仲淹已年过半百，远离家乡、长期守边，故而用"浊酒一杯家万里"一句，把浓浓的思乡之情寄于杯酒之中。"一杯"之中，寄托着"万里"情思，既见对比又见夸张手法，写出了作者心中无法消解的愁绪。乡愁已让人十分难耐，更让人无奈的是归期难测。

"燕然未勒归无计"，燕然是古山名，《后汉书·窦融传》有云："（窦宪）与北单于战于稽落山，大破之。虏众崩溃，单于遁走……宪、秉遂登燕然山，去塞三千余里，刻石勒功，纪汉威德。"范仲淹化用这一典故，是为了说明敌军未平、战争未胜，归乡之日遥遥无期。

"羌管悠悠霜满地"，塞外秋霜满地，凉寒肃杀；深夜里传来阵阵羌笛声，凄凄切切，令人心生苍凉。"人不寐"，实际上也是"人难寐"，词人之所以彻夜难眠，是因为他心中充满战乱悲情、思乡离情和报国激情。"将军白发征夫泪"一句是说：战争延年，忧国忧民的将军黑发渐白，思乡镇边的将士也流干了眼泪，把愁情之深写得极为感人。

宋代魏泰在《东轩笔录》中说："范文正公守边日，作《渔家傲》乐歌数阕，皆以'塞下秋来'为首句，颇述边镇之劳苦，欧阳公尝呼为穷塞主之词。"在范仲淹之前，唐五代及北宋初期词人均未用词这一形式反应边塞生活，范公开此先河，标志着北宋初期词风的嬗变，已隐约展露后世苏轼、辛弃疾豪迈词之风。

苏幕遮

范仲淹

碧云天，黄叶地，秋色连波，波上寒烟翠。山映斜阳天接水，芳草无情，更在斜阳外。

黯乡魂，追旅思，夜夜除非，好梦留人睡。明月楼高休独倚。酒入愁肠，化作相思泪。

【赏析】

"范希文《苏幕遮》一阕，前段多入丽语，后段纯写柔情，遂成绝唱。"此评语出自清代邹祗谟的《远志斋词衷》。词人用深婉秀丽的文辞，描写秋日幽美阔丽的景致，高远意境中饱含愁思，恰如欧阳修《六一诗话》中所言："状难写之景如在目前，含不尽之意见于言外。"

"碧云天，黄叶地，西风紧。"这是元代王实甫《西厢记》中"长亭送别"一折的开篇，明显脱胎自范仲淹此词。上阕写秋景，气象阔远，景致秾丽，由秋景暗透思乡之情。起首两句"碧"对"黄"、"云"对"叶"、"天"对"地"，对仗工整，工巧练达，色泽稠丽，是描写秋景的佳句。词人由上至下，由天及地，俯仰之间勾勒出苍茫秋景。"秋色连波，波上寒烟翠"两句表明，词人的视线不再上下移动，而是望向远方碧天阔野相连之处。湛碧的云天、满是黄叶的大地延展向远方，似乎在天地尽头被浩荡碧波相连一处，秋水上朦胧烟霭，隐约笼罩着一层翠色、一丝寒意。

上阕结尾三句，词人又在前文勾勒出的秋景图里添加了芳草、斜阳的意象，并用它们把宏阔的山水意象连接起来，把诸多有代表性的秋景融为一体，交相辉映。同时，这三句还带有强烈的感情色彩，词人怨"芳草无情"，实则是词人心中有情、多情、重情，暗透远人离恨、乡思情思。

下阕用"黯乡魂，追旅思"两句直抒胸臆，把思乡之情、羁旅愁思直笔道出。"乡魂"、"旅思"是互文手法，皆言思乡，更显思乡羁旅之情怀凄然哀怆。

"夜夜除非，好梦留人睡。"唯有在夜晚的好梦中才能暂时忘记思乡愁苦。但是，就连这样的"好梦"也不是经常能有的。"明月楼高休独倚"说明愁思满怀，夜不能寐，"好梦"自然就成了词人的奢念。"休"字说明词人也不想倚楼独望，但心中思乡的怅惘情怀无计可消，有无可奈何之意。为了一解心中郁结，词人想借酒消愁，谁料"酒入愁肠，化作相思泪"，更添乡思之苦。

相较而言，范仲淹的《渔家傲》一词流传更广，其寄托政治情怀的文章也多名作，故而范公给后世留下了慷慨博大的英雄情怀。本词中的情思细腻委婉、缠满悱恻，与其别篇名作风格大相径庭，无怪乎会有清代人许昂霄惊叹此乃"铁石心肠人"所作的"消魂语"。

雨霖铃

柳永

寒蝉凄切①。对长亭晚，骤雨初歇。都门②帐饮无绪，留恋处、兰舟催发。执手相看泪眼，竟无语凝噎③。念去去、千里烟波，暮霭沉沉楚天阔。

多情自古伤离别，更那堪冷落清秋节！今宵酒醒何处？杨柳岸、晓风残月。此去经年④，应是良辰好景虚设。便纵有千种风情，更与何人说？

【注释】

①凄切：凄凉急促。②都门：指汴京。③凝噎：形容哽咽难语的样子。④经年：指一年或多年。

【赏析】

清秋的傍晚，一场暴雨刚歇，在凄切的秋蝉声中，柳永将要离开汴京南下，在长亭中与恋人依依惜别。江淹《别赋》中曾云："黯然销魂者，唯别而已矣。"自古以来，离情别恨是文人墨客写诗创词的重要题材。柳永的《雨霖铃》将离别之情渲染得极为浓重，是抒写离情别绪的千古名篇。

上阕采用白描手法，尽情铺陈离别场景；下阕则重在抒情，寓情于景，虚实结合。整首词格调缠绵委婉，凄恻动人。

起首三句，道明时间、地点、景物。凄冷的清秋，秋蝉鸣响，黄昏将近，一场暴雨之后，词人在长亭中与恋人送别。此处环境勾勒得恰到好处，未曾离别，愁绪已生，离愁皆暗含于景物之中。"都门"三句，写离别时的心情。帐中设宴，无奈离别在即，食不知味。"留恋处、兰舟催发"，正留恋情浓之际，那边却兰舟催发，这是何等的煎熬！此处柳永以极其精炼的笔墨，刻画了情人离别时的矛盾心态，仅七字，就让欲留不得、欲离不舍的缠绵情态跃然纸上。随后喷薄而出的"执手相看泪眼，竟无语凝噎"，更把离情推至高潮。离别迫在眉睫，只能悲咽无声，相看泪眼。"执手"两句历来为人称道，与苏东坡的《江城子》中"相顾无言，惟有泪千行"有异曲同工之妙。

接着，以"念"字起首，遥想离别之后，千里烟波，暮霭沉沉，楚天空阔，然自己孑然一身，漂泊无依。此处既有身世之感，又含有相思之情。自身前途未卜，情人又相见无期，实乃一片愁云惨雾。

上阕已将离别场景描述得生动无比，宛在目前；下阕则直抒胸臆，升华主题。下阕首句以情语起，先作泛论："多情自古伤离别"；再谈及个别："更那堪冷落清秋节"，层层渲染，步步递进。到此处，离情似乎已被道尽写透，谁料他笔锋一宕，开始描述别后的虚景："今宵酒醒何处？杨柳岸、晓风残月。"扁舟夜发，词人在酒醉清醒之后，已是拂晓，惊起之后难觅情人踪迹，眼前唯有对岸杨柳，晓风残月而已。凌晨凉风拂面，一轮残月挂在当空，清冷的岸上几株杨柳孤零零地立着，此景甚是凄凉。寥寥几语，词人与情人离别之后的凄清冷落的心境全出。

清人刘熙载《艺概》中说："词有点，有染。柳耆卿《雨霖铃》云：'多情自古伤离别，更那堪冷落清秋节。今宵酒醒何处？杨柳岸、晓风残月'。上二句点出离别冷落，'今宵'二句乃就上二句意染之。点染之间，不得有他语相隔，隔则警句亦成死灰矣。"细品起来，这段话为确评。前二句作为点缀，以百川下海之势倾泻离愁之苦；后二句紧接着渲染，以晓风残月之景烘托词人心境，衔接自然、前后照应、浑然一体，点染技巧极为高超。

"此去经年"四句将别后想象的情景由近景拉至远景，由"今宵"至"经年"；由"千里烟波"到"千种风情"，由"无语凝噎"到"更与何人说"，虚景与实景相互映衬，不仅丰富了词的内容，亦开阔了词的意境。"良辰好景虚设"一句，烘托了词人与情人离别后愁绪满怀、孤单萧索的心境。以问句结尾，极尽渲染之能事，突出了词人对情人的爱之深、念之切。

全词清丽哀婉、曲折回环，是柳永词中含蓄婉约的代表。宋代俞文豹《吹剑录》载：东坡在玉堂，有幕士善歌，因问："我词何如柳七？"对曰："柳郎中词，只合十七八岁女郎，执红牙板，歌'杨柳岸，晓风残月'。学士词须关西大汉、铜琵琶、铁绰板，唱'大江东去'。"从中足见此词在柳永词作中的地位。

另外，在语言表达上，《雨霖铃》以铺叙为主，白描见长，无论是勾勒环境，还是描摹情态，都惟妙惟肖，生动自然。此作在当时传唱广泛，风靡一时。

迷仙引

柳永

才过笄年①，初绾②云鬟，便学歌舞。席上尊前，王孙随分相许。算等闲、酬一笑，便千金慵觑③。常只恐、容易蕣④华偷换，光阴虚度。

已受君恩顾，好与花为主。万里丹霄⑤，何妨携手同归去。永弃却、烟花伴侣。免教人见妾，朝云暮雨。

【注释】

①笄年：古代女子十五岁为成年，由此开始便要挽起发髻、插上簪子，称为"及笄"。②绾：把长条形的东西盘绕起来打成结。③觑：看。④蕣：即木槿花，早开晚落。⑤霄：云，此处指代天空。

【赏析】

古代，烟柳之地令文人墨客热衷流连，以青楼女子为主角的诗词作品并不罕见。但更多文人偏向于把她们视为玩物，鲜有人能像柳永一样，以平等心态发掘并赞美妓女的外表与心灵之美。本词的主人公就是一位正值妙龄的青楼女子，上阕描写了她风尘之中的凄惨经历，流露出青春易逝的感伤，下阕抒发了她希望能有一位可托付终身的男子把自己救出风尘，并诚挚许诺愿一洗前尘、跟随郎君的决心。整首词辞浅而情真，通篇以风尘女子的口吻托出，可以说是一封情真意切的自白书。

上阕由"才过笄年"领起，女子开始自述。刚刚满十五岁，才梳起云鬟，她便开始学习歌舞。十五岁本是女子美好的青春年华，然而她出身青楼、身不由己，学习歌舞的目的极为功利，只是为了供那些在烟花地徘徊的王孙贵族娱乐。"算等闲、酬一笑，便千金慵觑。"说明女子色艺双绝，赢得了很多王孙公子的青睐，他们不惜一掷千金，只为博取佳人一笑。此处写出纨绔子弟们一掷千金的豪放姿态，看似潇洒风流，实则暗含讽刺，因为他们想以此来讨好美人，但钱财并非她所想要。"慵觑"二字，指懒得看上一眼，写出女主人公视钱财如无物的品质。

前面写她并不在乎金钱，后文承接而来，写出她所在乎之物。"常只恐"，道出她最关心也最担心的事情："容易蕣华偷换，光阴虚度。"木槿花朝开暮落，象征着女子青春年华短之又短。女主人公深知烟花女子命薄如花，再多的钱财也挽救不了日渐消逝的青春，"虚度"二字写出她对风尘生活的无奈和厌倦。

为了摆脱这种状态，她盼着能有一个男子不嫌弃自己的出身，带自己从良。"已受君恩顾"，"君"指女主人公倾心的男子；"恩顾"是说对方对自己有情义、有爱怜。"好与花为主"，女子如花，佳期易逝，她希望将自己的一生托付给他，于是求意中人为自己做主，救她脱离苦海。

"万里丹霄"，"丹霄"指绚丽的天空，如汉代贾谊云："青青云寒，上拂丹霄。"时空绚丽，广阔无际，表现出女子对自由生活的向往。"何妨携手同归去"，此句直截大方地表达出与意中人共同生活的强烈愿望，符合其出身风尘的身世，又表现出她大胆直白、勇于追求自由幸福生活的性格。

下文四句将感情升华，深刻地表达出女子心中对真挚爱情和家庭生活的渴望与决心。"永弃却、烟花伴侣。"与意中人喜结良缘之后，她便会永远忘却往日种种、尽弃风尘中所识之人，安心为人妻，以免他人认为出身青楼的自己用情不专。"朝云暮雨"，早上是云，晚上是雨，常用来比喻男女的情爱与欢会。青楼女子常被世人认为重利轻情义，女子不想被人误会，同时也是在向意中人表白心迹、表达决心。

下阕感情炙热，言辞恳切，可见这位青楼女子对圆满家庭生活的热切向往；她的愿望非常迫切，决心也很坚定，具有浪漫主义的色彩，但是在现实生活里，这个愿望其实很难实现，感情越强烈，越反衬出希望渺茫。

柳永的词作中不乏对风尘女子这个社会阶层的描写，溢满词人真挚的爱意与恳切的同情。古代歌伎舞女们常把改变命运的希望，寄托在风尘场中结识的风流少年身上，但多是一厢情愿，难有圆满结局，正所谓"易求无价宝，难得有情郎"（唐代鱼玄机《赠邻女》）。柳永这首词情深意切，感人肺腑，表达了身处泥沼的风尘女子对幸福的热切向往，其悲惨命运惹人同情。

归朝欢

柳永

别岸①扁舟三两只。葭苇②萧萧风淅淅③。沙汀④宿雁破烟飞，溪桥残月和霜白。渐渐分曙色。路遥山远多行役。往来人，只轮双桨，尽是利名客。

一望乡关烟水隔。转觉归心生羽翼。愁云恨雨两牵萦，新春残腊相催逼。岁华都瞬息。浪萍风梗诚何益。归去来，玉楼深处，有个人相忆。

【注释】

①别岸：稍远的江岸。②葭苇：初生的芦苇。③淅淅：风吹动的声音。④沙汀：水中小洲。

【赏析】

这是一首抒发羁旅情怀、思乡情绪和怀人心境的长调，上阕用白描手法将行役途中的初冬水乡景致描绘得生动秀丽，下阕则表达了思乡怀人的缕缕情思。整首词风格清丽，用词精妙，意境悠远，堪称佳作。

上阕的每句都可以视为一帧完整的初冬清晨丽图景。

"别岸扁舟三两只"，渐渐远去的江岸边，扁舟三三两两停泊于上。"葭苇萧萧风淅淅"，冬风淅淅吹拂江岸，江边的芦苇萧萧作响。前两句动静结合、声形并茂，令人深切体会到初冬晨景之美。

"沙汀宿雁破烟飞"，南飞的大雁夜宿沙汀，正值晨晓时分，薄烟渺渺，然而不知受到何种惊扰，宿雁冲破晓烟直飞长空。"溪桥残月和霜白"，其中"残月"指清晨出现的弯月，可见行役之人很早就出发了。太阳还未初升，天边可见弯弯残月，月白应着初冬晨霜之白，清丽冷色的冬晨，行役之人走过水上溪桥，也暗透出宿雁惊飞是旅人路过所致。三四两句对仗工整、意象清雅，在丝丝凉意的初冬晨景中，朦胧地描绘出旅人萧素的身影。

"曙色"一句承上启下，既延续前文的景色烘托，引出具体的时间，说明天边渐渐出现冬日破晓之色，为下文赶路行人的出场奠定基础。

"路遥山远多行役"，此句将语境由初冬晨景转向跋涉的旅人，"行役"，指因劳役或公务外出跋涉之人，《诗经》有云："予子行役，夙夜无已。"路遥漫漫，山高悠悠，此时已是东方发白，路上旅人也渐渐多了起来。词人以车轮指代陆路，用双桨指代水路，直言陆路水路上往来的旅人都是"利名客"，不停地奔波跋涉，追求的只是名利而已，表达出词人对世俗名利的淡泊心境。

下阕从"乡关"开始，开始倾诉思乡之情。"乡关"指故乡，典出《陈书·徐陵传》："萧轩靡御，王舫谁持？瞻望乡关，何心天地？"羁旅中最易思念家乡，词人想要远望故乡，却只看到茫茫晓烟，汪汪江水，烟水相隔，故乡却不可望。正因为想望而难望见的故乡，归心似箭，恨不得生出一双翅膀飞回家乡，由此可见词人思乡之切。

"愁云恨雨"指代儿女情思，在柳词《曲玉管》中也曾用此语："岂知聚散难期，翻成雨恨云愁？"词人思念家乡，更加思念家中的爱人，这儿女情思如缕缕丝线一般牵绕着两地、牵绕着两人。"新春残腊相催逼"，新春刚过，转眼腊月就来，"催逼"二字以拟人手法，赋予无情的岁月以人格化特征。"岁华都瞬息"一句正是对"催逼"二字的绝妙注解，岁月匆匆无情义，抒发了词人内心对时光易逝的感叹，承接前文萦绕心头的乡思与情思，进一步突出词人的苦闷情怀。

"浪萍风梗诚何益"，羁旅中的人，就像是波浪中的浮萍、秋风中断梗的叶子一样漂泊不定，这样的生活又有何益？这句道出了词人对家乡的深切思念和对羁旅生活的厌倦无奈，心中凄凉可见。最后，词人发出不如归去的感叹，因为"玉楼深处，有个人相忆"，在家乡还有一位爱人在思念着他，等他归来。至此，全词情感达到最浓厚之处，然而却是情到深处人孤独，越是思乡、思人，越是会对身处他乡、漂泊不定的处境感到凄凉苦闷。

婆罗门令

柳永

昨宵里恁和衣睡，今宵里又恁和衣睡。小饮归来，初更过，醺醺醉。中夜后、何事还惊起？霜天冷，风细细，触疏窗、闪闪灯摇曳。

空床展转重追想，云雨梦、任敧枕难继。寸心万绪，咫尺千里。好景良天，彼此，空有相怜意，未有相怜计。

【赏析】

饮酒归来时已经过了初更，词人醺醺而醉，和衣而眠。半夜时分，不知被何事惊起，词人环视左右，只觉得霜天寒入骨，西风凉似水，烛光闪烁，摇曳不定，让人心神难安。在这种情形下醒来，词人再难安枕，回想到刚才的"云雨梦"，不管怎样调整枕头的位置，也睡不着了。方寸之心里，盛放着千头万绪，梦中两人明明只有咫尺之遥，现实中却远隔万里。纵使想要一起度过这良辰美景，却终难相见。这便是《婆罗门令》的主要内容。

上阕用浅白的口语铺叙了旅人借酒浇愁、中宵梦醒的情景。起首两句从昨夜写到今宵，两个晚上的情况相同：昨夜里是这样和衣而睡，今夜里又是这样和衣而睡。"和衣"，抓住了代表羁旅远人艰辛生活的典型细节，一个"又"字隐约有不耐烦的意味，说明词人对单调的羁旅生活早已厌倦。

"小饮归来"三句是对前文"和衣睡"的补笔，羁旅之人心中苦闷，无限愁思只好诉诸杯酒，独饮苦酒直到"初更过"，喝得醉醺醺地归来。睡前醉饮，交代了"和衣睡"的原因，词中情境正如北宋词人张先《南歌子》所云："醉后和衣倒，愁来殢酒醺。"

下文"中夜后"两句在时间上紧承"和衣睡"之后，写旅人醺醉而睡却睡不安稳，半夜不知怎的又惊醒了。这里词人采用了一个问句，既生动地表现出梦中惊起的表情，又透出旅人心中的怨念苦恼。

"霜天冷"四句是对梦醒之后的景色描写，也可视为对"何事还惊起"的回答。为什么会夜半惊醒呢？是因为这深秋的天气清冷，夜半秋风细细吹动窗子，寒风丝丝侵入骨，这秋夜寒风冷了身体，也冷了旅人孤寂凄凉的心。"闪闪灯摇曳"，梦醒后孤独一人，只见秋夜中点点昏黄的灯光随着钻入屋中的秋风不停摇曳，语境凄凉哀婉，更添愁思。

下阕着重描写梦醒后孤枕难眠、思乡怀人的心情。"空床展转重追想"，中宵惊醒后辗转反侧，想要重温回想，而旅人想要"重追想"的是"云雨梦"，原来在惊醒之前旅人做了一个美梦，梦见与爱人相拥而眠。然而美梦已醒不可复得，任凭怎么努力也只是"欹枕难继"，梦境越美好、醒来的孤独现实越显得凄凉可悲，正如范仲淹《御街行》中所云："残灯明灭枕头欹，谙尽孤眠滋味。"

"寸心万绪，咫尺千里"，这两句对仗工整、对比强烈、意蕴深沉。羁旅行役的辛酸苦楚、孤寂无眠的凄凉悲切，这万般思绪、千般情愫浓厚沉重，只有方寸大的心又岂能承受；美梦中佳人近在咫尺，惊醒后才知仍是远隔千里，如此落差令人心怀惆怅、无尽凄凉。

"好景良天"，此句并非意在描绘美景，而是抒发"良辰好景虚设"的感怀。"彼此，空有相怜意，未有相怜计"，有情人天各一方，虽然都有相思情，却无法团聚。这三句由旅人之相思写到对方之相思，机杼之心可见一斑。

柳永一生仕途坎坷，其词作尤长于写羁旅行役之情，用凄切曲调抒发落魄文人的愁苦郁结，真实感人。本词就是抒发羁旅情思的代表作之一。

浪淘沙慢

柳永

梦觉、透窗风一线，寒灯吹息。那堪酒醒，又闻空阶，夜雨频滴。嗟因循①、久作天涯客。负佳人、几许盟言，更忍把、从前欢会，陡顿②翻成忧戚。

愁极。再三追思，洞房深处，几度饮散歌阕。香暖鸳鸯被，岂暂时疏散，费伊心力。殢③雨尤云，有万般千种，相怜相惜。

恰到如今、天长漏④永，无端自家疏隔。知何时、却拥秦云态，愿低帏昵⑤枕，轻轻细说与，江乡夜夜，数⑥寒更思忆。

【注释】

①因循：迟延拖拉，漫不经心。②陡顿：突然。③殢：困于，沉溺于。④漏：滴漏，古代计时工具。⑤昵：亲近。⑥数（shuò）：多次。

【赏析】

柳永在词的形式拓展上贡献颇大，他不满足于重复使用熟悉的词调，不断进行新的探索。《浪淘沙慢》即从前人《浪淘沙》词调而来，不过却从五十四字演变为一百三十余字，能够涵盖更丰沛的容量，表达更深刻的主旨。且柳永极擅慢词，喜以较长篇幅抒发各种忧戚羁旅离别之愁情，这首慢词便是其中代表，充分表现了词人的心理活动和情感过程。

上阕写词人夜半酒醒时的情状。"梦觉、透窗风一线，寒灯吹息。"梦中醒来，一缕寒风透过窗户，吹灭了灯烛。以"梦觉"二字领起，后按照梦中惊醒的顺序写出了梦醒后的所见：先是梦醒，感知寒风萧瑟，惊人睡梦，然后吹熄烛火。"透窗风一线"，词人笔下的风是"透窗"之风，且是"一线"寒风，可见窗帷紧闭而寒风难阻，仅仅"一线""透窗"，便将梦中人吹醒，把室内灯烛吹熄，室外寒风萧瑟之状于"一线"之外烘托而出。

"那堪酒醒，又闻空阶，夜雨频滴。"此处点出"酒醒"补充前句"梦觉"，醉梦中被寒风惊醒，"寒灯"、"空阶"、"夜雨"一派寒宵空寂。词人在"灯"前着"寒"字，"阶"前着"空"字，将寒冷寂寞的氛围烘托得丝丝可感。

继写景之后，又绘情于词中，"嗟因循、久作天涯客。负佳人、几许盟言，更忍把、从前欢会，陡顿翻成忧戚。"久久天涯漂泊，是柳永此时夜半酒醒空寂寥落的根由，再加之想起昔日的欢会、与佳人的海誓山盟，不免更加忧戚。"顿翻成"三字，将词人由回忆前情顿生忧戚更显寂寞的情状传达出来，往昔美好情景成了勾起忧戚的源头，让人肺腑内顿生忧伤。

上阕尽吐相思愁苦，而中阕以"愁极"二字紧扣前"忧戚"二字，将上阕的"从前欢会"转入更深层且细致的描绘，自然而下，流转顺畅。"再三追思"，衬出寂寞的情怀，以及词人与所"追思"之人情感的深厚。由"饮散歌阕"可知词人追思的对象是一立歌伎。

中阕绘尽曾经欢会时的"万般千种"，下阕中转回眼前，"恰到如今"一领，结起前文，更妙在写出了词人此刻想象将来与佳人欢会时的情景，又细说此时"数寒更思忆"的情形，大有"何当共剪西窗烛，共话巴山夜雨时"的情状。"无端自家疏隔"，写词人后悔出游，怨恨自己却又有些委屈。"天长漏永"即深夜之时，作者独自一人于思念中想象着未来某时的"轻轻细说与"，使全词顿生波澜。

这首衍出的慢词写尽忧戚相思。词人先于上阕写出此时此刻夜半酒醒的忧戚，又在中阕细细回忆过去的万般千种，最后在下阕再次回到现实后，又转而细细想象未来，使得整篇作品波澜荡漾，终在想象里戛然而止，有荡气回肠之妙。

另外，以俗语入词也是本作的一大特点，如"那堪"、"嗟"、"更忍"等具有口语化特点的词语，夹杂在其他纤秾典雅的文字中，显示出雅俗兼具的特色，易于传唱。

破阵乐

柳永

露花倒影，烟芜蘸碧，灵沼①波暖。金柳摇风树树，系彩舫龙舟遥岸。千步虹桥，参差雁齿②，直趋水殿。绕金堤，曼衍鱼龙戏，簇娇春罗绮，喧天丝管。霁色荣光，望中似睹，蓬莱清浅。

时见。凤辇宸游，鸾觞③禊饮④，临翠水，开镐宴⑤。两两轻舠⑥飞画楫，竞夺锦标霞烂。罄欢娱，歌《鱼藻》⑦，徘徊宛转。别有盈盈游女，各委明珠，争收翠羽，相将归远。渐觉云海沈沈，洞天日晚。

【注释】

①灵沼：指周文王在离京修剪的池沼，谓其象神灵所为，故名。后以之为池沼的美称。②雁齿：指桥上像雁行一样并列排放的柱子。③鸾觞：刻有鸾鸟花纹的酒杯。④禊饮：指古时农历三月上巳日的宴聚。⑤镐宴：指天下太平，君臣同乐。⑥舠（dāo）：小船。⑦《鱼藻》：即《诗经·小雅·鱼藻》，是周天子宴饮时诸侯所唱的歌颂天子的诗歌。

【赏析】

宋仁宗在位期间，每年的农历三月一日，文武百官与平民庶子都会到金明池游览，一时间盛况非凡。柳永即以此入词，调动了多种表现手法，把北宋都城俨然刻画成了人间仙境，反映出仁宗时期的社会风俗与都市风貌，具有民俗学的价值，也体现了柳永对宋词题材的拓展。

"露花倒影，烟芜蘸碧，灵沼波暖。"缀满露珠的花朵倒映池中，雾霭缭绕的绿芜蔓延无际直到水边，犹如占取了碧绿池水的颜色，池水荡漾着层层温暖的涟漪。开篇三句，把金明池的美丽春景绘于读者眼前，春色荡漾，鲜丽明媚，奠定全篇基调。词人以"露花"之"露"，"烟芜"之"烟"，绘出晨景之美，也暗暗点出时间。以"波暖"之

"暖"烘托出春日和煦、日光融融，也暗示出季节。"倒影"与"蘸碧"既绘出了池水的清澈莹翠，也烘托出一个明净愉悦的词境。三句一出，春晨清亮柔和的气息顿生纸上，令人精神抖擞，倍增喜迎新春之感。

"金柳摇风树树，系彩舫龙舟遥岸。"岸边柳树随风摇摆，树上系着画船龙舟。词人以"金"字形容"柳"，又加之"树树""摇风"之状，显其奢华璀璨，正与"彩舫龙舟"相称，绘出了皇家的辉煌气派。

绘完岸边，既而又写金明池上的仙桥，宋代孟元老在《东京梦华录》中记载了北宋都城的诸般风貌，其中有载："仙桥，南北约数百步，桥面三虹，朱漆阑楯，下排雁柱，中央隆起，谓之骆驼虹，若飞虹之状。桥尽处，五殿正池之中心。"而柳永的"千步虹桥，参差雁齿，直趋水殿"以写实的手法，将仙桥宏跨，府临波澜之姿描写得跃动生光。

"绕金堤，曼衍鱼龙戏，簇娇春罗绮，喧天丝管。"场景由桥又回到岸边的堤坝上，堤上百戏繁闹，又有歌伎着罗绮配繁花，穿梭其中，伴随着这一幕胜景，有喧天管弦鸣响，热闹非凡。

面对如此繁花胜景，词人仿佛觉得自己身在蓬莱仙境，于是有"霁色荣光，望中似睹，蓬莱清浅"之句为上阕作结，任思维驰骋到缥缈遥远的仙界。

下阕描写皇帝临幸金明池的盛况。过片以"时见"二字领起。"凤辇宸游，鸾觞禊饮，临翠水，开镐宴"四句描写君臣在水边宴饮的欢景。"两两轻舠飞画楫，竞夺锦标霞烂"二句写赛龙舟的场景，语句鲜活，绘出龙舟竞渡、虎虎生威的情形。"馨欢娱，歌《鱼藻》，徘徊宛转。"绘群臣颂天的情景。

写罢君臣，词人将视线转到庶民百姓身上。"别有盈盈游女，各委明珠，争收翠羽，相将归远。"写游女游赏景色，互赠明珠翠鸟的羽毛，兴尽后相携而归的情景。"渐觉云海沈沈，洞天日晚"，上阕结于想象中的蓬莱仙境，下阕作者又以仙境之象写金明池的傍晚，前后呼应，更见结构圆融。这两句是说：白云弥漫，彩阁画船笼罩在夕照之中，呈现出一片辉煌气象。

这首词作以三个四字句开篇，流丽生姿，音韵协调，顿生春色。宋代词人叶梦得的《避暑录话》中载苏轼之评："山抹微云秦学士，露花倒影柳屯田。"可见开篇句法之佳，堪为柳永代表。词人铺排渲染，语言华丽，层次分明，结构严密，把金明池的繁华气象描写得犹如金光夺目的仙境。词中所述内容的时间跨度很大，由早晨到傍晚，空间跨度也远，将金明池所有方位的景色涵括殆尽，尽显蒸蒸日上的承平气象，把慢词容量极大的优势发挥到了极点。

二郎神

柳永

炎光谢。过暮雨、芳尘轻洒。乍露冷风清庭户爽，天如水、玉钩遥挂。应是星娥嗟久阻，叙旧约、飚轮欲驾。极目处、微云暗度，耿耿银河高泻。

闲雅。须知此景，古今无价。运巧思穿针楼上女，抬粉面、云鬟相亚。钿合金钗私语处，算谁、回廊影下。愿天上人间，占得欢娱，年年今夜。

【赏析】

农历七月初七是传统的七夕节。在古代，这个节日的主要参与者是女子，因此又被称为"女儿节"。封建社会里，常年身处闺中的女子非常重视这一天，每到此节，都会望月乞巧、祈求姻缘福禄等，因此这个节日也被称为"乞巧节"。因为与牛郎织女的传说相连，这个节日也被视为与爱情相关，被赋予了浓郁的浪漫色彩。在文人墨客笔下，关于这个节日的诗词数不胜数。

柳永的这首《二郎神》亦是描绘七夕佳节的一首佳作。与前人七夕词不同的是，柳永不但表现了其他同题材作品中经常描写的爱情，还表现了普通百姓对美好生活的向往，将这一题材深化，比其他七夕诗词显得更加丰富而深刻。

在上阕中，作者通过丰富的想象，描绘了七夕佳节天上牛郎织女相会的情景。"炎光谢"一语点出节令，描绘出了气候特色。夏暑渐渐消退，清新凉爽略带秋意的天气渐渐来临。"炎光"即骄阳，此处代指夏季炎热的暑气。"过暮雨，芳尘轻洒。"继上句又点出具体时间，"过暮雨"指一阵黄昏雨后，可知时间是傍晚之后。经过一阵微雨倾洒，灰尘落下，暑气也终于消褪了。

"乍露冷风清庭户爽，天如水、玉钩遥挂。"露水初上，清风微冷，远天澄澈，弦月遥挂。"庭户爽"与"天如水"紧扣上句"过暮雨，芳尘轻洒"，一阵微雨洗去纤尘，夜色优美，清凉宜人。作者为下文中牛郎织女的相会绘出了一幕美好的夜景，引人遐想。

在清逸无尘、优美宜人的夜色中，词人引神话中的人物入场，刻画织女盼望与牛郎相见的急切心情。两情久隔，相见之期越近，内心越是急不可耐，"嗟久阻"、"叙旧约"、"飚轮欲驾"，作者从正面直笔描写，将织女盼望早点相见的心理刻画得非常生动，表现了两情坚贞久远。"极目处"，写出了人们仰望牛郎织女星的神态，表达了人们对两情相会的璧人的美好祝愿。"微云暗度"，传神地描绘了织女乘云渡过银河与牛郎相见的情形，此乃作者的想象。于"极目""暗度"之后，以"耿耿银河高泻"句戛然而止，使上阕顿显层层波澜。

"闲雅"二字兀然而起，立于下阕之首，直接点明这是一个娴静雅致的节日。继而又点出"须知此景，古今无价"，说明人们对七夕节的重视，表达了作者对真情的珍惜。

随后由情写人，细致刻画了一位乞巧的闺阁女子，"运巧思穿针楼上女，抬粉面、云鬟相亚"，即女子望月乞巧，引线穿针，粉面微微抬起，如云的发髻堆叠在脑后，其神态幽雅娴静，将下阕起首"闲雅"二字充分表现出来。

作者认为七夕是个闲雅的节日，不仅因为乞巧本身是件雅事，还因为这也是个男女两情相会，幽幽夜话的节日。"钿合金钗私语处，算谁、回廊影下。"此三句将李隆基和杨玉环七夕定情的爱情故事自然引入，巧妙无痕，表达了人们对美好爱情的向往。以"愿天上人间，占得欢娱，年年今夜"总结全词，点明主题，既表达了词人对普天下有情人的美好祝愿，又表现了人们对幸福生活的追求，展示了平民的世俗欢乐。

上阕写天上景、天上情，下阕写人间景、人间情，并最终以对"天上人间"的祝福收束全篇，浑然一体。以天上衬人间，在描绘出节日特色的同时，也表达了人们对人间欢乐和世俗幸福的追求。全词语言通俗易懂，形象鲜明生动，情调闲雅欢娱，又虚实相间，诱人遐思，给人以充分的艺术享受。

锦堂春

柳永

坠髻慵梳，愁蛾懒画，心绪是事阑珊。觉新来憔悴，金缕衣宽。认得①这疏狂②意下③，向人④诮⑤譬⑥如闲⑦。把芳容整顿，恁地轻孤，争忍心安。

依前过了旧约，甚当初赚我，偷剪云鬟。几时得归来，香阁深关。待伊要、尤云殢⑧雨，缠绣衾、不与同欢。尽更深、款款问伊，今后敢更无端。

【注释】

①认得：识得，晓得。②疏狂：浮浪轻狂。③意下：心思。④人：女子自称。⑤诮：浑。⑥譬：看待。⑦如闲：等闲视之。⑧殢（tì）：比喻男女间的欢爱。

【赏析】

这首词生动体现了柳永以"俗"为美的风格。词作中描绘的是一位市井女性形象，与以往诗词中的闺阁女子、贵妇人等不同，这个女子大胆泼辣，不拘礼法，体现出渐渐兴起的市民阶层的审美观与价值观，表达了他们少受封建礼法的拘束，对真情的大胆表露与追求。

"坠髻慵梳，愁蛾懒画，心绪是事阑珊。"女主人公的发髻松散堕坠下来，却无心梳理，更无兴致描画因愁烦而紧锁的蛾眉，心绪缭乱纷扰，对任何事情都打不起精神。作者在开篇就描绘出一位愁怨怠惰的女子，直接刻画了她慵懒无聊的精神状态。"坠髻"，即松坠下来的发髻，"愁蛾"，即因愁烦而紧蹙的蛾眉，词人以"慵梳"、"懒画"来衬托女子百无聊赖的心情，细致刻画了她"心绪是事阑珊"的情形。以"慵梳"、"懒画"这两个细节为代表，以点代面，起到了表现并详绘"是事"的效果。

接下来写女子不仅心绪"阑珊"，而且身形"憔悴"，"觉新来憔悴，金缕衣宽。"她近来忽觉身形憔悴，衣带渐宽。"新来"即近来，表现出女子因情愁扰心而懒赖的情形已经很久了。一般来说，人的憔悴与消瘦并非成于一朝一夕，但女子却"新来"才"觉"，进一步回应前文"阑珊"之语。作者在写了女子内在的憔悴后，又刻绘出女子外在的损销，可见其愁烦之深，怨恨之浓。

女子如此憔悴残损，不由得让人对原因产生好奇。"认得这疏狂意下，向人诮譬如闲。"这两句意为：我看得出这个浮狂人的心思，他是把我浑当作寻常人，早已未放在心上了。"疏狂"之前加一"这"字，以性格特征指代人物，即女子内心正在怨恨的情郎。此处以女子自述口吻写出，既点明了女子憔悴的因由，也表明了二人的关系现状。

面对情人的疏远，女子惯常会伤心憔悴，然而与其他词作中的形象不同，柳永笔下的女子却别有意态。"把芳容整顿，恁地轻孤，争忍心安。"她没有沉溺于消极的情绪，识得男子的负心任情后，强打精神，整顿容颜，让自己变得光鲜亮丽起来。至此，主人公表现出了非同一般的智慧与见识：她因情而内外兼损，可见其痴情；在痴情中又"认得"心上人的浮狂负情，可见其远识；痴情残损，又能振作起来。"恁地轻孤，争忍心安"表现出女子刚强果决，不愿受人摆布的自立精神，令人钦佩，这个形象也由此更添生气和魅力。

作者在上阕中刻画了女子痴情又有怨愤，强打精神"把芳容整顿"等一系列情绪波动，是对下阕中女子将要展开一番抗争行动的预示。

正因"整顿""芳容"梳理发髻，所以才会想起"偷剪云鬟"的当初，忆及当初的甜蜜，又因眼前"依前过了旧约"而追思暗恨：既然如今你屡屡毁约，那"甚当初赚我，偷剪云鬟"呢？过片既暗扣上阕的"把芳容整顿"，又将女子回环起伏的情绪描绘了出来。由痴情憔悴，到振作精神"把芳容整顿"，再到追昔抚今，这位女子既想抗争又难以摆脱情痴煎熬的恨恨心态，宛如一条情绪的河流，蜿蜒而行，波澜起伏。

"几时得归来"，下语平平，却使整首词作顿生光辉。女子恨恨中不禁想对男子的负心进行报复，便想到等男子回来，"香阁深关"赌气避而不见。"待伊要、尤云殢雨"，就算同床眠睡，也是"缠绣衾、不与同欢"，管你如何行为都不理睬，"尽更深"任时间流过，待到更深才"款款问伊"："今后敢更无端！""今后是否还敢再无端忽视我呢？"作者以女子之口，诉闺中深情，描绘出一个大胆泼辣却又可爱可怜的市井女子形象。

通过细腻的心理描写，刻画出人物形象，形情并茂。这首词表达出作者对世俗真情的认同。本作最大的特点即以"俗语"写"俗情"，虽处处带有"俗气"，却生动有趣，情真意切。作者截取的情节都是市民阶层中常见的生活情景，成于富有表现力的市井语言，加诸生动的细节描写，使本作浅近易懂，具有很强的吸引力。

定风波

柳永

自春来、惨绿愁红，芳心是事可可①。日上花梢，莺穿柳带，犹压香衾卧。暖酥消②，腻云軃③，终日厌厌倦梳裹。无那④！恨薄情一去，音书无个。

早知恁么，悔当初、不把雕鞍锁。向鸡窗⑤，只与蛮笺⑥象管⑦，拘束教吟课。镇⑧相随，莫抛躲，针线闲拈伴伊坐。和我，免使年少光阴虚过。

【注释】

①是事可可：对所有事情都毫不在意，缺乏兴趣。②暖酥消：脸上的油脂消散。③軃（duǒ）：下垂的样子，此处形容头发散乱。④无那：无奈。⑤鸡窗：指书窗或书房。⑥蛮笺：即蜀笺，唐代时指四川地区所造彩色花纸。这里用来指代纸张。⑦象管：象牙材质的笔管。⑧镇：镇日，整天。

【赏析】

柳永以一个平民女子自诉的方式来写闺怨，表达了对爱情的大胆追求与赞美，表现了与文人士大夫正统价值观相异的平民审美趣味，感情真挚，表现大胆，具有很强的艺术感染力。

"自春来"，自春回之后到现今，表示时间跨度比较长，与"惨绿愁红"相接，暗合幽怨之气，表明女主人公内心的幽怨积蓄已久。"芳心是事可可"，点出"惨绿愁红"的原因。本是锦绣灿烂的春天，在主人公的眼里却笼罩着惨愁之情，正因为主观的"是事可可"，才有了客观事物的"惨"与"愁"。"日上花梢，莺穿柳带，犹压香衾卧。"春日迟迟，花梢日暖，莺鸟欢飞，穿梭于花红柳绿之间，如此佳景，而主人公却"犹压香衾"，无心下床梳裹，出门观赏。

"暖酥消，腻云嚲，终日厌厌倦梳裹。"进一步刻画女子的慵懒倦怠神态，肌肤消减，发鬓歪斜，整日意兴阑珊，无心整理妆容。接下来写她心思倦怠的原因："无那恨薄情一去，音书无个。"只因薄情郎一去之后，音信无一寄至。

上阕先以"芳心是事可可"总起，然后分别描述，日高"犹压香衾卧"以及"终日厌厌倦梳裹"，都是对"芳心是事可可"的进一步充实，而末句点出原因，并起到了引出下阕的作用。

过片"早知恁么，悔当初、不把雕鞍锁"句，与上阕相继，转合自然。"恁么"二字将上阕描写的情形全部带入下阕，意思是早知"薄情一去，音书无个"，真后悔当初没有把马鞍锁住。"把雕鞍锁"即指留住情郎，不让其远行的意思。男子远行多为功名利禄，而这个女子却要锁住马鞍，不让对方离开，体现了女子重视真情不屑于名利的品质。

女子不想让情郎远行，而是希望把他留在身边，"向鸡窗，只与蛮笺象管，拘束教吟课"，即把他拘束在书房里，铺展诗笺，手握笔管，读书吟课。女子自己则"镇相随，莫抛躲"，与其相依相随，"针线闲拈"，伴其身旁。"和我，免使年少光阴虚过"意为跟我一起，珍惜这年少光阴，温存相伴，不使青春虚度。在女主人公看来，因追逐功名而负情薄幸，才是辜负光阴、虚度大好年华的行为，两情相守的时光最值得珍惜。在封建正统文人看来，这种思想有些离经叛道，是不思进取的，但柳永不仅将其入词，还大加褒扬，表达出对世俗真情的赞同与珍惜，极富个性。

上阕以景物衬托情感，通过外在描写刻画人物，而下阕则采用让主人公自己言说的方式，使感情表达得更加直露热烈，主人公形象也更生动可感。通过这篇作品，能看到柳永对下层人物的同情和尊重，也正是因为这份尊重，其作品中的市井女子显得更加生动真切，有血有肉。

诉衷情近

柳永

雨晴气爽，伫立江楼望处。澄明远水生光，重叠暮山耸翠。遥认断桥幽径，隐隐渔村，向晚孤烟起。

残阳里。脉脉朱阑静倚。黯然情绪，未饮先如醉。愁无际。暮云过了，秋光老尽，故人千里。尽日空凝睇^①。

【注释】

①凝睇：注视。

【赏析】

柳永一生仕途落魄，功名难期，在漂泊无定的生涯中，创作了大量表现羁旅怀远的词作。这首《诉衷情近》便是其中一首中调，其写景抒情含蓄阔远，简洁平达。词旨单纯，易于理解。

上阕描绘雨后远望所见之秋景。"雨晴气爽，伫立江楼望处"，雨过天晴，天高气爽，作者伫立在江楼，向远处眺望，只见"澄明远水生光，重叠暮山耸翠"，江水清澄见底，波光粼粼闪耀，远山重叠耸峙，翠色欲滴，这一幕江上远景图清秀中不失壮阔，十分动人。"澄明"写出江水清澈的特点，"远"刻画出了江面宽广宏远，二词相映生辉，把秋季江水之貌共同绘出。"耸"、"翠"二字分别写远山的高耸貌，以及山上植被茂盛葱郁的特征。

远望山水时，作者进一步辨认着远处的"断桥幽径"、"隐隐渔村"。在落日的余晖中，"孤烟"直上，既显示出渔村的方位，又勾勒出寥落的情调。而"雨晴"、"气爽"、"远水生光"、"暮山耸翠"、"断桥"、"幽径"、"隐隐渔村"、"孤烟"等气候特点以及典型意象，相辅相成，构造出平远开阔、疏淡寥落的美感。

在"江楼望处""伫立""遥认"一番，面对疏寥清远的秋山秋水，遥看幽微的断桥小径和若隐若现的江边渔村，词人渐渐生出了惆怅黯然的情思。"残阳里"为过片，把抒情蕴涵在写景中。作者伫立在夕照的红光中，静静倚立在朱阑旁边，默然远望。"脉脉"二字即是作者心中渐生渐浓的情愫。

"黯然情绪"，直接点出词人内心的情感，补实上句"脉脉"的内容。"未饮先如醉"，表达了作者被这情绪笼罩，内心惆怅迷茫，宛若醉状。"如醉"形象描绘出他陷入情感涡流不能自拔的状态。"愁无际"三字直接描写愁情，远望处天涯无际，愁情也随着这远远一瞥而显得浩荡无边。

之所以会生发出"黯然情绪"，是因为"暮云过了，秋光老尽，故人千里。"秋日远眺，迟暮之感与客居异乡的羁旅怀人之情都融进了悲秋的情愫中，不觉使人静默，才有"愁无际"之感，遂而只是"空凝睇"。作者虽提起"故人"，但又没把"故人"具体写出，只以"千里"衬托出自己远在天涯、孤身一人的情况，表达出孤单落寞的情感，虽含有怀念之情，但又并非全词重点。"尽日空凝睇"更是作者孤独寂寞、无聊茫然的情感体现，而不是怀念故友百感交杂、难以摆脱的情状。所以此词中的情感只显惆怅，而不显郁结。

上阕对秋景的描述是为下阕悲秋情绪所做的铺垫，在对"暮山"、"向晚"、"残阳"的直接或间接描写里，词人强调了秋季山水日暮对游子情绪的影响。全词语言清新，结构工巧，艺术手法严谨精炼；词中景色优美凄清，情感哀婉低回，令人心折。

集贤宾

柳永

　　小楼深巷狂游遍，罗绮成丛。就中堪人属意^①，最是虫虫。有画难描雅态，无花可比芳容。几回饮散良宵永，鸳衾暖、凤枕香浓。算得人间天上，惟有两心同。

　　近来云雨忽西东。诮恼损情悰^②。纵然偷期暗会，长是匆匆。争似和鸣偕老，免教敛翠啼红。眼前时、暂疏欢宴，盟言在、更莫忡忡^③。待作真个宅院，方信有初终。

【注释】

①属意（shǔ yì）：倾心。②悰（cóng）：欢乐。③忡忡（chōng）：忧虑不安。

【赏析】

　　柳永笔下所体现出来的审美情趣，大异于文人士大夫，其作品对市民阶层的情爱做了大胆表现，甚至有离经叛道之嫌。京城求仕期间，柳永常常出入歌坊瓦肆，与众多歌女素有往来，众女之中，他最属意虫娘。这首《集贤宾》便直接表达了词人对歌女虫娘的真挚爱情。

　　开篇便直陈自己常常游荡于花街柳巷。"小楼深巷狂游遍，罗绮成丛。""小楼深巷"指代歌坊妓馆，是依红偎翠之地。词人自陈遍游教坊，阅尽众芳，本就是狂傲之举，而在"游"字前着一"狂"字，显示出他自知此举被世俗眼光不齿，却仍然恣意妄行，道出其狂浪不羁，蔑视世俗的性格特点。"罗绮成丛"，既是描绘教坊内歌伎众多，也进一步写出词人的游冶狂浪，并为下文人物的出现作好铺垫。

　　"就中堪人属意，最是虫虫。"游遍歌管楼台，"罗绮成丛"中最让词人属意的就是虫娘。"虫虫"即虫娘，时为东京汴梁的青楼名妓，柳永在《木兰花》一词中赞其"虫娘举措皆温润，每到婆娑偏恃俊"。

　　接下来，词人开始详细罗列自己"属意"虫娘的原因。"有画难描雅态，无花可比芳容。"此句描写虫娘与众不同之处，虫娘之美，在于其"雅态"，"雅态"说明虫娘情趣高雅，品格脱俗，与一般妓女不同，才能有此芳姿。而且虫娘不仅具有画笔难描的"雅态"，还有众花之中无人可比的美貌。如此难得佳人，词人自是与其"几回饮散良宵永，鸳衾暖、凤枕香浓。"柳永狂游于歌馆之中，还获得了佳人的一颗真心。在那声色犬马之地，真心最是难求。

　　柳永不同于多数到秦楼楚馆寻欢作乐的人，他不会把这些风尘女子视为玩物，而是发自内心地同情并尊重她们，并以真心、真情为其献词，正因如此，那些身份低微的歌伎才会对这位失意词人报以真情。

　　"算得人间天上，惟有两心同。"在尽情描写过虫娘的美态与二人的卿卿我我之后，词人结束上阕，自然表露出如胶似漆的感情，仿佛天地之间只剩下了这对两情相悦的佳侣。

　　"近来云雨忽西东。"过片以"近来"二字转入，开始描绘二人现今的状况。柳永匜居汴梁，不可能长期在风尘场所挥霍，而青楼歌伎职业关系也不可能自由委身于一个落魄书生，所以用"云雨忽西东"写两人不能长相厮守的烦恼。词人虽无钱财出入歌馆，两人却时常相会，不过却是"偷期暗会，长是匆匆"。在这短暂的幽会中，虫娘也是"敛翠啼红"，"翠"即指翠眉，"敛翠"即因愁导致蛾眉不展，"红"即"红泪"，"啼红"即描绘悲伤落泪状。在柳永贫无钱财时，虫娘仍偷偷与其幽会，念念不忘真情，可见其品性中的"雅"意，补充了上阕中对其"雅态"的"难描"之说。

面对这种境况，词人不禁要想"争似和鸣偕老，免教敛翠啼红"，怎样才能和佳人鸾凤偕老，结束这不幸的难堪景况呢？"眼前时、暂疏欢宴，盟言在、更莫忡忡。"眼下先减少欢会，对于曾经的誓言更是不必忧心忡忡，这是无奈的临时之法，也是对虫娘的劝慰，算是一个约定。

"待作真个宅院，方信有初终。"这是词人对虫娘的许诺：等到真的能拥有一座宅院定居下来，做了夫妻，你就会相信当初我的誓言与真心了。为了劝慰虫娘，词人表露出内心复杂的情感：既有不舍，又有无奈，微妙的情思如流水一般，缓缓从词中荡漾而出，把一对真心相爱却又无法相伴的情人推到读者眼前，令人不由生出满腹同情。

词中可见，柳永是抱着一腔真情来爱慕虫娘的，他对虫娘低微的身份毫无芥蒂之心，并且希望能与其长相厮守，这不是包容俯视的心态，而是出自真正的平等。唯因如此，词人才会在下阕里，做出相伴"初终"的许诺，这样的委曲劝慰，饱含无限柔情。

画堂春

张先

外湖莲子长参差，霁①山青处鸥飞。水天溶漾画桡迟，人影鉴中移。
桃叶②浅声双唱，杏红深色轻衣。小荷障面避斜晖，分得翠阴归。

【注释】

①霁：雨雪后天气放晴。②桃叶：古清商曲名。

【赏析】

江南风景如画，集天地灵气，素来是文人争相歌咏的对象。张先《画堂春》同样以江南为寄情对象，对江南的湖山风光和人情风物予以讴歌和盛赞。

"外湖莲子长参差，"外湖"即近湖，首句是词人站在岸上，观眼前湖景。近湖莲花未开，只留莲子于湖中，湖中莲子参差不齐，错落有致，别有一番风味。"霁山青处鸥飞"，青天白云的映衬下，山朗天青，空中几只白鸥飞过，在这清亮的日间更是白得耀目，此句"青"字润色，色彩明晰，光鲜灵动。

"水天溶漾画桡迟"，"画桡"指画船，"水天溶漾"指水接着天，天连着水，水天浑然一体，苍茫润朗，这美好的景色让画船都流连不已，船上人不再划动，只随船在水上缓缓漂移。如此这般胜景连"画桡"都"迟"行，人更是清晰澄亮，"人影鉴中移"，人的倒影在这"溶漾"的水中光明澄清，清晰可见。一个"移"字写出人随船动的情状，悠然自得于此尽显。

上阕词人着墨于江南湖光山色，下阕转景入人，天人合一，在这大自然的美景里添了一抹人气和人情。"桃叶浅声双唱"，此处"桃叶"乃是指晋代王献之所作的《桃叶歌》，此曲婉转动听，为江南著名的盛歌，咏桃咏景更咏情，歌唱者浅回低吟，作"浅声"唱，而歌女非一人也，与同伴共唱，故曰"双唱"。此句六字再现了两位歌女双声共和，浅吟低诉，轻柔婉转、曼妙婀娜。

听其歌，见其人，"杏红深色轻衣"。"杏红"色在"水天溶漾"中更显浓艳，更为"深"，此"深"字一方面写歌女衣色彩浓深，另一方面也是歌女身形在词人心中的影射。"轻衣"轻盈灵动，羽化成仙之境尽在其中。

歌女船上放歌，惬意快慰，怎奈天气炎热，虽近迟暮，但斜晖余温仍在，于是歌女采荷遮日。"小荷障面避斜晖"，这一动作显人物的稚嫩可爱，让人心生怜惜。"小荷障面"虽未能尽"避斜晖"，却能带来丝丝凉意，词人于此中"分得翠阴归"。斜晖映日，词人与歌女未同乘一舟，在歌女"小荷障面"下，词人其实未必能"分得翠阴"，但是绿荫翠凉、美人在旁，作者心中愉悦，归途更感清凉。

"莲子参差"、"雾山青处"、"水天溶漾"、"人影鉴中"，这是一派安宁祥和的自然景观；"桃叶浅声"、"杏红深色"、"小荷障面"、"分得翠阴"，又是一派静谧逍遥的人文景观。自然与美人并举，融天地于人情，杂人景于自然，天人合一的情景遁入眼帘，交相呼应。将女性的美放置于天地之美中，使自然景色更通透，使人物的美更纯净。宋代晁无咎赞誉张先"子野韵高"，实在中肯贴切。

浣溪沙

张先

楼倚春江百尺高，烟中还未见归桡，几时期信[①]似江潮？
花片片飞风弄蝶，柳阴阴下水平桥，日长才过又今宵。

【注释】

①期信：定期的消息。

【赏析】

《浣溪沙》一词笔墨简洁，勾勒出一位凭楼远眺、望夫不归的妇人形象。

"楼倚春江百尺高"，全词首句即以高楼起笔，"百尺高"楼颇有临危之感，"倚"字点缀，妇人登高倚立的情景遁入眼帘，"春江"一词直接点明这篇作品写于春江楼上。开篇就把妇人登楼临江而立的形象一笔勾勒出来。

"烟中还未见归桡"，烟雾中仍然迟迟未见丈夫归来的船只。"烟中"突显春江上烟雾缭绕，妇人的怅然若失在这朦胧迷蒙的景色中显露出来。"桡"本指船桨，此处借"桡"代船，暗喻丈夫迟迟未归。

妇人在高楼上焦急地等待，但是久未见夫归，不免心生抱怨，"几时期信似江潮？'

你什么时候才能像江潮一样准时回来呢？"几时"领起，尽显妇人的无奈，不知何时是归期，不知何时有准信的心情在这"几时"二字间显露无遗。"江潮"乃江水涨潮落潮的自然现象，有规律可循，妇人以"江潮"作喻，把自己一腔无奈孤苦写得凄婉哀怨。

妇人登高而望，苦候不归的情感在上阕得以抒发，下阕笔墨宕开，写妇人登楼望远所见。"花片片飞风弄蝶"，片片花落风中，似蝴蝶嬉戏玩闹。由"花片片"可见时节为暮春，花多飘零，片飞风中；"弄"字形容，将"花飞"描画得生动可爱，拟人手法的使用更为"花片片"赋予了人的感情，景色唯美灵动，但是"花片片飞"中暗含了一丝叶落归根的意味，与妇人望夫归的心情相得益彰。

风中花飞，水中柳荫，"柳阴阴下水平桥"，"阴阴"乃柳枝幽暗密集之象，垂柳浓密聚集，雨后水与桥面持平，生机盎然中浸润着丝丝暗沉，与妇人的心情呼应。下阕前两句以景引入，在美景中徒增了一抹凋零的味道，表现了妇人等待的无奈和痛苦。

最后"日长才过又今宵"，白天转眼间过去，又是一个漫漫长夜的来临。此句即是妇人自白天等到晚上的实景再现，同时也将岁月飞逝、年华尽去之意暗含其间，"才"和"又"的转承尽显时光无情飞逝，倏忽间青春不再。妇人不知丈夫何时才归，自己又将苦等多少个日夜，只怕年华尽逝，最终遥遥无望。

春江楼上，妇人遥望，不知归期，只能黯然等待，无尽的思念苦楚尽在这暮春风景里隐现，无望的痴情苦候尽在这"花飞"、"柳阴"中尽显。

思妇诗在中国诗歌史上历史悠久，李白有"停梭怅然忆远人，独守空房泪如雨"，陈玉兰有"一行书信千行泪，寒到君边衣到无"，张九龄有"思君如满月，夜夜减清辉"。诸多诗句共奏出一首思夫曲，写妇人对离家在外的丈夫的思念，道尽千古情思。

惜琼花

张先

汀蘋白，苕水①碧。每逢花驻乐，随处欢席。别时携手看春色。萤火而今，飞破秋夕。

汴河流，如带窄。任身轻似叶，何计归得？断云孤鹜②青山极。楼上徘徊，无尽相忆。

【注释】

①苕水：即苕溪。②鹜：野鸭。

【赏析】

景本无情，情以注之，便生发出无限情意。"汀蘋白，苕水碧"，汀上蘋花洁白如雪，苕溪水色碧绿涟涟。开篇即以"蘋花"、"苕水"等景物领起，"白"、"碧"二字格周鲜明，把蘋花与苕水的色彩涂抹得浓淡相宜。此外，"苕水"是词人家乡之水，他把观线聚焦家乡，景色中本就含有怀乡情。家乡美景、怀乡深情恰为下文异地而居作铺垫，与下文形成鲜明对比，将离情浸润得更为浓郁。

"每逢花驻乐，随处欢席。"这是词人过往生活的真实翻写，往昔遇花即驻足欣赏，遇席便欣然欢乐。分别以"每逢"、"随处"提挈，从时间、空间两方面去统括他往日的生活，词人曾经逍遥自然、畅达快慰的心态于此尽显。

蘋花白、苕水碧，景色怡然动人，值此良辰美景，词人惬意地有花必赏、有宴必赴，但这都是曾经的美好生活，今夕作别一切，徒留伤悲。"别时携手看春色"，词人由此句转笔，往昔美好转入今日孤独，一个"别"字将别离之意直接点明，当分别时刻再看春色，"萤火而今，飞破秋夕"。点点萤火闪烁，只能让身处异乡的词人更感悲戚，点明"别时"情景，呼应"别后"之情。

上阕由昔日再看今朝，由美景再看哀景，词人的感情表现在景色变化中。下阕接续今夕而来，再将悲情写得哀婉凄怨、写得深入骨髓。"汴河流，如带窄"，汴河水如条带一般，绵延悠长。此处以"窄"字形容值得玩味，"河如带"本是宽阔绵长的景色，但是却用"窄"字描摹，不尽之流在词人眼中也不过窄狭之境，以流水承担乡情，他远离故乡，孤身在外，万事万物于作者看来也只能令他局促不适，即使"如带汴河"，也只是狭窄难耐，词悠悠情思在这一字间缓缓道出。

"任身轻似叶，何计归得?"叶轻随水而流，叶轻随风而飘，词人只愿如一片轻叶，在汴河随意漂泊，无所谓何时，不在意何地。但是"何计归得"一问，却将思乡直接道出，有撼动人心的力量。词人不知自己"身轻似叶"后，何时才能回到故乡，归乡不得、望乡不知的心情凄婉动人。

以上是词人登楼而上，俯视河流后的所见所思、所想所感，而孤独的词人在此楼上，仰望天空，所见之景更让他倍感凄苦："断云孤鹜青山极"。辽阔的彩云却是"断"的，自由的鹜鸟却是"孤"的，本是惬意的景色，都被割裂开来，不论"断"、"孤"二字是否是当时实景的再现，这二字已把词人的孤寂寥落写得委婉凄怨。再加上"青山极"的景色承接，苍茫青翠的山峰一眼看不到头，至极之境徒增渺茫。此句寥寥七字，尽将词人的孤独凄苦写得缱绻绵长。

词人登楼而望，先低头看河，再抬头看天，最后终于转笔来写自己。"楼上徘徊，无尽相忆"，"徘徊"写出词人来回踱步、踟蹰不知何往的情况，而"无尽相忆"作结，将全词情感做了完整总结，他直接点出自己在此楼上生发的"相忆"情思，忆往昔、忆家乡、忆亲人，与今夕的"别时"形成对比，孤寂飘零的感觉达到高潮。

收笔于高潮极点，留给读者思考和想象的空间。怀人思归，怀景思乡，别时看春色，只是人景皆全非。

满江红

张先

飘尽寒梅，笑粉蝶游蜂未觉。渐迤逦①、水明山秀，暖生帘幕。过雨小桃红未透，舞烟新柳青犹弱。记画桥深处水边亭，曾偷约②。

多少恨，今犹昨；愁和闷，都忘却。拼从前烂醉，被花迷著。晴鸽试铃风力软，莺弄舌春寒薄。但只愁、锦绣闹妆③时，东风恶。

【注释】

①迤逦：曲折连绵的样子。②偷约：暗中相约。③闹妆：用金银珠宝等作为鞍、辔的装饰物。

【赏析】

张先《诉衷情》和《千秋岁》两词皆写了自己与恋人惨遭阻隔的无奈、凄苦，《满江红》延续此情而来，于古今的思绪间将恋情的美好和挫折写得荡气回肠。

"飘尽寒梅，笑粉蝶游蜂未觉"，寒梅飘尽，初春即已来临，本该报春的粉蝶、游蜂却浑然未觉，徒遭人"笑"。是谁在笑？联系全词内容，可知是词人和他的爱人在笑，笑"粉蝶游蜂未觉"，更笑自己先知春意。开篇两句通过"寒梅"、"粉蝶"、"游蜂"等意象，即将爱人间的美好生活描画出来。

春天既然来了，万物复苏，一派欣荣景象遁入眼帘。"渐迤逦、水明山秀，暖生帘幕"春景迤逦而出，水明晰可见，山秀丽多姿，大地回暖，帘幕中也顿生暖意。这几句似镜头推移，由远及近，由外及里，将春意盎然渐次展开。

下句继续承春景而来，"过雨小桃红未透，舞烟新柳青犹弱"，经过雨水的一番滋润，桃花初放，但殷红未透；柳叶新芽，但青翠柔弱。此两句看来是对"小桃"、"新柳"的描写，究其内在，其间暗喻了恋人的形态，如小桃一般美貌玲珑，如新柳一般婀娜纤细。以物喻人，物显灵动，人亦多姿。

"记画桥深处水边亭，曾偷约"，曾经词人和恋人在画桥深处一个水边的庭院里偷偷约会，"记"、"曾"领起，直言此景乃往昔回忆。一个"偷"字将两人约会时胆怯刺激的心态描画得十分自然，既充满了不能正大光明相会的遗憾，更暗含隐秘期待的恋爱心绪。

上阕至此尽述这对情侣昔日的美好生活和幸福恋情，但是昨日的美好是为反衬今日的痛苦而来，今日的离恨是为衬托往昔的甜蜜而出。"多少恨，今犹昨；愁和闷，都忘却"，比照昨日时光，今日添了多少遗憾和怨恨；而沉溺旧日美好，多少愁闷都尽皆忘却，只留甜美的回忆和思念。今昔并置，甜与苦、笑与愁对照分明。

"拼从前烂醉，被花迷著"，从前，词人甘心烂醉如泥，只因花美迷人，但此花非彼花，以"花"喻人，代指恋人如花般美貌动人。词人"被花迷著"，更被"晴鸽试铃风力软，雏莺弄舌春寒薄"所迷。此两句词同样是"拼从前"之景，以"晴鸽"、"雏莺"来比喻爱人动听的歌声如晴空的鸽铃，在风中温柔荡漾，如娇弱的雏莺在薄春依依弄舌。整四句是阐释"拼从前烂醉"的原因，以日常景物来指代爱人，将作者过往幸福的感觉娓娓道出，反衬今日的离别，更显凄楚孤独。

词人与恋人无法相守，最后只能"但只愁、锦绣闹妆时，东风恶"，万恶的东风阻挠了"锦绣闹妆"的甜蜜，曾经的美满因"东风恶"一句转入低谷，情感顿入低潮，大起大落间传达出词人的悲愤，与《千秋岁》中"雨轻风色暴，梅子青时节"宛如同曲。

曾经"笑粉蝶游蜂未觉"的恋人，今日因"东风恶"而相爱不能相守，"偷约"时自有甜蜜爱情依傍，"愁闷"中不乏爱情受阻的怨恨，词人在今昔的比照间游走，在当下与回忆中徘徊，最终也"只愁""东风恶"而已，尽显无奈和遗憾。

青门引

张先

乍暖还轻冷，风雨晚来方定。庭轩寂寞近清明，残花中酒①，又是去年病。
楼头画角风吹醒，入夜重门静。那堪更被明月，隔墙送过秋千影。

【注释】

①中酒：病酒，指因酒醉感到身体不舒服。

【赏析】

李清照曾有《声声慢》一词将"愁"字写尽，上阕有"乍暖还寒时候，最难将息。三杯两盏淡酒，怎敌他、晚来风急"，借天气变化抒发愁情难释，前人作品中早已用过此法，如张先《青门引》即借时令的变化，抒发怨情。

"乍暖还轻冷"，全词以"乍暖"领起，冬去春来，人们渐渐脱下沉重的棉衣，感到暖意拂面，"乍"字将时令变化之快准确得刻画出来。因初春时节，寒意未能尽除，偶有"冷"感，但是此冷含有"轻"意，"还"字转承，将"暖"、"冷"并句，写出初春的季节感。暖冷间自有情感注入，此景即是词人感情变化的投射。

春季已来临，竟然还有"轻冷"的感觉。原来是因为"风雨晚来方定"，风雨至晚间才刚刚停歇下来。初春时节本就常有寒流回潮，在这"风雨"中更是倍感寒意，其中"方"字表现出词人对天气变化的敏感，也暗暗透露出他细腻伤感的性格。一二句连缀，初春风雨的景象尽在这"暖"、"冷"间转换过渡，是词人主观感情的投影，有"如鱼饮水、冷暖自知"的况味。

"庭轩寂寞近清明，残花中酒，又是去年病。"词人的视线由自然变化转入庭院内，"庭轩"本是静态事物，但以"寂寞"形容，内心深处的寂寞借由景物传递出来。而在寂寞时，酌饮小酒，本为消愁，怎奈置身"残花"间，眼前都是衰败景象，酒入愁肠，徒增伤悲。此情此景去年就曾经历，"又是去年病"可见词人的愁怨不是一时一刻生发而来，早已积蓄良久。

虽然借酒未能消愁，但是仍有沉醉之感，风过清醒，更觉静意。"楼头画角风吹醒，入夜重门静"，风过楼头，画角响亮而声，词人醉中惊醒。"吹"非"拂"，更显强劲，以"醒"字坠之，又显刺骨凌厉。词人在酒醉中突然醒来，只感"入夜重门静"。入夜时分，万籁俱寂，风吹而过，自有寒意隐隐入骨；"重门"中与世隔绝，安谧幽暗，更添"静"意。此景静中带寒，寒中带冷，冷中更感沉重。

最后，"那堪更被明月，隔墙送过秋千影"，明月送秋千影而来，以"那堪"做引，词人沉痛悲伤的感情深蕴在这二字之中。"秋千影"是晃动之影，显孤独况味，被明月投射而来，与词境相辉成应，黯然寂寥的情绪在影间暗暗勾勒而出，清代黄蓼园曰："末句那堪送影，真实描神之笔，极希微窅渺之致。"可谓一语中的。

触景伤情、悲景伤春，全词由初春景色引入，接续寂寞庭轩，后由风过楼头来过片，结束于明月送影，词人的感伤愁绪在这景象的转换间点点浸入，步步加浓。

浣溪沙

晏殊

一曲新词酒一杯，去年天气旧亭台。夕阳西下几时回？
无可奈何花落去，似曾相识燕归来。小园香径独徘徊。

【赏析】

作为宋代著名的婉约派词人之一，晏殊的作品既能体现晚唐、五代的哀婉雅致，也蕴涵着达官贵人特有的闲散淡愁。词人在本首《浣溪沙》中发出春去花落、物是人非的感叹，又隐含对离愁别绪、相思之苦、年华逝去的遗憾。

在暮春时分，词人徘徊于亭台楼阁之间，看着夕阳西下，看着落花流水，看着燕儿归家。面对这宁静的画面，词人边喝美酒边赏美景，突然想到好花不常开，好景不常在，再美丽的事物终会消散，不觉涌上了哀戚之情，付诸笔端，即成此词。虽然落笔于惆怅主旨，但词人一生仕途无忧，享尽荣华富贵，所以他的哀愁也只是关于韶华易逝、安逸难久的闲愁。

上阕首先写词人的状态，他闲来无事，一边喝着美酒一边听着新曲，轻松惬意。当他漫无目的地环视四周时，突然想到去年暮春时分，他也曾在此地饮酒赏花。当时的场景还历历在目，但已经成为不能追回的往事。词人惬意的心境由此发生转折，不禁感叹时间流逝得太快，转瞬之间夕阳起起落落，不知已经历了多少轮回。词人虽坐拥财富、权力，却不能停止时间的流转，只能无奈地任由年华一去不复返。"夕阳西下几时回"这一问句，饱含无能为力之感，是词人对逝去事物和光阴的哀悼。

"无可奈何花落去，似曾相识燕归来。"一方面，这两句是眼前真实境况的写照：娇艳的鲜花渐渐衰败凋谢，燕子去了又来，仿佛就是去年那只。另一方面，"无可奈何"与"似曾相识"两词中饱含情感，词人清醒地意识到了美丽的事物终会衰亡，这种趋势不可抗拒。这两句除了花、燕意象，其余皆为虚字，然工整对仗之余，又写出了充实的内容，蕴涵深刻的道理，所以明代卓人月在《词统》中论及此联时，说"实处易工，虚处难工，对法之妙无两"。

面对落花归燕，触目伤怀的词人"小园香径独徘徊"，一个人在落英缤纷的小径上独自游荡、徘徊，以此来纾解心中的抑郁。"独"字隐有黯然销魂之味。

上阕首句记当日之事，以此引领下文。"去年"句叙明本意，言风景不殊，亭台依旧，是对全篇的总括。"夕阳"句承去年天气而言，写流光易逝，转瞬便换至今年。下阕承前文之意，写出春不能留，花亦随之落去，花既无情，惜花者的叹惋也是空叹。"归燕"句承"旧亭台"之意，写有梁燕前来寻巢，似曾相识，其实这归来的燕子未必就是往日那只，词人此处表面写燕子有情，其实仍旧是写无情。花与鸟不仅不能带给词人丝毫安慰，反而徒增惆怅，让人伤离感旧之念更深更重，唯有徘徊芳径，立尽斜阳。

清代刘熙载在《艺概》云："词中句与字，有似触著者，所谓极炼如不炼也。晏元献'无可奈何花落去'二句，触著之句也。"这首词语言清丽自然、委婉含蓄，词人从司空见惯的场景里，引申出对人生的思考，将情、景、理完美地融合在一起，既有审美价值，又有警策意义。

浣溪沙

晏殊

一向年光有限身，等闲离别易销魂。酒筵歌席莫辞频。
满目山河空念远，落花风雨更伤春。不如怜取眼前人。

【赏析】

晏殊一生仕途顺达，衣食无忧，其词作多表达人生苦短的愁情，含有淡淡的哀伤。这是他在一次宴会上的即兴之作，在描绘宴会之欢的同时，也把自己对人生的独特感悟和认知蕴涵其中。

上阕主要描写宴会场景。"一向年光有限身，等闲离别易销魂。"这两句将词人的苦闷完全展现出来。时光匆匆、人生苦短，即使是一场平常的离别，也会让人十分哀伤。词人深知自己的抑郁难过也无法阻断离别，在他短暂的一生中，这种"等闲"的离别可能会发生几十次、几百次。词人因而发出了"酒筵歌席莫辞频"的感叹，用频繁的痛饮、欢宴来舒缓离别的痛苦，以求得到心灵的慰藉。由此可见及时行乐的人生态度。

前半首笔意回曲，先言年光易尽而此身有限，嗟叹自己不过是光阴中的过客，每至别离之际，不禁黯然销魂，随后又说销魂也无济于事，倒不如歌筵频醉，借酒浇愁，三句中无一平笔，恰如崖上瀑布三折而下。

"满目山河空念远"，下阕开篇，词人想象着自己登高望远，辽阔的山河尽收眼底。一个"空"字，说明世事变迁绝不会因个人的意志而改变，一切思量只是徒然无功。在此情此景之中，他又看到美丽的花朵被风雨摧残至凋落，更加深了他的伤感，故而发出"落花风雨更伤春"之语。其中"伤"字，既状花之败、春之殇，也写出了词人心中的隐痛。

词人知道自己无力改变残酷的现实，只能"怜取眼前人"。"不如"二字，说明这是一种比较后得出的选择，有迫于无奈的意思。当然，词人劝诫人们去"怜取"的，当然不是指眼前一人，而是当前所拥有的、能把握住的一切。

下阕"念远"句承上"离别"而来，"伤春"句承上"年光"而言，意象虽宕开至更为宏阔的"山河"、"风雨"之中，词情却仍在"怜取眼前人"的主旨中徘徊不去，一首小令显示出"欲开仍合"的结构，具备了长调的章法。

浣溪沙

晏殊

小阁重帘有燕过，晚花红片落庭莎。曲栏干影入凉波。

一霎好风生翠幕，几回疏雨滴圆荷。酒醒人散得愁多。

【赏析】

晏殊的词作风格独特，景物描写宏博高贵，富有富贵气息，而遣词造句却又没有堆砌锦绣华丽的弊疾，更注重词境的筑造，于充满风神的景色描写中，表达了一种叹息时光，慨叹生命的淡淡闲愁。这首《浣溪沙》便是一首慨叹盛筵易散、好景难长久的惆怅之作。词中选景独特，刻画细腻精致，充分表现了晏殊词的风格特点。

上阕以"小阁重帘有燕过"开篇，表面平淡，似乎只是对景物的客观描写。"小阁重帘"乃室内之景，写小阁中帘幕双垂，是一个静谧而封闭的场景，看似没有人物入镜，画面缺乏生机，而"有燕过"一出，顿使这平静无波的境地，生起涟漪，阁中之人也因此显现出来，他开始随着燕子的穿飞活动起来。这只穿梭于屋子内外的燕子，带活了静止的环境，并将屋子内外沟通起来，使得"重帘"遮蔽的小阁，与外面的世界相连，不再是个孤闭的环境。

"晚花红片落庭莎"，阁中之人随着燕影，将目光移向了阁外，看到庭院之中，晚春凋落的花瓣，纷纷坠落在庭院的莎草之上。"晚花"，即可看做是日暮时的花，也可看作是晚春之花。花事凋零，落红满地，映衬着庭院中翠绿茂盛的莎草，绿肥红瘦，雅趣无限。本句虽描写的花落是动景，花瓣纷纷坠落在厚厚的莎草之上，声音与动作都是轻微而飘逸的，给人淡然静谧之感，并从这静谧中生出一缕淡淡的暮春惆怅之情。

随着落红满地，阁中人视线移动得越来越远，直至池水之上。"曲栏干影入凉波"，池边的栏杆倒影，映在池水水面之上。"入"字，将栏杆及其倒影都动态化、拟人化了，犹如水中的倒影是自己走入池中一样。"凉波"二字，既是写池水的清凉，也表达了词人内心的淡淡凉意，营造出一种冷冷的意境，颇为凄清。

上阕三句，按照空间顺序，将目之所及的景物写进了词中，"重帘"、"过燕"、"晚花"、"庭莎"、"曲栏"、"凉波"，这些景物构成的意境忽明忽暗，或动或静，略带清冷之感，烘托了词中主人公的内心情感。

"一霎好风生翠幕，几回疏雨滴圆荷"，一阵阵清风吹开帘幕，一次次雨滴坠落在圆圆的荷叶之上。"一霎"，一阵，带瞬间而起的意味。而正因为这兀然吹进的清风，才把主人公远望的视线又从帘外拉回了帘内，也使渐行渐远的心思忽然又收拢回来。"风"之前着一"好"字，"雨"之前着一"疏"字，都显示了词人感受的真切。而"生"与"滴"两个动词，一个是目见，一个是耳闻，两句相对，使得虚实相生，真实感人。而雨滴落在荷叶上的声音，词人听得如此清晰，衬托了词人心境的清寂。

"翠幕"风起，圆荷雨落，在这样冷清的环境中，词人"酒醒"，发现筵宴人散，由此生出无限愁绪。"酒醒人散得愁多"一句结尾，为以上各句的景色描写补充了情感背景，使词中的各组意象融合在一起，构成一个完整的具有清寂怅惘的意境。

此词圆润清寂，抒情舒缓精致，结句虽有情感波澜，但仍是平徐有致，很好地表达了闲适生活中偶然袭来的索然落寞的情怀。

浣溪沙

晏殊

玉碗冰寒滴露华，粉融香雪透轻纱。晚来妆面胜荷花。
鬌䚡[1]欲迎眉际月，酒红初上脸边霞。一场春梦日西斜。

【注释】

①鬌䚡（duǒ）：鬌发下垂的样子。䚡，下垂。

【赏析】

这首词描写了一位体态婀娜、酒醉昼寝的贵妇。词人着浓墨将妇人的肌肤、脸颊、发髻等一一写出，恰似勾勒出一幅美人醉春图，婉转别致。

"玉碗冰寒滴露华，粉融香雪透轻纱"，莹润的玉碗中盛放着晶莹剔透的冰块，碗边凝聚着的水珠犹如露珠般美丽，而佳人粉汗消融，洁白的肌体透过轻纱，飘来缕缕清香，犹如散发着香气的白雪一般。玉碗中放有冰块以消暑热，可见此时是夏季。"粉融"指汗水融合脂粉，以此二字写汗，用语典雅富丽。"香雪"比喻的是女子肌肤的洁白芳香，与上句的"冰寒"相对，带来清凉晶莹之感，显出女子的清妙脱俗之态。而上句写玉碗上露珠盈盈，下句写佳人微汗，两句相连，貌似只是突出天气之热，其实玉碗着露的晶莹剔透，使人同样联想到佳人肌肤微汗的洁白晶莹情状，两两相衬托，更显佳人娇媚生香的富贵体态。

"晚来妆面胜荷花"，晚来浓妆的娇媚脸颊，胜过美艳的荷花。与前面的晶莹体态相接，此句绘出女子娇艳的面容，肌肤似雪，莲脸生辉。

上阕三句中"玉"、"冰"、"粉"、"雪"之晶莹寒凉，衬托着"妆面"之娇艳温暖，使女子生气十足、娇媚妍妍。

下阕描写女子昼寝睡起时的容貌。"鬌䚡欲迎眉际月，酒红初上脸边霞"，鬌发已经斜堕，垂在眉间的圆月装饰上，脸边酒晕微红，犹如红霞。两句写出女子微醉情态，艳丽丰满，细腻浑融，对仗工整。"眉际月"，古时女子于眉间画圆月之形作为装饰，故称"眉际月"。"欲迎"与"初上"相对，将发髻欲坠、酒红覆脸的情形描绘得别有情致。女子醉态艳丽却不低俗，贵相百生，更显示出词人对其欣赏爱慕之情。"月"为女子脸上的绘饰，"霞"为女子酒醉的红晕，但二物都生于女子脸际，衬托着女子的美艳。

"一场春梦日西斜"，此句将以上五句的描写都涵括殆尽，说明词人描写的是女子昼寝起身后的体态，使女子的娇容更增慵懒惫懒之态。"一场春梦"，隐隐暗示出春华的短暂，有伤情华年之感。春梦之后，日已西斜，更显好景易流逝的惆怅情怀。全词的情与意在这个倒装的末句中顷刻溢出，使得词人不用直接抒情，而情致含蕴。

　　本词的一大特点就是对比喻手法的纯熟运用。国学家宛敏灏在《二晏及其词》中说道，"玉碗"、"荷花"两句为明喻，"鬓亸"、"酒红"两句为隐喻，"香雪"一句为借喻，"是譬喻三种格式，已备此一词中"。

　　宋代吴处厚《青箱杂记》卷五记载："晏元献公虽起田里，而文章富贵，出于天然。尝览李庆孙《富贵曲》云：'轴装曲谱金书字，树记花名玉篆牌。'公曰：'此乃乞儿相，未尝谙富贵者。'故公每吟咏富贵，不言金玉锦绣，而唯说其气象。若'楼台侧畔杨花过，帘幕中间燕子飞'，'梨花院落溶溶月，杨柳池塘淡淡风'之类是也。故公自以此句语人曰：'穷儿家有这景致也无？'"这首描写闺门女子的小词便可见晏殊此作中独特的富贵气象。

蝶恋花

晏殊

　　槛①菊愁烟兰泣露，罗幕②轻寒，燕子双飞去。明月不谙离恨苦，斜光到晓穿朱户③。

　　昨夜西风凋碧树，独上高楼，望尽天涯路。欲寄彩笺兼尺素④，山长水阔知何处！

【注释】

　　①槛（jiàn）：栏杆。②罗幕：丝罗的帷幕。③朱户：也称"朱门"，指大户人家。④尺素：书信的别称。

【赏析】

　　"昨夜西风凋碧树，独上高楼，望尽天涯路。"此三句被国学大师王国维称为是治学的三种境界之一，出自晏殊名篇《蝶恋花》，词虽写的是闺怨，但是意境却深远而丰厚。

　　上阕写景，将主人公的情感移注于词中的景物之上，烘托离情别恨。"槛菊愁烟兰泣露"，栏槛中的菊花笼罩在薄雾中，仿佛含有愁态一般，兰花上的露珠滚落，也像在默默流泪一样。菊花和兰花本身就包含着一种文化内涵，具有象征幽洁品格的特性。词人又用"愁"与"泣"二字将两种花拟人化，将主观情感融入客观景物，把主人公的品性与心情都刻画分明，含蓄地表现了主人公的哀怨。

　　"罗幕轻寒，燕子双飞去"，罗幕之间清寒缕缕，梁上燕子南归，双双飞走了。"轻寒"与"燕子""飞去"说明是初秋时节。新秋轻寒，罗幕冷清，燕子双双而去，景物描写充满凄凉之感，烘托了主人公的哀愁与孤寂。而"罗幕轻寒"与"燕子双飞去"相接，仿似连罗幕中的燕子都受不住这冷清寂寥的气氛，而竞相飞走。燕子不耐孤寂与"双飞去"，反衬出主人公的处境与心境，突显孤独意味。

　　由清晨转至夜间，只见明月悬空，月光朗照。"明月不谙离恨苦，斜光到晓穿朱户"，明月不懂得离别的苦闷，明亮的光辉斜射朱户，遍洒室内，从夜晚一直到清晓。"离恨苦"，直接点出离别之苦，情感从含蓄隐晦转为直接抒情。这两句表面看来是写主人公无理怨月，实则生动地表达了主人公愁思满怀，对月辗转，倍感煎熬，以至彻夜难眠的情形。

　　从夜晚无眠直至清晓，下阕转而写清晨之景。"昨夜西风凋碧树"，昨夜不仅月明而且西风萧索，以至于今晨看到树木枯黄凋零，不再青翠。"凋碧树"三字，尽绘出西风的肃杀萧索。此句紧承上阕，以追忆的方式补充了上阕末句的景色描写，也描绘了今晨的情形，为下句铺垫了气氛。

　　"独上高楼，望尽天涯路"，在一片萧索清寒中，主人公清晨起身，便独自一人登上高楼，尽望所有路途。"独上"二字现出主人公的孤独与清寂，照应上阕的"离恨"，而"望尽天涯路"正是因为一夜相思无际而生等高远望之意。这两句外在的萧索，与内在的孤独相应，另外远望带来的寥廓境界又将内在的视域扩展得无际无涯。这种情景描写饱含人生况味，洗尽纤柔浮华，雄浑旷远，满含悲壮，以至于触动读者内心深处，令王国维将其视为治学所追求的极高境界。

　　远望不得，便想到远寄书信问取音讯，可是"欲寄彩笺兼尺素，山长水阔知何处"！想要给思念之人寄去诗笺与信件，以慰藉相思之情，可是万水千山路途遥远，不知所思之人究竟在什么地方。本是强烈思念而起寄书的愿望，却又不知寄向何方，在这内外相矛盾的情景中，流露出了主人公茫然失落的悲凄之情。

　　上阕写眼前之景，并在景中注入主人公的主观感情，点出离恨；下阕继"离恨"而绘登高独眺之情，神态生动。全词深婉浑厚，借外物抒写刻画人物形象与内心，抒情委婉，却又寥廓高远。在婉约词中，本词独具特色，显得与众不同。

清平乐

晏殊

　　红笺①小字，说尽平生意。鸿雁在云鱼在水，惆怅此情难寄。
　　斜阳独倚西楼，遥山恰对帘钩②。人面不知何处，绿波依旧东流。

【注释】

①红笺：印有红线格的绢纸。多指情书。②帘钩：挂窗帘的铜钩，此代指窗户。

【赏析】

　　晏殊描写闺中女子相思愁怨的词作很多，本首《清平乐》是这类作品中的名篇，描绘了女主人公怀人念远的惆怅之情，笔致生动简洁，抒情精致独特。

　　"红笺小字，说尽平生意。"主人公提笔修书，在红色的信笺上写满自己的相思之情，仿佛将一生的情意都融进了书信中。"红笺"指精美的信纸，以此为书，表现出女主人公对信件的重视，对爱情的美好向往。"小字"，既有字体精美的意思，也暗示了信笺上字的繁多，表明主人公的情意无限，写满信笺也难以诉尽相思。"说尽"句，表面是说在信中主人公诉尽平生的爱慕之意，但暗含难以说尽之意，婉妙地表达了主人公的满怀柔情。

　　然而书信易修鸿雁难托，"鸿雁在云鱼在水"，鸿雁在云端飞翔，鱼儿在水中遨游，都难以托付以寄相思。此句化用《汉书·苏武传》中"鸿雁传书"的典故与蔡邕《饮马长城窟行》中"呼儿烹鲤鱼，中有尺素书"的句意，状写音书无法寄达的情形。"惆怅此情难寄"，直接表达了主人公音书难以寄到的怅惘失落之情。二句进一步铺写相思之苦，运典别致，含蕴深厚。

下阕融情于景。"斜阳独倚西楼"，夕阳晚照，斜晖入楼，楼上主人公正独自一人倚在楼头上眺望。此六字点明时间和地点，同时描绘了主人公西楼独倚的情形，表达了她寄相思不得，独上高楼以慰相思的情形，紧承上阕中的"惆怅此情难寄"。远眺中，本想遥遥望见心上人去时的路途，而"遥山恰对帘钩"，只有那遥远的山脉，将视线阻隔，令主人公无法望得更远。夕阳中，主人公独自登高望远以慰藉相思，本就凄清哀婉无限，而遥遥的远山阻隔，使其心境更加凄楚。遥远山峰所阻隔的，不仅是两人的视线与相见的道路，还有二人的情谊。"遥山"句使得抒情又增一层波澜。

远眺本为舒解内心的忧愁，而此时不禁又更增一段愁思，主人公不禁思想，所念之人现在究竟在哪里呢？"人面不知何处，绿波依旧东流"，所念之人不知身在何处，而江水的绿波依旧缓缓东流。两句化用唐代崔护《题都城南庄》诗句"人面不知何处去，桃花依旧笑春风"中的意境，暗含凄凉孤苦，旧情难忘之感，余意不尽，情致别生。

此词抒情蕴藉，用典别致，在多组意象的重叠交织中含蕴主人公悲凉凄苦的感情，营造出离愁别恨百般难寄的意境。词人以淡景写浓愁，青山绿水常在，而鸿雁游鱼难凭，惆怅万端，婉曲细腻，表现了晏殊娴雅从容的独特词风。

清平乐

晏殊

金风①细细，叶叶梧桐坠。绿酒②初尝人易醉。一枕小窗浓睡。
紫薇③朱槿④花残。斜阳却照阑干。双燕欲归时节，银屏⑤昨夜微寒。

【注释】

①金风：秋风。②绿酒：古代以土法酿酒，酿出的酒呈黄绿色，故称之为绿酒。③紫薇：植物名，落叶乔木，花红紫或白，夏日开，秋天凋，又名"百日红"。④朱槿：植物名，红色木槿，落叶小灌木，夏秋之交开花，朝开暮落，又名扶桑。⑤银屏：银饰屏风。

【赏析】

秋风、梧桐、紫薇、木槿、斜阳、双燕，本是极普通的自然意象，绿酒、小窗、阑干（栏杆）、银屏，也是极寻常的人文意象，但一经词人妙手，以精致的笔调绘出，再以主人公的行为与情态连缀在一起，便含蓄地表达了一种淡淡的忧伤之情，且具有雍容典雅之态。本词突出表现了晏殊娴雅富贵的艺术风格与美学追求，用语精致蕴藉，运景意象优美，全词情致典雅娴静。

上阕以秋风落叶起笔，虽是写秋，但无忧伤之情，而是语含沉醉之态。"金风细细，叶叶梧桐坠"，阵阵秋风吹起，梧桐树的叶子翩翩落下。"金风"即秋风，古人将四季与方位五行相对应，西方为秋而主金，故称秋为金秋，秋风便可称为金风。以"细细"二字形容秋风，可见此处的秋风应是初秋的风，没有深秋的肃杀气象，而是略增凉意的微微凉风。"细细"二字流露出主人公对这秋风的喜爱与沉醉，暗含平静悠闲。"叶叶"将梧桐叶子片片坠下的景象展现出来，悠然恬淡，节奏轻缓，亦有闲适舒缓之感。"细细"与"叶叶"两组叠字相连，使词的音律谐调，色调淡雅，笔致轻灵。

庭院中，秋风微起，梧叶翩飞，而画堂中，主人公"绿酒初尝"，早已醉卧床畔，浓睡不起了。"绿酒初尝人易醉"，"初尝"，二字点出主人公是浅饮，暗示了"易醉"是微醉，而不是酩酊大醉，表现出一种恬淡闲适之情状。"一枕小窗浓睡"，在浅尝绿酒微醺后，却是"一枕浓睡"，更是表现出主人公的娴雅洒脱。"绿酒"点出了主人公浓睡的原因，词人饮酒不是为了消愁，只是慰藉闲暇之心，此举有文人娴雅之态，使其"浓睡"也含别致情态。同时，微醺与浓睡中也蕴涵淡淡闲愁，可能是心中略含惆怅，词人才会初尝易醉，最后亦怅惘，以至"一枕小窗浓睡"。

主人公浓睡起身，已是第二天晚暮时分。透过小轩窗，只见"紫薇朱槿花残，斜阳却照阑干"，紫薇与木槿在秋风中渐渐残落，夕阳斜照着栏杆。"紫薇"是夏季开花，而"木槿"是夏秋间开花，此时两花都开始凋残，遥遥映出上阕中的"金风细细"，补充了对初秋景色的描写。与"叶叶梧桐坠"不同的是，此时主人公是在酒醒后看到紫薇木槿的凋落，一个"残"字，既是对花木凋落的写照，也是主人公内心怠惰情怀的表达。"斜阳却照阑干"紧承上句，进一步营造出委婉索寞的意境。词人浓睡之极，以至在翌日薄暮时分才起身，而起身后的心情是否已经纾解，词人没有直接写出，只是通过紫薇、木槿，以及夕阳、阑干等意象来表达内心的悠闲慵懒。

看见这阑珊的景色，主人公忽然想起此时已是"双燕欲归时节"，燕子马上就要双双南归了。继而词人又回想起"银屏昨夜微寒"的情状，酒醉浓睡中，只隐隐感觉，夜间银屏透进缕缕轻寒。"双燕"与"银屏"两句，既是对昨夜浓睡情形的进一步补充与回忆，也营造出清冷落寞的意境。虽都是景语，但"昨夜"二字透出追忆味道，在这燕鸟双飞，斜晖映照中，凄凉意绪渐渐生出，舒缓谐恰。

近人俞陛云评价本词"纯写秋天景色，惟结句略含清寂之思，情味于言外求之，宋初之高格也。"此词正体现了这一艺术特点，用语清丽淡雅，抒情娴静平和，却有华贵之态。词人将闲适风雅之情与华贵雍容之态都融入词中，使得本相矛盾的两种风格统一一处，显"温润秀洁"，恰恰符合宋代王灼在《碧鸡漫志》中对晏殊词的评价。

采桑子

晏殊

时光只解^①催人老，不信多情，长恨离亭，泪滴春衫酒易醒。
梧桐昨夜西风急，淡月胧明^②，好梦频惊，何处高楼雁一声？

【注释】

①只解：只会，只知道。②胧明：月光微明的样子。

【赏析】

"（晏殊）在现实的无常的悲苦中，虽然也不免于伤感，然而他却既有着安于现实的达观，也有着面对现实的勇气。"这是现代学者叶嘉莹对晏殊的评价。悲苦与达观并存，伤感与勇气兼备的矛盾情怀，在这首《采桑子》中得到了充分的体现。此词乃晏殊抒情词中情感比较浓烈的一首，笔法轻灵婉转，感情深沉含蓄，词人感叹流年，惋惜时光易逝，得出了具有代表意义的人生感悟，具有一定的启迪性。

"时光只解催人老"，时光只知道不停流逝，催促着人变老。"只解"二字，将时间拟人化，表现出时间残酷地吞噬着人的青春年华。"不信多情"既点出时间的无情，也反衬出人的多情，正因如此，更显得时光易逝，情难长久。"长恨离亭"紧承而来，刻画出多情反而容易别离，"长恨"二字，流露出分离之事虽让人生遗憾，但又无可奈何。"离亭"，即长亭，古人经常在长亭中送别友人。"泪滴春衫酒易醒"，此句补充"长恨离亭"句，铺写别离之情的伤感，别离使人们不停落泪，以至于泪水将春衫都打湿了，离愁太深，连酒醉后都无法忘记。

送人离去之后，留守之人仍旧思想难眠，月夜梦惊。"梧桐昨夜西风急"，"昨夜"二字点出此句为追忆语，而"西风急"与"昨夜"相连，暗示出主人公一夜无眠，辗转中听尽穿过梧桐枝丫间的凄厉秋风。"淡月胧明"，月色昏暗，月光朦胧。上句追忆昨夜耳闻之景，而此句紧承上句追忆目见之景，暗示出主人公彻夜无眠，在起身望月中度过了一夜。

"好梦频惊"，"好梦"二字点出这是一场与思念之人相会的好梦，却被频频惊醒。夜有"好梦"，本是值得庆幸之事，但惊醒之后，面对着西风、淡月，白日的离愁别恨不仅没有消除，反而又深一筹，何况又是"频惊"，每惊醒一次，惆怅之感便多生一层，致使主人公最后惆怅满怀，难以入睡。此句是点睛之笔，承上启下，既连接昼间发出的人生苦短、离恨长生的感叹，又点出一夜无眠及"酒易醒"之状，把全篇的情感推到高潮。

"何处高楼雁一声？"结句紧扣上句，写的是主人公梦中惊醒后所听到的声音。在西风正紧、月色朦胧时，听到这一声突兀高亢、凄凉悲怆的孤雁鸣叫，使周围其他一切声音都成为雁鸣的背景，深深触动了主人公的内心，使其周围的环境更显凄凉。

主人公内心的波澜起伏随着时间的流逝而不停变换，在不同景象面前呈现出不同的状态。全词上阕抒情，下阕写景，笔法轻灵，感情深沉，抒情写景悲凉慷慨，烘托渲染自然贴切；意境超脱高远，其思想内涵较较之简单的离愁慨叹，更为深刻。

木兰花

晏殊

池塘水绿风微暖，记得玉真①初见面。重头②歌韵响琤琮③，入破④舞腰红乱旋。

玉钩阑下香阶畔，醉后不知斜日晚。当时共我赏花人，点检⑤如今无一半。

【注释】

①玉真：道教中的仙人，此处代指佳人。②重头：词曲术语。词的上下阕节拍完全相同的称重头；散曲中以同一曲调重复填写几遍、几十遍，甚至百遍的亦称重头。③琤琮（chēng cóng）：象声词，形容玉石撞击的声音，金属撞击的声音或流水声。④入破：唐宋大曲的专用术语。大曲每套有十余遍，入破为其中一个音乐段落的名称。⑤点检：检查，细数。

【赏析】

清代张宗橚《词林纪事》中说："东坡诗：'樽前点检几人非'，与此词结句同意。往事关心，人生如梦，每读一遍，不禁惘然。"此词系晏殊伤春怀人之作，将昔日欢闹热烈的场景与眼前寂寞冷清的景象对照，表达时光易逝、筵宴易散、好景不长的慨叹情思。结句"当时共我赏花人，点检如今无一半"吟咏的聚散难期之情，令人伤感。

"池塘水绿风微暖"，池塘碧波荡漾，春风微熏，融融暖意吹进心田。词人开篇点出时令为春季，通过"水绿"与"风微暖"等细节描写，表现春光的美好，而水与风连写，营造出风吹池水、波光荡漾的感觉。一句景色描写，却有景致互生之妙，多重意境生发于词句之外，显示出晏殊在造境方面的功力。

面对这美好的春色，作者不禁回想起故人。"记得玉真初见面"一句与上句相连，使上句实景俨然成为虚笔，暗含眼前景色如昔日之景的慨叹。

词人漫步园中，睹景怀人，回忆起以往佳人相伴的种种情形。由"记得"二字引领，以下诸句都是对昔日繁华热闹景象的描绘。"玉真初见面"说明以下皆是词人与佳人初次相遇的情景，"初见面"是所有追忆中含情最深的场景，三字背后暗含初见时的种种情态，选此场景入词，用意深沉。

"重头歌韵响琤琮，入破舞腰红乱旋。""重头"词回还往复，动人心弦，歌声清朗悦耳，如金玉碰撞之声。繁弦急响如破碎，在这嘈杂的乐声里，女子舞腰旋转，乱红纷飞。这两句写出女子的歌舞绝妙。

顺着上阕对女子歌舞的追忆，词人继而回想当时的场景。"玉钩阑下香阶畔"，此句点出当时歌舞宴会的地点，"醉后不知斜日晚"写宴会歌舞饮宴，直至醉倒，而不觉时间在悄然流逝，渐渐竟已斜阳夕照。从写歌伎到写到晚晚宴，词人都在追忆昔日的宴饮欢聚，随后兀然一转，从一片繁华喧闹的景象里急急回到了眼前，想到"当时共我赏花"的人，如今大半已去，所剩无几。"斜日晚"三字承上启下，表面看来与下句无关，实则是等到歌饮阑珊之时，词人赫然想到当时一同宴饮之人现今的情状，想到斯人早已竞相离去，从而生出无限惆怅。"斜日晚"联系今昔，暗含情愫，使下阕情感如有线穿梭其中，景断意连，完整自然。

词人以今昔对比的手法，将人生聚散的感慨发于笔端，语言流畅，今昔互见，跌宕有致。

木兰花

晏殊

燕鸿过后莺归去，细算浮生千万绪。长于春梦几多时？散似秋云无觅处。
闻琴解佩神仙侣，挽断罗衣留不住。劝君莫作独醒人，烂醉花间应有数。

【赏析】

宋仁宗庆历三年（公元 1043 年），53 岁的晏殊自检校太尉、刑部尚书同平章事，任同中书门下平章事、集贤殿大学士兼枢密使，集军政大权于一身，乃炙手可热之人。当时，范仲淹、韩琦、富弼、欧阳修等人皆在朝为官，积极推行"庆历新政"。可惜，由于仁宗对改革的决心不够坚定，又有反对派不断恶意攻击，革新举措只持续到次年即被迫中断，韩琦等人相继被外放，晏殊也被罢相。这首《木兰花》表面慨叹青春的流逝和爱情的易失，但从"挽断罗衣留不住"与"劝君莫作独醒人"等句，可见此次罢官经历给晏殊造成的沉重打击，他满腹忧愤，故痛心疾首，一抒愤慨之情。

"燕鸿过后莺归去"，燕子、鸿雁、黄莺都是候鸟，燕子与鸿雁在春天由南方迁回北方，黄莺则在夏天迁回北方。首句写燕子与鸿雁已经向南方迁徙而去，之后黄莺也快要飞走了，它们在夏去秋来的时节一一离开。通过候鸟的离开，词人暗示春光的消逝，从而引出对年华的惋惜。多数词人慨叹年华时，多以写春残景象为主，晏殊则以候鸟开篇，别具一格。候鸟年复一年去了又回，回了又去，春光也随之不断流逝，更显时光如梭，暗含青春年华的逝去，所以首句不仅是实景写照，也以莺莺燕燕象征曾经青春貌美的佳人，如今莺燕散去，佳人也已迟暮，令人倍添伤感。

面对着青春的凋零，词人感慨万千。"细算浮生千万绪"，细想自己的大半浮生，不禁惹出无限思量，万千心绪。"细算"二字，将上句客观描写转笔到主观抒情，描绘出词人百般思量之状，诱发"长于春梦几多时"的喟叹。词人叹道：这漫漫浮生，比一场春梦又能长多少呢？不过是"散似秋云无觅处"罢了。此处是说：年华的流失就如同天上的秋云散去一样，无痕无迹，难以寻找。末尾两句继开篇两句而来，化用唐代诗人白居易《花非花》"来如春梦几多时？去似朝云无觅处"的意境，表现自己的人生体验：青春与爱情，与一场春梦相比，又能持续多久？人生的聚散不过犹如浮云一般。

"闻琴解佩神仙侣"句用典，"闻琴"化用司马相如以琴夜挑卓文君，文君随后与其私奔之事。"解佩"化用郑交甫遇二神女之典，郑交甫游江汉，遇汉江二神女，交甫悦慕神女，请其玉佩，神女遂解佩相赠，神女走后，郑交甫怀中神女所赠玉佩亦失。"挽断罗衣留不住"，此句与上句一起，是说像卓文君、汉江神女这些佳人，即使扯断罗衣也挽留不住，表达了词人对爱情难求更难长久的慨叹。下阕前两句是对上阕慨叹的具体说明，也是上阕人生体验发生的缘由，使上下两阕勾连相接，过渡自然。

在清醒地认识到爱情的难长久后，词人痛心地喊出了"劝君莫作独醒人，烂醉花间应有数"的激烈言辞，既然清醒就会痛心，就要面对现实，那么就不要做独醒之人，不如痛饮美酒、烂醉花间好了。这两句饱含愤慨，言辞激烈，"应有数"三字体现了词人虽扬言烂醉花间，但又难以放弃清醒的矛盾心态，隐见他对罢相一事不满且不甘的态度。

借感慨青春和爱情等美好事物的无常，作者婉转含蓄地表达了对仕途遭遇的复杂情感，寓意深刻，别有寄托，与遣怀伤春的其他作品大为不同。

木兰花

晏殊

玉楼朱阁横金锁，寒食清明春欲破。窗间斜月两眉愁，帘外落花双泪堕。

朝云聚散真无那，百岁相看能几个？别来将为不牵情，万转千回思想过。

【赏析】

晏殊抒写离愁别恨的词作很多，这篇《木兰花》别具风格，词中情感深沉哀婉，又不失理智。词中对物转星移、时光流逝的慨叹满含理趣，如"朝云聚散真无那，百岁相看能几个"之语，平直晓畅但意味深刻。

"玉楼朱阁横金锁"，开篇用华丽的笔触描绘出豪华优美的场景。其间有琼楼玉宇、雕梁画栋，窗映斜月，帘系落花，然而"横金锁"三字，说明人去楼空，给这个金碧辉煌的场所，兀然笼上了清寂的气氛，情与景并不相称，更惹人深味。"寒食清明春欲破"，寒食、清明时节，春色最浓，古人常在这个时候踏青赏春，但"春欲破"三字却突兀点出此时春色将残，与"横金锁"三字效果相同，一并透出悲春伤人之感，显出愁迹。

"窗间斜月两眉愁，帘外落花双泪堕"，窗间斜月的光辉下，主人公两眉凝愁，面对帘外的落花，不禁双眼垂泪。此二句对仗工整，同时绘景写情，以景烘托悲情。其中"窗间斜月"与"两眉愁"，"帘外落花"与"双泪堕"，看似没有任何系着，实则是比喻手法的妙用，"斜月"与"落花"既是实景也是喻体，暗喻主人公凝愁的双眉犹如斜月，堕下的泪水犹如落花，人景两合，愁情又深一层。

下阕转笔，抒情中夹带议论，使全词又添哲理别思。"朝云聚散真无那，百岁相看能几个？""朝云"，化用宋玉《高唐赋》中巫山神女"旦为朝云，暮为行雨，朝朝暮暮，阳台之下"的典故，代指美人。"无那"是口语，无可奈何之意。在词人看来，和佳人的聚与散，是无可奈何的事情，不由自己做主，一生之中又能与几位佳人相会呢？这两句表达了主人公对感情的否定，对人生局限重重，无法左右命运的慨叹，暗含看透世事，超脱情感之意。

主人公先抒发了不为情牵的议论，之后却道出这种意愿的难以实现。"别来将为不牵情，万转千回思想过。"离别之后，本来以为不会再被离愁别恨牵绊，结果还是在内心千回百转的思量，难以完全放下。主人公的矛盾情态，表明他还是无法抛却情之牵扯，内心对情意的眷恋不舍，又肯定了情的存在。理智与情感的矛盾，人的局限认识与自我战胜的无奈，在下阕中都表达出来。词人要表达的情感十分复杂，但语言却通俗晓畅，手法也十分简净，更见高妙。

这首抒情小词饱含人生哲思，将理与情的矛盾，对感情的肯定与否定，通过对景与人的描写，在词中表现出来，语言浑成自然、精美工妙，情感深沉低回、哀而不伤。词人在悲欢离合中体验到的人生哲理，提高了作品的思想深度。

诉衷情

晏殊

东风杨柳欲青青，烟淡雨初晴。恼他香阁浓睡，撩乱有啼莺。

眉叶细，舞腰轻，宿妆成。一春芳意，三月和风，牵系人情。

【赏析】

这首词上阕以景衬情，通过对初春烟雨杨柳莺啼等的描写，表现了主人公春思恼人、慵懒恢懒的心情；下阕以人衬景，通过对主人公的直接描绘，衬托出初春芳意迷蒙、撩人心怀的优美景色。全篇景与情谐，物与人合，形象隽丽，比喻贴切。

"东风杨柳欲青青，烟淡雨初晴"，在春风的吹拂之下，杨柳枝条舒展，开始泛起青翠之色，微雨初晴，烟雾淡淡，景色迷蒙。开篇写春景，笔墨浓淡有致，绘景如画。"欲"字妙笔，将杨柳扶风，新芽未萌发却已有染青绿之色写出。杨柳春色染枝，嫩芽含苞，使得春光含有一种溟濛之态，加之雨后新晴，更生烟雨迷离之态，生机勃勃，清新撩人。

"恼他香阁浓睡，撩乱有啼莺。"春日迟迟，风暖日熏，主人公在香阁浓睡不起，只恼窗外莺鸟啼声缭乱，声声扰梦。二句陡转，烂漫春光中，人物本应精神抖擞才对，但此中主人公却恢懒慵困，一直"香阁浓睡"。一个"恼"字，将女子的情思点出，与下句勾连，涵括上句中的情思，乃上阕眼目。浓睡中的主人公表面是因莺声扰眠而生恼意，实则是因情思而心烦，于是竟怨起无边春色来，连清脆的莺鸟啼鸣也让她烦恼不已。晏殊化用前人金昌绪《春怨》诗意，泯然无痕，表达了女子因春感怀、睹景伤情，导致百无聊赖、意兴阑珊的情态。

继上阕以景刻画人物之后，词人在下阕转入直接描写。"眉叶细，舞腰轻，宿妆成"，此为人物描写。一枕春睡之后，主人公起身，经过一番梳洗，晚妆初成，翠眉叶细，腰身轻盈。"眉叶细，舞腰轻"既写人，同时也暗笔勾出柳树在春风中不停摇曳的丰姿。春日里，女子绰约婀娜的容姿，烟柳柔媚袅娜的神态，两相映衬，人美如柳，柳美似人，都为春光增了娇媚。

"一春芳意，三月和风，牵系人情。"初春的华光芬芳，三月的暖风轻柔，都牵动着人的情思。"一春"即初春，与"三月"对仗工整。"一春芳意"，即总结以上阕景色描写中所含的春情，初春里的"杨柳欲青青"、"烟雨初晴"、"缭乱莺啼"等景物都流露出无限春意，加之三月里熏人欲醉的和风，都牵系着闺中人的情思。与此三句煞尾，总结全篇，正面点出题旨。

《诉衷情》既写景又绘人，通过描摹一位佳人娴静温婉的沉睡、梳妆之姿，以及其因春芳而生的淡淡情思，表现出其心中闲愁，景物人态融合有致、婉转缠绵、隐曲雅丽，可见晏殊词风。

诉衷情

晏殊

青梅煮酒①斗时新，天气欲残春。东城南陌花下，逢着意中人。
回绣袂②，展香茵，叙情亲。此时拼作，千尺游丝③，惹住朝云。

【注释】

①煮酒：酿酒。②绣袂：刺绣精美的衣袖。③游丝：春天在空中飘飞的蜘蛛等昆虫吐出的丝。

【赏析】

近代词学研究者吴梅在《词学通论》中有评："《诉衷情》之'东城南陌花下，逢着意中人'诸语，庸劣可鄙，已开山谷，三变徘语之体。"吴梅之所以评其"庸劣可鄙"，大概因为词作主旨是写丽情。事实上，此词写丽情并不像柳永等以俗语写俗情一样具有纤佻之感，反而语句清丽、颇有品格。

"青梅煮酒斗时新"，用青梅酿酒，为的是采青梅新结之果，取其新酸。苏轼有"不趁青梅尝酿酒，要看细雨熟黄梅"之句，可见"斗时新"指的是趁着恰好的时节，摘取新果酿制美酒。"天气欲残春"直接点出是晚春时节。二句以闲笔入题，点出节令，铺垫情境。

"东城南陌花下"，此句点出词人与意中人相逢的地点。"东城"指北宋汴京城东，因有禹王台、兴慈塔等胜迹，是春秋季节极佳的游览之地。"花下"说明主人公正在游春，并以"花下"二字点染出风流意境。"东城南陌花下，逢着意中人"，二句直接写主人公赏花时，与意中人不期而遇。

继上阕的不期而遇之后，下阕开始对两人的相遇展开详细叙述。

"回绣袂，展香茵，叙情亲。"此三句写出二人的交往，主人公唤住佳人，使她转身，然后铺展芳香的茵席，一同坐下，叙说情怀。此处"回"字是使动用法，是主人公使意中人回转衣袂之意。短短九言，写出两人从相遇到亲密洽谈的整个过程，流露出二人亲密无间、相见甚欢的情态，为下文的抒情奠定基础。

正是因为"叙情亲"时，二人缠绵缱绻，才使得主人公想更进一步交往，因此才会想到"此时拼作，千尺游丝，惹住朝云"。主人公甘愿化作千尺游丝，牵住身边这位意中人，使她不能离去。游丝缠绕，游荡空中，若隐若现，仿佛此时主人公内心缱绻缠绵的情思。"朝云"代指主人公的意中人，化用楚怀王与巫山神女相会的典故，并将"旦为朝云，暮为行雨"活用，点出了意中人行踪难期，分手后两人再见亦是难上加难。主人公想要化作"游丝"来牵绊"朝云"，也暗暗流露出其内心的彷徨与无力之感。游丝即使有"千尺"之长，也未必能留住朝云，这短暂的欢娱最终还是要分别，使主人公心中生起了淡淡的怅惘。

学者叶嘉莹评价晏殊词"虽作艳语，终有品格"，正是因为看到了字里行间蕴涵的真挚感情，此词并非为表现俗艳而作，乃是真情抒发而成。叶嘉莹所赞扬的，也恰是吴梅所忽略的。

诉衷情

晏殊

芙蓉金菊斗①馨香，天气欲重阳。远村秋色如画，红树间②疏黄。
流水淡，碧天长，路茫茫。凭高目断③，鸿雁来时，无限思量。

【注释】

①斗：比，争。②间：夹杂。③目断：望尽。

【赏析】

这是一首描写重阳登高的作品，通过对佳节时景物环境的细致描写，表达出深切的思乡之愁。

"芙蓉金菊斗馨香，天气欲重阳。"秋风中，黄菊盛开，芙蓉吐艳，两花争相斗艳，风中满是馨香之气，而此时也正是重阳佳节来临之际。词人开门见山，首句便写出"芙蓉"、"金菊"的竞相盛放，突出"重阳"将至的景色特征。

随后由近及远，词人把视线转向远处的山村。"远村秋色如画"，远处的山村如画卷般美丽。晏殊先以"如画"总括山村景色，继而选择具有典型性的秋日意象——秋叶，将"如画"二字坐实。"红树间疏黄"，秋天的树叶络绎变色，满树红叶中夹杂着疏疏落落的黄色。"疏黄"二字绝妙，词人不写红叶的浓密，而是以黄之疏落衬出红之浓烈。此句含有红、黄两种颜色，相互间杂，更显出色调的艳丽多彩。

上阕词人由花至树，由近及远，而下阕中，转笔至碧水蓝天，引出登高凭远的动作。"流水淡，碧天长，路茫茫。"流水澄澈淡荡，天空湛蓝高远，更显得路途杳杳漫漫。以"淡"字形容"流水"，将流水澄澈潆洄的情态绘出，营造出澄净淡泊的意境。词人于"天"之前着一"碧"字，又于其后着一"长"字，突显出天空辽阔、澄澈清明之感，增添了高远的情调。"路茫茫"三字，既是对远望之景的进一步描写，也暗暗流露出词人内心的茫然之感，从而引出情绪波澜。顺情而下，又出"凭高目断，鸿雁来时，无限思量"之句，词人登临高处，凭高展望，只见鸿雁飞过，触发缭绕的情思、无限的思量。

上阕中的景色明丽鲜艳，下阕情思则疏淡冲和。词人由景及情，随着视线的转移描绘出不同的景象，情怀也渐由闲适生出索寞，直至最后以"无限思量"点题束尾，水到渠成，自然贴切。

踏莎行

晏殊

祖席①离歌，长亭别宴。香尘已隔犹回面。居人②匹马映林嘶，行人去棹③依波转。画阁④魂消，高楼目断。斜阳只送平波远。无穷无尽是离愁，天涯地角寻思遍。

【注释】

①祖席：送别的宴席。②居人：留在家里的人，与下句"行人"相对。③棹：船桨，此处代指船。④画阁：装饰华美的房间，此处代指女子闺房。

【赏析】

晏殊五岁能诗，素有"神童"之称，其文采卓然，笔力深厚为当世称道，《宋史》曾赞誉他"文章赡丽，应用不穷。尤工诗，闲雅有情思"。晏殊是北宋著名的婉约派词人，其词作多旖旎风光，欢趣中深含悲切。此首《踏莎行》承续这一传统而来，由景生情，再续别离苦楚。

"祖席离歌，长亭别宴"，"祖席"乃饯别之席，多为分别时的宴会，与"别宴"同义；"离歌"同在强调此词是为分别而作，词中所写为别离场景；"长亭"直接点明分别的地点。前两句以寥寥八字，清楚地点明该作是主人公与他人分别时的画面。"祖席"、"离歌"、"别宴"三组词语同义堆砌，开篇即将离怨涂抹得浓郁沉重，为下文抒情作铺垫。

"香尘已隔犹回面"，"尘"本凌乱缭绕之象，"香"字点缀，暗含了抒情主人公与离人间深深的情谊，自感尘土中犹有芳香。香尘已把距离隔开，但是两人依然连连回头。"犹回面"三字即刻将两人依依分别、不忍离去的情状勾勒出来。此句虽未直言"回面"的究竟是"居人"还是行人，但由下两句看，应指两人共回，同感不舍。

两人在"香尘已隔"时"犹回面"，接下来开始具体描写居人和行人各自的表现。"居人匹马映林嘶，行人去棹依波转。"居人策马扬鞭，一边走一边回头，终于被树林挡住了视线，连骏马似乎也感同居人离情，隔着林间嘶鸣，凄怨至极；而行人乘船离去，驻足船尾频频张望，最终也随江水的曲折流转而消失不见。"嘶"字借马嘶鸣，传达出居人的哀怨无奈；"转"字借船"依波"而折境，表达出行人依恋难舍的情愫。

上阕自分别的宴会写起，由"犹回面"分述居人和行人的表现，下阕词人将笔力聚焦于居人，详述分别后的情状。

"画阁魂消，高楼目断。"居人策马归后，登楼而望，目送行人远去。"魂消"明晰地表现出居人登高而望的黯然销魂；"目断"承之，更写出居人望眼欲穿、目依波转。两句连缀，居人更增愁苦哀怨。

随后续写居人在"画阁"上看见的景象。"斜阳只送平波远"，阳光斜洒在江波上，遥远不知终极。"斜阳"本为傍晚落日之照，其间暗含迟暮伤感；"只"字贯通，更显寥落孤寂。斜阳余晖也只能伴送“平波”“远”去，离恨无奈在此境中被渲染得浓重异常。

　　最后，词人在对居人、行人分别情景进行了刻骨描摹后，直接点出两人离愁之苦：“无穷无尽是离愁，天涯地角寻思遍”。“离愁”自有愁绪萦绕，用“无穷无尽”形容，更感此情绵密悠长，难以排遣；“思”念本就难觅难寻，“天涯地角”寻遍，更觉此情缥缈虚幻，无奈恨极。

　　由“祖席离歌”始，至“天涯地角寻思遍”终，分别生发思念，自然顺畅，合情合理。现代文史学家唐圭璋说此词“足抵一篇《别赋》”，此言不虚。景色的变化中暗蕴抒情主人公无尽的离愁别恨，情悠悠恨悠悠，离愁思念交杂其间，尤堪玩赏。

踏莎行

晏殊

　　小径红稀，芳郊绿遍。高台树色阴阴①见。春风不解②禁杨花，濛濛③乱扑行人面。翠叶藏莺，珠帘隔燕。炉香静逐游丝④转。一场愁梦酒醒时，斜阳却照深深院。

【注释】

　　①阴阴：浓密的样子，形容树叶稠密，树荫浓重。②不解：不懂得，不理会。③濛濛：细密的样子。④游丝：飘荡在空中的蜘蛛等昆虫吐出的丝线。

【赏析】

　　春已迟暮，愁绪万千，感念青春不再，感慨岁月变迁，这是诗词中常见的感时伤春，晏殊《踏莎行》一词，一改传统，独辟蹊径，于暮春景色里交杂着活泼生趣，莞尔轻愁萦绕心间，神韵卓绝。

　　春去夏来，词人在这春天即将告别时步出屋内，来到郊野，感受着季节时令的转换。“小径红稀，芳郊绿遍。高台树色阴阴见”，首三句直接写出词人在郊径所见：小径两旁花儿多已凋敝，红艳的色彩已渐渐消逝，广阔的郊外早被翠绿染遍，高台上更是尽显郁郁葱葱的树色。“小径”、“芳郊”、“高台”的位置转换体现出作者在空间上的移动；“红”、“绿”、“树色”的过渡则体现春去夏来植物色彩的步步加浓；“稀”、“遍”、“阴阴见”的形容也揭示出暮春景色的动态变化。整三句顺次而下，把一幅暮春初夏的风光图缓缓展开。

　　“春风不解禁杨花，濛濛乱扑行人面”，杨花本就随风而飘、倏忽不定，但是词人却说是“春风不解禁”，即春风不约束杨花，使得它乱飞，直扑行人脸面。自然风景在“解禁”二字衬托下显得趣味横生，主观情感的注入使杨花飞逝的情景更是盎然多姿。一个“乱”字非但不显凌乱繁杂，反而暗含嬉戏游闹之意，似顽童般可爱纯真，“扑”字紧承，更将杨花的随意自然刻画得启人遐想。

　　上阕描摹暮春初夏郊径自然风光，下阕顺承而来，作者视线由外及内，最后直指内心。“翠叶藏莺，珠帘隔燕”，屋外翠绿的叶子繁茂葱郁，藏住了黄莺的身影；屋内珠帘密密缀连，阻隔了燕子的进入。“藏”字把“翠叶”拟人化，翠叶似与黄莺逗趣，藏住黄莺身影，更显翠叶葱郁；"隔"字呼应，"珠帘"本无意隔绝燕子，但是两句对照，却让珠帘也涂抹上了一丝趣味，宛如在做游戏。此两句前者写外景，后者转内景，视线慢慢回归室内，为下文对屋内景情的抒发作铺垫。

"炉香静逐游丝转。"香炉青烟缓缓升起，与游丝纠缠追逐，两相交织，分不清何为炉香，何为游丝。"逐"字赋予主观情感，"炉香"追逐嬉闹，"转"字承接，"游丝"回应转绕，俨然一派热闹景象。但是细究其下，又暗暗生发出一丝静意，诚如词人自言"静逐"，屋内青烟缕缕，更添静谧。

至此，作者都在细摹自然之景，最后转景入人，将主人公推入到读者视线内。"一场愁梦酒醒时，斜阳却照深深院"，词人愁绪萦绕心头，于是借酒消愁，酒入愁肠，酣然入睡，等到酒醒时分，屋外仍旧斜阳高照。"愁"乃全词词眼，将上下阕情景交融其间，一派游戏之景中隐有愁情暗注；"却"字接续，将初夏白昼的漫长表现而出，颇有"人间昼永无聊赖"的意味；"深深"形容庭院而来，更感幽深凄楚之感。

最后两句由景生情，将词人的惆怅、愁绪一语道破。春意远去，时序变化，莫名心生愁意，笑中带怨，闹中带苦，词的意境在结句被推向高潮，又胜在愁浅怨轻，其景的灵动活泼不受妨碍，反而更富动感活力。

踏莎行

晏殊

碧海无波，瑶台①有路。思量便合②双飞去。当时轻别意中人，山长水远知何处？
绮席凝尘③，香闺掩雾。红笺小字④凭谁附⑤？高楼目尽欲黄昏，梧桐叶上萧萧雨。

【注释】

①瑶台：指神话中神仙住所。②合：应当。③凝尘：积满灰尘。④红笺小字：指情书。⑤附：捎带，寄递。

【赏析】

"碧海无波，瑶台有路。""碧海"指海中神山，"瑶台"是仙之灵境，这两句是说：去往碧海的路上没有波涛阻隔，前往瑶台的途中有道路直达。开篇两句词人直言自己可以实现愿望，联系下句，即是指可以和爱人"双飞去"。"思量便合双飞去"，思来想去，定然可以和爱人双宿双飞。"思量"一词表明词人的颇多思考和权衡；"合"即可以、符合，以"便"字起领，"合"中尽含"不合"之意。首三句表明词人本可以和自己所思对象双飞而去，可是思量后又未同行。此处是为下文词人抒遗憾思念所做的铺垫。

"当时轻别意中人，山长水远知何处？""思量"下并未"双飞去"，于是意中人孤身一人离去，当时与她分别时太过轻浅随意，现在即使万分悔恨，也因为山长水阔，不知她现在究竟在何方。"轻别"一词用得颇具韵味，"别"本是伤心依恋之事，但是"轻"字形容，即让此"别"中暗隐了一份随意轻率，而正是这份轻率，才引发了词人后来的诸多离恨别绪，故而"轻别"是谓词眼。"山长水远"一句蕴涵人海茫茫、不知归处的迷茫无奈，与晏殊另一首《蝶恋花》中的"山长水阔知何处"仅一词之差。面对这"山长水远"，词人只能黯然神伤、徒感伤悲。

以上词人直言自己的"轻别"，下阕接续而来，详述别后的境况。"绮席凝尘，香闺掩雾"，绮丽的席间布满尘灰，温香的闺中弥漫雾气，此处描写的是意中人离开后词人所居环境。"绮"、"凝"、"香"、"掩"本是华美旖旎的字眼，向来能引发浪漫美好的感情，无奈承接的是"尘"、"雾"意象，缥缈中自有凄清，弥漫间自含萧条，写出词人在意中人离开后的聊赖孤寂。

"红笺小字凭谁附？"词人的"红笺小字"、一腔思念该凭借什么依托寄附呢？《蝶恋花》中"欲寄彩笺兼尺素"的意味在此同显而出，含有无尽的悔恨和无奈。"高楼目尽欲黄昏"，作者登高而望，望穿秋水，也只是无所目极。"尽"字道出词人以目穷极之境，望眼欲穿之况，"黄昏"情景在这"目尽"中渐次来临。他每天在高楼上遥望远方，时间就在这无望的期待中慢慢流逝，痴情无奈尽在这"目尽"中含蓄传递出来，恰有"独上高楼，望尽天涯路"的意境。

词由景起，再由景终，最后视线凝聚在萧景上，"梧桐叶上萧萧雨"。"梧桐"本显寂寞，李煜有"无言独上西楼，月如钩，寂寞梧桐深院锁清秋"；周紫芝有"梧桐叶上三更雨，叶叶声声是别离"。

晏殊在《踏莎行》中由"轻别"开始触景伤情，终于"梧桐叶上萧萧雨"，情致浓极，悔恨思念在这意境的描写中铺展开去，笔酣墨畅，婉曲动人。

踏莎行

晏殊

细草愁烟，幽花怯露，凭栏总是销魂处。日高深院静无人，时时海燕双飞去。带缓罗衣，香残蕙炷①，天长不禁②迢迢路。垂杨只解惹春风，何曾系得行人住！

【注释】

①蕙炷：用蕙草制成的熏香。②禁：止。

【赏析】

伤春的题材在古代文人笔下司空见惯，春中含怨，景中含情，但大多诗作所选之春景多为"暮春"，如南唐后主李煜《相见欢》："林花谢了春红，太匆匆，无奈朝来寒雨晚来风。胭脂泪，相留醉，几时重。自是人生长恨水长东。"李煜借暮春残景寄寓年华易逝、人生失意的无限怅恨，读来令人怅惘嗟叹。不过，晏殊这首《踏莎行》却独辟蹊径，以初春景色融入伤感，花草间俱蕴"销魂"。

"细草愁烟，幽花怯露"，纤细的小草笼罩在烟雾中，幽秘的花朵上露珠怯怯低落。由后一句可知，此为词人"凭栏"所望，此景虽为实景再现，却无处不透露出词人的情绪。"细"字领起，将草的纤细稚嫩一语道出；"愁"字用来形容"烟"，烟本无情，愁情相加，顿生怅然若失；"幽花"乃幽静孤独之境，露出"怯"象，更增幽深感伤。全词前两句通过四个意象的排列，表现作者幽微细腻的心理和感伤怅惘的心情。

第三句"凭栏总是销魂处"是对前两句的总结，也更清晰地表达出词人的深婉情感。古往今来，无数文人墨客热衷于登高望远，"凭栏"远眺，晏殊同样如此，但他"凭栏"所见，并未引发高瞻远瞩、壮志雄心之兆，反添"销魂"，心头愁绪隐隐缠绕，难以排遣，魂亦被消解而去，真是"愁更愁"。

"日高深院静无人，时时海燕双飞去"，词人在"静无人"时"凭栏"而望，此时"日高深院"，一"高"一"深"，即将词人所处的环境描摹出来，其中暗含寂寥孤独的况味。"无人"的地方却有"海燕双飞"，两相比照，更显词人的孤身寂寞，"双"字点缀，更见人之可怜。

上阕词人登高而望，诱发感叹，下阕视线一转，聚焦屋内，人景结合，再掀情感波澜。"带缓罗衣，香残蕙炷"，宽大的衣服，逐渐残损的香炷，在这"静无人"的夜里倍添凄凉萧瑟，"衣带渐宽终不悔"的意境隐约可见。此两句中，词人由客观事物抒发主观情绪，借由"罗衣"、"带缓"、"蕙炷"、"香残"，比拟自己的哀伤。

比照上阕，下阕第三句同样是对前两句的总结，"天长不禁迢迢路"，遥远无际、漫漫无边的景象在这七字中被渲染而出。"天长"、"迢迢路"本含无边无际之感，"不禁"二字贯通，更生发出无可改变的慨叹。前三句词人不直言自己的哀愁情绪，而是借景抒情，景中无处不含怨情，象中无处不包愁意。

最后，词人承接景色而来，将笔力汇聚于"垂杨"，浓墨重彩地再抒春景一笔，"垂杨只解惹春风，何曾系得行人住！"下垂的杨柳无限风姿，但也只能牵惹春风罢了，什么时候能系住行人的身影呢？词人借垂杨表悲情，无奈徒劳即在这"何曾""系住"中尽显无疑。时光如水流逝，岁月倏忽远去，即是再美的风景，即使再顺利的人生，也会随年华流逝而慢慢消失，只把无尽的追思和无望的回忆留给人们，怎能"系得行人住"？

清雅的辞藻，清丽的语调，"愁烟"、"怯露"、"销魂"、"香残"之境附加其上，显出哀伤悲切。词人以哀景写哀情，则哀景更伤，哀情更悲。

山亭柳

晏殊

赠歌者

　　家住西秦，赌博艺随身。花柳上，斗尖新。偶学念奴①声调，有时高遏②行云。蜀锦缠头无数，不负辛勤。

　　数年来往咸京③道，残杯冷炙漫销魂。衷肠事，托何人？若有知音见采，不辞遍唱阳春④。一曲当筵落泪，重掩罗巾。

【注释】

①念奴：唐朝天宝年间著名的歌女。②遏：阻隔，阻断。③咸京：秦都咸阳，在今

陕西。④阳春：高雅的歌曲。

【赏析】

词牌名下再添《赠歌者》一题，直接点明此乃赠予歌女而作，但是词人刻意强调，这在晏殊词集中极为罕见，由此反增添一丝玩味。借歌女表自己，名赠歌者实赠自己，词人对被贬的不平、对无妄获罪的激愤，皆在对歌女形象的描摹中表达出来。

"家住西秦，赌博艺随身"，开篇即是歌女自负之言，她坦言自己家住西秦，即陕西一带，自己技艺超群，无所不精。此句中"赌"非"赌博"，而应单独拎出，表示竞争；"博艺"相连，自言自己无所不能。下两句承接而来，继续自负地诉说自己当年的辉煌和才能："花柳上，斗尖新"，"花柳"是古时歌艺舞艺的统称；"斗"同"赌"，表竞争；"尖"指尖峰、顶尖，此两句意为歌女自言自己在歌舞方面样样拔尖，新颖独到，无人能及。

"偶学念奴声调，有时高遏行云"，有时学习念奴的曲调，常引得行云都驻足倾听。"念奴"乃唐天宝年间著名的歌伎，元稹《连昌宫词》中就曾自注："念奴，天宝中名倡，善歌。"念奴歌声激越清亮，声线优美，相传《念奴娇》词调就是由她而兴，由此可见，此女歌艺非凡。而此处词人笔下的歌女"偶学念奴声调"，不怕东施效颦，反言能"高遏行云"，虽然隐有过于自负之嫌，但也暗含此女歌艺确实不同凡响。

既然该歌者如此"博艺随身"、"斗尖新"，自然是"蜀锦缠头无数，不负辛勤"。"蜀锦"是四川的丝织品，是极其贵重的布料，可用于"缠头"，因此后人也常以偏概全，以"缠头"来代指自己的财资锦帛。此女有"无数""蜀锦缠头"，可见其当年红极一时、名声远播。上阕歌女再三表白自己才艺卓绝、名声大噪，实乃为下阕反观眼下悲惨作铺垫，欲抑先扬，将无尽的追思和不平隐隐道出。

"数年来往咸京道，残杯冷炙漫销魂"，这数年来常常来往咸京道上，残杯冷炙间皆是悲辛。此句化用唐代诗人杜甫的"残杯和冷炙，到处潜悲辛"而来，加以"销魂"作结，漫漫悲戚、丝丝悲凉俱在"销魂"一词。晏殊曾有"凭栏总是销魂处"句抒发惆怅，此处同效。"漫"字状绵绵无尽，将"销魂"意味延伸开去。

"衷肠事，托何人？"这内心衷肠之事，又该说与谁听，托付何人呢？"何人"两字将歌女的无奈感和孤独感表露无遗，令人嗟叹。"衷肠事"苦无人所托，若有人可托，歌女又当如何？"若有知音见采，不辞遍唱阳春"，如果有知音可接纳，她愿意将《阳春白雪》悉数唱尽。"采"即采纳、接纳；"不辞"指心甘情愿；"阳春"即古曲《阳春白雪》，后泛指一切美好事物，这两句写的是歌女的期盼。

联系词人生平，可知歌女的期盼也是词人的希望，古语言"良禽择木而栖，良臣择主而事"，晏殊身为当朝宰相，因无端罪名被发配，自有无尽的不平，同时他的一腔爱国保家之心也渴望能有"知音见采"。词人借歌女之口，道出自己愿为"知音""遍唱阳春"，进献忠诚美好之意。

上下阕歌女境遇完全不同，借昔照今，更感今日的苦楚，令人不禁"一曲当筵落泪，重掩罗巾"。歌女潸然泪下，心中涌起无限悲情，但顾忌自己需以"卖笑"为生，只能"罗巾"掩泪，强颜欢笑。一个"重"字，将歌女泪水之多、心情之苦一气挥就，深情款款。"重掩"把她笑于人前、苦于人后的处境写出，其间痛苦只有她自己明白。

而词人将此境写出，即生"同是天涯沦落人，相逢何必曾相识"的感慨，泪流于歌者中后，更流在词人心中。

《山亭柳》一词述歌者今昔，表歌者悲伤，诉词人之激越，道词人之苦楚，实是为了浇自己心中块垒而作。

破阵子

晏殊

燕子来时新社，梨花落后清明。池上碧苔三四点，叶底黄鹂一两声，日长飞絮轻。巧笑东郊女伴，采桑径里逢迎。疑怪昨宵春梦好，原是今朝斗草赢，笑从双脸生。

【赏析】

正是梨花飘飞的清明时节，邻里乡民们齐聚一起，踏春赏景。街头巷陌、田间池边，到处洋溢着春日的喜悦。连那些久居闺中的少女们也三两成群地外出游玩，享受这难得的春日时光。晏殊词多写闲适的贵族生活，本篇却以民间少女为主人公，写她们在春日里的生活片段，侧重于表现自然风光的优美和平民生活的情趣。

上阕绘自然风景，词人视线由高到低，将入目之景逐一呈现出来，色彩明亮，语言错落，对仗工整。

"燕子来时新社，梨花落后清明。"这两句中都有明确的时间与典型的应时之物。"新社"即春社，一般在春分左右，古人在这一天祭拜土地神，祈祷丰收。燕子一般在春社日归来，所以也叫社燕。梨花于初春盛开，时至清明左右就会开始凋谢。由此可知，词中表现的是清明前后的春景。新社在初春，清明将至暮春，短短两句，既表现出时光的流逝，也以燕来和花落两种意境，展现出动态变化的过程。

"池上碧苔三四点，叶底黄鹂一两声"，清澈的池水中漂浮着点点青苔，黄鹂悦耳的鸣叫声不时地从树叶间传出。这两句中有"上"、"底"方位对仗，有"碧"、"黄"颜色对仗，有"三四"、"一两"数字对仗，极能显示出词人的炼字功力。

"日长飞絮轻"，白天的时间逐渐变长，在温暖的阳光中，柳絮杨花都随风飘扬。"日长"指白昼时间增长，符合清明后昼夜长短的变化特点。"飞"、"轻"二字都修饰"絮"这一意象，也点染出这个时节飘逸、柔和的特征。

下阕写人物活动，刻画出少女们兴高采烈地去采桑的画面，富有浓郁的田园气息。

"巧笑东邻女伴，采桑径里逢迎。"年轻的姑娘们相约出门，手挽篮筐到田野里采摘桑叶，在小路上与东邻的女子不期而遇，她们互相笑着打起了招呼。"巧笑"二字写出女子娇羞与活泼并存的形态，她们一边兴高采烈地和对方寒暄，又不时掩口而笑。

"疑怪昨宵春梦好，原是今朝斗草赢。"这两句出自其中一名少女之口。她高兴地说道："难怪昨晚做了个好梦，原来预示着今天斗草时会赢了你们啊！"少女之所以作此解释，可能是因为她时常露出笑容，以至于遭到了其他女伴的调笑，问她是否梦到了心上人，于是匆忙解释是因斗草而乐，可见少女天真烂漫又矜持的姿态。

"笑从双脸生"，这是对少女神情的特写。一个"生"字，将少女喜不自胜又急欲掩饰的神情拿捏得十分到位。词人将少女自然、真实的美丽面庞定格于一"笑"之间，"笑"字又把全词的喜悦氛围推到巅峰，是点睛之笔。

这是一幅富有民俗情趣、乡土气息、自然之美的风情图，清新而欢快，略带民歌意味，毫无"富贵"之气，在着力表现贵族士大夫阶层之闲愁的《珠玉词》中显得格外特别。

玉楼春

晏殊

绿杨芳草长亭路，年少抛人容易去。楼头残梦五更钟，花底离愁三月雨。

无情不似多情苦，一寸还成千万缕。天涯地角有穷时，只有相思无尽处。

【赏析】

少女寂寞或少妇相思多被称为"闺怨"，"闺"指女子，"怨"即离别怨恨，晏殊此首《玉楼春》正是闺怨词。词人以男身写女心，将女子的愁绪和思念刻画得有情有致，感人至深。

"绿杨芳草长亭路，年少抛人容易去"，长亭两旁绿杨、芳草郁郁葱葱，一派春意盎然的景象，但是长亭中却在上演离别。"绿杨芳草"的景象恰为渲染反衬"抛人"事而来。此两句直接点明时间是春天，地点是长亭。其中"年少"指女子所恋之人，以青春年少代称男子，准确形象；"抛人"暗指两位恋人的分别，隐隐透露出女子的不满和幽怨。有用"容易去"承接，将男子因为年少轻狂轻言分别之状描画出来。语言平白浅显，暗蕴抒情主人公的怨怼和思念。

"楼头残梦五更钟，花底离愁三月雨"两句承接上句"年少抛人"而来，女子在梦中都倍感凄苦。恋人离开后，午夜时分女子仍然辗转反侧，不得入眠，后来终于进入梦乡，不久又被五更时分的钟声敲醒，睡眼惺忪地望向室外，只见窗外的花朵都在轻柔春雨的吹拂下纷纷飘落。"残梦"两字直言女子被"年少抛人"后心中的寂寞难耐和丝丝愤懑，连梦境都是残破不完整的；而"花底""三月雨"之照更是情以注之，三月时节，本就春雨绵绵，似雾似线，而花娇弱易逝，在雨水的冲刷下坠落本是正常现象，但在当时女子的情绪感染下，花雨也是"离愁"的载体。词人以"离愁"贯通，将女子的离别和相思坦陈而出，奠定了凄清悲愁的情感基调。

上阕四句由"年少抛人"事件引入，顺承"残梦""离愁"之象，将女子与恋人分别后的离愁别绪娓娓道来。下阕由情生情，将笔力聚焦在情感的抒发上，采用反语手法将女子的多情一一道出，独辟蹊径，萦回不已。

"无情不似有情苦，一寸还成千万缕"，表面看来，这两句写人之无情，实则是从侧面转入，凝于有情：无情人不必像有情人承受那么多痛苦，一寸芳心化作千丝万缕，皆凝聚着无限悲愁。"一寸还成千万缕"是"有情苦"的表现，女子之所以有这么深的感受，恰是因为她"有情"，此处有"多情自古伤离别"之意。"千万缕"是千万愁绪，是千万念情，是女子情感的投射，是女子芳心无处安放之境。

白居易曾有"天长地久有时尽，此恨绵绵无绝期"流传千古，此处晏殊类比而来："天涯地角有穷时，只有相思无尽处"。"天涯地角"乃天地的尽头，遥不可及但至少还有极点，即所谓"有穷时"，但是"相思"却无边无际，即"无尽处"。"穷"和"尽"相对，将女子深深的思念蔓延铺展，一语难以道尽。

清代陈廷焯《白雨斋词话》誉其"婉转缠绵，深情一往，丽而有则，耐人寻味。"全词由女子抱怨"年少抛人容易去"而始，却由"只有相思无尽处"而终，情感由怨转念，由愁转思，通过白描手法把女子的意绪宕开，以无怨之思，更表思念之隽永。

木兰花

宋祁

东城渐觉风光好，縠皱①波纹迎客棹。绿杨烟外晓寒轻，红杏枝头春意闹。
浮生长恨欢娱少，肯爱千金轻一笑。为君持酒劝斜阳，且向花间留晚照。

【注释】

①縠（hú）皱：即皱纱，有褶皱的纱。

【赏析】

"红杏枝头春意闹"一句流传极广，甚至为词人宋祁赢得了"红杏尚书"的美称，令他名扬词坛。宋祁在上阕毫不吝啬地抒发了对春天的赞美，表现出对自然和生活的热爱；下阕一改上阕明艳亮丽的景色，情感陡转，表达了"浮生长恨"、"斜阳晚照"的遗憾，劝诫世人当及时行乐。丽景反而催生了悲情，现词情之曲折深婉，这是本词的艺术特点之一。

"东城渐觉风光好"一句总领上阕，以"风光好"三字概括出东城春日的特点。"渐觉"二字有递进之意，词人虽然没有直接描写春日景色的变化，但从这个"渐"字中，似乎隐约可见春草萌芽、树木吐绿、冰河消融的过程。

接下来，词人开始具体描写风光究竟"好"在何处。他的视线首先停留在河面上。"縠皱波纹迎客棹"，在泛着微波的湖面上，一条条满载着游客画船缓缓驶过。"縠皱波纹"说明河水已经开冻，暗写春日气候渐暖，也是词人"渐觉"的内容之一。而河面上之所以泛着层层涟漪，一方面可能是因为有风拂过，另一方面则是因为有船只往来。"迎客棹"一句是拟人手法，词人不写舟行于河面，却写河水绽起波澜欢迎游客，显见其心情之愉悦。

"绿杨烟外晓寒轻，红杏枝头春意闹。"远处随风摇摆的杨柳被飞絮缭绕，仿佛笼着一层轻烟，此时还有些料峭的寒意，但已经无法阻拦春意渐浓的趋势。火红的杏花簇绽枝头，闹腾腾的，更衬托出春意盎然。

下阕开始写词人值此美景的心理感受。上阕已经尽显春色之"欢娱"，但过片一句，词人就落笔于"浮生长恨欢娱少"，词意骤然发生了变化。再续"肯爱千金轻一笑"而下，下阕前两句是说：浮生若梦，人生苦短，苦恼多而欢乐少，功名利禄、钱财地位都是过眼云烟，与其吝啬千金，倒不如以其博取佳人一笑。此处已透露出及时行乐，不要辜负大好时光的生活态度。

"为君持酒劝斜阳，且向花间留晚照。"结尾既将情景转回春日出游，情感上又与前两句同调。两句意为：就让我为君端起酒杯，挽留斜阳，希望它能离开得慢一点，多在美丽的花丛间洒下一片阳光吧。表面看来，词人对眼前美景十分留恋，所以希望太阳晚点落山，这样他就可以继续尽情玩乐。但究其深旨，词人因时光稍纵即逝而感伤，有些许畏老之意，但又无可奈何，只好把握当前、及时行乐。

这首词之所以广为流传，恰是因为"红杏枝头春意闹"中的"闹"字。近代学者王国维在《人间词话》中对其大加赞许，称其"著一'闹'字而境界全出"。但也有学者持反对意见，如清代学者李渔认为："此语殊难索解。争斗有声之谓'闹'，桃李争春则有之，红杏闹春，余实未之见也。"又称其"闹字极俗，且听不入耳，非但不可加于此句，并不当见之于诗词"。

从审美角度而言，王国维的评论更为客观。词人采用通感手法，将红杏花开的宁静画面写活，宛然勾勒出繁花满枝的场面，花朵们竞相争艳，仿佛传来了争斗吵闹的声音。一个"闹"字，把视觉形象写出听觉效果，十分生动。

蝶恋花

宋祁

情景

绣幕茫茫罗帐卷。春睡腾腾，困入娇波慢。隐隐枕痕留玉脸，腻云斜溜钗头燕。远梦无端欢又散。泪落胭脂，界破蜂黄浅。整了翠鬟匀了面，芳心一寸情何限。

【赏析】

这首闺情词用字工丽，辞色艳冶，笔调娇靡，生动形象地塑造出睡梦初醒的闺中思妇形象。

"绣幕茫茫罗帐卷"，女子闺房中的"绣幕"充满脂粉气息，本应状其绮丽，但词人以"茫茫"附其后，可见罗帐高卷、帘幕之内空空荡荡，渲染出空闺的孤凉氛围，说明女主人公独守空房，点染出孤寂与惆怅的心境。"腾腾"用来描绘朦胧、迷糊之貌，如欧阳修《蝶恋花》词中云："半醉腾腾春睡重，绿鬟堆枕香云拥。"宋祁以"腾腾"二字描写了少妇春睡初醒、睡眼惺忪的神态。"娇波"指妩媚可爱的目光，主要用来形容女子，柳永即有词云"愁蛾黛蹙，娇波刀翦"。"困入娇波慢"，写女子虽已醒来，但是困意仍未褪去，眼神还是妩媚迷离。词人一个"入"字下得极妙，深有睡意丝丝浸入美人秋波的灵动感觉，与"慢"字相形呼应。

"腻云"常用来比喻女子富有光泽的发髻，柳永《定风波》一词中有"暖酥消，腻云嚲，终日厌厌倦梳裹"之句。"隐隐枕痕留玉脸，腻云斜溜钗头燕"，少妇娇嫩的脸颊上隐隐还留有枕痕，云鬟微乱、发钗滑落发间，这两句描绘出闺中少妇乍醒还困、娇慵迷离的神态。

　　"远梦无端欢又散"，少妇醒后心神初定，回忆起刚刚做的梦来。由"欢"字可知醒前所做的是一场美梦，可惜美梦已"远"，梦中与爱人的欢乐也随之"散"，"远"、"散"二字将女主人公醒来面对孤房空闺、寒衾冷枕的怅惘寂寥、哀伤苦楚之心境和盘托出。"蜂黄"，又称花黄、鹅黄，是一种装饰，古代妇女用之涂额，在闺情词中常见。"泪落胭脂，界破蜂黄浅"，少妇感怀爱人远客他乡、美梦难以为继，苦闷愁思化作相思泪，泪水划过脸庞，洗了胭脂、淡了鹅黄。这两句刻画细致入微、神形兼备，把泪眼蒙眬、梨花带雨的闺中少妇形象刻画得极为生动。

　　"翠鬟"是妇女发式美称。"整了翠鬟匀了面，芳心一寸情何限"，这两句写少妇强打精神整理云鬟、重饰妆容，然而心中思念之情依然挥之不去、绵绵延延。

　　宋祁存词只有 6 首，且题材较窄，多绘春景，写闺情，其作品体现了"写物与写心结合，闺思与艳情并露"的特点，富有个人特色。

锦缠道

宋祁

　　燕子呢喃，景色乍长春昼。睹园林、万花如绣。海棠经雨胭脂透。柳展宫眉，翠拂行人首。

　　向郊原踏青，恣歌携手。醉醺醺、尚寻芳酒。问牧童、遥指孤村道："杏花深处，那里人家有。"

【赏析】

　　宋人写春景，多从芳草凄美、日暮斜阳落笔，或以凭栏远望、举目思人而开篇，词中多怀有伤春惜别、相思怀远之情。宋祁却一反伤春愁苦的春词意绪，以明丽的辞色、畅快的词调，极力写热闹鲜妍的大好春光，表达踏青郊游的酣畅欢乐，令这篇作品在众多咏春词中显得别具一格。

　　燕子是生机勃勃的春天的象征。在明媚的春光里，新燕在林间穿梭、于檐下筑巢，给春景增添了无限生机与活力。上阕即以"燕子呢喃"揭开春的序幕。燕子呢喃，春天回归，起首一句未着春光而先闻春声。"景色乍长春昼"，概括地描绘出草长莺飞、万物复苏、白昼渐长的春日景致。"睹园林、万花如绣"，畅望春日园林风光，万花绽放，春景浓丽犹如精致华美的绣品。

　　"海棠经雨胭脂透。柳展宫眉，翠拂行人首。"春雨初霁，海棠红似胭脂，杨柳舒展她细细弯弯的眉毛，春风拂来，青翠的柳条儿轻拂过往来行人的发鬓、肩头。词人运用拟人手法，将海棠和杨柳都比作美人。桃红柳绿、春风微拂，上阕将这种色彩艳丽、生机盎然的春日美景展现得十分生动。

　　"向郊原踏青"，下阕从绘景转到写人，从描写景之美转折到写人之乐。词人与友人到郊外踏青，"恣歌携手"而行。"醉醺醺、尚寻芳酒"，醉人的春景与美酒令人陶醉心醉，词人本就已经酒醉醺醺，仍要探寻芳酒，可见郊游的闲逸情致。

结尾四句化用了唐代杜牧《清明》诗中"借问酒家何处有？牧童遥指杏花村"的诗意，以前人诗句意境作结，寄以口语，把牧童指路的画面勾勒得极富生活情趣。

此词以超逸豪放的意兴、生动明丽的意象，描绘出明艳的春色，写出郊游赏玩的酣乐，抒发了词人热爱自然，纵情山水的人生态度。

苏幕遮

梅尧臣

草

露堤平，烟墅①杳②。乱碧萋萋，雨后江天晓。独有庾郎年最少。窣地③春袍，嫩色宜相照。

接长亭，迷远道。堪怨王孙，不记归期早。落尽梨花春又了。满地残阳，翠色和烟老。

【注释】

①墅：田庐、圃墅。②杳：幽暗，深远。③窣（sū）地：拂地，拖地。

【赏析】

《苏幕遮·草》中"落尽梨花春事了。满地斜阳，翠色和烟老"之句，清代学者刘熙载认为"少游一生似专学此种"，即言秦观一生都致力于学习梅尧臣的词风。梅尧臣词风古淡，他认为诗词应保留《诗经》、《离骚》的传统，重视意象的形象性和意境的含蓄性，摒弃单纯用华丽辞藻进行堆砌。本词通篇并不见"草"字，而是通过对环境、形象、神态的细致刻画，突出"草"的意象。

上阕描写出雨后青草茂盛生长的画面，写出了草的颜色美、形象美；下阕主要抒情，表达出宦游人春尽思归的哀婉情思。不论是草色，还是思绪，两两如烟，互相交织，营造出迷蒙但不失清丽的意境。

"露堤平，烟墅杳。"起篇两句勾勒出草色蔓延不尽、缭绕如烟的形象。在阳光和煦、绿意盎然的春日，青草铺满长堤，晶莹的露珠在草叶上闪烁滚动；无边的新绿映衬下，远方的别墅仿佛被翠色环绕，如在烟雾之中。这两句是近景与远景、特写与广角的组合：从"堤平"、"墅杳"可知，这是词人远眺所见的景象；但是"露"字劈空而来，又如特写镜头。"雨后江天晓"，雨后天晴，天地万物经过一场雨水的沐浴显得干净而明亮。词人选择"雨后"这个特殊场景，更能突出草色的新鲜喜人。

风物宜人，万物蓬勃，词人着力描写勃勃春景，正是为了引出年少的"庾郎"，用自然的生机衬托宦游少年的春风得意。"庾郎"即南北朝时期的著名诗人庾信，他15岁就已闻名天下，此处泛指那些刚刚入仕、即将大展抱负的青年。"窣地春袍，嫩色宜相照。"按照宋朝礼制，六、七品官员的官服为绿色，八、九品官服为青色。漫山遍野的春草，象征着意气风发的青年才俊，绿草的生机盎然，正昭示着少年宦游者对未来的无限期冀。

下阕紧承上阕，表达宦游少年惜春渴归的心情。

唐代诗人李白《菩萨蛮》中有"何处是归程？长亭更短亭"，梅尧臣以此化出"接长亭，迷远道"两句，旨在表现少年们奔波于层层长亭，迷失在茫茫路途中的惆怅情怀。"长亭"、"远道"象征着仕途中的风波坎坷。"接"字道出风险之无尽，"迷"字有迷茫、疲惫之意，引出下文词人的嗟叹："堪怨王孙，不记归期早。"这两句是借用春草的视角表达的，此处春草可喻指宦游者的家眷，表面看来是家眷们在埋怨"王孙不归"，实际上是在仕途中浮沉的少年们自己的心声，规劝自己早日归去。

"落尽梨花春又了。"此句含有浓浓的悲凉，既哀叹春日短暂，又是对仕途即将到达尽头的叹息。"满地残阳，翠色和烟老。""残阳"意味着美好的一天逐渐逝去，余晖照在"满地"，悲戚情怀油然而生，"翠色"即青草逐渐衰败，一个"老"字与上阕尾句的"嫩"字遥相呼应，蕴涵伤春之情、迟暮之悲。

关于梅尧臣创作这首词的动机，还有一桩趣事。宋代吴曾的《能改斋漫录》记载，梅尧臣与欧阳修等人饮酒品词，有人盛赞林逋的咏草词《点绛唇》，对其"金谷年年，乱生草色谁为主"之句大加赞誉，梅尧臣不服气，遂作一阕《苏幕遮》，其后"欧公击节赏之"。此词成于偶然，却流传千古，不失为一段佳话。

贺圣朝

叶清臣

留别

满斟绿醅留君住，莫匆匆归去。三分春色二分愁，更一分风雨。
花开花谢，都来几许？且高歌休诉。不知来岁牡丹时，再相逢何处？

【赏析】

古人将送别时以诗文相赠为念的雅事称作"留别"。古诗词中不乏留别佳作，如李白的《梦游天姥吟留别》、孟浩然的《留别王维》、杜牧的《赠张祜》等。本词题为"留别"，抒发了词人对人生聚少离多的感慨、倾诉了依依惜别的心情。

上阕写劝留友人。"满斟绿醅留君住，莫匆匆归去。"开篇两句写的是词人斟满绿色的美酒，劝友人莫要匆匆归去，希望友人多停留几日。"绿醅"指绿色美酒，苏轼《谒金门》中有"孤负金尊绿醅，来岁今宵圆否"之句，明代陆采《明珠记》也有诗句云："似今日闷拨红炉，知何日同斟绿醅。"

"三分春色二分愁，更一分风雨"，词人将春色设为"三分"，其中"二分"是"愁"，剩下的"一分"是"风雨"。"风雨"意象常用来寄托愁思，叶清臣虽称"一分风雨"，实则景带情思，这一分风雨也是一分愁。所以，三分春色其实都是被离愁别思占据着，足见离别心境之怅惘难挨。欲表春色皆愁思，却不直言"三分春色三分愁"，而是分出一分言风雨以寄托愁思，这种将"春色"量化分析的构思极为巧妙，其后苏轼

《水龙吟》中"春色三分，二分尘土，一分流水"的名句或脱胎于此。

下阕着墨写惜别，感情波澜起伏，生动感人。"花开花谢"表达了岁月流转、年华易逝、人生悲欢离合难以期计的感慨。"都来几许"是疑问，问的是离别能有几多愁。上阕已说"三分春色"皆被愁思占据，遂答案不言自明，友人远别愁思自无尽。"且高歌休诉"，词人劝慰友人举杯高歌、莫诉离愁，这同时也是对自己心中愁思的排解。此句情感顿转，由绵绵愁思、凄凄感伤转而豁然旷达，可见词人乐观的人生态度。

然而歌歇酒停，思绪又被拉回到分别的当下。"不知来岁牡丹时，再相逢何处？"一想到明年的此时此刻却不知能否相逢，心中离别之愁便再度泛起波涟。

此作笔调清健、情感深切，写留别之情，既有春色三分皆被愁思占据的怅然离伤，也有举杯高歌莫诉离肠的豁达开朗，将留别之情写得刚柔并济、起伏延绵，情思深切溢于言外。

采桑子

欧阳修

轻舟短棹西湖好，绿水逶迤，芳草长堤，隐隐笙歌处处随。
无风水面琉璃滑，不觉船移，微动涟漪，惊起沙禽掠岸飞。

【赏析】

"轻舟短棹西湖好"，开篇表明本词是泛舟西湖所作，以此总领，后文缀出一系列优美娴雅的西湖意象，构成了一幅清丽淡婉的春日游湖图。

以"轻"写"舟"之轻快，以"短"状"棹"之精致，"轻舟"、"短棹"两个意象有风流俊逸、轻盈灵动之感，暗透出词人闲适悠然的心境。"绿水逶迤，芳草长堤"写的是词人所见之景。湖水澄澈碧绿、延绵舒展，湖面倒映着岸边的绵绵长堤，堤上芳草茵茵，又与湖中绿水相映相连、融成一色。

"隐隐笙歌处处随"，此句写词人所闻之声。泛舟者轻移小桨，隐约听到阵阵笙歌，而这悦耳的笙歌仿佛有生命一般钟情于词人的小舟，"处处随"舟而动，词人不管泛舟到何处，都能听到乐曲之声。上阕中，作者用青翠碧绿的色彩，以及悦然于耳的曲声，描绘出一幅音画俱茂的水乡湖景画，虽未着墨于人的情态，但是一"轻"一"短"，已把翩然舟上、轻移小桨的泛舟人形象勾勒出来。

"无风水面琉璃滑"，春日晴朗无风，水面莹洁清澈，平滑如镜。词人将这静谧的湖水比喻成琉璃。琉璃晶莹剔透、流光溢彩，恰似湖水碧波粼粼之貌。将碧绿无波的湖水比作珍宝，并非欧阳修独出，南宋辛弃疾也有词云"日日过西湖，冷浸一天寒玉"，将清澈透明而略带寒意的湖水比作"寒玉"，与欧词之比喻一样，也颇具心裁。"不觉船移，微动涟漪"，泛舟人浑然不觉小舟在移动，只是在看到船下微微荡开的涟漪时，才感到船身的前行，此两句以新奇的构思写出湖面平静无波的状态。"无风"一句从正面描写湖面恬静无波，这两句则从侧面表现湖水的安谧，把西湖的恬静淡雅横陈纸上。

结尾一句"惊起沙禽掠岸飞"打破静谧的词境，描写舟过碧湖、"惊起一滩鸥鹭"

的动态之景，沙禽掠岸、展翅翩飞的灵动更反衬出西湖的清幽恬静，颇有"蝉噪林愈静，鸟鸣山更幽"的意趣。

全词笔触清丽晓畅，格调幽远闲适，所选意象皆有悠然之态，表现出欧阳修晚年隐居颍州时对自然风光的无限热爱，隐有淡泊世事的闲情逸兴。

采桑子

欧阳修

画船载酒西湖好，急管繁弦，玉盏①催传，稳泛平波任醉眠。
行云却行舟下，空水②澄鲜，俯仰留连，疑是湖中别有天。

【注释】

①玉盏：酒杯的美称。②空水：天空和湖水。

【赏析】

在风光秀美的颍州西湖上，欧阳修与两三友人一起乘坐着精致的画船载酒而行。他们在急促动听的乐曲声中推杯换盏，把酒言欢，喝醉之后便索性躺在船中休息，任凭小船悠悠前行，把自己带向远方。

上阕描绘的就是这幕载酒西湖的场景。前三句先写词人与友人泛舟湖上，饮酒行令，聆听管弦欢声的热闹氛围。"画船载酒西湖好"，"西湖好"三字总领词意，词人对西湖美景的赞美倾泻而出。"画船"即装饰华美的游船，词人与友人在华美的游船上载满美酒，此处为下文的欢聚同游奠定了醅乐欢畅的基调。"急管繁弦"，指的是船上奏乐之声；"玉盏催传"，以物写人，借以表现出举杯畅饮的情态。丝竹声声、倾醉游人，酒杯满满、开怀畅饮，加之华美的游船与西湖的美景，构成了一幅声色并茂的游湖欢宴图。

"稳泛平波任醉眠"，游船行至湖中央，船上之人不再划桨，而是任由它自在地浮于平静的湖面，悠悠荡荡。之前欢宴畅饮的人们也已醺醉，遂眠于船上。此句既为欢宴作结，又为下阕描写醉眼中的天光湖景做了铺垫。

下阕描写了词人醉后于船上俯看湖景、"疑是湖中别有天"的情景。"行云却行舟下"，醉看湖面，只见朵朵行云浮于船下、随船而动，令人分不清是身在湖上还是飘于空中。"空水澄鲜"句化用了谢灵运《登江中孤屿》中"云日相晖映，空水共澄鲜"的诗意。"空"字承上句"云"字而来，"水"字承上句"舟"字而来，描写"水共长天一色"的壮阔景象。"俯仰留连"，"俯仰"与"天"、"水"相互照应，借人写景，通过描绘主人公俯瞰湖光云影、仰视碧空白云的流连忘返之情态，表现出西湖的晴美可爱、秀丽动人。

"疑是湖中别有天"，紧承上句"俯仰留连"，主人公为这湖光天色相融相衬的奇妙景象所倾倒，以致产生了湖中是否别有天地的疑惑，觉得自己乘坐的游船仿佛行走于两重天地之间。结句虽是"疑"语，表示并非真实之景；然"湖中别有天"的想象虽不及唐代诗人李白、李贺作品之瑰丽，却也十分新颖巧妙，有一种潇洒出尘的味道。

欧阳修隐居颖州西湖后共创作了 10 首以"西湖好"为主题的《采桑子》，每篇各具特色。本篇辞色雅丽、逸兴欢畅、格调洒脱，似乎把旷达情怀都寄托在了山水之中、杯盏之内，隐隐有醇厚的酒香飘荡其间。

采桑子

欧阳修

天容水色西湖好，云物①俱鲜。鸥鹭闲眠，应惯寻常听管弦。

风清月白偏宜夜，一片琼田②。谁羡骖鸾③，人在舟中便是仙。

【注释】

①云物：云彩、风物。②琼田：传说中种玉之田。③骖鸾（cān luán）：指仙人驾驭鸾鸟云游。

【赏析】

词人以清丽自然的语言和峻洁娴雅的格调，描绘出一幅"云物俱鲜"的西湖夜景图，抒发了寄情山水的洒脱与旷达。

"天容水色西湖好"一句总括出颖州西湖的美丽，勾勒出天光湖色鲜丽动人的景象。"云物俱鲜"是词人对西湖之"好"的具化，含有浓浓赞意。一个"鲜"字下得极妙，承上文"天容水色"之景，表现出"秋水共长天一色"的色彩美和形象美。

"鸥鹭闲眠，应惯寻常听管弦"，夜晚泛舟湖上，丝竹齐奏，湖上的鸥鹭并未被管弦之声惊扰，依旧"闲眠"，应该是已经习惯了这喧闹的乐声。"鸥鹭闲眠"说明时间已是夜晚，"闲"字既状鸥鹭不惧人、不惧声的悠然姿态，也点染出词人闲逸的情致。宋人方岳《送史子贯归觐且迎妇也》诗中云"久住西湖梦亦佳，鹭朋鸥侣自烟沙"，故有"鹭朋鸥侣"之成语，喻指隐居生活。词人选用惯听管弦的"鸥鹭"这一意象，隐含着淡泊名利、寄情山水的情志。

下阕描写了西湖美丽的夜景，词人置身其中，犹入仙境。"风清月白"，夜空之中月色皎洁，湖上微风习习清凉如水，水面又映衬着空中明月、泛起如银月光，举目望去，犹如"一片琼田"。词人"清"、"白"二字分别形容"风"、"月"，既点出了其最具代表性的特点，也表达了清白自持，高洁傲岸的情操。而用"琼田"指代西湖，则写出了湖面澄澈如玉、静如平田的特点。如诗如画的月夜湖景令人心旷神怡，故称"宜夜"。

身处美如仙境的西湖夜色，词人不由得发出了"谁羡骖鸾"的赞语。词人沉醉于大自然的美丽中，竟觉"人在舟中便是仙"，抒发出娴雅平和、洒脱乐观的人生态度。

欧阳修置身西湖，有人在仙境、不羡骖鸾的感觉；其后苏轼游览赤壁时，面对"白露横江，水光接天"的美景，也有"飘飘乎如遗世独立，羽化而登仙"的感叹，可见造物之神奇，又见文人对自然美景的敏锐感知。

采桑子

欧阳修

群芳过后西湖好，狼籍残红，飞絮濛濛，垂柳阑干尽日风。

笙歌散尽游人去，始觉春空，垂下帘拢，双燕归来细雨中。

【赏析】

　　欧阳修晚年隐居颖州时，创作了 10 首关于颖州西湖的组词，皆用《采桑子》词牌，且每篇都用"西湖好"三字开篇。有的描写轻舟沙禽，有的刻画清风明月，有的描绘烟雨霏霏，有的描写绿荷深处，无一雷同。10 首词每篇都采用独特的角度、个性的语言，展现出西湖景色的巨大魅力。本词是其中第四首，描写暮春景色，展现词人晚年豁达闲适的心境。

　　上阕展现了一幅暮春时节百花凋零的景象。"群芳过后"是对此时西湖风景的总体概括，词人分别用"狼藉"、"濛濛"、"阑干"来形容"残红"、"飞絮"、"垂柳"等意象，营造出悲戚、清寂的氛围。但首句中仍用"好"字赞美眼前景色，并无叹惋，情感与现实情景相悖，两相对比，更能突显出景色之衰败、人物之豁达。

　　下阕描写游人归去后的情景。"笙歌散尽游人去"，原本喧闹的西湖一下子安静了下来。"尽"、"去"二字相承而来，一方面表现出词人对这次出游十分满意，另一方面又表现出曲终人散的淡淡惆怅。笙歌停，游人去，词人"始觉春空"，"始觉"二字有顿悟之感，流露出对春日美景的留恋。

　　"垂下帘拢，双燕归来细雨中。"这两句将人与物、情与景融合在一起。词人采用了倒装手法，按照正常语序，应为"双燕归来细雨中"，然后词人才会"垂下帘拢"。词人特意将垂下帘子的动作提前，道出他看到双燕归来时的欣慰。

　　此时宴游已罢，已经看不到游人、画船、湖景，听不到人语、笙乐，让人怅惘，只有翩翩而来的燕子，还能慰藉寂寞的词人，增添几分欢愉。

　　近代学者刘永济《词论》说："小令尤以结语取重，必通首蓄意、蓄势，于结句得之，自然有神韵。如永叔《采桑子》前结'垂柳阑干尽日风'，后结'双燕归来细雨中'，神味至永，盖芳歇红残，人去春空，皆喧极归寂之语，而此二句则至寂之境，一路说来，便觉至寂之中，真味无穷，辞意高绝。"这首小令语言清新隽秀，格调清丽明快，虽绘暮春景致，却无凄冷之意。

采桑子

欧阳修

残霞夕照西湖好，花坞①苹汀。十顷波平，野岸无人舟自横。
西南月上浮云散，轩槛②凉生。莲芰③香清，水面风来酒面醒。

【注释】

①坞：湖岸凹入处。②轩槛：长廊前的栏杆。③芰（jì）：一年生长的水生草本植物。

【赏析】

欧阳修一生身负大才、勇于改革，却仕途坎坷、屡遭贬谪。这首词抒发了词人淡泊名利、寄情山水的情志。

上阕描绘了西湖日落、波平如镜的美景。"夕照"两字点明时间，说明天色已暮。"残霞"指残余的晚霞。既然天空中已经只剩"残霞"，自然显示不出"龙衔宝盖承朝日，凤吐流苏带晚霞"（唐代卢照邻《长安古意》）一样的流金溢彩，"残"字中还颇有伤婉情绪。然而紧承"残霞"而下，词人却说"夕照西湖好"，着一"好"字表现了西湖暮色之美，更透出词人乐观旷达的人生态度。"花坞苹汀"，花池中的花木、水边和小洲上的苹草，都沐浴在夕照和霞光中，点染出淡淡暮色、清清丽景。

"十顷波平"，暮色之中的西湖平静无波、一望无垠，展现出一派静谧清和的氛围。后人张熙妻化用此句的词意词境写出了"横湖十顷玻璃碧"的佳句。"野岸无人舟自横"一句化用的是唐代诗人韦应物名篇《滁州西涧》中的"野渡无人舟自横"一句。欧阳修既借用该词的词意，描写出湖岸无人、扁舟闲横的幽静画面；同时也借用该词词境，暗透出仕途坎坷、抱负无法施展的忧伤和淡视功名利禄的情志。

下阕写月上清空、风吹莲香的西湖夜色。"西南月上"，可见时间已经从日暮到日落。从时间的推移可知，词人长久驻足湖边观景，其思绪也寄寓在了西湖夜晚的景物中。清代纳兰性德有词云"晓寒瘦著西南月"，月于西南方的天空出现，可见不是满月，而是一弯瘦月。瘦月当空，浮云微散，描绘出朦胧清美的月夜景致。"轩槛凉生"，夜生凉露，站在轩槛之内的人感到凉意。这句描写了人的感受，由景写到人，点明上文所述景象皆为此人所感，也为后文的风香酒醒作下铺垫。

"莲芰香清，水面风来酒面醒"，夜风拂过湖面，带来了莲花的清香，吹醒了轩槛中人的醉意。结句点明了主人公之所以久立轩槛，乃是酒醉所致，也表达出词人淡然面对人生浮华的平和心境。

全词笔调清雅高洁、意蕴疏淡闲逸。词人俨然将西湖当成了自己的好友，将满腹心事寄托于美景之中，寂寥的情绪也因眼前的风景而得到了抚慰。

采桑子

欧阳修

十年前是尊前客，月白风清。忧患凋零，老去光阴速可惊。

鬓华①虽改心无改，试把金觥②。旧曲重听，犹似当年醉里声。

【注释】

①鬓华：花白的头发。②金觥：酒杯的美称。

【赏析】

此词作于宋神宗熙宁四年（公元 1071 年），距词人离世仅一年多。当时欧阳修辞官归隐，退居颍州。整首词追忆了欧阳修一生沉浮宦海的风风雨雨，抒发了对年华消逝的悲凉叹惋。

词人用"十年前"作为时间分界，由此一分为二地展开对人生旅程的回忆。"十年前"指公元 1061 年，这里泛指词人此前的人生旅程。欧阳修 24 岁得中进士，此后数度被贬，陆续迁知夷陵、滁州、扬州、颍州等地，但是欧阳修为人乐观旷达，寄情山水，赋诗著文，留下了许多千古佳作，如《醉翁亭记》、《丰乐亭记》、《洛阳牡丹记》等。皇祐元年（公元 1049 年），他被召回朝，任翰林学士，仕途从此峰回路转；至公元 1061 年，当时 53 岁的欧阳修达到仕途顶峰，任参知政事，后又相继任刑部尚书、兵部尚书等职。他一生在政治上大展宏图，故自称"尊前客"。"月白风清"，微风清凉，月色皎洁。此句以景语写人的处境与心境，词人仕途顺利，正处于自由施展才华抱负的时候，心境是乐观愉悦的。所以，面对前几十年的宦海沉浮，词人能保持平和淡然的心态。

"忧患凋零"四字词境突转，由激悦转为沉郁，可见词人"十年"之后人生境遇的突变。宋仁宗去世后，英宗即位，欧阳修失去了政治上的最大支持；至神宗时，他又遭人诬陷。在这期间，他的好友相继离世，曾经提拔的门生王安石实行新法，欧阳修却因反对新法而遭到弹劾。仕途受挫、友人离去、学生背弃，真是祸不单行。此时，词人也不再是意气风发的壮年，而是垂垂老矣的白发人了，面对人生的诸多不幸，他不禁感叹"老去光阴速可惊"。一个"惊"字，既有惊诧之意，也有惊心动魄的意味，以光阴离去之快令人惊讶，表明人生中的风波坎坷让人惊魂。

"鬓华虽改心无改"，下阕起首句又将情感从英雄迟暮的悲惋中挣脱出来，骤然转为豪迈激昂。此句虽表面看起来情绪转换突然，但承上文"月白风清"一句而来，表明欧阳修老年时仍然保持着乐观旷达的心态。虽然岁月偷换、两鬓斑白、容颜易改，但是为国为民舒展抱负的决心并没有改变，颇有"老骥伏枥，志在千里；烈士暮年，壮心不已"豪迈与苍凉。"试把金觥"，词人借酒抒怀，将暮年壮志的悲壮情怀都寄托在畅饮之中，可见其豪放的情态。"旧曲重听"一出，语境又由激荡转得平缓，作者畅饮而醉，不禁又回忆起往日的壮志豪情，虽然现在已经人老体衰，但是沉醉之中却"犹似当年醉里声"。

上阕前两句与后两句分别呈现出十年前与十年后词人的心态，对比十分明显；而上下两阕之间分别言"忧患惊心"和"初心不改"，又形成一层对比，可见词人把对照手法运用得极为纯熟。全词沉郁顿挫、悲壮苍凉，抒发情感起伏跌宕，既有"月白风清"的淡泊语，又有"忧患凋零"的凄婉语，更有"试把金觥"的豪壮语，有一咏三叹、一波三折的妙用。

采桑子

欧阳修

平生为爱西湖好，来拥朱轮。富贵浮云，俯仰流年二十春。
归来恰似辽东鹤，城郭人民，触目皆新，谁识当年旧主人？

【赏析】

欧阳修一生宦海浮沉，在多个大小州府、郡县任过公职，游历与任职期间留下了很多著名的诗文，许多地方因其作品而名声大震，如《醉翁亭记》中的滁州，又如本词中的颖州西湖。欧阳修一生与颖州结下不解之缘，从宋仁宗庆历五年（公元 1045）之后，他曾先后 8 次到颖州。宋神宗熙宁四年（公元 1071 年），欧阳修连上三表二札反复请辞，离任后归隐颖州，并最终病逝于此地。其 10 首以"西湖好"为主题的《采桑子》中，多描绘颖州山水风光，本首为最后一篇，较为别致，未着墨于西湖美景，而是侧重抒发对世事变化的感慨。

"平生为爱西湖好"，"平生"两字道出了欧阳修与颖州的渊源：知颖州、游颖州、写颖州、隐颖州。"来拥朱轮"，"朱轮"本指古代太守所乘车之车需以红漆涂于轮上，这里指的是欧阳修曾经出任颖州知州之职。"来拥"二字承于上句"为爱"，意为词人知颖州与对西湖的喜爱有莫大的联系，表明了词人淡泊名利的心境，也为下文对"富贵浮云"的感叹做了铺垫。

《论语·述而》中有"不义而富且贵，于我如浮云"之语，欧阳修化用此典，以"富贵浮云"入词，既表明功名利禄如同浮云一样飘忽不定，又是自我剖白，抒发视名利如浮云的态度。"俯仰流年二十春"，年华轮转、岁月偷换，二十年来沧桑轮换、世事变迁。从他"来拥朱轮"到隐居颖州，世间诸事都几经变幻，

词人深感世间的变幻莫测，最终决定辞官隐居。

上阕"来拥朱轮"与"俯仰流年"两句之间，竟然横跨"二十春"的漫长时间，可见诗词之无限容量。这二十年里的沧桑变幻、是是非非，词人只用"浮云"二字一笔带过，可见其饱经世事后淡泊静远的人生境界。

下阕中，词人巧妙化用了丁令威化鹤归来的传说，抒发物是人非的怅惘与凄凉。"归来"点明时间是欧阳修辞官隐居、重归颖州之时。"恰似"二字引出"辽东鹤"的传说。晋陶渊明《搜神后记》中记载：辽东人丁令威在灵虚山学道有成之后，化作仙鹤回归辽东，停落在城门的华表柱之上，不料有一少年举弓欲将其射落。鹤惊飞，徘徊在空中念诗一首。"有鸟有鸟丁令威，去家千年今始归。城郭如故人民非，何不学仙冢垒

垒。"随后高飞冲天远去。唐代李白诗中曾有"君平帘下谁家子？云是辽东丁令威"之句，杜牧也曾云"千年鹤归犹有恨，一年人住岂无情"。欧阳修化用此典，引出下文"触目皆新"的情节。

"城郭人民，触目皆新，谁识当年旧主人"，欧阳修辞官后选择颍州为隐居之所，大有将颍州视作第二故土的意味，但是，当他重归颍州，却不见故人，大叹物是人非，谁还认识二十年前曾任知颍州的自己呢？这富有感伤情怀的一问，抒发了词人对人生变幻的无奈感叹。

欧阳修曾在《思颍诗后序》中总结过自己的"颍州情结"："迩来俯仰二十年间，历事三朝，窃位二府，宠荣已至，而忧患随之，心意索然，而筋骸惫矣。其思颍之念，未尝稍忘于心，而志之所存，亦时时见之于文字也。"这10篇《采桑子》便是其"心志"的结晶，除饱含情意之外，又把从不同视角所见的颍州美景展现在了世人面前。近代词人夏敬观评价道："十词无一重复之笔。"恰见词人之苦心孤诣。

朝中措

欧阳修

送刘仲原甫出守维扬

平山阑槛倚晴空，山色有无中。手种堂前垂柳，别来几度春风。

文章太守，挥毫万字，一饮千钟。行乐直须年少，尊前看取衰翁。

【赏析】

欧阳修在宋代文坛上有着举足轻重的地位，其词作虽也多以离情别绪、山水风光、春愁相思为题材，但是一洗晚唐五代以来花间词的香软艳冶，风格清新疏淡、高远峻洁、娴雅旷达。清人冯煦评价欧词称其"疏隽开子瞻，深婉开少游"，可见欧词对后世词风影响之深。这首送别词意境开朗疏旷，词人在表达惜别之情的同时兼而抒写自己的回忆，在送别词中显得别有新意。

"平山阑槛倚晴空"，首句词境开阔、气势雄伟，概括地描写出平山堂背倚万里晴空的壮丽景象。平山堂是欧阳修任扬州太守时在蜀岗中峰上修建的，词人常与友人在此望山畅饮、赏景吟诗。平山堂地势极高，端坐堂中可望见江南远山，润州、金陵等地也隐隐可见，故而词人称"山色有无中"。此句虽是直接借用王维《汉江临眺》里"江流天地外，山色有无中"的原句，但是却极其贴切地描绘出在平山堂中举目远眺，淡雅山色似有似无的景象，给人以欣赏水墨画一般的淡远恬适之感。

欧阳修在扬州任职一年之后便被调离，几年之后，他的好友刘原甫知扬州，这首词便是为其送别所作。虽然欧公知扬州时间短暂，却对扬州风物留恋至深。"手种堂前垂柳"，词人回忆起了平山堂前自己亲手种下的杨柳。宋人张邦基《墨庄漫录》记载："扬州蜀冈上大明寺平山堂前，欧阳文忠公手植柳一株，谓之'欧公柳'。"词人忆柳述情，心生"别来几度春风"的感慨，叹息春去秋来、时光轮转。前句还是"手种杨柳"的深情款款，后句则转为"几度春风"的疏狂感叹，读来深婉之中不失豁达，可见欧阳修风雅清刚的性格。

"文章太守，挥毫万字，一饮千钟。"这三句塑造了诗酒风流、俊雅旷达的"文章太守"形象。此处"文章太守"即指刘原甫。北宋梅尧臣曾在《依韵和永叔澄心堂纸答刘原甫》中写道："文墨高妙公第一，宜用此纸传将来。"赞叹刘原甫文才高妙，应用徽州文房四宝之一的澄心堂纸作词赋诗，由此可见其才华横溢。"万字"与"千钟"尽在一"挥"一"饮"的洒脱姿态中完成，形象地描绘出刘原甫文思泉涌、题诗作词、畅饮抒怀的情态。

"行乐直须年少"，这句对友人的劝慰语是说人生苦短、匆匆几十年，聚散离合都平常，不必挂怀，趁青春年少要及时行乐。"尊前看取衰翁"则是欧阳修自嘲之句，创作此词时，欧阳修已经年至半百，自称"衰翁"以叹人生易老。结尾句虽然有凄凉之意，但是与全词的豪放相融相生，读来更有清远淡泊的况味。

诉衷情

欧阳修

清晨帘幕卷轻霜，呵手试梅妆。都缘自有离恨，故画作远山①长。
思往事，惜流芳②，易成伤。拟歌先敛③，欲笑还颦④，最断人肠。

【注释】

①远山：形容把眉毛画得又细又长，状如远山。②流芳：流逝的年华。③敛：收敛。④颦：皱眉的样子。

【赏析】

宋词中描写歌女愁思的作品以香艳绵软之风居多，然而欧阳修此作则写得清雅动人、细腻深致、言浅情深。

上阕描写了歌女清晨对镜梳妆、难掩心中离恨的情态。"帘幕卷"，可知女主人公已经晨起。"轻霜"，暗透出天气的微寒，同时也点染出女子孤苦无依、心冷意灰的内心世界。"呵手试梅妆"，凉气袭来，她呵出热气暖手，以便描画梅妆，这一句描绘出女子的娇美雅丽。梅妆，指寿阳公主的"梅花妆"。"梅妆"与"轻霜"相形对比，以妆容芳艳映衬内心孤寂，更显凄婉。

"都缘自有离恨"，女子心中本就有着离愁别恨。这便衬合了前文奠定的清苦词境，也为下文愁画长眉做了铺垫。"故画作远山长"，女子心中愁思绵长，把眉毛也画得细长舒淡。古诗词中用美人眉黛寄托愁思的作品并不少见，如唐代韦庄的《荷叶杯》有云："绝代佳人难得，倾国。花下见无期，一双愁黛远山眉。"欧阳修此词妙处在于女子自言"有离恨"，特意将眉毛绘出愁形，见愁之深切。

下阕写女子迫于生计、卖唱糊口，故而感叹芳华易逝的凄凉心境。"思往事，惜流芳，易成伤"，这三句情感一泻而下，女子追忆往事，感叹时光偷换、红颜易逝，内心涌起阵阵哀伤。"拟歌先敛，欲笑还颦"，身为歌女身不由己，心中充满凄凉苦楚还要强颜欢笑，但始终也掩盖不了眉间的愁思。这种悲伤不能表、哀戚不能言的无奈无助，"最断人肠"。

虽然用词浅近，却将歌女的凄苦形象刻画得十分传神，写人清美而不失芳艳，抒情深婉而又蕴藉，给人以美的艺术享受。

踏莎行

欧阳修

候馆梅残，溪桥柳细，草薰风暖摇征辔。离愁渐远渐无穷，迢迢不断如春水。
寸寸柔肠，盈盈粉泪，楼高莫近危阑倚。平芜尽处是春山，行人更在春山外。

【赏析】

本词是欧阳修"深婉"风格的代表作，题材是很多文人都写过的羁旅相思，然欧阳修构思精妙、更胜一筹。上下两阕可视为两个情境独立的画面，上阕描绘征人远游，写其愁；下阕刻画思妇闺中相思，写其苦。更精妙处在于两阕结尾之句相呼相应、情连愁苦，仿佛将征人与思妇鸳鸯分飞、不断回首的形象生动地置于读者眼前。

上阕着墨写征人思念家乡。"候馆梅残，溪桥柳细，草薰风暖摇征辔。"起首三句渲染出春景明丽，又透出暗暗春愁。柳细草香、溪流风暖，这些带着浓厚春意的景物昭示着万物生发的春季已经到来。然而在这秀丽和美的春景中，又有"候馆"与"征辔"的意象夹杂进来。"候馆"指旅舍，"征辔"指代远行之马，都将征人远游的情景点染出来。春日枝头的点点"残梅"，更显出征人远游的悲寂与落寞。

"离愁渐远渐无穷，迢迢不断如春水。"后两句由景入情，倾诉离愁。词人将离愁比作绵绵无尽的春水，感叹愁思绵长无际，与李煜《清平乐》中的"离恨恰如春草，更行更远还生"意境相类。

下阕塑造出一位登高倚楼、望远思人、默默垂泪的闺中思妇的形象，辞调深婉柔情。"寸寸柔肠，盈盈粉泪，楼高莫近危阑倚"，思妇在高楼上凭栏而望，思念着远行的爱人，思念与愁苦从"寸寸柔肠"中汹涌而出，她伤心至极，不禁肝肠寸断、泪流满面。

"平芜尽处是春山，行人更在春山外。"眼前虽有娟秀的春山景色，但是那里却没有她思念的游子的身影，那个人已经远行到了她看不到的春山之外了。下阕结尾两句是全词题眼，承接上阕"迢迢不断如春水"的离愁别恨，将游子的思念、思妇的绝望表现得极为酣畅，写出离愁逐步加深的过程。

下阕内容其实是游子想象中的画面，羁旅异乡本就已经十分悲切，这样的想象更令他悲从中来，情难自抑。下阕是对上阕内容的补充和完善，将思念之情进一步深化。

词人通过托物兴怀的手法表现离愁，又用比喻手法化虚为实，把无形的"愁"转化为"迢迢春水"，可观、可触、可感，虚实相映地写出愁之深切。全词层次清晰、情感细腻，曲折委婉得渲染出离别的哀怨，引人共鸣。

阮郎归

欧阳修

南园春半踏青时，风和闻马嘶。青梅如豆柳如眉，日长蝴蝶飞。
花露重，草烟低，人家帘幕垂。秋千慵困解罗衣，画堂双燕"栖"。

【赏析】

宋词多有表现深闺少妇情思之作，欧阳修《阮郎归》便通过少妇踏青及其归来后的行动来表现其心理特征。

"南园春半踏青时"一句领起全篇。美好的春日已经过去了一半，深闺妇人出外踏青。此句以静境写出动景，在天气转暖，万物生机勃勃之时，闺妇也纷纷外出，或踏青，或赏花，或游湖，或打秋千，以对"春半"时节的认知，虚笔带出妇人踏青的具体活动。妇人是乘坐马车出行的，从"风和闻马嘶"可以想见踏青路上车马往来的情形。风和日丽，宝马嘶鸣，闺妇来到郊外，只见"青梅如豆柳如眉，日长蝴蝶飞"。青梅结子如豆，柳叶舒展如眉，白昼渐长，日光温暖，蝴蝶翩翩而过，春光之明媚美好，在此已被描画得活灵活现。上阕中既有静态的景物，又有动态的画面，动中有静，静中有动，春日的静谧与喧嚣都在其中。

"花露重，草烟低，人家帘幕垂。"下阕前三句也是静景描写，这时候天色渐晚，花上露水浓重欲滴，草色如烟低浮于地，庭院中帘幕低垂。景色如此静谧，令人不由得屏住呼吸。当这安静的背景被营造出来之后，人物翩然入镜。"秋千慵困解罗衣，画堂双燕'栖'。"少妇踏青之后又去荡秋千，自然觉得疲惫不堪，呈现出慵懒之态。她解开罗衫倚坐休息，突然看见一双燕子正栖息在画堂之上。人归家中，燕归画堂，人在屋内解衫小憩，燕在梁上双双栖息，人衬燕而燕亦衬人，果有妙趣。不过，尾句写燕时特意强调了一个"双"字，梁上燕成双，屋内人独坐，暗含淡淡的闺怨。

青梅、垂柳、日光、蝴蝶、双燕、艳花碧草、清露柔烟，本是仲春过后常见意象，但连缀而下，织出了一幅秀美的春光图。词中南园美景如画，春色撩人，欧阳修笔下写景句含婉转之情，实乃情景两得。

望江南

王琪

江南月，清夜满西楼。云落开时冰吐鉴，浪花深处玉沉钩。圆缺几时休。
星汉迥，风露入新秋。丹桂不知摇落恨，素娥应信别离愁。天上共悠悠。

【赏析】

王琪的词中，现今留存下来的《望江南》有 10 首，这首"江南月"是其中之一。

从前两句"江南月，清夜满西楼"可以看出，这首词是咏月，而且歌咏的是江南之月。"江南"二字一出，便使月色平添了一股清丽柔婉的气息。

月光照在西楼上，随着时光的流转，时圆时缺。此处描写月之"阴晴圆缺"的词句"云落开时冰吐鉴，浪花深处玉沉钩"，一脱"江南"二字的婉约之味，走入奇崛一路。着一"吐"字、一"沉"字，原本安安静静照满西楼的月色，陡然间便有了流动的妙趣。

前一句本是写天上云散月出，如冰鉴（即明镜）一样的满月高高悬挂，后一句则意指江中浪花之下，玉钩般的新月沉入江底，但若直白写来，未免平淡无趣。而"冰吐鉴"、"玉沉钩"的描写，既突出了月光的莹润洁白，又贴切表现了月的形状变化，将一种毫无新意的比喻写得生趣盎然。

接下来，词人叹息"圆缺几时休"，显然是对月感怀，以月的"圆缺"，比照人世的聚散离合。但下阕却没有转入具体人事的描写，反而将笔触伸入辽阔的天河。"星汉迥，风露入新秋"两句，点明了时令，和上阕的"清夜"比起来，显然有"物换星移"之意。

"丹桂不知摇落恨，素娥应信别离愁"，词人遥望星河中的一轮清月，自然而然联想到月宫的嫦娥。尽管月亮上的那棵丹桂树，其叶历经四季而不落，但月宫中的嫦娥必定知道离别和孤独的滋味。"别离愁"三字，看似浅白地点出了主题，但这种"离愁"却是借嫦娥来抒发的。

地上的人遥望明月，感受到离别之苦，却不直言，偏去猜度嫦娥的"碧海青天夜夜心"（李商隐诗句），颇得曲折之韵致。最后一句"天上共悠悠"，才终于将天上与人间的"离愁"合而为一。

词人写月上的嫦娥知愁，是为了写人间的别愁。此处与上阕的"圆缺几时休"相照应，将天上的圆缺与地上的离合联系起来，用语深婉，不露痕迹。至此，词意已收，然而意蕴仍不止。

词虽着重于咏月，且大部分词句旨在写物，但由月而起的感叹和情怀却浸透于字里行间。对离愁的感怀，很有节制地收拢在对月的吟咏中，收蓄自然，词意悠远。

菩萨蛮

杜安世

游丝欲堕还重上，春残日永人相望。花共燕争飞，青梅细雨枝。

离愁终未解，忘了依前在。拟待不寻思，刚眠梦见伊。

【赏析】

在阳光晴好的时候，能看见空中漂浮着一种透明、闪闪发亮的极细的丝，这就是由某种虫子吐出来的"游丝"。"丝"与"思"谐音，因此，对"游丝"的描写，就蕴涵了双关之意。这句词既是对实际景物的描写，同时也暗喻着女子的"情思"。

　　女子的思念之情就像半空漂浮的游丝一样，没有片刻安宁，一下子掉落下来，一下子又翻飞上去，心湖摇漾不已，层层波涌。可以想象女子倚在窗前，视线跟随空中的游丝飘向高远之处的情形。

　　因此，第二句词的接续便显得十分自然："春残日永人相望"，春日将残，白昼渐长，思念的日子也变得越发难熬。"相望"二字承接"还重上"而来，女子遥望远方，想起自己与未归的人至今不得相见。即使再怎么"相望"，也只能看到眼前"花共燕争飞，青梅细雨枝"的景色。

　　花舞燕飞，青梅被细雨浸润，色泽清丽，这一番景致动中有静，美不胜收，但换来的却是女主人公越发深重的"离愁"。下篇以"离愁终未解"起始，既是对上文的一种收束，亦开启了下文对"愁滋味"的进一步深入。

　　既然"相望"解不了"离愁"，不如"忘了"他。可是，想忘又忘不了。"忘了依前在"，用语浅白直露，不加修饰，却相当真切地表现出女子辗转难忘的心情，带着一种无奈与不甘。思而不见，又何必再念念不忘呢？

　　所以接下来词人写"拟待不寻思"，看似语意重复，实则将这种反反复复、想忘又忘不了的心情加深了一层。心里想着要忘了他，他却又浮现在眼前，于是再次下定决心，不再想他，谁知"刚眠梦见伊"，连梦境里都无法摆脱他的身影。

　　整首词从头至尾，环环紧扣，结构工巧，情与景相互烘托，相互强化，严丝合缝，浑然一体，不失为一篇写恋情闺怨的佳作。

卜算子

杜安世

　　尊前一曲歌，歌里千重意。才欲歌时泪已流，恨应更、多于泪。
　　试问缘何事？不语如痴醉。我亦情多不忍闻。怕和我、成憔悴。

【赏析】

　　《卜算子》这一词牌，原本上下阕最末一句应为五言句，然而在格式上，词人做出了调整。他在句中添了衬字，使得格式变成了三三结构的六言句。如此变动的好处在于：其一，贴合了整首词的通俗性；其二，在情感的表达上更有顿挫感。词人闻歌女演唱之后，催生出身世之慨，在短短数十字里，写尽了歌女之悲，以及由此勾起的闻者之悲，叙述波折迭起，感情亦跌宕起伏。因此，这种一句一顿的尾句格式，更能契合词人悲苦的心情。

　　首句"尊前一曲歌，歌里千重意"，写的是歌，读起来也有一股歌曲的流畅感。"千重意"是虚写，词人并不明确说出从歌里听到了什么，也未对歌声进行描写。但既有"千重意"，便足可见歌曲之动情，歌者之情切了。

　　"才欲歌时泪已流，恨应更、多于泪"，前一句写歌里无尽的心事，此时却回过头来写歌女演唱之前的心境。正因为这一曲歌中蕴藏了如此多的身世之悲，所以还未开口，便已有眼泪落下。只怕歌女平生所遭逢的"恨事"，并不是这一支歌、这一滴泪所能说尽的吧？

经过上阕的渲染，歌者的感情已强烈得令人动容。而当深深被打动的听者问她"缘何事"时，她却"不语如痴醉"。也许是说不出口，也许不知从何说起，又或者是苦恨太过深沉，无法化成言语，总之，歌女选择了"不语"，只有一脸"如痴醉"的表情泄露了她的心绪。

词人感叹："我亦情多不忍闻。怕和我、成憔悴。"不说就不说吧，说了只怕无法承受。听到他人的辛酸往事，只会勾起自己的愁苦和忧伤，徒添憔悴罢了。"不忍"、"怕"生动地表现出词人对歌女的怜惜，以及被同一种悲伤所牵扯的痛楚。

唐代白居易曾在《琵琶行》中写下千古名句："同是天涯沦落人，相逢何必曾相识。"同样是写自己因歌女遭际而牵动身世之感，白诗胜在真率自然，而这首《卜算子》却胜在深婉曲折。词人并不直言两人同病相怜，然而一句"不语"、一句"不忍"，早将歌者与闻者的遭际紧紧相连。

至于这种遭际具体是什么，词中无一字言及，全凭读者猜度。正因有了这份想象的空间，没有坐实故事，整首词显得十分灵动。这也是小令的妙处：寥寥几字间完成极大的时空转移和情感置换，文简义丰。

桂枝香

王安石

登临送目，正故国晚秋，天气初肃。千里澄江似练，翠峰如簇。征帆去棹残阳里，背西风酒旗斜矗。彩舟云淡，星河鹭起，画图难足。

念往昔，繁华竞逐，叹门外楼头，悲恨相续。千古凭高对此，谩嗟荣辱。六朝旧事随流水，但寒烟衰草凝绿。至今商女，时时犹唱，《后庭》遗曲。

【赏析】

《桂枝香》是王安石的代表作品，作于他罢相出任江宁知府时期。词以壮丽的山河景色为背景，作者通过对六朝统治者荒淫无度、国家兴衰交替的历史往昔的遥想和追忆，表达对于自己所处时代和社会现实的担忧和不满。以古喻今的手法，彰显出王安石对国家兴亡的关注，以及作为政治家的深切忧患意识。全词笔力遒劲、气魄逼人，堪称登临作品中的领军之作。

上阕描绘登临高处所见景物。词人登上高高的山岗，放眼远望曾经的六朝古都——金陵。深秋时节，天气渐渐转凉，万物开始凋敝，周围的景色也变得冷清肃杀。绵延千里的长江如一条长长的丝带，碧绿的山峰高低起伏，一座挨着一座。夕阳西下之时，船只平稳地行驶在江面上，河岸边商铺的酒旗也在随风飘扬。再加上绘着多彩图案的小舟，以及翩翩起舞的白鹭，这一幕幕美丽的景色真是动人，甚至无法把它们收入画中。

寥寥数十字写景，用字精准凝练，以有限的语言写无限的美景。金陵是六朝古都，每一寸土地都充满了凝重的历史气息。作者登临远眺整个金陵时，恰逢深秋，"自古逢秋悲寂寥”，秋是最容易引发人感伤情绪的季节，一个“肃”字足见作者此时的心绪。

接下来三句，描绘了金陵城中蜿蜒的江水、连绵的群山、林立的商铺、游弋的船只。一件件景致被作者描摹得唯美动人，让读者如入画中，但作者却说“画图难足”，可见金陵景色之绝妙。

随后，作者从眼前景色联想到了曾繁华至极的前朝。当时，曾有多少人竞相追逐荣华富贵，吃喝享乐，可最终他们也逃不过灰飞烟灭的结局。看如今，六朝的往事已如流水般匆匆而去，只有一草一木皆如往昔。但那些秦淮河畔的歌女，还在不时吟唱《玉树后庭花》这一亡国曲。

下阕的前三句以“念往昔”开头，作者在面对前朝遗迹时，与古今对话，由此及彼，无限感伤。至后两句，作者提到前朝旧事已经远去，当下的世人却不知借鉴，仍沉浸在贪图享乐的风气之中。结尾的三句话看似平淡，语气也未见波澜起伏，但实则借古讽今，具有极为深刻的寓意，体现出王安石对国家前途深深的忧虑之情。

在北宋词坛，词作为“诗余”，意在抒发离愁别绪或小儿女情怀，题材的局限性很大。但王安石把“怀古”这一重大的历史题材带入词中，使得词坛一扫之前凄靡单薄的婉约词风。因此，王安石这首“开风气之先”的词在北宋词坛占有重要地位。

<h1 style="text-align:center">菩萨蛮</h1>

王安石

数间茅屋闲临水，窄衫短帽垂杨里。花是去年红，吹开一夜风。

梢梢新月偃，午醉醒来晚。何物最关情，黄鹂三两声。

【赏析】

王安石隐居金陵后，曾在寓所消遣作《菩萨蛮》词。词所描摹的平实淡雅的生活情景中，蕴涵着王安石宽广的胸怀与豁达的心境。

词作简洁质朴，内涵深厚，运用了“集诗句为词”的艺术手法。这一手法是王安石首创，他把唐朝留存下来的丰富诗句资源改造成自己的词句。这种“改造”并非简单抄袭前人作品，而是经过深加工后，改变诗句结构，使之成为新的词句，为自己所要表达的意境服务。

词中句子基本都是化用前人的词句，例如第一句出自刘禹锡《送曹璩归越中旧隐诗》：“数间茅屋闲临水，一盏秋灯夜读书。”第三句来自殷益的《看牡丹》，第五句来自韩愈《南溪始泛》：“点点暮雨飘，梢梢新月堰。”第六句来自方域的“午醉醒来晚，无人梦自惊。”整首词虽然来自不同诗句，但经过王安石的重新梳理后，词意严谨清晰，浑然天成。由此可看出王安石的艺术造诣之高。

在作品中，王安石描绘了这样一幅场景：水塘边有几间茅草屋，门前没有车水马龙人来人往的喧闹，只有悠然的自然之音。身上的锦衣华服早已换成平常百姓的单衣短帽。一缕春风吹过，吹开了万紫千红，风光正如去年此时。初升的月牙爬上枝头，午醉醒来天色已晚，树间的黄鹂鸟发出悦耳的鸣叫。

　　词人此时的生活比较清贫，开头两句提到的"茅屋"、"窄衫短帽"，点明他目前所处的生活环境（临水的茅屋）和身份（穿着窄衫短帽的普通百姓）。远离以前雕梁画栋、锦衣华服的官场生活之后，词人不仅欣然接受这种地位的变化，而且从"花是去年红，吹开一夜风。梢梢新月偃，午醉醒来晚"的描写中可以看出，他如今闲看屋外花开花落、月圆月缺，过着悠然自乐的生活，显然很享受这样的状态。

　　王安石曾经胸怀远大抱负，在仕途上锐意进取、力图创新，如今却壮志未酬，只能面对时光飞逝、老之将至徒然叹息。"何物最关情，黄鹂三两声"，最后，词人以设问结束全词，点明此时自己最关心的就是黄鹂的几声鸣叫。把一切归结到闲情上，这既是词人在自然中怡然自得、超脱于物外的写照，同时也表现出他不肯与世俗同流的铮铮傲骨。

渔家傲

王安石

　　灯火已收正月半，山南山北花撩乱。闻说涧亭①新水漫，骑款段，穿云入坞寻游伴。

　　却拂僧床褰②素幔，千岩万壑春风暖。一弄松声悲急管，吹梦断，西看窗日犹嫌短。

【注释】

　　①涧（jiàn）亭：钟山西麓的风景胜地。②褰（qiān）：提起。

【赏析】

　　王安石隐居金陵后，写过不少描写隐居生活的词作。《渔家傲》即是其中一首。词中描绘的一天之事是他当时日常生活的一个缩影。

　　正月十五元宵灯节之时，钟山一带芳草如茵，林木葱郁，那一片生意盎然的春景，让人流连忘返，心醉不已。涧亭刚刚下过春雨，词人骑着小毛驴，翻山越岭去观赏美丽的风景。游玩之后，回到了寺院中。经过一天的玩赏，词人也累了，他放下纱帐，铺好被褥，在和煦温暖的春风吹拂下进入梦乡。不知睡了多久，他突然被悲切的松涛之声吵醒，梦醒时分，窗外已是日落西山了。

　　上阕写词人在郊外骑着小毛驴兴致勃勃地春游。"灯火已收正月半，山南山北花撩乱"，开头两句点明时节。"正月半"指元宵节。在宋朝，元宵节的庆祝活动非常热闹。不同于北方的天寒地冻，南方此时已进入春季。词人当时居住的钟山一带，在上元时节早已草木茂盛、百花绽放。

　　面对美丽的春景，词人兴起了浓厚的游赏之意，此处以"闻说"二字引起下文，写涧亭之游。涧亭在钟山西麓，溪水清澈见底，溪边花草繁茂。"新水漫"三字，写出春雨初停的情形。"款段"是指马走得很迟缓的样子，词人用此说法婉转地说明自己所骑的是一只小毛驴，所以行进得十分缓慢。

　　骑着毛驴晃晃悠悠地行走在山林间，望着雨后初霁的天空、重峦叠嶂的山脉，看着周遭清新别致的景色，听着鸟语，闻着花香，词人的心境愈加畅快愉悦，俗世间的是是非非早已被他置之脑后。不知不觉间已进入山中腹地，在高山与低谷间来回穿梭，一句"穿云入坞"，形容翻山越岭的情景，比喻恰当新奇。

　　高山阻隔，低谷设障，都挡不住词人游览的兴致，他不惧山路崎岖，一路上饶有兴致地探奇览胜，此处一连用了"穿"、"入"、"寻"三个动词，每个字都使用得十分贴切，充分表现出词人游玩时的高涨兴致与乐于探索的生活情趣。

　　"却拂僧床褰素幔"，在游玩与休息之间用了一个"却"字来转换。词人游玩之后，回到山寺中，卧床而眠。从"僧床"、"素幔"等物品，可以看出作者此时生活清苦孤寂，这也是他隐居生活的真实写照。带着玩乐之后的愉悦，词人进入了梦乡，睡了不知多久，他被松涛打叶之声惊醒，再抬眼看向天际，红日正慢慢西落，快乐短暂的一天就这样过去了。

　　词中充斥着词人在山林间游玩的愉悦之情，清丽明快。但到结尾处，作者被松涛吵醒，心境上又发生了微妙的变化。从酣然入睡到叹良日苦短，怅惘之情显而易见。

渔家傲

王安石

　　平岸小桥千嶂抱，柔蓝一水萦花草。茅屋数间窗窈窕。尘不到，时时自有春风扫。午枕觉来闻语鸟，欹①眠似听朝鸡早。忽忆故人今总老。贪梦好，茫然忘了邯郸道。

【注释】

　　①欹（qī）：古通"倚"，斜靠着。

【赏析】

　　北宋时期，城市经济和思想文化都达到了空前的繁荣状态，整个社会对文人的重视程度大大提高。词在经历了唐五代的初始时期后，进入到发展的繁盛时期，摆脱了"词为艳科"的桎梏，以表现闲情逸趣的闲逸词开始成为词人钟爱的题材，创作趋势愈加繁盛，作品大量增加。

　　这首《渔家傲》便是王安石的一首闲逸词。根据词中所提到的"小桥"、"茅屋"等意象，可以看出这首词大约作于王安石晚年退隐赋闲时期。此词通过描绘平常的山水景色，抒发了作者在隐逸之后笑看风云变幻、淡然自处的情怀，与作者其他风格雄壮的豪放词不同，表现出一种恬淡安静、潇洒超脱的美。

　　作者用茅屋和午梦来勾连全文，以景物开头，以情感结尾，情与景融汇交融，自然贯通，毫无矫揉造作之感。

　　词作描写了一处优美的景致：岸边的小桥被群山所围绕。一江春水被美丽的花草环绕。小桥边的几间茅屋，窗明几净，没有半点尘埃，仿佛和煦的春风时刻都在打扫。作者午睡醒来，听到外面的小鸟在唧唧喳喳地叫，好不热闹，不禁想起以前在朝为官时，要听着鸡鸣起床赶往朝堂的情景，同时也想到过去那些老朋友恐怕也已人到暮年。人生还是在梦中好，可以忘记那些功名利禄。

开头的两句话，据吴聿在《观林诗话》记载，王安石"尝于江上人家壁间见一绝，深味其首句'一江春水碧揉蓝'，为踟蹰久之而去，已而作小词，有'平岸小桥千嶂抱，柔蓝一水萦花草'之句。盖追用其词。"经过作者的改造后，原诗句的内容得到了丰富，景致描绘得更加细腻动人，用词也更精准生动，"柔"、"窈窕"等语，给这首小令平添了些许韵味。

醒来后听见鸟语，作者的思绪又被带到过去，眼前的鸟语花香与过去的朝堂生活，真是今非昔比，令他不由得生出恍如隔世的感觉。

作者在退隐金陵之后心绪慢慢平静，对仕途也已心生厌倦，开始在自然中寻觅新的乐趣。在看透世间万事，经历过大风大浪之后，王安石的这类作品往往沉淀着他对人生的思考，以及对当下生活的满足，表现出一种空灵恬静之美。

浪淘沙令

王安石

伊吕两衰翁，历遍穷通。一为钓叟一耕佣。若使当时身不遇，老了英雄。

汤武偶相逢，风虎云龙。兴亡只在笑谈中。直至如今千载后，谁与争功！

【赏析】

王安石升任同中书门下平章事（副宰相）时期，写下这首《浪淘沙令》，借叹咏历史抒发个人情感。

嘉祐五年（公元 1060 年）开始，王安石从三司度支判官、参知政事逐步升迁，直至副宰相，此时的他正主持新政变法，意气风发，踌躇志满。他所作的这首小令，以古人自况，来展现自己立志实行新法，以求建功立业、报效国家的政治抱负。

上阕主要讲伊尹、吕尚二人的前半生，即未建立功业之前的故事。伊尹和吕尚前半生过得贫困潦倒，后半生逐渐走向成功。最初，吕尚只是一个捕鱼人，常在渭津垂钓；伊尹是一个种地的农民，天天耕作不休。假如不是后来遇到好机缘，或许直到他们老去，也不会有人知道他们的过人才能。

从叙述中不难看出，伊尹和吕尚两人都是旷世奇才，早年都混迹于市井之中，从事着最底层、最简单的劳动，无人知晓他俩的才干。但二人都不急于显露于人前，明白"大隐隐于市"的道理，在尘世之中磨炼砥砺自己的心性，等待赏识自己的人出现。

千里马遇到伯乐才能被认出，有才能的人也需要与真正了解、赏识人才的人相遇，方能得到发挥才能、一展抱负的机会。后来，伊尹和吕尚二人终于时来运转，碰到了赏识他们的明主。伊尹被成汤赏识，委以重任，得以相助成汤推翻夏朝的统治，建立商朝。吕尚在溪边垂钓，吸引了周文王，文王视他为奇人，礼遇有加，吕尚也没有辜负文王的赏识，最终辅佐文王完成讨伐纣王、开创周氏天下的伟业。

贤明的君主与忠诚贤德的大臣相遇，就如同《易》中"云从龙，风从虎"一样，相互信任，相互扶持，相得益彰，在谈笑间就可轻松成就霸业。"直至如今千载后，谁与争功"，从那时起到现在已过去了几千年，后世中有谁能和他们一较高下呢？

作者以伊尹和吕尚自况，表面说二人的发迹史，实则讲述自己此时的心境。这时，作者如同伊、吕二人一样遇到了明主，明主支持他的政治主张，委以他主持变法的重任，词的最后一句"谁与争功"，看似没了下文，实际上作者的答案已经呼之欲出。他希望自己今后也像伊、吕二人那样相助帝王，成就一番事业，青史留名，成为后人景仰的楷模。作者的雄心与抱负由此展露无遗。

以古喻今，借史咏今，是王安石擅长的题材。本词意境雄浑阔达，底蕴深厚，风格沉稳大气，是北宋早期豪放词的力作。

千秋岁引

王安石

别馆寒砧，孤城画角，一派秋声入寥廓。东归燕从海上去，南来雁向沙头落。楚台风，庾楼月，宛如咋。

无奈被些名利缚，无奈被他情担阁。可惜风流总闲却。当初谩留华表语，而今误我秦楼约。梦阑时，酒醒后，思量着。

【赏析】

王安石在朝中曾大力推行变法，但由于受到保守派的强烈阻挠，最终新法变革以失败告终。随后他退居金陵，离开了官场，《千秋岁引》很可能创作于他客居金陵时期。词中描写秋天的景色，字里行间透露出作者暮年对人间世事的感悟与体会。

全词基调低沉婉转，情感真挚动人，抒发了作者追逐功名却被其羁绊、因而错失美好时光的悔恨，以及劝人急流勇退的深沉感悟，同时也表现出作者在反思这一切时落寞孤寂的心情。

首句即写到寒砧、画角等秋声，为整首词定下了寂寥、粗犷、惆怅的基调。接下来的两句，写作者平时所观察到的寻常秋景。燕子、大雁等候鸟因为秋天的到来，纷纷南飞，长途跋涉，迁徙到远方，途中它们或许会横渡大海，或许会滞留沙头，而最终的目标都是要寻找到新的归宿。

作者离开家园，客居别馆，心中自然会有一份身处异地的凄凉，再听到那一声声的捣衣声，更是千万思绪齐聚心头。古人有秋天捣制寒衣的习俗，所以诗词中写到寒砧或砧声时，通常喻示着对家人的思念。城头的画角声与寒砧声应和在一起，雄浑悲壮，低沉的声音一齐入耳，更让人感觉凄苦无依，再配以"入寥廓"三字，使词的意境顿时变得高远。

抬头仰望之时，看着候鸟尚且能回归家园，而自己只能旅居异地，由彼及此，作者的思绪愈加纷乱，不禁触碰到了旧时的记忆。第三句使用"楚台风"的典故，借古人的故事来记录作者与挚交好友一起游览名山大川时意气勃发、谈笑风生的场景。"宛如昨"

更印证记忆之深刻，往日的情景历历在目，一切清晰得犹如发生在昨日。

下阕借着上文提及的秋日景色，连着两句以"无奈"开头，点明自己深受"名利"与"人情"制约的苦楚：风流雅致之事都被置之脑后，为了追求功名利禄，耽搁了寻常生活。

李白《忆秦娥》中有"箫声咽，秦娥梦断秦楼月"的句子，"秦楼"指女子的居所，所以"秦楼约"即为男女之间的爱情之约。"而今误我秦楼约"一句，表面是阐述自己曾与心上人山盟海誓，但终究没有兑现承诺，辜负了芳心的事实，实则表达的是作者对官场中身不由己的权力争斗的厌恶，以及对无拘无束生活的向往。

"梦阑时，酒醒后，思量着"，最后一句作者没有提及自己思量的是什么，但由前文层层铺垫，读者读至此处自然可以领会，在梦醒、酒醒之后，涌上词人心头的只有痛彻心扉的清醒和悔悟。

王安石不止是一名词人，更是一名政治家。晚年的他由于政治上的失意，心情也倍加失落，于是在秋意正浓的时节中，发出了功名误身的慨叹。此时的王安石虽意志略显消沉，但他仍然具有"不畏浮云遮望眼"的追求与抱负，因而这首词并不能代表其作品的整体风貌。

水龙吟

章楶

燕忙莺懒芳残，正堤上、柳花飘坠。轻飞乱舞，点画青林，全无才思。闲趁游丝，静临深院，日长门闭。傍珠帘散漫，垂垂欲下，依前被、风扶起。

兰帐玉人睡觉，怪春衣、雪霑①琼缀。绣床旋满，香球无数，才圆却碎。时见蜂儿，仰粘轻粉，鱼吞池水。望章台路杳，金鞍游荡，有盈盈泪。

【注释】

①霑：同"沾"。

【赏析】

王国维在《人间词话》里曾提及章楶的这首《水龙吟》，并将它与苏轼写的和韵之作进行比较，认为苏词"和韵而似原唱"，章词则"原唱而似和韵"，由此感叹"才之不可强"。

宋代有学者认为，章楶这首吟咏杨花的词，"曲尽杨花妙处"，苏轼的和词"恐未能及"。今人则多以为，比之苏词物情相即、浑然如一的艺术成就，章词确有不及，但也自有其工巧清丽之处。

"燕忙莺懒芳残，正堤上、柳花飘坠"，起首引出主题，点明所咏之物。"燕忙"、"莺懒"、"芳残"，既指出时令，也为接下来"柳花"的出场作铺垫。此时已是暮春，因此词中所咏并非尚在枝头的杨花，而是"飘坠"的杨花。

杨花已谢，所以词人有"轻飞乱舞，点画青林"的描写。"全无才思"出自韩愈

《晚春》诗："杨花榆荚无才思，惟解漫天作雪飞"，这里说杨花无才思，是以反语赞美杨花的潇洒与高洁。

随着杨花的飞舞，词人的笔触也移至它处。"闲趁游丝，静临深院，日长门闭"，这一句将杨花拟人化，写它们在熏人醉的暖风里，与半空中的游丝一起，闲闲地降落在门扉紧锁的深深庭院，调皮地想要窥探门内的人。它们"傍珠帘散漫"，贴近窗前的帘幕，逐渐散开，正要"垂垂欲下"，想落进窗内，一睹闺人风采，却"依前被、风扶起"。一阵风吹过，它们只能跟着风儿打旋。

这几句词将杨花漫天飞舞、袅娜轻盈的身姿刻画得贴切而生动。从杨花拟人化的视角出发，描写"深院"和"日长门闭"之后，词人下阕转而写院中之人。一句"兰帐玉人睡觉"，引出人物及人物的状态。落絮进入了房中，"兰帐"里的"玉人"因此"怪春衣、雪霑琼缀"。

女主人公长日里恹恹午睡，半睡半醒间，发现身上的"春衣"粘上了柳絮。一个"怪"字，将闺怨情绪一笔点出。女子由此把心中的怨情投射在杨花上，因此词人接下来写"绣床旋满，香球无数，才圆却碎"，杨花在"绣床"上滚来滚去，一下子"圆"，一下子"碎"，正像她思念的那个人一般反复、无情，不肯稍作停留。

虽被闺中人所怨，蜂儿和鱼儿却因杨花的到来而欢喜："时见蜂儿，仰粘轻粉，鱼吞池水"。思妇不忍见蜂儿与鱼儿的嬉戏玩闹，于是抬头"望章台"，却因"路杳"而望不见"金鞍游荡"，因此"有盈盈泪"。

"章台"是汉代长安城的一条街名。古人以"章台"代指冶游。唐传奇《柳氏传》中有"章台柳"的典故，由是古人常将章台和柳联系起来，代指离别。此处兼具两种含义。"盈盈泪"既指杨花飘坠，看起来好似泪花一般，也指思妇怀人之泪。词人以此句收尾，将物与人完整地结合起来，运思巧妙。

清平乐

王安国

春晚

留春不住，费尽莺儿语。满地残红宫锦污，昨夜南园风雨。
小怜初上琵琶，晓来思绕天涯。不肯画堂朱户，春风自在杨花。

【赏析】

王安国之兄王安石变法时期，他因与兄长政见分歧，又不肯苟合，仕途并不平顺。后来更遭陷害，罢官回乡，因此作伤春之语，其间亦夹杂伤时之叹。这首《清平乐》吟咏晚春景色，从视觉和听觉两方面入手，字字句句流露出惜春、伤春之情。作者将自己的身世之感揉入词中，使得这首叹息"春晚"的词带上了岁月和人生的丰厚意味。

第一句"留春不住，费尽莺儿语"，不仅交代了时间，而且表现出一种失落和无奈的心情。作者不直接叙述春色将尽，而从主观角度下笔，用一"留"字，使春天的结束染上人的哀愁。

下半句写莺的啼鸣，"费尽"二字，是以己心猜度莺儿的心思，且将自己对春的挽留之意投射到莺啼之中：莺儿这样苦苦鸣叫，是否也与作者一样在惋惜春的逝去，徒然地想要留住它？

起笔的精彩之处在于：一方面避免了平铺直叙，增添了词的婉转情味；另一方面，使词作摆脱了单一的视角，显得摇曳多姿。倘若用铺叙手法直言惜春，未免失之俗烂，而作者将莺啼之声引入词中，既丰富了视听，也强化了人的伤春之情，使"物皆着我之色彩"。

"满地残红宫锦污，昨夜南园风雨"，写一夜风雨过后，落红满地的情形。"宫锦污"是以比喻手法表现花开时的美丽，以及花落时的不忍目睹，犹如一块华丽的织锦，转瞬间被揉烂弄污，恰切地描画出了落花在风吹雨打之后，由鲜艳丰腴变为灰败羸弱的凋残景象，其间蕴涵了一种美好不再的深沉哀叹。

"小怜初上琵琶，晓来思绕天涯"，从眼前之景转入耳边之声。"小怜"原指北齐后主高纬的宠妃，由于善弹琵琶，因此后人用"小怜"代指歌女。李贺曾写过"湾头见小怜，请上琵琶弦"的诗句，"小怜"一句即由此化用而来。

琵琶曲引发了闺妇的愁绪，使人彻夜未眠，直至"晓来"，曲调的余音仍缠绕梁间，挥之不去，闺中人的思绪也随着不曾消散的曲音飘向远方，寻觅游子踪迹。春已逝，人未归，思妇眼见时光白白流走，自然生发出"留春"、恨春、伤春之情。作者表面写闺人之思，实则仍未脱离悲春的主题。

"不肯画堂朱户，春风自在杨花"一句，不同于章粢杨花词中对杨花"静临深院"的描写，而写杨花虽随风飞舞，却"不肯"落入"画堂朱户"的情景。从"不肯"二字可知，作者用了拟人的手法，表现杨花不屑权贵，洒脱自在的骨格；亦是借杨花自况，表达自己不肯妥协、孤高自许的人格。

减字木兰花

王安国

画桥流水，雨湿落红飞不起。月破黄昏，帘里余香马上闻。
徘徊不语，今夜梦魂何处去。不似垂杨，犹解飞花入洞房。

【赏析】

王安国的伤春之作与上一首《清平乐》相同，这首《减字木兰花》亦是写暮春之景。不同之处在于，前一首伤春，这一首思人。

开篇写景，"画桥流水，雨湿落红飞不起"，有小桥、流水，有春雨如绵，有飞花落红，一幅暮春图景立现于眼前。与作者在《清平乐》中所写的"满地残红宫锦污"不同，此处写"落红"，显得美好安静。用"湿"和"飞不起"来形容，既突显落花的晶莹洁净，又表现出绵绵细雨之下花瓣湿重的特点。这些花瓣静静点缀于"画桥流水"之间，在"月破黄昏"之后，朦胧浮现，如梦如幻。

　　"帘里余香马上闻"，寥寥七个字，交代出人物、场景、事件，且蕴含着丰富的情感。"帘里"坐着作者倾慕的女子，一车一马，在暮春之夜擦身而过，骑在马上的作者看不见车内女子的面容，却"闻"到了帘内传来的"余香"。这一句将交错刹那间作者的沉醉和欣喜之情表现得淋漓尽致。

　　然而车很快就疾驰而去，瞬间的美好也无迹可寻。作者只能"徘徊不语"，回味着前一刻的幸福，品尝着此时的孤寂，在极大的落差间寻思"今夜梦魂何处去"。

　　由相遇到相离，再到寄希望于"梦"中相见，情感轨迹的变化合情合理。但是，作者却担心"梦魂"无处可去，足见用心之深，其情之苦。随后，作者见到漫天飞舞的杨花，不禁生出慨叹："不似垂杨，犹解飞花入洞房"，如果自己能像杨花一样随风潜入心爱之人的闺房，该有多好。

　　"不似"二字，点出这一想象的虚幻。这是一场无法实现的爱恋，作者虽用情至深，意中人却在遥不可及之处，连"梦魂"都无法抵达。作者由情生苦，由爱生痴，对杨花的来去自如生起深沉的幽怨之情，这一描写融情入景，鲜明生动地表现出作者的痴情切意。

菩萨蛮

孙洙

　　楼头尚有三通鼓，何须抵死催人去！上马苦匆匆，琵琶曲未终。
回头凝望处，那更廉纤雨。漫道玉为堂，玉堂今夜长。

【赏析】

　　从首句"楼头尚有三通鼓，何须抵死催人去"可见，这首词是作者为表达对宴会的留恋不舍之情而作。这句话的意思是：城楼上还要再敲三通鼓才会天亮，何必拼命催人离去？作者篇首便直言自己对夜半公务催人的不满心情。

　　当时，作者正在参加同僚李端愿府上的一场宴会，宾主之间把盏言欢，周围又有歌舞助兴，正是尽兴之时。此时却突然来了一道命令，命时任翰林学士的作者深夜进宫起草诏令。被迫离开热闹欢畅的宴会场，进入严肃冷清的翰林院，作者的心理落差可想而知。

　　"上马苦匆匆，琵琶曲未终"，更进一步地表达出作者的不情不愿。命令催得急，这边宴会上的琵琶曲却还未结束。这一句将作者一面苦于皇命难违，一面却惦念着歌女所演奏的迷人乐曲的遗恨心情，描摹得入木三分。

　　上阕中，作者用"抵死"、"催人"、"匆匆"等词，营造出一种紧张、焦躁的氛围，由此衬托出动身的片刻那种难言的挣扎与无奈。进入下阕，作者的心情较之前稍稍平复，但仍忍不住"回头凝望"。偏偏就在这时，天空下起了细雨，遮挡了他的视线。"廉纤雨"三字，隐隐显露出一种迷蒙怅惘的心绪。作者失落的心情，在这场雨中越发显得绵长、幽怨，难以自拔。

　　最末一句已是深沉的叹息："漫道玉为堂，玉堂今夜长"。一边是享乐与欢畅，一边是无聊与刻板，两相看顾之下，作者不禁说道：世人都艳羡玉堂中人的尊贵地位和荣耀，今夜我却独自一人，清冷孤寂，只恐长夜漫漫，愁苦难熬。对此时的作者而言，功名富贵似不足抚慰他颓丧的心情，面对生生被阻断的快乐，他不由得发出"漫道玉为堂"的慨叹，其中颇有功名误身的感悟。

"今夜长"与起首一句"楼头尚有三通鼓"相照应，两者的意思皆表示"夜长"，后者反映作者对宴会未终的留恋之情，其中暗含快乐苦短的体悟；前者却显露出作者因被迫中断欢宴，公务又索然无味而生起的倦怠。前后比照之下，作者的心情立刻鲜明可感，足见摹写的妙处。

临江仙

晏几道

斗草阶前初见，穿针楼上曾逢。罗裙香露玉钗风。靓妆眉沁绿，羞脸粉生红。
流水便随春远，行云终与谁同？酒醒长恨锦屏空。相寻梦里路，飞雨落花中。

【赏析】

作为一首恋情词，这首《临江仙》写得温雅而含蓄，表达了作者对自己曾经爱过的女子的深深思念。

开篇介绍了作者与女子初见与重逢的场面。"斗草阶前初见"，第一次见到她时，她正与别的姑娘在阶前斗草。斗草是一种游戏，据《荆楚岁时记》记载："五月五日，四民并踏百草。又有斗百草之戏。"紧接着，恰逢七夕时节，女子在楼上对着牛郎织女双星"穿针"时，又一次与作者重逢了。两次相见，让女子的芳姿倩影深刻地烙印在作者的心中。

第三到第五句细致描写了女子的情态：漂亮的裙子映衬出她那靓丽的妆容，她的裙子上虽沾满了花丛中的露水，却不失美丽。玉钗迎着风微微颤动，使她看起来迷人而秀丽。

"眉沁绿"，用"沁"字，写出黛色深入眉间、精巧而细致的样子；"粉生红"是指白里透红的水润。女子的眼神与作者巧然相逢，粉红的脸上泛起点点娇红。这一描写表现出女子的温柔和娇羞。与作者另一首《临江仙》（梦后楼台高锁）虚笔摹写女子之美相比，这首词的特点在于：将重点放在对女子妆容的细致刻画上，从而突出她独特的美丽。

这个女子很可能是晏几道的父亲晏殊相府里的一个婢女。从"初见"、"曾逢"、"粉生红"等词中可知，晏几道与她应当有过一段情事。但随着时光的飞逝，这段情事最终没有任何结果。

下阕"流水便随春远，行云终与谁同"一句，避开中间一段故事，直接写两个人在一起的美好已然消失的结局。这种留空白的手法，体现出小晏（晏几道）词含蓄婉转的特点。

"流水"一词，表现时光如流水般悄然流逝的情景，象征两个人共同生活的结束，心爱的女子不知流落何方。"春"意味着相聚，只可惜春会远去，因而欢聚也不能长远。可是，往日相处的情谊早已印在作者心上，他心中的感情一刻也不曾离去。

"行云终与谁同"，女子就像传说中的神女，"旦为朝云，暮为行雨"（《高唐赋》），无可挽留。"酒醒长恨锦屏空"，天再一次亮起，酒也渐渐清醒的时候，便觉周围很空旷，那一段温暖的记忆再也回不来了，他只能与她在梦里相依相随。

"相寻梦里路，飞雨落花中"，作者把心中的渴望寄托于梦境当中，那位走远了的女子每日都会在他的梦境里萦绕不去。"飞雨"就是微雨，微雨和落花，暗示着那份梦里也难寻找的无奈心情。情与景的完美结合，充分体现了作者对女子的爱慕及思念。"落花"这一意象，也暗示出这位婢女不幸的命运和遭遇，表现出作者对底层女子深切的关心和同情。

温婉而柔美的用词是这首《临江仙》的特点，整首词表达的方式虽含蓄，感情却更显深厚和浓烈，作者对女子情态的刻画与内心爱慕的情愫也达到了完美的融合。

临江仙

晏几道

梦后楼台高锁，酒醒帘幕低垂。去年春恨却来时。落花人独立，微雨燕双飞。记得小蘋初见，两重心字罗衣。琵琶弦上说相思。当时明月在，曾照彩云归。

【赏析】

这首词历来被视为代表晏几道最高艺术成就的词作。全词多用虚笔的手法，情丝细腻而浓厚，独具小山词的意蕴风格。陈延悼评此词"既闲婉，又沉着，当时更无敌手"（《白雨斋此话》）。

"梦后楼台高锁，酒醒帘幕低垂"，以前种种难以忘怀的往事都已消逝得无影无踪，如今梦觉酒醒，只见"楼台高锁"、"帘幕低垂"，一片空寂。作者不由自主地怀念起久别的歌女小蘋来。

"去年"一句，预示着"春恨"将随着冬去春来，年复一年地袭上心头：去年已逝的春天，今年再次来到了人间；去年的春恨，自然也随之来到人的心间。曾经的欢愉已为曾经，而如今只有孤身一人感叹过往，令人悲从中来。"去年春恨却来时"一句，有起承上启下的作用。它说明楼空人去已是去年的往事，今年忆起，此恨依然，从而过度到了眼前的春景。

"落花"二句以"独立"之"人"，对比"双飞"之"燕"，有学者评点此句时说："无知之燕，犹得双飞；有情之人，反而独立"，比照之下，可见人之难堪。"落花"意味着春光逝去；"微雨"则说明天色阴沉。这两句是本词的点睛之笔，因其景极凄婉，情极哀切，所以谭献《复堂词话》评它们是"名句，千古不能有二"。

下阕转写记忆中那动人的一幕。初次相见时，小蘋穿着"两重心字罗衣"，式样很美，香气迷人，因而使人难以忘怀。她用琵琶献艺，传递着内心的倾慕，演奏着两人的心心相印。

"琵琶弦上说相思"一句说明她所弹奏的乐章能够传达相思之情，这与白居易《琵琶行》"低眉信手续续弹，说尽心中无限事"有异曲同工之妙。作者边说着自己今年和去年的"春恨"，边说"初见小蘋"就从琵琶弦上暗递出"相思"之情，别后的互相思念之苦由此可知。

最后两句写明月依然，而"小蘋"安在，将词意进而推进。李白《宫中行乐词》有云："只愁歌舞散，化作彩云飞。"此处不但引用其词，而且借用了其意。以"彩云"指代小蘋，既可避免重复，也可借此暗示她的轻盈柔美，同时表现作者对宴会难逢、好景不长、佳人似彩云易散的无限感慨。

微雨过后，明月当空。眼前的月亮就是"当时"的月亮，故用"在"，又用了"曾"，当时的明月，曾经照着她回去，如今月色依旧，而人早已不知所终，只留下作者的孤影和无尽的悲叹。

"当时明月在，曾照彩云归"与"梦后楼台"一句呼应，表达一种梦醒之后的悲凉和怅然。晏几道的《小山词》中多用"梦"这一字眼，或实指梦境，或暗指人生这场大梦，此词中的"梦后"，两种含义兼而有之。梦醒的空寂与寥落，与词人对感情的执着与沉迷交融在一起，使词意显得丰厚而深远。

蝶恋花

晏几道

初撚霜纨生怅望。隔叶莺声，似学秦娥唱。午睡醒来慵一饷，双纹翠簟①铺寒浪。雨罢蘋风吹碧涨。脉脉荷花，泪脸红相向。斜贴绿云新月上，弯环正是愁眉样。

【注释】

①簟（diàn）：竹席。

【赏析】

在这首《蝶恋花》中，词人用各种细节作为陪衬，描绘了一个闺中佳人午睡醒来后意兴阑珊的样子，状写了一幅曼妙的闺中图。

第一句开门见山地描绘了这位闺中佳人的形象。"初撚霜纨生怅望"，女子斜倚窗边，手执纨扇，怅然相望，好像是在等待着自己的心上人。此处暗用了李白《折荷有赠》中"相思无因见，怅望凉风前"的意境。词句透露出点点幽怨之情，一个"怅"字，突出了女子的茫然若失。"撚"字用得很巧妙，"撚"通"捻"，将女子手拿纨扇那种心不在焉的情态表现得十分细腻。"初"和"生"字前后呼应，说明这位独守空闺的妙龄女子是因季节改变而新添了幽怨和忧愁。

"隔叶莺声，似学秦娥唱"，女子内心原本就已有了哀怨，又听见树丛间黄莺的叫声，好似在学秦娥歌唱，这令她更加难以自持。这里的"娥"字据扬雄的《方言》解释："娥，好也。秦晋之间，凡好而轻者谓之娥。"可见"莺声"之美好。而女子听见的声音越好听，就越衬出她的落寞萧索。

“午睡醒来慵一饷”，闺中佳人之所以慵懒闲散，是因为“午睡醒来”还没有清醒。下句“双纹翠簟铺寒浪”，从环境描写上进一步点明佳人刚刚睡醒的事实，这一句描写极富诗意，铺在床上的双纹翠绿色竹席，如同平展着的散发着凉意的细细波浪。

在上阕中，作者通篇未提闺中哀怨之意，但是字里行间却依稀可见淡淡的愁怨。下阕开始描述闺中人起床出屋看到的景物，以及她触景生情的神态。“雨罢蘋风吹碧涨。脉脉荷花，泪脸红相向”，一场雨过后，微微的清风吹过碧绿的水面，泛起点点波纹。那含情脉脉的荷花，沾着雨水，向人张望，而人的脸上也带着泪珠，向荷花怅然欲诉。

这三句是整篇词中最传神的三句，首先，此处的“碧涨”与前文的“寒浪”交相呼应，一虚一实，联系十分巧妙。而后又将荷花拟人化，“脉脉”二字仿佛赋予荷花以人的感情。“泪脸红”则使荷花具有了人的多愁善感。此处的拟人手法侧重于衬托闺中女子的心境，花如人，人亦如花，二者相辅相成，由人看花，再由花来反衬人的情感，正是恰到好处。

“斜贴绿云新月上，弯环正是愁眉样”，在这两句中，时间由下午的雨后转到了晚上。“新月”高挑，在淡淡“绿云”的掩衬下显得格外娇羞。“新月”区别于“满月”，“满月”象征着团圆，而“新月”则形象地描摹了闺中佳人的愁苦神情。弯月如眉，好似佳人紧锁的眉头一样。这一轮弯弯新月，不仅描绘出闺中人怀人的心境，同时也暗指闺中人的表情，一语双关，实为巧妙。

蝶恋花

晏几道

醉别西楼醒不记，春梦秋云，聚散真容易。斜月半窗还少睡，画屏闲展吴山翠。
衣上酒痕诗里字，点点行行，总是凄凉意。红烛自怜无好计，夜寒空替人垂泪。

【赏析】

开篇“醉别西楼醒不记，春梦秋云，聚散真容易”，提及醉别的“西楼”。作者在那个畅饮欢宴之地所度过的如梦般缥缈的时光，清醒过后便无从记起，如失忆般让人琢磨不透。烙在心底的那份情感，如今也成了不可复得的梦。“春梦秋云”引自白居易的《花非花》“花非花，雾非雾。夜半来，天明去。来如春梦不多时，去似朝云无觅处”，作者借用该诗的诗意，叹离散之易和重逢的遥遥无期。

晏几道当时正流连于歌酒之中，生活趋于颓废，因而内心充满了无限的惆怅和悲凉。其自作《小山词序》中说自己的词：“所记悲欢、合离之事，如幻，如电，如昨梦、前尘。”这十分贴合此词细腻、沉郁、悲凉的感情基调。

“斜月半窗还少睡，画屏闲展吴山翠”两句转写现今的实景。透过半开的窗户望着斜月，辗转不能入梦，心事重重的情形突出了作者内心深深的愁思。画屏上悠闲地展开一片翠绿色的江南山水，这样一幅景象呈现在一个无眠人的面前，让人产生一种“画屏不解人意”的怨恨之情。

“画屏闲展吴山翠”句中的一个“闲”字，衬托出作者心情的烦乱。月亮依旧在，如同往日一样，而逝去了的欢愉景象和作者所怀念的故人都已不在。上片的几个虚词乃是点睛之笔，生动而传神，"真"、"闲"二字，用得深刻而自然，恰好与该词忧郁的感情基调相契合。

"衣上酒痕诗里字，点点行行，总是凄凉意"，作者看着依稀存留的酒痕，便想提起笔，在文字中寄托心中的情怀。然而点点滴滴，字里行间，全是凄凉。"衣上酒痕"与上文相照应，这是西楼欢宴时留下的点点痕迹。此时在作者眼前，只有这酒迹是真实的，那些美好的往事都成为虚无。

"红烛自怜无好计，夜寒空替人垂泪"，此句运用了拟人的手法。在作者笔下，红烛也是有感情的，它也会为人而感伤。作者不说自己寒夜无眠，也不说自己潸然落泪，而将这一切都拟成红烛的所为，借用杜牧《赠别》"蜡烛有心还惜别，替人垂泪到天明"中的诗意，将自己的感情加以渲染和深化。

此词一如往昔地贯穿着晏几道词的悲情风格，充满词人无处排遣的惆怅和凄凉。词的语言简洁明了，将叙事与抒情完美地融合成一体，感情细腻真挚。

归田乐

晏几道

试把花期数。便早有、感春情绪。看即梅花吐。愿花更不谢，春且长住。只恐花飞又春去。

花开还不语。问此意、年年春还会否？绛唇青鬓，渐少花前侣。对花又记得，旧曾游处。门外垂杨未飘絮。

【赏析】

开篇用笔不凡，"试把花期数。便早有、感春情绪"。词人试着将花期数来数去，却发现早在春日尚未到来时，感春的情怀便已徘徊于心间了。他回想起往年的花开花谢，预料到春光一到来便迅速飞逝的情景，因此很是伤感。一个"早"字，尤可见词人的情怀。

"看即梅花吐。愿花更不谢，春且长住。"这一句直抒胸臆，表达了词人想留住春天的美好愿望，他希望花儿不要凋谢，希望春天永远停留。"看即梅花吐"一句呼应上文中的"试把花期数"，作者数着花期，终于看到了梅花的绽放。梅花是报春的花，梅花的开放一般在冬末春初时节，预示着春天的到来。然而这只能引起词人新的愁绪，"只恐花飞又春去"，花一旦开放，恐怕很快就要凋残了，而春天也就随之消逝。这一句语调深沉，反衬出作者对春天永驻的无限期待。

"花开还不语。问此意、年年春还会否？"花开的时候，没有任何言语，就算问了其中的深意，春天也是不会懂的。如果春天懂得人们的心意，就不会让花儿凋谢，就不会不顾及人们的苦苦挽留了。该句借用了欧阳修《蝶恋花》中"泪眼问花花不语"一句的含义，表达了作者对春光无比留恋的深情。

"绛唇青鬓，渐少花前侣"，由伤春转写到怀人。"绛唇青鬓"即年少。作者如今独自感叹，那些曾与自己在花前一同欢快游春的少年伙伴现在一年比一年少了。这一句表达了作者对故人的怀念之情，叹息中流露出内心的悲凉。

由此可见，这首词作于词人的晚年，年少时的晏几道是一个贵公子，身边的佳人难以计数，而如今落魄之后，他开始懂得珍惜怀念，可是旧时的情人犹如春天，难以永存。

"对花又记得，旧曾游处。门外垂杨未飘絮。"最后三句将作者的感情进行了升华。每当看到花开，他便想起昔日与佳人在一起的场景，想起曾经一起游玩过的故地，只是那时候门外的垂柳还没有柳絮纷飞。作者将当日的欢愉景象与如今的孤独场景作对比，突出了他内心的孤寂与落寞。对于此时此刻的词人来说，对过去的追忆，只会让自己沉浸在无边的痛楚当中。

本词以"花"为线索，将作者的伤春怀人之情融入其中，依次描写了他盼春、留春、恐春、怀春的心情。词情由充满希望到坠入低谷，最后迸发出作者内心无限的伤感之情。

浣溪沙

晏几道

二月和风到碧城，万条千缕绿相迎，舞烟眠雨过清明。

妆镜巧眉偷叶样，歌楼妍曲借枝名。晚秋霜霰①莫无情。

【注释】

①霰（xià）：又称雪丸或软雹，一般在下雪前或下雪时出现。

【赏析】

这首咏物小词通过对微风细雨中柳枝的描写，刻画了一位天生丽质、青春貌美的女子晚年潦倒的形象，抒发了词人对于人生坎坷遭际和体验的切肤之痛。

"二月和风到碧城，万条千缕绿相迎"，点明时节和具体的地点。此句通过轻灵明快的描写给人以春风依依、柳枝妩媚动人的感觉。词人开篇即借景喻人，这朝气蓬勃的景象象征着歌女年轻时的形象。次句的"绿相迎"照应上句中的"到碧城"，不仅刻画出了枝条迎风拂动的场景，更表现出词人面对这一场景时的喜悦心情，暗示出他对年轻歌女的爱慕之情。

"舞烟眠雨过清明"，这一句对上阕进行了整体的概括。一个表示动态的"舞"字和一个表示静态的"眠"字，皆用得非常传神。柳枝在轻巧的烟霭中飘然起舞，在丝丝缕缕细雨中安静地小憩，就这样度过了清明时节，迎来了春暮。此句用词精巧，描写细致入微，突出了女子年轻时美妙动人的姿态。

"妆镜巧眉偷叶样，歌楼妍曲借枝名"一句中，词人巧妙地将美人的"眉"和"柳叶"联系起来。美人对着镜子梳妆打扮，喜欢把自己的双眉画成柳叶的形状，歌楼宴席上所献唱的曲目也用柳枝来命名。词人借用当时常见的柳叶眉、《柳枝》曲，并以

"偷"、"借"两个字，极力表现柳树受人喜爱的一面。

"晚秋霜霰莫无情"，最后一句表现出作者对柳枝将来命运的担忧，暗示作者内心对歌女们晚年的悲凉生活、坎坷命运的同情。"晚秋霜霰"，这是自然界中生命盛衰的无情更替，但其中包含有更普泛的意义，即人生年华易老、盛年易逝的规律，人不仅要承受岁月的摧折，更要承接命运的伤害。"莫无情"三字，将作者对生命和命运的无奈感叹抒发得完整而深沉。

此词借柳喻人，将人和物很好地结合在一起。作者对歌女形象的描述以及对她们晚年命运的担忧，寄托了他对不幸女子的同情。由此，他也联想到了自己凄苦的身世经历，情不自禁发出了"晚秋霜霰莫无情"的感慨，给读者给以深深的震撼。

浣溪沙

晏几道

日日双眉斗画长，行云飞絮共轻狂。不将心嫁冶游郎。
溅酒滴残歌扇字，弄花熏得舞衣香。一春弹泪说凄凉。

【赏析】

这首《浣溪沙》与晏几道其他词的主题很不相同，既不是写离情，也不是写忧怨，而是真实地描写歌女内心的痛苦，表现出歌女独立的人格和自我意识的觉醒，其中寄予了他对不幸女子深切的同情。

"日日双眉斗画长，行云飞絮共轻狂"，歌女每天都不得不仔仔细细画好自己的眉毛，精心梳妆打扮，以便能吸引贵客的赏识。她犹如天空中的云彩、枝头飘落的柳絮一样轻浮，飘飞不定，随人摆布。"斗"字突出了歌女的百般无奈，她处在那样的环境当中，不得不注重自己的容貌，不得不与其他的歌女争相斗艳，歌女生涯的疲惫和辛酸经由一字点出，可见作者对她们是真心关切，故能体察入微。

"行云"借用了《高唐赋》中巫山神女"旦为朝云，暮为行雨"的喻义，暗示出了歌女的身份。歌伎应该算是社会最底层、最卑微的人物，她必须忍受别人肆意的玩弄。虽然她穿得光鲜亮丽，戴着金银首饰，喝的是美酒，吃的是佳肴，但是没有人能体会到她内心的痛苦与孤寂。

前两句先以精美的言词描绘了歌女看似丰足的生活以及她无奈的轻狂作风，之后又转写了歌女的悲凉境遇与内心的坚贞。这两种表现角度产生了鲜明的对比，从矛盾中突出了女主人公的完整形象。"不将心嫁冶游郎"一句，将笔触深入歌女内心深处。她虽然身份低微，但是却不想把自己的真心许给浪荡的男人。

词的下阕转写歌女的日常生活，即歌女在夜宴上陪着客人喝酒，为客人献歌献舞的场景。"溅酒滴残歌扇字，弄花熏得舞衣香"，她陪客人畅饮的时候，溅出的美酒滴到了歌扇上面，将歌扇上的字迹都晕染模糊了；在陪伴客人游园赏景的时候，拈花弄草使衣服上都熏染上了花草的香气。"溅酒"表现出其纵饮的样子，"弄花"描写出歌女的俏媚神态。从这样的描写来看，歌女在这样繁华热闹的环境中应该感到快乐，但事实并不是这样，这两句辞藻虽华丽，却暗示出歌女的悲凉心态。

"一春弹泪说凄凉"，歌女内心的痛苦无人可以诉说，唯有独自一人凄凄惨惨，暗中流泪。"一春"说明歌女整个春天都在挥泪，为自己不如人意的生活而痛苦，也为自己虚度了美好的年华而感伤。

此词以歌女的口吻写出，通过对其生活以及内心的描写，表达了作者的怜惜之意。其实对歌女的怜惜也是作者对自己的怜惜；对歌女身世的悲叹正是他对自身落魄经历的感怀。

浣溪沙

晏几道

唱得红梅字字香，柳枝桃叶尽深藏。遏云声里送离觞。
才听便拼衣袖湿，欲歌先倚黛眉长。曲终敲损燕钗梁。

【赏析】

开篇一句"唱得红梅字字香"，写歌女为情人送别而献曲。歌女唱的是梅花曲词，"香"字运用了通感的艺术手法，由乐曲的名字而联系到实物的梅花，并用梅花的香味来形容女子歌声的优美动人。

次句"柳枝桃叶尽深藏"中的"柳枝"指的是《杨柳枝》曲。"桃叶"指的是《桃叶歌》。两者都是曲名，与开篇句的"红梅"相照应。"尽深藏"形容歌女所唱的歌韵味十足，异常优美，比其他的歌都好听，同时也语意双关地表明这位歌女比其他歌女都唱得好，从而暗示出作者对歌女的特殊感情。

"遏云声里送离觞"点明了该词的主旨：送别。歌女为自己的情人送别时，优美的歌声使得云彩都为之停驻了。这一比喻蕴涵着丰富而浓烈的感情，同时也暗含了些许悲伤。

"才听便拼衣袖湿，欲歌先倚黛眉长"，分别写词人与情人在分别时的神态。词人听了情人为自己所献的歌声之后，难以控制自己的情绪而泪湿衣袖，"拼"有甘心情愿的意思，表达了词人纵情悲伤的心情。歌女在准备唱歌之前，则早从秀美修长的眉间表露出自己的情意。这两句充分地表现了两人的情意相通和依依难舍。

"曲终敲损燕钗梁"运用了《世说新语·豪爽》中所载王敦的典故，王敦咏歌时情感高昂，竟手执铁如意敲打唾壶，使壶口尽缺，词人用这一典故，表明自己听歌时所受到的震撼。他用玉钗和着歌曲的节拍击打，至音乐高潮处，便如王敦打破唾壶一般敲折了玉钗。从起句的"唱得红梅字字香"至此处"曲终敲损燕钗梁"，描写了从起唱到一曲终了的过程，此时，玉钗断了，离别之曲也唱完了，也就到了分离的时刻。

词人艺术构思新巧，以"一曲"贯穿全文，通过突出歌女所献歌声的美妙动人，从侧面烘托出悲欢离合的无奈。言辞运用很到位，典故运用也细致入微，感情的流露则可深入人心。

六幺令

晏几道

绿阴春尽，飞絮绕香阁。晚来翠眉宫样，巧把远山学。一寸狂心未说，已向横波觉。画帘遮匝，新翻曲妙，暗许闲人带偷掐。

前度书多隐语，意浅愁难答；昨夜诗有回文，韵险还慵押。都待笙歌散了，记取留时霎。不消红蜡。闲云归后，月在庭花旧栏角。

【赏析】

在这首《六幺令》中，作者借女子的口吻叙述，生动而细腻地刻画了她与情人约会前的复杂心理。开篇前两句"绿阴春尽，飞絮绕香阁"，以优美的风景描写，明确地交代了约会时间和地点：时间是暮春时节，地点是歌舞"香阁"。绿色成荫，春色即将消尽，这位歌女看着香阁周围随风飘舞的柳絮，想着情人即将到来，抑制不住兴奋激动的心情。

"晚来翠眉宫样，巧把远山学"。"宫样"即皇宫内的化妆式样，泛指上流社会贵妇人流行的妆样。"远山"指远山眉，是一种又细又长的描眉款式。这两句写女子为了与情人约会而精心准备自己的妆容，细心学习并描画着眉毛的样式。这位歌女费尽心思，是为了要取悦即将与她约会的客人。

"一寸狂心未说，已向横波觉"，"狂心"是热烈真切之心，"横波"指眼波。女子虽嘴上什么都没说，但是眼波中早已流露出她的心事，且已被情人察"觉"。句中对神态的描写，生动而逼真，使歌女的妩媚如在眼前。

"画帘遮匝，新翻曲妙，暗许闲人带偷掐"，四周遮挂着华美的窗帘，女子很用心地献上了一首优美而动听的新曲，"妙"字体现出歌女演奏技巧的高超。为了向情人展示自己的能力，歌女只顾尽心演奏，毫不介意在座之中会有人将她的曲谱暗暗记下。此句从女子的心理描写下手，从画眉到献曲，处处都显露了她的多情，以及见到情人之后喜悦的心情。

"前度书多隐语，意浅愁难答；昨夜诗有回文，韵险还慵押"，该句委婉地叙述了女子与情人间情谊的传递。之前情人给女子的信里有太多"隐语"和"回文"，使得女子没有看懂而无法应答，回文诗的韵脚也押得太险，女子无法作出和诗。因此心中许多话，只能留待见面再说。

"都待笙歌散了，记取留时霎。不消红蜡"，等到音乐歌舞全散了，夜深人静时，希望能"记取来时霎"。"来时霎"是指暂留片刻。两个人约定了地点，留了暗号，准备面，互相倾诉绵绵情话。"不消红蜡"是指二人幽会时不需要点灯。这本是理所当然之事，此处特意点出，不仅不显啰嗦，反而有妙趣流出。

"闲云归后，月在庭花旧栏角"一句，描写相会时的美妙环境：云散后，开满了鲜花的后花园沐浴在清澈的月光之下，庭院的"旧栏角"处，有种"云破月来花弄影"的意境，表现出富有诗情画意的约会环境。

这首清新淡雅的小词，写得韵味十足，富于情趣。用词巧妙，角度新颖，描摹生动而形象。末尾两句的描写，更给该词增添了不少艺术气息。

更漏子

晏几道

柳丝长，桃叶小。深院断无人到。红日淡，绿烟晴。流莺三两声。
雪香浓，檀晕少。枕上卧枝花好。春思重，晓妆迟。寻思残梦时。

【赏析】

"柳丝长，桃叶小。深院断无人到"，开篇前三句，作者描写了一幅初春时节深远寂静的景象。院中的烟柳无声垂下长长的柳丝，桃树则刚刚长出细小的嫩叶，本该是万物复苏，洋溢生机的季节，深院里却无人踏足，显得寂寞空荡。"断无人到"四字，暗含深院闺中人幽怨的语气，虽未直接写人，而人的感情自然含于景物之中。

"红日淡，绿烟晴。流莺三两声。"淡淡的红日照耀着院子，蒙蒙的轻烟将整个绿院笼罩。杨柳深处的流莺，不时发出两三声啼叫。这几句描绘出一幅生机勃勃的春景图。一个"淡"字，突出了初阳的特征，这正是春天的太阳才会有的颜色。"流莺三两声"一句与开篇所描写的"深院"相照应，用流莺的轻啼来衬托院子的寂静。这一幅景象在作者的笔下显得十分绚丽多姿，为整篇小词提供了纯美的意境。

"雪香浓，檀晕少。枕上卧枝花好"，转写女子的容貌。女子的脸庞洁白如雪，散发着迷人的香气，雪白肌肤泛出的绯红妆晕逐渐消退。从中可得知女子到了早上还没有起身，而女子淡红色的晚妆已经消残了。此句暗示出，女子的状态不是很好，可能是因为孤独一人，难以成眠，因在寂静的夜里辗转反侧，才使得妆残晕少。

正面描绘女子的美貌之后，词人又写女子对枕头上所绣花枝的赞美。"枕上卧枝花好"一句表现了明写枕上花枝的美好，暗写女子的貌美，同时也衬托出女子心中的感伤情绪。

这首闺怨词，写一个居住在寂静深院中的貌美女子对爱情产生了渴望，渴望的同时又透露了点点感伤。词的最后三句写女子起床后的懒散神态，"春思重，晓妆迟。寻思残梦时"，春思，也可说是春愁，在此可以理解闺中人为对时光飞逝的感叹或者是对情人的无限期盼。她因心思繁重而导致清晨慵起，懒于梳妆，即使醒了也依旧念念不忘梦中的美好情境。这三句所表达的感情非常含蓄，蕴涵了无限的幽怨和感伤。作者没有明言女子所留恋的残梦是什么，或许是与情人的相聚，或者是爱情的来临，总之都出自女子内心的期盼，这便给读者留下了丰富的想象空间。

词人先以景物的描写开篇，用一系列独特的春光图景来渲染气氛。尤其是首句对"深院"的描写，更为该词罩上一层薄薄的伤感，从而表现出女子内心的孤独与哀愁。

陈廷焯《白雨斋词话》曾称此词"婉转缠绵，深情一往"，全词以优雅的笔调和婉约的情致，抒写了女子对爱情的无限期盼，以及内心的苦苦闺怨。

河满子

晏几道

绿绮琴中心事，齐纨扇上时光。五陵年少浑薄倖，轻如曲水飘香。夜夜魂消梦峡，年年泪尽啼湘。

归雁行边远字，惊鸾舞处离肠。蕙楼多少铅华①在，从来错倚红妆。可羡邻姬十五，金钗早嫁王昌。

【注释】

①铅华：原指搽脸用的粉，此处借指浓妆的歌伎。

【赏析】

晏几道在这首《河满子》中塑造了一个没落歌伎的悲苦形象，揭示出她强颜欢笑的生活和悲惨的遭遇，词中流露出作者对歌伎的同情和对纨绔子弟的鄙视，同时也反衬了当时那些贵族的奢靡生活。

"绿绮琴中心事，齐纨扇上时光。"二句对仗工整，"绿绮琴"和"齐纨扇"都是指古代歌伎用以演奏和表演的道具，作者借用二物来比喻歌伎。通过这两个物件，词人隐隐发出青春难留、容颜易老的无奈感叹。这两句起到总括下文的作用，"心事"究竟是什么，"时光"中又发生了什么，这些都使读者产生无限的遐想。

"五陵年少浑薄倖，轻如曲水飘香。"作者通过这两句斥责那些薄倖的纨绔子弟，五陵指的是长陵、安陵、杨陵、茂陵、平陵一带，因这一带过去曾是富庶之地，因此词人用"五陵"借指富家纨绔子弟。后一句"轻如曲水飘香"对前文进行了解释，那些纨绔子弟的薄情寡性，就好像漂浮在水面的浮花一样，风一吹就不见了踪影。这两句是在反衬歌伎内心对于知音的渴求以及对现实中知音难求的无可奈何。

紧接着"夜夜魂消梦峡，年年泪尽啼湘"两句中，"夜夜"句运用了宋玉的《高唐赋》中巫山神女的典故，"神女"后来用以指代青楼女子。"年年"一句则运用了张华《博物志》"舜死，二妃泪下，染竹即斑，妃死为湘水神"的典故。由"魂消"、"泪尽"可见歌伎内心的悲凉之情。

"归雁行边远字，惊鸾舞处离肠。"这两句表面上是描写景物，实际上则是对歌伎内心的描述。大雁排列成字，向南方飞去，但是歌伎却收不到来自南方的只言片语，二句中的"惊鸾"是歌伎的自喻，古时称女子梳妆所用的镜子为鸾镜，这里是说歌伎对着镜子化妆，发现自己容颜已被思念催老。"蕙楼多少铅华在，从来错倚红妆"，接着，她又想到了那些和自己一样命运悲惨的青楼女子，尽管如今她们都自恃年轻貌美，得意于身后有众多的追随者，但终有一天会和自己一样容颜不再。

"可羡邻姬十五，金钗早嫁王昌。"结尾两句借用了崔颢《古意》中的诗意："十五嫁王昌，盈盈入画堂，自矜年最少，复倚婿为郎。舞爱前溪绿，歌怜子夜长。闲来斗百

草，度日不成妆。"表面上是对邻姬嫁给贵人、享受人间富贵的羡慕，实际上是慨叹自己的人生，反衬出自己人老珠黄、青春不再的悲凉。在二者的对比中，使读者自然体会到歌伎的哀苦。该词笔法巧妙，多处使用典故和暗喻等修辞方法，而作者对歌伎的同情则暗含于字里行间，真切深挚。

御街行

晏几道

街南绿树春饶絮，雪满游春路。树头花艳杂娇云，树底人家朱户。北楼闲上，疏帘高卷，直见街南树。

阑干倚尽犹慵去，几度黄昏雨。晚春盘马踏青苔，曾傍绿阴深驻。落花犹在，香屏空掩，人面知何处？

【赏析】

从"街南绿树春饶絮"到"树底人家朱户"是该词的第一部分，写的是词人登楼所见街南景象：阳春时节，街道两旁满是杨柳。春天的柳絮像雪花般飘满了每一条游春的道路。透过树荫，可以看到街道的一角有一棵姹紫嫣红的花树，树上开满了娇艳美丽的花朵，好像五颜六色的绚烂彩霞，树下有一户人家，朱红色大门显示出不凡气派。

词人描写这样一幅街角景象，是为了引出后面的回忆。这一处"街南"，是词人与情人曾经游玩过的地方。

从"北楼闲上"到"几度黄昏雨"为该词的第二部分。"北楼闲上，疏帘高卷，直见街南树"一句，词人运用了倒叙的手法，先将景色铺排出来，后写自己"北楼闲上"，显得新颖别致，使词句产生回环的韵味。

"阑干倚尽犹慵去，几度黄昏雨"，词人即将把栏杆都"倚尽"，不知经历了几次黄昏的绵绵细雨，却还是不想离开。此处只描写心理状态，并未给出"犹慵去"的原因。

从"晚春盘马踏青苔"到"人面知何处"为该词的第三部分。词人回忆起曾经的晚春时节，他曾"盘马踏青苔"。"盘马"即骑在马上盘旋驰骋。也曾"深驻"在"绿阴"之下。这一句中的"青苔"和"绿阴"，当与"树底人家朱户"有关。这一切都存在于词人的回忆中，密切相连。

回忆总是美好的，但此时的词人却多了几分愁绪，因为现在他只能见到满地落花，正如当年一样。而那时的朱红色大门现已深深掩起，楼里也早已空无人住了，词人所思念的佳人，不知去向何处。物是人非之下，思念之情已成遥不可及的奢望，惋惜之意顿时弥漫于字里行间。

本篇以三幅不同的景象，将词人对佳人的眷恋之情缓缓引出。词人没有直言相思、孤寂、幽怨，只用清新的词汇叙述着他记忆中的点点滴滴，感情含蓄而浓烈。

少年游

晏几道

离多最是，东西流水，终解两相逢。浅情终似，行云无定，犹到梦魂中。

可怜人意，薄于云水，佳会更难重。细想从来，断肠多处，不与者番同。

【赏析】

在晏几道的词作中，回忆旧日欢笑，抒写今日离恨别怨的词占了很大一部分，这首《少年游》即其中之一。上阕分别以流水和行云来比喻分离之事。流水各奔东西，然而终会重逢；行云漂浮不定，却能入梦。这两处譬喻为下文作者写感情的分离而作了对比和铺垫。

"离多最是，东西流水，终解两相逢"，水是很容易分散的，因为它们流淌的方向不同，有向东也有向西。但是最终它们还是会相遇的，因为他们有共同的归宿。

"浅情终似，行云无定，犹到梦魂中"，天空中的云虽然总是漂浮不定的，悠悠荡荡，不知下一秒会飘向何方，但是最终还是会犹如梦中那样美好。

这两处比喻用得非常贴切，同时也暗示出作者内心的怨恨：他怨恨人意浅薄，甚至都不如云和水，虽然云水易散而且缥缈，但还是比人情要美好得多，这便引出了下阕"可怜人意，薄于云水"一句，云和水所蕴含的情感在上阕所作铺垫的基础上又推进了一步，体现出作者对那种"薄于云水"的"人意"无限的感叹。

下阕作者不再用比喻的手法含蓄表达自己的感情，而是转为直接而强烈的抒发，"可怜"一句，直截了当地表达了他对人情浅薄的怨恨之情，从中流露出离别带给他的伤痛。

"佳会更难重"，佳期的难重逢一度让作者感到绝望，云水看似无情，实则有情，与之相比，世间人情的冷漠更显无情。结尾三句直抒情怀，沉痛的心情尤为强烈。"细想从来，断肠多处，不与者番同"，细细想来，曾经那些最为痛楚、令人肝肠寸断的痛苦都不及作者此时此刻的心情。离别之恨在此处得到了完全的宣泄和表露。

虞美人

晏几道

曲阑干外天如水，昨夜还曾倚。初将明月比佳期，长向月圆时候望人归。

罗衣著破前香在，旧意谁教改？一春离恨懒调弦，犹有两行闲泪宝筝前。

【赏析】

此词用浅显的语言道出了无比深沉哀婉的怀念之情，将女主人公苦恋苦思的情怀表现得细腻深婉，是一篇怀人的佳作。

　　"曲阑干外天如水，昨夜还曾倚"一句，写女主人公倚栏望月的情景。昨夜，女子还倚着栏杆站了好久，呆呆地望着那清澈如水的天空和皎洁的月光。她深信月圆之夜乃是人间团聚的佳期，因此每逢良辰美景、花好月圆之夜，她便在这个地方边倚着栏杆边久久凝望。她的内心有一个期望，那就是希望她的情人能够早日归来。"初将明月比佳期"中的"初"字，体现出女子对这种期盼心情的深刻铭记。她第一次这样深信，然而现实却让她失望了。

　　"罗衣著破前香在，旧意谁教改"，女子身上的那件丝绸衣服都已经破旧了，这说明时间已经过去很久了，但是她的情人却还没有回来，女子的期待落空，心里有了些许怨恨。"谁教"二字，用得真切，足以表现女子怨恨之深。爱之深恨之切，即使恨之入骨，但是爱犹存心中。旧时在一起的点点温馨实在难以忘怀，女子还依稀能闻出衣服上留有的丝丝香气，她不敢相信他的情谊会这么快改变。

　　此处的"香在"与晏几道《鹧鸪天》一词中"醉拍春衫惜旧香"的"香"有着相同的意境，都以衣服上残留香气来衬托情人忘情之快，都有幽怨的情绪在其中，也暗示了词人对香气的留恋，体现其痴情不改。此处女主人公明明知道希望已经落空，却不忍心面对现实，依然挂念残留的美好，可见情感之深。

　　"一春离恨懒调弦，犹有两行闲泪宝筝前"，以"一春"点出此恨之长，以"懒调弦"道出心中的不悦和愁苦。女子本来是喜欢弹古筝的，但是内心的深深别愁使她失去了弹奏的情绪，就连琴弦都懒得碰。"两行闲泪"表明女子为春思愁情所困，恨意绵绵的情态。

　　从倚栏杆凝望到对筝落泪，一个痴情的思妇形象生动地出现在读者面前，从始至终，词人对女子心理活动的描写都是丰富而细腻的。整篇词以通俗的语言、真挚的感情、哀婉的情调，向读者展现了一个痴情女子复杂的内心，其怨别的情怀令人动容。

采桑子

晏几道

　　西楼月下当时见，泪粉偷匀。歌罢还颦。恨隔重帘看未真。
　　别来楼外垂杨缕，几换青春。倦客红尘，长记楼中粉泪人。

【赏析】

　　晏几道因为思念曾经见过的一位歌女而作这首《采桑子》，词中表达了他对这位女子深深的相思。起句"西楼月下当时见"，应是他们第一次相见。他们相见于西楼的月光之下，女子的情态让作者长久难忘。

　　当时作者参加一次宴饮，闲暇之余，作者独自走到了西楼外，看见一位女子正在偷偷擦拭着脸上的泪珠。"泪粉偷匀"这一句是作者对女子的深刻记忆，虽然是初见，但是女子当时的容貌已经烙印在作者的心里。女子落泪的原因作者没有写，但可以确定的是女子并不快乐，从"偷匀"二字，即可窥见女子遭际里的几分辛酸。

　　"歌罢还颦"，这是作者仔细观察的结果，同时也交代了女子的身份：她是一个歌女。作者一直注视着这位女子，发现她在献完了歌之后，脸上恢复了原先的苦闷，从而可以体会出女子的身不由己：她在献艺的时候不得不收好自己的情绪，露出虚假的笑容。这一句描写为这首词笼罩上一层伤感的气氛。

女子的一颦一笑，只因为隔着厚厚的帘子而未能真正看得清楚，作者写"恨隔重帘看未真"一句，显得意味深长。其实作者是在怨恨自己与女子相隔太远，没法知道女子为何而忧伤。作者对这位歌女是很用心的，他的感情中既有同情的成分，又有深深的爱慕。

上阕主要写回忆。作者将这份深藏心底的回忆描写得非常细致，将女子的神态以及自己的心情都描写得非常清晰。下阕开始抒情，表达词人内心的相思。

"别来楼外垂杨缕"，自从作者与女子分开，便总是不时地想起西楼外那些垂柳。它们应该已经随着季节的变化而修枝换叶好多次了。"几换青春"暗指时间的逝去，也暗示自己正在渐渐走向衰老，哀愁之意表露无遗。

"倦客红尘，长记楼中粉泪人"，最后两句将作者的感情推向高潮。"倦客红尘"是作者对自己的称谓，表现出他久历世事之后的疲惫。作者曾经付出了很多的感情，可是并没有收获，因此此时的他已经不再抱有幻想了，但是他仍然会将曾经那个拭着泪水的女子记在心中。"粉泪人"与开篇当中的"泪粉偷匀"相照应，说明作者对初见女子的情景始终念念不忘，表现出他的痴情与专情。

词的结构、语词都无奇特之处，但作者却将这份看似普通的感情表现得很有艺术魅力。从头至尾，作者的语气都是平淡而真挚的，词中没有豪言壮语的承诺，没有痛侧心扉的别离，但作者对女子的执着与深情却令人震撼。

留春令

晏几道

画屏天畔，梦回依约，十洲云水。手撚红笺寄人书，写无限伤春事。
别浦高楼曾漫倚。对江南千里。楼下分流水声中，有当日凭高泪。

【赏析】

本篇从词人梦醒之后眼前所见的景物开始写起。"画屏天畔，梦回依约，十洲云水"，画屏中的风景，如天际一般深邃遥远，仿佛是词人刚才在梦境中所看见的美丽仙境。"十洲"在八方大海中，为神仙居住的地方。词人已经从梦中醒来，但是还依稀记得梦境中那若隐若现、虚无缥缈的云水景象，久久不能忘怀。前三句对景象的描写生动而形象，为这首小词创造了缥缈美好的意境。

"手撚红笺寄人书，写无限伤春事"，这二句写词人梦醒之后，看见自己手里紧紧握着那写好了却没有寄出去的信笺。"红笺"即精致的红色信纸，那些信笺沉甸甸的，因为里面写的全是词人的愁别情绪和无尽相思。由此可见，词人对伊人的挂念非常真挚浓烈。

"伤春事"只是表面之言，词人伤感的不只是时光的悄然逝去，而是因对伊人的刻骨怀念而产生的离愁别绪。

"别浦高楼曾漫倚"，词人曾经很多次独自一个人倚靠在当时与情人告别的那座高楼边，面对着千里之外的江南，遥想着伊人在那里已经有了自己的归宿。"对江南千里"点明伊人已在遥远之地，此地的一别不堪回首。因而词人只能承受着孤寂和落寞，黯然销魂。

"楼下分流水声中，有当日凭高泪"，楼下那潺潺的溪水，分流声奏出了一首忧伤的小调，使词人回忆起了当日难舍难分的情景，因此悲伤的情绪涌上心头，使他在登高望远时落下了伤心泪。

晏几道以离愁别绪为主题的伤感词有很多，虽然所感之情皆是"别离"，但是每一首都独具韵味。各有各的表现手法，各有各的艺术特色。此篇以《留春令》为词牌，表层意思是留恋春色，惜别大好春光，实则词人所惜所念的并非春景，而是与自己相隔一方的伊人。

最后两句的意境与晁元忠的词"水从楼前来，中有美人泪。人生高唐观，有情何能已"有相同之处，用"分流"水朝着东西不同方向分散，来暗示两个人从此以后再也没有相见之日。本首小词以简单的结构，浅显的词语道出了词人内心悠长的情怀，具有独特的魅力。

思远人

晏几道

红叶黄花秋意晚，千里念行客。飞云过尽，归鸿无信，何处寄书得？
泪弹不尽当窗滴，就砚旋研墨。渐写到别来，此情深处，红笺为无色。

【赏析】

词以深秋的景色开篇，如同"思远人"这一词牌所表示的含意一样，词的主旨亦是写词人对远在他乡的亲人深深的相思之情。

"红叶黄花秋意晚，千里念行客"，秋霜染红了林叶，晚菊争相斗艳，绽放出娇艳的金黄花蕊。看到这秋意十足的景色，词人不由得想起了远在千里之外的亲人。前两句点明了本篇"怀人"的主题。因为怀念，所以想给亲人寄信，以传递相思之情，由此引出了下文。

"飞云过尽，归鸿无信，何处寄书得？"大雁随着浮云往南飞，眼看就要"过尽"，却没有替作者捎回亲人的信件。而他想寄信给远方的亲人，也不知应该寄到哪里。此句与作者《蝶恋花》中"欲尽此情书尺素，浮雁沉鱼，终了无凭据"表达了相似的愁思。两首词都是写自己想寄信给牵挂的人，却不知道该寄到哪里的茫然和失望，表现了词人愁思无处排解的苦闷。

词人寄书之情急切，虽然书信难寄，或者无法寄出，但是词人执意要写信来诉说内心的深情，所以下阕就转到描写写信的具体过程。

"泪弹不尽当窗滴，就砚旋研墨。"临靠窗边，词人情不自禁泪流满面，热泪滚落到砚台里，恰好可直接用来研墨。此处运用了夸张的手法，寄托了词人无限的愁苦情怀。由"泪弹不尽"可见词人心中的悲苦已无法控制。

"渐写到别来，此情深处，红笺为无色。"词人从初识开始写起，一直写到了分别之后，最后写到了相思，然而到了情深意切之处，连那鲜红色的信笺也渐渐失去了颜色。因为作者在写信的过程中，泪水落到了信笺上，而使得鲜红的信笺消退了颜色。

词人并不直接说红笺是因泪水褪色的，反而说自己的深情使得红笺颜色暗淡，加深了词作的意蕴，无疑是绝妙之笔。

如此痴人痴事，或许只有晏几道能够写得这般至深至真，他以前的种种拥有与如今的落魄形成了强烈的反差，这使他更明白拥有的珍贵，再加上他的真才情和真性情，使得这篇短短的词显得沉挚动人。作者虽"痴"，常常因离情而以泪洗面，但他却将这种深情表现得极其纯朴婉厚。

长相思

晏几道

长相思，长相思。若问相思甚了期，除非相见时。
长相思，长相思。欲把相思说似谁，浅情人不知。

【赏析】

晏几道有很多离情词，几乎都运用了精巧的言辞，或者别具一格的艺术手法来抒发内心的情怀，而这首词没有精巧的词语，也没有修辞的手法，只是淡淡地直述，结构简单，词浅情深。

"长相思，长相思"，开篇便直奔主题，道出了词人心中的思念之情，既没有借助回忆来思念，也没有借景来抒情，作者的内心活动清晰可见。"若问相思甚了期，除非相见时"自问自答，体现出作者的痴情。作者抱着很大的希望，期望能与自己的情人见面，只有与思念的人相见，心中的相思与牵挂才会终了。

下阕仍旧以"长相思，长相思"开篇，重复的叙述具有强烈的民歌风味。作者内心的相思已经累积到一定的程度了，既无需遮掩，也遮掩不住，他的感情就这样浓厚而强烈地倾泻出来。

"欲把相思说似谁，浅情人不知。"词的最后一句中，作者的情绪发生了微妙的变化，由满怀希望到疑心抱怨。作者本是怀着希望来寄托相思的，可是相思之情迟迟得不到纾解，故而产生了怨恨的情绪。他怪情人不懂相思之苦，这或许是在暗示他的情人已经将两人之间的感情忘却了，或者已经移情别恋了。作者用了"浅情人"一词，不难发现，此处是用"浅"来衬托"深"。作者用情人的"浅情"来衬托自身的多情。

作者的多情体现在他对旧情人念念不忘，对旧情仍旧抱有希望。他的深深情意在词中处处都能显露出来，尾句的怨恨之意也是由于情深意切引发的。

《长相思》一词，整体结构清新简洁，语言直率，道相思之情如在耳边，且音节流畅，回环往复，符合相思曲折辗转的特点。

卜算子

王观

送鲍浩然之浙东

水是眼波横，山是眉峰聚。欲问行人去那边？眉眼盈盈处。

才始送春归，又送君归去。若到江南赶上春，千万和春住。

【赏析】

显然这是一首送别之作。开篇"水是眼波横，山是眉峰聚"，奇思妙想，不落俗套，景与情交融得毫无痕迹。这一句是作者想象之语，"水"与"山"是指友人归家路上所见山水。作者想象友人归途中遇景生情，面对触目所见之景，想起远方人的"眼波"和"眉峰"。古人有"眉如远山"、"目如秋水"之喻，作者反其道而行，将水比喻为友人心爱之人横斜荡漾的"眼波"，将山喻作女子蹙起的眉峰。

两个比喻皆从友人的视角着手，将一份相思之情摹写得含蓄自然，妙趣横生。接下来，作者以一问句"欲问行人去那边"，引出一句"眉眼盈盈处"。此处的"眉眼"是对前一句的呼应。"眉眼盈盈"之处，既可指拥有这些"眉眼"的人，说明友人正要回到一位美丽的女子身边；又可根据上文"眉——山"、"眼——水"的比喻，将这四个字理解为秀丽山水所在之处，即友人所要归去的江南。

因是"归去"，所以王观这首送别词，写得轻俏活泼，毫无愁绪。下阕的"才始送春归，又送君归去"一句中，两个"归"字，体现出人与春同归的喜悦心情。在很多写"春情"、"春思"、"春恨"的诗词中，暮春、晚春普遍被当作怀人之情的引子，然而在这首词中，作者将春天的归去与人的归去重叠起来，使人的期盼心情与景物结合，冲散了春末的萧索气息，赋予了"春归"以积极美好的内涵。

最后一句"若到江南赶上春，千万和春住"可视作对友人的祝愿。作者想象友人抵达江南时，还能抓住春的尾巴，因此希望他和春天住在一起，尽情享受这大好的春景。联系前一句的"春归——人归"可知，此处的"和春住"也不仅指享受春意，更指与家人团圆。在词意上，春与人仍是融合为一的。

作者用语明白如话，却将送别之意和团圆的祝福写得含蓄雅致，深具韵味，足见其才情。这首词写得不拘一格，别开生面，词境也浑然天成，是王观词中的佳作。

清平乐

王观

黄金殿里，烛影双龙戏。劝得官家真个醉，进酒犹呼万岁。

折旋舞彻《伊州》。君恩与整搔头。一夜御前宣住，六宫多少人愁。

【赏析】

王观自号"逐客"，只因他在任翰林学士期间，应制作词时写下这首《清平乐》，被当时的高太后认定有亵渎皇帝之嫌，遂遭罢官。一般来说，应制之词须写得正式，不失庄重，但此词写得油滑轻狂，肆无忌惮地剥下皇帝至高无上、威严华贵的光环，并对其私生活大加调侃，实属应制词中的另类，无怪乎作者因此受罚。

首句"黄金殿里，烛影双龙戏"，浓缩了时间（夜晚）、地点（黄金殿里）、人物（皇帝和嫔妃）、事件（宴乐），作者用一"戏"字，以戏谑的口气写出皇帝与妃子狎戏的样子。原本高高在上的皇帝的一举一动，经作者信笔写来，不仅令人产生亲切感，而且有一种滑稽的反差。

接下来，作者写嫔妃如何讨好皇帝："劝得官家真个醉，进酒犹呼万岁"。古人有"三皇官天下，五帝家天下"的说法，因此称天子为"官家"。这句话是描写嫔妃高呼"万岁"，向皇帝进献美酒的场景。"真个醉"三字，写得俏皮俚俗，活脱脱地表现出皇帝醺醺欲醉的失态模样。

"折旋舞彻《伊州》。君恩与整搔头"，嫔妃为皇帝献舞，皇帝因欣赏其舞姿而亲自为舞者整理头上的"搔头"饰物。这两句一方面写出这场宴乐的不同寻常之处：皇帝是为享乐，嫔妃却是为了争宠；另一方面，通过皇帝"与整搔头"的举动，暗示出情节的发展，从而合情合理地引出下面的词句："一夜御前宣住。"这说明献舞的嫔妃从众多女子中脱颖而出，得到了为皇帝侍寝的机会。至此，这场为享乐争宠而设的宴会圆满结束。

得到"君恩"的舞者被皇帝宣召，那么其他的嫔妃和宫人又如何呢？最末一句"六宫多少人愁"，便是依此而发的感慨。作者脱去了描写皇帝时的轻佻口吻，转而为"六宫"中大部分寂寞的女子发出深沉的叹息，其中隐含着对女子"一入宫墙深似海"的命运的控诉。这样一来，就从反面衬托出皇帝耽于享乐的昏庸形象，一代帝王的逸乐生活由此得到了直观且深刻的表现。

庆清朝慢

王观

踏青

调雨为酥，催冰做水，东君分付春还。何人便将轻暖，点破残寒？结伴踏青去好，平头鞋子小双鸾。烟郊外，望中秀色，如有无间。

晴则个，阴则个，饾饤①得天气有许多般。须教镂花拔柳，争要先看。不道吴绫绣袜，香泥斜沁几行斑。东风巧，尽收翠绿，吹在眉山。

【注释】

①饾饤（dòu dìng）：原指供陈设的食物，后用来形容堆砌、罗列状。

【赏析】

王观的词集名为《冠柳集》，取"胜过柳永"之意。今天的学者普遍认为，王观词整体的艺术成就远不及柳永词，"冠柳"之说未免失实，但王观的词的确有意模仿柳词手法，且风格与柳词近似。这首《庆清朝慢》就是承续柳词之风，且在写作技巧上加以创新，因此有学者评价此词在艺术手法上比柳词似要略胜一筹。

开篇的景色描写，便令人耳目一新。"调雨为酥，催冰做水，东君分付春还"，词人避开春天常见的风景，从由冬入春时气候的细微变化入手，将春天的造物主"东君"一手化雨，一手化冰的神奇力量描摹得十分生动。"调"、"催"二字，将春雨如酥、春水解冻的景象活现目前，描绘出一幅春回大地、万物重新焕发勃勃生机的画面。

"何人便将轻暖，点破残寒？"词人陡然用一问句，打断了行文的平铺直叙，也点出人们对"轻暖"到来的欣喜心情，自然而然引出下文踏青游玩之事。"结伴踏青去好，平头鞋子小双鸾"，是谁结伴踏青？从后半句可知，是一群女子。词人不直接描写女子们热热闹闹春游的场面，而是将镜头移至脚下，给出了一个特写："平头鞋子"和鞋上绣着的"小双鸾"。这样写，既有以点概面的简洁，也与后文"不道吴绫绣袜，香泥斜沁几行斑"遥相呼应。

"烟郊外，望中秀色，如有无间"，此处写春游的女子眼中所见景色。"如有无间"的描写，恰切地重现了春天特有的阴晴不定所造成的烟水迷离之景。下阕首句"晴则个，阴则个，饾饤得天气有许多般"既承接上文，又呼应了上阕开篇对气候变化的描写。这一句历来以"口语入词"为人称道。"晴则个，阴则个"一句，比起"阴晴不定"这样平白的说法，显然有趣得多。"则个"二字，活灵活现地表现出一种小女子心性，好似在对这反复无常的天气娇声嗔怪。

正因天气不定，踏青的女子才会"须教镂花拨柳，争要先看"，从词意上来看，此处既合情又合理。原本悠然轻松的游玩行程变得紧张匆忙起来，看着一会儿阴、一会儿晴的天空，女子们生怕看不够眼前的春景，于是笑闹着，争先恐后地"镂花"、"拨柳"。不料一不小心，踩进了泥地里，污水溅上了雪白的罗袜，"平头鞋子小双鸾"更是"斜沁"了几行"香泥"。

溅上污泥这一细节，巧妙地照应了前文"调雨为酥"和"阴则个"的描写。因天降酥雨，所以有女子"天气有许多般"的抱怨；因有抱怨，才会为赏春加快脚步；因加快脚步，才会"香泥斜沁几行斑"。层层推递之下，不见衔接痕迹，用意工巧。

末句"东风巧，尽收翠绿，吹在眉山"，写女子弄污鞋袜后蹙眉的神情。词人此处化用"眉如远山"的典故，女子蹙起的眉峰好似染上了东风吹来的翠色，词人巧妙地将女子皱眉的表情与春色联系起来，既显得笔致曲折，又暗合了词的主题，为整首词作了完美的收结。

木兰花令

王观

铜驼陌上新正后，第一风流除是柳。勾牵春事不如梅，断送离人强似酒。
东君有意偏擩就①，惯得腰肢真个瘦。阿谁道你不思量，因甚眉头长恁皱。

【注释】

①擩（ruán）就：迁就。

【赏析】

杜甫有"隔户杨柳弱袅袅，恰似十五女儿腰"的诗句，刘禹锡也写过"弱柳从风疑举袂"的句子。以柳比喻女性，是中国传统诗词里很常见的一个意象。王观的这首《木兰花令》，虽也借柳喻人，却用明白如话的语言，将这个稍显俗套的意象写得新意迭出。

"铜驼陌上新正后，第一风流除是柳"，"铜驼陌"是洛阳城南的一条街道，街道两旁栽种的柳树天下闻名。词以"铜驼陌"开头，且强调节气是"新正"，使人联想到初春时节的洛阳城内，万柳吐出嫩芽、婀娜的柳枝随风摆动的景象。此句用"风流"二字，既点出柳柔弱和顺、垂长袅娜的特质，又极巧妙地将柳的"风流"与人的"风流"联系起来。

"勾牵春事不如梅，断送离人强似酒"一句，自然而然地过渡到柳的象征意义上。汉代长安城外的灞桥，因设有驿站，离别之人常在此话别，又因桥边广植杨柳，所以有折柳赠别的习俗。所谓"年年伤别，灞桥风雪"，柳在表达离愁别绪这一件事上，恐怕比酒更有效，也更有深意。比起"勾牵春事"的梅，柳虽然不够艳丽，却更悱恻动人。

唐宋时期，诗词中多以飘飞不定的柳絮喻指风尘女子，此词亦取其意。这位"风流"的女子，多情而妩媚，然而她漂泊无根的命运注定了她只能与人短暂相聚，转瞬离别。相送"离人"之时，女子就像灞桥挽留行人的柳条一样，希望能留住他的心。上阕两句，字字写柳，亦字字是写人。

"东君有意偏擩就，惯得腰肢真个瘦"，以俏皮的语气和拟人化的手法写"东君"对柳的偏爱。描写柳在春的造化下出落得苗条秀丽，这是一层；以柳之清丽细瘦喻女子的细腰，这又是一层。但后者却隐而不露，使这种没有多大新意的比喻变得别具韵味。"惯得"、"真个瘦"是以口语入词，在增强了表达的生动性的同时，也丰富了词的情致。

"阿谁道你不思量，因甚眉头长恁皱"，写女子因思念离人愁眉不展。这一句看似纯是写人，其实暗含了柳在内。唐宋词中常有"柳如眉"之喻，词人在此完全隐去了本体，只留下喻体，让读者自去联想，在词意上便产生了一种曲折含蓄的意味。

细观全词，所用比喻都属平常，甚至稍显老旧，但词人用全新的角度、语言、手法写来，却有化腐朽为神奇之功。词人所写之人虽是风尘女子，笔下却不露轻亵意味，反而有欣赏之情，可见词人不仅在用语的俚俗上与柳永相类，在词的格调和倾向方面，也近似柳词。

卖花声

张舜民

题岳阳楼

木叶下君山。空水漫漫。十分斟酒敛芳颜。不是渭城西去客，休唱《阳关》。
醉袖抚危阑。天淡云闲。何人此路得生还？回首夕阳红尽处，应是长安。

【赏析】

范仲淹的《岳阳楼记》中称岳阳楼"北通巫峡，南极潇湘，迁客骚人，多会于此"，因此历朝历代与岳阳楼有关的诗词多不胜数。张舜民的这首《卖花声·题岳阳楼》是他在贬谪途中经过岳阳楼时所作，整首词熔铸了他遭贬后沉郁的心情，却并不一味抒发痛切之感，而是写得疏密有质，景情融汇，浑然如一。

第一句"木叶下君山"，化用屈原《九歌·湘夫人》的名句"袅袅兮秋风，洞庭波兮木叶下"。传说君山得名于舜帝二妃娥皇、女英，即屈原《九歌》中所述"湘君"、"湘夫人"，因此词人将"木叶下"三字择出，与"君山"连缀在一起，既是用典，又是对眼前景物的描写，极具韵致。

"空水漫漫"一句，仍是写景，且承前句而来。叶落时节，登楼远望，对面的君山一片萧瑟，从脚下延伸至天际的洞庭波亦浩渺无垠。这一句所描绘的意境颇为辽阔，其中又隐隐透露出一丝寂寥。

前面两句的景物描写，提示出词人正身处岳阳楼内。时值宴会，身边的歌伎却"十分斟酒敛芳颜"，这种描写很契合词人以贬谪之身赴宴的心情。宴席上弥漫着离愁别绪，以至于为众人斟酒的歌伎都收敛了"芳颜"，但酒却满满斟了"十分"，足见其情意之厚，留恋之深。

"不是渭城西去客，休唱《阳关》"，则是词人联系自己的遭遇，借席上赋歌一事，生发出深沉的感慨。《阳关曲》本是送别时所唱之歌，是唐代王维送友人出渭城、赴安西时所赋。此处词人反用其意，其中暗含了他对自身际遇的不平之意。这句话初见平常，细读却大有文章。当时词人因写诗反对战事，从边关调回，贬往郴州，可见，词人不仅"不是渭城西去客"，还是从"渭城"被贬斥下来的。联想起那一曲"西出阳关无故人"，词人的心境可想而知。

"休唱"二字诉出愤然难抑的心绪。至此，宴席告一段落，词人的心情也有了一个缓冲平复的间歇。"天淡云闲"一句，在语境上与上阕的"空水漫漫"有相似之处。但后者是登楼遥望之景，前者却是"醉袖抚危阑"时仰天所见。因是醉后倚栏，与刚登楼时的心境不同，所以极目远眺时，只觉辽远萧索；仰头醉看时，便见云天一派闲散，更衬出醉时的惘然与惆怅。

词人念及接下来即将启程南下，不由得吐出胸中郁积已久的忧愤之语："何人此路得生还?"这一条南下贬谪之路,古往今来,不知多少人走过,从此一去不返,或中途身死,或客死异乡。如今,词人也要步其后尘,前路茫茫,不知是否还有归来的一日。

因此他忍不住频频"回首"望向"夕阳红尽"的方向。"应是长安"一句,表达出词人对京师(汉唐之后的人一般用"长安"借指京城)的留恋之情。上阕结句写愤恨,下阕却以依依留恋收尾,足见词人婉曲深沉、辗转矛盾的心情。

好事近

魏夫人

雨后晓寒轻,花外早莺啼歇。愁听隔溪残漏,正一声凄咽。

不堪西望去程赊,离肠万回结。不似海棠阴下,按《凉州》时节。

【赏析】

魏夫人词多写闺中思妇,其词婉转清雅,其情悱恻真纯。因是自抒胸臆,所以她的词比起男子所作闺情词,所表达的感情更显亲近真切。这一首《好事近》,写闺中女子怀人之思,以铺叙手法直笔写来,点点滴滴,扣人心弦。

"雨后晓寒轻,花外早莺啼歇",雨后清晨,寒意尚未消退,树丛花草间的黄莺儿停止了啼鸣,清冷之气扑面而来。女主人公早早醒来,感觉到寒气侵肌,她独自聆听着屋外早莺的鸣叫,直到"隔溪残漏"响起,提醒人们夜晚已经过去。但在愁绪万千的女主人公听来,只觉"一声凄咽"。

漫漫长夜已尽,心中的伤感和孤寂却并未结束。可以想象,当初女主人公和他告别时,一定也是在这样一个长夜将尽的时刻。那一声更鼓听起来像在催人离去,在以后独自生活的日子里,也无数次地提醒着她,游子尚未归来。这"一声凄咽"其实是她将内心情绪投射于外物的表现。

"不堪西望去程赊,离肠万回结","不堪"二字,写出女子愁思的辗转起伏。因为深切思念游子,所以忍不住"西望",却又因为"西望"而黯然神伤,由此生出"不堪"之叹。"去程赊"极言距离之远,"离肠万回结"直言愁思之深。一个"结"字,点出愁之纷乱,好比一团乱麻,充塞心间,牵扯不清,打了无数死结,无处可诉,亦无可排解。

女主人公的愁思此刻已达到顶点,若再铺叙下去,恐怕难以为继。因此,结尾一句转入回忆:"不似海棠阴下,按《凉州》时节。"她想起自己曾与他在海棠花的树荫下,合奏《凉州曲》。这种边塞之曲听起来应当是荒凉悲壮的,但二人合奏之时,却浑然不觉。词中并未直接写女子的心情,但从"不似"二字可见,今与昔的巨大落差,进一步加深了女主人公的悲伤和凄凉感受。这份深如海的愁思,已经难以言表了。

"凉州"一句,给全词染上了一种萧索荒寂的气氛,巧妙地中和了前文浓烈缱绻、缠绵难解的情思,同时也暗合了女主人公的心境,作为结句,实为点睛之笔。

菩萨蛮

魏夫人

溪山掩映斜阳里。楼台影动鸳鸯起。隔岸两三家，出墙红杏花。

绿杨堤下路，早晚溪边去。三见柳绵飞，离人犹未归。

【赏析】

《宋史·曾布传》记载，神宗元丰年间，曾布连续赴任秦州、陈州、蔡州、庆州等地。曾布是魏夫人之夫，这首怀念远人的《菩萨蛮》当作于此时。清代张宗橚《词林纪事》曾评价这首词"深得《国风·卷耳》之遗"，意在赞赏此词温雅清正的风格、明白晓畅的语言，以及内敛含蓄的情感表达。

起笔的"溪"字，是全篇的文眼。"溪山掩映斜阳里。楼台影动鸳鸯起"二句，紧绕"溪"字进行描绘。先写夕阳西下，远处的青山，近处的溪水，都笼上了一层斜阳的余晖，沉静而美好。紧接着，一阵微风吹过，整个画面动了起来：水面产生一阵阵涟漪，溪水里楼台的倒影也随之摇晃，原本安静游于溪中的两只鸳鸯，此刻正跳起来相互戏闹。景物的描写由静至动，动中有静，手法高妙。斜阳、青山、溪水、楼台、鸳鸯，无不在这幅画面中融合无间。

"隔岸两三家"一句，仍是写溪水，不过视野转向沿岸景象。"两三家"与前一句"楼台影"相呼应，词人未着一字进行描写，一幅水墨画一般的疏淡图卷便立现眼前：几户人家分散在清澈的溪流沿岸，高墙楼阁倒映在水中，黄昏时分，没有人声，只有一派安宁祥和。

此时，正值春浓时节，岸边的院墙内，花草正蓬勃生长，一枝红杏按捺不住春的撩拨，从墙上探出头来。"出墙红杏花"这一细节，写活了春的生气，给前文所描写的景物注入了一股活力。南宋叶绍翁的千古名句"满园春色关不住，一枝红杏出墙来"，应是化用此句而来。

"绿杨堤下路，早晚溪边去"引出主人公的行动。前半句写溪边有一道遍植"绿杨"的长堤，词人提及溪边的长堤和长堤上的柳树，看似无意，其实已暗暗点出别离之事。古人离别的地点常在水边，也有折柳赠别的习俗，因此"绿杨堤下路"自然引出下半句"早晚溪边去"。正因为这里是词人与夫君离别的场所，所以她才会每天都去溪边的长堤。这一句用语浅白，却将怀人之意写得含而不露，足见词人运笔之功。

最末一句"三见柳绵飞，离人犹未归"紧承上句而来，"三见"对应"溪边去"，"柳绵"对应"绿杨"，杨花已经谢了三次，"离人"却还未归来，点出词人思念之久。

下阕一腔思念之情，用浅语道出，且融入上阕疏朗幽雅的景语之中，意在言外，别具韵致。字里行间虽未表现出词人对夫君三年未归的哀怨，但从"早晚"、"三见"、"犹"等字，可见出词人对想念之情的委婉表达。

点绛唇

魏夫人

波上清风，画船明月人归后。渐消残酒，独自凭栏久。
聚散匆匆，此恨年年有。重回首，淡烟疏柳，隐隐芜城漏。

【赏析】

此词写离情，却不花费过多笔墨渲染离情，而是注重词境的营造。篇首"波上清风，画船明月人归后"是景语，篇末"淡烟疏柳，隐隐芜城漏"仍是景语。在这样一幅由清风、明月、画船、淡烟、疏柳所组成的美好画卷中分别，主人公自然生出不忍、不堪面对之感，从而发出"聚散匆匆，此恨年年有"的叹息。这一句感慨，从具体的景物和时空中跳脱出来，将一时的别离与整个人生所经历的别离联系起来，陡然扩大了词的境界。其间既有对于年华易逝的伤感慨叹，又有关于人与人之间聚散无常的深沉遗恨。与欧阳修"聚散苦匆匆，此恨无穷"比起来，魏夫人这一句因是以女子口吻写出，且添"年年"二字，更显细腻，也多了一分幽怨。

首句中，"人归后"跟在"波上清风"、"画船明月"之后，既点出别离之事，也使前文的景物一脱其明净秀丽的意境，透露出一丝凄清。"渐消残酒，独自凭栏久"一句，写别后情景。离人走了，女主人公在饯别宴席上喝的酒也差不多快醒了，她却仍独自一人倚在栏杆上，遥望他离去的方向。一个"久"字，刻画出主人公对离人的深深留恋之情。

痴痴凝望之际，她想起过去的数度别离，痛心于自己年复一年都在这种聚散无常间煎熬。"匆匆"二字，突显相聚的短暂，"年年"二字，则突出聚散的反复，相聚越短暂、越幸福，就越难以忍受离别。虽然词中并未对这种回忆作出具体描写，但其间聚之欢乐，散之痛苦，可想而知。等她从回忆中挣扎出来，才发觉刚才送别的渡口已变得安静，月光下，岸边浮起轻烟，弥漫在稀稀落落的柳树间。夜已深，从芜城那边传来了更鼓的声音。

魏夫人在《好事近》词中曾写过"愁听隔溪残漏，正一声凄咽"的句子，主人公耳中所闻更漏声，与这首《点绛唇》在景情的融合上颇为近似。而且"芜城漏"与"隔溪残漏"相比，意蕴更深。芜城作为扬州的别称，遥指南朝宋竟陵王作乱之事，后也泛指荒芜之城。词人专挑出"芜城漏"这一意象收尾，正契合了主人公萧瑟荒凉的心境，比起直抒胸臆，这种以景言情的手法显得更巧妙，也更能突出情之深重难言。

卷珠帘

魏夫人

记得来时春未暮，执手攀花，袖染花梢露。暗卜春心共花语，争寻双朵争先去。

多情因甚相辜负，轻拆轻离，欲向谁分诉。泪湿海棠花枝处，东君空把奴分付。

【赏析】

清代张宗橚《词林纪事》中曾引朱熹的话："本朝妇人能文者，唯魏夫人及李易安二人而已。"可见魏夫人在北宋词坛的地位。后世的学者大多认为，在词的成就上，魏夫人不及李清照，但她的词清丽自然，笔致超迈，细腻真挚地描写女性生活的不幸，自有其独到之处。

这首《卷珠帘》写一个少女不幸的爱情，将主人公的感情遭际和内心世界刻画得一波三折，凄婉哀怨。首句"记得来时春未暮，执手攀花，袖染花梢露"，写回忆中的场景。"记得"二字，其实已暗含了主人公的视角。春浓时节，少女与情人相携着去攀折花枝，袖子都沾上了花梢的露珠。词人择取这样一个细节，表现两人亲密嬉闹的模样，将爱情摹写得纯净美好，同时也为后来爱情的破灭设置了强烈的对比。

"暗卜春心共花语，争寻双朵争先去"一句，笔致深入少女的心绪，写她对爱情怀着隐秘的期待，希望能寻找到象征两人爱情的并蒂花枝。"春心"是少女恋爱心理的写照，"争寻双朵"表现她急切热烈的心情，"争先去"是对这种心情进一步的强调。

然而，幸福的时光十分短暂。回到现实，女主人公吐出了"多情因甚相辜负，轻拆轻离，欲向谁分诉"的倾诉。"辜负"一词，点明男子负心的事实，"因甚"是女子对情人的怨愤和责问，但情绪的流露并不强烈，而是暗含无限隐忍和委屈。"轻拆轻离"四字，点出男子的薄情。"欲向谁分诉"即"无人可诉"，也是"无言可诉"，这份复杂难言的心绪，即使能够开口诉说，也无法挽回已经消逝的爱情。

绝望之下，女子也只能"泪湿海棠花枝处"，站在曾经与他一起嬉戏笑闹的海棠花下，徒然留恋过往的美好，潸然泪下，独自吞饮今日的孤寂与落寞。在伤心的女主人公眼中，海棠绽放得越盛，就越显无情。因此，她忍不住抱怨："东君空把奴分付。"当初在海棠花下的幸福，只不过恍然一梦，梦醒后便是"空"。幸福转瞬即逝，留下的只有无尽的伤感和幽怨。

这首小词通篇由女主人公的回忆和心理活动组成，通过今昔的对比，衬托出女子内心的哀伤，同时也表现出女性在爱情中的被动处境，以及普遍的不幸命运，其中寄予了词人深切的体认和真挚的同情。

忆故人

王诜

烛影摇红，向夜阑，乍酒醒、心情懒。尊前谁为唱《阳关》，离恨天涯远。

无奈云沉雨散。凭阑干、东风泪眼。海棠开后，燕子来时，黄昏庭院。

【赏析】

王诜多才多艺，擅长书画，也善于作词。他作词讲究音韵的谐美和语言的典丽。《忆故人》是他自创的词牌名。

　　为便于歌唱，词以女子口吻写出，取"忆故人"之意，描写了一个女子对于故人的怀念。开篇"烛影摇红，向夜阑，乍酒醒、心情懒"，点出时间、场景和人物的情态。"烛影摇红"一句历来为人称道，后来更被周邦彦挑出，取代"忆故人"成为这一曲子的新词牌名。这四字的精彩处在于"摇"这一动词的运用。词人用"摇"字写烛影在风中微动的样子，极具情味，将光影在黑暗中移动、摇晃的情景描绘得栩栩如在目前。

　　"烛影摇红"这一场景是主人公酒醒后所见，因此"摇"字还体现出一种清冷孤寂的气息，暗指主人公内心的落寞。此时，夜已阑珊，女子残梦酒醒，环视着屋内尚在燃烧的灯烛，心情慵懒而疲倦。"酒"是在饯别故人的筵席上喝的，当时她还为故人唱了一曲《阳关》。《阳关曲》是当时送别时常唱的歌曲，但女子此刻回想起来，却叹悔"尊前谁为唱《阳关》"。

　　女子之所以后悔，是因为心中满怀"离恨"。词人以一句"离恨天涯远"，直言离愁别恨，且将词境推至"天涯"之远，足显女子离情的无际无边。

　　悔恨过后，是深重的叹息："无奈云沉雨散。""云"、"雨"借用宋玉《高唐赋》之说，代指文士流连青楼之事。此处暗示女主人公是一名青楼女子。"无奈"二字，承接上阕的"离恨"，既是对"离恨"的强化，也是感情愈发深沉的表现。一"沉"一"散"，写离别带来的痛苦，有切肤刻骨之感。

　　"凭阑干、东风泪眼"，此时场景转换，"凭阑干"的意象，在诗词中常用来表现思念之情。词人再添一句"东风泪眼"，越发突显出女子倚栏远望之时的无尽愁思。"东风"一词，提示时下节令，同时也引出下一句的景物描写："海棠开后，燕子来时，黄昏庭院。"

　　写情之词常以景语结尾，以造成含蓄内蕴、绵绵不尽之意。此词也不例外。末尾这句关于暮春景色的描写，以"海棠"、"燕子"为主体，以"黄昏庭院"为结，看似毫无情思，实则饱含女主人公的离愁。海棠花开了又谢，燕子去了又来，庭院里花落满地，鸟儿啾鸣，眼看春光将尽，年华已逝，人却不归。词人没有直接叙述女子的心境，但她独立黄昏的寂寥与哀愁却得到了巧妙的彰显，且深得曲折韵致。

蝶恋花

王诜

　　小雨初晴回晚照。金翠楼台，倒影芙蓉沼。杨柳垂垂风袅袅。嫩荷无数青钿小。
　　似此园林无限好。流落归来，到了心情少。坐到黄昏人悄悄。更应添得朱颜老。

【赏析】

　　王诜与苏轼交往甚密，苏轼因"乌台诗案"获罪时，王诜也遭牵连，历经 7 年贬谪生涯才被召回京师。这首《蝶恋花》即作于他还京之时，真切反映了他当时的复杂心境。王诜擅长书法，而手书此词的真迹至今仍保存完好，其中所体现的风骨和气象，与词作本身的艺术性相得益彰。

　　词开篇写"小雨初晴"，似是一派明丽风景，然而下半句即道"回晚照"，变乐景为哀。着一"晚"字，颇有种"夕阳无限好，只是近黄昏"（李商隐《登乐游原》）的惆怅慨叹，同时也巧妙地暗示了自己的遭际：即使得到召还，大好的年华已逝，垂老的身躯已无法再有作为，疲惫倦怠的心绪已于字里行间依稀流露。

"金翠楼台，倒影芙蓉沼"，从气候转入具体的景物描写。"金翠"二字，描绘出"楼台"的金碧辉煌，奢华富丽。写完楼台，再写楼台映在"芙蓉沼"中的"倒影"，一实一虚，境界顿出。

"杨柳垂垂风袅袅"一句，写荷池边所植柳树，垂下柔软的枝条，仿佛在水面上欣赏自己的倩影。春风袅袅吹来，柳条依依摆动。兼之"嫩荷无数青钿小"，无数初露头角的碧绿荷叶，像青钿一般装饰在一池碧水中，此情此景，实在美妙难言。可是，词人却以一句平淡的"似此园林无限好"，收结上阕的美景。

"似此"二字，传达出一种漠然隔阂的情感。这是对开篇倦怠心境的呼应。中间数句景语，皆是为下文的情感抒发作铺垫。园林中的景色越是"无限好"，词人的心情就越是零落荒芜。"流落归来，到了心情少"一句，鲜明地表现出词人即将走到人生暮年的萧索心境。

"坐到黄昏人悄悄"是对前文"心情少"的进一步描写。正因为没有心情欣赏美景，所以才独坐于黄昏之中。"黄昏"二字，与篇首"回晚照"的情境相似，在情感上却又更深一层。起初词人只是看见夕阳返照的景象，联想起自身遭际；此时则坐在"黄昏"里，与之融为了一体，眼下生活的凄清、心境的萧条可见一斑。"人悄悄"三字，点出词人贬谪归来，妻子亡故，孤身一人的凄凉，同时也是他寂寥心情的写照。

层层渲染之后，词人以一句"更应添得朱颜老"结束全篇，将悲哀的情感推向了极致。"朱颜老"是对全词主题的总结，也是对词情的深化。这首词将黄昏日落之景与人生岁晚的苍凉结合起来，将美好的景色与内心的凄凉进行对比，极为痛切地表达出一种年岁易逝、生已无欢的哀情。

菩萨蛮

苏轼

回文。夏闺怨。
柳庭风静人眠昼，昼眠人静风庭柳。香汗薄衫凉，凉衫薄汗香。
手红冰碗藕，藕碗冰红手。郎笑藕丝长，长丝藕笑郎。

【赏析】

清代邹祗谟《远志斋词衷》论回文词曰："词有隐括体，有回文体。回文之就句回者，自东坡、晦庵始也……文人慧笔，曲生狡狯，此中故有三昧，匪徒乞灵宝家余巧也。"清代谢章铤《赌棋山庄词话》也写道："清魏善伯《伯子文集》：'诗之有回文，犹梅之有腊梅，种类不入品格。'诗犹然也，而况词乎？"本篇即为回文词，是作者《四时闺怨》中的第三首，意境优美，构思奇妙，实为大手笔，绝非"不如品格"者。

上阕写闺中人白日入睡的情形。"柳庭风静人眠昼，昼眠人静风庭柳。"首句写白天的庭院里安静无风、柳枝低垂，闺中少妇正昏然入睡。下句一转，写等到人睡熟之后，风又吹起来了，拂动的柳枝飘扬。这两句眼目在于"静"字，写人则风静，写风则人静，回环往复、动静相谐，而意思大不相同，构思极为精巧。

"香汗薄衫凉，凉衫薄汗香"写闺中人睡熟以后，清风徐徐吹干香汗，令人觉出一丝凉意；薄薄的凉衫却又隔不住香汗的挥发，透出微微汗香。此二句"薄"字最为传神，前句"薄衫"写出夏日之凉意，后句"薄汗"则写尽闺中人酣睡情态。

下阕写闺中人醒后与情郎相互戏谑之情景。"手红冰碗藕，藕碗冰红手"写闺中人纤纤玉手红润温暖，捧着一碗冰镇的莲藕；而盛冰镇莲藕的碗又冰凉了她红润温婉的手。

"郎笑藕丝长，长丝藕笑郎"写情郎嘲笑闺中人弄的藕丝实在是太长了；然而这长长的藕丝似乎也在嘲笑情郎。"藕丝"指莲藕中的细丝，比喻男女之间缠绵的情思，唐代孟郊《去妇》诗有言"妾心藕中丝，虽断尤牵连"。此两句暗含情郎薄情之意，暗合词旨。

以回文体写闺怨的作品本就不多，此作又贵在意境连贯、情致婉转，虽取象用词不多，却形象地刻画出闺中人的形态、情思，极富个性。

虞美人

苏轼

波声拍枕长淮晓，隙月窥人小。无情汴水自东流，只载一船离恨向西州。

竹溪花浦曾同醉，酒味多于泪。谁教风鉴在尘埃？酝造一场烦恼送人来！

【赏析】

苏轼与秦观既是挚友又有师生之谊。宋代惠洪《冷斋夜话》记载："东坡初未识少游，少游知其将复过维扬，作坡笔语，题壁于一山寺中。东坡果不能辨，大惊。及见孙莘老，出少游诗词数十篇读之，乃叹曰：'向书壁者，定此郎也。'"自此之后，苏轼对秦观大力提携，而秦观对苏轼也敬重有加，二人共谱了北宋文坛的一段佳话。宋神宗元丰七年（公元 1084 年）十一月，苏轼与秦观在高邮相会，之后于淮上饮别，此乃苏轼遗赠少游之作。

上阕写饮别之后词人的离愁。"波声拍枕长淮晓，隙月窥人小"写作者在饮后归船，卧于舱中，然而淮水波声拍枕，让人难以入眠，不知不觉之中便到了凌晨时分。透过船舱的缝隙而望，隐隐约约见晓月残缺，挂于天边。"长淮"指淮河。"晓"字突兀而出，将词人彻夜未眠的情境点得十分透彻。

既已无心睡眠，作者索性翻身而起，看着满江的流水，离别之愁绪顿生，于是叹道："无情汴水自东流，只载一船离恨向西州。""汴水"，古河名，联通黄河与淮水；"西州"，故址在南京，代指扬州，此处指作者此行的目的地。作者叹道：无情的江水伴随着友人向东而去，我却独自载着一船别离愁恨而行。用夸张的手法将对于友人的不舍之情系于其中，其情之深沉仿佛能够将船填满。

下阕回忆二人旧时相会的情境，抒发苏轼对秦观才能被埋没之事的遗憾。"竹溪花浦曾同醉，酒味多于泪"是说：想当年我们两人尽情游赏，醉眠于竹溪花浦之中，当时之欢情胜景令人十分愉悦。然而别后的伤感泪水却远比欢聚时的酒味更加浓郁。明代董其昌《新刻便读草堂诗余》曰："离情无限，故泪多于酒。"此二句以聚时欢乐与别后垂泪对比，反衬出词人此时离别之伤情。

最后两句，由伤感离别转而惋惜秦观之蒙尘，写尽两人深情。"谁教风鉴在尘埃？酝造一场烦恼送人来"写道，像秦观这样有高见卓识的人才，竟然无人赏识，只能蒙尘于野，这让我那被离别扰动的心情更添了烦闷，回还之路上只有这烦扰情绪相伴。"风鉴"二字指高见、卓识，取自《晋书·陆机陆云传论》："风鉴澄爽，神情俊迈，文藻宏丽，独步当时。"作者希望能把秦观从尘埃中解脱出来，挥其所能。

清代黄蓼园《蓼园词选》评价本："只寻常赠别之词，已写得清新浓厚如此。"此评至为精当。词人写景传神，抒情深厚，尤以"无情汴水自东流，只载一船离恨向西州"写尽别恨。

虞美人

苏轼

有美堂赠述古

湖山信是东南美，一望弥千里。使君能得几回来？便使樽前醉倒更徘徊。

沙河塘里灯初上，水调谁家唱？夜阑风静欲归时，惟有一江明月碧琉璃。

【赏析】

苏轼任杭州通判期间，其好友陈述古为杭州知州，二人志趣相投，行政处事配合默契。然而神宗熙宁七年，陈襄被调离杭州，临行前于有美堂设宴招待旧日僚属。席上，陈襄请苏轼记载此省会，苏轼即席作此《虞美人》相赠。全词以景衬情，既描写有美堂周遭的优美景致，又融进了作者的深情厚谊，表达了对陈述古将离杭州的不舍，写出二人的情意之深厚。全词词情俊美，语意通达，实为不可多得的佳作。

宋陈岩肖《庚溪诗话》载："嘉祐初，梅公仪（梅挚）守杭，上特制诗宠赐，其首章曰：'地有湖山美，东南第一州。'梅既到任，遂筑堂山上，名曰'有美'。"

上阕起首写景，总括有美堂周遭之形胜壮丽。"湖山信是东南美，一望弥千里"，词人由"有美堂"放眼而望，湖山的确是东南之胜地，千里山湖胜景尽收眼底，气势之宏伟令人由衷赞美。

"使君能得几回来？便使樽前醉倒更徘徊"二句点出送别的主题：使君这一离别，不知道什么时候才能重新回来？假如能再次相会，即使让我醉倒樽前，我也会欣然而舞、欢呼雀跃。此二句紧承前文胜景，借惋惜陈述古不能再欣赏到这样的美景，表达僚属们对使君的不舍，更表现出作者对其情感之诚挚。

下阕描写有美堂的夜景。"沙河塘里灯初上，水调谁家唱"写夜色降临，杭州城华灯初上，处处繁花似锦，然而江面上却不合时宜地传出《水调歌》的曲调，令人更感离别之悲愁。"沙河塘"，宋代傅干《注坡词》曰："钱塘繁会之地。""《水调》"，邹同庆《苏轼词编年校注》曰："旧说，《水调》、《河传》，隋炀帝幸江都时所制。曲成奏之，声韵怨切。"又云"杜牧《扬州》诗：'谁家唱《水调》，明月满扬州'"。通过繁灯和悲曲的鲜明对比，把离别之愁思具体化，令人感之深切。

最后，词人写道："夜阑风静欲归时，惟有一江明月碧琉璃。"夜色阑珊，风也停止了吹动，酒宴也已经到了尾声。此时天地间只剩下一轮明月，倒映在江水里，水波凝碧，犹如琉璃镜面一样。作者此时不言离情，而离情却充斥于月色水间，人的情思和大自然的景物融为一体，此情之深沉、此意之浩瀚，令人感而忘俗。

即席之作用时少，非胸中有物、才思敏捷者不能作。作者在很短的时间内能将入目之景物信手拈来，连缀成篇，更与离愁契合无间，其才情之出众、构思之精妙、想象之瑰丽，可见一斑。

更漏子

苏轼

送孙巨源

水涵空，山照市，西汉二疏①乡里②。新白发，旧黄金，故人恩义深。
海东头，山尽处，自古客槎来去。槎有信，赴秋期，使君行不归。

【赏析】

①西汉二疏：指西汉时期两位贤臣疏广与疏受。②乡里：指二疏的故乡海州。

【赏析】

宋神宗熙宁七年（公元 1074 年）十月，苏轼在楚州送别好友孙巨源，创作了这首词。全词以"二疏"典故赞誉友人之贤良高义，又以"客槎"之事抒发离别愁绪，结构精致、气韵从容。

上阕以二疏典故赞扬孙巨源。"水涵空，山照市，西汉二疏乡里。"海州水域宽广，与海相接，青山峰立、林壑优美，这个地方还曾经出过像西汉疏广、疏受这样受世人景仰的人物。而孙巨源曾任海州知州，此句又暗含孙巨源也像二疏一样为海州增添光彩。

《汉书·疏广传》记载："汉疏广，其侄疏受，东海人。广为太子太傅，受为少傅，并乞骸骨归乡里。宣帝赐黄金二十斤，皇太子赠五十斤……广既归乡里，日与故旧宾客，相与饮乐。数问其家金余尚有几所？趣卖以共具。曰：'此金者，圣主所以惠养老臣也，故乐与乡党宗族共飨其赐，以尽吾余日，不亦可乎！'于是乡党族人悦服。"可见其人之高洁品质。

"新白发，旧黄金，故人恩义深。"这三句意为：二疏年老发白，得皇帝与太子赐金回归乡里，与众故旧亲朋一起享受朝廷恩赐，疏广的情深义重令人钦赞。孙巨源知海州时颇得民心，而此番又奉调回京任职，临行与作者倾心交游，所以作者以疏广之事称赞巨源之高情厚谊。

下阕写二人离别之事，倾诉离别情思。"海东头，山尽处，自古客槎来去"三句，引用晋张华《博物志》中的故事：晋时，有人乘槎出海，至一去处，见宫中多织妇，有一丈夫牵牛饮水。此人归还之后，至蜀郡问严君平，才知当日去处乃天河也。此处作者将晋人乘槎浮海至天河之事与海州联系起来，比喻孙巨源赴京任职一事。

"槎有信，赴秋期，使君行不归。"客槎往来有规律可循，每年八月一定如期而至，然而孙巨源此次应招赴京，不知道何时才会回来。作者以好友归期无定，抒发不忍离别的情思，由此点出主旨，意蕴悠远而情意深长。

此篇与众不同之处在于，作者没有采用送别词中常见的以景抒情、直抒胸臆等手法，而是化用典故，既写出好友间的深厚友谊，又将离情融于前人旧事，格调洒脱自然，情意浑厚绵长。

河满子

苏轼

湖州作，寄益①守冯当世。

见说岷峨②凄怆，旋闻江汉③澄清。但觉秋来归梦好，西南自有长城。东府④三人最少，西山八国初平。

莫负花溪纵赏，何妨药市微行。试问当垆人在否，空教是处闻名。唱著子渊新曲，应须分外含情。

【注释】

①益：益州，今成都市。②岷峨：指岷山、峨眉山，此处代指益州。③江汉：指长江、汉水，同指益州。④东府：唐宋时称宰相府为东府，冯京熙宁三年曾任参知政事。

【赏析】

冯当世是北宋名臣。《宋史·冯京传》记载："冯京，字当世，鄂州江夏人。少隽迈不群，举进士，自乡举、礼部以致廷试，皆第一。"本词是苏轼寄赠家乡益州太守冯当世之作。

上阕写冯当世之功业盛名。"见说岷峨凄怆，旋闻江汉澄清"，原本听说益州一代不甚太平、景象凄怆，然而今日又忽然传来"江汉澄清"的消息，令人不胜欣喜。四川当时有木征、鬼章之动乱，冯当世任安抚使平定叛乱，居功甚伟，作者以此两句赞扬其功绩。

随后两句"但觉秋来归梦好，西南自有长城"是作者对于冯京平定叛乱、使家乡重还太平景象的高度评价。"长城"二字，比喻朝廷的精兵强将。《宋书·檀道济传》记载："道济平寇守边，战功居多，名威甚重。朝廷疑畏之，召入朝，杀之。临刑道济脱帻投地曰：'乃复坏汝万里之长城'。"此处作者以长城比冯京。作者久别故乡，思乡之情十分深沉，正是因为有冯京这样的"长城"镇守益州，才使得家乡清平安乐，而作者之归意也更加浓郁了。

　　"东府三人最少，西山八国初平"写冯京少年入阁、官拜宰相之事。其时，另外两位宰相皆年老而独冯京最为年少。"西山八国"，《新唐书·韦皋传》记载："皋字城武，京兆万年人。贞元初，代张延赏为剑南西川节度使……蛮部震服……八国酋长，皆因皋请入朝。"剑南西川皆为蜀地，作者以韦皋平定西川八国之事，来比喻冯京平木征之乱。

　　下阕转写益州之风土人情，暗含作者对冯京在平定叛乱之后，能施以教化的期许。"莫负花溪纵赏，何妨药市微行。"这两句意为：冯太守，您不要辜负了浣花溪的美景，一定要纵情赏游一番，更不妨微服出行，去看看药市的热闹景象。"花溪"即浣花溪，宋傅干《注坡词》曰"浣花溪为西蜀最盛集"，又载"益州有药市，期以七月，四远皆集"。此两句承接前文"江汉澄清"之意，作者期望郡守能与百姓同乐、共庆升平。

　　"试问当垆人在否，空教是处闻名。"益州自古多才子佳人的轶事，试问现在还有这样的人才吗？希望在您的教化之下，不要让此地空有其名。"当垆人"取用的是司马相如与卓文君的典故。《汉书·司马相如传》记载："文君夜亡奔相如，相如与驰归成都。家徒四壁立……相如与俱之临邛，尽卖车骑，买酒舍，乃令文君当垆。相如身着犊鼻裈，与庸保杂作，涤器于市中。"作者以司马相如与卓文君之事，暗喻蜀地之文采风流。

　　结尾两句"唱著子渊新曲，应须分外含情"承接前两句，继续写教化之事，兼称颂冯京之文治之盛。"子渊新曲"，《汉书·王褒传》："王褒字子渊，蜀人也……益州刺史王襄欲宣风化于众庶，闻王褒有俊才，请于相见，使褒作《中和》、《乐职》、《宣布诗》，选好事者令依《鹿鸣》之声习而歌之……褒既为刺史作颂，又作其传，益州刺史因奏褒有轶材，上乃征褒。"作者借王褒之事希望冯京能够宣扬教化，以安太平。其中又暗含作者愿学王褒作歌称颂冯京之意，其情拳拳，感人肺腑。

　　上阕写冯京之武功，下阕又言其文治。词中既含作者为家乡有此好长官而欢欣之意，又寄寓了作者对冯京的期许与厚情，言辞恳切，谆谆感人。

醉落魄

苏轼

离京口^①作

　　轻云微月，二更酒醒船初发。孤城回望苍烟合。记得歌时，不记归时节。

　　巾偏扇坠藤床滑，觉来幽梦无人说。此生飘荡何时歇？家在西南，常作东南别。

【注释】

①京口：地名，在今江苏镇江。

【赏析】

　　宋神宗熙宁七年（公元 1074 年）四月，作者在杭州通判任上，经常往来于镇江、常州、杭州等地，而此词正是作者某次离别镇江途中所作。全词以景衬情，写宦途奔波之苦，抒发了深切的思乡之情。

上阕写作者酒醒之后的所见所思。"轻云微月"写天色，轻云漂浮，月色微微，深夜的景致十分清幽冷寂。"二更酒醒船初发"一句点出三层含义，为后文作铺垫：一是时间为"二更"，二是作者状态为"酒醒"，三是船的状态为"初发"。

"孤城回望苍烟合。"首句写作者酒醒后，发现自己已经坐船出发离开京口了，于是他向外观望，只看见孤零零的城池，隐隐约约矗立在迷蒙的夜雾里。词人细细回想，只"记得歌时，不记归时节"，他还可以回想起酒宴上豪饮欢歌的情景，但是忘记了自己是何时上船的，其大醉情态由此可见。

下阕紧承"醉意"，描写作者酒醒后的形态和情思。"巾偏扇坠藤床滑"是说作者醒来后发现自己的头巾歪歪斜斜，十分不雅，而手中的扇子也不知道什么时候掉落在地。甫一起身，依然感到些许醉意，连藤床似乎也较他日更为光滑，令自己差点滑到。

正是这一滑，让作者瞬间酒醒，想起了醉中所做之梦。他急切地想找人倾诉梦境，然而遍寻无人，只能怅然而叹。面对着这样的生活境遇，作者忍不住长叹："此生飘荡何时歇？"这样漂泊的日子什么时候才有尽头呢？语中含愤，尽是作者对宦途的厌烦，对前途的迷茫。

最后，词人将笔意落在"家在西南，常作东南别"上，为前文"飘荡"作了注解，更重要的是，暗含着作者的梦境：行舟于东南别途上，苏轼在醉中梦见了远在西南的家乡，勾起了思乡之情。

此词词意练达、笔法含蓄、意蕴隽永，作者由酒醉夜行着手，将自己深夜幽梦思乡的感情寄托其中，抒发出"家在西南，常作东南别"的无奈与凄苦，非常感人。

醉落魄

苏轼

苏州阊门①留别

苍颜华发，故山归计何时决！旧交新贵音书绝，惟有佳人，犹作殷勤别。

离亭欲去歌声咽，潇潇细雨凉吹颊。泪珠不用罗巾浥，弹在罗衫，图得见时说。

【注释】

①阊门：又称阊阖门。《太平寰宇记·苏州·吴县》记载："阊阖门，吴城西门也，以天门通阊阖，故名之。"

【赏析】

苏轼半生漂泊而又屡遭贬斥，很多人唯恐受其牵连，避之不及，但他在苏州阊门遇到的一位歌伎，却并非此类。苏轼离开阊门时，这位歌伎坦然为其设宴践行，令作者感慨不已，因而作词留赠。明代沈际飞《草堂诗余别集》曰："止有佳人惜别可悲，既有佳人惜别可慰。墨香尤喷。"全词意境消沉，极写作者身世之悲苦，世态炎凉尽在其中。

上阕由思乡之情写起，慨叹世情之凉薄，佳人之厚意，令人唏嘘不已。"苍颜华发，故山归计何时决"，这两句是说：宦途蹉跎，以致人面容苍老、华发早生，虽然有意回归故乡、终老田园，却迟迟不能决断。一写作者境遇之凄苦，二写思乡之情，透露出萧索失落的人生态度。

"旧交新贵音书绝，惟有佳人，犹作殷勤别。"作者转而去写世态炎凉及佳人深厚的情意。自从因反对新法而宦途蹉跎后，众多"旧交新贵"与作者断绝联系，不想往来，以致此时连送别的人没有几个。幸好有此佳人依然念着旧情，设宴践行，殷勤慰藉作者苦闷的心情。此处以"旧交新贵"之"绝"对"佳人"之殷勤，一语写尽世态炎凉，更反衬出"佳人"高尚的品质。作者内心既悲且喜，顿然生出离别之意。

下阕紧承上文，写作者与佳人依依惜别的情形。"离亭欲去歌声咽，潇潇细雨凉吹颊"，终于到了离别的时候，看着作者起身欲走出离亭，佳人送行的歌声顿时传出哭腔，令词人肝肠寸断。满腔的离愁如潇潇细雨一般稠密，风吹双颊泪水，竟生出了丝丝凉意。作者在此把离别情态描摹得缠绵悱恻，令人神伤，而于其中，尤可见佳人对作者的深情款款。

"泪珠不用罗巾浥，弹在罗衫，图得见时说。"作者劝佳人不要用罗巾揩拭双颊的泪水，而是任凭它洒在罗衫之上，待到他日再相会时，作为彼此真情的见证。冯振《诗词杂话》认为此三句"似从武则天'不信比来长下泪，开箱验取石榴裙'而来"。作者劝慰佳人不要为今日的离别哭泣，他日有时依然可以再相见，犹言作者将佳人之深情铭记在心、永志不忘。

身在不测而遇佳人深情抚慰，作者在世态炎凉中，又体味到了一份真情挚意，此篇抒情之深沉婉转，令人感叹莫名。

如梦令

苏轼

寄黄州杨使君二首，公时在翰苑。

为向东坡传语，人在玉堂深处。别后有谁来？雪压小桥无路。归去，归去，江上一犁春雨。

【赏析】

宋哲宗元祐元年（1086 年），苏轼自登州回京师任翰林学士。"杨使君"，指杨君素，是苏轼在蜀中时的父母官。苏轼被贬黄州时，杨为黄州知州，两人相交甚厚。苏轼在黄州三年曾筑雪堂居住，并躬耕于东坡，此词流露出作者对黄州生活的眷恋。清代陈廷焯《云韵集》评其"风流跌宕，是名士胸襟，是东坡本色"。

"为向东坡传语，人玉堂深处。"起首句意为：请您代我向东坡的父老致意，我现在身在"玉堂深处"。"玉堂"指翰林院。作者此言意蕴深广，暗写翰林院生活的枯燥乏味，自己不能像在东坡那样放任自如。此句将作者对黄州的思念深深地寄托其中，含有余音不尽的妙趣。

　　"别后有谁来？雪压小桥无路"写作者对东坡一动一静的关心。作者询问杨君素：自从我离开之后，有谁到过东坡呢？现在的时节，东坡的小桥是不是已经被大雪覆盖而道路不通了？此二句以平实的语气询问东坡现状，富有情趣而真情毕现，作者之关心见于字里行间。

　　"归去，归去，江上一犁春雨"直抒胸臆，表达了盼望重回东坡躬耕的意愿。词人身在翰林院，境遇看似好过黄州时，但此时他与保守党人政见不合，又厌倦了官场的倾轧，所以有意归耕东坡。"归去"一词连用两次，可见意愿之强烈。"一犁春雨"写得颇有情趣，将春雨后耕种的景象表现出来。

　　本词以清新自然的语言表达作者对东坡故居的怀念，更于其中表达出厌恶官场倾轧、向往田园生活的人生态度，无险字，无赘言，语意自然、结构天成。

阳关曲

苏轼

中秋月

　　暮云收尽溢清寒，银汉无声转玉盘。此生此夜不长好，明月明年何处看。

【赏析】

　　唐代王维有诗《送元二使安西》，其中"西出阳关无故人"一句流传甚广，写尽离别之情。《阳关曲》即出于此，常用来抒写离别事、不舍情。苏轼在《书彭城观月诗》中写道："余十八年前中秋夜与子由观月彭城作此诗，以《阳关》歌之。今复此夜，宿于赣上，方迁岭表，独歌此曲，聊复书之，以识一时之事，殊未觉有今夕之悲，悬知有他日之喜也。"由此可知，此词当写与其胞弟子由离别之情。

　　本调前两句切合题目"中秋月"，细致描写明月。"暮云收尽溢清寒"，由"暮云"入笔，先写暮云沉沉，而月光隐于云后。待到暮云尽收之时，月光清寒如水、四溢而出，极为明亮。作者采用了欲扬先抑的手法，表现出月之皎洁，写得十分出彩。

　　"银汉无声转玉盘"，空阔的银河寂寂无声，月亮圆如玉盘，仿佛在银河之中转动一般。以"无声"形容银汉，则将银河之遥远、天空之晴朗空旷的景象生动地刻画出来。唐代李白《古朗月行》诗："小时不识月，呼作白玉盘。"此处以"玉盘"形容月之圆润晶莹，尤为形象美妙。此两句极写月色之美妙迷人，传递出作者与子由团圆时的喜悦心情。

　　后两句由景入情，情调也急转直下："此生此夜不长好"。"此生此夜"之"好"指月亮圆而无缺、兄弟相逢之欢乐。然而此情此景并非年年都有，两人虽为至亲，然而聚少离多，多数时间不能相聚，因此作者叹"不长好"。此中亦暗含"但愿人长久，千里共婵娟"的心愿。

　　正因为有前文"此生此夜不长好"的慨叹，于是引发出作者的离愁，他以凄苦的语调询问："明月明年何处看。"苏轼叹道：我们兄弟俩此番一别，不知何年何月才能相见，明年月圆之时，不知自己将身在何方。此句一写兄弟情长、离别之伤感；又有作者对自己和子由宦途蹉顿、身世飘零的感慨，意在言外，聊备一格。

减字木兰花

苏轼

维熊佳梦，释氏老君亲抱送。壮气横秋，未满三朝已食牛。

犀钱玉果，利市平分沾四座。多谢无功，此事如何着得侬！

【赏析】

宋神宗熙宁七年（公元 1074 年），苏轼因事而过吴兴，恰逢好友李公择喜得贵子，设宴款待亲友，苏轼在酒宴上作此词戏之，令"举座皆绝倒"。本词为戏作，表达了对李公择得子的恭贺与祝福，语言诙谐幽默、趣味盎然，展现出名士之风流韵味。

上阕善颂善祷，盛赞李公择之子。"维熊佳梦，释氏老君亲抱送"点明李公择得子之事。前句出自《诗经·小雅》："吉梦维何，维熊维罴……大人占之，维熊维罴，男子之祥。"古人以梦见熊罴作为生男孩的吉兆。后句化用杜甫《徐卿二子歌》诗："孔子释氏亲抱送，并是天上麒麟儿。"言此儿人品之贵重，为作者赞颂之语。

"壮气横秋，未满三朝已食牛"继续以夸张的手法赞誉此儿，言其日后前途必然不可限量。"食牛"语出《尸子》："虎豹之驹，虽未成文，已有食牛之气。"杜甫《徐卿二子歌》中则有"小儿五岁气食牛，满堂宾客皆回头"的句子，作者此处料说李公择之子不到三岁就能"食牛"，比杜诗赞誉更上一层，情意也更浓厚。

下阕先写"三日食客"之事，后点题旨，以戏谑之语结束。"犀钱玉果，利市平分沾四座"写宴席之盛况。"犀钱玉果"，皆是洗儿钱之代称。唐韩渥《金銮密记》记载："天复二年，大驾在岐，皇女生三日，赐洗儿果子。""利市"是旧时喜庆、节日时所讨的喜钱。

"多谢无功，此事如何着得侬！"此二句引南朝刘义庆《世说新语》："元帝生子，普赐群臣，殷羡谢曰：'皇子诞育，普天同庆，臣无功焉，而猥颁赏。'中宗笑曰：'此事岂可使卿有功乎？'"苏轼化用其事，说自己无功而受赏，实在多谢了。但是面对这样的事情，我又怎么能有机会立功呢？在结尾，词人以风趣幽默的语言，善意地戏耍李公择，为酒宴增添了欢乐的气氛。

虽为戏作，然而作者用词、取典都十分讲究，笔意纵横、词情俊美，读来颇有一番趣味。

减字木兰花

苏轼

已卯儋耳①春词

春牛春杖，无限春风来海上。便丐②春工，染得桃红似肉红。

春幡③春胜④，一阵春风吹酒醒。不似天涯，卷起杨花似雪花。

【注释】

①儋耳：代指儋州。《琼州府志》载："儋州城西高麻都，有儋耳城遗址。"②丐：祈求。③春幡：指仪式中挂的祭祀用的旗帜。④春胜：指立春时妇女所戴的彩胜。

【赏析】

经过多年宦海沉浮，苏轼晚年被贬儋州时的心态愈发从容不迫，本词即是这种情致的代表作。词人以明快的笔调，描写了儋州春日的和煦优美，赞叹农业兴盛、欣欣向荣的景象，表现了虽处逆境依然达观自适的人生志趣。

"春牛春杖，无限春风来海上。"上阕先写春天的到来。宋代傅干《注坡词》曰："今立春前五日，郡邑并造土牛、耕夫、犁具于门外之东，是日质明，有司为坛以祭先农，而官吏各俱缕杖环击牛者三，所以示劝耕之意。""春牛春杖"是古代立春时的习俗，象征着耕种的开始。这个时候，春风由海上而来，带来了春天的问候。

"便丐春工，染得桃红似肉红"借海风带来春的气息，词人乞求春风运用其神工让桃花开放、娇艳多姿。词人将春风拟人化，言春风拥有造化神力，借此描写开耕后万物复苏、繁花盛开的景象。

下阕"春幡春胜，一阵春风吹酒醒"写热闹非凡的迎春仪式。迎春仪式上，花旗招展，熙熙攘攘，幸好清风阵阵，春酒的醉意才被消解。

"不似天涯，卷起杨花似雪花"是说：儋州并不像天涯般冷寂遥远，立春时节杨花飘洒正如中原之雪花一般。儋州天暖，立春时节杨柳絮已开始飘洒，而此时中原却是雪花飘飘之时。"不似天涯"一句，作者的豁达大度毕现，即使身处偏远蛮荒的儋州，依然可以苦中作乐，以柳絮为雪花。

全词共七次用"春"字入词，却不显重复累赘。词人匠心独运，词语搭配精妙、语调流畅易读，词情婉转，词意悠长，将春风、春景、春情、春酒一并相融，宛如把一壶陈年老酒呈送到读者面前，愈品愈香。

浣溪沙

苏轼

风压轻云贴水飞，乍晴池馆燕争泥。沈郎多病不胜衣。

沙上不闻鸿雁信，竹间时听鹧鸪啼。此情惟有落花知！

【赏析】

清代黄蓼园《蓼园词选》曰："按此作其在被谪时乎？首尾自喻。'燕争泥'，喻别人得意；'沈郎'，自比；'未闻鸿雁'，无佳音信也；'鹧鸪啼'，声凄切也。通首惋恻。"本词咏春景，又于其中寄寓着词人孤独无依、难觅知音的感慨，以景衬情，哀怨绝伦。

上阕由景及情，写郎之病。"风压轻云贴水飞，乍晴池馆燕争泥"两句是说：空中原本布满云团，忽然刮起了风，风压浮云贴水而飞，转瞬间消失得无影无踪。天气乍然晴朗，池馆内的燕子你来我往，正在忙碌地衔泥筑巢。首句写春景不落俗套，见"化腐为新"之妙。作者咏春而不以花草入词，而是以春风浮云、乳燕衔泥来表现春天的生机盎然，其余之景留给人自由遐想，更增神韵。

在这生机荡漾的时节，作者却调转笔锋："沈郎多病不胜衣。""沈郎"指南朝沈约，此处为作者自比，言自己多灾多病，身体瘦弱不堪，连衣服也快架不住了。《南史·沈约传》："（沈约）尝致书谓徐勉曰：'百日数旬，革带常应移孔。以手握背，率计月小半分。'"作者在此处采用欲抑先扬的手法，使景致状态与人物情态相对立，伤感之情绪立时出现。

下阕写自己孤独寥落，而知己难寻。"沙上不闻鸿雁信，竹间时听鹧鸪啼"，作者身在偏僻之地，连鸿雁也无法捎来音信，春日鹧鸪啼鸣，更令人肝肠寸断。"鸿雁信"有鸿雁传书之意。《汉书·苏建传附苏武传》："苏武出使匈奴，被拘不屈……汉求武等，匈奴诡言武死……武属常惠见汉使，俱自陈道。教使者谓单于，言天子射上林中，得雁，足有系帛书，言武等在某泽中。"鸿雁无信而鹧鸪哀鸣，作者的伤感之情毕现。

"此情惟有落花知"，结尾处词人又感叹：既然没有鸿雁传递消息，那么自己的情感恐怕只有落花才能明白了。词人运用移情和拟人手法，将落花与作者的命运联系起来，哀怨含蓄、动人肺腑。

浣溪沙

苏轼

游蕲水清泉寺，寺临兰溪，溪水西流。

山下兰芽短浸溪，松间沙路净无泥，萧萧暮雨子规啼。

谁道人生无再少？门前流水尚能西，休将白发唱黄鸡。

【赏析】

苏轼《东坡志林·游沙湖》记载："黄州东南三十里为沙湖，亦曰螺师店。予买田其间，因往相田得疾。闻麻桥人庞安常善医而聋。遂往求疗。安常虽聋，而颖悟绝人，以纸画字，书不数字，辄深了人意。余戏之曰：'余以手为口，君以眼为耳，皆一时异人也。'疾愈，与之同游清泉寺……余作'山下兰芽短浸溪……'剧饮而归。"清代陈廷焯《云韵集》评价本词："愈豪放，愈觉悲郁，愈见忠厚，愈令我神往。"

上阕写暮春时节雨后兰溪清幽俊美的景致。"山下兰芽短浸溪"，山下小溪潺潺而流，两岸刚露出嫩芽的兰草微微浸于水中，愈发娇嫩。"松间沙路净无泥"，溪边松林中的石道光滑洁净，仿佛似被清泉洗刷过一般，没有一丝泥土。"萧萧暮雨子规啼"写暮雨潇潇洒洒，雨声中不时传来几声杜鹃的鸣叫声。空山寂寂，泉鸟相和，简寥数笔，勾勒出了一幅幽静而清新的山水画，使人心旷神怡。

下阕由上阕之状景而出，直抒胸臆。"谁道人生无再少？门前流水尚能西，休将白发唱黄鸡。"谁说人生不能重新具备年轻的心态和追求呢？这清泉寺门前的兰溪尚且能够向西而流，不要因为即将老去而悲叹时不我待。白居易诗《醉歌示伎人商玲珑》："黄鸡催晓丑时鸣，白日催年酉前没。"此处以"黄鸡"指代时光的流逝。作者在自问自答中，表现出自己在面对人生的蹉顿困苦时，旷达从容、遇挫弥坚的志趣。此三句既是作者自勉，又借以勉人。

此词写游赏之乐，然而却落笔于探讨人生之意义，情趣盎然、意蕴丰富，读之令人深感作者之旷达从容，愈觉应发愤而起，把握当下。

浣溪沙

苏轼

万顷风涛不记苏，雪晴江上麦千车。但令人饱我愁无。
翠袖倚风萦柳絮，绛唇得酒烂樱珠。樽前呵手镊霜须。

【赏析】

宋神宗元丰四年（公元 1081 年）冬天，作者贬居黄州，以"浣溪沙"词牌创作了五首组词，其中第一篇前有小序云："十一月二日，雨后微雪，太守徐君猷携酒见过，坐上作《浣溪沙》三首。明日酒醒，雪大作，又作二首。"观此词内容，当为"明日酒醒"之后作。词中通过描写"瑞雪兆丰年"的景象，表现出作者忧国忧民的高尚情怀。

上阕描写大雪景象，想象来年丰收情形，表达爱民情思。首句"万顷风涛不记苏"，关于"不记苏"三字，宋傅干《注坡词》："旧注云：'公有薄田在苏，今岁为风涛荡尽'。"龙榆生《东坡乐府笺》云："'墨迹'，先生自注：'公田在苏州，今年风涛荡尽'。"而观史料，苏轼此时在苏州并没有购买田地，因此学者薛瑞生认为龙榆生笺注之"公"乃徐君猷。然而根据词意理解，此词是写黄州之事，似乎与苏州并没有什么关联。那么此句恰当的解释应为，作者与太守夜来宴饮，不知何时醒来，睁眼即见大雪纷飞、风涛盖地，将黄州千顷天地俱覆盖起来。

"雪晴江上麦千车"是作者想象之事，谓大雪覆盖田地，来年定是丰收之年，百姓肯定可以收麦千车，再无饥饿之事发生，那么，作为父母官的词人也可再无忧愁了。"但令人饱我愁无"一句意同唐代诗人杜甫《茅屋为秋风所破歌》中结句："呜呼，安得广厦千万间，大庇天下寒士俱欢颜"，表达了苏轼盼望百姓衣食富足、安居乐业的情怀。

　　下阕回忆前夜欢宴，暗写作者在黄州的贬居生活。"翠袖倚风萦柳絮，绛唇得酒烂樱珠"化用唐代方干《赠美人四首》中的"舞袖低徊真蛱蝶，朱唇深浅假樱桃"，写酒宴上的歌伎翠袖舞动，带起微风将雪花萦绕其中，美人饮酒后的红唇鲜艳而红润，就像熟透了的樱桃似的。

　　"樽前呵手镊霜须"写作者本身，歌伎娇颜如花，席间作者却不停地呵着冰冷的手，捋着花白的胡须。与前两句歌伎的形象相对比，衬托出作者遭贬之后落魄苍老的形象，意蕴更加丰富。此句又与上阕照应，把作者落魄无着却依然心怀黎庶的矛盾心理写出，其高尚情操令人感佩。

浣溪沙

苏轼

咏橘

菊暗荷枯一夜霜。新苞绿叶照林光。竹篱茅舍出青黄。

香雾噀人惊半破，清泉流齿怯初尝。吴姬三日手犹香。

【赏析】

　　此乃一首咏橘词。上阕写橘之外表，下阕写橘之味美，内外辉映，赞其表里如一。

　　"菊暗荷枯一夜霜"，这是橘子成熟后的时节情况。一夜霜降之后，菊花、荷花俱凋零落败，橘子却正在此时才逐渐成熟。"新苞绿叶照林光"点出所咏之物。"新苞绿叶"四字出自南朝沈约的《橘诗》："绿叶迎露滋，朱苞待霜润。"橘子有皮包裹，而橘叶凌寒不衰，于是作者以"新苞绿叶"代指橘子，十分贴切。"新苞绿叶"与"林光"相映衬，更显得生机盎然。

　　"竹篱茅舍出青黄"写橘树生长于竹篱茅舍之畔，青黄色的橘子探出园外。其中"出"字非常生动；"青黄"出自屈原《橘颂》："青黄杂糅，文章烂兮。"宋人洪兴祖注曰："橘实初青，既熟则黄。"作者以环境描写烘托所咏之物，更使得橘之风韵尽出，令人急欲一尝。

　　"香雾噀人惊半破，清泉流齿怯初尝"，这两句是说：轻轻地剥开橘皮，一股芬芳香气喷薄而出，沁人心脾。初尝一口，橘子的汁水就像清泉一般蜿蜒于齿间，味美无比。"香雾噀人"取自南朝宋孝武帝刘骏的《送橘启》："始霜之旦，采之风味照座，擘之香雾噀人。""惊"、"破"二字将人初尝鲜橘时的情态写得极为传神，堪称绝妙。"吴姬三日手犹香"更以夸张的手法写橘味浓郁，以至于吴姬尝完鲜橘三日后，手上还残留着橘子的香味。

　　作者以细微的笔触和独特的视角摹状了橘之特点，写出橘之色、味、香，语言优美、词情丰富，清新自然、怡人肺腑，令人读来令人满口犹香。

浣溪沙（三首）

苏轼

徐州石潭谢雨，道上作五首。潭在城东二十里，常与泗水增减清浊相应。

其一

照日深红暖见鱼，连村绿暗晚藏乌，黄童白叟聚睢盱。
麋鹿逢人虽未惯，猿猱闻鼓不须呼，归来说与采桑姑。

其二

旋抹红妆看使君，三三五五棘篱门，相排踏破蒨罗裙。
老幼扶携收麦社，乌鸢翔舞赛神村，道逢醉叟卧黄昏。

其三

麻叶层层蕶叶光，谁家煮茧一村香？隔篱娇语络丝娘。
垂白杖藜抬醉眼，捋青捣麨软饥肠，问言豆叶几时黄？

【赏析】

元丰元年（公元 1078 年）四月，苏轼由密州调任徐州太守。上任后仅三月有余，徐州即遭洪水之灾，苏轼率众自救，终保徐州。不料此后，徐州一冬未雪，一春无雨，遇大旱。苏轼体察民情，亲自往城东二十里外的石潭求雨。幸运的是，不久之后甘霖得降，旱情得解，于是百姓们再次赶赴石潭谢雨，苏轼乘兴参与其中。如小序"道上作五首"所言，在往返石潭的途中，词人写下《浣溪沙》组词五首，此乃其中前三篇。

第一首是初到石潭时所写。

开篇即说"照日深红暖见鱼"，从石潭之水落笔写起。首句十分豁亮，暖阳夕照斜射入水底，连平日看不见的深水里的鱼儿也清晰可见，天光与水光交相呼应，色彩明亮温暖。"连村"一句是写树木，说石潭周遭的树木葱郁茂盛，在这傍晚时分，浓绿茂密的树林深处，藏着昏鸦在啼叫。这一处应是词人联想春时旱情所写，流露出对雨后万物蓬勃、生机盎然的由衷欣喜。第三句提及谢雨活动中的人，说老人小孩都高高兴兴地欢聚在一起，恰如陶渊明《桃花源记》中所言："黄发垂髫，并怡然自乐。"情景悠游安适，体现出百姓久旱得雨的喜悦之情。

下阕用了两处比喻："麋鹿逢人虽未惯"，先以"麋鹿"比喻淳朴木讷的年长者，见了太守不习惯，都赶忙避开；"猿猱闻鼓不须呼"，再用"猿猱"比喻喜欢热闹，少不更事的孩童，他们听到敲锣打鼓便赶紧出门，一起嬉戏玩耍，还跑回去把太守出游至此的消息告诉采桑的姑娘。词人用动物喻人，并非含有贬义，苏轼名篇《前赤壁赋》中亦曾有"侣鱼虾而友麋鹿"之佳句，足见其胸怀旷达，愿与万物为乐。下阕中作为喻体的两种动物，皆是以其特质来反映人物特点，符合其年龄、身份，非常恰当，而且十分有趣。

这一篇词写词人初到石潭，而谢雨之事在傍晚尚还热闹，风景如画，民风淳朴，作为百姓的父母官，词人自然笑逐颜开。

第二首紧承第一首。前篇末尾提到孩童们欢闹着将太守前来参加谢雨一事告诉了采桑姑娘，开篇便写采桑姑娘匆忙梳妆打扮，出去看太守的情景。"旋抹红妆看使君，三三五五棘篱门，相排踏破蒨罗裙。""旋"字去声，为徐州方言，有"临时抱佛脚"之意，大概乡下姑娘没机会见到像太守一样的大官，于是都敛起妆容，三五成群地扎在柴门旁、篱笆下，或者踮着脚尖，或是跳起来巴望太守，甚至时而传来一声又恼又羞的惊叫，喊着裙子被撕破了。从太守的角度观看周围观望的人群，唯独选取了羞中带怯的姑娘入词，实因有趣，尤其对姑娘们心理活动的刻画非常微妙。

下阕中描写了一幕民俗活动中的场景。"老幼"一句言老少咸集于社祠之中，这本是庆祝丰年、以酒食祭祀神灵的地方，这一天特为谢雨临时举办了一场非正式的仪式。酒食十分丰盛，故有"乌鸢翔舞"，场面如赛神一般热闹非凡。在这样欢腾的画面中，词人描写了一位醉卧于黄昏之中的老叟。此为妙笔，上阕写少女对自己的关注，甚至引发了笑话，而这位老者，却浑不把太守当作一回事，酣眠道边。词人引其入词，是为表其与民同乐，与民相安，在词人眼中，只为乐事。

上述两首词皆与谢雨的仪式有关，主要是为了表达雨后农人的欣喜之情，同时，词人作为太守，也乐在其中。第三首则是词人对农事的关注，其中亦不乏闲适之情。

"麻叶"一句是对田中农作物的具体描写，"麻"与"蒜"两处运用互文的手法，共同代指所有作物，言其枝繁叶茂，长势良好，"叶光"尤其突出雨润之后农作物的光彩，此"光"直照人心。"谁家"一句乃是明知故问，同样是为表达丰收的喜悦，词人进到村中，煮茧的味道弥漫乡里，这不是某家某户能够成就的盛况，而是整座村子都受了雨露恩泽，蚕茧丰收，此句是发自心底的欢欣。"隔篱"一句是说篱笆的另一边，传来了缫丝女打趣欢笑的声音，流露出农人喜获丰收的欣喜，词人在不经意间听到，内心欣慰而满足。

下阕是词人与农人的交流，可见词人的体恤民情。"垂白"两句说一位老人拄着拐杖，眼神迷离似醉，将捋下的青麦磨成粉末，炒熟之后以饱饥肠。将尚未成熟的麦子从田里捋下来，应是在此青黄不接的时节，农人迫不得已的果腹之举，与之前一年的自然灾害不无关联。为表关心民瘼，词人问了一句"豆叶几时黄"，既出于关心，也是为表宽慰，联系上阕所写的丰收之兆，暗说等到今年收获之时，一切便就都好转了。

这三首词写的是词人与治下农人的交流，再现了谢雨仪式的热闹，表达了农人以及词人久旱逢雨的欢悦，更表现了雨后田间的欣欣向荣，勃然生机。淳朴的乡风和醇美的自然气息流溢于字里行间，既见苏轼作为太守主政一方、关心民瘼的情怀，也见其为文人畅享游乐、才情兼备的风流。

浣溪沙

苏轼

簌簌衣巾落枣花，村南村北响缲车，牛衣古柳卖黄瓜。

酒困路长惟欲睡，日高人渴漫思茶，敲门试问野人家。

【赏析】

这是苏轼在徐州所作《浣溪沙》组词中的第四篇，描述了在谢雨归途中的见闻，与其他四篇一样，此词乡土气息浓郁，感情真挚朴实。

上阕由所见写起。首句中，"簌簌"表枣花纷纷飘落的样子，词人当是行于枣林之中，所以有枣花落在衣巾之上，可见词人主动与自然相亲近。"枣花"也一并交代了时节，久旱逢甘霖之后，枣树终于花开满枝。接下来"村南"一句写所闻，词人听到从村南到村北，也就是整个村中，都有缲车纺动的声响，一来表达愉悦的心情，二来也暗表春雨后蚕茧终得丰收，家家户户都忙于煮茧缲丝，呈现出一派农忙的欢悦景象。这两句声情并茂，用两处代表丰收的细节言出久旱逢雨后轻松愉快的心情。"牛衣"一句颇有画面感，勾勒出一位穿着粗布衣服，在古老的柳树下卖黄瓜的农民形象，有黄瓜卖售，还是言丰收。

上阕通过对细节的描绘，展开了一幅欣欣向荣的初夏画卷，景物鲜活，流露出词人的欢愉。

过片写回词人自己，"酒困路长惟欲睡"，由于酒后的困倦之意，再加上路途尚远，词人的困意渐浓。这时日近中午，天气也越来越热了，故又口渴难耐，"日高人渴漫思茶"，想要饮茶解渴醒神。这两句描述了词人因酒意与日近正午的困乏，究其深意，当是说词人上任徐州太守一年来，先遭洪涝，又遇大旱，如今雨后的乡野重见生气，词人终于可以松口气，歇一歇。人倦口渴，只好"敲门试问野人家"。词人身为一方父母，却以"试问"之礼往叩"野人"之门，"野人"即乡野贫薄之家，徐州太守到这样一户人家讨水喝，此为亲民之举，可见其平易谦逊之态，也表现出词人与平民百姓没有隔阂。

全词洋溢着淳朴的乡间气息，表达了词人轻松释然的心情。

浣溪沙

苏轼

软草平莎过雨新，轻沙走马路无尘。何时收拾耦耕身？

日暖桑麻光似泼，风来蒿艾气如薰。使君元是此中人。

【赏析】

这是苏轼在徐州所作的《浣溪沙》组词五首中的最后一篇，所表述的是谢雨归来后的美好心情，从中可见"乌台诗案"之前，词人作为一名巡吏主政一方、与民谋福的风貌。

"软草"一句写雨过之后，泥土松软，莎草之类的植物也都焕发了新的面貌，清新、自然。而"过雨新"的不仅是自然光景，还有词人的心境。自熙宁十年（公元1077年）苏轼任知徐州以来，先于当年遭遇洪灾，随后又遇大旱，如今喜雨已降，词人心里就会感觉轻松许多。在这种心情的驱使下，即便凄风苦雨也不觉苦，"轻沙"一句道理相同，词人坐在马背上，潮湿的空气中没有尘土飞扬，心情当是非常愉悦的。"何时"一句是词人陶醉于雨后美景的表现，因为喜欢而着迷，便生出归隐田园之心，想与田中农夫并肩劳作，与其说是为官者体察民情，不如说是词人偏爱自然之趣。

下阕运用点染的笔法，将意境展开。"日暖"二句一言"日"、一说"风"，一言"桑麻"、一说"蒿艾"，一言"光"由"日"而来、一说"气"随"风"飘散，前者为视觉感触，后者则须靠嗅觉体味，对仗工整，意象清新，尤其"泼"字突显了阳光倾泻而下，由近及远的动感，"薰"字也言出空气清新令人心旷神怡。总而言之，词人用这两句将前文所描述的细节铺展开来，构成天地融为一体的宏大意境，"软草"、"轻沙"，包括词人自己，均为词中之物，故而才有最后一句"使君元是此中人"。在形式上，此句是对上阕中提出"何时收拾耦耕身"一问的回答，也是词人所要表达的主旨。

纵情山水之乐，莫过于将自己融入其中。词人的疏狂放达历来为人激赏艳羡，即便遭遇贬谪，亦能咏出"日啖荔枝三百颗，不辞长作岭南人"这样洒脱的诗句，这种超然物外的处世态度，根植于词人的性情里。《浣溪沙》组词五首，前四篇均言人间事，此篇则是升华，其主旨在人间，更在自然之间。

浣溪沙

苏轼

元丰七年十二月二十四日，从泗州刘倩叔游南山。

细雨斜风作晓寒，淡烟疏柳媚晴滩。入淮清洛渐漫漫。

雪沫乳花浮午盏，蓼茸蒿笋试春盘。人间有味是清欢。

【赏析】

宋神宗元丰七年（公元1084年）三月，苏轼被任命汝州团练副使，在由黄州赴汝州的途中，路过小序中所提的泗州，曾在那里小住。这篇作品就是苏轼初到泗州时，与新近交识的刘倩叔游于南山所写。

上阕写前往南山一路上看到的风光，从出发时写起。"细雨"一句即是说出发时的天气。小序中记载具体写作时间是"十二月二十四日"，寒冬腊月，风裹挟着细雨，倾斜而下，即便不是寒冷刺骨，定也不会像词人所言只是"作晓寒"，词人借此表达与友人出游，对此寒冷满不在乎，豪放之情怀初见。"晓"也点明了出发的时间是在清晨，是一天中最冷的时候。"淡烟"句换作另一番风景，应是二人抵达南山脚下，这时天气也转晴了，朦胧的水雾笼罩着冬日枯瘦的垂柳，与水边沙滩相谐，词人情致别开，由

"媚"字可见。"入淮"一句当是居高临远所见的景象，故推断二人已达山顶，看到运河之水浩浩汤汤流入淮水，澎湃汹涌。

上阕中，词人沿着时间与地点的变化，分别将途中三处景物截取入词，起笔虽是风雨天气，却无落寞凄冷，继而云开日出，心情也明媚，直到山顶俯察鸟瞰，意境一处较一处开阔，词人豪迈可窥。

下阕写二人郊游之余的野炊一事。"雪沫"句中"午"言明野炊是在午饭的时间，"雪沫乳花"是指茶水上漂浮的白色泡沫，称为"茶乳"，很有雅趣。这里言二人于山巅烹茶弄盏，别有一番韵致。"蓼茸"句说的是午餐的内容，"试春盘"言明并非立春时令，效仿而做，"蓼茸蒿笋"均为蔬菜，正与"春盘"所指相符，同时且为野生之物——词人游于野、食于野，而食物也来源于野，足见其畅游于天地之间，融身于自然之中的闲适心情。

"人间"一句以抒怀，所谓"清欢"既是针对前文"春盘"的素食清寡而言，更表达了词人纵情山水、以自然为乐的心理感悟，为本词关联。

通览全篇，词人一者言闲，二者言乐，正与"清欢"二字相契合，未至春时而行春令，也看出词人内心昂扬向上的精神风貌。

浣溪沙

苏轼

春情

道字娇讹语未成。未应春阁梦多情。朝来何事绿鬟倾。

彩索身轻长趁燕，红窗睡重不闻莺。困人天气近清明。

【赏析】

苏轼词以豪放著称，但不乏婉约之作。本作描写了一个贪玩嗜睡的少女形象，娇憨可爱，天真活泼，用语自然诙谐，可见作者对少女的爱怜之情。

上阕有叙有议，写词人对少女贪睡理由的猜测。"道字"一句是对少女慵懒睡态的描写，意思是说少女睡中梦呓，娇声柔气，所以吐字不清，梦话常常没有逻辑可言，所以作者用了"讹"字。这一细节充分展现了少女可爱天真的一面。"未应"一句表猜测，说词人见少女梦中娇柔如此，猜测其被儿女之情所系。但又考虑到少女尚幼，只是自己胡乱猜疑，所以用"未应"二字。"朝来"句则将笔锋转回去，继续对小姑娘情窦初开展开猜测，说若不是梦中见了情郎，为何还会迟迟不起，且云鬟半倾呢？

少男少女，甚至幼男幼女间的蠢蠢情愫，总显得极为有趣，故长辈也会偶尔以此与晚辈逗趣，但其目的却与儿女之情无关，尽皆是对晚辈的关怀、爱怜，上阕虽有诸多猜测，却从侧面写出词人对少女的宠爱。

下阕道出少女贪睡的真正原因。"彩索"句言少女前一日荡秋千，身轻如燕，"彩"不仅仅是对秋千绳索的描写，同样衬出少女愉快的心情，而说她简直赛过空中的燕子，一方面言其轻巧敏捷，另一方面也是对其心情的写照，如春燕在云中翻飞，乐不可支。贪于秋千之乐，所以才疲惫，才有"红窗"一句对今日贪眠的描述，这一句也补充了开篇说梦话的细节。少女沉沉睡到日照窗牖，尚无觉醒之意，以至于树间的鸟鸣都充耳不闻。两句前后对比，一言因，一言果，对仗工整，语言明丽。

"困人"一句是对贪睡原因的补充，说明与时令有关，常言道"春困秋乏"，春日天气已近清明，人们最易犯困。

苏轼着笔于少女春日慵懒贪眠之态，却从中流露出似有还无的春闺儿女之情，朦朦胧胧。清初贺裳的《皱水轩词筌》评价说："苏子瞻有铜琶铁板之讥，然其《浣溪沙·春闺》（指本篇）曰：'彩索身轻长趁燕，红窗睡重不闻莺。'如此风调，令十七八女郎歌之，岂在'晓风残月'之下？"

浣溪沙

苏轼

送梅庭老赴上党学官

门外东风雪洒裾。山头回首望三吴。不应弹铗为无鱼。

上党从来天下脊，先生元是古之儒。时平不用鲁连书。

【赏析】

梅庭老生平不详，但根据词中所言"三吴"（今浙东、苏南一带）之地推断，其人应是离乡远徙，到上党（今山西省长治市）去赴任。上党地势险要，《释名》曰："党，所也，在山上其所最高，故曰上党也。"《国策地名考》中则说"地极高，与天为党，故曰上党"。北宋时，此地位于宋辽边界，而梅所赴任的"学官"一职也不是显要官职，故心中难免愁苦，词人作此篇，当表宽慰之意。

上阕前两句为送别情景的描写。"门外"一句点出了时间与地点，寒风凛冽，雪花飞舞，任其洒在衣襟之上，开篇即见豪气，奠定了全词放达的情感基调。"山头"一句写梅庭老对故乡的眷恋，如此回望乃是人之常情，总有失落感伤都在所难免。"望"不仅仅是饱含着深情的回眸，更是词人对友人心理的揣摩，自此一别，今后真就要望乡了。基于此，词人开始宽慰友人。"不应"句引战国冯谖"弹铗而歌"的典故，原典中冯谖因不受重视而歌"长铗归来乎，食无鱼"，表达不满情绪，这里则是劝慰友人不要太过怨愤，随遇而安就好。

下阕继续作开导之语，意境开阔旷大。"上党"句是对上党一地地势的描写，词人有《雪浪石》诗也说"太行西来万马屯，势与岱岳争雄尊。飞狐上党天下脊，半掩落月先黄昏"。在此处乃是借山势以壮豪情，另外，上党之地是精卫填海、女娲补天、神农尝百草、后羿射日等神话的源起之地，词人提及，恐也是为表其文化地位之显要。"先生"句则是夸赞友人，说梅庭老有古之大儒风范，正匹配前文"天下脊"的上党之地。这两句笔力雄劲，意象壮阔，空间上通天彻地，时间上追慕先贤，于梅庭老应当是受用的。"时平"一句再用"鲁连书"之典，一者言梅庭老有鲁仲连箭书退敌百万兵的大才，对其不遇之遭际表示同情；二者也是劝慰其如今时势安稳，不需建立宏图伟业，做到宠辱不惊即可。

因为对方要离乡背井，去的是边塞之地，要出任的又是闲职，尽管词人语出壮阔，也很难遮掩其对友人此行远去的担心，不难看出豪言壮语其后的劝慰和嘱咐，饱含深情，言出肺腑。

点绛唇

苏轼

红杏飘香，柳含烟翠拖轻缕。水边朱户。尽卷黄昏雨。
烛影摇风，一枕伤春绪。归不去。凤楼何处。芳草迷归路。

【赏析】

"红杏飘香，柳含烟翠拖轻缕"，全词以春景起笔，"杏"、"柳"本为春景再现，"红"色疏丽，于绿意中跳脱艳雅，"飘香"间更含清新馨香，"杏"由"红""飘香"容之，其景唯美清芬；"柳"婀娜多姿，"含烟"状缠绵拂晓，"拖轻缕"更如青烟缭绕，柔美异常。"柳含烟翠拖轻缕"，绿意下烟景尾随，飘忽玄妙。两句并置如画春色，遁入眼帘。"杏"、"柳"中自有伊人曼妙身影，委婉点出词人牵挂的人貌美如花，有形神兼备之妙。

"水边朱户。尽卷黄昏雨。"临水而筑，有朱户一间，此间所住的人，正是词人所思所想的对象。水境灵动，"朱户"点之，遥遥即可见，与"红杏"色泽呼应，淡景中有浓景显现，景美情美，更隐含人美之意。而当这"水边朱户"帘卷而望，却只见"尽卷黄昏雨"。"尽"指完全、完满，卷帘后，只有"黄昏雨"现，"尽"中俱含遗憾、无奈；而"黄昏雨"更有迟暮、愁绪，黄昏时分本就孤寂凄清，更有雨来佐之，绵密纠缠，愁意难以排遣。此景堪于李情照"帘卷西风，人比黄花瘦"，更含愁情。相思不能相见，相念不能相依，只能如"黄昏雨"一般饱含哭泣意，无声而下，久下不停。

先将如画春景引入，接续"黄昏雨"景承接，景中生情，"飘香""红杏"、"烟翠"青柳都似涂上哀伤苦情，为全词定下了"愁"的情绪，为下文抒情作铺垫。

"烛影摇风，一枕伤春绪"，烛伴伊人，清苦孤独，"烛影"晃动，更显人景单一，而风来摇曳，触动烛影，"烛影摇风"，哀情尽在这影中荡漾升腾。"伤春绪"直言，突显词人的伤春感怀，"一枕"而伤春，梦中何景，梦中何情，无需言明，枕中尽是离情，枕中全是思意。此两句中词人仅用"烛影"和"一枕"来表现相思，取材简洁贴切，同时"烛影"与上阕结句"黄昏雨"相呼应，前后贯通，更为这"伤春绪"增添一分离愁相思之情。

"归不去。凤楼何在。芳草迷归路。"此处"归不去"，否定句的转折，将词人与恋人不能相见的境况如实呈现，遗憾离恨尽在这"不去"二字中。既然词人"归不去"，那么再问"凤楼何在"更添难归之心。上阕言"临水朱户"，下阕问"凤楼何在"，词人此问自然不是真的不知，"何在"一问，问得凄楚难耐，表达出词人盼望自己早日归来，两人得以相见的祈愿。芳草萋萋、乱花迷路，词人迷失于此，此路直指"凤楼"，可是词人却深陷"迷"局，沉重哀伤、迷茫失落，纷乱的情感思绪尽在这"迷"中被迷失充斥。

上阕"水边朱户。尽卷黄昏雨"乃如伊人窗起卷帘所见，下阕"凤楼何在。芳草迷归路"恰似词人芳草迷途所问，一见一问，一女一男，相反相衬，显得凄美哀怨。诚如苏轼自言，此词"如行云流水，初无定质，但常行于所当行，常止于所不可不止。文理自然，姿态横生。"

沁园春

苏轼

情若连环，恨如流水，甚时是休。也不须惊怪，沈郎易瘦；也不须惊怪，潘鬓先愁。总是难禁，许多魔难，奈好事教人不自由。空追想，念前欢杳杳，后会悠悠。

凝眸。悔上层楼。谩惹起新愁压旧愁。向彩笺写遍，相思字了，重重封卷，密寄书邮。料到伊行，时时开看，一看一回和泪收。须知道，□①这般病染，两处心头。

【注释】

①□：此处为阙文，即脱漏的字，现已不可考。

【赏析】

苏轼虽被后世划归豪放派，但仍不失清新格调，铺陈之笔，有向柳永学习的倾向。这首《沁园春》即是学柳永作。

"情若连环，恨如流水，甚时是休"，起笔直言"情"、"恨"，相思之情开篇即抒。"连环"指回环连续，"流水"似绵延不断之象，两词分别用来形容"情"、"恨"，即刻将词人相思而未能相见的深情、遗恨表达出来。后以"甚时是休"承接，一个"休"字表停止终结，但以"甚时"提问，尽含无休无尽，三句连贯，即将词人悠悠深情坦率道出，为全词奠定了"情"、"恨"基调。

"也不须惊怪，沈郎易瘦；也不须惊怪，潘鬓先愁。"此句包含两位历史人物，"沈郎"即沈约，"潘鬓"指潘岳。此处连用两个"也"字领起，铺排直叙：沈约消瘦了，潘岳有斑白鬓发了。对于这两件事情，词人皆言"不须惊怪"，表面看来是在规劝，实则恰恰暗含"须惊怪"。词人因相思而"易瘦"，因为相思而"鬓"发斑白。两个"不须"将词人因相思而形销之状传神地刻画而出。

"总是难禁，许多魔难，奈好事教人不自由。""魔难""难禁"，本为常事，"总是"起领，将词人无奈慨叹一语道出，此句承上"瘦"、"愁"而来，阐发词人"瘦"、"愁"的原因是"好事教人不自由"。

"空追想，念前欢杳杳，后会悠悠。"由上阕结处可见，"好事"乃男女欢会，即"前欢""后会"之事。"空追想"三字生发悠悠无尽之感，空寂虚无，只能无望追思，而"追想"之事即是"前欢杳杳"、"后会悠悠"，前欢杳无音讯，后会遥遥无期，悔恨离愁尽在这"空追想"之中。上阕至此将相思愁绪娓娓道出，婉转回环。

下阕承续而来，由主人公之思引发对方之思，互相呼应，让相思浓情缓缓流淌而出。"凝眸。悔上层楼。谩惹起新愁压旧愁"，"凝眸"乃悔恨状，承接"悔上层楼"，更将悔意道尽。"上层楼"本为相思相忆，但是徒然于"前欢杳杳、后会悠悠"之"旧愁"中更添"新愁"，因此生发"悔"意。"谩"指莫、休，领起"新愁压旧愁"，尽将词人无尽的悔意于相思之外表达出来，同时引出下文"新愁"。

"向彩笺写遍，相思字了，重重封卷，密寄书邮。"全词至此，词人终于将"相思"坦陈而出。"彩笺写遍"，遍布"相思字"，彩笺书成，"重重封卷"，数量之多，密封之严皆在"重重"二字间显现。后又以"密寄"接续，"密"更含隐秘意。相思浓重深沉且神秘难言，邮寄而出，邮出的是"写遍""相思字"的"彩笺"，邮不出的是词人难以说尽的相思深情。

"料到伊行，时时开看，一看一回和泪收"，词人以己度人，猜测伊人见信后一定时时打开来看，一看一收间泪水涟涟而下。"料到"一词表明下文是词人设想，领起对方的相思。而词人能如此"料到"，其中更含这份深情的浓郁。伊人见信落泪，词人寄信神秘，"须知道，□这般病染，两处心头。"相思之病，病及两人，相思之情，触动"两处心头"，"须知道"表肯定意，悠悠深情、漫漫相思尽在这"两处心头"间荡漾开去。

此词以铺叙手法，领一字起，如上阕结句"念前欢杳杳，后会悠悠"，下阕结篇处领字已遗失，后人考证而未得，不知何字才能将词中主人公心中的悠悠情绪道尽。

铺叙相思，追想前欢后会；写遍相思，密寄彩笺书邮；两处相思，染病伊人词人；挂心相思，感动后来读者。

蝶恋花

苏轼

记得画屏初会遇。好梦惊回，望断高唐路。燕子双飞来又去。纱窗几度春光暮。
那日绣帘相见处。低眼佯行，笑整香云缕。敛尽春山羞不语。人前深意难轻诉。

【赏析】

"欲寄彩笺兼尺素，山长水阔知何处。"山高路远，彩笺传情，却不知寄往何去。"落花人独立，微雨燕双飞。"落花时分，双燕齐飞，徒留一人，寂寥难耐；"一曲阳关，断肠声尽，独自凭栏桡。"独自凭栏，眺望远方，断肠凄楚。"两情若是久长时，又岂在朝朝暮暮。"情浓度日，舍弃当下，期盼朝暮。相爱而不能相守本就是悲伤的事，而无数文人用凄楚的笔墨写来更是倍感怨愫，清新婉转下纯净哀愁，如泣如诉。苏轼此首《蝶恋花》即是这样一首情词，"望断高唐"，深情依旧。

"记得画屏初会遇。好梦惊回，望断高唐路。"画屏间两心交融，此情此景历历在目。"记得"二字领起全词，把唯美的初遇徐徐铺开，"初"字直接点明此乃两人首次相遇，初遇即能记忆如此深刻，有一见钟情浪漫感觉。初遇的美妙幸福尤未断绝，"惊回"

二字笔锋斗转，意境突变，"好梦惊回"意味着美梦破灭，惊醒回魂，幸福戛然而止，只能"望断高唐路"。此句化用"襄王梦神女"的典故，高唐上承载了楚襄王对巫山神女的情愫，他们梦中相会，两心相许。但是"断"字却将这美梦无情破碎，"望断"隐含无奈望尽、独自神伤。全词前三句从初遇的美好，转入现实的分离，笔墨宕开，情感急转。

"燕子双飞来又去。纱窗几度春光暮。"词人并未一径沉入苦痛，而是心怀美好，由景生情，思念更浓。双燕来去，惹发词人的思念；时光从窗边流逝，引发词人的感慨。词人借由这两种意象，生发出对恋人的思念，但是此情并不消沉，反而积极向上。他从燕子双飞思及自身，只叹春光如逝、岁月如梭。结句中"暮"字值得玩味，表面看来是形容春光从纱窗中悄悄逝去，光起光灭，细细思之，其间却暗含着一份哀怨。"暮"是暮色，可引申出终结的意思，此处既指景色已暮，更指情感已暮，词人与恋人今日只能"一种相思，两处闲愁"，相守之心恐将暮已。

初遇至梦断，双景思恋人，今日不能相见，词人的思绪不由得又回到初识的时候。"那日绣帘相见处。低眼佯行，笑整香云缕。"绣帘中两人相见，恋人低眉顺目，佯装要走，却迟迟未行，只微笑着整理自己的鬓发。"低眉"乃含羞之状，"佯行"含忸怩之象，"笑整"有心动之意，"香云缕"现相许之心。女方在初识日就在词人面前整理容妆，颇有"女为悦己者容"的意味。女子本羞怯，却只是"佯行"，传达出女方也属意词人的含义。

"敛尽春山羞不语。"女子敛起眉头，含羞不语。羞涩纯真的少女形象即在这七字中展现出来。而全词结句是词人借女子口吻说出的："人前深意难轻诉。""深意"即深情，"难轻诉"是少女害羞的表现，词人大胆直言女子对自己也有"深意"，只是因在"人前"，故而"难轻诉"，可见两心暗许，两情相照。

相见美好缠绵，相离梦断凄楚，词人以美景衬哀情，含蓄中尽显柔情，欢愉中传递思念，曲折生情、摇曳生姿。

蝶恋花

苏轼

蝶懒莺慵春过半。花落狂风，小院残红满。午醉未醒红日晚，黄昏帘幕无人卷。

云鬟鬌松①眉黛浅。总是愁媒②，欲诉谁消遣。未信此情难系绊，杨花犹有东风管。

【注释】

①鬌（péng）松：同"蓬松"。②愁媒：引起愁情的媒介。

【赏析】

近代人吴梅云曾称誉苏轼的词曰："余谓公词豪放缜密，两擅其长。世人第就豪放处论，遂有铁板铜琶之诮，不知公婉约处，何让温、韦。"苏轼词在豪放以外，也显婉约含羞，《蝶恋花》词中即写闺怨女子，缠绵动人。

"蝶懒莺慵春过半。花落狂风，小院残红满。"蝴蝶懒飞舞，黄莺慵啼鸣，春日即已过半，狂风大作，小院花落，残红遍地满布。全词以哀景引入，"懒"、"慵"乃倦怠样，"蝶""莺"本为无情动物，词人却以主观情感灌入，描画了两物的慵懒散漫。后以"花落狂风"承接，更于慵懒外平添萧瑟，"残"为花落凌乱之形，暗含残败颓靡；"满"字作结，残红遍地，满布小院的情状即刻呈现眼前。全词前三句写景，由蝴蝶、黄莺的慵懒，转入花落残红的寂寥，为下文写人作铺垫，奠定了哀怨凄楚的氛围。

"午醉未醒红日晚，黄昏帘幕无人卷"，这两句由景及人，主人公午醉未醒，红日已晚，黄昏及至，帘幕低垂。此乃日落黄昏时分，抒情主人公应为一名女子，睡眼惺忪之时，天已慢慢暗沉下来，"帘幕无人卷"从侧面写出女子慵懒倦怠之象。景中含情，人中显意，全词上阕由景及人，细致描摹出一幅残败寂寥的少女闺怨图，色调浓郁低沉。

下阕直入，展开对人物外表与内心的描写，细腻地展现出主人公独居闺房之中的情形。"云鬓髻松眉黛浅"，鬓发散乱，眉间黛墨浅淡，不饰打扮、素面朝天的女子形象显露无遗。

这个女子之所以不修边幅，乃是"愁"字作祟，无尽愁怨，无处倾诉。"总"是起领，将女子悠悠"愁媒"一语道尽，见景思愁，见人思愁，万事万物在女子眼中"总是愁媒"。而这愁却无人可排遣，"欲诉"写尽女子渴望倾诉、渴望排遣的心理，但是"谁消遣"的疑问却暗含"无人消遣"的答案，五字将少女悲凉沉重的心情入木三分地刻画出来，凄楚难耐。

"未信此情难系绊，杨花犹有东风管"一句，以否定词"未信"领起，虽明言"未信"，却隐隐传递出"信"意，女子的孤单寂寞在这断言般的词句中传达而出。随后女子自比杨花，"杨花犹有东风管"，杨花都有东风来吹拂，何况是自己呢？杨花素被认为是身世飘零之物，女人以花喻人，命薄如杨花，将其女子无所依傍、"难系绊"的深情道出。

苏轼以男身写女心，对花伤春，对景伤人，表达了苦闷寂寥、孤独哀怨的情愫。全词情韵含而不露，伤而不诉，颇有"衣带渐宽终不悔，为伊消得人憔悴"的况味，如是醇醪，令人沉醉。

谢池春

李之仪

残寒销尽，疏雨过，清明后。花径敛余红，风沼萦新皱。乳燕穿庭户，飞絮沾襟袖。正佳时，仍晚昼。著人滋味，真个浓如酒。

频移带眼，空只恁、厌厌瘦。不见又相思，见了还依旧。为问频相见，何似长相守？天不老，人未偶。且将此恨，分付庭前柳。

【赏析】

李之仪作词较看重词的特性，他曾批评柳永"韵终不胜"，但实际上他自己的词作风格和柳词相近，正如清代冯煦在《宋六十一家词选·例言》中所评："姑溪词长调近柳，短调近秦，而均有未至。"李之仪的慢词，用语俚俗生动，抒情细腻婉曲，很有柳词风味，这首《谢池春》即是其中一例。

词的上阕主写景。"残寒销尽，疏雨过，清明后"，点明节令和天气。春寒料峭的时节已经过去，正值清明前后，细雨纷纷。"花径敛余红，风沼萦新皱。乳燕穿庭户，飞絮沾襟袖"四句，是上阕写景的核心。这几句运用排比手法，层层铺写春景，令人目不暇接，既写出草长莺飞的春色之盛，又为下文写人在如此大好春光之中的复杂感受奠定了基调。

"正佳时，仍晚昼"一句，呼应并补充首句所叙时间，"晚昼"即黄昏时分。"佳时"则承接前四句景物描写。上阕前几句环环相扣，紧密细致，颇显词人用心。"著人滋味，真个浓如酒"，词中主人公眼见这番春景，心头涌起千般滋味，难以言表，只能用同样难以言表的酒滋味来比喻。"真个"二字，极具口语风味，读者眼前仿佛能见到主人公在一派春色中蹙眉叹息的模样。着一"浓"字，仍不知是何滋味，但既以浓烈来形容，便可见"滋味"之深。

上阕末句由景生情，但并未言明是什么情，因此下阕自然而然转入抒情。"频移带眼，空只恁、厌厌瘦"一句，正是"为伊消得人憔悴"的写照，由此可见，主人公心中那股说不清的"滋味"是离情。

"不见又相思，见了还依旧。为问频相见，何似长相守"四句，与上阕四句景语对称，围绕"相见"一事，细致刻画主人公的矛盾心理，将一种辗转反侧的情思描摹得细腻动人。见不到他，就要受相思的煎熬，但是，与他相见之后，也仍要分离，倍增思念之苦，这样一想，倒不如不见。见得越频繁，别离的次数也就越多，所以主人公认为，要彻底治愈相思的痛苦，只有长久地相守。

"为问"是问谁？后文给出了提示："天不老，人未偶"，可见问的是天。李贺有诗云："天若有情天亦老。"此处词人偏说"天不老"，话说得不同，意思却是一样，都是诘责老天的无情。

既然人不能成双成对，便只能"且将此恨，分付庭前柳"。词到此戛然而止。古有折柳赠别的习俗，柳这一意象与别离密不可分，因此主人公将离愁别恨寄托在庭前的柳树上，意在怀人，也意在盼归。但词人对主人公的心境未置一语，使词的结句显得言有尽而意无穷。

卜算子

李之仪

我住长江头，君住长江尾。日日思君不见君，共饮长江水。

此水几时休，此恨何时已。只愿君心似我心，定不负相思意。

【赏析】

李之仪在论词时说过："长短句于遣词中最为难工，自有一种风格。稍不如格，便觉龃龉。"足见他对词作要求之严。这首《卜算子》语言浅白通俗，却深具韵味，很贴合他自己对词的观点和主张，是其词作中的精品。

上阕"我住长江头，君住长江尾。日日思君不见君，共饮长江水"，用词简单，不在技巧上多作雕饰，吟诵起来朗朗上口，干净清澈，颇得民歌神韵。不过，这几句词所表达的感情却十分深婉。前一句以"长江头"、"长江尾"点出别离的现状，后一句直言"不见"，以"共饮长江水"作结，情意皆在言外。

"长江"作为整首词意象的主体，在此代表了两人空间上的阻隔，此外，以流水寄托相思，亦有绵长不尽之感。分隔两地的人一在"头"，一在"尾"，江水之遥，何止万里？但总算还能"共饮"同一条江里的水，聊以慰藉。此时"长江"之水又成了两人之间唯一的牵绊与联系。可是，转念再想，明明每天都共饮着长江水，偏偏又不得相见，主人公心中离愁之广、思念之深，由此可见。如此一来，"长江"又变作两人生离的罪魁祸首。

意象是为情感服务的，意象内蕴的多变，正契合主人公内心情感的起伏。然而这些矛盾与变化在词中是隐而不发的，词人只用平淡之语叙述事实，结构、用意虽精巧，却能浑然化出，不露痕迹。

下阕仍将"长江"与"别离"结合起来，抒发离愁别恨。"此水几时休，此恨何时已"一句，看似是慨叹长江之水浩渺无际，离愁别恨永无止息，一发心中幽怨，实则还包含着更深的意蕴。主人公清醒地知道江水不可能"休"，离恨也不可能"已"，但仍期盼着长久的离别能有终结的一日。这种明知不可能而期盼的心情，更深层次地突显出主人公心中难解的愁苦。

末句"只愿君心似我心，定不负相思意"，赋予了这种无法可解的相思之情以永恒的意义。从悲观的角度看，永远不止的相思是痛苦和煎熬，因为它意味着两人永不能相守；换个角度看，永久的相思也意味着永久的情意。两个人隔着遥远的距离相互守望，奔腾不息的江水此时成了他们爱情的见证。

"君心似我心"用五代词人顾夐"换我心，为你心，始知相忆深"（《诉衷情》）一句词意，体现了两人的心心相通。"只愿"二字，是主人公的深情和专情的写照，同时也隐隐表达出一种恐怕对方负心的担忧。"定"是衬字，一般来说，用衬字的词，其语言都走通俗一路，这首《卜算子》也不例外。"不负"是主人公对自己坚贞情意的表达，词人纯以口语写出，如出水芙蓉，不事雕饰，清醇灵动，真切感人，其艺术魅力至今不衰。

菩萨蛮

舒亶

画船捶鼓催君去，高楼把酒留君住。去住若为情，西江潮欲平。

江潮容易得，只是人南北。今日此樽空，知君何日同！

【赏析】

词开篇"画船捶鼓催君去"点出主题：送别。"高楼把酒留君住"，用"留"对照前文的"催"，既写出催人之急，也写出留人之切。"画船"与"高楼"，"捶鼓"与"把酒"，一一对称，前者皆是催人离去，后者皆是挽留人住，两相牵扯之下，离别时刻的匆忙、无奈，以及依依留恋之情，无不清晰呈现。

这种"去"也不是，"住"也不是的情景，正是天下离别之人共通的矛盾心情的体现。词人接下来不由得感叹："去住若为情，西江潮欲平。"离去与留下的矛盾在友人心里激荡，"为情"二字极为贴切地概括出离别时分左右为难的情思。词人与友人在高楼中把酒话别，眼见江面潮水涨平，这意味着别离的时刻已经到来，因此词人明知是徒劳，仍然再次倒了一杯酒，希望留住友人离去的脚步。

"江潮容易得，只是人南北"，下阕起首重复上阕末句的"江潮"二字。在一首短小的小令中，重复的词语往往是词人为了赋予其词眼的功能而有意为之。此处的"江潮"，既是催促友人离去的罪魁祸首，也寄托了词人阔大深沉的怀念之情。两句"江潮"相连，造成一种流畅往复的阅读效果，十分契合词作所表现的"去"与"住"的矛盾、反复的心理。

"容易得"三字，透露出离情的怨苦：江潮这么快就涨平了，离别来得如此之容易，怎不叫人心酸叹息。"人南北"点出别后情景，简简单单的"南"与"北"，道出巨大的时间与空间的阻隔，通过对别后二人分隔两地的情形的想象，更加重了词人的离愁。

末尾"今日此樽空，知君何日同"一句，在词意上与首句贯通。等到这杯酒喝完，友人仍要上路，坐上"画船"，乘着"江潮"远去，这一别，何时才能再相见？首句"把酒"，此句"樽空"，极言别离之苦。

这首词用语直白，不加修饰，情意却深厚，且与景致融合无间，颇具韵致。

减字木兰花

黄裳

竞渡

红旗高举，飞出深深杨柳渚。鼓击春雷，直破烟波远远回。

欢声震地，惊退万人争战气。金碧楼西，衔得锦标第一归。

【赏析】

以词体表现民间竞渡龙舟的风俗，黄裳这首《减字木兰花》开风气之先。词人通过对龙舟竞赛场景的细致描写，使词作一脱柔媚明丽的格调，变得威武豪壮、热闹生动。

龙舟竞赛本是端午节的一项习俗，后来发展为不局限于端午节举办的盛大民间活动。这首诗即以豪迈的笔势描绘了龙舟赛的盛况。首句"红旗高举，飞出深深杨柳渚"，以"高举"、"飞出"两个动态的词语，写出龙舟赛开场的景象，开篇就将紧张激烈的比赛气氛渲染出来。

"鼓击春雷，直破烟波远远回"一句，写各条龙舟上的人擂鼓欢呼，声抵云霄，如同轰响的"春雷"，震人心魄。这些鼓声使划船人士气高涨，他们将小舟划得飞快，使它"直破烟波"，像离弦的箭一般前进。"远远回"是指龙舟到达远处再折回来。

上阕两句，犹如一个紧追龙舟的特写镜头，将龙舟从出发到加速，再到折回的过程详细地记录下来，其间数艘船争渡的激烈气氛，以及船上人高涨的气势，无不清晰呈现。

下阕转而写周围的人群："欢声震地，惊退万人争战气。""震"字准确重现了万人雷动的场景，可见此时已有龙舟胜利抵达终点，因此围观的人群爆发出了震天动地的欢呼。"惊退"的主语并非围观者，而是参加比赛的人，他们争相竞渡的豪气，能"惊退"万人，以豪语写豪情，相得益彰。

"金碧楼西，衔得锦标第一归。""衔"字的运用，将龙舟夺胜的姿态写活了。"金碧楼"与前面的"红旗"、"杨柳"、"烟波"一起，在视觉上丰富了整个场面。"第一归"呼应了"竞渡"的主题，对首句的"飞出深深杨柳渚"进行了完美的收结。由比赛始至比赛终，全词结构完整，场面宏阔，对龙舟赛的描写简练而精彩，在当时流传颇广。

倦寻芳慢

王雱

露晞向晚，帘幕风轻，小院闲昼。翠径莺来，惊下乱红铺绣。倚危墙，登高榭，海棠经雨胭脂透。算韶华，又因循过了，清明时候。

倦游燕，风光满目，好景良辰，谁共携手？恨被榆钱，买断两眉长斗。忆高阳，人散后，落花流水仍依旧。这情怀，对东风，尽成消瘦。

【赏析】

作为王安石的儿子，王雱与王安石之弟王安礼、王安国曾被时人合称为"临川三王"。他多著书、工于诗文，词却作得极少。近人薛砺若《宋词通论》中曾评价他的词："王雱词虽不多见，然较介甫（王安石）蕴藉婉媚多矣。足见当年临川王氏家学一斑。"这首《倦寻芳慢》是王雱偶然为之，却写得清新婉转。

"露晞向晚，帘幕风轻，小院闲昼"，首句点明时间、地点、天气。春日的午后，下过一场小雨，在接近傍晚的时候，草木上的雨露渐渐干了，柔软的春风轻轻掀动帘幕，小小的庭院十分幽静。这一句虽然没有写人，但"小院"二字已隐含了人在内。

接下来，词人的视角转向院内小径："翠径莺来，惊下乱红铺绣。"碧绿的小径上铺着落红，色彩的对比显得无比绚丽，如同绣出来的织物一般。原本是静态的风景，词人在其中杂以"莺来"、"惊下"，便产生了动感。

"倚危墙，登高榭，海棠经雨胭脂透。"前半句"倚"、"登"二字，暗合诗词中表现春愁的惯常意象，从而引出词的主题。后半句写雨后海棠。正因为"经雨"，全盛的海棠更显娇艳，那种红艳欲滴的颜色，犹如女子的"胭脂"一般，浸润着整片花瓣。

这是一种花盛开到极致的美，看到这样的景色，词人不免有"算韶华，又因循过了，清明时候"之慨。"韶华"二字，点明慨叹的缘由。开到盛极的花，下一刻即将凋谢，一同带走美妙的春色，人的年华亦流逝得如此轻易，转眼又是清明时节，春将逝，人将老，岁月等闲虚度，再好的春光也不过虚设。

紧承上文的慨叹，下阕第一句词人即道出自己无心赏春、怠于游玩的心境："倦游燕，风光满目，好景良辰，谁共携手？"大好春光，处处美景，却因无人可以"携手"与共，只好任它消逝。

"恨被榆钱，买断两眉长斗"一句极工巧，"恨"指春恨，"榆钱"指榆树的果实，因状似钱币而得名。"长斗"是形容"两眉"时常皱紧的样子。词人以榆钱言春，以"两眉长斗"言愁，以"买断"连接两者，如此美好的春色"买断"的竟然全都是愁，足见愁之深苦。

"忆高阳，人散后，落花流水仍依旧。""忆"字引出回忆，"高阳"是指当年与友人一同游赏春色的友人。当时的人如今已经不在，可是"落花"、"流水"却仍与往年一样，此句大有物是人非之叹。且词人不言春景依旧，而言落花流水依旧，将怅惘的心绪置于春末凋残之景中，更添愁情。

词人最后叹息道："这情怀，对东风，尽成消瘦。"下阕所言"倦"、"恨"、"忆"，层层推衍下来，到此已愁上加愁，无从消泯，因此只能"尽成消瘦"。"东风"二字仍紧续春恨，显出词人文思的细密。这首描写春愁的词，题材虽寻常，词句却精致，风度也动人，足见词人才情。

念奴娇

黄庭坚

八月十七日，同诸生步自永安城楼，过张宽夫园待月。偶有名酒，因以金荷酌众客。客有孙彦立，善吹笛。援笔作乐府长短句，文不加点。

断虹霁雨，净秋空，山染修眉新绿。桂影扶疏，谁便道，今夕清辉不足？万里青天，姮娥①何处，驾此一轮玉。寒光零乱，为谁偏照醽醁②？

年少从我追游，晚凉幽径，绕张园森木。共倒金荷，家万里，难得尊前相属。老子平生，江南江北，最爱临风笛。孙郎微笑，坐来声喷霜竹。

【注释】

①姮（héng）娥：即嫦娥。②醽醁（líng lù）：美酒名。

【赏析】

黄庭坚在元符元年（公元 1098 年）由黔州贬谪到偏远的戎州，这首词就是他在戎州时所写。当时的黄庭坚已五十多岁，晚年一连遭到贬谪，本该是抑郁沉闷之时，但通过这首《念奴娇》可以看出，此时的他非常乐观，能以积极的心态去面对挫折，人生态度豪迈而豁达。

面对当空的皓月，黄庭坚诗兴大发：“断虹霁雨，净秋空，山染修眉新绿。桂影扶疏，谁便道，今夕清辉不足？万里青天，姮娥何处，驾此一轮玉。寒光零乱，为谁偏照醽醁？”前三句写秋日雨后初晴之景：半隐半现的霓虹高挂在刚刚雨过天晴的天空上，雨后的空气格外清新，翠绿的树木环绕群山，把一座座山峰装点得犹如美人额上修长的秀眉。以下数句别出心裁，以三个问句描摹出一幅月下秋景图：中秋佳节刚过，月亮上的桂树还是枝繁叶茂、阴影浓郁，是谁在疑问，今晚的月光不够明亮？广阔的天空无边无际，好似有万里之遥，那在这广袤的星空中，嫦娥究竟身在何方，在哪里乘着明月一同飞翔呢？映照在大地上的月光忽明忽暗，零散错乱，它播撒光辉是为了照耀哪家的美酒呢？

作者一连问了三个问题，让人联想到黄庭坚的老师苏轼在《水调歌头》中写过的“明月几时有，把酒问青天”的词句。黄庭坚与苏轼的豪放词风一脉相承，词人一再设问，显现出他此时心境的开阔，以及想要探寻星空奥妙的浪漫情怀，且使全词气势波澜，作者的豪情逸兴皆显露于此。

欣赏过美丽的月色，接下来就该摆酒设宴、共叙豪情了。词人带领着他的朋友与晚辈们，找到了一个绝佳的去处：“年少从我追游，晚凉幽径，绕张园森木。”

下阕数句描绘了寻觅与宴饮的过程：“我的晚辈们追随着我，在这带有丝丝凉意的夜晚，顺着清幽的小路，绕到了树木繁盛的张家园林。大家一起举起荷叶形的酒杯吧，能在这离家万里之遥的地方相遇相聚，把盏同欢，多么难得。我这一生中，祖国大江南北几乎都走遍了，可无论身在何处，我最喜爱的还是临风飞扬的刚健之曲。孙兄听闻此言，微笑着拿出笛子，立即演奏了一曲美妙的乐曲。”

找到了这样一个树木环绕、开阔静谧之所，大家都开始举杯邀月，尽情畅饮。看着相聚的亲朋好友，词人生出了“家万里，难得尊前相属”的感慨，这其中暗含着黄庭坚心底的孤苦与落寞。但很快，词人就跳出了感伤，他想起了他最喜爱的刚健之曲，“老子平生，江南江北，最爱临风笛”，这三句是全词最为精彩壮阔的词句，作者心底的豪情由此顿发。他的朋友听闻此言，立刻就开始演奏。在这激昂的乐曲声中，黄庭坚深受鼓舞，虽身处逆境，但仍乐观旷达。

词以笛声结尾，声远、意远，神思更远，让人于笛声中体会到词境的雄浑潇洒和作者的豪情满怀。

蓦山溪

黄庭坚

赠衡阳妓陈湘

鸳鸯翡翠，小小思珍偶。眉黛敛秋波，尽湖南、山明水秀。娉娉嫋嫋①，恰似十三余，春未透，花枝瘦，正是愁时候。

寻花载酒，肯落谁人后。只恐远归来，绿成阴，青梅如豆。心期得处，每自不由人，长亭柳，君知否，千里犹回首？

【注释】

①娉娉（pīng）嫋嫋（niǎo）：形容女子苗条，体态轻盈。

【赏析】

从词题"赠衡阳妓陈湘"可知，这首词是词人为一位名叫陈湘的妓女而写。这个女子应是黄庭坚的红颜知己，在二人即将分离、依依惜别之际，词人写下了这首《蓦山溪》。

这首词的语言清丽淡雅，但其中内涵却又深刻丰富，是作者融汇了自己真实的生活之后创作出的一首作品。整首词给人以悠远绵长、回味无穷的阅读体验，浅显却隽永、诙谐亦庄重，小小一首词作，尽显作者写作功力之深厚。

作者先是详尽描绘了佳人的美丽姿容以及少女怀春的情怀，但词人并未将这些进行直白陈述，而是把女子的美貌与自然景色相连，将少女的情怀与鸟禽相关，以写景写物之笔法突出人物的心理及特点。

鸳鸯、翡翠这类动物都是两两存在的，一雄一雌，在大自然中相依相伴、相亲相爱。作者以它们作为开头，以这些大自然中的佳偶衬托少女心中的情愫，显然是一种起兴的笔法。少女虽还年少，但她也已是春心萌动，希望觅得佳偶，结为秦晋之好。

心思如此细腻的女孩自然也有着妩媚动人、清丽脱俗的容貌。词人在描摹陈湘的美貌时，以自然景物来比喻她，"眉黛敛秋波，尽湖南、山明水秀"，她的眉毛就像远处的青山，耸立在云鬟旁，眼神犹如秋波荡漾，摄入人心、脉脉含情。这两个比喻，与王观的词句"水是眼波横，山是眉峰聚"一般，令人印象深刻。

接着，作者用五个短句"娉娉嫋嫋，恰似十三余，春未透，花枝瘦，正是愁时候"写出陈湘正值妙龄、身材袅娜纤细、性格细腻敏感的特点。上片末尾一句"正是愁时候"写出了陈湘心中的小儿女情怀。一个十几岁的少女，对她未来的夫婿是充满幻想与期待的，同时也是感伤与不安的。这一个"愁"字，正是这个年龄的女孩独有的标志性特征，她们所愁之事不是世俗的柴米油盐，而是细腻的心事与所思所想。

作者勾画的佳人形象自然贴切，一个豆蔻年华的姑娘思忖着自己的未来，那清丽的容颜、纤巧的身姿、炽热的情感无不打动着词人的心。所以词人与之分别时，恋恋不舍的心情自然呼之欲出。

　　"寻花载酒，肯落谁人后"，词人急于与佳人会面，唯恐落于人后，他对陈湘的爱慕之情由此可见一斑。欲见佳人，但见面之后又意味着分别，这种矛盾让词人感到惶恐与惆怅，"只恐远归来，绿成阴，青梅如豆"，词人心中只怕自己与佳人后会无期，就算再见面也已是沧海桑田，万事万物都已变化。此处感情的流露自然真挚，让人动容。

　　"心期得处，每自不由人，长亭柳，君知否，千里犹回首？"词作的最后，作者感叹世事无常，不知道自己是否还有机会能与佳人再续前缘。纵使心中万般不舍，也得踏上前路，但那怅惘的离别之意难以慰藉，只能频频回首、向远方遥望，寻找到一丝安慰。整首词作萦绕着一种低沉感伤的氛围，将爱慕和思念的感情描写得曲折、真切、动人。

定风波

黄庭坚

次高左藏使君韵

万里黔中一漏天，屋居终日似乘船。及至重阳天也霁，催醉，鬼门关外蜀江前。

莫笑老翁犹气岸，君看，几人黄菊上华颠？戏马台南追两谢，驰射，风流犹拍古人肩。

【赏析】

　　高左藏使君指当时的黔州太守高羽，可见此词作于黄庭坚被贬官后寓于黔州之时。

　　从词作内容看，这首词当写于重阳节当天。黄庭坚所在的黔州地区位于四川腹地，四川多雨，黔州也常常大雨倾盆。上阕首句，"万里黔中一漏天，屋居终日似乘船"描绘的正是黔州的多雨。"漏天"是当时人们对多雨地区的一种称呼，而黔州地区就好似天空中漏了个大洞一样，终日大雨不断，屋子里也浸满雨水，待在屋中就好像坐在船中一样。此句中，作者运用夸张的手法极言雨势之大。对自然环境的艰苦的描写，反映的正是作者此时心中的痛苦与压抑：天空是阴沉的，心中自然也是苦闷的。

　　"及至重阳天也霁，催醉，鬼门关外蜀江前。"等到了重阳节这一天，老天似乎也肯开恩展露笑颜了，连日的大雨之后终于放晴，作者的心情也随之变好，情绪高涨地与朋友把酒言欢。开怀畅饮的地点正是在蜀江边的鬼门关前。鬼门关又名石门关，在四川奉节境内，因两座大山夹持相对如门一般，故名之曰"鬼门关"。这一名字突出了此地地势的险要，也可看出作者心中的豪情万丈。面对这大自然的险峻奇观，作者心中郁结的愤懑抑郁之情也一扫而空，随蜀江水而去。

　　古人非常重视重阳节，在这一天有许多传统习俗，如登山、赏菊、插茱萸等。"莫笑老翁犹气岸，君看，几人黄菊上华颠？"词人对友人道："不要笑话我已进入暮年却不服老，仍旧气势高昂，品格傲岸，你们看看，有几个人能像我一样把黄花戴在头上？"一句反问，气势十足，让人不得不佩服他的勇气与洒脱。词人就这样头戴黄花、神清气爽、怡然自得地在奔流不息的江岸边吟咏诗句，他的不羁、自然和豪情展现无遗。

"戏马台南追两谢，驰射，风流犹拍古人肩。"此处词人用更加自负的口吻宣布自己不仅要于现世中独立，还要效仿古人，与前辈一较高下。这句词引用了宋武帝在重阳时节于徐州彭城戏马台与宾客吟诗作乐的典故。作者摩拳擦掌也想加入当年那场盛宴，与谢灵运、谢朓两位大家一起纵马驰骋，比诗论文。末尾一句"拍古人肩"，意思即为追随古人的豪迈气概。词人此刻已完全抛下了个人的得失荣辱，只希望如古人一般洒脱豁达，与他们一起去寻找人生的真正旨趣。词中表现出一种老当益壮的豪迈奋发之情。

阮郎归

黄庭坚

烹茶留客驻金鞍。月斜窗外山。别郎容易见郎难。有人思远山。

归去后，忆前欢。画屏金博山。一杯春露莫留残。与郎扶玉山。

【赏析】

黄庭坚喜欢茶，也喜欢创作咏茶诗词，他所写的咏茶诗在当时的文人中既多且工，咏茶词也不少，有 10 首之多。这首《阮郎归》也是专门咏茶之作，但是与黄庭坚其他吟咏茶叶的作品不同，此词是以一个妇人的口吻写就的。表面上与茶有关，实则是描写女子思念爱人的真挚感情。

"烹茶留客驻金鞍。"开篇即以"留客"二字点明主旨。烹茶之人自然是词中的女主人公，那她所留之客又是谁呢，她希望留住哪个人的骏马，让他驻足休息呢？"月斜窗外山"点明了时间与女子所留之客。在一个月上柳梢头的夜晚，女子与一人相遇，从这一句所描写的优美画面来看，二人见面的一瞬间一定是一见倾心，互相都给对方留下了美好的印象。

所以在一面之缘后，女子一直对那人念念不忘，她时常感叹着"别郎容易见郎难"，上天让他们相遇、相知、相爱，最后却让他们不得不相离。词中没有说明二人分开的具体原因，但可以想见，兴许是男子要去远方经商、游学，或者是探亲访友。自从男子离开之后，女子的心也被他带走了，她是多么渴望能再次见到爱人，但一天天的期盼只能换来一次次的失望，男子迟迟没有再次归来，女子纵使烹好了茶在这里日夜守望，他也终究没有任何消息。

每每念及此处，女子的心中总是郁郁寡欢，她向远方瞭望，只能看见那连绵的群山。"有人思远山。"女子所望的并非是远山这一景物，而是远山背后的世界，是那位可能归来的情郎。

"归去后，忆前欢"是说女子依然沉浸在对情人的思念之中。自从情人离开后，她每日所想都是之前相聚时的美好与甜蜜。女子希望从回忆中得到一丝丝安慰，寻求一点点温暖。但之前的日子越是美好就映衬出现在的孤苦伶仃。

"画屏金博山"一句中，"金博山"指雕刻着重叠山脉形状的铜香炉。室内香雾缭绕，恰似之前二人相聚之时的情景，这让女子的心绪更加难平。"一杯春露莫留残"中的"春露"指上文中提及的香茶。女子把烹制好的香茶捧到郎君面前，希望他一饮而尽，不要有剩余，这小小的一杯茶中包含着女子对情郎的殷切希望、恋恋不舍，更是对他全身心的爱恋。

最后一句"与郎扶玉山"与上片"有人思远山"相对。"玉山"指的是男子酒醉之后的样子。在郎君微醺之际，奉上一杯解酒茶，再搀扶着他，女子的细腻心思可见一斑。

词中，女子的思绪一会儿飘回过去，一会儿回到现实，这种现实与想象的交替，正是女子为情所困的表现。作者对女子的心思揣摩得非常准确。这首咏茶之作也是黄庭坚词作中比较另类的一篇，让人印象深刻。

清平乐

黄庭坚

春归何处？寂寞无行路。若有人知春去处，唤取归来同住。

春无踪迹谁知？除非问取黄鹂。百啭无人能解，因风飞过蔷薇。

【赏析】

黄庭坚早年游学、游宦期间，写下此词。词中所描述的是晚春时节的景色，作者就如一个孩童一般在遍寻春的踪迹，最终无处可寻，这种落寞惋惜的心情，引出了这首惜春之作。

词一开头，作者就发出了疑问："春归何处？"春天究竟到哪里去了呢？这个问题就像一个小孩子提出的，别有趣味。作者之所以发出这样的疑问，正是因为他感到了时光的匆匆流逝，世间一切美好的事物似乎都转瞬即逝，而自己什么也留不住。因此，他渴望通过寻找春天来寻找自己心灵的归依之所。然而"寂寞无行路"，春天已离他而去，他就如一个迷路的孩子，寂寞彷徨。

"若有人知春去处，唤取归来同住。"因为寻觅春天而不得，词人此时急切地希望有人能帮助他，告诉他春天到底去了哪里，或是和他一起去寻找春天。可是，没有人知道春天的踪迹，作者颇为无奈地问了一句"春无踪迹谁知"？

"除非问取黄鹂。"俗世中无人能帮他，那就到大自然中去寻找，他找到了那高声歌唱的黄鹂鸟。他渴望在黄鹂鸟的歌声中寻找到答案，但是黄鹂鸟虽声音婉转、歌唱动人，作者却空对着它们，无从知晓答案，由此，希望落空之感更为强烈。

"百啭无人能解，因风飞过蔷薇。"此时微风吹过，黄鹂鸟再也不肯与词人对话，它乘着风，飞过蔷薇花丛，最终飞向远方去了。蔷薇花开在夏季，作者此处提到蔷薇，暗指夏天已经来到，作者努力去寻觅的春天早已无迹可寻了。

作者对春的寻找，代表着他对美好事物的向往与追求，他对春的痴情，正表示他对美好事物的执着与不放弃。黄庭坚此词，历来为人称赏。从珍惜春天到寻找春天，从最初的满怀希望到最后的失落而回，结构明晰，通篇以口语写来，通俗易懂，风格清丽明快，写出了春天的美丽可爱。

鹧鸪天

黄庭坚

座中有眉山隐客史应之和前韵，即席答之。

黄菊枝头生晓寒。人生莫放酒杯干。风前横笛斜吹雨，醉里簪花倒著冠。

身健在，且加餐。舞裙歌板尽清欢。黄花白发相牵挽，付与时人冷眼看。

【赏析】

这首词是黄庭坚与朋友史应之互相唱和应答之作。史应之是黄庭坚的朋友，词序中的"眉山隐客"指的就是他。他常年隐居在眉山地区，靠开设私塾教书为生，生活贫苦困顿。他与黄庭坚意气相投，二人之间颇有惺惺相惜之意。

首句"黄菊"二字，点明二人相聚时节正是菊花盛开的秋季。自古文人雅士都喜好伤春悲秋，在这万物即将凋敝的时节中，词人也不能免俗。再加上他此时身为贬谪之人，心中自然苦闷郁结。看到黄菊盛开，他吟出一个"寒"字，其实，天气未必有多寒冷，寒冷的应是词人此刻的心。至于究竟何事让他如此心寒，下文中词人并没有说明，而是将话锋转到劝朋友饮酒上。

"人生莫放酒杯干"，就如李白的诗句"人生得意须尽欢，莫使金樽空对月"一样，劝朋友抛去一切烦恼，更进一杯酒，作者的万丈豪情由此可见。"风前横笛斜吹雨，醉里簪花倒著冠"二句中"风前"一词，描绘了一位挺身立于狂风之中，任凭风吹雨打而岿然不动的壮士形象。虽承受风雨交加的冲击，但作者的心依然平静，甚至还手握横笛，继续演奏着美妙的乐曲。此刻的词人似乎已经酩酊大醉，全没了平时沉稳严谨的形象，他顺手摘下一朵黄花，插于发中，把发冠随意倒扣在头上，这样的放松状态在平时是绝不会出现的。借着酒醉，词人完全抛下了平日里被压抑的天性，饮酒对酌，与朋友随意畅聊，兴起之处，头发散乱，衣冠不整，于风雨中赋笛一曲。只有在这沉醉之中，作者才真正感到轻松、快乐、无拘无束。

承接上文酒醉之后的癫狂与放纵，词人高呼"身健在，且加餐。舞裙歌板尽清欢"。这句词的意思是："我要身体健康地活着，多加餐饭，合理饮食。我要在歌舞中尽情享乐，去享受生活。"词人本是一名身负远大理想与抱负的政治家，但此时却不想再去理会世俗中的一切，不再看重荣华富贵，不再追逐名利，不想再违心附和，而只想健康快乐地生活。

多年在官场中的尔虞我诈，早让黄庭坚心生厌倦。看到朋友于山村中隐居的生活，虽然清苦，但却怡然自得，颇为滋润，词人很是羡慕。所以尽情畅饮，酒醉之后吐露出这样的归隐想法。

"黄花白发相牵挽，付与时人冷眼看。"从词的最后两句可以看出，作者知道自己现在这种轻松自由的状态不会被世人所接受："醉里簪花倒著冠"的行为会被视为异类，但词人不会顾及那些流言蜚语，他把自己比作"白发"，与高洁傲霜的菊花一起携手归去。此句表达了作者欲与俗世脱离、归隐田园的理想与洒脱不羁的情怀。

词中，"眉山隐客"与词人自身都是以隐士形象出现的，他们愤世嫉俗，厌倦了尘世中的钩心斗角，希望能够到田园中隐居，这正是词人对俗世中令人不满的事物最有力的控诉。

谒金门

黄庭坚

示知命弟

山又水，行尽吴头楚尾。兄弟灯前家万里，相看如梦寐。

君似成蹊桃李，入我草堂松桂。莫厌岁寒无气味，余生今已矣。

【赏析】

黄庭坚胞弟黄知命，名叔达。他在黄庭坚被贬谪流放黔州期间曾去探望他，并从此在黔州与兄相伴数年。《谒金门》词就是黄庭坚在弟弟初来之时所作。词中表现了他和弟弟之间深厚的骨肉亲情。这种亲情天伦的题材在宋词中是较为少见的。

开头两句"山又水，行尽吴头楚尾"，交代了弟弟叔达历尽艰辛去遥远偏僻的黔州看他的经过。"吴头楚尾"在古时指豫章，也就是现在的江西地区。豫章地区在春秋时期是吴国西面的国界，楚国东面的国界。而知命去看望词人时，是从安徽芜湖坐船，沿水路西行去往四川，因此正好经过"吴头楚尾"。

翻山越岭，一路上舟车劳顿，弟弟终于来到了自己的面前。词人和弟弟二人在离家千里之遥的苦寒之地相逢，看着弟弟真切的面容，词人的内心激动不已。他拉住弟弟的手，在昏暗的油灯前，仔细打量着弟弟的面容，连日来的辛苦奔波让弟弟疲惫不堪。弟弟看着哥哥，内心也同样是异常酸楚，哥哥已五十多岁，却远离故乡来到这偏远之地，仕途也是屡遭不顺，自然面容枯槁憔悴。"兄弟灯前家万里，相看如梦寐。"两个人看着对方，都感觉如在梦中一样。

"君似成蹊桃李，入我草堂松桂"，下阕中前两句的描写十分巧妙，"成蹊桃李"一词是借用了《史记》中"桃李不言，下自成蹊"的典故，词人把弟弟比作是"成蹊桃李"，是赞颂弟弟品格高尚，为人光明磊落。弟弟这棵"桃李"却进入了作者的"草堂松桂"。"草堂"实际上指的是词人当时居住的开元寺，"松桂"是作者用来比喻他当时居住环境的荒凉冷清：周围只有树木的环绕。上句的桃李与此处的松桂形成对偶，句式工整，文采斐然。

"莫厌岁寒无气味，余生今已矣。"最后两句是作者发出的感叹之音。作者对自己当下所处的环境十分无奈，但在无奈中也透露出一丝豁达。既来之则安之，词人知道自己已近暮年，可能就要在这异地他乡了却余生了。"余生今已矣"中显露的正是作者此时悲壮的心境，但其中也暗含有兄弟相依的欣慰之情。

瑞鹤仙

黄庭坚

环滁皆山也。望蔚然深秀，琅琊山也。山行六七里，有翼然泉上，醉翁亭也。翁之乐也。得之心、寓之酒也。更野芳佳木，风高日出，景无穷也。

游也。山肴野蔌，酒洌泉香，沸筹觥也。太守醉也。喧哗众宾欢也。况宴酣之乐、非丝非竹，太守乐其乐也。问当时、太守为谁，醉翁是也。

【赏析】

欧阳修任滁州知州时，曾写下千古名篇《醉翁亭记》，其中"醉翁之意不在酒"一句，成为脍炙人口的名句。黄庭坚这首《瑞鹤仙》词，正是从这篇著名散文总括而来，词中既保留了《醉翁亭记》的精髓和意趣，艺术手法上又有所创新。如全词共用了十二个"也"字，既用作句尾语助词以舒缓语气，也用作韵脚。词人将散文中的"也"字移用进词中，看似是原封不动地照搬，但由于两种文学体式的不同，这种移用就显得别具特色。

开篇用欧阳修的原句："环滁皆山也。"以散文笔法入词，且首句便用一个"也"字，拉长句子节奏，既舒徐又有韵致。《醉翁亭记》原文中，这一起句写得简练而精当，既能统领全文，又颇具阔大境界。从此词对这一句的完整沿用中，可见出词人的眼光。

"望蔚然深秀，琅琊山也"，此句简括欧阳修笔下"其西南诸峰，林壑尤美，望之蔚然而深秀者，琅琊也"一句，很能抓住关键之处进行缩略。原文是游记散文，因此需要花费笔墨进行铺叙和描述，词则能以其精炼简洁的优势，直接指明重点。两者各有长处：散文铺陈中见优美，词作凝练中具丰腴。

"山行六七里，有翼然泉上，醉翁亭也"，仍概括原文，取其中要点，形诸词句。从上句的"琅琊山也"到这句的"醉翁亭也"，省略了散文中众人穿行于山间，始闻水声，继而峰回路转的过程，却留下了恰当的空白供人想象和填补，因而不失兴味。

紧接着，词人撇开原文，发了一句感叹："翁之乐也。"此句上括前三句景语，表达登山游览之乐；下启后两句议论，说明"翁之乐"的真正来源："得之心、寓之酒也。"

欧阳修原文"醉翁之意不在酒，在乎山水之间也。山水之乐，得之心而寓之酒也"，意思是说，自己不是因酒而醉，是因山水而醉，但游赏山水的乐趣，既在心中，也在酒兴之中。词人撇去原文的转折，直接点明"翁之乐"来自心境，扣住了"醉翁"的文眼。

"更野芳佳木"一句，看似写山中四时景色，实则是以无穷之景写醉翁无穷之乐。正因为"翁"拥有怡然自得的心态，所以能在不同的季节享受不同的风景，并从中发觉自然之美，适意而醉。

下阕首句"游也"，承上启下。"也"字为这一短句增添了吟咏的韵味，生动体现了众人游玩时的高涨兴致和惬意心情。"山肴野蔌，酒洌泉香，沸筹觥也"，这句详写宴会。与此相应的原文中有一句"宴酣之乐，非丝非竹"，点出"太守之宴"的乐趣所在：

在"山"，在"野"，在自然之中得真趣。

　　词人写"太守醉也"、"太守乐其乐也"，意在隐括"醉翁之意不在酒"的主题。正因为"翁之乐得之心"，"宴酣之乐非丝非竹"，所以太守才会"醉"。此"醉"并非为酒而醉，也并非单纯为山水而醉，而是因心中有遭际之叹惋而醉。"喧哗众宾欢也"，众宾客欢娱的场景与独然而醉的太守形成鲜明对比。

　　如果说"醉"是叹惋自身，那么"乐"则是消沉中的昂扬。"乐其乐"三字，表明了一种怡然自乐、陶然自得的胸襟，表明了"醉翁"既寄情于山水，又忘情于山水的情怀。

绿头鸭

晁端礼

咏月

　　晚云收，淡天一片琉璃。烂银盘、来从海底，皓色千里澄辉。莹无尘、素娥澹伫；静可数、丹桂参差。玉露初零，金风未凛，一年无似此佳时。露坐久，疏萤时度，乌鹊正南飞。瑶台冷，栏干凭暖，欲下迟迟。

　　念佳人音尘别后，对此应解相思。最关情、漏声正永，暗断肠、花影偷移。料得来宵，清光未减，阴晴天气又争知？共凝恋，如今别后，还是隔年期。人强健，清樽素影，长愿相随。

【赏析】

　　北宋胡仔曾在其著作《苕溪渔隐丛话》中评价这首咏月词："中秋词，自东坡《水调歌头》一出，余词尽废，然其后亦岂无佳词？如晁次膺（字端礼）《绿头鸭》一词殊清婉，但樽俎间歌喉，以其篇长惮唱，故湮没无闻焉。"将此词与苏轼的名篇相提并论，足见评价之高。

　　此篇不同于苏词之处，除了风格迥异之外，还在于它是一首篇幅很长的慢词。写长词往往容易冗杂，若把控不慎，还容易造成词意的断层。但这首《绿头鸭》，音律和婉，气韵连贯，实为长调中的佳作。

　　胡仔评其"清婉"，是就整首词的风格而言，也可指其语言风格。首句"晚云收，淡天一片琉璃"以清丽的语言为全词营造出一种雅致的情韵。晚霞已收，入夜的天空清朗莹澈，好似一大片琉璃闪耀着淡淡的光泽。"烂银盘、来从海底，皓色千里澄辉"，写月亮升起来的情景。此处化用唐代卢仝《月蚀诗》中的诗句："烂银盘从海底出，出来照我草屋东。""千里澄辉"四字，将月出之后、遍洒银光的情形描写得极其柔美动人。

　　如果是小令，写景至此已足够，但慢词则需层层铺叙。词人接下来仍写月亮，因前一句从月光入手，下一句便改换角度，以月亮中的人和物为表现对象："莹无尘、素娥澹伫；静可数、丹桂参差。""素娥"即嫦娥，"丹桂"即月中桂树。"莹无尘"、"静可数"用来形容嫦娥和桂树，是借神话传说中的人物，写出月亮高挂中天的澄澈与皎洁。

"玉露初零，金风未凛，一年无似此佳时"一句，再次更换角度，从时节、天气着手，写中秋月夜之美好。秦观《鹊桥仙》词中有"金风玉露一相逢，便胜却人间无数"之句，"玉露"、"金风"是写秋景常用的词。词人虽未脱窠臼，但以"初零"状写露之未重，以"未凛"描写风之微凉，却十分细腻地表现出"一年无似此佳时"的原因，显得文思密实。

在如此美好的月夜，"露坐久，疏萤时度，乌鹊正南飞"，词人在月下久坐，流萤不时从眼前飞过，乌鹊在稀疏的星月间南飞。"坐久"二字，点出词人对美景的流连。"瑶台冷，栏干凭暖，欲下迟迟"，楼台渐渐变冷，说明夜色渐深，然而词人却将"栏干凭暖"，连冰冷的"栏干"都被词人的体温捂暖了，足见倚立时间之长。"欲下迟迟"是进一步写词人独倚栏杆、不忍离去的心情。

这首词题为"咏月"，写的是中秋之月。咏月以怀人，这在诗词中几成惯例。此篇也不例外。下阕首句"念佳人音尘别后，对此应解相思"，直奔怀人主题。由此句回观上阕末词人长久倚栏之事，便可知他心有所念。但词人不直接写自己如何想念对方，而是设想"佳人"如何对月"解相思"。

"最关情、漏声正永，暗断肠、花影偷移"一句，仍从"佳人"角度来写。词人设想远方佳人愁听更漏，对花垂泪，正是两地相思，愁苦萦怀。

"料得来宵，清光未减，阴晴天气又争知"，紧承前文"漏声正永"、"花影偷移"而来。佳人听到更漏不绝，看到花影移动，惊觉时间匆匆流逝，因而自然联想到"来宵"。"清光未减"紧扣词的主题，使月与怀人之情相交融。试想明夜天气"阴晴"，喻示月之阴晴，人之离合。"争知"二字，蕴涵着佳人对人生聚散无常的感慨，以及不知何时能与对方相见的幽怨之情。

"共凝恋，如今别后，还是隔年期"，所谓"隔千里兮共明月"（谢庄《月赋》），用一"共"字，将词人之思与佳人之思贯通起来，"凝恋"与上阕的"栏干凭暖"相呼应，指词人对月色的流连，以及词人对佳人的"关情"和"断肠"的想象。"隔年期"点出相见之遥，同时也暗指来年月色之下又一场聚散。

末句"人强健，清樽素影，长愿相随"，是对人之相聚团圆的美好祈愿。这首词咏月怀人，将思念之深、相聚之难写得深婉无迹，一切情思都融合于清莹的月光之中，低回不已。

水龙吟

晁端礼

倦游京洛风尘，夜来病酒无人问。九衢雪少，千门月淡，元宵灯近。香散梅梢，冻消池面，一番春信。记南楼醉里，西城宴阕，都不管、人春困。

屈指流年未几，早人惊、潘郎双鬓。当时体态，如今情绪，多应瘦损。马上墙头，纵教瞥见，也难相认。凭阑干，但有盈盈泪眼，把罗襟揾。

【赏析】

晁端礼一生仕途不顺，因而词开篇有"倦游京洛风尘"之慨。"倦"字表现出他对官场生涯的倦怠，也表现出他内心的失意与不甘。倘若已全然放开，不再牵念，就不会有下文的"夜来病酒"。正因为志不得伸，所以借酒消愁。"病酒"是指酒喝多了，导致身体抱恙。"无人问"的孤寂夜晚，拖着愁病之身，词人境况之凄凉，让人不忍卒闻。

这首词别开生面，以愁惨之语开头，给读者留下鲜明深刻的印象。接下来，词人笔锋一转，转愁语为淡语、景语："九衢雪少，千门月淡，元宵灯近。香散梅梢，冻消池面，一番春信。"九衢街的雪已经消融得差不多了，淡月投下的光芒笼罩着京城的家家户户，元宵节快到了，马上又要见到灯火满城的情景；鼻端闻到梅花的清香，池塘水面的冰已经消融，这正是春天即将到来的讯息。

此番景物给了愁病缠身的词人喘息和放松的空间，让他回想起过去尽情宴饮、游玩的生活："记南楼醉里，西城宴阕，都不管、人春困。"连续列举"南楼"、"西城"，句中颇有少年豪纵的气概。追忆往昔，回观今日，不免生出无限伤感。因此，下阕紧承此意，起端便写"屈指流年未几，早人惊、潘郎双鬓"，时光飞逝，不知不觉中，发现自己早已双鬓斑白。"潘郎"指西晋潘安，因其《秋兴赋》中有"余春秋三十有二，始见二毛"之句，故有此说。

揽镜自照，词人惊觉岁月无情，由是想起早年离开他的情人，如今是不是也憔悴不堪。"当时体态，如今情绪，多应瘦损"，她的"瘦损"不仅仅是因为时光的雕刻，更是因为愁情思绪的煎熬。

"马上墙头，纵教瞥见，也难相认"一句，是上文"潘郎双鬓"、"多应瘦损"的结果。如今各自憔悴苍老的两人，纵然相见，恐怕也难相认。尾句"凭阑干，但有盈盈泪眼，把罗襟揾"，仍写词人对情人的想象：凭栏痴情凝望远处的她，时不时用衣襟拭泪。这里的"盈盈泪"很明显是因思念而落。因词人思念情人，才会想象情人思念自己。但将前一层意思隐去不谈，便在词意上造成了空白，留下了余味。这就是结尾的用意所在。

下阕几句，一层层将时光的无情、"天涯流落思无穷"（苏轼《江城子·别徐州》）的无奈、两人的思念与深情摹写出来，细密翔实，又留有余地。整首词通过描写岁月蹉跎、时光易逝，将仕途与爱情的不如意连缀起来，抒发了深沉的人生慨叹。

茶瓶儿

李元膺

去年相逢深院宇，海棠下、曾歌《金缕》。歌罢花如雨。翠罗衫上，点点红无数。今岁重寻携手处，空物是人非春暮。回首青门①路。乱红飞絮，相逐东风去。

【注释】

①青门：古代长安城门之一。原名霸城门，因门的颜色是青色，民众遂称之为青城

门，也有人称青门。

【赏析】

有人认为李元膺的《茶瓶儿》是一首为纪念亡妻而作的悼亡词。但从词的内容来看，"悼亡"之意并不明显。这首词叙述了一个"相遇——别离"的故事，表达了一种物是人非的深沉慨叹，蕴涵着具有普适性的人生况味。因此，无论它是不是悼亡词，都不影响读者对这首词的理解和欣赏。

开篇"去年相逢深院宇，海棠下、曾歌《金缕》"一句，令人想起唐代崔护《题都城南庄》中的那一句："去年今日此门中，人面桃花相映红。"同样是写"去年"之事，同样是人与花交相辉映，相得益彰，不同之处在于，此词中的女子"曾歌《金缕》"。这就比崔诗多了一点情态。

女子在花下唱歌，容颜与花相称，歌声令花儿为之动容。因而词人有"歌罢花如雨"的描写。"歌罢"是由有声至无声的变化。一曲终了，空气中仿佛还震颤着歌声的余韵，头上的海棠花如雨而落，轻巧纷扬。词人尚且沉浸在美妙的曲音中，见此情此景，安静而美好，更兼"翠罗衫上，点点红无数"，花点缀了人，人又点缀了花，听觉享受之后兼之以视觉享受，足可想象词人心醉神怡之态。

"今岁重寻携手处，空物是人非春暮"一句，由美好的回忆转入现实，引出"物是人非"之叹。海棠花依旧盛放，春色依旧，人却不知去向何处。着一"空"字，既点出人空、"重寻"之空，也暗示着春色的空设、流年的空逝，以及心情的空虚。

"回首青门路"，笔致又是一转，词人回头去看通往京师的路，只见"乱红飞絮，相逐东风去"。"乱红"与"飞絮"的意象，常用来表达春愁、离情，词人描写它们追随东风远去的景象，既是将自己的愁思寄托于春色之中，让它随风而去，也暗含追逐离人踪迹的情思。

词人并没有直言自己回首遥望的心情如何，只通过乱红、飞絮、东风这些景致来代言情感。末尾一个"去"字，写出词人凝望远方时或茫然无思，或思绪邈远，或无限惘然的心理状态，也写出一切都不可挽回的凄然和感伤。这首词以景语作结，造成词意的不确定性和开放性，赋予了词作丰厚的韵味，堪称妙笔。

洞仙歌

李元膺

一年春物，惟梅柳间意味最深。至莺花烂漫时，则春已衰迟，使人无复新意。予作《洞仙歌》，使探春者歌之，无后时之悔。

雪云散尽，放晓晴池院。杨柳于人便青眼。更风流多处，一点梅心，相映远，约略颦轻笑浅。

一年春好处，不在浓芳，小艳疏香最娇软。到清明时候，百紫千红，花正乱，已失春风一半。早占取韶光共追游，但莫管春寒，醉红自暖。

【赏析】

词人于小序中点明作词缘由："予作《洞仙歌》，使探春者歌之，无后时之悔"，劝人及早赏春，不要等到春已"衰迟"，才去探寻。因此词的上阕，先写早春好处。

"雪云散尽"四字，点明时令。"雪"字似仍残留寒冬气息，可见此时仍是春寒料峭。"放晓晴池院"，交代地点。"杨柳于人便青眼"，写院中池边的柳树。雪融尽了，冬云消散，天气逐渐晴暖，杨柳也长出新芽。"青眼"与白眼相对而言，青眼对人，表示喜爱或重视。此处词人将新生的柳叶比作人的"青眼"，将柳条随风舞动的样子，想象成它用青眼看人，牵扯情思，形象地表现了柳树的婀娜风姿。

接下来写梅："更风流多处，一点梅心，相映远，约略颦轻笑浅。"词前小序有云："一年春物，惟梅柳间意味最深"，因此，上阕写早春景物，只在梅柳上做文章。

柳已极尽妩妍绰约，梅却"更风流多处"。"一点梅心"写得极妙，既以拟人的手法写出梅的情思，"一点"二字又十分契合梅的外形，简洁而精准地表现出它的冷寂与浓艳。"相映远"写梅与柳交映成辉，"约略颦轻笑浅"点出梅的情韵，"约略"、"轻"、"浅"几个字，表现出梅的洁净幽微，与前文柳的"青眼"形成对比。柳多情，梅疏淡，两种风流，两处风光，无愧于词人小序中对两者的称许。

"一年春好处，不在浓芳，小艳疏香最娇软"一句，是对上阕的总结。"不在浓芳"四字，鲜明地表达出词人对"春好处"的看法。"小艳"指前文所写的柳，"疏香"则指梅，改换了说法，其实表达的意思仍是一样：赞许梅柳之美。

"到清明时候，百紫千红，花正乱，已失春风一半"，这是对前文"浓芳"的衍申，可见行文之环环相扣。词人认为，清明时节，虽然万花竞放，却稍稍嫌"乱"，失了初时的景致与风味。

最末一句再次强调早春的好处："早占取韶光共追游，但莫管春寒，醉红自暖。"游春要早，晚了便只能见到花木衰败的前兆。"占取韶光"暗含惜春之意，在词人看来，等到暮春再惜春，无异于本末倒置，不如在春还未完全到来时，趁着早春之寒，游赏初生之景。这才是对春光的珍视。

李清照《声声慢》中道"乍暖还寒时候，最难将息"，词人却道"莫管春寒，醉红自暖"。这既是惜春之意的流露，也展现出词人旷达自乐、怡然自得的襟怀。

渔家傲

朱服

小雨纤纤风细细，万家杨柳青烟里。恋树湿花飞不起。愁无比，和春付与东流水。
九十光阴能有几？金龟解尽留无计。寄语东城沽酒市。拼一醉，而今乐事他年泪。

【赏析】

《渔家傲》是朱服现今仅存的词作。词从描写春景入手，引出惜时惜春、及时行乐的主题。

　　这首词胜在词句的清俊俏丽，而不是结构。词的上下阕分别写景言情，首句是词中很常见的布景起兴："小雨纤纤风细细，万家杨柳青烟里。"勾勒出一幅烟雨迷蒙的春景。"纤纤"、"细细"两个叠词，将和风细雨交织如烟的情景，表现得十分细致。

　　"恋树湿花飞不起"一句，用一"恋"字，使景物有了情思。"湿"字承接前文的"小雨"，说明花被雨打湿了，变得沉重，因而"飞不起"。花既然留恋树，凋落的时候一定万般不舍，因而生出愁思，而被雨淋湿之后，更是湿重难飞，连绕树飞舞都做不到，由此更添愁致。

　　词人写花的愁思，实际上暗含着自己的春愁。所以下一句立刻点明："愁无比，和春付与东流水。"词人只能将自己无尽的愁绪，随春天东去的流水而消逝。虽然"付与东流水"，实际上愁绪仍无处可遣。春还在，人愁其易逝；春逝去了，人叹惋其凋残。愁之"无比"由此可见。

　　"九十光阴能有几"，这是对春之短暂的感叹。短短九十天的光阴，转瞬即逝，想要挽留住这大好的春景，也是无计可施。在此，词人用了一个典故："金龟解尽留无计"，用唐代贺知章为与李白共饮而取下金龟换酒之事，来形容春之难留。

　　"寄语东城沽酒市"，既然春无法可留，不如趁着春光还在时，尽情饮宴享乐。但词人并非一味提倡及时行乐，而是在结尾处用一句"拼一醉，而今乐事他年泪"，为词作留下了丰厚的余味。"拼一醉"三字，不是尽情尽兴，而是以乐解愁。愁思无计可消除，只能借酒来忘却。但是，今日之乐事，还会引来日后更大的悲愁，因为此时的快乐也如春色一样，挽留不住。

　　将"乐事"与"泪"相提并论，表达出一种乐极生悲的体验，其本质仍是感叹美景易逝，岁月难留，与词的上阕所提及的"春愁"一脉相承。愁绪如此深广，即使"拼一醉"，也不过获得暂时的安慰，所谓"借酒消愁愁更愁"，今日的醉，留待来年记起，只能换来哀伤之情罢了。这样的表述，比起正面言愁，更进一步深化了人生苦短、欢乐不易的主题，况味也更加深厚。

清平乐

刘弇

东风依旧，著意隋堤①柳。搓得鹅儿黄欲就，天气清明时候。

去年紫陌青门②，今宵雨魄云魂。断送一生憔悴，能消几个黄昏！

【注释】

①隋堤：汴河一带的河堤。汴河即通济渠，隋炀帝时所建，故名隋堤。②紫陌青门：紫陌指京城的道路。青门原指汉代长安城门，此处借指北宋都城汴京的城门。

【赏析】

　　与苏轼那首著名的悼亡词《江城子》（十年生死两茫茫）比起来，这首《清平乐》虽同样是悼亡，但语言浅白，且悼念的对象不是正妻，而是爱妾。但词中所流露出的沉痛哀伤之情，并不逊于前者。

词以"东风依旧，著意隋堤柳"一句起首，看似平常，实则意蕴深刻。"东风依旧"四字，点明时令是春天，但其中包含着对过去的回忆。词人想起以前东风和暖之时，他曾和爱妾一同游赏过"隋堤柳"，如今，东风依旧熏人欲醉，但隋堤上万柳起舞的场景，却只有词人独赏了。一种物是人非、逝者不留的沉痛感弥漫于字里行间。

"搓得鹅儿黄欲就，天气清明时候"，前一句写东风对柳的"著意"，此句接续写春风吹开无数柳叶的情景。词人用一"搓"字，写出春风的轻暖和温柔，将柳枝上长出嫩叶的过程摹写得动态喜人。"清明时候"让人联想起清明节扫墓的习俗，唐代杜牧有诗云："清明时节雨纷纷，路上行人欲断魂。"清明时节，正是祭奠逝者的时候，词人此时不仅因想念亡妾而哀伤，更因今与昔的强烈对比而增添悲愁。

"去年紫陌青门"，词人再次回想过去。京城内外，到处都留下了词人与爱妾同游的足迹，无奈"今宵雨魄云魂"，如今爱妾逝去，只余魂魄。词人将她的魂魄比作云雨，自宋玉《高唐赋》以来，"云雨"就常被用来指代男女情爱欢会。魂魄之虚无，对照云雨之虚无，表现出词人深切的想念之情。

回想之下，词人越觉寂寞孤苦，由此生出无尽悲叹："断送一生憔悴，能消几个黄昏！"这一句表情达意相当直接，产生了直切人心的效果。前文几番今昔对比，到此汇聚成一句"一生憔悴"，精练地概括出词人失去爱妾之后痛彻肺腑的感受。言"一生"，足见打击之沉重。后半句"能消几个黄昏"则更进一步渲染愁惨的心情。其中既有度日如年之意，又暗示自己心中哀戚，无从消解黄昏带给人的凄凉感。

青门饮

时彦

寄宠人

胡马嘶风，汉旗翻雪，彤云又吐，一竿残照。古木连空，乱山无数，行尽暮沙衰草。星斗横幽馆，夜无眠、灯花空老。雾浓香鸭，冰凝泪烛，霜天难晓。

长记小妆才了。一杯未尽，离怀多少。醉里秋波，梦中朝雨，都是醒时烦恼。料有牵情处，忍思量、耳边曾道。甚时跃马归来，认得迎门轻笑。

【赏析】

词开篇"胡马嘶风，汉旗翻雪"句，写雄壮的北方边境之景，用语颇为豪放；下阕"醉里秋波，梦中朝雨"句，却婉转有情致，近于婉约词风格。两种截然不同的格调统一于词中，使整首词有收有放，有大有小，有刚有柔，显得新鲜活泼，别致引人。

"胡马嘶风，汉旗翻雪，彤云又吐，一竿残照"描述了一种阔大而粗粝的景象：胡马在风中昂昂长嘶，大旗在雪中猎猎翻飞，人在风雪交加之中行进。然而转眼间，风住雪停，天空变得晴朗，此时已是斜阳残照之时。

接下来写残照风景："古木连空，乱山无数，行尽暮沙衰草"，老树盘根错节，枝条升向天空，杂乱交织，高低起伏的山，棱角交错，天的尽头一片暮色，笼罩着平沙和衰草，整个画面显得寥廓而萧瑟。

"星斗横幽馆，夜无眠、灯花空老"一句，写一天的旅程结束，词人在宿处住下之后，万籁俱寂之中无法入眠。他痴痴看着满天星斗，一任"灯花空老"。"空"字点出词人无心剪灯的事实，同时也表现出词人愁思萦怀的心境。

"雾浓香鸭，冰凝泪烛，霜天难晓"一句，继续写"夜无眠"的情景。"香鸭"是指鸭形香炉，用一"浓"字，说明入夜很久了，香炉也已燃了很久。"冰凝泪烛"四字，描写滴下的蜡油凝结起来的模样，与前句一样，都是为了说明"霜天难晓"。

词人形容夜长，其实是为了写思念之苦。下阕"长记小妆才了"，引出所怀之人，即词题中的"宠人"。词人回想离别之前的情形，她在饯别的宴席上，执起酒杯，却"一杯未尽"，连一杯都没喝完就醉了，正是"酒不醉人人自醉"，但这种"醉"却是愁大于乐的。词人一语点明："离怀多少。"因心中有离愁，所以不胜酒力。

"醉里秋波，梦中朝雨，都是醒时烦恼"，"醉"和"梦"都是相对"醒"时而言，醉里梦中越幸福，醒来烦恼便越多。因为知晓那些幸福都是虚幻，眼前正要面临的是痛苦的别离。女子这一系列心理的变化，经词人回忆出来，便寄予了双倍的离愁和思念。因此词人道："料有牵情处，忍思量、耳边曾道"，"牵情"即牵惹情思。临别之时，女子曾附在词人耳边，轻声细语："甚时跃马归来，认得迎门轻笑？"

由此，词人的思绪便从离别之苦发散开去，转而设想自己骑马归去，女子倚门迎接时脸上绽放的喜悦。词句表层含义是写女子盼词人归，但最后却与词人盼自己归去的心情融合为一。此时回首再看篇首之景，便觉出羁旅生涯的空旷和寂寞，难怪词人彻夜难眠。然而一想到家中有温婉柔媚的女子盼归，词人也不由得感到宽慰。

词中容纳了萧索、寂寥、悲愁、欣慰等各种文字风格和情感体验，却能文气贯通，不显杂乱，颇为难得。

望海潮

秦观

梅英疏淡，冰澌溶泄，东风暗换年华。金谷俊游，铜驼巷陌，新晴细履平沙。长记误随车。正絮翻蝶舞，芳思交加。柳下桃蹊，乱分春色到人家。

西园夜饮鸣笳。有华灯碍月，飞盖妨花。兰苑未空，行人渐老，重来是事堪嗟！烟暝酒旗斜。但倚楼极目，时见栖鸦。无奈归心，暗随流水到天涯。

【赏析】

绍圣元年（公元 1094 年）春，时值朝局大变、新旧党交替之际，秦观因被贬官而即将离开汴京，故作此词感旧伤怀。词作在追忆往昔盛况的同时，也表达了作者对现状的感叹和对前途的担忧。

词的开头描写一派初春时的场景：寒梅淡落，冰雪消融，好风东来，新年又至。"金谷俊游，铜驼巷陌，新晴细履平沙"，讲的是词人看到美丽春色，想起了往昔游赏王都时，也是这般天气晴好、细履平沙的景致。金谷园、铜驼路本是西晋都城洛阳的名胜，词人借以象征北宋都城汴京的繁华——作者所"长记"的不只是"金谷园中莺乱飞，铜驼路上好风吹"（刘禹锡《杨柳枝》）的美景，汴京每一次游乐、骋行的记忆，此时恐怕都能引起他无限的遐思。

"正絮翻蝶舞"，又写春景，但此春景已难分是今时还是往昔了。作者因景生情，是以"芳思交加"。而"柳下桃蹊，乱分春色到人家"的景象同"絮翻蝶舞"的意象一道，成为了触发"芳思"的根由，也成为了沟通往昔与今时之"春"的桥梁。

"西园夜饮鸣笳。有华灯碍月，飞盖妨花"，词人的思绪已经从白日的妙境转到了夜宴的欢畅。灯火辉煌，飞盖罗裙，翩翩起舞。人、月、花、灯交相映衬，此情此景，极其繁盛。下阕以此开头，明为承续上文所写往昔繁华，实则是为了将气氛推向极致，使之与后文"行人渐老，重来是事堪嗟"形成鲜明的对比。这种以乐景衬哀情的写法，通过"兰苑未空"的过渡，使思绪自然地从美好的过去回到了清冷的现实，回到了词作感旧伤时的主题上来。

"烟暝酒旗斜。但倚楼极目，时见栖鸦。"良辰美景，不过是过眼烟云。回转思绪时，便只剩下黄昏倚楼、昏鸦悲啼的凄凉清冷了。这时作者才终于道出了他心中所想，"无奈归心，暗随流水到天涯"。人事无常，宦海沉浮，由感旧而引发的思归之情，此时也终于流露出来。前文中追忆的胜景，经过"行人渐老"和"无奈归心"两番渲染，也愈发流露出今昔殊异、盛衰无常的悲凉。

从结构上来讲，这首词是比较有特点的。作者并没有依循常规，在上阕写景、下阕抒情，或是在上阕写昔，下阕写今。而是上阕开篇就写今时春色，既而追忆往昔盛况。从"金谷俊游"到"飞盖妨花"，都是对往昔的追忆。但同时，作者也利用了上下阕的形式来表达情感的转化：下阕以夜饮开头，既体现了追忆中白天与夜晚的转化，也以此极盛景象为后文的盛衰对比、情感转向做了铺垫。

此词起于感旧，终于思归，表达了作者丰富的内心感情，而关于今时之感与人生无常的慨叹也贯穿其中。

水龙吟

秦观

小楼连苑横空，下窥绣毂①雕鞍骤。朱帘半卷，单衣初试，清明时候，破暖轻风，弄晴微雨，欲无还有。卖花声过尽，斜阳院落；红成阵，飞鸳鸯。

玉珮丁东别后。怅佳期、参差难又。名缰利锁，天还知道，和天也瘦。花下重门，柳边深巷，不堪回首。念多情、但有当时皓月，向人依旧。

【注释】

①毂（gǔ）：本义指车轮中心可以插轴的部分，引申为车轮或车。

【赏析】

这首《水龙吟》写男女离别之情，上、下阕分别从女子和男子的视角入手，形成了一种时空交错、交融的美感。

　　"小楼连苑横空，下窥绣毂雕鞍骤"写女子眼中所见：女子由楼苑之上向下俯视，看见情人骑着骏马向远方奔驰。起首就交代了词的主旨和两位主要人物。"朱帘半卷，单衣初试，清明时候"三句，回转笔锋写楼内场景。"朱帘半卷"，描写女子卷帘张望的情景；"清明时候"，交代了离别发生的时间，也引起了读者对清明景致的联想，为下文的景色描写奠定了基础。"破暖轻风，弄晴微雨，欲无还有"，既是对"清明时候"微雨熏风景色的描绘，又是对楼上女子摇摆不定心绪的隐喻。当此阴雨缠绵之时，情人离她而去，因此词人以云雨无常，"欲无还有"之景，喻女子心中"欲罢还休"之情思，再恰当不过。讲罢春情，画面转换到斜阳洒遍的院落，院外卖花女刚刚离去，院内落红成阵。而目睹这"卖花声过尽，斜阳院落；红成阵，飞鸳鸯"景象的，仍是那楼上的女子——朝夕意象的变化暗喻出女子孤寂的苦等，情和景也再一次实现交合。

　　下阕的叙述转至男子的视角。"玉珮丁东别后"正是这一转变的标志。"怅佳期、参差难又"是对男子心情的描绘，也与上阕女子"欲无还有"的心情形成了对照。"名韁利锁"，写男子心中功利与爱情的矛盾。"天还知道，和天也瘦"化用李贺《金铜仙人辞汉歌》"天若有情天亦老"的诗句，进一步表达了男子被"名韁利锁"束缚的无奈和他心中的深情。

　　"花下重门，柳边深巷，不堪回首"三句，写男子对往日绵绵春情的追忆。而"念多情、但有当时皓月，向人依旧"，则将往日深情赋予冥冥皓月。当时皓月，今夜依旧，而人事已非。皓月是对永恒爱情的纪念与寄托。一方面，词人将爱情的意义化入自然的永恒，爱情在这层意义上被淡化、被消解；另一方面，象征永恒自然的皓月又被涂上了爱情的浓艳色彩，爱情与自然的交汇赋予情感一种永恒而不可待的意味。

　　词作通过两个人物、两种心境，写出了闺女之怨，游子之思。下阕对男子心绪的描写，既并列于上阕，又是对上阕女子思情的一种发挥和演进。这种情感在末尾天、人、月、情的交感中得到了升华。

八六子

秦观

　　倚危亭，恨如芳草，萋萋划①尽还生。念柳外青骢②别后，水边红袂分时，怆然暗惊。

　　无端天与娉婷，夜月一帘幽梦，春风十里柔情。怎奈向、欢娱渐随流水，素弦声断，翠绡香减，那堪片片飞花弄晚，蒙蒙残雨笼晴。正销凝，黄鹂又啼数声。

【注释】

　　①划（chǎn）：同"铲"。②骢（cōng）青白色的马。

【赏析】

　　从艺术上来讲，这是一首构思很精致的词作。词人回首往时之缠绵，伤感今之茕独。"倚危亭，恨如芳草，萋萋刬尽还生"是写词人现在的心境。独倚危亭，令人不禁产生一种孤独萧索的悲凉感。将这种感觉与芳草意象相连接，只用一个"恨"字，既写出了萋萋芳草的形神，又将芳草刬尽还生的意象与作者的离情别绪连在了一起，情感的缠绵难解被很好地表现出来。

"念柳外青骢别后，水边红袂分时"是回忆离别场景。正是相去离别时候，水边柳旁，骢青袂红，佳人依偎身旁。鲜明的色彩让这幅回忆中的图画显得清晰、生动，也使得它在整个上阕的意象结构中格外惹眼。回忆之后，作者突然跌回到现实当中，不由得"怆然暗惊"。"暗惊"二字，表现出词人长久为离别所苦的怨恨之意。

下阕情景不似"念柳外青骢别后，水边红袂分时"那样具体、鲜明，而是更情绪化、更流畅了。"无端天与娉婷，夜月一帘幽梦，春风十里柔情"化用杜牧《赠别》"春风十里扬州路，卷上珠帘总不如"的诗句，写的是往昔的缠绵之事。对杜牧诗的化用，使得词句比《水龙吟》中"香囊暗解，罗带轻分"的写法看起来更加含蓄。

这一次怀旧，引起的是"怎奈向、欢娱渐随流水，素弦声断，翠绡香减"的伤感。"素弦声断，翠绡香减"用香艳、清晰的意象对"欢娱渐随流水"的感叹进行深化和实化。"片片飞花弄晚，蒙蒙残雨笼晴"则既是对"往昔如梦"这一慨叹的渲染和拓展，又是词人勾连回忆与现实的手法。"飞花"与"残雨"既是实景，又带有虚幻迷蒙的色彩，蕴涵着词人惆怅的心绪。

"正销凝，黄鹂又啼数声"化用了杜牧"正销魂，梧桐又移翠阴"的词句，先写词人"销凝"沉思，再写他听闻黄鹂啼鸣，再次形成从回忆到现实的转向，也颇有"怆然暗惊"之感。

词所写的题材虽是婉约词常见的男女离别、追忆，但词人在谋篇构局时，考虑到了思绪的转换与情感的渐进关系，使得全词的叙述生动而不凝滞。

满庭芳

秦观

山抹微云，天连衰草，画角声断谯门。暂停征棹，聊共引离尊。多少蓬莱旧事，空回首，烟霭纷纷。斜阳外，寒鸦万点，流水绕孤村。

销魂。当此际，香囊暗解，罗带轻分。谩赢得青楼，薄幸名存。此去何时见也，襟袖上，空惹啼痕。伤情处，高城望断，灯火已黄昏。

【赏析】

秦观的这首《满庭芳》写自己与歌伎的离别，融情入景，其情愈深；又"将身世之感打并入艳情"（周济《宋四家词选》），使词作的情感不限于歌儿舞女的香艳，而是显得浑融、深厚。

上阕的景色描写，是这首词最出彩之处。开端三句，不但点明了离别的场景（一幅暮色郊野的图画），还奠定了全诗悲远、苍凉的情感基调。

"山抹微云"，写山和云，《增韵》："抹，涂抹也。乱曰涂，长曰抹。"《康熙字典》：

"抹额，束额饰，如抹也。"可以想见，古文中的"抹"是指一种不同的颜色长长地涂抹在底色上的样子。"山抹微云"一句巧妙地处理了山与云的关系，让人联想起水墨画中常有的那种远山隐现于白云之间的景色。

"天连衰草"，先用一个"连"字加强了山与云营造出来的远意，再用"衰"字为这幅清远的图画渲染出悲凉的气氛。姜夔《扬州慢》："渐黄昏，清角吹寒，都在空城"一句，可以作为"画角声断谯门"的注解。

"暂停征棹，聊共引离尊。多少蓬莱旧事，空回首，烟霭纷纷。"这几句点明了全词的主题：离别与怀旧。离别几多不忍，只得暂停征棹，引樽共饮。共饮则生怀旧之情，然而回首顾盼，只能徒然叹息往事依依，前路茫茫——写"烟霭纷纷"，是用黄昏的凄凉景色生发这种无奈之情。

"斜阳外，寒鸦万点，流水绕孤村"的景致，看似与前文无关，实则与陶渊明"山气日夕佳，飞鸟相与还"（《饮酒》）和马致远"枯藤老树昏鸦，小桥流水人家"（《秋思》）的描写有异曲同工之妙——飞鸟尚有归巢之意，何况人乎？斜阳、寒鸦、流水、孤村，都是唤起人们回归家园情感的意象，而在"万点"的寒鸦和"绕"孤村的流水中，又包含了诸多复杂的情感。

上阕通过对场景的刻画、气氛的渲染，为全词打下鲜明的情感基础。下阕"谩赢得青楼，薄幸名存"化用了杜牧《遣怀》诗中"十年一觉扬州梦，留得青楼薄幸名"的名句。杜牧原诗是表达仕途不顺的怨愤之意，秦观化用此句，将这种身世的怨愤加入了写艳情的词中，仕途失意与离别之情的感慨一并袭来，加强了词的悲剧美，亦提高了词的品格。

"伤情处，高城望断，灯火已黄昏。"这一句将"空惹啼痕"的男女离别和"薄幸名存"的身世悲慨复归景中。"高城望断"与"天连衰草"、"灯火已黄昏"与"画角声断谯门"，结尾的两句景色描写，使这些意象并时再现于读者眼前，而此时景已非景，情亦非情——作者感怀的价值在黄昏灯火的迷蒙中被消解了，又似乎在这迷蒙中被无限扩大。

由于在艺术上达到了情景交合的圆融境界，在内涵上则为香艳的词体加入了更深沉的身世感慨，因此这首《满庭芳》历来被视为秦观写得最好的词之一。

满庭芳

秦观

红蓼花繁，黄芦叶乱，夜深玉露初零。霁天空阔，云淡楚江清。独棹孤逢小艇，悠悠过、烟渚沙汀。金钩细，丝纶慢卷，牵动一潭星。

时时横短笛，清风皓月，相与忘形。任人笑生涯，泛梗飘萍。饮罢不妨醉卧，尘劳事、有耳谁听？江风静，日高未起，枕上酒微醒。

【赏析】

秦观被贬于郴州时作此词。词作要表现的是词人遭贬谪后对人生无常的感叹，以及对士大夫责任与情怀的怀疑。作者没有在道德层面上给出答案，而是在情感层面上表现出矛盾、郁积的心绪，并将这种复杂的心情寄托于自然，期待在自然的美好和永恒中构建生命的价值。

词的上阕是一幅秋夜垂钓的美丽图景。"红蓼花繁，黄芦叶乱，夜深玉露初零"选取红蓼、黄芦、白露三种意象，为秋江的场景染上了一层凄清的颜色。"霁天空阔，云淡楚江清"，霎时将空间铺排开来，造景阔大，正是诗中有画的潇洒笔墨。

"红蓼"句用秋季意象抹出了秋色，"霁天"句总概出秋夜江天澄明、空净的境界，"独棹孤篷小艇，悠悠过、烟渚沙汀"则将人物点入画中。但人之于自然，终究是渺小的，秋夜的高远，更将此种对比推至极限。"独"、"孤"二字，既是作者置身于博大自然中的真切感受，也应和了词人对仕途坎坷遭际的无奈。"金钩细，丝纶慢卷，牵动一潭星"，词人在江中垂钓，将钓丝卷起时，映照在水中的星空仿佛也被牵动了。这一描写使整个秋江图景有了生机。

"时时横短笛，清风皓月，相与忘形"，这一句在意涵上与上阕的秋夜孤钓图相通。"相与忘形"，是词人与大自然融为一体的相得之感。"任人笑生涯，泛梗飘萍。饮罢不妨醉卧，尘劳事、有耳谁听"是全词的词眼，是词人内心隐秘情感的流露。他想要"饮罢醉卧"，不管"尘劳事"。全词只有这两句写情感，而这两句情感的流露，与前文所写的自然之大、人生之渺小，以及与自然合流的那些博大情怀一相对照，也为全词的情感流向制造了波折。

"江风静，日高未起，枕上酒微醒"，是对下阕情感波折的一种平抚。人的情感复归江风日高的自然之中，而此时的"自然"也从凄冷的秋夜变成了旭日凌空的秋晨。自然的往复变化从不曾因人事变动，人也无从在无端而永恒的自然中觅得立足之地，这实际上是词人对坎坷生涯的看淡。

词人因为贬谪的苦闷而放情山水，在山水中体悟到永恒与平静，也体悟到人生之难为。但当旭日高升之时，无论是与自然同流之乐，还是贬谪坎坷之苦，都被淡化了，被消融了。作者的强烈情感也在这一刻得以平复。

满庭芳

秦观

碧水惊秋，黄云凝暮，败叶零乱空阶。洞房人静，斜月照徘徊。又是重阳近也，几处处、砧杵声催。西窗下，风摇翠竹，疑是故人来。

伤怀！增怅望，新欢易失，往事难猜。问篱边黄菊，知为谁开？谩道愁须殢酒①，酒未醒、愁已先回。凭栏久，金波渐转，白露点苍苔。

【注释】

①谩道：即枉道。殢（tì）：困于，沉溺于。

【赏析】

宋人填词，喜在开篇作工整的对仗，秦观也是个中高手。像这首词的"碧水惊秋，黄云凝暮"，《满庭芳·山抹微云》的"山抹微云，天连衰草"，都是千古奇文。这首词写秋思。"碧水惊秋，黄云凝暮"、"篱边黄菊"，是思秋风秋月；"疑是故人来"、"知为谁开"，是思故人故情。

头两句写秋意，"碧水惊秋"化自杜牧《早秋客舍》诗"风吹一片叶，万物已惊秋"。杜牧诗是由一叶至万物，秦观词则是水云交合，秋暮之意甚浓。下句写人。"洞房人静，斜月照徘徊"化自李白《月下独酌》诗"我歌月徘徊，我舞影零乱"。月下照徘徊，人静影零乱，皆是类似情境。"又是重阳近也"，再点秋题，"砧杵声催"意为天气转凉，家家都准备寒衣，故砧衣声不断。这样从侧面写秋，又为清秋添寒凉之意。

"西窗下，风摇翠竹，疑是故人来"，写词人独居之时，误把竹声当成了人声，平添孤寂之忧愁。类似这样的写法古已有之，如元稹《莺莺传》"拂窗花影动，疑是玉人来"，又如李益《竹窗闻风寄苗发司空曙》诗"开门复动竹，疑是玉人来"，都是这个意思。

词的上阕写秋清、秋寒，透出人的孤独寂寞，为下阕的直抒胸臆做了铺垫。下阕言"伤怀"，是伤怀之人置于凄清秋景之中，胸中郁积不吐不快之意。"新欢易失，往事难猜"未必有所确指，可以把它理解为词人伤秋时的一般感慨。"问篱边黄菊，知为谁开"亦未必有所指，只是将怅惘伤怀的感情加之于篱边黄菊的意象上。"谩道愁须殢酒，酒未醒、愁已先回。"酒意未消，愁思又起，借酒消愁的说法只是徒言而已。

词人发觉酒也不能消愁，只得凭栏远望，看见"金波渐转，白露点苍苔"。"金波"就是月色，"金波渐转"，是暗写"凭栏"之"久"，暗示夜晚时光的推移。"白露点苍苔"则是暗示凌晨的到来。词人彻夜凭栏，所思所想无非秋之所感。

从时间的推移上来看，词作从"黄云凝暮"写到"白露点苍苔"，既没有囿于几个孤立的场景，又没有随意地把秋思扩大到无限的时空中，而是在"秋夜"这一特定的景象中细腻地抒写自己的情怀。此词造象感伤、淡雅，抒情真切、深沉，且没有明显地涉及香艳情事，在秦观词中，是一首难得的清新之作。

江城子

秦观

西城杨柳弄春柔，动离忧，泪难收。犹记多情曾为系归舟。碧野朱桥当日事，人不见，水空流。

韶华不为少年留。恨悠悠，几时休？飞絮落花时候一登楼。便做春江都是泪，流不尽，许多愁。

【赏析】

开篇写柳之柔美、多情以喻人。首句"西城杨柳弄春柔"，"西城"即离别发生的地点，"杨柳弄春柔"是说杨柳的枝条迎着春日春风摆动摇曳，与王安石《钟山即事》中"涧水无声绕竹流，竹西花草弄春柔"一句意义相近。"多情曾为系归舟"，古时常用柳条系舟，词人作这个比喻，说柳条系舟是因为多情，就像人情常寄托于归舟一样。

“碧野朱桥”指当日游玩之事。词人看罢多情的柳枝，又想起往昔的游乐。可是溪水依然流淌，故人却已不在，人虽多情，犹难系归舟。离愁别绪由此处写出。

词人由离愁忆起当时的游乐，又从“人不见，水空流”的空虚感中生发出青春不复的感慨。“韶华不为少年留”，谓时光飞逝，青春不再，亦即苏轼所谓“人生无再少”之意。“恨悠悠，几时休”，所恨即“韶华不为少年留”之事，词句化自白居易《长相思》词“思悠悠，恨悠悠，恨到归时方始休”的名句，而以“几时休”发问，更显“恨”之长，“休”之难。

“飞絮落花时候一登楼”，以“飞絮落花”上承韶华不再之恨，又巧妙地起到点明时节的作用。这一句化用南唐冯延巳的《江城子》词“飞絮落花时候近清明”，既说明了春日清明之时节，又将初春煦日与清明阴雨交杂写来，渲染了浓重的春愁。最后一句“便做春江都是泪，流不尽，许多愁”，以泪流不尽照应前文恨几时休。凡所恨、所泣皆是春愁，故言“便做春江都是泪”。“便做”就是便使，哪怕让泪水化作春江水，也流不尽那无限的春愁。此句化自李煜《虞美人》“问君能有几多愁，恰似一江春水向东流”，又似苏轼《虞美人》“无情汴水自东流，只载一船离恨向西州”。后人李清照《武陵春》词曰“只恐双溪舴艋舟，载不动，许多愁”，则又是对苏轼、秦观的化用。同样是写愁，且都将无形之愁化作有形之物，写出了愁的沉重、无际。

秦观常写春愁。由于春愁与春情的特殊象征含义，因此常把春愁与男女情事连在一起写。这首《江城子》写春愁，也与男女情事相联系，但又不是纯用春情来象征爱情，词中的春情与爱情还引发了词人对时光流逝的感慨。因为这一层情感的介入，春日意象与词人的情感便结合得更加紧密，也更加深入了。

鹊桥仙

秦观

纤云弄巧，飞星①传恨，银汉迢迢暗渡。金风玉露一相逢，便胜却人间无数。柔情似水，佳期如梦，忍顾鹊桥归路。两情若是久长时，又岂在朝朝暮暮。

【注释】

①飞星：流星。

【赏析】

《鹊桥仙》这一词牌，本是为了歌咏牛郎、织女故事而作的乐曲，这首词用其本意，描写牛郎、织女七夕相会的故事，通过对牛郎、织女坚贞爱情的抒写和议论，表达了作者对坚定不移的爱情的赞美和向往。

“纤云弄巧，飞星传恨，银汉迢迢暗渡”。“纤云弄巧”是说织女手巧心灵，将缕缕云彩做出美丽的形状。“飞星传恨”则是词人的假想：牛郎、织女一年不得相会，必然有无限的相思和忧愁。“银汉”即银河，《古诗十九首》“迢迢牵牛星，皎皎河汉女。

……河汉清且浅，相去复几许。盈盈一水间，脉脉不得语"也写牛郎织女的故事，其中的"河汉"与"银汉"同义。不过，《古诗十九首》是通过讲河汉清浅，人犹不得相会来讲牛郎、织女的相思，秦观则是通过强调银汉的"迢迢"来突出他们的距离。

"金风玉露一相逢"暗指七夕相会。李商隐《辛未七夕》诗"由来碧落银河畔，可要金风玉露时"，金风本义秋风，玉露即秋天的白露，可见合用金风玉露来暗示七夕相会是古已有之的写法。另一方面，金风玉露的"相逢"又模糊地暗示了情人相会的场景，在这个意义上，"金风玉露"又是对"牛郎织女"的暗喻。这种色彩鲜明而指向模糊的写法，使得全词的抒情更加生动，更加浑然。

"便胜却人间无数"，是说天上的牛郎织女一年一次的相逢，就要胜过人间无数朝夕相处的情爱。从这句词中可以看出词人对天长地久、矢志不渝的爱情的赞美，也从侧面衬托出了牛郎织女相会之不易、情意之真切。

"柔情似水，佳期如梦，忍顾鹊桥归路"继上阕"相逢"写来，是对相会情景的记叙。"柔情"是写情之柔，也是写情之长久与延绵。"忍顾"，即不忍顾、怎忍想到回去归途之意。这句词描写情人离别前的依依不舍，暗示约会结束的时辰已到，为七夕相会的场景画上了句点。

"两情若是久长时，又岂在朝朝暮暮"，这一句议论融真切的抒情于一体，是全词的画龙点睛之笔。从内容上讲，这两句仍承接上阕"金风玉露一相逢，便胜却人间无数"之意。不过从艺术效果上来看，上阕两句表现的是牛郎、织女爱情的纯洁无瑕和情人相会的激情和缠绵，而下阕这两句则是相会结束后本应有些忧愁，却又显得平淡的回思，相比之下，语气更坚定、意义更深沉，议论气息也更浓。

词人之所以选取牛郎、织女的意象，还用这样两句词结尾，都是要表现他的爱情观：人间的许多情侣朝夕相伴，最后难免一别；牛郎、织女虽然不能朝暮相随，但他们的爱情反而能够天长地久。这样，抒情中就有了睿智的议论。飞星、银汉意象造成的巨大空间感和七夕神话传说带给人们的"久长"的时间感，都使词人笔下的理想爱情在无限深远的境界中得到了深化。

减字木兰花

秦观

天涯旧恨，独自凄凉人不问。欲见回肠，断尽金炉小篆香①。
黛蛾长敛，任是春风吹不展。困倚危楼，过尽飞鸿字字愁。

【注释】

①篆香：一种刻制成篆文模样的香尘。

【赏析】

思妇等待游子归来这一古老的诗题在秦观笔下得到了缠绵委婉的表达，《减字木兰花》一词，着重摹写思妇哀伤、孤凄的情感状态，词风清丽，而不乏情感的力度。

开篇写"天涯旧恨"，讲的是游子长期远离家乡的愁苦。"天涯"极言离家远游之处的遥远，《古诗十九首》中"相去万余里，各在一天涯"也是这个意思。"独自凄凉"者，可能是游子，也可能是思妇，但"人不问"三字，与后文"困倚危楼"相照应，也与思妇诗词中常见的场景相当，因此应该是指思妇。由此，"天涯旧恨"也应该理解为思妇与游子距离遥远的相思之恨，而不应理解为游子在外的思乡之苦。

"欲见回肠，断尽金炉小篆香"，进一步描写"旧恨"与"愁肠"。"回肠"描写愁肠的回环曲折，而"金炉"中的"小篆香"则是对"回肠"的比喻：盘香的形状与人的"回肠"十分相似，而篆香渐渐燃尽、烟灰渐渐断裂的形象，则衬出女子的柔肠寸断。她心中的相思之意、惆怅之情如此深切痛彻，以至于"黛蛾长敛，任是春风吹不展"。

这两句是从正面写思妇的形貌。"黛"是写眉毛的颜色，"蛾"是比喻眉毛的形状，都是古人在文学作品中为了衬托女子的美貌，而惯用的手法。"黛蛾长敛"，就是眉头常常紧锁的意思。女子眉头深锁，连春风也抚不平，表现出女子在春风中愁眉不展的神态，暗示"对景难排"（李煜《浪淘沙》）之恨。

"困倚危楼"，一个眉头紧锁的思妇昼夜守候在高楼之上，远望游子归来。此处的"困"，是人之困，亦是情之困。思妇在高楼上眺望远处的天空，看见的是"过尽飞鸿"。"过尽"是对一个动态过程的描写，思妇所见的是一群群鸿雁不时飞过长空的景象。而"字字愁"，则是对这个动态过程瞬间的捕捉。"字"，是指大雁成群飞过时队伍所呈的"人"字形。思妇独倚危楼，所思的是人，而看见大雁排成"人"字的队列，则不止增加了相思之愁，更平添了一种独立凄凉之感。

悲苦的情感、细腻的意象，这种风格是秦观词最为常见的特征，也是婉约词最为常见的特征。词人通篇所写，都是愁苦、断尽回肠之辞，且以真切、主观笔法写出，读之令人动容。

帝台春

李甲

芳草碧色，萋萋遍南陌。暖絮乱红，也知人春愁无力。忆得盈盈拾翠①侣，共携赏、凤城寒食。到今来，海角逢春，天涯为客。

愁旋释，还似织；泪暗拭，又偷滴。谩伫立、遍倚危阑，尽黄昏，也只是暮云凝碧。拼则而今已拼了，忘则怎生便忘得。又还问鳞鸿，试重寻消息。

【注释】

①拾翠：原指拾取翠鸟羽毛来做首饰，后用来指妇女踏青。

【赏析】

此词写春愁，题材寻常，文字、结构、笔法却不同寻常。近人俞陛云曾将李甲的这首《帝台春》当成南唐李璟的作品，并在其著作《五代词选释》中评此诗"愁旋释，还似织；泪暗拭，又偷滴"几句："论情致则婉若游丝，论笔力则劲如屈铁。"这个评价很恰切地概括了这十二个字所体现出来的特点，同时也在一定程度上概括了整首词的写作特点。《帝台春》这一词牌，因其上下阕不相对称，且用韵处难以把握，所以宋代填此词的人不多，李甲的这一首，可算个中翘楚。它将形式上的不规整与文字的错落有致结合起来，辅以流转的情思，使整首词在文法上显得曲折，情感上又显得流畅，极为巧妙。

这首词写春愁，自然也会写到别情。"芳草碧色"四字，从江淹《别赋》"春草碧色，春水渌波，送君南浦，伤如之何"一句中提出，景致之中已暗含别情。"萋萋遍南陌"令人联想到屈原《楚辞》中的"王孙游兮不归，春草生兮萋萋"之句，均以春草言离别之恨。

"暖絮乱红，也知人春愁无力"，此句直接点出"春愁"，且衬以春暮之时的"暖絮"和"乱红"，以"无力"作结，更显愁苦憔悴之态。"忆得盈盈拾翠侣，共携赏、凤城寒食"一句，则转入回忆。词人忆及往年春天，曾与她一同在寒食节上共同游赏。词人想起她"盈盈"的体态，以及二人携手的情景，沉浸在美好的回忆里。下一句却陡然回到现实："到今来，海角逢春，天涯为客。"如今，再次"逢春"，人却已飘零在"天涯"和"海角"。

忆及往昔之乐，再看今日之哀，愁绪的产生便显得十分自然。下阕起始"愁旋释，还似织；泪暗拭，又偷滴"，韵脚绵密，"释"、"织"、"拭"、"滴"四韵，用在四句三字句式末尾，造成音节的短促，但情感的表达却显得余韵悠长。愁绪刚刚缓解，下一刻却似织网一般，再次把人缚住；泪刚刚暗自拭了，却又偷偷滴下，仿佛无穷无尽。这几句在词意上与李清照《一剪梅》中"此情无计可消除，才下眉头，却上心头"异曲同工。愁的反复无尽，回环不休，在这十二个字中表现得十分真切。

"谩伫立、遍倚危阑，尽黄昏，也只是暮云凝碧"一句，皆用诗词写离情时常用的意象："伫立"、"倚危阑"、"黄昏"、"暮云"，表达出词人望远怀人却遍寻不着的徒然和失落。"拼则而今已拼了，忘则怎生便忘得"，承上而来，纯以口语道出，情真而挚，意婉而曲。早已决绝分离，却忍不住"遍倚危阑"；明明知道该忘却，可是又怎么忘得掉？感情里的欲说还休、欲罢不能，尽在此句中。

　　写至此，似已道尽心中曲折，但词人尚嫌不够，末句再次转折："又还问鳞鸿，试重寻消息"，因为想忘而忘不掉，所以想要"重寻消息"。以此句作结，使词意婉转不绝，契合情感本身辗转徘徊的特点。

蝶恋花

赵令畤

　　庭院黄昏春雨霁。一缕深心，百种成牵系。青翼①蓦然来报喜，鱼笺②微谕相容意。待月西厢人不寐。帘影摇光，朱户犹慵闭。花动拂墙红蕚坠，分明疑是情人至。

【注释】

　　①青翼：即青鸾，神话传说中西王母的信使。②鱼笺：原指古代四川造的一种纸，后代指书信。

【赏析】

　　赵令畤写有十二首《商调蝶恋花》鼓子词（宋代说唱伎艺，一般由韵文和散文相杂而成），皆是据唐代元稹《会真记》改编而来，为的是使这一故事能"播之声乐，形之管弦"（赵令畤语）。这首词是其中之一，截取《会真记》中张生接到莺莺邀约一事，抒写人物情思，可看作是传奇向后世杂剧的过渡形式。

　　起句"庭院黄昏春雨霁"描写景物，用"黄昏"、"春雨"勾勒出清寂的氛围，点出张生独处的心境。下句进入具体描写："一缕深心，百种成牵系。"此句情韵悠长，"深心"只有"一缕"，却能变作"百种"，且无处不"成牵系"，足见张生之深情，可是这种深情却无处诉说、无从表达，因而使他思念不已，怅惘叹息。

　　"青翼蓦然来报喜，鱼笺微谕相容意"，"蓦然"二字，传达出一种突如其来的欣喜之情。"报喜"是指莺莺的侍女红娘给张生传递信笺之事。接到信笺的张生，烦愁顿时烟消云散，一个"喜"字，表现出他喜难自禁的心情。

　　《会真记》中关于这一情境的描写是："是夕，红娘复至，持彩笺以授张曰：'崔所命也。'题其篇曰《明月三五夜》，其词曰：'待月西厢下，近风户半开。拂墙花影动，疑是玉人来。'张亦微喻其旨……"莺莺的信中并未明确写出邀约之事，因此词人有"微谕相容意"之说。

　　红娘传信，信中赋诗，月夜幽会，这些情节赋予爱情以诗情画意的朦胧美感。下阕即是张生对莺莺信中所题之诗的想象。"待月西厢人不寐"一句，描写莺莺在月下厢房中等待的情景。"帘影摇光"四字，承接"待月"而来，写月光照在帘幕上，帘幕随风而动，光影流转的景象，一如莺莺等待张生的心情。此处景语与情语联结，含蓄蕴藉，

“朱户犹慵闭”一句亦是如此，着一“慵”字，既写出门扉半掩的事实，也点染出莺莺久候之下慵懒、焦躁的心情。

末句“花动拂墙红萼坠，分明疑是情人至”，从莺莺信笺上“拂墙花影动，疑是玉人来”一句化出。后者写“花影”，着重写月下花之姿影，以“影”动来写“人”至，很好地表达出“疑”的意味。前者写“花动”，则着重写“红萼坠”，比起“影动”所表现的静谧，增添了一种实实在在的动感。花瓣纷落的动静，惊动了等待中的莺莺，她想着一定是张生翻墙而至，但又怀疑只是风吹落了花。

“分明疑是情人至”一句，十分精确地表现出莺莺的坐立不安：因是与意中人相约，所以期待不已；因身份所制约，所以难脱矜持；怕张生不赴约，所以忍不住担忧；又因是私下幽会，所以兴奋、恐惧之情兼而有之。种种复杂情绪的作用之下，自然难以安心。而这一切又都是张生的想象，因自己对幽会的期待而想象对方的期待，足见他情之痴切。

这首词虽以《会真记》为本事，摹情写意却精练婉曲，别出机杼，体现出词人的才情妙笔。

菩萨蛮

赵令畤

春风试手先梅蕊，颙姿①冷艳明沙水。不受众芳知，端须月与期。

清香闲自远，先向钗头见。雪后燕瑶池②，人间第一枝。

【注释】

①颙（pīng）姿：光润美好的姿态。②瑶池：传说中的仙境，西王母居住其中。

【赏析】

此词借物寓意，别有寄托，当是词人心声的表达。词中对梅花清洁品性的歌咏，可以看作词人的自况。

起句“春风试手先梅蕊，颙姿冷艳明沙水”，写梅花花蕊绽放的身姿。梅花最早感知到春意，因而比别的花都要早开，词人反用其意，不写梅知春，而写春着意梅。尚在严寒之期，一缕春风来到，用她温暖的“手”催开了“梅蕊”，只将春来的消息告诉给它。绽放之后的梅，如“明沙水”一般冰清玉洁，冷香逼人。说它“冷艳”，是因它不与其他花类混杂；且开在春寒之中，虽寂寥而不改其明艳。

词人开篇便将梅花受春风青睐、清冷艳丽的姿态描写出来，接下来再逐层深入，细写梅花品格。“不受众芳知，端须月与期”一句，先表现梅花不与“众芳”争艳的淡然，再将梅与月相提并论，以月之高远皎洁衬托梅之洁净超拔。

“清香闲自远，先向钗头见”，首句用“先”表现梅花先得春意，此处用“先”，则写梅花最早出现在女子的“钗头”。梅的香气被人称为“幽香”，词人以“清”、“闲”、“远”三字来形容，既免于窠臼，又在这三个字中寄寓了对梅花的赞咏。

据说唐人吕渭老曾创词牌名《东风第一枝》，专为咏梅而作，因此词人以"人间第一枝"收结全词。改"东风"为"人间"，一方面是因为前文已有"春风试手"句，另一方面是由"雪后燕瑶池"所生发。在整首词的末尾，词人的想象延伸至传说中的仙境。仙女们将这"人间第一枝"的梅花采摘来，供于西王母的宴席之上。这一想象将梅花置于瑶池仙境，表现出它清奇和高逸的气质，升华了词作对梅的吟咏。

词人对梅并没有说出明显的赞语，但处处都体现出对梅的偏爱：他取其高洁、不流俗的品格，以梅自喻，却写得含蓄收敛，一番寄托之意，尽在言中而不露痕迹。

蝶恋花

赵令畤

欲减罗衣寒未去，不卷珠帘，人在深深处。红杏枝头花几许？啼痕止恨清明雨。
尽日沉烟香一缕，宿酒醒迟，恼破春情绪。飞燕又将归信误，小屏风上西江路。

【赏析】

以美人自喻，自屈原肇始，后逐渐成为古典诗词中的一种常用的寄托手法。宋词多写闺情、春愁，其中不乏以女子闺愁寄寓自身遭际的作品。赵令畤因与苏轼交好，在苏轼见逐时，也受到牵连，际遇颇为坎坷。他这首《蝶恋花》将闺情写得婉转曲折，可看作寄托之作。

首句别开生面，不以景语起兴，而纯以陈述语气，描写闺中女子心绪："欲减罗衣寒未去，不卷珠帘，人在深深处。""寒未去"说明此时尚是早春，春寒料峭，乍暖还寒。受天气影响，女子的心情必定也起伏无常。"深深处"点出女子忧闷之深，渲染出一种深重、孤寂的氛围。"不卷珠帘"的原因，可能是女子愁绪萦怀而心生慵懒；也可能是她害怕卷起珠帘之后，望见满目春色，更添愁绪。愁之深沉难去，可见一斑。

"红杏枝头花几许？啼痕止恨清明雨"，一场雨过后，红杏枝头的花恐怕剩不了几朵吧？遭受风吹雨打之后的花朵，犹带着点点泪痕，因痛惜凋落的同伴而憎恨着清明时节的雨水。这一句可当成闺中女子的诉说。花自然不能落泪，只因是落泪之人眼中所见，心中所感，所以花朵上残留的雨水看起来就像泪水一般。女子看着凋谢满地的红杏花，就像看到了自己。她对它们的怜惜，实际上代表了她对自己的怜惜。

细细读来，女子的命运其实就暗含在她对红杏的怜惜之中，而词人的寓意又暗含于女子的命运之中，多番情意皆蕴藏于惜花伤春的语句中，足见此词笔致之曲折，遥寄之深沉。

下阕仍围绕闺中女子的心理来写，"尽日沉烟香一缕，宿酒醒迟，恼破春情绪"一句，直言愁苦之深，写来却层次分明，婉转多姿。先是写女子整日枯坐，对着沉香一缕，兴味索然。"一缕"渲染出深闺中空寂的氛围，同时也暗示女子独处的孤单。接着愁不可消除，只有借之于酒。但"酒醒"之后，等待着她的也仍是日日枯坐，独对沉香的生涯。如此一来，词意又绕回原处，产生了低回不已的效果。

最后一句"飞燕又将归信误，小屏风上西江路"历来为人称道。因其将情意融入景中，而景又似实而虚，使之余味不尽。"飞燕"没有带来"归信"，小屏风上画着通往西江的路。这条路可当作实景来看，因它确实是屏风上的一幅画；当然，也可当作虚景，因为这条路毕竟没有真实存在于眼前。

女子看着屏风，神思追随着画中的水路，飘向未归之人所在的地方。这一结句的精巧之处在于：景致上，虚实结合，邈远无际；情感上，思绕天涯，惘然难觅，由此使整首词直言藏意，曲韵含情，极尽意会难言的婉曲风致。

蝶恋花

赵令畤

卷絮风头寒欲尽。坠粉飘香，日日红成阵。新酒又添残酒困。今春不减前春恨。
蝶去莺飞无处问。隔水高楼，望断双鱼信。恼乱横波秋一寸。斜阳只与黄昏近。

【赏析】

赵令畤是宋朝皇家宗室之后，朝堂之上却屡遭排挤倾轧，因而心中诸多怨愤，化而为词，便表现为多写闺情愁思。这首《蝶恋花》与前一首题材近似，同是写春愁、怀人，"欲减罗衣寒未去"一首深沉要眇，此词则写得婉转真挚。

头一句"卷絮风头寒欲尽"，点出暮春景色。以"卷"来形容坠絮，既言其形状，又言其随风飘荡、上下翻飞的姿态，用词精当。此句"寒欲尽"三字，可与上一首《蝶恋花》中的"寒未去"对照来看。不论春寒未尽还是将尽，愁绪依旧。两首词连起来读，便可感受到愁绪的长久难消。

接下来的"坠粉飘香，日日红成阵"一句，仍写暮春常见之景。落红铺了满地，坠落的花瓣犹带着余香。"红成阵"三字，形容红色花瓣纷纷扬扬的情景，既浅白又有风味。

这两句虽未直言春愁，但落红飞絮的意象本身便包含着愁意，因而下句词人写"新酒又添残酒困"，便不显突兀。此句亦可与词人另一首《蝶恋花》中的"尽日沉烟香一缕，宿酒醒迟，恼破春情绪"一句比照。同是写酒难解愁，后者更显低回，前者语句则更精练，语意也更精微。尤其再添一句"今春不减前春恨"，更进一步言愁，由春愁而生离恨，年复一年，不肯稍减，可见离恨之遥遥无期。

离恨既长，偏偏又"蝶去莺飞无处问"。蝴蝶、莺儿都飞走了，既不肯留下来作伴，也不肯带来一点消息，只留下主人公独自一人"隔水高楼，望断双鱼信"，站在高楼上看楼下流水，盼望着"双鱼"能跃出水面，带来远方人的信笺。这是想象之语，双鱼本指书信，此刻主人公因看水而期盼双鱼带信，合情合理，且思念之情意蕴涵其中，十分自然。"望断"二字，既写出执着的盼归之意，又写出音信断绝的难堪和哀怨之情，语短而义丰。

"恼乱横波秋一寸"，描摹主人公神态。好比一池春水微皱，又好比一汪秋水被搅动，主人公的眉目亦被愁绪侵扰，以致打"乱"了往日的平静。之所以烦"乱"，是因为眼前所见之景是"斜阳只与黄昏近"。此句取唐代李商隐《登乐游原》中"夕阳无限好，只是近黄昏"句意，描写出一幅昏沉、悲凉的日暮景象。

此词以景作结，用语浅近，抒情真切，颇具赵令畤词清丽深婉的特色。

浣溪沙

赵令畤

水满池塘花满枝。乱香深里语黄鹂。东风轻软弄帘帏。

日正长时春梦短，燕交飞处柳烟低。玉窗红子斗棋时。

【赏析】

闺情是词人惯写的题材，但此词手法显得新颖别致。整首词只有六句，每一句都独立形成一组景致，且六句之间没有明显的缀合痕迹。元代马致远那首著名的小曲《天净沙·秋思》，前三句"枯藤老树昏鸦，小桥流水人家，古道西风瘦马"，便纯以九个名词，拼接出一幅衰瑟的秋景图。此词虽不及这首元曲手法高妙，却也颇为精巧。

"水满池塘花满枝"一句，写盛春景色。接连用两个"满"字，表现春色烂漫、春光大好的景象，十分贴切。

第二句"乱香深里语黄鹂"，在语意上与前一句既有衔接，又另成一境。"乱香"承接前句"花满枝"，一个"乱"字，写出百花争艳的春日胜景。"语黄鹂"即"黄鹂语"，词人此处倒装以协韵。不用"鸣"而用"语"，体现了词人的用心。"语"字更能表现黄鹂软声细语的啁啾之态，而且，黄鹂的鸣叫声听在人耳里，人将它想象成低语，也饶具情思。

第三句"东风轻软弄帘帏"，由物及人。"帘帏"二字，点示出人的存在。从池塘到花丛，再到院中帘帏，景物之间虽无脉络可循，却形成一幅整体的画面。由物到人的叙述顺序，相对来说也比较符合此类词作的创作习惯。此句写春风翻动帘幕，虽未写人，而人物情思已隐隐显露。帘外春光灿烂，人却在帘幕深处，是情慵意懒，没有出游赏春的心思，还是满心愁绪，怕孤身一人见春伤怀？句中并未直言，因而给人留下了想象的空间。这正是词人笔致轻巧之处。

"日正长时春梦短"一句，写日长之时，主人公百无聊赖，于是用午睡打发时光，偏偏好梦易醒，醒过来之后，梦中的美好消逝无踪，眼前只有"燕交飞处柳烟低"。"交飞"即"双飞"，但更含情致。"交"字将燕子引颈相戏的亲昵模样描写得十分贴切。见燕子双飞，更突显自己的孤独；而柳又引出离愁别绪。

词人接下来并没有细述主人公的情绪，而是以一句"玉窗红子斗棋时"终结全词。"玉窗"、"红子"构成一幅色泽鲜明、温润美好的图画，仿佛可以看见主人公斜倚玉窗，纤纤素手捏起鲜艳红润的棋子，懒懒下棋的模样。

词人没有花费笔墨讲述主人公的心情，只用景物勾勒情思，情感的表达亦不见痕迹，但词中处处含情，主人公的困懒和孤寂蕴涵于浅淡的文字中，韵味深长。

杵声齐

贺铸

砧面莹，杵声齐。捣就征衣泪墨题。寄到玉关应万里，戍人犹在玉关西。

【赏析】

本词是贺铸《古捣练子》系列中的佳作，以简练的笔触生动形象地刻画出一个独守深闺的思妇形象，并通过对怨女思夫的真实描写，揭示了战争劳役给民众带来的苦难。

"砧面莹，杵声齐"，"砧"即捣衣石，"杵"为敲衣的棒槌，两种物象交代出思妇的身份：平民之妇。她日日夜夜捣衣，使砧面都变得光洁莹滑了，"莹"字充分表现出思妇的勤劳持家。"齐"字则说明女子技艺的娴熟。一声声深切有力的杵声中，寄托着藏在她心底对征夫的无限思念。这种思念无处化解，她心中想要对征夫诉说的关切之语无处可道，只能尽数融入手中的砧杵上，希望连同捣制的寒衣，将怀念之情也传递至丈夫手中。

"捣就征衣泪墨题"一句点明了思妇日夜繁忙捣衣的目的，即是寄给远在边关的丈夫换洗之用，可是征衣已经包好，就要提笔写下对方姓名时，思妇想到丈夫远在边关为国征战，沙场无情，处处艰险，丈夫生死未卜，归期不定，一时间所有的担心、忧虑、祈盼和思念都涌上心头，泪雨不可抑止，混入了题书的笔墨之中。

词以"寄到玉关应万里，戍人犹在玉关西"二句作结，加重了思妇心中的悲凉无奈之情。"玉关"即玉门关，诗词中常用此代指边关，此处专指征夫戍守之地。思妇要将一包蕴藏着无限情思的征衣寄到万里之外的戍地，可是丈夫却不一定能收到，因为他在更遥远的"玉关西"。一层又一层的距离，无情地阻碍着思妇与征夫的联系，即使是寄一包衣服这样简单的事都不能顺利地实现，可见战争的残酷给人们带来了多少悲苦。

词人不着一句议论，只通过对一个思妇的简单描写，深刻有力地痛斥了战争的无情，表达了词人对思妇的深切同情，蕴涵着词人渴望战事早日结束，百姓安居乐业的迫切愿望。

夜如年

贺铸

斜月下，北风前。万杵千砧捣欲穿。不为捣衣勤不睡，破除今夜夜如年。

【赏析】

《夜如年》词通过对一个夜半独自捣衣的少妇一系列活动的细致刻画，委婉含蓄地表现了思妇对远在边关征战的丈夫浓浓的思念之情。

此词文风朴实，没有华丽的辞藻，给人一种平实、自然的感觉。虽没有直抒胸臆的语句，但整首词在平淡的描绘中蕴涵着作者强烈浓厚的情感。

　　全词只有五句，但句句情深。首二句"斜月下，北风前"，交代了时间与地点，渲染出一种凄凉的氛围——在萧瑟寒冷的深秋夜晚，一轮弯月斜斜地悬挂于天际，北风狂肆地怒号着，面对此情此景，独自留守家中的征夫之妻不禁想起了远在边关日夜经受战争之苦的丈夫。自己所在之地已经如此寒冷了，更何况边疆荒芜之地呢？这段描写纯是写景，然而思妇的忧心和焦虑却暗藏于其中。

　　"万杵千砧捣欲穿"，写出了思妇压抑在心中的满腔思念之情。这种强烈的情感无处排解，只能宣泄在手中的砧杵上，令它重重地、一次又一次地捣在衣服上。"欲穿"一词，是本句的词眼，能够把深秋时节厚重的衣服都捣得快穿了，可见其中蕴涵了妻子对丈夫多么厚重的思念之情。

　　"不为捣衣勤不睡，破除今夜夜如年"，思妇不是因为勤劳捣衣而不睡，而是因为思夫至深，难以入眠。过了今夜，明夜，后夜，夜夜都会如此。曹操在《短歌行》中有言"何以解忧，唯有杜康"，而思妇却只能以捣衣来消磨时光，在劳累中分散自己的注意力，让自己得到暂时的宽慰。可是，即使今晚可以借捣衣来排解，那以后呢？只要丈夫不归来，思念便不会停止，思妇便会夜夜承受这种痛苦的煎熬，故有"夜如年"之叹。

　　词一开端，便用"斜月"、"北风"渲染一种萧瑟凄清的氛围，也为全词奠定了悲凉的感情基调。深秋本就是一个容易让人产生哀怨之情的季节，再加上征夫久战不归，边疆战事不断，因此更加激起了思妇对征夫的担忧和思念之情。第三句运用了夸张的艺术手法，将思妇对丈夫的思念之情表现得真切动人。"万杵千砧"极为生动形象地表现了思妇心中的抑郁苦闷。

　　贺铸的词历来情感细腻，善于在平实自然之物中捕捉新意。本词短小精悍，言情委婉而含蓄，深刻揭示了战争给人民正常生活带来的阻碍和苦难，使思妇征人的主题获得了丰厚的内蕴。

望书归

贺铸

边堠①远，置邮②稀，附与征衣衬铁衣。连夜不妨频梦见，过年③惟望得书归。

【注释】

①边堠（hòu）：边防上侦察敌情用的土堡。②置邮：驿站。③过年：逾年。

【赏析】

《望书归》是贺铸《古捣练子》里的最后一首词，亦是蕴涵思想感情最为丰富的一首。全词寥寥数语，却把思妇悲伤哀婉的情感表现得切肤刻骨。

　　"边堠远，置邮稀"，思妇制备好衣服，准备寄给远在边关征战沙场的丈夫，然而却发现，边堠不仅路途遥远，官家的驿车也少见，"远""稀"二字充分表现出思妇要把备置好的保暖衣裳寄给丈夫的困难重重，这就更增加了思妇心中的担忧和苦恼。再深层探究，亦可以发现其中别有深意：统治者想要什么，往往快马加鞭送达，而平民百姓仅是要寄一件衣服给远在边关的亲人，却是如此困难。词人在这里为百姓代言，表达对统治阶级不顾黎民疾苦的不满。

"附与征衣衬铁衣"，思妇急着寄衣的原因和目的，是怕边关寒冷，丈夫受寒，所以连夜赶制征衣寄给丈夫，以便用来做铁衣的衬里，希望他穿上之后，可以保暖。思妇对征夫无微不至的关怀体贴，这个勤劳贤惠的妻子每一点用心，都蕴涵着她对丈夫深深的爱恋和思念。

词的最后两句"连夜不妨频梦见，过年惟望得书归"是本首词中对于思妇心理活动较为直接的表现。思妇不敢奢望与丈夫能见一面，只求在梦里能有几次相见的机会，只是如此，她便觉得是上苍莫大的眷顾了；她不求丈夫过年时能够从遥远的边关赶回来，只求能捎个书信回来。思妇的要求如此卑微，梦里相见、收到书信就可以让她得到满足，这就更加反衬出战事的频繁和征夫难以归乡的现实，同时也从侧面反映出战争对黎民百姓的正常生活造成莫大困扰，以至于夫妻之间忍受分隔两地，且无法联系的痛苦煎熬。

作者将思妇那份低微的祈求渲染得哀苦难言，使词中流露出来的感情显得哀伤、婉转、低沉，虽无过多修饰语，却句句情真意切。

梦江南

贺铸

九曲池头三月三，柳毵毵①。香尘扑马喷金衔，浣②春衫。
苦笋鲥鱼乡味美，梦江南。阊门③烟水晚风恬，落归帆。

【注释】

①毵（sān）毵：此处指柳树枝条细长垂拂、纷披散乱的样子。②浣（wǎn）：污，弄脏。③阊（chāng）门：苏州城门名。

【赏析】

《梦江南》原名《望江南》，因唐代诗人皇甫松有"闲梦江南梅熟日"之句，所以又称《梦江南》。王国维在《人间词话》中评价皇甫松的《梦江南》"情味深长，在乐天、梦得上也"，而贺铸的这首《梦江南》也是情深意长，其中蕴涵的浓浓思乡之情不亚于皇甫松之词。

贺铸十七岁时离家赴汴京，但数年来所任皆是冷职闲差，文武壮志皆不得施展，始终抑郁不得志，曾自称"四年冷笑老东徐"，因此，词人时常生出怀乡倦旅之意，这篇《梦江南》抒发的就是这种情感。

上阕发端"九曲池头三月三，柳毵毵"两句，描写初春时节生机盎然的景象，古代"三月三"是修禊日，人们都要到水边宴游以示庆祝。"柳毵毵"形容弯弯曲曲的池塘岸边柳枝轻柔下垂，伴着柔和温暖的春风拂动。水本就给人以清洁柔静的美感，再加上柳条的陪衬，这样的美景让人很容易联想到婀娜妩媚的女子。于是词人由刻画美景转入刻画美人。

"香尘扑马喷金衔，浣春衫"二句辞彩华丽生动，词人未正面描写女子的容貌，仅以女子身上的馨香来暗示她的美丽，极其婉约，含蓄，更显出女子的飘逸，似是仙人一般。"尘"、"扑"和"喷"三字，很有气势，且动态十足，表现出美女如云的盛况。"浣春衫"是指女子们踏在池边泥泞的松土上，薄衫不经意间被泥所污。可以想象，春天到来，冰雪融化，泥土解冻，自然松软湿润，泥土还会散发出清新的味道。女子的春衫拂过，不知是泥土欲亲近衣上的芬芳，还是衣衫忍不住要拥抱自然。

美好的春景勾起了词人的思乡之情，词人由汴京的春色想到了江南故乡的春天，下阕便展开了思乡画卷。"苦笋鲥鱼乡味美，梦江南"，现在已是品尝新鲜甘苦的竹笋和肥美的鲥鱼这两道家乡名菜的最佳时节，词人念及此，便似梦回江南。词人对家乡的感情与对汴京美景的感情是有鲜明差异的。对京都美景，词人用了大量华丽的辞藻去状摹，而对家乡则是一片平实自然、深切遥远的真情。"阊门烟水晚风恬，落归帆"中的"阊门"在苏州，词人曾在这里居住过，晚年辞官后，他又再次回到这里，看到春日夜晚的阊门江水上雾气笼罩，微风恬淡，归帆点点，词人的乡思之感便更加浓烈了。

贺铸的这首词描绘出汴京和阊门两地的春日图画，语言或含蓄温婉，或直白简约，表现出词人对家乡深切的思念之情。全词结构严密，上阕写京都之景，下阕写阊门之景，情感分明，而且句式极其工整，一咏一叹，极具艺术感染力，体现出词人写景寄情的独特构思和纯熟技巧。

惜余春

贺铸

急雨收春，斜风约水，浮江涨绿鱼文起。年年游子惜余春，春归不解招游子。
留恨城隅，关情纸尾，阑干长对西曛倚。鸳鸯俱是白头时，江南渭北三千里。

【赏析】

贺铸善于把真挚凄婉的浓情倾泻于词作之中，词中瑰丽的语言又承袭晚唐温庭筠、李商隐的风格，程俱在《贺方回词集序》当中称其词"雍容妙丽，极悠闲思怨之情"，可见其词在诗意与形式上的完美结合。《惜余春》这首词，便很好地体现了这一点。

词牌"惜余春"本是伤春之意，词中即写春景春愁，而且作者把对妻子的思念融汇入伤春之情中，以绵密的意象，凝练含蓄的语言，将他对妻子的感情表达得质朴真挚。

作者的伤春之情、思家之意，首先是从对春天景物的具体书写开始的。"急雨收春，斜风约水，浮江涨绿鱼文起"，词的前三句提到的意象很多，急雨、斜风、落花、碧池、游鱼和波纹，这些意象组成一幅暮春图景，极为生动地展现在读者面前，让人想到"余春"时节的一系列景象。而一"收"一"约"相互照应，似乎是把风雨都人化了，它们按着自己的意愿将春色从这世间收回，显得生动俏皮。

风雨摧折了花草，使残红遍地，连碧绿的水面上都漂着几点落英，而水里的游鱼却很活跃，它们在碧池之中相互追逐，不时地撩拨掉落在水面上的花瓣，一圈圈波纹便荡漾开去。如此细致入微的描写，显出作者细腻心思的同时，又可见其对"余春"的留恋之深。

"年年游子惜余春，春归不解招游子"，后面两句，作者由惜春景逐渐转向对自己羁旅情思的抒写。"年年"即言自己离家在外时间已经不短了，透露出点点羁旅生涯的无奈。

而"春归不解招游子"一句更是曲折委婉。春天悄无声息地离去，并没有对人、对世间有些许留恋，这在游子眼中看来，分明是春之无情的表现。自己年年惜春，春天却从不招呼自己一块儿归去。其实，作者是为外物所

牵绊才不得归家，不能怨春，可是，作者因独自漂泊，幽情难抒，才向余春倾吐，这看似无理的怨春之情，显得情真意切，且流露出深深的愁思。

在接下来的抒写中，作者将情感描写得更加具体化，写出了自己对妻子的思念，以及对流年飞逝、人生无常的感慨。贺铸的夫人赵氏，勤劳贤惠，两人有着非常深厚的感情。而此时的贺铸，久宦未归，思念的具体对象必然凝聚到妻子身上。

"留恨城隅，关情纸尾，阑干长对西曛倚"，他想到了两人在城门口离别的情形，也想到了她在家信结尾的深情关切之语，其中一个"恨"字，直接写出了他为离愁所苦的心情。"阑干"这句是说，自己经常在夕阳之中凭栏远望，思念远方的亲人和家乡。这三句写了他思念亲人的三个细节，既质朴真切，又简洁凝练，与上片前三句对晚春景色的叙写有着异曲同工之妙，可以看出作者语言锤炼的功底。

"鸳鸯俱是白头时，江南渭北三千里"，结尾二句写自己和妻子年龄之大、分别距离之远，不知道何时才能相见，足见作者内心的哀伤。词意至此戛然而止，作者没有写想象中可能出现的两人见面的情形，这给人留下了回味的余地和丰富的想象空间。这两句构思精妙，在时间与空间的横纵之中抒写了自己对时光的感慨，又寄寓着对妻子无限的关爱与思恋。

阳羡歌

贺铸

山秀芙蓉，溪明罨画。真游洞穴沧波下。临风慨想斩蛟灵，长桥千载犹横跨。
解组投簪，求田问舍。黄鸡白酒渔樵社。元龙非复少时豪，耳根清净功名话。

【注释】

①罨（yǎn）画：即罨画溪，位于阳羡境内。

【赏析】

贺铸的这首《阳羡歌》写的是阳羡（今江苏省宜兴市）的山水之美，抒发的是作者对历史成败的感慨，对功名利禄的淡忘，词中还透出一股归隐的洒脱和释然。语言晓畅平实，写作手法随性自然，用典恰切。

"山秀芙蓉，溪明罨画"，词的开头两句本是说芙蓉山的景色秀美，罨画溪的溪水清明澄澈，但是作者刻意打乱了词语的排列顺序，采用了一种相对陌生化的表达形式，使得这两句山水的描摹新颖而有情致。"真游洞穴沧波下"，写的是宜兴的张公洞，这个地下溶洞中怪石峥嵘，晶莹洁白的钟乳、石柱、石幔、石花等琳琅满目，看起来好像大海泛起重重波涛一样，大自然的鬼斧神工让作者心生敬畏。

"临风慨想斩蛟灵，长桥千载犹横跨"这两句用了"周处屠蛟"的典故。晋代的周处也是阳羡人，《世说新语》里记载，周处原来是个乡里人眼里的恶霸，他去斩杀蛟龙为百姓除害，数日未归，等到回来时，他却听说人们以为他已经死去而互相庆贺，这才知道自己才是大家眼中真正的祸害，后来他改过自新，成就一段佳话。作者在游览时想到了古人的故事，心生感慨：时光飞逝，当年斩蛟的英雄和他悔过的故事都被埋在时间的长河里，只有冰冷的长桥依旧存在着，真是"物是人非"。

"解组投簪，求田问舍。黄鸡白酒渔樵社"三句反映了作者的归隐思想。"组"是绶带，"簪"指簪子，两者联合起来，可以指代入仕为官，例如在柳宗元的《溪居》诗中

宋词鉴赏

就有"久为簪组累，幸此南夷谪"的说法。"解组投簪"就是解职归隐。

东汉末年，广陵太守陈登的好友许汜来访，陈登问他有什么事情，他说只想购置田地、房产，陈登对此很反感，说道："望君忧国忘家，有救世之意，而君求田问舍，言无可采，是元龙所讳也"（元龙即是陈登的字），后人将这段故事归纳为"求田问舍"。求田问舍本指许汜目光短浅，在乱世中没有成为英雄豪杰的志向，而此处贺铸反用其意，暗示自己不愿忧国、救世，而只愿归隐田园的志趣。"黄鸡白酒渔樵社"是对"求田问舍"生活的具体描述，没有山珍海味，只食粗劣的饭菜，与渔人樵夫为伍，得到的却是一种清静安宁，与世无争的心境，

"元龙非复少时豪，耳根清净功名话"，词的最末两句则进一步借陈登之名表达诗人自己的志向，他说："我并不年轻了，早已失去了建功立业的热情，安逸舒适的生活可以给自己带来内心的宁静，也没有什么不好，因此不再希图高官厚禄，只想早早归去，自在逍遥。"诗人的这种愿望与他在官场中经历的坎坷不顺有莫大的关系，但此时他意识到功名利禄都是虚空浮华，与其纠结于此，还不如过"黄鸡白酒"的闲适生活。

对于仕途屡屡不顺的贺铸来说，逃脱未尝不是一种释然，而他在这首词里展现的所谓"消极遁世"的态度，其实也是沉郁愤懑之情的另一种表现。

踏莎行

贺铸

杨柳回塘，鸳鸯别浦，绿萍涨断莲舟路。断无蜂蝶慕幽香，红衣脱尽芳心苦。
返照迎潮，行云带雨，依依似与骚人语。当年不肯嫁春风，无端却被秋风误。

【赏析】

在《踏莎行》词中，作者借莲花不被游人欣赏的遭遇，娓娓道出自己志向落空的无奈和悲凉，情感细腻柔润，真挚动人。

"杨柳回塘，鸳鸯别浦，绿萍涨断莲舟路"中的"回塘"指曲回的水塘，"别浦"是河流入海之处。词的前两句共写了四种意象，杨柳树、池塘、鸳鸯和入海的水道，这显然是给莲花的登场作必要的铺垫，首先说明其生存环境的优雅。鸳鸯结对在曲回的池塘里嬉戏，周围环绕着茂密的杨柳，柔枝下垂，不经意间点动水面，一圈圈波纹荡漾开去。碧绿的浮萍长势旺盛，几乎把采莲人摇船的水路都给阻塞了。这个"断"字写得尤为传神，让人仿佛感受到植物正在生发的动态，情致自然蕴于其中。

"断无蜂蝶慕幽香，红衣脱尽芳心苦"两句当中，词人开始吐露自己的主观情感。这里也有一个"断"字，不过与上句用作动词的"断"不同，此"断"是副词，一定、绝对的意思。这一句是说，尽管莲花长在如此生意盎然的环境当中，浮动的幽香却没有能够吸引蜜蜂蝴蝶前来嬉戏耍闹，也就更没有游人驻足观赏，莲花最终只落个形单影只的结局。

"红衣"是莲花粉红色的花瓣，这里用了拟人的修辞手法，把出淤泥而不染的莲花看作是亭亭玉立的少女，纯净而美好。可这样的"红衣"却摆脱不了衰败的命运，它们

直到凋落殆尽，显露出内部苦涩的莲蓬，才算完成了这一季的生长。这也正如女性容颜老去，繁华散尽而无人拾取，只得消受心中那份难以明说的苦涩。作者在这两句当中，抒发了自己不被知遇的苦闷，他哀叹自己空有满腹乾坤却不得施展，只能在平庸的生活中逐渐衰老下去，就像水中无人欣赏的莲花一样悲哀而无奈地挺立着。

"返照迎潮，行云带雨，依依似与骚人语"三句中，外部自然环境有了变化，夕阳照映在水面之上，泛起粼粼的波光，上涨的潮水也通过细长的水道涌了过来，飞逝的流云夹杂着淅淅沥沥的小雨，打在莲花和浮萍上，它们微微颤动着，仿佛在低声耳语，而这耳语的对象，正是"骚客"，也就是词人。它们也许在痛诉自己无人问津、余红空落的苦闷，也许是在感叹随时可能被风雨侵袭的可怜命运。莲花向词人诉苦，词人也向莲花袒露着自己的不平，诗人将自己完全纳入到莲花在微风中依依而舞的意境中，达到了物我合一的境地。

"当年不肯嫁春风，无端却被秋风误"两句是诗人结合莲花的生长习性，对自身遭遇发出的含蓄感叹。春天万物复苏，百花齐放，可莲却不同于一般花草的媚俗争宠，而是默默地等待着夏的到来。然而肃杀萧瑟的秋风在莲花长势旺盛的时节就将它吹败，终究落个孤单落寞的收场。这也正暗合了作者自己的入仕经历，当年清高的自己不肯与世俗合污，又不懂得如何明哲保身，屡遭冷遇之后，只得空怀抱负愤恨离去。"无端"就是没有缘由，说明诗人此刻依旧无法释然于自己不被重用，无奈年华逝去，自己如今只能行吟莲花，空叹哀愁。

与贺铸同时代的周敦颐也喜欢莲花，他的名篇《爱莲说》中有"予独爱莲之出淤泥而不染，濯清涟而不妖"的句子，可见"莲"这一意象自屈子《离骚》中"香草"植物开始，作为一种高尚品性的象征，已经走入文人的精神境界之中，包含着深厚的审美情蕴。

将进酒

贺铸

城下路，凄风露，今人犁田古人墓。岸头沙，带蒹葭，漫漫昔时流水今人家。黄埃赤日长安道，倦客无浆马无草。开函关，掩函关，千古如何不见一人闲？

六国扰，三秦扫，初谓商山遗四老。驰单车，致缄书，裂荷焚芰①接武曳长裾。高流端得酒中趣，深入醉乡安稳处。生忘形，死忘名，谁论二豪初不数刘伶？

【注释】

①裂荷焚芰（jì）：芰指菱，即菱角，古人常以"芰坐"、"芰制"来代指隐士生活和隐士所穿衣服。此处"裂荷焚芰"表示隐士断绝隐居之志。

【赏析】

《将进酒》是"劝酒歌"的意思，原是汉乐府鼓吹曲辞的曲调，贺铸的这首《将进酒》虽没有劝酒之意，但在词尾亦表达了他对几位沉于酒中的真隐士的敬佩和赞美。词人借咏史抒发自己的心志。但这首咏史诗立意别致，十分有特色，它不同于其他咏史诗那样单是有感于古迹或古事而借景抒情、怀古伤今，而是通过叙述一系列相同的历史现象，来抒发词人厌恶追名逐利、希望归隐田园的高洁理想。

"城下路，凄风露，今人犁田古人墓。岸头沙，带蒹葭，漫漫昔时流水今人家。"上阕开篇六句描写了王朝兴衰更迭的景象，语气豪迈，意境萧索开阔。城下的小道，风露凄凄，荒凉而寂寥，这里曾是一片古人的墓地，而今却成了人们耕犁的田地；昔日滔滔不绝的江水流过的地方现已布满了沙土，蒹葭丛生，成了许多人家落户的地方。词人从小处着笔，以小见大，以此更能突显历史的巨变。

"黄埃赤日长安道，倦客无浆马无草"二句充满悲凉沧桑之感，曾经历尽繁华的长安道如今成了一片苍茫之景，奔波的旅人连落脚歇马的地方都难找到。"开函关，掩函关"，古往今来，战事从未停歇，朝代不断地在更替，可是"千古如何不见一人闲"？这一个反问句强有力地道出了词人心中的不解和无奈。人世的变迁展现在眼前，没有常胜，没有永恒，可是千古之下，却没有一个人能停下争夺名利的脚步，也没有人能真正对红尘释然。

下阕多例举古人古事，以表心志。"六国扰，三秦扫"，七国争霸时，六国败阵，秦立而六国灭亡；而到秦朝末期，人民不满秦的暴政，掀起农民起义，最终秦朝二世而亡，楚汉之争中，项羽败亡，汉朝建立。这两句用简洁的笔墨写历史的变迁，披露出世人争相追逐的功业的真相：任何功业都有灰飞烟灭的一日。

"初谓商山遗四老"，词人一心以为商山四老是真正不过问世事的隐士，结果却令人大失所望。这里提到的"商山四老"指的是"商山四皓"，即秦始皇时七十博士官中的四位：唐秉、崔广、吴实、周术。秦朝灭亡后他们隐居于商山，汉高祖刘邦闻四人贤德，曾多次请他们出山为官，皆遭拒绝。后来人们常用"商山四皓"来指有名望的隐士。可是就是这样德高望重的隐士，最终也会因为刘邦废立太子一事，八十余岁再度出山，可见他们还是没有能够真正放下名利，算不得真正的隐士。

"驰单车，致缄书，裂荷焚芰接武曳长裾"三句是对那些假隐士的讽刺，这些人为了得到世俗给予的好口碑，假装归隐，而实则心中更加贪婪，只是戴着隐士的假面具做欺世盗名的勾当罢了。

"高流端得酒中趣，深入醉乡安稳处。生忘形，死忘名，谁论二豪初不数刘伶"。最后五句是词人对前边所述的人事的总结，"商山四皓"的例子使他彻底失望了，而总结起来，历代的真隐士却都是烂醉于斛觥间的人，他们能真正的放浪形骸、置生死于度外、追求真性情、忘记红尘名利场。竹林七贤之一的刘伶当属第一了，阮籍和陶潜也当列其中。

词人的褒贬态度分明，以回首历史往事的方式，表达了对那些追逐功利或是假装隐士的人的鄙夷，高度赞扬了心静自然、蔑视礼法，超尘绝俗之人的纯真品质。

行路难

贺铸

缚虎手，悬河口，车如鸡栖马如狗。白纶巾，扑黄尘，不知我辈可是蓬蒿人？衰兰送客咸阳道，天若有情天亦老。作雷颠，不论钱，谁问旗亭美酒斗十千？

酌大斗，更为寿，青鬓长青古无有。笑嫣然，舞翩然，当垆秦女十五语如弦。遗音能记秋风曲，事去千年犹恨促。揽流光，系扶桑，争奈愁来一日却为长。

【赏析】

全词多处引用李白和李贺的诗作，妙想奇思，意气狂放，体现出了贺铸豪放词的独特风貌。

发端三句"缚虎手，悬河口，车如鸡栖马如狗"气魄雄健豪壮，词人自述手能缚住猛虎，语若垂天大河，是文武双全的难得人才。这样的人理应该得到重用，理应该享有高官厚禄，可是现实却恰好相反，自己的车像鸡窝一样矮小简陋，马竟像狗一样瘦弱。这三句运用比喻和夸张的修辞手法，极言自己能力之强和待遇之低，二者的鲜明对照，表现出词人心中极度不平和愤懑之情。

"白纶巾，扑黄尘，不知我辈可是蓬蒿人"中的"白纶巾"相传为三国时诸葛亮所创，后来被视为儒将的装束，这里是借"白纶巾"指代词人自己。词人白衣素服，风尘仆仆，满心志向地来到京城，希望自己能够成就一番事业，向世人展示自己的不凡。

李白在四十二岁时再次得到唐玄宗的诏书，他认为此次入京定可以施展自己的一番抱负，于是作下一首激情洋溢的《南陵别儿童入京》，诗中最后一句"仰天大笑出门去，我辈岂是蓬蒿人"成为后世传唱的佳句。贺铸此词中的"不知我辈可是蓬蒿人"改自李白的诗句，二句情感上有着鲜明的反差，李白诗充满自信和激情，贺铸词却充满犹疑：词人因壮志难酬而对自己的抱负和能力都产生了怀疑，由此可见他心中的抑郁和苦闷之情。

"衰兰送客咸阳道，天若有情天亦老"这句原本出自李贺的《金铜仙人辞汉歌》，李贺借金铜仙人辞汉的史事，来抒发兴亡之感、家国之痛和身世之悲。"天若有情天亦老"一句设想奇伟，意境辽远，感情深沉。贺铸借古人之名句抒写自己现实的境况。"衰兰"一语双关，既是写词人如今年事已老，是谓形衰；又写词人在经过一番番打击后，抱负尽失，是谓情衰，一股悲凉之感深含其中。

"作雷颠，不论钱，谁问旗亭美酒斗十千"，又由衰情转入豪情，词人因官场不得意，于是放浪形骸，任侠交友，狂放饮酒，且学先人李白那样斗酒十千，抒情作诗，聊以自慰。狂放的背后其实是无奈和辛酸。

"酌大斗，更为寿，青鬓长青古无有"三句，写时光在失意中流失，再不能有实现理想大业的机会。这是词人对青春不再，壮志未酬的无限感叹。"笑嫣然，舞翩然，当垆秦女十五语如弦"，余生只能将自己放纵在歌舞享乐之中，以麻痹心理的极度愁闷。

词人本已痛感时间易逝，却还要这样消磨光阴，这并非自暴自弃，而是极度无奈之举。

　　"遗音能记秋风曲，事去千年犹恨促"，词人多希望自己可以"揽流光，系扶桑"，让青春永驻，让时间停留，但是即使是这样又能怎样？终究是无法实现自己的抱负和理想，所以又不禁叹道"争奈愁来一日却为长"，在这样抑郁不得志的日子里，词人满心都是愁怨，度一日都觉得漫长难耐。这几句话的基调与前文大不相同，豪气顿减，悲从中来，哀婉而神伤。

　　作者在词中多处用典，语言铿锵顿挫，情感回环往复，气势豪迈壮阔，但依然掩饰不住词人内心的失意悲凉之气，表现了贺铸词豪气与婉约完美结合的艺术特点。

台城游

贺铸

　　南国本潇洒，六代浸豪奢。台城游冶，襞笺①能赋属宫娃。云观登临清夏，璧月流连长夜，吟醉送年华。回首飞鸳瓦，却羡井中蛙。

　　访乌衣，成白社，不容车。旧时王谢，堂前双燕过谁家？楼外河横斗挂，淮上潮平霜下，墙影落寒沙。商女蓬窗罅②，犹唱《后庭花》。

【注释】

①襞（bì）笺：裁纸作画。②罅（xià）：裂缝，缝隙。

【赏析】

　　贺铸喜欢把常见的词牌名更改为自己词中的字句，例如《感皇恩》（兰芷满汀洲）改名为《人南渡》，《天香》（烟络横林）改名为《伴云来》等等，这首《台城游》乃是调寄《水调歌头》。

　　唐代曾有司空曙、刘禹锡和许浑等许多诗人写过《金陵怀古》诗，所以金陵成为历代诗人咏史的重要题材。这首词作于贺铸晚年归乡途中，词人路经金陵时，历史的一幕幕在脑海中浮现，因而写下此词。

　　"南国本潇洒"，开篇仅五个字，便将江南风采展现出来了，在这片美丽的土地上，曾有"六代浸豪奢"。从三国吴起，先后六朝国都都设于金陵。这二句中，"潇洒"与"豪奢"虽词意有相近，然而感情却恰好相反，一是褒扬南国美景，一是贬讽六朝君主只知道饮酒享乐而致使国家沦亡。

　　"台城游冶，襞笺能赋属宫娃。云观登临清夏，璧月流连长夜，吟醉送年华。"这五句是词人对南朝陈后主陈叔宝当年奢华生活的描绘。陈后主每日与宫廷美女登台游玩，作诗吟赋，享受清凉美意，欣赏着皎洁如玉璧的明月，在美女乐曲的拥围中消度时光，同样，他也是在这样的时光中断送了整个国家。

　　"回首飞鸳瓦，却羡井中蛙"是词人对亡国之后的陈后主心情的想象：回头看那雕有飞鸾彩凤的皇宫，想起自己曾在那里赏歌弄舞，好不快活，如今国破家亡，自己落了个唯有一死的下场，不禁要羡慕起那井底之蛙。这充分显示了词人对亡国之君陈叔宝的鄙夷和嘲讽。

　　下阕通体用典，体现了贺铸词善于用典抒情的一大特征。"访乌衣，成白社，不容车"中所提到的"乌衣"就是东晋豪门望族王导、谢安等人聚居的乌衣巷；同时代的晋代高士董京穷困潦倒，居所被称为"白社"，所以白社用以代指贫人住所。词人过访曾经的豪宅集聚地乌衣巷，然而眼前却是一派破败景象，历经沧桑巨变后，这里到处是穷人的"白社"，破旧不堪，狭窄得连马车也不能通过。这不禁让词人想起了唐代诗人刘禹锡"旧时王谢堂前燕，飞入寻常百姓家"的千古名句，眼前的景象散发着时代兴衰的悲凉气息，令词人不禁与前代诗人产生共鸣，遂改前人佳句，以"旧时王谢，堂前双燕过谁家"的反问抒发此时的悲哀心情。

　　"楼外河横斗挂，淮上潮平霜下，樯影落寒沙"，描写六朝古都金陵的歌舞繁华地——秦淮河上秋日的萧条景象。潮水平静，霜打江面，月光之下，凄寒的雾气笼罩着沙堤。词人贺铸路经于此，在这样凄冷的景色中听到秦淮河岸青楼酒馆飘出靡靡寻欢之曲《玉树后庭花》，怀古伤今之感油生，于是道出"商女蓬窗罅，犹唱《后庭花》"的慨叹。

　　这两句是词人对统治阶级不顾国家安危、不以史为鉴的强烈谴责。"后庭花"本是一种生长在江南庭院中的花，南朝陈后主沉迷音乐，曾作过一曲《玉树后庭花》。不久后陈灭亡了，后世便把这首曲子看作是亡国之音。唐代诗人杜牧《泊秦淮》中的诗句"商女不知亡国恨，隔江犹唱后庭花"亦是讽喻统治阶级沉于享乐，不顾国家兴亡的名句。

　　贺铸的这首咏史之作慷慨豪迈，以叙述六朝古都金陵的繁华美景和议论古代君王昏庸误国，来表达自己对现实中统治阶级的昏庸和糜烂的强烈不满。词人写此作品，意在抒发自己报国无门的苦闷心境，同时也意在警诫和提醒统治阶级要以史为鉴，不要重蹈荒淫亡国的覆辙，具有鲜明的时代意义。

青玉案

贺铸

　　凌波不过横塘路，但目送、芳尘去。锦瑟华年谁与度？月桥花院，琐窗朱户，只有春知处。

　　飞云冉冉蘅皋暮，彩笔新题断肠句。若问闲情都几许？一川烟草，满城风絮，梅子黄时雨！

【赏析】

　　此词煞尾的一句"一川烟草，满城风絮，梅子黄时雨"在当时传唱一时，贺铸也因此得了个"贺梅子"的雅号。江西诗派祖师黄庭坚在读过此词后亦爱不释手，每每于案前翻阅，并曾写下《寄方回》一诗，以表达自己对贺铸这首词的赞许。

　　词作开首一句"凌波不过横塘路"，让人想起曹植在《洛神赋》中所描绘的那位"凌波微步，罗袜生尘"的绝代神女。可惜词人笔下姿态轻盈的凌波仙子正在匆匆离横塘远去。美女离去，词人心中自有万般不舍，却无法挽留，只能无奈地目送其踏"芳尘去"，空留词人独自想象她超凡曼妙的身姿。

美人远去，词人心中的留恋、伤感之情自是无以言表，于是叹惋道："锦瑟华年谁与度？"此时词人心中的孤独苦闷之情油然而发，想自己"锦瑟年华"之时，竟是独居在这种"月桥花院，琐窗朱户"的住所，将自己的青春年华在这种与世人隔绝的状态下消磨，无人理解，无人倾诉。词人借抒发对美人的相思向往，来表达自己人生道路的迷茫和理想不能实现的苦楚。

下阕中的"飞云"与上阕的"凌波"相呼应，将美人的飘忽不定，比作笼罩着香草的冉冉暮云。此情此景又勾起了词人心中的痛处，于是词人提起饱含辛酸的笔触，又一次地写下"断肠句"。其实他本是常题"断肠句"的，可这里却用了一个"新"字，十分耐人寻味。他本是满心愁怨，却要把愁怨说成"几许""闲情"，可见是因为常常这样，所以已经不觉为奇，只觉得这都是"闲愁"罢了。词人愈是掩饰，愈是表现了他多年来心中的苦闷和愁绪之频、之多。

"一川烟草，满城风絮，梅子黄时雨"是本词的亮点。连续将断肠之愁比喻成一川杂乱的烟草，满城凌乱的风絮和江南梅雨时纷纷不休的细雨，意境邈远，充满了烟雨江南的朦胧画意，形象地将心中纷乱无形的愁苦之情描述成具体可感的事物。

屈原创立了"香草美人"的象征体，而结合贺铸一生经历来看，词中所写对美女的情思亦是作者对官场得意的追求。贺铸一生怀才不遇，虽为皇亲，却未曾身居过要职，因而常有壮志未酬、雄才未施之恨。但此时的贺铸已是晚年，年华就如这可望而不可即的窈窕美女，飘忽远逝，曾经的追求也无法再实现。因此词中充满了哀愁和悲戚。

贺铸的这首《青玉案》意蕴至深，感情真切，具有很高的艺术价值。难怪黄庭坚会赠以"解作江南断肠句，只今唯有贺方回"这样高的赞许。